LOCUS

LOCUS

LOCUS

LOCUS

to

fiction

to 074
論美
On Beauty
作者：莎娣．史密斯 Zadie Smith
譯者：郭品潔
責任編輯：林立文
美術設計：許慈力
電腦排版：極翔企業有限公司
法律顧問：董安丹律師、顧慕堯律師
出版者：大塊文化出版股份有限公司
105022台北市松山區南京東路四段25號11樓
www.locuspublishing.com
讀者服務專線：0800-006689
TEL：(02) 87123898　FAX：(02) 87123897
郵撥帳號：18955675　戶名：大塊文化出版股份有限公司

總經銷：大和書報圖書股份有限公司
地址：新北市新莊區五工五路2號
TEL：(02) 89902588　FAX：(02) 22901658
初版一刷：2011年9月
二版一刷：2021年12月
定價：新台幣520元
Printed in Taiwan

論
ON BEAUTY
美

ZADIE SMITH
莎娣・史密斯——著
郭品潔——譯

給我親愛的雷德

目錄

總導讀

我們與陌生人的距離

國立台北大學　應用外語系教授　王景智

如何估算我們與陌生人的距離？莎娣・史密斯（1975-）塑造的倫敦人提供了一個丈量的標準。在魯西迪（Salman Rushdie; 1947-）和古雷西（Hanif Kureishi; 1954-）之後，史密斯以她北倫敦人細膩的觀察力、笑中帶淚的幽默以及冷靜客觀的批判，瀟灑走出前人的陰影，在白人土地上勾勒少數族裔的彩色人生。

母親為牙買加移民，父親為英國白人，這對老夫少妻帶著混血女兒落腳倫敦西北郊區，也因此倫敦西北的地景與族裔群像在莎娣・史密斯筆下都成了——套句《白牙》牙買加移民後裔愛瑞的台詞——「陌生土地上的陌生人」。陌生人的無所不在，讓生命的不堪無所遁形，他們的突擊總迫使我們得直視難解的生命課題，也因此讓我們理解到原來和陌生人的距離又遠又近。史密斯的《西北》故事就是由陌生人莎爾的造訪揭開序幕。在一個乍暖還寒的四月天莎爾突然現身主角黎亞家門口急促地按著門鈴，鈴響前一刻黎亞才在驗孕棒上看到那熟悉又陌生的藍色加號，雖然事後證明莎爾不過只是拿母親生病住院急需用錢當幌子來誆騙黎亞，但陌生人莎爾訛詐錢財的伎倆卻讓黎亞驚覺，她竟如此抗拒成為母親。一如莎爾，《簽名買賣人》艾力克斯—李・坦登是站在年老色衰好萊塢女星姬蒂・亞歷山大紐約住所門口按電鈴的陌生人。艾力克斯亦出身北倫敦，他的膚色比牙買加愛瑞淺，但卻比愛爾蘭黎亞深，因為他是華裔猶太人，在孕育他成長的土地上，總有些尷尬時刻讓他覺得格格不入。即使如此，買賣簽名的這項工作一直驅策他追尋滿足欲求的方法，其中包括自行偽造，以假亂真。然而就在他得到夢寐以求的姬蒂·亞歷山大真跡並因此聲名大噪、一夕致富後，艾力克斯發現，那張一鎊紙鈔上父親的簽名才是他這輩子最珍貴的蒐藏，因為那不是一個陌生人的簽名。

《西北》的莎爾和《簽名買賣人》艾力克斯都是不請自來的陌生人，《論美》的傑羅姆·貝爾西卻是享受東道主悅納異己的陌生人。傑羅姆從美國布朗大學去英國當交換生，不僅擔任父親事業勁敵蒙提·吉普斯的私人研究助理，還接受蒙提的邀請搬進他在北倫敦基爾本（Kilburn）的住所，蒙提刻意拉近與傑羅姆之間距離的結果，就是舉家遷往波士頓與傑羅姆的父親霍華·貝爾西正面交鋒。至於《搖擺時代》裡無名的敘事者，是至親好友身邊最熟悉的陌生人。七歲時在基爾本，流著牙買加母親和白人父親血液的小女孩牽著母親的手走進踢踏舞教室，認識了同為棕色皮膚的崔西；三十三歲時，在倫敦西北區的聖約翰伍德（St. John's Wood），她收到崔西寫給她的電郵：「現在所有人都知道妳的真面目了。」不論是摯友崔西或親密工作夥伴艾咪，其實「我們根本不了解彼此」。她靠著空中大學函授課程取得學位的女性主義母親也同樣覺得，那個抑鬱深沉且「缺乏抱負」的女兒很陌生，而敘事者酣醉攬鏡自照時也發現，鏡中女子是一個回視她的陌生人。

史密斯對種族主義的批判與基本教義派的嘲諷也像一面鏡子，除了反射前輩族裔作家古雷西和魯西迪的身份認同政治，也與他們的族裔書寫相互輝映。《白牙》裡的一對雙胞胎兄弟馬吉德和米列特，父母皆為從破落倫敦東區搬到生活條件相對單純的倫敦西北區的孟加拉移民。父親山曼德二戰時為英國政府效命卻擔心兒子如果繼續待在倫敦會數典忘祖，甚至背棄阿拉真主，決定將兒子送回故鄉接受「道德調整」。無奈二戰遭斷臂的老兵服務生小費有限，薪水微薄，即使抵押了房產也只夠支付一人的返鄉旅費，進退兩難之際，印度總理甘地遺孀因「藍星任務」遭錫克教徒報復，在新德里自家花園遇刺身亡，這個發生在印度的暴動事件讓遠在倫敦的山曼德決定送早兩分鐘出生的馬吉德回孟加拉，因為他「腦筋好、脾氣穩、學語言也快」，更重要的是，一九八四年的英國「只會讓我們撕裂」。八年後，離開英國的馬吉德「比英國人還英國」，留下的米列特則成為比穆斯林還穆斯林的KEVIN（Keepers of the Eternal and Victorious Islamic Nation）激進組織成員。史密斯以小人物視角介入國家歷史的書寫方式與魯西迪改寫印度分裂與獨立建國史的幾部小說有異曲同工之妙，他們都以再現歷史盲點的手法來凸顯官方敘事的排他性與唯我獨尊。

至於米列特從青少年足協「幾十年來僅見最好的前鋒」變成自家製造的穆斯林恐怖分子的變形記，則會讓人想起古雷西於一九九四發表的短篇故事〈我兒狂熱〉（My Son the Fanatic）。巴基斯坦裔的計程車司機對模範生兒子丕變的生活態度感到不解與擔憂，原以為兒子染上毒癮，但在看到兒子蓄鬍並一天朝聖地麥加祈禱五次，父親恍然大悟，兒子已加入穆斯林基本教義組織成了聖戰士。古雷西的巴基斯坦移民父親極力想將兒子拉回西方物質文明世界卻苦無對策，所以在兒子禱告時衝進房間飽以老拳，除了洩憤，更冀望能因此將兒子打醒，但漠然的兒子僅淡淡地回了一句：「現在誰才是﹝失去理性﹞的狂熱份子」？相較之下，史密斯的孟加拉移民父親似乎對兒子的宗教狂熱多了些同理心，因為「他知道那種乾旱，他嘗過那種人在異地才會有的乾渴——令人害怕又揮之不去——一種持續一輩子的乾渴」。古雷西的故事似乎預示了那對父子日後將形同陌路，而恪守教規的伊斯蘭聖戰士恐怕也不會還俗了，但史密斯的馬吉德和米列特或許在數百小時的社區服務後，能學會不要把生命浪費在讓他們生活太複雜的事務上，並重新與和他們有相同身份特質的人產生連結，然後在英國這塊土地上打造一座屬於他們自己的「千禧花園」。

在呼應古雷西冷峻的批判之外，史密斯和魯西迪一樣，都慣以笑中帶淚的敘事手法直指偏執狂的荒謬行徑帶給個人及群體的傷害。收錄在魯西迪《東方，西方》短篇故事集裡的〈先知的頭髮〉，就是壓垮文明與理性的那根稻草。某日清晨開設錢莊賺取高利的父親正準備出門收帳，在停放私人小船的岸邊撈起了一個精緻的小玻璃瓶，裡面裝著一根頭髮，他立刻得知那是遭竊的先知的頭髮。擁有聖物的父親搖身一變成為虔誠的穆斯林，旋即在晚餐桌上如數家珍地列出家中每位成員違反教義的行為，並用刑鞭打一對回嘴的子女。憤怒的兒子知道這一切的始作俑者就是那個裝有先知穆罕默德頭髮的小瓶子，只要把它放回清真寺一切就可船過無痕，所以他潛入父親書房，順利找到聖物後隨手放進長褲口袋，孰不知褲袋竟破了個洞，這是母親在家務上從未發生過的疏忽，興許是她被丈夫主動吐實的婚外情以及連串的家暴事件給嚇得分心了，就在兒子準備跨步上船去物歸原主時，那裝著先知頭髮的瓶子竟從破洞掉出落入水裡，兒子毫無察覺地乘船離去，瓶子則被尾隨的父親發現從水中撈起；寶物再度落入父親手中，其代價就是家毀人亡。先知的頭髮最終由警方歸還清真寺繼續供信徒膜拜，然而錢莊主的家庭悲劇就像是腐壞的白牙，「沒有回頭的機會了」。

無獨有偶，史密斯作品中也有類似的笑中帶淚情節。在《白牙》的〈臼齒〉部分，愛瑞、馬吉德和米列特因參加收穫節社區活動去拜訪二戰白人老兵漢彌頓先生。他牙口不好，三個年輕人準備的蘋果、雞豆和炸薯片對他而言都太硬了，唯一能送入嘴裡的就只有椰子裡的椰漿。接著漢彌頓先生當起潔牙大使，提醒三人牙齒保健的重要，畢竟哺乳動物一生只有兩次換牙的機會，不過打仗時「把牙齒刷得雪白」絕非明智之舉。漢彌頓在「黑得跟雞寮一樣」的非洲剛果打仗時，辨識被德軍徵召入伍的那些「黑鬼」的唯一方式就是他們「雪白的牙齒」，只要看到一道白光從眼前閃過就「碰」地開槍，一個「可憐的狗雜種」就「開膛破肚」地躺在漢彌頓腳下，這就是槍火下的優勝劣敗。漢彌頓告訴三個年輕人的「白牙」故事乍聽之下荒誕可笑，但種族極端主義者的傲慢反彰顯了人人生而平等這個普世價值的重要，不論是史密斯故事裡「外黑內白的椰子人」、外黃內白的香蕉人、或是「跟撲克牌黑桃一樣黑」的人，但凡生為人，無論人種膚色牙齒都是白色。種族主義者漢彌頓也知道這個道理，但他卻以此警告馬吉德不要吹噓自己父親是二戰英雄，因為說謊會爛牙，一旦細菌開始腐蝕牙齒就「沒有回頭的機會了」；一旦極端主義開始侵蝕人類的普世價值並任由其孳長，我們就回不去了。

莎娣．史密斯筆下的移民大多來自前殖民地，宗教信仰也非常多元，這群異鄉客共同紮根在熟悉又陌生的西北倫敦努力追求想要的幸福，於此同時也嘗試更進一步認識那一直住在心裡的陌生人。閱讀莎娣．史密斯的倫敦書寫不僅拉近讀者與作家的距離，在一個有意義的程度上，也讓我們重新思索人與人的距離。拿她筆下的陌生人故事做為丈量標準，我們與陌生人的距離大約是三十五公分——閱讀時的最佳護眼距離。

推薦文

當我們一起論美

作家 蔣亞妮

讓我們翻開一九一〇年，英國作家愛德華・摩根・福斯特（E. M. Forster）的經典小說《此情可問天》（*Howards End*），開章第一句話：「不妨從海倫寫給她姊姊的信開始說起。」（*One may as well begin with Helen's letters to her sister.*）與這本二〇〇五年莎娣・史密斯的小說《論美》的起手式：「不妨從傑羅姆寫給他父親的電子郵件說起。」對照一看，不難發現莎娣・史密斯意欲在這本小說裡做些什麼。時隔近一世紀，作者史密斯想在《此情可問天》的舊時沃土中，開長出新的故事野草。

《論美》挑戰並借道了經典小說中的人物特色、重要情節，一如《此情可問天》裡最重要的有形資產「霍華德莊園」之名，不偏不倚地也正是《論美》的主人翁姓名「霍華」（Howard）。不管是兩書中都出現的「爭議性遺產」、家族與家族間的衝突，一路到《此情可問天》裡三種階級（資本家、中產知識份子、貧困百姓）的關係角力，在莎娣・史密斯筆下都像經過了轉世變奏的還魂曲。她機敏地以不同物件傳達相同的衝突與情感，看似遙遠卻彼此連結。《論美》與《此情可問天》中的許多小說風景，似是霧中重逢，然而作者史密斯，卻透過了其他更重要的變造，在百年後的世界與社會背景中，振翅出一場質的飛躍。

《論美》的出版，在西方世界也備受關注。出版那年，即入圍了英國指標性的「布克獎」（Booker Prize）決選名單，那一屆的布克獎可以說是精采而驚險的一年，包含了四位曾經得主，其中柯慈（J. M. Coetzee）還獲得了二〇〇三年諾貝爾文學獎，更有魯西迪（Ahmed Salman Rushdie）、麥伊旺（Ian Russell McEwan）、石黑一雄等人……那時的莎娣·史密斯也早以小說《白牙》獲得世界的第一道視線。若說莎娣·史密斯的第一本小說《白牙》，是她從自身出發與當代倫敦對話的作品，一本成長認同與社會觀察之書；那麼到了她的第三本小說《論美》時，她選擇轉身離開英國，將主場景拉到了美國的新英格蘭區（包含從波士頓為中心擴展出的六個州：緬因州、新罕布夏州、佛蒙特州、麻薩諸塞州、羅德島州、康乃狄克州）。作者饒富心意地選擇這一處不管在「廢奴運動」或文學、哲學上，都是美國重要發源處的地區，並且透過小說強調了，即使是在二十一世紀的「民主聖地」裡，仍然有著貧富懸殊的不同街廓、膚色、難民與資產群體，甚至是音樂的階級。落地在小說裡，它們分別成了霍華一家居住的那棟「新英格蘭風格的暗紅色高大建築，樓高四層」的百年貝爾西宅邸，與滿是海地難民的市區廣場；莫札特的《聖體頌》與街頭嬉哈音樂。

讓我們回到《論美》的「論美」這一詞上，在書末的致謝裡，莎娣·史密斯也明言除了E. M. Forster，她同時也以此書向美學名家伊萊恩·史加莉（Elaine Scarry）的名作〈論美與篤行正義〉（*On Beauty and Being Just*）致敬。如她所寫：「我挪借這篇文章以為書名、第三部的標題，以及發想許許多多的靈感。」在小說中，她放置的唯一引用則是一段章節引言：「**錯估，或僅是輕忽大學與美的關係即足以犯下過失。一所大學和其他彌足珍貴的東西一樣，都是可以被毀掉的。**」翻開伊萊恩·史加莉的〈論美與篤行正義〉一讀，或許更能明白「論美」所論的美是以如何迷人又矛盾的方式存在，以及，該怎麼樣更好地談論它。文章對讀者發動的終極提問是：「**我們變成了『美盲』嗎？**」在近代人文學科中，人們開始對「美」發動了許多反動的政治論點，像是認為美（或美學）「會使人分心於更重要的問題」；「它是特權階級的使女」；「它掩蓋了背後的政治利益」。於是，史加莉的〈論美與篤行正義〉也從這些反對中出聲捍衛美，認為美其實能更加促使人們關注正義，她從荷馬、柏拉圖、普魯斯特等不同名家中汲取靈感，試圖論證。也曾入圍布克獎的臺灣作家吳明益，在他的文集《浮光》最末章裡，同樣「論美」，他也談及伊萊恩．史加莉此文、談及他心中的美，並且談得如此深刻而優雅：「美有時候靠近『善』一點，有時候靠近『真』一點，有時候它們彼此推開，有時又像是扶住彼此的一面牆，得互相倚靠才不會坍塌，得互相溫暖才不會碎成塵埃。**沒有人能真正釐清它們的關係，就像沒有人能夠到達地心，或情人的心底**。這些力量的總合，我們稱之為藝術的力量。」這些也都近似莎娣．史密斯《論美》的某些思考切片，所有為美而生的創作，總像在不同時空、溼度、材質裡，以不同顏料作同一幅畫，畫出的模樣不盡相同，卻能在遠空處重疊顯影出其後更巨形的建築。

小說中的人物們，同樣不斷在「論美」。兩個家庭中的主要男性角色，霍華和蒙提，他們都是來到美國的英國籍男性，都是談論藝術、談論美的專家，甚至同樣是研究林布蘭的學者，最後還都冤家路窄地先後進入小說中那所虛構出來的「威靈頓大學」，任教於黑人研究學系。他們各執「論美」的兩端，蒙提是個極右派的文化保守主義者，擅於宣揚與保護黑人文化的理論，實際上卻落入了剝削與過度崇尚自由（與其帶來的競爭），反而也造成自身壓迫的人性謬論。有趣的是，在《此情可問天》裡，作為男性權威的大家長魏亨利（Henry Wilcox），體現在蒙提這個角色上的性格，總讓我想起魏亨利的那句經典台詞：「不要同情窮人，窮就是窮，我也覺得遺憾，但只能如此。」他同時參與種族委員會推動有色族群的慈善事務，卻也同樣成為了文化霸權中剝削的一方。

天秤另一端的霍華，則是一個自由派，幾乎是個無宗教論者，並深深信奉布希亞（Jean Boudrillard）所說的「表象取代了真實，真實不復存在」。在一段婚外關係中，女學生和他講起同儕們都如何看待他這位教授，所提出的「番茄假說」，讀來不只貼切，甚至精采令人屏息。「你從來都不說我喜歡**番茄**……**番茄**作為欺人耳目的結構體遭到完全的揭露，它根本無法引領你通往更高的真理——沒有人裝模作樣以為**番茄**可以拯救你的生命。或者令你快樂。或者教導你如何生活，或者令你尊貴高尚，或者成為人類精神的偉大楷模。你的**番茄**和愛與真理沒有半點關係。它們並非謬論。這些**番茄**其實根本毫無意義，完全只是人們為了一己之私，才將文化的——我應該說是營養的——重要性附加在它們之上。」霍華心中美的價值，是必須被不斷推翻與審視的，就像它那本出版日期一直「尚待決定」的著作：《反林布蘭：審問一位大師》。霍華不斷質問所有美的術語，**番茄**就像它們的代名詞，究竟美在何處？是誰決定了它的價值？

然而不論蒙提與霍華，如何相反、相對與相斥，「兩人就像商議好了般堅守各自最極端的立場——霍華是激進的藝術理論家，蒙提則是文化保守主義者。」他們始終是莎娣．史密斯筆下一體兩面的同一原型。他們永遠探討著學院裡滾動的各種**番茄**，不管是拯救或是釋放番茄也好、害怕有所信仰的人或是假信仰之名都行，他們大多時刻，看不見其他美的可能。一如霍華的妻子琪琪，在關係的瓦解邊緣裡對丈夫嘶吼著的：「這是真實的。這個生活。我們是真的存在這裡——這是真實發生的事情。受苦受難是真實的。當你傷害別人的時候，那是真實的。當你搞上我們最好的朋友時，那是真實的事情，而且使我受到傷害。」

霍華的妻子琪琪與蒙提的妻子卡琳，也為兩組家庭的平衡提供了更進一步的對照：她們都是實務派，不怎麼理解丈夫的理論；更重要的是作為串起她們情誼的那幅名畫——海地畫家赫克托·伊波利特（Hector Hypplite）的《爾茲莉女神》（*Maitresse Erzulie*），她們不約而同穿越、捨棄了各種象徵定義，不管其他，單純只是覺得它很美（甚至只是畫中的鸚鵡很美）。小說在這裡討論與試圖分別的，並不只是男性與女性的論美、膚色與階級的論美，更是學院派相對於更多可能性的論美。作為對應，她們的丈夫在故事中也都有了各自的外遇情事，霍華甚至將這行為融進他的美學理論中：「說真的，男人他們會對美的事物做出反應……婚姻不會終止他們的反應，這個……這個關切對於美在世界當中作為一種身體物質的真實存在——顯然他們被禁錮其中，被當作幼兒一般……不過這是真的，而且……我不知道其他還有什麼辦法解釋。」回到前頭提過的吳明益，在他版本的〈論美〉裡，這樣寫著：「**我一直認為，認為美是純粹的、無倫理性的，就像那些認為藝術可以歸諸藝術、文學可以光是歸諸文學的人，必定是無能創造美的謊言家。**」

莎娣·史密斯藉由小說觀察謊言與弱點，在生活中，甚至在創作與學院裡、種族與移民間的泛濫、冒名、偽善，如同點名般，透過小說角色的塑造，一一作出致命的點評，理論家、慈善家，或許不過是大謊言家。然而，女性在這本小說裡，多半實誠可愛，一如裡頭如此寫道她們如何定義自己立場：「從來沒有仔細想過什麼是女性主義。我只知道每次我表達情感使得自己和一塊門墊有所區別，別人就把我奉為女性主義者。」這兩位妻子對生活與真實的熱情，與她們直觀的美感體驗相比，種種理論與運動，都被比作了荒謬的宣傳標語。卡琳身後，留給了琪琪一樣遺物（某件對她們來說同樣至美無語的寶物），並藏有一句遺言：「**你我身上皆有庇護可以收容彼此**（There is such a shelter in each other）」。這句詩詞，真實地來自莎娣・史密斯的丈夫尼克・萊爾德（Nick Laird）的《血緣》一詩中。鑲嵌著的當然是小說中離不開的族群議題（白人與人黑人），或許更是莎娣・史密斯自身對血緣（英國與牙買加）的期待與自白。

小說的最後一幕，霍華正在進行一場於生涯有重大影響的演講，卻只是看見了觀眾中坐著他久未聯絡的妻子琪琪，他對琪琪微笑，她回以微笑。演講如何、演講後他們是否聊上了天，是小說之外的事。當畫面停在現在，我卻想起霍華說的曾經：「他們兩個的結合說得上匪夷所思。他是個書呆子，她則否；他好理論，她講實際。她說玫瑰花就是玫瑰花。他說玫瑰花是一種文化與生物建構的積累，環繞於兩性相吸之純真／狡詐的二元極端。」

雖然世界與美，並非只是二元對立，但任何光譜同樣都有兩端。不管是新英格蘭區傳來奇異南方派對食物香氣的百年老屋、莫札特貴族一般的倚音（Appoggiatura）與詩歌性、海地的民族音樂與美國街頭饒舌，抑或是《爾茲莉女神》畫像中那隻鸚鵡、玫瑰花與愛情……霍華與蒙提有他們的論美、琪琪與卡琳也有，就像法蘭西斯・培根（Francis Bacon）、伊萊恩・史加莉到莎娣・史密斯都完成了屬於他們版本的《論美》。當我們一起論美，我才終於明白，「知」是如此美好，美好得一如無知。

吉普斯與貝爾西

我們拒絕成為對方。

——H・J・布雷坎姆（H. J. Blackham）

1

不妨從傑羅姆寫給他父親的電子郵件說起：

收件者：HowardBelsey@fas.Wellington.edu
寄件者：Jeromeabroad@easymail.com
日期：十一月五日
主旨：

嗨，老爸——基本上，我只是想繼續寫信給你而已——已經沒指望你會回信了，不過，要是哪天想到的話，還是希望你能回我一下。

嗯，我真的很喜歡這裡的一切。我在蒙提·吉普斯的辦公室當差（你曉得嗎？他竟然有「爵士」頭銜？）在綠園區那一帶。這裡有我跟一個康瓦耳來的女孩，叫艾蜜莉，人酷酷的。樓下另外有三個美國實習生（一位來自波士頓！）所以感覺還滿自在的。我也算在實習，當PA，個人助理，負責打理午餐、文件歸檔、接聽電話這一類的雜務。蒙提做的事情遠超過學術的範圍：他參與「種族委員會」，在巴貝多、牙買加、海地等好幾個地方推動教會慈善事業，簡直快讓我忙不過來了。因為辦公室就這點規模，所以我和他的工作關係十分密切，加上我又搬進他們家去住，好像完全融入了一個新的環境。喔，住在人家家裡耶。因為你都沒回信，我只好自行想像你的反應（這不難想像……）實際上，這種安排對我目前最方便不過了。他們真的有夠好心。我從馬里波恩那兒住的「廳房兩用小單位」（bedsit）被攆出來，吉普斯他們根本沒有義務收容我，不過既然人家開口，我當然遵命，真是謝天謝地。到今天為止，我已經在他們家住了一個星期，沒有人開口提到半點關於房租的事情，這點僅供你參考。我敢說，你巴不得聽到我向你抱怨他們家有如噩夢，不過很抱歉——我喜歡住在這裡。他們家完全是另外一個世界。那房子，天哪——維多利亞早期的建築，那種「排屋」，外面看起來不怎麼樣，裡面卻氣派寬敞，不過又有一種謙抑的氣氛令我著迷；幾乎每樣東西都是白色的，有好多手工製品，被單、深色原木書架、檐口，還有整整四層的樓梯，整棟房子只有一臺電視，還擺在地下室，好讓蒙提看看新聞，免得和時事脫節，有時關心一下他自己上電視的情形，如此而已。有時我會覺得，這情景跟我們家剛好相反……蒙提的房子位在北倫敦一個叫「基爾本」的地方，聽起來頗有田園風味，不過媽呀一點也不田園，還好我們住的這條街離「主要公路」有段距離，車水馬龍一下子就聽不見了；而且人居然可以坐在庭院這棵八十呎高、爬滿藤蔓的大樹濃蔭底下，捧著書本感覺有如置身小說場景……這裡的秋天不太一樣，樹禿得早，涼意明顯，每樣東西都令人更加多愁善感。

這一家人也很新鮮——多花點筆墨介紹他們，勝過談我自己的事情（我是趁午休時間寫這封信）。好吧，長話短說：一個男生，麥可，人不錯，騷包。有點呆，我想。反正你一定會這麼認為。他是個生意人，但我還沒摸清究竟是哪門生意。他好大一隻！至少比你還高出兩吋。他們一家人都是運動員體格。他鐵定有六呎五吋。還有個女兒，身材修長人又漂亮，叫維多利亞，目前只在照片裡看過她（她正坐火車遊歐洲中），不過我想她這星期五會先回來。蒙提的老婆卡琳，好得沒話說。她不是出身千里達，但也是來自一個小島，叫聖什麼的，我不太確定。她第一次介紹的時候我沒聽仔細，現在想問也不好意思。她打定主意要把我養胖，餵我吃個不停。當他們一家老小在聊運動、談上帝和政治的時候，卡琳就像個天使般飄浮在大夥兒舉頭三尺處負責照應話題，而且她還會幫助我禱告。有關禱告的事她真的很厲害，而且太酷了，禱告的時候不用擔心家裡會有人闖進房間並且發生（a）一陣風吹（b）鬼吼鬼叫（c）分析起祈禱的「偽形上學」（d）大聲唱歌（e）亂笑。

那就是卡琳．吉普斯。跟媽說她會烘焙。跟她說就對了，然後走開，隨便你愛怎麼竊笑……

好，以下看仔細了：早上起床後吉普斯全家會共進早餐，一起聊天，然後一起上車出門（你有做筆記吧？）我知道，我知道——你腦筋有點轉不過來。從沒看過有哪戶人家一天到晚相守在一起。

希望你可以從我寫的點點滴滴看出把人家當作死對頭，或隨便什麼稱呼，根本是浪費時間而已。都是你自己心裡有鬼，反正——蒙提才不會計較。你們兩個從頭到尾也沒真的認識相處過，這樣也能搞出一大堆公開論戰和愚蠢的投書。真是精力旺盛。就是有人老愛把力氣用錯地方，世界才會這樣殘忍。好了，先寫到這裡，要去上工了！

愛媽媽和列維，部分的愛給佐拉，

別忘了：我愛你，老爸（我也有為你禱告）

嘩！沒寫過這麼長的信！

傑羅姆 ××○×××

收件者：HowardBelsey@fas.Wellington.edu
寄件者：Jeromeabroad@easymail.com
日期：十一月十四日
主旨：再度問候

老爸：

感謝你轉寄論文的相關詳情。能不能再幫我打個電話給布朗的系所，看能否多一點寬限時間？這下終於明白佐拉為何要念威靈頓……自己老爸在當老師，想遲交作業可容易多了☺看到你加的那個小提問之後，我還像白痴一樣查找看有沒有進一步的附件（比方說，一封信？），不過我想你太過忙碌／抓狂／之類的，沒辦法多寫。唔，我可不會這樣。那本書進度如何？媽說你剛起頭就有麻煩。你找到辦法證明林布蘭其實是個遜咖了嗎？☺

吉普斯一家對我的影響還真不少。這星期二我們全部一起到劇院（在家裡時就已經全員到齊）觀賞一個南非舞團的表演，之後，坐地鐵回家路上，我們哼唱演出裡頭的一段曲目，哼到後來變成大合唱，由卡琳帶頭（她的歌聲棒透了），連蒙提也加入，人家才不是你想的那種「自我作賤的神經病」。整個過程真的很可愛，唱歌，地鐵駛過高架道，在雨中漫步回到這棟美麗的房子，享用自己烹調的咖哩雞。邊敲著鍵盤，你的尊容已經浮現在眼前，我這就住嘴。

其他消息：蒙提把目標對準貝爾西家最大的罩門：邏輯。他教我下西洋棋，今天是這星期頭一遭，我沒有在六步之內落敗，儘管最後輸的還是我。吉普斯一家人都認定我既迷糊又富有詩意——要是讓他們曉得我簡直已經算是貝爾西家的維根斯坦，不知有什麼話好說。不過我覺得自己還頗能逗他們開心的，而且卡琳滿喜歡我在廚房幫她，人家把我的愛乾淨當作優點，而非視為肛門期失調造成的龜毛症候群……雖然我得承認，每天早晨在一片寧靜當中醒來真的有點毛骨悚然（走廊裡的人得輕聲細語免得吵醒別人），而且，我背上有一小塊地方想念列維捲成一團的溼毛巾，就像少了佐拉的鬼吼鬼叫，讓我有一小部分的耳朵現在不知該如何是好。媽寫信告訴我列維頭上戴的玩意兒已經增加到四層（小帽、棒球帽、連帽衫、粗呢兜帽大衣）還架上耳機，所以整張臉只剩眼睛附近小之又小的一點點部位露出來見人。請幫我親一下他臉上那塊小地方。也幫我親親媽媽，別忘了明天起再一個星期就是她的生日。親親佐拉，請她讀一下〈馬太福音〉二十四章。我知道她喜歡每天來一段《聖經》。

愛與平安豐盛，

傑羅姆 ×××××

P.S. 回覆你「彬彬有禮的提問」，沒錯，我到現在還是個……雖然你的輕視意味相當明顯，但我自我感覺良好，謝啦……以現在的年輕人而言，二十其實還不算晚，特別是如果他們已經決定追隨基督。有夠怪的你竟然問我這個，因為昨天經過海德公園的時候我還在想呢，你在某個以前沒遇過、以後也不會進一步認識的對象身上失去了你自己的。喔不，這種豐功偉業我實在沒興趣比照辦理……

收件者：HowardBelsey@fas.Wellington.edu
寄件者：Jeromeabroad@easymail.com
日期：十一月十九日
主旨：

親愛的貝爾西博士！

不曉得你聽到以下的消息將做何反應——我們墜入情網了！吉普斯小姐跟我！我等不及要向她求婚，老爸！而且我想她會答應!!這些驚嘆號你了吧!!!她的芳名叫維多利亞，不過大家都叫她小維。她棒透了，大美女，豔光四射。我打算今天晚上「正式」向她提出，不過我想先跟你報告。這件事降臨到我們身上就像〈雅歌〉（Song of Solomon）所述，這種感覺無法言喻，只能說我們兩個相互吸引有如天啟。她上個星期才回到這裡——聽起來很瘋狂，不過是真的!!不蓋你：我好快樂。請服用兩顆鎮定劑然後請媽媽盡快回我。我這支電話的通話費已經打爆了，又不想用他們的。

傑××

2

「什麼東西，霍華？我現在看的這個到底是什麼？」

霍華．貝爾西用手比了比，為他的美國老婆，琪琪．賽蒙茲指引列印出來的電子郵件的重點段落。她以肘尖按住紙張兩端，壓低頭部，每逢她專注對付細小字體時就會出現這種姿勢。霍華走到廚房另一頭，處理引吭高歌的水壺。這是一派靜默當中唯一的高音。他們的掌上明珠佐拉坐在椅凳上，背向房間，配戴耳機，專心致志地觀賞電視。列維，家中的么兒，站在櫥櫃前他爸爸旁邊。父子倆開始心領神會地編排起早餐舞碼：遞接麥片盒、交換器具、盛裝餐碗、分享亮黃鑲邊粉紅瓷壺裡的牛奶。房子正面朝南。晨光投射於通往庭院的雙層玻璃門上，穿越拱頂，切割了廚房的空間。柔和的光線歇止於靜物畫般的琪琪身上，在餐桌旁讀信的她一動也不動。一個暗紅色的葡萄牙陶缽擺在面前，蘋果高疊。此刻，陽光探觸得更遠，橫過餐桌，穿越走廊，抵達他們兩間客廳當中較小的那間。這裡有座書架，擺放他們的舊平裝書，伴隨一張麂皮懶骨頭椅，一張軟墊椅，上頭是梅鐸，他們的臘腸狗，軟癱於一束光柱當中。

「這是真的假的？」琪琪問道，但無人應聲。

列維將一顆顆草莓洗淨切片，噗通扔進兩只麥片碗，霍華負責把草莓的殘蒂扔進垃圾桶。他們這一套操作程序甫告完成，琪琪將紙張翻面放在桌上，兩手從太陽穴移開，靜靜地微笑。

「什麼東西這麼好笑？」霍華問，走到早餐吧檯旁，手肘擱在上頭。琪琪擺了張不動聲色的雕像臉，聊作回應。有時候，便是這號司芬克斯般的神情，讓他們那些美國友人過度揣測她是否具有異國血統。實際上，她出身佛羅里達鄉下的尋常人家。

「寶貝，別這麼愛看笑話。」她說道。接著拿了蘋果，取出一把半透明握柄的小刀子切成大小不等的幾片。一片片細嚼慢嚥。

霍華用兩手將臉上的頭髮往後梳攏。

「抱歉，我只是看妳在笑，才想問問是哪裡有趣。」

「我還能有什麼反應？」琪琪嘆息說道。她放下小刀，朝端著碗經過身邊的列維伸出手。她抓住十五歲小壯漢的牛仔褲褲頭，一把拉近，硬把他壓低半呎配合自己的坐高，好讓她將兒子籃球球衣上的標籤塞回領口，接著拉住四角褲的兩側準備進一步調整，不過被他躲開了。

「媽，妳別……」

「列維，親愛的，拜託拉高一點……穿這麼低……屁股都遮不住了。」

「所以並不好笑。」霍華做出結論。講話如此帶刺對他而言其實並無半點樂趣，不過同樣的問題還是緊追不捨，雖然一開始他並不是故意要這樣切入話題，但他知道現在繼續講下去也只是白搭。

「噢，主啊，霍華，」琪琪說，轉身面向他。「我們可不可以十五分鐘後再來談這個，好嗎？等孩子們都——」琪琪從椅子上略抬起身體，她聽見前門門鎖傳來喀嗒一聲，接著又是一聲。「佐兒，親愛的，幫忙去門口看一下，我今天膝蓋不舒服。她進不來，快點，幫幫她——」

佐拉嘴裡嚼著起司酥餅，指了指電視。

「佐拉——現在就去，拜託，是那個新來的幫手，莫妮卡——不知道為什麼她的鑰匙很難開——我不是請妳打一把新的給她——我沒辦法整天守在這裡等她進門——佐兒，移動一下妳的屁股——」

「一大早出現兩次屁股，」霍華點出來。「多好。真文雅。」

佐拉滑下椅凳，延著走廊向前門走去。琪琪的目光再度回到霍華身上，他以最無辜的表情面對尖銳的質疑。她拾起離家大兒子的來信，從壯觀的胸脯前拿起繫鍊眼鏡，推回鼻梁。

「你得多關心一下傑羅姆，」她邊讀邊耳語。「那孩子一點都不呆……需要人家關心的時候他可真是有一套，」她突然抬眼看著霍華說道，字字音節分明，有如銀行出納清點鈔票。「蒙提．吉普斯的女兒。重拳出擊，砰，這下你興致可來了。」

霍華皺眉。「都是妳的功勞。」

「霍華，爐子上面有顆蛋，不曉得誰放的，水已經滾夠了——味道好難聞。把火關掉，拜託。」

「都是你的功勞？」

霍華看著妻子平靜地斟了三分之一杯蛤蜊番茄汁，舉杯來到唇際，尚未沾口便又出聲講話。

「說真的，霍。他才二十歲。他想要得到自己老爸的關心——這下他辦到了。甚至一開始就找了這個吉普斯的實習生位置，天底下明明有千百萬個實習機會可以選。現在他進展到要把小吉普斯給娶回來了？別跟我來佛洛伊德那一套學說。我是說，遇到這種事我們越認真只會越糟糕。」

「吉普斯家？」剛從走廊回來的佐拉問聲響亮。「是什麼狀況，傑羅姆搬過去了？他腦子瘋到這種地步……你們看：傑羅姆——蒙提．吉普斯，」佐拉說著，在身體左右兩側比劃出兩個人形，重複好幾遍同樣的動作。「傑羅姆……蒙提．吉普斯。住在一起。」佐拉搞笑地打著哆嗦。

琪琪大口嚥下果汁，空杯重重一放。「夠了，到此為止——我說真的。今天早上別再讓我聽見蒙提．吉普斯這名字，我向上帝發誓。」她看著手錶。「妳第一堂課幾點開始？怎麼還有時間在這裡，佐兒？聽見沒？怎—麼—還—在—這—裡？噢，早安，莫妮卡，」琪琪突然變換聲音，正經有禮，去除嗓子裡的佛羅里達音樂成分。莫妮卡闔上大門，走了過來。

琪琪對莫妮卡疲憊地一笑。「我們家今天瘋瘋癲癲的，每個人不是快遲到就是已經遲到了。妳怎麼樣，莫妮卡，都還好吧？」

新來的清潔婦莫妮卡是來自海地的非法移民，和琪琪年紀相當，不過膚色更黑一層。她到這房子來打掃才第二次而已。她穿了一件美國海軍毛翻領短夾克，臉上帶著抱歉的神情，似乎想在事情搞砸之前預先為可能的麻煩表示歉意。這一切令琪琪對於莫妮卡的假髮更加心疼難受：那頂廉價、橘黃色的合成假髮早該換掉了，今天那頂假髮看起來似乎比上次還要往後退，勉強用絲線綁在她稀疏的髮絲上。

「我從這裡開始打掃？」莫妮卡怯聲問道，手在外套上緣的拉鍊處游移，不過沒有解開。

「這樣好了，莫妮卡，妳先從書房開始清理——我的書房，」搶在霍華表達意見之前，琪琪迅速指示。「可以吧？那些文件資料不要移動——可以的話，把它們疊整齊就好。」

莫妮卡站在原地，手仍然抓著拉鍊。琪琪揮不去異樣的感受，一想到這名黑女人會怎麼看待另一個黑女人付錢要她打掃就焦躁不安。

「佐拉會帶妳過去。佐拉，帶一下莫妮卡，拜託，快點，帶她去書房。」

佐拉一步跨過三階往樓上衝，莫妮卡步履艱難地跟上。霍華從戲臺前面這一幕回到自己的婚姻生活。

「如果事情成真，」霍華啜著咖啡，四平八穩地說，「蒙提．吉普斯跟我們就是親家。不是其他人的親家。是我們的。」

「霍華，」琪琪同樣克制語氣，「拜託你，別來『這套』。我們不是在臺上演戲。我剛剛講過現在不想談這件事。你明明有聽見。」

霍華微微欠身。

「列維需要錢坐計程車。如果你想找點事情煩惱，就煩惱這個。吉普斯他們家就省了吧。」

「吉普斯家？」是列維，沒看到人，他從某處喊著，「吉普斯誰？在哪兒他們？」

這種假假的布魯克林腔並非遺傳自霍華或琪琪，三年前，這種腔調才宣告進駐列維甫滿十二歲的口中。傑羅姆和佐拉兩人都在英國出生，列維則生於美國。不過三個孩子各具特色的美語口音對霍華而言似乎純屬人為加工，不太像是這個家和他太太孕育的產物。話雖如此，像列維莫名奇妙變出那種布魯克林腔還真是打敗了所有人。畢竟貝爾西家離布魯克林北邊至少有兩百英哩遠。今早的霍華幾乎忍不住要來上一段評論（太太之前已經警告過他少發議論），不過當列維從走廊現身，趁張口咬下手上的瑪芬之前咧嘴一笑，令他父親不得不束手繳械。

「列維，」琪琪說，「親愛的，我很好奇——你認得我是誰嗎？家裡的任何事情你有稍微關心注意嗎？記得傑羅姆？你哥哥？傑羅姆不在家？傑羅姆飄洋過海到了一個叫英國的地方？」

列維手上拎著一雙運動鞋。他拿鞋朝著挖苦他的母親晃了晃，繃著臉，坐下將鞋穿上。

「所以呢？又怎樣？我認識吉普斯嗎？我知道吉普斯什麼東西才有鬼。」

「傑羅姆——快去上學。」

「誰是傑羅姆？」

「列維，快去上學。」

「吼，怎麼妳每次都……我只不過問一句，妳就要……」列維草草比了個手勢，看不出到底什麼話沒講出來。

「蒙提．吉普斯。你哥哥在英國就是替他工作，」琪琪沒力氣再爭辯。看到列維在這場較量中勝出，霍華有點樂，琪琪的酸言酸語還是會棋逢敵手。

「看吧？」列維說，彷彿多虧他才有人知道作人要通情達理。「有那麼難嗎？」

「所以那信是吉普斯寫的？」佐拉問道，她已經下樓，來到母親肩後。女兒站著，俯身朝向母親，這畫面教霍華想起畢卡索筆下兩個體態豐滿的盛水婦人。「老爸，拜託，這次回信讓我幫忙——我們一起把他摧毀吧。這回主角是哪個？《理想國》（*The Republic*）？」

「不，不是，跟那不相干。信是傑羅姆寫的。他要結婚了，」霍華說，敞著浴袍，轉開身子。他踱向通往庭院的玻璃門。「準備娶吉普斯的女兒。看樣子很有趣。妳媽媽覺得可笑極了。」

「不對，親愛的，」琪琪說。「我想我們剛剛的結論是：我不認為這件事可笑，我也不認為我們明白究竟發生了什麼事情。這封電子郵件只寫了七行。我們連他的用意都不清楚，我可不想沒事大驚小——」

「沒搞錯吧？」佐拉打斷琪琪，從母親手中抽起那張紙，貼近她的近視眼。「這是他媽的開玩笑，對吧？」

霍華將額頭抵著厚厚的門玻璃，感覺冷凝的寒氣滲溼了眉毛。門外頭，民主素養深厚的東岸落雪未停，對於庭院的椅子、桌子、植栽、信箱和籬笆一視同仁。他呵出一朵蕈狀雲，舉起袖子抹掉。

「佐拉，妳該去上課了，可以嗎？而且妳真的不應該在我的房子裡講粗話——閉嘴！閉嘴！閉嘴！閉嘴！」琪琪說，連番蓋過佐拉準備開口吐出的字眼。「可以嗎？帶列維去計程車招呼站。我今天沒辦法載他，妳可以問霍華看能不能載他，不過好像不太可能。我準備打電話給傑羅姆。」

「我不用人家載，」列維說，這下霍華才把列維瞧個仔細，注意到一個新名堂：他頭上套了一只又薄又黑的女用長筒襪，綁在腦後打了個結，頂部還有個不太起眼、像奶頭般的小突起。

「妳沒辦法打給他，」霍華輕聲說。他頗富心機地轉移陣地，走到左側他們家大得嚇人的冰箱旁邊，避開眾人目光。「他電話的通話額度已經用完了。」

「你說什麼？」琪琪問道。「你在說什麼？我聽不見。」

突然間她已來到他身後。「吉普斯的電話號碼在哪兒？」她詰問，雖然兩個人都知道這問題的答案為何。

霍華沒作聲。

「噢，對喔，沒錯，」琪琪說，「行事曆上有寫，扔在密西根的那本行事曆，那次聲名遠播的研討會，你腦袋裡的任務重要到連老婆小孩都不管了。」

「現在別提這個好嗎？」霍華請求。你一旦有罪，就只能設法拖延裁決。

「沒關係，霍華，隨便你。反正不管你做了什麼，事情到頭來都是我在收拾，每次都是，所以——」

霍華以拳頭側面捶了下冰箱。

「霍華，拜託別這樣。門會震開……食物會退冰，把門推上，關好，用力點——好吧：這件事令人遺憾，如果它真的發生的話，現在還不曉得。在事情明朗之前我們只能走一步算一步。所以先觀望看看，還有，我不知道……到時候我們商量，等傑羅姆回來看狀況怎樣再討論，同不同意？同不同意？」

「不要再吵了。」列維從廚房另一頭抱怨，又大聲重複一遍。

「我們沒有吵架，親愛的。」琪琪說著，彎下腰。她低頭，從鮮豔的頭巾裡鬆開頭髮，分成兩股粗辮子垂在後方，猶如舒展開來的公羊角。她沒有抬眼，調整均分兩邊的髮量，再戴好頭巾，扭了兩圈，依原樣重新綁得更緊。這下子她每個五官都挺高了一吋，帶著這張重振旗鼓的嶄新臉孔，倚著餐桌面向孩子。

「好，表演完畢。佐兒，仙人掌花盆邊可能還有一點零錢。拿給列維。如果那裡沒有，先借給他，晚點我再還妳。這個月我手頭有點緊。好了，出門去上課。去學點東西。一點就好。」

幾分鐘後，兩個孩子出門，琪琪轉身面對丈夫，臉上宣讀的論文唯有霍華理解其中每一行、每一筆參考文獻的來龍去脈。霍華去他的只能微笑以對，換來的卻是毫無反應。霍華收起微笑。如果接下來有場打鬥，沒有人會呆到在他身上押注。琪琪——二十八年前，霍華曾經將她扛在肩上如一捆輕盈的地毯，甩上甩下，在他們第一間房子裡的第一次——如今她結結實實兩百五十磅重，看起來還比他年輕二十歲。她的皮膚因為種族特性不太長皺紋而占盡優勢，甚至，琪琪增加的體重反倒令人欣羨地繃緊了皮肉。五十二歲的她，臉龐還是女孩模樣。一張美麗卻惹不得的女孩臉。

她橫越廚房，朝他使勁推了一把，令他跌入身旁的安樂椅。回到餐桌，她粗魯地動手收拾與待會工作無關的零碎雜物，裝進皮包。她發話，不曾正眼瞧他。「你曉得什麼東西最邪門嗎？就是和你相處的明明是個精通專業學問的大教授，除此之外的一切卻是笨蛋加三級。查一查子女教養入門，霍。你會發現如果你繼續這種一意孤行的德行，事情的結果就會跟你的期望正好相反。正好相反。」

「可是跟我期望正好相反的結果，」霍華搖著椅子深思，「就操他的老是會出現。」

琪琪停下手邊的動作。「沒錯。因為你從未得到自己想要的東西。你的人生不過是一場放縱無度的強取豪奪。」

這番話對近日的麻煩點點頭以示理解。像是提議在他們的婚姻豪宅裡踹開一扇通往不幸前廳的門。這項提議遭到婉拒。無奈之下，琪琪開始著手那熟悉而艱難的任務：讓她小小的背包在碩大的背部中央安然落腳。

霍華起身，整理浴袍讓自己體面一些。「我們總有他們的地址吧？」他問。「住家的地址？」

琪琪用手指按著兩側太陽穴，有如嘉年華會中出現的讀心術士。她語調緩慢，而且，雖然姿態輕蔑，眼睛卻溼溼的。

「我真想知道你是怎麼看待我們對你的所作所為。身為你的家人，我們到底做了什麼？我們剝奪了你想要的東西嗎？」

霍華嘆息著別開目光。「反正我星期二在劍橋有篇論文要發表，或許可以提前一天飛去倫敦，只希望能夠——」

琪琪啪地拍響桌子。「喔，上帝，現在不是一九一〇年。傑羅姆去他的愛娶誰就娶誰，難不成我們還要製作名片，要求他只能和那些你遇到的教授千金交往——」

「住址有可能在那個綠色的斜紋厚棉布袋裡嗎？」

她眨眨眼，擠掉可能奪眶的淚水。「我不知道住址可能會在哪裡，」她說，模仿他的腔調。「你自己去找。或許就藏在你那間狗窩該死的垃圾堆底下。」

「感激不盡。」霍華說著，動身上樓返回他的書房。

3

一棟新英格蘭風格的暗紅色高大建築，樓高四層的貝爾西宅邸嘎吱嘎吱晃悠著。興建完工的年份「一八五六」以磚飾圖案標明在正門上方，窗戶保留了斑駁的青花玻璃，遇有烈日照耀，便在地面灑落一片如夢似幻的草原。這些窗戶是後來更換過的，並非原始樣貌，原來的材質太過珍貴，不適合繼續當窗戶使用。它們投保了高額保險，鎖在地下室的大型保險櫃裡。貝爾西家珍貴的重要部分屬於這些無人窺探或開啟的窗戶所有。屋頂的天窗是唯一保留原貌的窗戶，太陽運行越過美國大地時，這片花俏丑角般的玻璃窗便會在上層樓梯平臺的不同地點投射出圓盤狀的彩光，有人經過時，比如說，白襯衫會變成粉紅色，或者黃領帶變成藍色。等到上午過半，光點移到地面，家中的迷信是此時萬萬不可踩過。回到十年前，你會發現孩子們在這裡扭成一團，極力想要迫使對方陷入光體的軌道。即便是現在，各個都是小大人了，他們下樓梯還是會各自設法繞道閃過。

樓梯本身是陡峭的螺旋梯。下樓梯的時候，時光也跟著步步推移，貝爾西家族的照片收藏，依循生命的轉折，懸掛在樓梯的邊牆上。一開始是兒童的黑白照：圓墩墩的，臉帶笑窩，頭頂鬈髮。他們永遠是一副小肉腸腿正要軟倒，向觀者翻滾而來，彼此相互滾壓的模樣。傑羅姆瞇眼蹙額，護著小嬰兒佐拉，彷彿疑惑她是何物。佐拉正推動搖籃裡皺皮的小小列維，臉帶瘋癲的捍衛神情，有如醫院偷抱小孩的婦人。接下來有學生照、畢業照，游泳池、餐廳、公園和度假的照片，監測每個孩子的體格成長，確認各自的氣質個性。接續在孩子後面的是賽蒙茲家母系四代祖先。慎重地依照順序輝煌排列：琪琪的高祖母，當家庭奴工；外曾祖母，當女僕；然後是她的外祖母，當護士。這整棟房子就是護士莉莉從一位宅心仁厚的白人醫生手中繼承得來，彼時她在佛羅里達，替這位醫生辛苦工作了整整二十年。這筆遺產的繼承令一個貧窮的美國家庭得以翻身，躋身中產階級。朗罕路八十三號是棟體面的中產階級宅院，面積比外觀看起來還要寬敞，裡頭有座小泳池，沒有溫水設施，池底白淨的瓷磚處處剝落，有如一抹不列顛的微笑。確實，房子裡好多地方如今已然破敗——然而這是歷史莊嚴的部分。這裡與暴發戶扯不上半點關係。它為這個家族付出的心力高尚而可敬。房子的租金收入支付了琪琪母親的教育費（她擔任法律書記，今年春天剛過世不久），以及琪琪的學費。多年來這房子一直是賽蒙茲家的儲備金來源和度假屋；每年九月，一家人都會從佛羅里達前來造訪繽紛的秋意。等到孩子長大，擔任神職工作的丈夫去世之後，霍華的丈母娘，克勞蒂亞・賽蒙茲終於遷居此地，愉快地當起房東太太，將空房租給一屆又一屆周而復始的學生們居住。這些年來，霍華一直垂涎這棟房子。克勞蒂亞對霍華的覬覦了然於胸，決定不讓他稱心如意。她很清楚這地方對霍華而言再完美不過：寬敞，漂亮，而且美國有半數可能聘用他的體面大學近在咫尺。賽蒙茲太太對於讓他一年等過一年這件事似乎樂此不疲，至少霍華是這麼認為。她高高興興邁入七十大壽，保持健康無虞。同一時間，霍華攜家帶眷，在好幾所二流學府之間輾轉奔波：六年在紐約上州，十一年在倫敦，一年在巴黎城郊。直到十年前，克勞蒂亞終於發了善心，留下這棟產業，投向佛羅里達一處退休社區的懷抱。身為醫院行政管理人員暨朗罕大道八十三號最終繼承者——琪琪，牆上那幅她本人的照片也約莫攝於此時。照片裡的她容光煥發，接受政府頒獎表揚對於偏遠社區的擴大服務。一隻不規矩的白手臂緊摟著她當時牛仔褲緊裹的纖細腰桿，照片裡手臂肘部以上被裁切掉，是霍華的手。

人們一旦決定結婚，雙方通常會有一番廝殺，端看丈夫或妻子哪一方的家族能夠勝出。霍華高高興興地輸掉這場戰役。貝爾西家——寒微，粗鄙，殘忍——這樣的家族無人願意挺身捍衛。就因為霍華樂於退讓，琪琪輕輕鬆鬆就能表現得親切有禮。所以，來到樓梯的第一個平臺，有偌大一幅英國貝爾西家族成員之一的畫像，炭筆肖像繪著霍華的父親哈洛，煞有介事地高掛牆面。他戴著圓軟帽，目光低垂，似乎對於霍華選擇承續貝爾西家血脈的奇特作風感到絕望。霍華本人很驚訝竟然有這幅畫像，顯然是貝爾西家唯一擁有過的美術品，夾在他母親過世後遺留的一小堆不值錢的擺飾當中。隨著歲月的積累，這幅畫像已經超脫原本卑微的出身，如同霍華本人一樣。不少學養豐富、與貝爾西家熟識的美國友人紛紛表示欣賞，說此畫「別緻」、「神祕」，並且不可思議地流露出「英國特質」。依琪琪之見，這件作品的內涵等孩子們再大一些便能體會，此一論點巧妙地迴避了孩子們年歲已屆但了無欣賞之意的事實。霍華本人則是討厭它，如同他討厭所有的具象派畫作——還有他父親。

排在哈洛・貝爾西之後的是一列快活的行伍，霍華本人於七〇、八〇和九〇年代的典型樣貌。服裝造型的演變姑且不管，面貌的主要特徵多年來倒是沒什麼改變。他的牙齒屬家族中獨一無二——又齊又直；下唇飽滿的程度多少彌補了不見蹤影的上唇；他的耳朵沒啥特殊，就像一般人的耳朵。他下巴稍短，不過眼睛又大又綠，細薄的鼻子頗富貴族魅力。跟同年齡、同階級的男人放在一起比較，他有兩項明顯的優勢：頭髮和體重。這兩樣幾乎維持不變。特別是頭髮，異常地茂密健康，僅右太陽穴處泛著些許灰斑。就在這個秋天，他還心一橫將頭髮往前甩蓋住臉（一九六七年之後他就沒再試過這一招），結果大獲成功。一幀大型的照片中，霍華鶴立雞群於人文學院的同事之間，眾人則依序圍繞著南非前總統曼德拉，秀出這張照片的某種意義是：他無疑是現場所有同事當中髮量最多的人。接近一樓的位置，他的照片更多了：霍華穿著百慕達短褲露出蠟白嚇人的膝蓋；霍華穿著學院粗花呢上衣站在樹下，麻薩諸塞州的陽光斑斑灑落；霍華在一間大講堂裡，新任燕卜蓀[1]美學講座教授；戴著棒球帽手指著艾蜜莉．狄金生的居所；不知何故戴起貝雷帽；身穿一件螢光連身服在佛州伊頓維爾，身旁是琪琪用手擋著眼睛，可能要躲避霍華或太陽或鏡頭。

霍華走到樓梯中段的平臺便停下來打電話。他想打給厄斯金．傑格德博士、非洲文學的索因卡教授，以及黑人研究學系的助理主任。他將手提箱往地上一擱，機票夾在腋下。他撥了號碼，靜候長串的鈴響，越聽越畏縮地想起他的好友，急忙往背包裡搜索，一邊為了發出聲響而向周遭看書的人致歉，一路快步離開圖書館，外頭天寒地凍。

「哈囉？」

「哈囉，哪位？我在圖書館裡面。」

「老厄，我是霍華。抱歉，抱歉——應該早點打給你。」

「霍華？你沒在樓上？」

的確，此時他通常會在樓上。在威靈頓大學葛林曼圖書館頂樓他所鍾愛的一八七研究小間中浸淫書海。除非生病或是碰上大風雪，否則幾年來每週六他都固定來此報到。他會花一整個早上閱讀，到了午餐時間，便和厄斯金在大廳電梯前面會合。兩人一起走向圖書館咖啡廳時，厄斯金喜歡像親兄弟般搭著霍華的肩膀。哥兒倆配在一起模樣很是滑稽。厄斯金約莫矮霍華一呎，童山濯濯，那散發烏木亮澤的頭皮連同矮壯粗厚的胸膛，有如鳥類胸羽那般突出。厄斯金總是西裝革履，筆挺示人（霍華不同版本的黑色牛仔褲已經連穿十年），更少不了他精心修飾、黑白相間、白俄羅斯佬般有個性的山羊鬍，再搭配上小鬍髭以及遍布腮幫和鼻翼的3D立體雀斑，為他這副高官要角的形象完美定型。兩人共進午餐時，厄斯金講起那些同僚時總是滿口粗話，耐性全無，關於這點他的同僚們可就毫不知情了——厄斯金的雀斑替他的社交成績加分不少。這讓霍華也常想換一張類似的親善臉孔好面對世界。午餐用畢，厄斯金和霍華分道揚鑣時，總有某種不捨。兩人各自回到研究小間用功，直到晚餐時分。霍華非常享受每個星期六這一套例行節目。

「噢，真是太遺憾了，」厄斯金在電話裡聽完霍華講述的消息之後嘆道，那股遺憾之情不僅涵蓋傑羅姆的狀況，同時也為他們兩個大男人的聚會被剝奪而感到扼腕。他接著道：「可憐的傑羅姆。他是個好孩子。他一定有什麼想法打算向大家證明。」厄斯金頓了一下。「究竟是什麼想法，我不敢確定。」

「可是蒙提．吉普斯。」霍華絕望地重複。他曉得從厄斯金那兒可以得到支援。他們

---

1 William Empson（1960-1984），英國批評家，詩人。一九三〇年發表成名作《朦朧的七種類型》。

倆朋友不是當假的。

厄斯金吹了一聲口哨以示同情。「上帝哪，霍華，不用說我也知道。記得碧利斯頓暴動那一次，八一年的時候，我在ＢＢＣ全球頻道打算談一下事件背景，遭受剝奪的處境，等等等等（etcetera）」——霍華很欣賞這句「等等等等」悅耳的奈及利亞旋律——「結果蒙提那神經病，他打著千里達板球俱樂部的領帶坐在那裡跟我唱反調：『有色人種必須把他自己的家顧好，有色人種必須負起責任。』有色人種！他到今天還在講膚色！每一次大家往前跨出一步，蒙提就會把我們向後倒拖兩步。那傢伙真可悲。說真的，我很可憐他。他在英國蹲太久，人早就不正常了。」

電話另一端的霍華沒有接腔。他正在查看手提包找他的護照。一想到這趟旅程的前景，想到另一頭等著迎接他的陣仗，他就全身無力。

「而且他寫的東西一年比一年糟糕。在我看來，那本林布蘭的書真的很低級。」厄斯金體貼地補充。

霍華覺得很不光采，竟然為了自己的緣故把厄斯金逼進如此不公道的角落。蒙提是狗屁東西，沒錯，但他可不是白痴。蒙提那本談林布蘭的專書，依霍華之見，內容倒退、乖僻、引人惱火的本質主義，不過跟低級或白痴還扯不上邊。書很棒，既深入又詳盡。更占優勢的是，它是硬皮精裝，廣泛發售於英語世界，反觀霍華同一主題的著作猶未完工，還零落地橫躺在地上的印表機前，霍華有時覺得那些紙頁好似機器因厭惡所排出的嘔吐物。

「霍華？」

「是——我在聽。我該出發了，真的。已經叫了計程車。」

「保重啊，老友。傑羅姆只不過……嗯，等你人到了那裡，我相信事情到頭來其實只是小題大作。」

離一樓地面還有六級臺階，霍華被列維嚇一跳。又來了，這種頭襪鬼玩意兒。從頭襪底下抬眼看著他的，是張線條分明如獅子般威武的臉孔，陽剛下巴上的毛髮已經花了兩年的時間成長，但似乎還沒有足夠的信心自我確認。腰部以上赤裸，光著腳丫，細瘦的胸膛散發可可油的味道，這幾天剛剛刮過毛。霍華張開手臂，擋住來人的去路。

「什麼狀況？」他兒子問。

「沒事。我走了。」

「你跟誰講電話？」

「厄斯金。」

「你要走了？」

「對。」

「現在就走？」

「那這是什麼狀況？」霍華問，將問題拋回，指著列維那顆頭。「跟政治方面有關？」

列維揉揉眼睛，兩臂往背後扳，手交握朝下伸展，讓胸膛大幅擴張。「沒什麼，爸。它就是那樣。」他宣讀格言般說道，啃著自己的拇指。

「所以呢……」霍華說，斟酌字眼，「這是美學的關係。只是為了好看。」

「應該吧，」列維聳肩說道。「對啦。就那樣，就一個戴的東西。你了的。讓我的頭殼保暖。實用而已這鳥貨。」

「它倒是讓你的腦袋看起來比較……整潔、光坦。像顆豆子。」

他給兒子肩頭一把友善的揉捏，拉近貼住自己。「你今天要打工嗎？他們准你戴這東西在那間什麼店的，唱片行？」

「當然，當然……那間不是唱片行，跟你講過幾次了，那是大賣場。上下有七個樓層……你讓我想笑，喂，」列維輕聲地說，他的嘴脣隔著襯衫，在霍華的皮膚上嗡唧作響。列維終於脫離父親的懷抱，出手順著身體由上而下輕拍他，像個維安保鑣。「所以你現在要去還是想怎樣？你打算跟傑講什麼？搭哪家航空公司？」

「我不知道——不確定。要看飛行哩程積點卡，辦公室有人幫我訂機票。嘿……我只是要去跟他談一談，就像講理的人那樣來一場理性的對話。」

「乖乖……」列維嘖嘖嘆道，「難怪琪琪想踢你屁股……我投她一票。我認為你應該讓整件事情順其自然，順其自然就對了。傑羅姆會娶老婆才怪。他那兩隻手連自己老二在哪兒都摸不到。」

雖然囿於父親的職責不能同意這番話，霍華倒也不全然反對列維的診斷。依霍華之見，傑羅姆長久以來保持處男之身（霍華推測如今已經破功），象徵其對塵世及其芸芸眾生懷抱一種矛盾的情結，對此，霍華不管是讚美或理解都感到困擾。不知怎的，傑羅姆對肉體之事總是淡泊以對，讓他這作父親的一直煩惱不安。別的不說，至少倫敦這檔鳥事終於將青春期以來死黏著傑羅姆的那一絲絲道德優越氣息做出了斷。

「這麼說來，眼看有人即將犯下對自己不利的錯誤，」霍華說，企圖拉大談論範圍。「後果嚴重——而你的意見就是讓它『順其自然』？」

列維想了一下這個論點。「欸……就算他真的結婚，我還是不了怎麼突然間婚姻變得這麼嚴重……至少他終於有機會可以好好搞一炮，如果真的結婚的話……」列維爆出放肆的狂笑，肚皮誇張地收縮打結，就像是汗衫的皺褶而非真的皮肉。「你也知道他到現在他媽的還找不到半點機會。」

「列維，這……」霍華開口，不過腦中浮現傑羅姆的樣子，參差不齊的爆炸頭和軟弱的、易受傷的臉，女性化的臀部，腰上的牛仔褲老是穿得高了點，喉部掛著十字架小金鍊。一句話：不知天高地厚。

「怎麼樣？我講的哪句不是事實？你很清楚這是真話，喂——你自己也在笑！」

「不光是結婚的問題而已，」霍華執拗地說。「事情複雜多了。那女孩子的父親……這樣說好了，我們家不需要那種人。」

「是喔，嗯……」列維說，翻轉父親的領帶讓正面歸位。「我不懂這跟那有什麼鳥關係。」

「我們只是不想看到傑羅姆搞出一堆有的沒的——」

「我們？」列維說，眉毛老練地一挑——就遺傳學而言，直接來自他母親的餽贈。

「嘿——你需要零用錢或什麼嗎？」霍華問道。他手伸進口袋掏出兩球皺巴巴的二十元鈔票，揉得活像面紙團。多少年過去了，他依舊沒辦法把感覺髒兮兮的美國綠鈔認真當做金錢對待。他將錢塞入列維低腰牛仔褲的口袋。

「感恩囉，阿爸。」列維說得慢條斯理，模仿他母親的南方人根底。

「我不知道那個地方的時薪到底是怎麼算給你……」霍華咕噥抱怨。

列維哀嘆。「工資微薄，老兄……真的微薄。」

「不如你讓我去那兒，找個誰來溝通一下——」

「不要！」

霍華琢磨兒子應該是擔心看到他會很糗。怕丟臉似乎是貝爾西家男生一脈相承的稟賦。霍華在這年紀的時候，每每遇見自己的父親是何等痛苦難當！當時他真希望能換作別人而非一個肉販來當他爸爸，換個用腦袋幹活而非用剁刀和肉秤、一位和今天的霍華比較相近的人士。不過，當你改變了你兒子也跟著變了。難不成列維比較喜歡屠夫？

「我是說，」列維笨拙地修飾他的第一反應，「我自己會處理，不用擔心。」

「我知道了。媽媽有留話交代什麼還是——？」

「留話？我連她人都沒看到。我不知道她在哪裡，她早就出門了。」

「喔對。那你呢？有什麼要我轉告給你哥哥嗎？」

「好啊……就跟他說，」列維露出笑臉，轉身背對霍華，撐住樓梯兩側的扶手，像個體操選手般把腳舉高與胸部平行，「跟他說『我只是另一個在江湖中討生活的黑人，想要一毛五變出一塊錢！』」

「好的，沒問題。」

門鈴響起。霍華走下一階，親親兒子的後腦杓，矮身從他一邊手臂底下鑽過，來到門邊。一張熟悉、咧著嘴的笑臉迎在門外，凍得發白。霍華豎起一根手指以示招呼。這位是來自海地的先生叫皮耶，跟其他許多來自那個艱困島國的同胞一樣，如今在新英格蘭找到差事，小心謹慎地與霍華低落的駕駛意願相互抵銷。

「咦，佐兒人呢？」霍華從門檻回頭叫列維。

列維聳肩。「偶哪知（*eyeano*），」他說，那種怪里怪氣的母音嘎吱聲是他應付各類問題的慣用回話。「游泳？」

「在這種天氣游泳？基督啊。」

「當然是室內的。」

「幫我跟她說再見，好嗎？我星期三回來。不對，星期四。」

「沒問題，爸。小心，ＹＯ。」

車內收音機的廣播節目有人抬槓，就霍華的耳力分辨，他們嚷嚷的法語並非——並非真正的法語。

「麻煩到機場。」霍華出聲，蓋過收音機。

「好的，好的。可是，我們要慢慢開。路況很差。」

「好的，可是也不要太慢。」

「航站？」

那口音如此濃重，霍華還以為他聽見了左拉的小說。

「什麼東西？」

「哪個航站，你知道嗎？」

「噢……不，我不……我找一下，這裡有寫，別擔心……你先開車，我會找出來。」

「老是飛來飛去。」皮耶熱切地說，笑出聲來，透過後視鏡看著霍華。霍華被那寬大的闊鼻所震懾，肥厚的兩翼跨立在皮耶溫和的臉上。

「老是有地方要跑，沒錯，」霍華親切地回應，不過，其實他並不認為自己很常在外地旅行，雖然實際上他出門的頻率和距離已經超過原本的預期。他再度想起自己的父親，與之相較，霍華簡直就是菲利亞斯．法格。回到往昔，出門遠行似乎等於掌握了天國之鑰。人們夢想中的人生便是能夠四處旅行。霍華望著窗外有支路燈積雪盈腰，兩架上了鎖鍊、冰凍的腳踏車靠抵燈柱，僅剩手把的尖端足供辨認。他想像這天早晨醒來，從雪地挖出他的腳踏車，一步步踩著踏板去上工，那種貝爾西家族一代一代規規矩矩奉行的粗活，他發現自己無法想像那樣的日子。一時之間，霍華感到頗有意思：這個他再也無法估量自己奢華生活的念頭。

從外頭回到家，走進自己書房之前，琪琪順便瞄了眼霍華的書房。房裡半暗，窗簾闔攏。電腦保持開啟狀態。在她正要舉步離去時，聽見電腦自休眠狀態中醒來，發出那種爭相起伏、電子波動機的聲響，無人使用的狀態下，每隔十分鐘左右便會製造出這種聲響，有如身處匱乏狀態，此刻正憑空散布有害之物以警告人類隨意拋下它們。她走過去碰了個按鍵——螢幕回神。是霍華的 in-box 信箱，有封郵件待閱。篤定是傑羅姆寄來的信（霍華會用電子郵件聯絡的對象有他的助教，史密斯．J．密勒、傑羅姆、厄斯金．傑格德，以及一組篩選過的報紙和期刊；其他沒了），琪琪更新了視窗。

收件者：HowardBelsey@fas.Wellington.edu
寄件者：Jeromeabroad@easymail.com
日期：十一月二十一日
主旨：請看

爸——誤會。什麼都不用說。全部結束了——如果曾經有過開始的話。請你請你**請你**不要跟任何人提，把它忘了就好。都是我自己騙自己！乾脆躲起來死一死算了。

傑羅姆

琪琪發出一聲焦躁的呻吟，繼而咒罵，身體連轉兩圈，手指頭緊緊扭著圍巾，直到生理趕上心理，制止煩憂，畢竟眼前再怎麼焦急都無計可施。霍華應該正在設法說服他的膝蓋，機艙的前排座椅沒辦法就是如此貼近，苦惱著手提包放進上頭置物箱之前究竟留下哪幾本書才好——此刻阻止他已經太遲了，而且根本沒辦法連絡到人。霍華對於各種致癌物質存有根深柢固的恐懼：檢查食品標示裡的乙烯雌酚；對微波爐深惡痛絕；到現在都沒有行動電話。

4

一說到天氣，新英格蘭佬的妄想症就發作。美國東岸十年生活下來，霍華記不得有多少次，某個來自麻薩諸塞的呆瓜聽了他的口音，可憐兮兮地看著他，冒出來的話像是：那裡很冷喔？霍華的感受是：喂，讓我們把幾件事搞清楚。英國的七月或是八月不比新英格蘭暖和，那是事實。很可能六月也是如此。不過，英國比較溫暖的時節有十月、十一月、十二月、一月、二月、三月、四月和五月——也就是說，每個暖和與否攸關緊要的月份。在英國，信箱不會卡雪。看到松鼠打冷顫的機會幾乎沒有。你無需操起鏟子挖掘出雪堆裡的垃圾桶。這是因為，英國從來不會真的酷寒到骨子裡。它會飄毛毛雨，會颳風；偶爾下冰雹，每年一月會有一種特別的星期二，當天時間過得特別緩慢，而且不見天日，加上空中滿是雨水所以誰都不想鳥誰，不過呢，一件高雅的套頭毛衣配上毛織內裡的防水夾克依舊足以應付英國出產的各種天氣。霍華了解這狀況，所以面對十一月的英國，他穿著得宜——一套「好」西裝，外罩輕便的長風衣。他沾沾自喜地看著對面的波士頓婦人身裹橡皮大衣熱得香汗淋漓，解放的汗珠從髮際冒出，順勢溜下面頰逃竄。他人正在希斯洛機場通往市區的快車上。

到了帕丁頓，車門開啟，他跨入車站溫暖的煙霧中，將圍巾捲成一球塞入衣袋。他不是觀光客，沒有東張西望，沒有理會壯觀不已的建築空間，沒有欣賞造型玻璃和拱鐵精細構築的暖房屋頂。他直接走出戶外，心想可以捲根菸來抽。雪的缺席喚醒了感官。不戴手套捏著一根香菸，讓整張臉大大方方袒露！英倫的天空景緻很少有觸動霍華的時刻，不過今天，光看見一棵橡樹和一棟辦公大樓，被無所添改的藍空描出輪廓，此等風景對他似乎便是難得的壯麗與優雅。霍華倚著柱子，於一道陽光鋪設的窄廊裡放鬆身心。黑頭計程車排成一長列。乘客說明目的地，行李被慷慨的司機協助搬入後座。霍華頗感訝異，五分鐘內居然聽到兩回有人指名前往「達爾斯敦」。那是霍華的誕生地，當時屬於東倫敦藏汙納垢的貧民區，到處都是想要摧毀他的壞胚子，連他自己的家人也好不到哪兒去。時至今日，達爾斯敦顯然已成為一般正常人士可以安身立命的所在。一個身著淺灰藍長大衣的金髮女郎，手持行動電腦和一叢盆栽，一個亞裔男孩穿著便宜的閃亮西服，反光的效果有如被錘薄延展的金屬——無法想像這些人有辦法住在他早年記憶的東倫敦。霍華扔掉菸蒂，撥進排水溝。他回身步行穿越車站，跟隨一股通勤族流動的腳步，讓自己被眾人前擁後擠著下潛進入地鐵。地鐵車廂內僅容站立的方寸空間毫不留情地迫近一位意志堅決的愛書人，霍華勉力地讓下巴與硬皮封面之間保持淨空同時思索他的任務，小事一樁。他到現在幾個要點都還沒有頭緒：他準備說些什麼？要怎麼說？對誰說？問題遭受深深的蒙蔽和曲解，因為他無法忘懷下列兩個令人痛苦難當的句子：

即便提供的論據極度貧乏，總體而言，倘若貝爾西明白我所討論的畫作是哪一幅，當然對於增加說服力會大有助益。在投書當中，他將攻擊指向現今懸掛於慕尼黑，一六二九年的作品「自畫像」。令人非常遺憾的是，我在文章裡再清楚不過地表明討論的作品是同一年的《穿戴花邊飾領的自畫像》（*Self-Portrait with Lace Collar*），現今懸掛於海牙。

這些是蒙提．吉普斯的句子。三個月以來它們噹啷、螫刺，有時甚至好像帶有實體的重量，縈繞心頭揮之不去，令霍華的肩膀前垮，好像有人偷偷摸摸繞到背後，將填滿石頭的背包壓在他身上。霍華到貝克街站下車，換月臺轉搭北行的朱比利線，一列車廂正等候迎接他略表補償。真的就有這種事情，那兩張自畫像裡，林布蘭都穿著白色的飾領，基督啊；兩張臉都從陰鬱、偏執的幽影當中浮現，流露驚怕稚嫩的神色——罷了。只能怪霍華自己沒有注意到蒙提文章所描述的頭部位置的差異。這段日子他個人經歷極度煎熬的時刻，他的防禦屏障已然失守。蒙提看準時機，一擊中的。換做霍華也不會跟他客氣的。就這麼突然地猛力一扯（像個小鬼在敵營面前將朋友的短褲扯落），完全走光，丟人現眼的困窘排山倒海襲來——這是最純正道地的學術娛樂之一。毋須計較是否活該；這種事遇到了只能自己認栽。不過這下可好！十五年來，這兩個人在相近的圈子打轉；待過相同的學府，投稿相同的期刊，在座談會上偶爾同臺，不過總是各有見解。霍華向來不喜歡蒙提，就像任何一位明智的自由派不會喜歡一個獻身乖戾政治、破除聖像的右翼分子，然而，霍華始終沒有真正討厭過他，直到三年前聽到風聲，說吉普斯同樣在寫一本關於林布蘭的書。即便尚未出版，霍華已經預見到那本書將會是一本席捲大眾（且符合民粹主義）的磚頭巨著，合該以千鈞之姿雄踞《紐約時報》暢銷書金榜的頂端長達半年，活生生壓垮底下的每一本讀物。就是因為想到那本書，和它可能的命運（對比霍華自己尚未完工的作品，只能說，就算諸事順利，他的著作最多只能在千百個藝術史學生的書架上找到最後的歸宿），促使他提筆寫下那封恐怖的投書。當著學術界全體，霍華拾起繩子自己上吊。

■

出了基爾本地鐵站，霍華找到電話亭，撥給查號臺。他念出吉普斯家的完整住址，得到一組電話號碼。他花了幾分鐘時間閒晃，端詳那些色情名片。真是怪，這些「午後女郎」怎會大多選擇棲身維多利亞式的凸窗後頭，斜倚在戰後興建的雙併住宅裡。他注意到這些女郎裡有不少黑人——蘇活區的電話亭裡面完全不能比——而且如果照片可信的話（可信嗎？）好幾位看起來可謂美若天仙。他再度拿起話筒。遲疑了一會。過去一年，傑羅姆令他心生畏縮。他怯於面對那新鮮青稚的宗教虔篤，那種道德嚴肅與靜默，不知怎的，老是沒有挑明地批判他。霍華鼓起勇氣撥了號碼。

「哈囉？」

「是，哈囉。」

那聲音聽起來很年輕，標準的倫敦腔，一時令霍華難以反應。

「嗨。」

「抱歉，請問哪位？」

「我是……請問你那裡是？」

「這裡是吉普斯公館。哪位？」

「噢——是兒子，剛好。」

「不好意思？請問哪位？」

「呃……欸，我想要——這很尷尬——我是傑羅姆的爸爸，我——」

「喔，好，讓我叫他來——」

「不、不用、不用，等等、等一下——」

「不會麻煩——他正在吃飯，我叫他沒關係——」

「不，不用、我——唔，我不想……事情是這樣，我剛從波士頓過來……我們剛剛才聽說，你知道——」

「是？」那聲音裡面的探詢意味令霍華難以招架。

「那麼，」霍華說，勉強嚥了下口水，「我想說應該先稍微徵詢你們哪位家人的意見……在我跟傑羅姆商量之前——他狀況沒有講得很清楚——很顯然……我想你父親一定是——」

「我爸爸也在用餐。你想跟他——」

「不……不，不，不用，不用，我是說，他不會想要……不……不用，不用——我只是……整件事搞得一團亂，當然，問題在於——」霍華起了頭，接下來想不出問題究竟要怎麼陳述。

電話線傳來一聲咳嗽。「唔，我不太懂——你需要我請傑羅姆過來嗎？」

「實際上，我現在就在你們家附近——」霍華脫口而出。

「你說什麼？」

「對……我從一個電話亭打的……這一區我不熟……沒有地圖，你曉得。你大概不方便來帶我吧？我有點——我怕自己走過去的話會迷路——完全看不出東南西北……我就在地鐵站這裡。」

「好的。路很容易認，我可以跟你說明一下方向。」

「如果你**可以**直接來這裡，那就太感謝了——天色已經暗下來，我一定會轉錯邊，而且……」

霍華畏縮地陷入沉默。

「我只是想要請教你幾件事，你曉得——在我跟傑羅姆碰面之前。」

「好吧，」那聲音終於說道，已經有些不悅了。「那麼——讓我拿件外套？車站外面對吧？女王公園。」

「女王……？不對，我，呃……噢，基督，我現在在基爾本——錯了嗎？我以為你們住在基爾本。」

「不太對。我們家在兩個站中間，比較靠近女王公園。嘿，只要……我會過來接你，別擔心。基爾本朱比利線，對吧？」

「對，沒錯——你真好心，感謝感謝。你是麥可嗎？」

「是我，小麥。你是……？」

「貝爾西，霍華・貝爾西。傑羅姆的——」

「好的。那麼，你先待在那兒，教授。我大概七分鐘後到。」

一個粗勇的白人小子埋伏在電話亭外，那張麵糰臉上長了三顆布局巧妙的黑痣，鼻上一顆，臉頰一顆，下巴一顆。霍華開門，堆起不好意思的微笑，那小子擺出一副少跟我來這套陳年禮教的架勢，說「幹，時間到」，接著朝裡擠身讓打算出來和進去的人都不好過。霍華臉上發熱。他幹麼臉紅羞愧？是別的傢伙舉止粗魯，用肩膀故意推人——幹麼羞愧？然而，那不只是羞愧，而是身體的投降——換做二十歲，霍華可能訏譙回去或叫他滾開；三十歲，甚至四十歲也可以；不過五十六就不行了，現在不行。害怕緊張情勢升高（你看什麼看？）霍華手伸進口袋摸出一旁自助快照亭所需的三鎊。他屈膝撥開迷你的橘色簾子，有如鑽進一間小小的後宮。他坐上凳子，拳擱膝蓋，頭部放低。往上一瞧，他發現自己映照在一面骯髒的有機玻璃裡面，一個大紅圈將他的臉部包圍。第一道燈光快閃時，霍華毫無準備：他手套剛好掉了，低頭想撿，聽見機器作響趕緊彈回身體，那一刻他的頭剛好揚起，頭髮擋住了右眼。看起來受到驚嚇，被修理過的樣子。迎接第二道閃光，他挺起下巴準備挑戰鏡頭，就像迎擊那囂張的小子一樣，結果卻得到某種更加岌岌可危的東西。出現的是一張完全不真實的笑臉，按平常的習慣，霍華絕對不會笑的。那種虛假笑臉的結果是：悲哀，袒露，羞慚，近乎懺悔，如同男人遲暮之年常有的神情。霍華放棄了。他留在原位，等著那小子離開電話亭。然後從地上撿回手套，離開他自己的快照小亭。

外頭的禿樹沿著馬路排排站，枝枒凌空低垂。霍華趨前倚著其中一棵，仔細避開遍布樹身的汙斑。從這位置，他可以留意街道兩頭和車站的出口。幾分鐘後，舉目瞧見那個估計是他在等的人，從鄰街的街角繞出來。依霍華對這種事相當靈敏自喜的眼力看來，來者像是非洲人。他的皮膚赭光搶眼，尤其顴骨和整片額頭等骨皮緊繃處最是明顯。他戴著皮手套，身著灰色長大衣，帥氣地打上深藍色喀什米爾圍巾。他的眼鏡是細邊的金框，腳下那雙鞋頗有意思：髒兮兮的平底運動鞋，霍華覺得那是列維一輩子也不會穿的便宜貨。接近車站的時候，他放慢腳步，打量著一小群同樣也在等人的民眾。霍華原本以為麥可・吉普斯馬上會認出自己，不過終究還是他先上前一步將手伸出來。

「麥可？我是霍華。嗨，感謝你來接我，我不——」

「還好嗎？」麥可出聲插話，對著車站點點頭。霍華摸不著這問句的重點，蠢蠢地露齒報以一笑。麥可的個頭比霍華高出一截，這讓霍華有點不習慣且討厭。麥可身形也很魁梧，不是霍華他們班上新生那種壯，而是年輕人從脖子頂端往下擴展成梯形，不對，他還要更優雅些。這是天生的體格。他是那號人物，霍華忖道，看起來就是有一種氣質，就眼前的例子而言這氣質即是「高貴」。霍華不怎麼信賴這樣的人物，氣質如此飽滿獨特，猶如封面奪目的書籍。

「這邊走。」麥可說，往前邁出一步，不過霍華拉住他的肩膀。

「等我拿一下這東西，新護照要用的，」他說，照片從滑槽送出，一陣人工送風開始吹動。

霍華伸手要拿他的相片，然而這次麥可伸手阻止他。

「等等——讓它乾，不然會糊掉。」

霍華挺直身體，他們兩個原地靜靜站著，觀望那些照片顫動。儘管沉默令人滿意之至，霍華卻突然聽見自己說出「那麼……」他沉吟半晌，想不出明確的話語接在「那麼」之後。麥可轉身對著他，臉上沒安好心地盼著。

「那麼，」霍華再度發話，「你是做哪行的，小麥……麥可？」

「我在一家股本公司當風險分析師。」

如同許許多多的學院中人，霍華對於世事懵懂無知。他對社會科學領域三十種不同意識形態流派的差異如數家珍，但搞不清楚軟體工程師究竟作用何在。

「喔，我知道……那非常……在市區嗎，還是——？」

「在市區，沒錯。聖保羅街附近。」

「可是你還住在家裡。」

「只有週末的時候回來。上教堂，星期天午餐。家庭活動。」

「住附近還是——？」

「住康登，就在——」

「喔，我曉得康登——好多年前我在那裡混過一陣子。這麼說來，你知道那地方——」

「我想你的照片好了。」麥可說，從溫馨的小滑槽中取出照片，對著它們又搧又吹的。

「你不能用前面三張，臉沒有對正，」他唐突說道。「現在規定很嚴格。用最後一張，或許好些。」

他將照片遞給霍華，他看都沒看便塞入衣袋。看來麥可甚至比我還討厭這件婚事，霍華心想。他連對我客氣一點都做不到。

兩個人從麥可剛才來的地方一路往下走。真要命，這年輕人走起路來沒半點樂趣，每一步都刻意保持精準，像是證明給警察先生看，他可以照著白色直線邁步。一分鐘、兩分鐘，沒有人出聲。他們走過一棟又一棟住宅，其間看不到任何店家，沒有商店，沒有戲院，沒有洗衣店。舉目淨是局促的維多利亞風格排屋，英國建築裡的獨身老姑婆，維多利亞時代布爾喬亞的文化博物館……這是霍華古早以前的狂言妄語。他正是在這種房子裡成長。一旦脫離了家庭懷抱，他嘗試體驗激進的居住環境——公社和霸占空屋。接著孩子降臨，有了第二個家庭，以至那種生活空間變得無以為繼。如今，他壓根不願憶起長久以來曾經何等迫切地渴望他丈母娘的宅邸——人們會忘卻自己選擇遺忘的東西。他看著自己迫於情勢，搖身投入那種一度在政治、個人和美學上嚴防排拒的生活空間，沒辦法，為了家庭只能妥協。反正妥協的也不只這一件。

他們轉入一條新的街道，顯然上次大戰時被轟炸過。這裡有的是世紀中期的醜陋建物，仿都鐸式的立面加上古怪的車道鋪設。蒲葦草就像郊區大貓咪的尾巴，垂落在前院的圍牆上。

「這附近不錯。」霍華說，搞不懂自己這種本性，人家沒問就主動提供口是心非的意見。

「是啊。你住在波士頓。」

「就波士頓外圍。離我教書的文科學校很近，在——威靈頓大學。你們這裡大概沒聽過。」霍華假意謙虛說道，威靈頓是他任教至今待過最具聲望的學府，相當接近他曾經應徵過的一所長春藤盟校。

「傑羅姆念那兒，對吧？」

「沒有，沒有——實際上是他妹妹佐拉念那兒。傑羅姆在布朗。或許這樣比較有益身心，」霍華說道，老實說傑羅姆的此一選擇令他很受傷。「自由自在，沒人管之類的。」

「不見得。」

「你不認為如此？」

「我曾經跟我爸在同一所大學。我覺得那樣很好，家人關係緊密。」

在霍華眼中，這年輕人的驕傲似乎集中於下顎，兩人行進當中，周而復始地運作，似乎正反覆咀嚼他人的失敗。

「噢，一點也沒錯，」霍華說，自覺寬大為懷。「傑羅姆和我，我們就是不……唔，我們看事情的觀念不一樣……你跟你父親的關係一定比我們兩個親近，比較可以……欸，我不曉得。」

「我們非常親近。」

「這個嘛，」霍華自我抑制地說，「你很幸運。」

「就是要用心，」麥可很熱心地回應，這話題似乎令他興致勃勃。「就像，看你有沒有努力投入。而且，我想家裡隨時都有我母親在，這點應該差別很大。有那種母親形象，教養培育全都會不一樣。這像一種加勒比人的理想——很多人都忽略了這一點。」

「說得對。」霍華說，又走了兩條街，經過一間印度廟乳白色的進氣口和一條滿是醜陋平房的大街，他滿腦子想將這年輕人的腦袋推去撞樹。

此刻所有的街燈都已亮起。霍華終於可以看見麥可先前提到的女王公園。跟市中心那幾座精心維護的皇家公園完全不能比。不過是處小綠地，中央位置有座打上七彩燈光的維多利亞式音樂臺。

「麥可，我能說件事嗎？」

麥可什麼也沒說。

「嘿，我沒有任何意思冒犯你們家任何人，而且我知道我們兩個基本上都同意，這點應該沒什麼好爭議的。真的，我們應該合力想出一些……一些，我是說，一些方法，一些手段來勸服他們兩個，你曉得，這該死的真是個瘋狂的主意——我是說，這是現在問題的關鍵，不是嗎？」

「欸，老兄，」麥可要言不繁地說，加快腳步，「我不是知識分子，對吧？我父親跟誰有任何爭論都不干我的事。我是講求寬容的基督徒，我所在意的是，不管你和他之間有任何瓜葛，都未曾改變我們對傑羅姆的看法：他是個好孩子，老兄，那才是最重要的。所以不需要爭執什麼。」

「對，當然，當然，當然，沒有人說到要跟誰爭執。我只是說，希望你父親能夠體諒，傑羅姆真的太年輕了，他比實際的樣子還要年輕不懂事，在感情上他更是稚嫩，完全缺乏經驗，比你可能了解的還要嚴重——」

「抱歉，是不是我太笨——你到底想說什麼？」

霍華做作地深吸口氣。「我認為他們兩個都太……太過年輕，還不到結婚的時候。麥可，我真的這麼認為。總歸一句，就是這樣。我不是老古板，不過我真的認為，不管從哪方面來看——」

「結婚？」麥可定住腳步，將鼻梁上的眼鏡推高一吋。「誰要結婚？你在講什麼？」

「傑羅姆，跟維多利亞。抱歉……我覺得那真的是——」

麥可換個方式調整他的下顎。「我們現在是在講我妹妹？」

「是，抱歉——傑羅姆和維多利亞——不然你講的是誰？等一下，怎麼回事？」

麥可爆出笑聲，將自己的臉湊近霍華的臉，找尋任何捉弄人的蛛絲馬跡。結果一無所獲，他摘下眼鏡，用圍巾慢悠悠地擦拭著。

「我不曉得你哪兒來的念頭，不過說正經話，如果可以，打消它吧，這真的一點都不……呼！」他說道，重重呼氣，搖搖頭將眼鏡戴了回去。「我是說，我喜歡傑羅姆，他人不錯，是吧？不過我想我們家的人不會真的……放心看著維多利亞跟某人陷進去，而那個人相當欠缺……」霍華看著麥可無所遮掩地在斟酌該如何委婉用詞。「某種……我們認為重要的東西，對不？總之現在沒有那個打算，抱歉。你一定是哪裡搞錯了，老兄，不過無論如何，我建議你走進我父親的房子之前先回到正軌，了解嗎？傑羅姆根本連門都沒有，根本沒有。」

麥可開始加速邁步，邊走還邊搖頭，霍華落在右側，加緊跟上。行進當中有人不時斜眼瞄霍華，頭搖得更加起勁，直到霍華一股氣上來。

「喂，不好意思，我現在可不是高興到昏頭，好嗎？他還在念書學習的階段。而且不管怎樣，如果真的到了時機，我猜想他會期待一個相配的女孩子，這麼說好了——一個知識分子，而不是第一個碰巧讓他僥倖得手的女人。好了，其實我也不想跟你多嘴，我們意見一致，非常好，你和我都明白傑羅姆是個**小孩子**——」

霍華終於趕上麥可的步伐，一隻手堅定地搭上他的肩膀，令他再度止步。麥可慢條斯理轉頭看著那隻手，直到霍華勉強將手縮了回去。

「什麼跟什麼？」麥可說，霍華注意到他口音調子一轉，變得有些粗野，比較接近街頭而非上班場所。「幫個忙，把你的手拿開好嗎？我妹妹是處女，如何？你懂不懂？她是有教養的，怎麼樣？老兄，我不知道你兒子是怎麼告訴你——」

這種中古世紀風格的對話轉折令霍華措手不及。「麥可，我沒有意思要……我跟你的立場是一致的，我們都覺得這件婚事荒謬至極——看我的嘴型，我說荒、謬、至、極，沒有人質疑你妹妹的貞潔，真是的，沒有必要這樣就拔劍決鬥……弄得你死我活。聽我說，我當然知道你和你家人有『信仰』，」霍華開始結結巴巴，有如「信仰」是一種症狀，像口腔皰疹。「你曉得……我完全並且絕對能夠尊重和接受那種——我沒有想到這會讓你如此意外——」

「意外又怎麼樣？幹他媽的意外！」麥可叫道，轉身面向霍華，嘴裡低聲咒罵著，彷彿還怕被偷聽到。

「這樣，好的……是意外，我能夠體會……麥可，拜託……我不是來這裡跟人吵架的，讓我們先設法冷靜——」

「要是他敢碰到——」麥可出聲，霍華除了害怕這神經錯亂的話語之外，也真的開始對麥可感到害怕。理性的潰逃，這現象在新的世紀隨處可見，但霍華並未像其他人那樣大驚小怪，然而，一個又一個新的例子讓他碰上——電視裡，街頭上，還有眼前這名年輕人——終歸還是令他動搖退縮。他關切爭議與文化的意願降低，對抗庸俗偏狹的動力已然消褪。此刻的霍華目光垂地，心裡準備不是被打一頓就是口頭羞辱。突然間，他聽見一陣風往他們佇立的角落撲來，令街樹沙沙作響。

「麥可——」

「我不相信這種事。」

最初霍華以為從麥可臉上發現的高貴氣質迅速被冷酷取代，冷靜的舉止搖身丕變，判若兩人，彷彿有誰拿了含毒的液體抽換他身體脈管的血液。他掉頭轉身。霍華的存在似乎已經與他無關。他開始快步疾走，幾乎是用跑的，沿街而去。霍華高聲喊他。麥可加快速度，突然間往右一轉，踢開一扇鐵柵門。他吼叫「傑羅姆！」並穿過一道被無葉枝條雜結纏生如鳥巢般的遮棚底下，消失蹤影。霍華尾隨他通過柵門和遮棚，在一扇氣派、附有銀色敲環的雙面黑門前停下來。門半敞著。進到維多利亞風格的玄關裡面，他再度止步，腳下那些黑白菱塊可沒有誰對他表達歡迎之意。過了片刻，聽見幾道高亢的聲音，他循聲來到最裡面，一間挑高的飯廳，擁有效果十足的落地窗，迎面有張擺了五套餐具的長桌。那種感覺有如置身一齣愛德華時期瀰漫幽閉恐懼症的恐怖劇中，整個世界被縮減成一間內室。場景右側是他兒子，目前被麥可．吉普斯架在牆上。至於其他重點，霍華同時注意到某位想必是吉普斯太太的女士將右手舉向傑羅姆，而她身邊的人則以手掩面，只剩髮辮編織繁複的頭皮可以見人。接著，這一幕活人畫有了生氣。

「麥可，」吉普斯太太語氣毫不含糊。她叫那名字的發音和「Y-Cal」，霍華喝咖啡添加的一種代糖品牌正好押韻。「放開傑羅姆，求求你——婚事已經取消了。沒有必要這樣。」

霍華注意到，當吉普斯太太口中說出「婚事」二字時，他兒子面露驚詫之色。傑羅姆努力將頭擺脫麥可身體的遮擋，好去捕捉餐桌旁那沉默、蜷縮身形的目光，不過這身形動也沒動。

「婚事！什麼時候有的婚事！」麥可叫喊，拳頭握起，不過霍華已經來到一旁，連自己也料想不到地出手抓住那小子的腕部。吉普斯太太想要起身，不過似乎有困難，接著，當她再度叫喚兒子的名字（謝天謝地），霍華察覺到麥可手臂的意圖已然消解。傑羅姆，顫抖著身體退到一旁。

「誰都看得出來發生了一些事，」吉普斯太太輕聲說道。「不過已經結束了，徹徹底底結束了。」

一時之間，麥可顯得迷惑，不過很快腦中有了計畫，他喀嚓扳動落地窗的把手。「爸！」他呼喊，然而門窗不願妥協。霍華趨前想幫他解開頂部的鎖。麥可完全不理，最後終於自己發現，然後將鎖打開。唰一聲落地窗開啟。麥可跨進庭院，嘴裡還呼喊著他的父親，風灌進來，上下拍逐簾幕。霍華可以清楚看見草地蔓延，盡頭某處有一小堆橘亮的火光。此外，一棵巨樹常春藤攀爬的基幹，基幹以上看不見的部分隸屬夜的管轄。

「哈囉，貝爾西博士，」吉普斯太太此時出聲，有如剛剛這些情節不過是正常接待訪客的合宜前奏。她拿開膝上的餐巾，站了起來。「我們還沒機會見過面吧？」

她的人跟他所預期的全然不同。出於某些緣故，原本霍華想像的是比較年輕的女人，一個人間尤物。然而她看起來比琪琪還老，好像已經六十開外，四肢瘦長。她的頭髮捲曲有型，幾綹散落的髮絲框起臉龐，身上的衣著離正式服裝相去甚遠：一條深紫色曳地長裙，一件白棉布寬鬆的印度短衫，衣面飾有精細的刺繡。她的脖頸修長（他意識到麥可高貴的面貌從何而來），皺紋頗深，戴著一條名貴的、中間鑲有一顆多面體月長石的裝飾藝術風珠寶，而非預期中的十字架。她一把將霍華的兩手握住。霍華立即察覺那雙手已非二十秒之前所展現的那般迫切無援。

「請別喊我『博士』，」他說。「現在是下班時間，拜託叫我霍華。哈囉，我對這一切非常抱歉——」

霍華看著他此刻認定是維多利亞的那個人（雖然從頭皮根本沒辦法分辨性別）依然僵在桌邊。傑羅姆如滴漬般一路滑落牆面、跌坐地上，盯著自己的腳。

「年輕人嘛，霍華，」吉普斯太太說，似乎打算來一段霍華沒興趣聽的加勒比童話，「他們做事情有自己的想法——不見得跟我們想的一樣，但畢竟是自己的選擇。」她笑了笑，露出紫紅牙齦，頭部不甚靈光地接連搖了幾下，似乎有些中風。「這兩個頭腦還算清楚，感謝主。你可知道維多利亞才剛滿十八歲？你還記得自己十八歲的時候嗎？我自己是沒辦法，那好像上輩子的事情。好了……霍華，你有訂旅館吧？我想留你住下來不過——」

霍華點點頭，確認自己有旅館住並且即刻想要動身前往。

「好的。我想你應該帶傑羅姆一起——」

此話一出，傑羅姆將頭埋入手中；同一時間，分毫不差地倒帶，桌邊那年輕的小姐從相同的姿勢中倏地抬起頭臉，霍華眼角的餘光瞥見一個英氣俏麗的可人兒，淚溼的眼眸睫毛細長，手臂筋骨亭勻如同芭蕾舞者。

「別擔心，傑羅姆，你可以等早上蒙特袞上班的時候回來拿東西。回家以後也可以寫信給維多利亞。今天別再出現其他的場面了，拜託。」

「可以讓我——」那女孩想表達意願，然而看吉普斯太太閉上眼睛、抖著手指按住雙脣，便又住口。

「維多利亞，去看一下爐火，拜託，快去。」

維多利亞起身，砰一聲把椅子推撞上餐桌。她離去時，霍華從後頭望著她的肩胛骨上上下下，如同活塞驅動她慍怒的引擎。

吉普斯太太再度露出微笑。「我們很高興能夠和他在一起，霍華。他是個十分優秀、誠實、正直的年輕人。你應該以他為榮，真的。」

從剛剛到現在她一直握著霍華的雙手；最後她出力一捏，鬆手放開了他。

「或許我應該留下來跟你先生談一談？」霍華囁嚅說道，聽見庭院有聲音接近，不禁祈禱此事沒有必要。

「我想這個主意不太好，你說呢？」吉普斯太太說著，轉身離去，瞬間一陣輕風微微掀動裙腳，她飄下庭院臺階，消失於暮色當中。

5

我們必須將時間往後跳九個月，並且橫越大西洋回到這裡。八月第三個酷熱的週末，麻州的威靈頓大學城舉辦一年一度的家庭戶外節慶。琪琪原本打算全家人一起去，不過，當她週六早上瑜珈課結束返家，其他成員們已經自行解散，找尋各自的陰涼。屋外，泳池淤滯在一層浮晃的槭葉底下。屋內，空調賣力吹送一室的空空如也。只有梅鐸沒人搭理，她發現牠累趴在臥室，頭擱腳爪，舌頭乾得像羚羊皮。琪琪剝下緊身褲，掙脫背心，一起扔過房間投向一個滿溢的洗衣籃。她光溜溜地在衣櫥前面站了一會兒，端詳自己的體重精打細算，因為那可能是對抗熱力的核心，必須遮蓋某些區域，設法獨自安然度過威靈頓的歡慶時刻。臥室有個架子供她亂無章法收著一堆萬用的圍巾，像魔術師可能從口袋拉出來的道具。她拿起一條咖啡色帶穗邊的棉質圍巾，包起頭髮。一條橘色的方形絲巾可以變身為上半身穿的東西，束在肩胛骨以下。一條粗絲編織的深紅色圍巾，用以裹在腰間當作紗籠。她坐上床邊撥弄涼鞋的繫釦，一隻手閒來無事翻轉梅鐸一邊的耳朵，光滑的褐色轉為細齒狀的粉紅，再變回原貌。「你就跟著我，寶貝。」她說，一把將牠舉起放在胸口，熱呼呼的肚腩攬在手中。正要離開房子的前一刻，她聽見客廳傳來聲響，於是折返腳步通過走廊，從門邊探頭。

「嗨，傑羅姆，寶貝。」

「嗨。」

她兒子悶悶不樂地坐在懶人椅內，膝頭擱著一本藍綢質地封面磨損的筆記本。琪琪放下梅鐸，看著牠步履蹣跚走向傑羅姆，一屁股靠上那男孩的腳尖。

「寫東西？」她問。

「不，跳舞。」來了這麼句回答。

琪琪闔上嘴巴，接著再一次張開，帶著諷刺的幽默。從倫敦回來之後他便一直這副德性。譏嘲，詭祕，活脫脫十六歲的重演。而且一天到晚寫他的日記。一直威脅說不想回去學校。琪琪感覺他們兩個，母親與兒子，筆直朝著兩個對立的方向前進：琪琪走向寬恕，傑羅姆走向受苦。因為，琪琪雖然花了幾乎整整一年時間，終於開始淡化對於霍華犯錯的記憶。她跟朋友以及自己正常交換各種意見；她將一個旅館房內沒有名字和臉孔的女人和她所認識的自己放在一起衡量；她掂量一個愚蠢的夜晚相較一輩子的愛，並且努力從內心感受其間的差異。如果你一年前對琪琪說，妳先生會偷腥，妳會原諒他，妳會留下來，當時她可能難以置信。事情沒有真的遇到之前，誰也說不準自己會如何感受、如何反應。琪琪點滴儲備寬恕之情，連自己也沒有意識到這種變化。不過說到傑羅姆，沒朋友又死心眼，顯然九個月之前和維多利亞．吉普斯相處的一個星期在他心中不斷擴張，直到占據生命全部的空間。琪琪依本能感受體驗她的人生難題，傑羅姆則靠書寫表達，除了文字還是文字。這已經不是頭一遭，琪琪慶幸自己不是知識分子。從這位置，她可以觀察到傑羅姆筆下奇特而憂愁的格式，斜體字和隨處可見的橢圓形。一面面傾斜的風帆飄蕩在千瘡百孔的海面。

「還記得那個……」琪琪恍惚說著，拿小腿磨蹭他無遮掩的足踝。「要筆桿談音樂就好像扭身體跳建築。是誰說的，再講一次？」

傑羅姆翻了翻白眼，有如霍華。他將臉別開。

琪琪蹲下和傑羅姆的眼睛位置齊平。她兩根手指勾住他的下巴將臉拉近。「你還好吧，寶貝？」

「媽，拜託。」

琪琪將傑羅姆的臉捧在手心，盯著他瞧，想找出那個害人精小姐折射的影像，不過，事發當時傑羅姆對母親不曾提過半點細節，如今還是不打算吐露。問題的癥結在於這根本無從翻譯——他母親想知道的是一個女孩，但那一切可不是隨便為了一個女孩，甚且，事情並非只是因為那位小姐本身。傑羅姆墜入情網的對象是整個家庭。他自覺無法將此一事實傳達給自己的家人；他們想都不想就以為去年傑羅姆「情場受挫」，或者更符合貝爾西性格的說法是——「和基督教短暫風流」。他如何解釋自己捨去自我融入吉普斯家所產生的歡愉是何等真切？那是一種痛快淋漓的忘我（un-selfing），一個很不貝爾西（un-Belsey）的盛夏；他讓吉普斯家的生活天地和行事作風完全接管自己。他變得喜歡聆聽那些奇特的（對貝爾西而言）、關於生意、金錢和時政的嘮叨；諸如平等是神話，多元文化主義則是春秋大夢；他興奮莫名地受到啟發，藝術居然來自上帝的恩賜，只有寥寥可數的大師有幸得贈，多數文學作品依弱智的左翼意識形態觀點不過是騙人的幌子。他編造不堪一擊的演出以反駁這些觀念，其目的不過是為了能更盡興享受被這一家人揶揄的快感——好再一次聽聞自己的想法是何等典型的自由主義、學究氣息和軟弱空洞。當蒙提高談弱勢團體對於尚未取得的平等權利要求過多，傑羅姆讓這古怪的新觀念滲入心裡而沒有抗議，並把身體更加深陷沙發窩裡。當麥可高談闊論生為黑人非關身分認同，而只是生物色素偶然的產物，傑羅姆沒有祭出貝爾西傳統的歇斯底里回應——「三K黨拿十字架火把找上門的時候你就這樣回他啊」，反倒發願以後少掛念他自己的身分認同。貝爾西家的眾神一個接一個坍塌。*我真是一肚子自由主義大便*。傑羅姆愉快地想著，然後俯下頭，膝蓋跪上一個當地教堂為吉普斯家席位準備、供人跪禱用的小紅墊。早在維多利亞返抵家門之前，他便已經墜入情網了。接下來不過是在維多利亞身上找到一個恰當的特定容器，用以盛裝他對這家庭普遍的激情，她——年齡剛好，性別剛好，而且和上帝的觀念一樣美麗。至於維多利亞本人，首度在沒有家人陪伴的情況下出國度暑假，帶著社交與性事得意凱旋的榮光返家，發現一個還算過得去的小夥子，扼腕於他的童貞並對他的愛慕感到滿意和怯懦。如果不把她新發現的可愛天性（她一直是加勒比人所稱的*鬼靈精*）當作禮物和一個如此渴求那種天性的男生分享，未免也太小氣了。反正到了八月他就會離開。兩個人有一個星期的時間在家裡暗角偷偷親吻，並且做了一次愛，結果糟透了，地點在吉普斯家後院樹下。維多利亞從來沒有一刻考慮要……不過傑羅姆當然有仔細想過，他凡事想太多，但是不這樣就不叫傑羅姆了。

「這樣不健康，寶貝，」他母親這會兒說，撥了撥他的頭髮，又看它彈回來。「你整個夏天都悶頭發呆。夏天快要結束了。」

「重點是？」傑羅姆說，失常無禮的口氣。

「那就太可惜了，如此而已……」琪琪輕聲說道。「嘿，我現在要去參加慶祝活動，你何不一起來？」

「我就不。」傑羅姆回答，聲調平板。

「這裡面有一百一十度，寶貝。每個人早都閃遠了。」

傑羅姆扮了個逗笑演出的表情配合母親的語調。他回到自己的作業。一寫起東西，他秀氣的嘴巴就會收縮噘緊，讓家傳的顴骨更加明顯。破壞了他可愛模樣的闊突額頭往前探，彷彿心有靈犀，想和馬兒般長的挺翹睫毛會合。

「你打算坐一整天，寫你的日記？」

「不是日記。是紀錄。」

琪琪發出被打敗的聲音，站了起來。她若無其事繞到後面，突然間彎身，將胸腹貼上去，從後頭緊緊將他摟住，眼睛越過他肩膀讀了起來。「很容易誤把女人當做一種哲學……」

「媽，滾開，別鬧了——」

「嘴巴乾淨點——錯誤全來自對塵世的依戀。它對你的依戀之情可不會心生感激。愛是極度艱辛的領悟——」

傑羅姆猛力掙扎不讓她看本子。

「寫那什麼東西——格言？有夠沉重的。你該不會套上長大衣跑去你們學校開槍吧，寶貝？」

「哈哈。」

琪琪親吻他的後腦杓然後起身。「紀錄太多了，試著去體驗生活。」她婉言建議。

「虛謬對立（false opposition）。」

「噢，傑羅姆，拜託——那地方好噁心，快起來，跟我一起去。你整天就窩在那該死的懶人椅裡面。別讓我孤伶伶一個人去。佐拉已經跟她的姊妹們先走了。」

「我在忙。列維呢？」

「星期六要打工。好啦。只有我一個……霍華也撇下我不管，他一個小時前就跟厄斯金出門了……」

鬼鬼祟祟搬出他老爸的疏失，果然達到他母親預期的效果。他咕噥著闔上柔軟大手裡的筆記本。琪琪雙手交叉伸向兒子，他握住並將自己拉了起來。

從家裡到市中心廣場這段路很適合散步：門階旁鼓脹的葫蘆，白色護牆板的屋舍，精心栽植的庭院賞心悅目，等著迎接名聞遐邇的麻州秋天。懸掛美國國旗的人家比佛羅里達少，比舊金山多。舉目可見梢頭枝葉的捲邊微露枯黃的端倪，有如點燃的紙片擲向某物即將引燃火舌。此地也留存一些美國最古老的東西：三座建於一六〇〇年代的教堂，一處墓地躺滿了漂洋過海的清教徒的朽骨，藍色銘碑提醒你莫要將他們忽略。琪琪勾著傑羅姆的胳膊謹慎邁步，他也隨她高興。沿途開始有人加入他們的行列，每個路口都會增加若干人數。來到廣場，獨立運動的力量無以為繼，他們和數百位他者匯合為一群民眾。結果，根本不該帶梅鐸一起來的。慶祝活動來到最高峰，午餐時刻，人潮雜沓，大家又熱又煩，誰也沒興致閃身讓路給一隻小狗。他們三個勉強設法鑽到人潮較少的人行道。琪琪停在一處販賣純銀飾品的攤位，耳環、手鐲、項鍊，應有盡有。攤主是個黑人，瘦排骨，穿著綠條紋背心和汗穢的藍色牛仔褲，腳上沒半隻鞋。看到琪琪拿起幾只大圈耳環，他血紅的眼睛睜得老大。雖然只約略瞄到他的反應，但已經讓琪琪料想這應該又是一次老套的交易劇碼，她那壯觀誘人的胸脯將於對話當中扮演微妙（或者沒那麼微妙，因人而異）無聲的第三者角色。女人會客氣地裝作沒注意；男人有時會講兩句評語來化解氣氛，效果通常不錯，琪琪也會比較自在。那種尺寸撩人，但同時又不只是性感：性只是那對乳房象徵領域的一小部分。如果她是白種女人，或許純粹意味性感，然而她不是。因此沒辦法，她的胸脯自己會散發一堆信號：活潑，親暱，掠奪，母性，脅迫，慰藉。她四十歲中期踏入此一鏡像的世界，一種奇特的虛構症（fabulation），她相信自己就是那號人物。柔順或羞怯自此與她絕緣。身體引導她形塑新的人格。人們對她產生新的期待，其中有好也有壞。多少年來，她可都是微不足道的小角色啊！事情到底怎麼發生的？琪琪拿起耳環在兩邊耳朵比著。攤老闆獻上一面橢圓小鏡，舉高讓她照臉，但速度沒能趕上她的敏銳反應。

「不好意思，兄弟——麻煩手再高個幾吋——感謝你——它們不用戴首飾——真是抱歉。照耳朵這裡就好。」

這玩笑話令傑羅姆退避三舍。他最受不了母親老愛跟陌生人嚼舌根。

「親愛的？」她轉向傑羅姆徵詢他的意見。只得到不置可否的聳聳肩。琪琪轉過來搞笑地對老闆同樣聳聳肩，他只大聲說了句「十五塊」，眼睛直盯著她。他沒有一絲笑意，一心只想買賣，粗嘎的口音像從外國來的。琪琪覺得自討沒趣。她的右手速速指過桌上幾樣飾品。

「好的……這些怎麼賣？」

「耳環全部十五，項鍊三十，手鐲有的十塊，有的十五，看東西——銀做的，全部純銀——這裡的東西全都是銀做的。妳應該戴條項鍊看看，非常漂亮，配上黑色的皮膚，很棒。妳喜歡耳環？」

「我去買個墨西哥卷。」

「噢，傑羅姆，拜託，再一下就好。我們連待在一起五分鐘都不行？你覺得東西怎麼樣？」

「很好。」

「耳環小的好還是大的好？」

傑羅姆面露絕望之色。

「好啦，好啦。你等一下會在哪兒？」

傑羅姆直接往人潮一指。「那一家店名假假的……好像叫美國雞什麼的。」

「老天，小傑，我不知道耶。那什麼地方？過十五分鐘直接在銀行前面等我，好嗎？還有我也要一份，有鮮蝦的就幫我買一個，辣醬和酸奶油多一點。你**知道**我喜歡重口味。」

她目送他緩步離去，邊走邊將長袖**超脫樂團**T恤的下襬扯低，蓋住女性化的英國肥臀，那寬大的屁股缺乏吸引力，好像霍華一位姑媽的背影。她轉回攤位，打算和老闆再度過招，不過他正忙著擺弄腰包裡的錢幣。她沒什麼興致地東挑挑西摸摸，每碰一樣東西，老闆便熱切地報一次價格，她只好連連點頭。除了口袋的錢之外，老闆對她這個人或她內心的感受想法似乎沒有半點好奇。他沒有稱呼琪琪「姊妹」，他沒有攀談猜測或放肆調笑。她沒來由的失望，就像有時我們佯稱討厭的事情竟然沒有發生，她唐突抬頭望著他笑。「你從非洲哪邊來的？」她甜甜問道，手邊拿起一個醒目的鐲子，上頭栓著幾個複製的國際知名小圖騰：艾菲爾鐵塔、比薩斜塔、自由女神像。

那男人手臂打橫環抱單薄的胸口，肋骨根根分明，有如長在貓咪腹腔以上的部位。

「妳以為我是從哪兒來的？妳也是非洲人不是嗎？」

「不，不對不對，我是本地人。不過當然啦……」琪琪說。她以手背揩去額頭幾抹汗珠，相當有把握地等著他把話接完。

「我們全都來自非洲，」那男人樂於相助。他兩臂敞開，凌空掃過桌上的首飾。「這些東西，全部來自非洲。妳看得出我是哪裡人嗎？」

琪琪拿了個東西在手腕比劃，但沒辦法固定住。她抬眼看著老闆後退半步方便她打量全身，發現自己十分渴望準確命中，舉棋不定好一會兒，努力回想幾個和法國有歷史淵源的地方，但沒一個有把握。她納悶自己還真的有夠無聊，在這男人面前對答案正確與否居然如此在意。

「象牙……」琪琪小心翼翼出聲，見他臉上不以為然，便又改口為馬丁尼克島。

「海地。」他說。

「對啦。我的——」琪琪開口，但隨即察覺當下不宜說出「清潔工」這字眼。她再次發話，「我發現這裡有好多海地人……」她略微放膽：「當然那兒日子很苦，在海地，尤其現在這時機。」

那男人的兩隻掌心穩穩抵住兩人之間的桌子，專注直視她的眼睛。「是的，悲慘。非常悲慘。這陣子，每一天——恐怖啊。」

這麼嚴肅的回應迫使琪琪將注意力轉回那個從手腕間滑脫的鐲子。她對自己方才提及的苦日子只有最粗淺的了解（受到其他更迫切的國家與私人苦難的排擠，它不在琪琪的雷達範圍之內），這下被人逮到不懂裝懂，她心生羞慚。

「這東西不是戴這地方——戴這裡才對。」他說，突然間繞過桌子指著琪琪的足踝。

「喔……那就像……你們怎麼叫那東西，踝鍊？」

「放這裡，抬起來放這裡——麻煩妳。」

琪琪鬆手讓梅鐸落地，讓這男人抬起她的腳擱在一張小竹凳上。她得將手扶著人家肩膀好維持平衡。琪琪的紗籠微微敞開露出些許大腿，膝蓋窩都冒汗了。那男的似乎沒注意，只顧專心抓著鍊子汗溼鬆滑的一端繞過來扣住另一端。處於這種異常的姿勢，琪琪被人從身後突襲。兩隻精壯的手掌按住她的腰肉，使勁一捏，她的臉旁跟著出現一張柴郡貓般熾熱的笑臉，朝她溼答答的面頰就是一吻。

「小傑，不要鬧——」

「琪絲，**哇**——妳都走光了。想怎樣，把我宰了？」

「喔，老天，華倫——嗨……我會被你嚇死，基督啊。你是狐狸嗎？走路都不出聲，我還以為是傑羅姆，他人在這附近……天哪，我都不曉得你們已經回來了。義大利好玩嗎？她在哪兒——」

琪琪發現她問及的對象——克萊兒．麥坎——從一處賣按摩精油的攤位現身。克萊兒看起來一時有些迷惑，幾乎是驚慌，不過很快將手舉起，露出笑臉。隔著距離，琪琪回給克萊兒一個驚奇的表情，以手上下作勢，以表示克萊兒身上的變化，一件綠色的削肩小洋裝取代了她冬季的必備行頭——黑色皮夾克，黑色高領衫，黑色牛仔褲。想到這個，從冬天起她可就沒見過克萊兒·麥坎了。瞧她現在，烤麵包般綴上一層地中海棕褐，相形之下那對眼眸的蛋青色更加明晰。琪琪招手要她過來。那海地人幫琪琪戴好腳鍊，擱下手焦急地望著她。

「華倫，稍待一下，讓我把這事搞定——剛剛說多少錢？」

「十五。這個要十五。」

「我以為你說鐲子一個十塊——華倫，不好意思，馬上就好——你不是說十塊？」

「這一個十五，真的，十五。」

琪琪在手提袋裡摸索錢包。華倫·克蘭站在一旁，那顆頭顱頗為可觀，配上他筋骨健美、藍領階級的紐澤西體格則顯得尺寸過大，他扠著水手般粗壯的胳膊，神情滑稽，有如一位等候丑角登臺的觀眾。當你從性的領域退下陣來——人家認為妳太老，噸位太大，反正就是不再把妳當成女人看待——很明顯，男人會對妳使出一套全新的招數。幽默是其中之一。他們發現妳很好玩。只不過當時，琪琪暗忖，這些美國白人小鬼就是那樣被養大的：我是他們小時候點心盒上的黑媽媽，有一雙粗厚的足踝讓湯姆貓和傑利鼠撲弄耍鬧。廢話，他們當然覺得我好玩。然而每次讓我過河去到波士頓，可是連五分鐘都不得清閒。就在上星期，有個年紀小她一半的年輕兄弟在紐博莉街前前後後尾隨琪琪個把鐘頭，興致不減，直到她答應改天和他一起出去：她報了個假號碼給他。

「妳需要貸款嗎，琪絲？」華倫問道。「阿姐，我可以撥一毛給妳。」

琪琪笑了。她終於找到錢包。付過錢後，她向老闆告別。

「很漂亮，」華倫說，往腳下瞄去，接著又抬眼看她。「怎麼妳還嫌自己不夠漂亮嗎？」

這又是另外一招。他們賣力挑逗妳，因為不可能有人把這話當真。

「她買了什麼？可愛的東西？喔，那好可愛。」克萊兒走近說道，盯著琪琪的腳踝。她將自己袖珍的身軀窩進華倫四肢的空隙。照片把她本人拉長了，讓她看起來修長而結實，實際上這位美國詩人只有五呎一，而且身材根本還沒發育，即便已經芳齡五十四。她由最精簡的材料巧手打造。當她移動一根手指，你可以沿著血管的滑輪追溯那動作由纖細的臂膀往上傳遞至頸項，頸子優雅的皺褶宛如手風琴的風囊。那顆精靈般的腦袋瓜，棕髮仔細剪至吋許，安穩妥貼地擱在她愛人掌中。琪琪眼中的兩人顯得快樂無比，不過那說明什麼？威靈頓的佳偶有一種展示快樂的高強本領。

「這天氣真令人不敢相信，對不？我們一個星期前回來，沒想到這裡居然比那兒還要熱。今天的太陽像檸檬，真的，好大一顆檸檬水果糖。天哪，真不敢相信。」克萊兒說著，華倫觸診般摩娑她的後腦殼。她有點咿呀不休，每次總要一、兩分鐘才有辦法鎮靜。克萊兒跟霍華一起在研究所工作，琪琪已經認識她三十年，不過從來不覺得兩個人彼此熟悉。她們談不上什麼貼心知交。琪琪心裡老是有個疙瘩，每次碰到克萊兒都像第一次認識那樣得從頭來過。「妳看起來棒極了！」克萊兒嚷道。「看到妳真開心。瞧妳這一身裝備！不就跟落日一樣——紅色、黃色、橙色、褐色——琪絲，妳這是夕陽西沉。」

「親愛的，」琪琪說，左右搖晃著腦袋，她曉得這舉動會讓白人很樂，「我早就西沉了。」

克萊兒發出刺耳笑聲。這不是琪琪第一次注意到她眼中毫不容情的慧黠，那可不會隨著自然流露的舉止而稍有鬆懈。

「來嘛，跟我們一起走走。」克萊兒口氣哀怨，將華倫推到兩人中間，彷彿將他當成她們的小孩。這樣走起路來很怪，這表示她們交談時得越過華倫的身體。

「好啊，不過我們得睜大眼睛留意傑羅姆——他人就在附近。如何，義大利好玩嗎？」琪琪問道。

「不得了。甚至可說……難以置信？」克萊兒說，滿溢熱切地看著華倫，這頗符合琪琪的朦朧概念，藝術家不就該這模樣？情感洋溢、專注、對最細微的事物傾注不假修飾的熱忱。

「只是單純度假？」琪琪問。「妳不是還有得一個獎項或是——？」

「噢，一個無聊的……沒什麼，但丁之類的玩意兒，不過那沒多大意思，倒是華倫，成天瘋子一樣待在油菜田搞他的新理論，就是農地，基因改造的農地會產生氣懸汙染物。琪琪，我的天哪……他從那兒得到驚人的構想，基本上最後有辦法**確切**證明那個交叉——交叉——喔，上帝，交叉散播——授精，妳懂我的意思，關於這一點，該死的政府一直要計謀想要蒙騙，不過這科學領域真的有夠——」克萊兒比了個姿勢發出驚嘆，像要掀開頭頂，將腦袋裡面的東西呈現給全宇宙的人類。「華倫，你來說給琪琪聽，我只會把所有事搞混在一起，但那絕對是**不得了**的科學貢獻——華倫？」

「其實沒那麼誇張啦，」華倫語氣平淡。「我們努力設法促使政府正視這些農作物。已經有很多相關的實驗成果，不過缺乏整合，僅僅需要有人運用這些牢靠的證據——噢，克萊兒，媽的熱死了——這話題很無聊……」

「喔，不會啦……」琪琪微弱地表示異議。

「才不無聊——」克萊兒嚷嚷。「我是不懂這科技的應用範疇和它對生物圈的實際作用。我的意思可不是十年或五十年，我指的就是當下此刻……情況惡劣到家、惡劣到家。我腦子裡『地獄』這個字眼老是揮之不去，你曉得我的意思？我們不知怎麼走到一個新的競技場，一個非常低等的地獄競技場。整顆星球跟著我們一起完蛋，走到這一刻——」

「對、對，」克萊兒滔滔不絕，琪琪持續附和。她是有被打動，不過同時覺得有點累人——不管任何主題，克萊兒總是有辦法慷慨激昂地剖析或渲染。琪琪想起克萊兒那首關於性高潮的名作，她將高潮諸多要素一一分解，依序羅列於紙上，手法如同技工拆卸一組引擎。這是克萊兒眾多詩作當中少數琪琪自認無需經由先生或女兒指點便可掌握的其中一首。

「親愛的。」華倫說，輕輕刻意碰觸克萊兒的手。「對了，霍華人呢？」

「戰場失蹤，」琪琪溫暖地對著華倫笑說。「大概跟厄斯金泡在哪間酒吧裡。」

「天哪——我有八百年沒看到霍華了。」克萊兒說。

「林布蘭還在進行吧？」華倫追問。他是消防員子弟出身，琪琪最喜歡他這一點，儘管她明白由此生出的種種念頭不過是自己片面的遐思，跟一位生化學家大忙人的真實存在委實不相干。他會問你問題，待人既親切又有趣，幾乎不談自己的私事。即便遇到火燒屁股還是一派冷靜。

「嗯哼。」琪琪說，又是點頭又是微笑，她發現再這麼聊下去，不該講的話可要自己跑出來了。

「我們在倫敦有看到《造船師和他的妻子》（*Shipbuilder and His Wife*），女王借給國家畫廊展出的，她真好心，嘿，對吧？驚人之至……那幅畫看了教人起雞皮疙瘩，」克萊兒語調激昂，卻表現出一副她只是實話實說的樣子，「那種物質性，好像他竭盡所能在畫布上挖掘真正藏在那兩張臉孔和婚姻關係底下的東西——那就是功力，我想。它幾乎可說是反肖像畫（anti-portraiture）：他要你看的不是五官；他要你看到那些靈魂。臉孔只是一個入口。爐火純青的天才之作。」

這番話引來一陣微妙的沉默，克萊兒本人倒是不會注意這個。談論讓人家不曉得如何回應的事情是她的一貫作風。琪琪保持微笑，眼睛往下看著自己黑色腳趾粗糙堅韌的肌膚，出神尋思——如果不是因為我外婆對病患親切，就不會有房子繼承；如果沒有那棟房子，就不會有錢送我到紐約——這麼一來，我還會遇上霍華，然後認識眼前這種人嗎？

「不過我想霍華的看法正好相反，親愛的。之前探討這問題的時候，如果你還記得，他傾向反對那種——該怎麼說，林布蘭的文化迷思，他如何如何天才之類的？」華倫遲疑地說，使用藝術家語言時帶有科學家的節制。

「喔，那還用說，」克萊兒口氣硬梆梆，似乎不想多講。「他又不喜歡林布蘭。」

「沒錯，」琪琪說，很高興能轉個話題。「他不喜歡。」

「那霍華喜歡什麼？」華倫神情戲謔問道。

「這點倒是個謎團。」

此時梅鐸突然兇猛狂吠，使勁拉扯華倫手中的狗繩。三人忙著又是輕聲安撫又是喝斥，但梅鐸執意奔向一個搖搖晃晃剛學步的小孩，他正將一隻填充青蛙高舉過頭，有如一面軍旗。梅鐸將小男孩逼到他母親兩腿之間，哭了起來。那婦人屈膝跪下摟住孩子，瞪著梅鐸和牽牠的人。

「都是我先生不對——真抱歉，」克萊兒說，話裡的悔意尚不足以息事寧人。「我先生不習慣帶狗……其實狗不是他的。」

「那是臘腸狗，牠不會傷人。」婦人走開時，琪琪執拗地補了一句，蹲下來撫摸梅鐸平坦的頭殼。她抬眼時發現克萊兒和華倫兩人正用眼神相持不讓，想要迫使對方出聲講話。克萊兒輸了。

「琪琪……」她開口，臉上羞答答的模樣勉力維持在五十四歲能夠應付的範圍，「那個稱呼不只是象徵，妳知道，已經不是了，就是剛剛我說『先生』的時候。」

「妳說什麼？」琪琪發問的同時已經明白答案。

「先生。華倫是我先生。我之前有這樣叫他，不過妳沒意會過來。我們兩個結婚了。」

難以置信對不對？」克萊兒的五官滿布張力而雀躍。

「我還以為發生了什麼事——妳看起來有點緊張不安。結婚！」

「完全正確。」華倫證實。

「可是你們都沒通知邀請誰。什麼時候的事？」

「兩個月前！我們說結就結了。妳知道嗎？我不想讓任何人眼珠亂轉，看著我們這對老鳥步入禮堂，所以我們誰都沒有邀請，也就不用應付那些去他的翻白眼大驚小怪。除了華倫。他眼珠子亂翻是因為我盛裝打扮後就像莎樂美。現在有東西讓妳看了翻白眼嗎？」

一根燈柱迎面而來，三人脆弱的聯繫解散，克萊兒和華倫再度融為一體。

「克萊兒，我才不會翻白眼大驚小怪，親愛的——妳早該跟我講的。」

「事情到最後一分鐘才成定局，琪絲，真的不騙妳，」華倫說。「要是有時間考慮，妳想我會娶這女人嗎？她打電話給我說聖約翰的誕辰到了，我們結婚吧，結果真的就結了。」

「再辦一次，拜託。」琪琪說，雖然夫妻倆標新立異的德行在當地名聲響亮，但對她並無多少吸引力可言。

「所以我才會買這件莎樂美禮服——紅色，鑲亮片，我一看見便知道這就是我的莎樂美裝，在蒙特婁買的。我想穿上這件莎樂美禮服去結婚，手上提顆男人的頭顱。喔，去他的，我就這麼幹了。這還真是一顆甜蜜的頭顱。」克萊兒說，溫柔地將那顆頭拉近。

「所以全部都是真的。」琪琪說，暗忖接下來的幾個星期，這一整套劇碼不知還要對多少善心人士重複播送幾回。她和霍華不也是如此，特別是他們出現新鮮事的時候。每對夫妻都有屬於自己的歌舞雜耍表演。

「沒錯，」克萊兒說，「全部如假包換。而且我還真沒遇過這種事，居然有人能夠了解任何實實在在的東西。除了『藝術即真理』——在這座城裡你沒辦法撼動那些明白或自以為明白這道理的人。」

「媽。」

傑羅姆，帶著死氣沉沉的正字標記加入他們的陣營。那種懷抱好意的長輩對古怪年輕人搭不上邊的問候響起；就像頭髮原本會被弄亂，後來明智地縮手，這類永遠無從回應的問題這次遇上一個駭人的新答案（「我退學了。」「他的**意思**是說他先暫時休息一陣子。」）有那麼一會兒，世界似乎將所有可以在這美麗小城的大熱天裡輕鬆討論的話題消耗殆盡。接著有人想起絕妙的結婚消息，滿心喜悅的複述換來令人掃興的細節求證（「噢，這個嘛，實際上我是第四次，華倫第二次。」）談話過程當中，傑羅姆慢吞吞地將手裡銀色錫箔紙包裝的東西解開。最後露出一截墨西哥卷的火山口，隨即在他手中噴發，灑落腕部。眾人圍聚的小圈同步往後閃退。傑羅姆用舌頭從旁撈獲一隻小蝦。

「總之……結婚的事就說到這裡。事實上，」華倫說，從卡其短褲口袋掏出電話，「一點十五了——我們有事必須先走一步。」

「琪絲，真的很高興遇到妳。這兩天有時間找個地方坐下來再聊，好嗎？」

她顯然想要趕緊脫身。琪琪巴不得自己更有魅力，更富藝術氣息，或是更風趣聰穎，有本事令克萊兒這樣的女人刮目相看。

「克萊兒，」她說，但嘴裡變不出花樣。「有什麼事情該讓霍華知道嗎？他都沒有檢查電子郵件，一直忙他的林布蘭。我想他連跟傑克．法蘭區都沒機會講到話。」

克萊兒一時語塞，沒料到突然出現這種瑣碎乏味的現實轉折。

「喔，對，對……這樣吧，星期二有個跨系的會議，我們人文學院要新聘六位講師，包括那個有名的王八蛋，我想妳知道那傢伙，蒙提．吉普斯——」

「蒙提．吉普斯？」琪琪重複，每個字都被一波鬼魅般的笑聲接連裹住兩層。她感受到震驚顫慄以傑羅姆為中心向外輻射擴散。

克萊兒繼續。「我知道，真是的。看樣子他會在黑人研究學系占一間辦公室——可憐的厄斯金！那是唯一可以安插他的地方。我知道……我想不出這地方還要聘用多少法西斯主義祕密門徒，特別是選在這種時刻，真的難以想像……還真的是……唉，你還能說什麼？這國家完蛋了。」

「喔，該死的，」傑羅姆語帶乞憐，身體轉了一小圈，想從威靈頓百姓那兒博取同情。「傑羅姆，能不能待會兒再說——」

「幹他媽的……」傑羅姆壓低聲音，不敢置信地搖頭。

「蒙提．吉普斯和霍華……」琪琪一副想要逃命的語氣，用手比了個前途未卜的動作。克萊兒人並不呆，終於察覺這檔事別有隱情，於是加快她的退場動作。「喔，琪絲，其實我不太擔心這個。聽說霍華之前發過他的牢騷，不過霍華跟人爭論本來就很稀鬆平常。」她對這種輕描淡寫尷尬一笑。「所以……沒問題！好啦，親一下——我們先走了。真高興看到你們兩位。」

琪琪親過華倫，又被克萊兒抱得太緊。她揮手道別，代替傑羅姆完成所有必要的禮貌，身旁的他失魂落魄地站在一家摩洛哥餐館的門階上。為了擊退無可迴避的討論，琪琪兩眼緊盯那對夫妻，直到他們不見蹤影。

「幹。」傑羅姆又來了。他嗓門響亮，原地坐下。

天空蒙上一層薄翳，讓人產生錯覺，陽光投射扮演起神的角色。啟蒙之光如同細微的權杖閃耀恩澤，穿破一片似乎特地為此布局的雲景。琪琪努力揣摩天光的恩典，讓壞消息轉危為安。她發出嘆息，拿下頭巾，粗重的辮子塌了下來，壓在背上，不過讓頭皮滲出的汗淌落臉龐倒也不壞。她在兒子身邊坐下，叫了他的名字，然而他卻起身邁步離去。有一家人正相互檢查背包尋找遺落的東西，擋住他的去路。琪琪趕上。

「別這樣，別害我得用跑的追你。」

「呃……自由老百姓，世界之大，幹麼衝著我來？」傑羅姆指著自己這樣說。

「你曉得，我可以體會你的心情，不過去他的，這次我不想叫你像個大人成熟點。」

「很好。」

「不，很好才怪。寶貝，我知道你很受傷——」

「我沒受傷，我是很糗。別再說了。」他用手指掐住眉頭，這個姿勢很像他父親諸多可笑的動作之一。「我忘了妳的墨西哥卷，對不起。」

「那不要緊。我們談一下？」

傑羅姆點頭，兩人走在威靈頓廣場左側，可是誰也沒作聲。來到一家賣針墊的小攤，琪琪停下腳步，讓傑羅姆也停住。針墊的造型像肥嘟嘟的東方面孔老爺爺，兩條斜線權充眼睛，還有黑色緣飾的黃色迷你苦力帽。軟墊的部分是紅色緞面，針便是插在這地方。琪琪拿起一個，在手裡把玩。

「它們很可愛對不對？還是很可怕？」

「妳想他會帶全家一起來嗎？」

「親愛的，我不知道，大概不會吧。不過要是他們真的來了，我們每個人都要成熟面對才行。」

「要是妳以為我只會遊手好閒，那妳就大錯特錯了。」

「很好，」琪琪作歡欣鼓舞狀。「你可以回到布朗，問題解決。」

「不，我的意思是……或許我會去歐洲或隨便哪裡。」

這計畫之荒誕，從經濟、個人、教育的角度而言都是，使得兩人在馬路中央當場引發脣槍舌劍，掌攤的泰國婦人疑慮不安，深怕琪琪擱置手肘的重量會波及一旁疊成金字塔展示的貼心小幫手。

「所以你是叫我乖乖坐著像個王八蛋，裝做什麼事情都沒發生？」

「不，我是說我們要保持風度好好面對，讓別人知道我們家有——」

「當然，那就是遇到麻煩時一貫的琪琪作風，」傑羅姆嗆他母親。「對問題視而不見，先原諒再遺忘，像蠟燭一吹，什麼事都沒了。」

他們瞪視對峙片刻，傑羅姆臉上毫無退讓之色，琪琪深感錯愕。按往日的氣質和習慣，他可是三個小孩當中最善解人意、和她最為親密的一個。

「我不曉得妳怎麼有辦法忍受，」傑羅姆口氣尖刻。「他永遠只想到自己。他從不在乎誰被他傷害。」

「我們現在討論的不是……不是那個，我們是在談你的事。」

「我正要說，」傑羅姆語氣難受，顯然很不願意談他自己。「不要以為妳不敢面對自己的問題，就說我都沒在處理我的問題。」

琪琪想都沒想過，原來傑羅姆為了她對霍華的憤怒竟然如此之深。這也令她又羨又妒——多希望自己也能奮力燃起這般明確的恨意。但如今就算想生霍華的氣也已經辦不到了。如果打算離開霍華，她應該選擇冬天的時機。不過她沒走，一晃眼夏天已至。唯一能解釋這決定的理由是她對霍華的愛猶未死心，也就是說，她對愛猶未死心——愛的本身和認識霍華的時光同齡。一次密西根之夜怎能將愛一筆勾銷！

「傑羅姆，」她的口吻滿是歉意，目光垂地。不過他已決定補上最後一槍——胸懷正義的孩子免不了如此。琪琪憶起當年無敵愛好真理的二十青春，當時正是這種感覺：只要一家人能夠講出真話，即便流淚卻無所蒙蔽，便能攜手迎向光明。

「就好像，一個家裡面的人在一起比各自分開還痛苦，那這個家根本沒有意義。妳懂嗎？」傑羅姆說。

這些日子以來，琪琪的子女似乎老喜歡用「妳懂嗎」當作句子結尾，但從來沒有人真的在乎她到底懂不懂。琪琪抬眼的時候，傑羅姆已經遠在一百呎外，沒入來者不拒的人群當中。

6

傑羅姆坐在計程車司機旁的前座，因為這趟出門是他的主意，一切由他打理。列維、佐拉和琪琪在這輛休旅車的第二排，霍華整個人攤平獨霸一排。貝爾西的私家車送修中，動工更換跑了十二年的引擎。貝爾西全家則要動身前往波士頓公園聆賞莫札特的《安魂曲》。這是一次典型的家庭出遊，提案的時機正逢人人感受到家庭關係創下歷史新低。兩個星期以來，從霍華得知蒙提介聘的消息開始，家裡黑色氛圍高築。他將這視為人文學院無可寬宥的背叛。竟然把他的死對頭請進校園！誰幹的好事？他怒氣沖沖打電話給學校同事，想查出出賣他的布魯特斯——結果徒勞無功。佐拉憑藉她對校內政治生態令人發毛的嫻熟掌握，不時往他耳朵灌毒藥。他們兩個壓根兒無心想到，蒙提介聘一事對傑羅姆也有影響。琪琪起先按捺性子，等著看父女倆除了自己什麼時候還會想到別人。最後她終於受不了抓狂。一家人剛從接踵而來的口角風波中回神。要不是傑羅姆——向來擔任和事佬——想出這趟出遊讓家人有機會和好，恐怕怒火和甩門還會繼續沒完沒了。

其實沒有人對音樂會有興致，但傑羅姆好心提議誰能說不。所以大家出發，一股無言的抗議充塞車內：反對莫札特、反對出門、反對搭計程車、反對威靈頓開到波士頓的車程、反對家人珍貴相聚時光這種想法。支持者唯獨琪琪。她相信自己能夠理解傑羅姆的動機。根據大學的小道消息，蒙提會攜家帶眷赴任，也就是說，那女孩子也會一起跟來。傑羅姆必須表現得若無其事。他們全家人都必須若無其事，必須保持團結、堅強以對。她勉強擠身向前，越過傑羅姆的肩膀將收音機音量調高，不知怎的，它就是不夠大聲，無力蓋過眾人的快怒。她維持這姿勢片刻，捏一捏她兒子的手。他們終於脫離波士頓的車水馬龍。星期五週末夜。波士頓的孤男寡女成群結隊湧上街頭嬉鬧，希望能和旗鼓相當的陣營撞出火花。貝爾西家的計程車駛過一家夜店，傑羅姆瞇眼打量門前那許多穿著清涼的美眉大排長龍，宛如某種超脫凡界的生靈不可方物的尾巴。傑羅姆別開臉。看見自己無緣擁有的東西可真要命。

「爸，起來，我們快到了。」佐拉說。

「霍，你有帶錢嗎？我找不到錢包，不曉得放哪兒去了。」

他們在公園最前面停車。

「謝天謝地，我想我快不行了。」列維說，猛力拉開滑門。

「別急，時間多得很。」霍華很爽的樣子。

「或許聽了你會喜歡？」傑羅姆建言。

「我們當然會喜歡，寶貝。我們就是喜歡才會來，」琪琪柔聲說道。她找到錢包，隔著車窗將錢付給司機。「我們喜歡得很。你爸爸不知哪裡吃錯藥，突然**裝得**好像他很討厭莫札特，以前根本沒聽說有這回事。」

「哪有吃錯藥，」霍華出聲，一行人走上美麗的綠蔭大道，他便和女兒勾起手臂。「要是我做主，我們每天晚上都應該來聽。我覺得大家莫札特聽太少了。就像我們說的，他遺留的心血結晶岌岌可危。如果我們再不欣賞，那莫札特怎麼辦？」

「少來這套，霍。」

但霍華繼續。「照我的淺見，對這可憐的王八蛋任何支持都不能放過。上個千禧年一個不怎麼受人青睞的偉大作曲家……」

「傑羅姆，不要理他，親愛的。列維會喜歡的——我們全家都會喜歡。我們不是動物，我們可以像高尚人士那樣坐上半個小時。」

「應該是一個小時，媽。」傑羅姆說。

「誰喜歡？我？」列維忙不迭質問。他的名字從不容許讓人拿來當作嘲諷或幽默，就像勁頭十足的律師，每次不管名字被使用或誤用，他都要挺身捍衛自己的利益。「我連他是哪根蔥都不了！莫札特。他是不是有戴假髮？搞古典的。」他下了斷語，對自己料事如神頗感滿意。

「沒錯，」霍華贊同。「戴假髮，搞古典的。他們拍過一部他的電影。」

「我有看過。那電影有夠鬼扯……」

「完全正確。」

琪琪開始咯咯傻笑。這會兒霍華放開佐拉，換成從後面緊抓他老婆。他兩條手臂沒辦法完全將她擒住，但兩人依舊保持這姿勢緩緩下坡走向公園入口。這是他說抱歉的花招之一。這些招數應該每天全派上用場。

「噢，隊伍排這麼長，」傑羅姆口氣沮喪，他多希望今晚一切稱心如意。「我們應該早點出發才對。」

琪琪重新整理肩頭的紫色絲質披巾。「還好啦，沒有很長，寶貝。至少天氣不會冷。」

「我可以從柵欄跳過去，」列維說，眾人順著圍欄走時他伸手去拉直豎著的鐵杆。

「要排隊你們自己去排，大笨蛋一個，真是的。作兄弟的不需要大門，跳牆就行。史崔特（street）就要那樣。」

「嗄？麻煩再講一遍？」霍華說。

「史崔特，街頭，」佐拉提高分貝。「意思類似『夠上道』（being street），懂得街頭門道。在列維可悲的小世界裡，如果身為黑人，你和路邊街角就有某種奧妙神聖到密不可分的關係。」

「吼，老姊，閉嘴。妳不懂街頭長什麼樣子。妳根本沒去過那兒。」

「那這算什麼？」佐拉說，指著地面。「棉花糖（marshmallow）？」

「拜託好不好。這才不是美國。妳以為這就是美國嗎？這是蠢貨**玩具城**（toy-town）。我是這塊土地出生的——相信我好了。妳可以去羅克斯伯里，去布朗克斯，妳會看到真正的美國。那才叫街頭。」

「列維，你沒住在羅克斯伯里，」佐拉慢條斯理解釋。「你住威靈頓。你念**阿倫德爾**中學。把你的大名燙印在內衣褲上頭。」

「不知道我這樣能不能算街頭……」霍華若有所思。「我健康狀況良好，有頭髮，有睪丸，有眼睛，好多好多。我睪丸很大。沒錯，我的智力水準是在低能兒之上——不過我也有滿滿的幹勁和勇氣[2]。」

「別。」

---

2 spunk，在英國俗語中又指精液。

「爸，」佐拉說，「求求你別說那個字。永遠不要。」

「我不能混街頭嗎？」

「別。為什麼每樣東西被你一講都變成耍寶？」

「我只是想混街頭。」

「媽。叫他別耍了，真是的。」

「我也可以當兄弟。看好了，」霍華邊說邊蹦向前，使出幾招要人命的手部動作和姿勢。琪琪發出尖叫遮起眼睛。

「媽——我要回家，我發誓，如果他再多搞一秒鐘，我發誓……」

列維走投無路，拚命拿兜帽阻擋眼前的景象，霍華還不想停。毫無疑問，片刻之間霍華吟誦起他唯一想得起來的饒舌片段，日復一日聽列維咕噥的成堆歌詞當中，他自己也無法解釋地記住了其中一句。「**一支天才ＩＱ大老二！我的屌最滑溜，最暢快——**」霍華開口。其餘的家人同聲驚駭鼓譟。

「到此為止——我要閃人了。」

列維撇下他們漠然拔腿跑走，在人堆裡推擠通過入口進到公園裡面。他們全笑翻了，連傑羅姆也是，看見他笑，琪琪深感欣慰。霍華一向風趣詼諧。即便是兩人見面的第一次，她已經痴心妄想地認為，如果他當了爸爸一定可以給孩子帶來歡樂。她動情地擰了擰他的手肘。

「我講錯話了嗎？」霍華得意問道，鬆開交疊的手臂姿勢。

「真有一套，寶貝。他身上有帶手機嗎？」琪琪問。

「他有帶我的，」傑羅姆說。「他今天早上溜進我房間偷拿。」當他們隨著緩慢前進的行列魚貫入場，公園冒出獨特的氣味迎接貝爾西一家，那是樹液飽滿、芬芳，行將消逝的夏季最後濃烈吐息。這麼一個九月夜晚的潮意當中，波士頓公園不再是那個整潔有序，見證過著名演說和絞刑的歷史空間。它將人工的照料拋諸腦後，回歸野地與自然。在霍華眼中，面對眾家火辣胴體的包圍，蟋蟀的轟鳴，林木柔滑、潮潤的樹皮，以及諸般樂器不成調的調音之下，波士頓佬參與此種音樂盛會的一本正經想不破功也難——真是多虧如此。好些有如油菜籽顏色一般的黃色幻燈，懸在林木枝條的掩映當中。

「嘩，好漂亮，」傑羅姆說。「樂團就像在水面上盤旋，對不對？我是說，燈光反射看起來有那種效果。」

「哇，」霍華說，放眼望著池外架設強力照明燈的小丘。「天哪，主啊，唉喲喂呀。」樂團坐在水池對面一座小舞臺上。家裡唯一沒有近視的霍華清楚看見每位男團員繫的領帶上有個五線譜「音符」的設計，女團員圍裹腰肢的寬腰帶上也有相同的圖案。樂團後頭一面巨幅的布幡上，莫札特那張可悲的、眼袋浮腫的倉鼠臉側面正陰森森地斜睨他。

「合唱團在哪兒？」琪琪問，四下張望。

「他們在水底下。他們沉下去就像……」霍華說著，模仿一個人手腳掙扎拚命從海面冒頭。「莫札特沉在水池裡。就像莫札特被冰凍起來。少出來害人為妙。」

琪琪莞爾，但隨即臉色一變，緊緊抓住他的手腕。「嘿……呃，霍華，寶貝？」她鄭重其事地說，眼睛掃視園區。「你要聽好消息還是壞消息？」

「嗄？」霍華說，轉頭發現兩種消息正穿越草坪，一面逼近一面朝他揮手：厄斯金．傑格德和人文學院院長傑克．法蘭區。傑克．法蘭區寬鬆的新英格蘭長褲裡兩條花花公子般的長腿步履瀟灑。到底多老了這位先生？這問題老是困擾著霍華。說傑克．法蘭區只有五十二歲一點也不為過。但他輕而易舉又能變成七十九。你不能問他年紀，但不問的話你永遠別想知道答案。傑克的臉如同影壇偶像，刻花玻璃般的結構，線條突出好似溫德姆．劉易斯的畫像。他含情的眉毛為鼻梁尖頂分隔的兩側定型，總是溫柔而迷茫。他的皮膚有如從九百年歷史的泥炭沼中挖掘出來的那些傢伙，呈現出陳年皮革般的深黑色澤。髮量不算多，但完全覆蓋頭皮的灰絲封住了霍華對其老朽的詆毀，樣式如同二十二歲當年，這位先生在一艘白色小舟的船舷穩住身體，隻手遮陽眺望南塔克特岸邊，猜想那可是陶莉挺立在碼頭，手上端著兩杯雞尾酒，彼時的他就是這種髮型。相較起來，厄斯金剛好形成對比：他發亮、無毛的腦袋，以及那些有如童話的雀斑，在在令霍華產生無可言喻的愉悅。今晚，厄斯金穿上顏色黃到不能再黃的全套三件式西裝，那副身軀唐突的曲線本能地抗拒這種三件式衣著。他小巧的腳上穿了一雙古巴跟的尖頭鞋，其效果有如一頭莽牛這輩子第一次踩著疊步舞朝你迫近。還有十碼之遙，霍華仍有機會和他太太迅速且不著痕跡地調換位置，如此一來，厄斯金便會若無其事朝霍華轉進，而法蘭區則可自行離開。他沒讓機會溜走。無奈法蘭區沒有興致配合別人唱雙簧，他向來習慣對一群人發表演說。不——是對一群人之間的空氣發表演說。

「貝爾西家全體（en masse），」法蘭區慢悠悠說道，貝爾西家的每個成員都搞不清楚他到底是相準了誰在講話。「少了……一位，我相信。貝爾西缺一。」

「少了列維，我們家老么——我們找不到他，他找不到我們。老實說，其實是他想辦法把我們甩掉了。」琪琪粗聲粗氣笑著說道，傑羅姆笑，佐拉笑，接著霍華和厄斯金也笑，待眾人笑過，慢吞吞地彷彿過了地久天長之後，傑克．法蘭區終於展露笑顏。

「我的孩子，」傑克開口。

「是？」霍華說。

「耗費大部分的時間——」傑克說。

「是，是。」霍華語帶鼓舞催促。

「處心積慮——」傑克說。

「哈，哈，」霍華說，「是的，」

「想在公開場合把我甩掉。」傑克一句話終於講完。

「對，」霍華說，已經快沒氣了。「對。每次都是這樣。」

「我們是自己小孩的眼中釘，」厄斯金快活說道，語調音階跳躍，高亢而低迴，重又拔高。「只有別人的孩子才會喜歡我們。比如你們家的小孩就很喜歡我，但不見得喜歡你。」

「的確如此，老哥。可以的話我想搬去你們家住。」傑羅姆有感而發，這話為他贏得厄斯金聽見好消息時的標準反應——雖然規模略小，大約和桌上新端來一杯琴湯尼相當。厄斯金用兩隻手捧住他臉頰往額頭一吻。

「那麼，你待會兒就跟我回家。就這麼決定。」

「拜託，另外兩個也帶回去。可別光說不練。」霍華說道，往前跨步，朝厄斯金背上熱絡一拍。接著他轉向傑克．法蘭區，想要握手，但法蘭區正瞧著那些音樂家，沒注意到他。

「很棒對不對？」琪琪說。「我們真高興能碰到你們兩位。傑克，梅西沒來嗎？孩子們呢？」

「的確是很棒。」傑克認可，兩隻手按著他苗條的臀部。

佐拉以手肘推了推他父親腰間。霍華看著他女兒投射在法蘭區院長身上那對圓睜的大近視眼。佐拉就是這樣，當她叨念不休的權威人物真的現身，她只會心神俱醉地拜倒在人家跟前。

「傑克，」霍華想辦法開口，「你見過佐拉嗎？她現在念大二。」

「難得有這種令人驚嘆的造訪。」傑克說，轉身面對眾人。

「是。」霍華說。

「來到這種平凡無奇而且——」傑克擴充論點。

「嗯，」霍華說。

「市級規格的場所。」傑克說，對著佐拉面露喜色。

「法蘭區院長，」佐拉說，握起傑克的手幫他使勁搖晃，「我對今年的新學期真是興奮之至。你今年排出的師資陣容可不得了，我在葛林曼——我星期二在葛林曼圖書館打工，在斯拉夫語區。我正在看大約過去五年的學院報告，自從你當了院長之後，我們真的不斷增加驚人的客座講師、演講者和研究員。我自己還有我朋友一想到這學期就充滿期待。當然爸爸不可思議的藝術理論也會開課，我今年非常想修這門課——不管誰都要說我實在太貪心了——我的意思是，說到底我們就是要選擇對於人之所以為人的生命成長最有助益的課程，不計艱辛代價，我真的相信如此。所以我要說的是，看到威靈頓進入一個嶄新的發展階段，我真是感到非常興奮。我認為學校真的走上正面積極的方向，它所需要的正是如此，而不是像八〇年代中後期那種令人洩氣的權力鬥爭，讓這威靈頓整個士氣大傷。」

霍華不曉得在佐拉這篇小演說裡，院長有無辦法擷取其中一段來處理並／或加以回應，而這樣做要花院長多少時間他也無從想像。琪琪再度對他施以援手。

「親愛的，今晚別談行話好嗎？有點煞風景。我們已經上了整個學期的課，不是說……噢，趁我想起來，上帝，再過一個多星期就是我們結婚週年紀念日——我們想辦個聚會，不用太隆重，來點馬文．蓋的音樂，幾樣傳統南方菜——你曉得，大家可以放輕鬆……」

傑克問了日期，琪琪告訴他。傑克面露某種細微的、不自主的顫動，最近幾年，琪琪已經熟悉他這號勉強表情。

「不過當然，實際上那是你們的週年紀念日，所以……」傑克沉吟，打算把話講給自己聽。

「對，反正到十五號每個人都會忙翻，那麼我們不妨就真的選那天來辦……也可以有這個機會……你曉得，讓大家打個招呼，在學期開始前先認識一下新面孔，交流交流。」

「雖然你們自己的面孔，」傑克臉色一亮，帶著獨享的愉悅，玩味還沒說完的句子，「當然，對彼此而言可就沒有那麼新鮮了，是吧？今年是二十五週年？」

「親愛的，」琪琪說，將她珠寶加持的大手搭上傑克肩膀，「偷偷告訴你，是三十年。」

琪琪此話的語調有些動情。

「那麼，照一般人的講法，」傑克思索，「那叫銀婚還是金婚？」

「叫金剛鐵鍊，」霍華說笑，將他老婆拉近朝臉頰獻上溼吻。琪琪猛笑，全身花枝亂顫。

「你會出席對吧？」琪琪問。

「那將是一個美妙的——」傑克開口，笑容滿面，正當此刻擴音系統傳來的聲音莊嚴地介入，要求群眾入座。

7

莫札特的《安魂曲》響起，伴隨妳走向一個巨大的凹坑。凹坑位於一處絕壁的另一端，沒來到絕壁邊緣之前根本無從發現。死亡便在凹坑之內等候妳。妳不知道它看起來、聽起來或聞起來是什麼樣子。妳不知道它是好還是壞。唯一能做的就是直直走向它。妳的意志是單簧管，由小提琴全員護送妳的腳步。越接近凹坑，那種感覺越是強烈，在那兒等候妳的必定恐怖奪魂。然而妳能體驗這種恐怖有如一種賜福，一份贈禮。若不是有這凹坑在盡頭等候，妳漫長的舉步跋涉便全無意義可言。妳仰望絕壁：一片仙境的喧譁炸開朝妳襲來。凹坑裡有個陣容浩大的合唱團，就像妳曾在威靈頓加入過兩個月、身為其中唯一女性黑人成員的那一團。這個合唱團是天國的軍旅，同時也是惡魔的魔騎。在妳繫留塵世的時光當中，每個曾經對妳造成變化的男女都列隊其中：妳的幾位愛人，妳的家人，妳的敵人——那個姓名臉孔不詳、和妳丈夫上床的女人，妳原先以為會嫁給他的那個男人，妳後來嫁的那個男人。這個合唱團執行的任務是審訊。男聲先開唱，他們審訊起來異常嚴厲。即便女聲加入後，也無一絲和緩的跡象，眾口爭論下，聲勢只有更加強大而苛刻。這真是一場論戰交鋒——此刻的妳已然領悟。審判尚未做出判決。真是令人驚訝，為了妳這微不足道的靈魂竟然熱烈上演脣槍舌戰。同樣驚訝的是，樂曲來到〈垂憐經〉（Kyrie）這一章，美人魚和猿人翩翩起舞，接著從一座雕琢華美的樓梯往下滑落，依據節目單的簡介，這種情節不在演出之列，即便隱喻延伸也找不到這一層寓意。

上主求祢垂憐
基督求祢垂憐
上主求祢垂憐

這些全都發生在〈垂憐經〉裡。沒有猿人，只有拉丁語。不過對琪琪而言，這跟猿人和美人魚沒有兩樣。花一小時的工夫，聆賞一種使用妳聽不懂的消亡語言來高歌妳一竅不通的音樂，形同體驗一種奇特的陷落與拋升。一度有那麼幾分鐘時間，妳深入其境，似乎心領神會。接著，不明所以、不知何時，妳發現自己信步走開，因為身心的全副投入而產生厭煩或疲累，到了這地步，妳已經被音樂拒之門外。妳想參考節目單，上頭的說明揭示，前十五分鐘在妳靈魂之上爭嚷的不過是某句瑣碎詩文的一再重複。約略來到〈惡人受審〉（Confutatis）附近，琪琪參照文字說明追索音樂演出的用心落空，她不知自己此刻身在何方。是〈哀憐頌〉（Lacrimosa）或者超前幾哩？是中段固守或者接近終點？她轉頭想請教霍華，然而他已沉入夢鄉。往右瞥去，佐拉專注於她的ＣＤ隨身聽，裡頭有顧爾德教授的語音錄音，細心指引她如何欣賞每一個樂章。可憐的佐拉——她得靠腳註說明才能過活。上回在巴黎也是如此：她遊聖心堂時閱讀導覽太過投入，直直撞上祭壇，額頭開花。

琪琪坐在摺疊椅上讓腦袋後傾，想要釋放自己渴切的焦慮。頂頭的明月格外巨大，斑斑點點如高齡白人的皮膚。有些聯想或許是因為琪琪留意到好些上了年紀的白人正仰面朝月，頭貼著折疊椅的椅背，手在膝蓋上舞動，顯露出令人欣羨的音樂知識。然而這些白人當中，肯定沒有任何人的音樂素養及得上傑羅姆，琪琪這時看清楚了：他，正在哭。她真的驚訝到闔不攏嘴，繼而害怕會打破某種魔力，便又閉上。淚水無聲而充沛。琪琪為之動容，另一種情緒油然升起：自豪。我是聽不懂，她尋思，但他可以。一個聰明且情感豐富的黑人青年，他是**我**養育栽培出來的。畢竟，其他的年輕黑人有幾個會想要來聽這種音樂會？我敢打賭在場全部聽眾當中找不到一個，琪琪心想，接著察看四周，稍感氣惱地發現居然真有那麼一位，一個高個兒、脖頸優雅的年輕人，就坐在她女兒隔壁。琪琪不受左右，繼續想像對著某個幻想中的美國黑人母親協會大發議論：說穿了，其實沒什麼特別的祕訣，我認為妳要做的就是保持信念，而且必須打敗那種美國黑人往往視為與生俱來的負面自我形象，這點很要緊。還有，我猜應該是……參與課外活動，營造書香環境，而且當然，要有點小錢，住家有戶外空間……琪琪暫且拋下她的育兒經幻想，扯著佐拉的衣袖指向令人驚嘆的傑羅姆，有如那些淚珠是從聖母石像的面頰滾落。佐拉稍作打量，聳聳肩便又回到顧爾德教授。琪琪回頭向月亮望去。月亮的可愛遠遠勝過太陽，即使直接與之對視也不用害怕受到傷害。過了片刻，她正準備打起精神做出最後努力去對照歌聲和簡介上的文字，音樂戛然而止。她愣了一下，出手鼓掌時已經慢了，雖然不會慢過霍華，他大夢方醒。

「到此為止？」他說，從椅子上一躍而起。「每個人都有接收到基督教崇高精神？我們可以走了吧？」

「我們要找到列維。不能丟下他一個……要不要打傑羅姆的手機看看……我不曉得有沒有開機。」突然間，琪琪疑惑地瞧著她丈夫。「怎麼，你不喜歡聽？你怎麼有辦法討厭這樣的音樂？」

「列維在那裡，」傑羅姆說，朝百碼外的一棵樹揮手。「嘿！列維！」

「唔，我覺得音樂很棒，」琪琪堅決說道。「顯然是天才之作——」

霍華對天才一詞發出呻吟。

「噢，霍華，拜託——你不是天才，所以你不可能寫出那樣的音樂。」

「那樣的音樂？先定義一下什麼叫天才。」

琪琪不理會他的請求。「我想孩子都很感動，」她說，輕輕捏一下傑羅姆的手臂，但沒有多話。她才不會講出來害他受到老爸的奚落。「而且我非常感動。我不懂怎有人聽到這樣的音樂還不感動。你是真的假的——你不喜歡？」

「我沒有不喜歡……這個還好。我只是比較喜歡音樂裡面不要暗藏什麼形而上的觀念想要唬弄我。」

「我不懂你在講什麼。這就像上帝的音樂或什麼的。」

「我再講下去也是白費唇舌。」霍華說，轉過身去朝列維揮手，列維身陷人堆，朝家人揮手回應。霍華指著出口示意全家在那兒會合，列維點頭。

「霍華，」琪琪繼續，能夠令他談論自己的想法令她心情大好，「你倒是說說看為什麼我們剛才聽的不算天才之作……我的意思是，不管你怎麼說，很明顯那樣的音樂就是不同於其他像是……」

■

一家人動身準備離開，嘴上的議論可沒停下，連孩子們也加入戰局。和佐拉比鄰而坐的那位脖頸優雅的黑人男孩勉強捕捉到話語的殘音，他對這場討論極有興趣，雖然並非所有枝節他都能夠領會。這些日子以來，他發現自己聆聽他人談話時，越來越想加入說點什麼。方才他想提供給這家人的一點資料，正是從那部電影得來。依據電影情節，莫札特完成作品之前便死了，對吧？所以必須另有他人接手完成——這點似乎和他們所討論的天才之作有所關聯。不過，他沒有和陌生人攀談的習慣。此外，時機稍縱即逝。每次都這樣。他壓低棒球帽蓋住額頭，查看口袋裡的手機，一邊將手伸到摺疊椅底下取他的CD隨身聽——不見了。他怒聲咒罵，暗黑裡四下摸索找到某物，一臺隨身聽。但不是他的。他那一臺的底座有道細微的背膠殘跡，是之前貼在上頭一張大蓬髮裸女輪廓貼紙的餘痕，用手觸摸很容易就發現。除了這一點，兩臺隨身聽一模一樣。他花了一秒鐘搞懂狀況，趕忙想拿披在椅背的連帽外套，但衣服卡住了，他輕手小心剝開。那可是他最好的連帽外套。最後衣服和椅子終於分離，他盡可能飛快追趕那位戴著眼鏡、體格粗壯的女生。每一步都好像有更多人將他和她阻隔開來。

「**喂！喂！**」

少了名字，喂字之後接不下去，一個身高六呎二，運動健將般的黑人男子在密密麻麻的人群當中高聲喊喂並不能自動為他開路。

「她拿到我的隨身聽了，這個女孩子，這個小姐，就在前面——抱歉，借過，老兄，方便讓我過一下——**喂！喂，姊妹！**」

「**佐拉**，等一下！」一旁有聲音高喊著，他亟欲叫住的那個女生回身對某人比出手指。鄰近的白人紛紛露出憂心忡忡的模樣，擔心是否會有麻煩上身。

「喔，我也幹你的。」那聲音無可奈何地說。年輕人轉頭看見一個比他矮一點的男孩，但身形相去不遠，同時膚色略淡幾分。

「嘿，老哥，那是你女朋友？」

「**什麼**？」

「你剛剛喊的那個戴眼鏡的女生？她是你女朋友？」

「見鬼了，不——那是我老姊，兄弟。」

「老哥，她拿到我的隨身聽，我的音樂——她一定是拿的時候弄錯了。瞧，我拿到她的那臺。我一直想叫她，可是不知道她的名字。」

「真的？」

「這臺是她的，這裡，老兄。這不是我的。」

「你在這裡等一下。」

列維的親友和師長裡面，恐怕沒有幾個人會相信他對這位素昧平生的年輕人做出指示之後，可以如此熱心迅速地採取行動。他三兩下擠過人堆，捉住他姊姊手臂，熱烈地對她講起話來。那年輕人落後一會兒才趕上，剛好聽見佐拉說：「不要鬧了，我不會把我的隨身聽給你那什麼朋友，放開我——」

「妳沒聽懂我講的，那臺**不是**妳的，是他的——**他的！**」列維重複，瞥見那名年輕人時便指著他。年輕人的棒球帽沿下露出沒什麼力氣的笑臉。即便只是驚鴻一瞥，那抹微弱的笑已能讓你知道他有一口整潔無瑕的白牙。

「列維，如果你跟你朋友打算耍流氓，我建議：你們直接搶好了，別用問的。」

「佐兒，那不是妳的，是這傢伙的。」

「我認得我的隨身聽，這臺是我的。」

「兄弟，」列維說，「你裡面有放CD嗎？」

那年輕人點頭。

「查一下CD，佐拉。」

「噢，老天在上。看到沒？這是可錄式的碟盤。我的。可以了嗎？再見。」

「我的也是可錄式的——那是我自己錄的混音。」那年輕人語氣堅定。

「列維，我們要趕去坐車了。」

「聽一下就好——」列維對佐拉說道。

「**不要**。」

「聽一下那張該死的CD，佐兒。」

「你們在那兒幹什麼？」霍華叫道，人在二十碼外。「我們可以走了沒？拜託？」

「佐拉，妳這怪胎。就聽一下CD，把事情了結。」

佐拉扮個鬼臉，按下播放鍵。她額頭迸出些許汗珠。

「唔，這張CD不是我的。不知道是哪一種嘻哈。」她口氣嚴厲，彷彿那張CD本身不知怎的就是欠人罵。

那年輕人小心翼翼上前，一隻手舉起彷彿表明他沒有惡意。他將她手中的隨身聽翻面，讓她看清楚那道背膠的餘痕。他拉起連帽外套和底下的T恤，露出界線條分明的骨盆，從腰帶部位抽出另一臺ＣＤ隨身聽。「這臺是妳的。」

「它們一模一樣。」

「對啊，我想這就是搞混的原因。」他咧嘴而笑，讓人很難再對他蠢兮兮的英俊相貌視而不見。然而，自尊心加上成見，讓佐拉故意裝做毫不在意。

「對，嗯，我這臺是放在我的椅子底下。」她口氣辛辣，轉身朝母親的方向離去，母親正在百碼外用手撐著臀部。

「唷，好嗆的姊妹。」那年輕人說，輕輕笑了起來。

列維嘆氣。

「ＹＯ，謝啦，老哥。」

兩人擊掌。

「你聽誰的音樂？」列維問道。

「就一些嘻哈。」

「兄弟，借我看一下好咩——我很迷那個。」

「我想……」

「我叫列維。」

「卡爾。」

這男孩年紀多大了，卡爾納悶。他哪兒學來的本事，有辦法對這輩子第一次碰面的陌生兄弟開口要求聽人家的隨身聽？一年以前，卡爾就在想說如果他去參加今天這種活動，一定可以認識平常碰不到的人——果不其然。

「滿緊湊的，老哥。這一段節奏很流暢。誰唱的？」

「其實，那是我自己錄的，」卡爾說，態度不卑不亢。「我家裡有臺非常基本的十六軌混音器。我會自己錄點東西。」

「你玩饒舌的？」

「唔……剛好聽起來比較接近說唱（Spoken Word）。」

「太強了。」

他們一路談話踏過綠地走向公園大門。多半談論嘻哈，還聊到波士頓地區這陣子登場的演出，演唱會如何少又如何遠。列維的問題一個接過一個，有時卡爾開口回答時他也搶著自己回話。卡爾不停動腦筋想摸清列維葫蘆裡到底賣什麼藥，但似乎什麼藥也沒有——有人就是喜歡滔滔不絕。

列維提議兩人互留手機號碼，他們在一棵橡樹旁邊完成交換。

「只是想說，你知道……下次要是聽到羅克斯伯里有表演……你就可以打給我之類的，」列維說道，熱心過頭的樣子。

「你住在羅克斯伯里？」卡爾疑惑問道。

「也不是……不過我常去那裡，尤其星期六的時候。」

「你多大了，十四？」卡爾問。

「不，老哥。我十六了！你呢？」

「二十。」

這回答隨即令列維心生怯意。

「你上大學還是……？」

「沒……我不是念書的料，雖然……」他有一種戲劇化的、老派的說話方式，修長漂亮的手指會在空中劃圈。整個神態令列維想起外公和他「高談闊論」的模樣，就像琪琪所形容的。「我想你可以說我自有一套方法完成自己的課業。」

「太強了。」

「我想辦法到處吸收文化，你曉得——看哪兒有免費的狗屎，例如今天。只要哪座城剛好有免費又可以學點東西的活動，我人就在那兒。」

列維的家人不停向他招手。他禁不住希望卡爾能在兩人抵達大門之前先行改道離去，不過公園的出口只有一個。

「終於到了。」兩人抵達時霍華出聲。

這會兒輪到卡爾心生怯意。他將棒球帽拉低，兩手收進口袋。

「噢，嗨。」佐拉說，尷尬十足。

卡爾朝她點頭致意。

「我再打電話給你。」列維說，企圖省掉接下來他所擔心的介紹場面。他的反應還是不夠快。

「嗨！」琪琪說。「你是列維的朋友？」

卡爾一副苦惱的樣子。

「呃……這位是卡爾。佐拉偷拿他的CD隨身聽。」

「我才沒有偷任何——」

「你念威靈頓嗎？很面熟。」霍華心煩意亂說道。他一直張望著想攔輛計程車。卡爾笑了，那古怪不自然的笑容裡頭怒意勝過幽默。

「我看起來像是念威靈頓的嗎？」

「不是所有人都要上你們那間笨蛋大學，」列維回擊，臉都紅了。「人家不用上大學也有其他搞頭。他是街頭詩人。」

「真的？」傑羅姆興趣來了。

「其實沒有啦，老哥……我自己玩點東西，說唱——如此而已。說實在的，我沒想過要叫自己街頭詩人。」

「說唱？」霍華複述。

佐拉，自認是威靈頓流行文化與她父母學院文化之間的溝通橋梁，此刻插手介入。「就像是口頭詩歌（oral poetry）……根植於非洲裔美國人傳統——克萊兒．麥坎專門研究這個。她認為這種詩歌很有生命力，貼近土地，等等等等。她會跑去『公車站』感受體驗，帶著她那一小幫克萊兒徒眾。」

最後這句純屬佐拉的酸葡萄心理。上學期她申請克萊兒的詩歌工作坊，不過被打了回票。

「我去『公車站』觀摩過，去了好幾次，」卡爾輕聲說道。「好地方。大概是威靈頓玩這套東西唯一夠酷的地方。這星期二晚上我在那裡就做了一點東西。」他用一根拇指頂住帽沿推高幾分，方便打量眼前這一家子。那個白佬可是一家之主？

「克萊兒．麥坎跑到『公車站』聽詩歌……」霍華開口，一臉困惑，忙著朝馬路來回張望。

「閉嘴，老爸。」佐拉說，接著轉向卡爾。「你認識克萊兒．麥坎嗎？」

「不……我不能說認識，」卡爾回答，再度露出無敵的笑容，或許只是出於緊張，不過每次笑臉一出，就令人對他多幾分好感。

「她就像詩人中的詩人。」佐拉解釋。

「喔……詩人中的詩人。」卡爾抿去笑容。

「閉嘴，佐兒。」傑羅姆說。

「魯本斯，」霍華突然冒出一句。「你的臉。源自四個非洲頭像。無論如何，很高興遇見你。」

霍華的家人全瞪著他。霍華跨出人行道招手想攔一輛駛過的計程車。

卡爾用帽T的連帽蓋住棒球帽，開始四下顧盼。

「你應該會一會克萊兒，」琪琪滿懷熱心說道，企圖修補缺憾。卡爾的臉如此非凡，不禁令你想盡一己之力令它再度展露歡顏。「她十分受人尊敬，大家都說她非常優秀。」

「計程車！」霍華吆喝。「車子停在對面。動作快。」

「妳怎麼把克萊兒說得好像一個妳從沒去過的國家？」佐拉盤問道。「妳讀過她，當然可以發表意見，媽，直接講又不會死。」

琪琪不予理會。「我確定她會很高興認識一位年輕的詩人，她相當鼓勵年輕人，妳曉得其實我們打算辦一場派對——」

「快點，快點。」霍華發出嗡嗡聲催促。他人在路中央的安全島上。

「人家怎麼可能想要參加你們的派對？」列維問道，一副窘迫的樣子。「那是結婚週年派對。」

「嗯，寶貝，我問問總可以吧？不行嗎？況且那又不**只是**結婚週年派對。而且，」她試圖跟卡爾裝熟地補上一句，「我們可以再安排幾位兄弟出席派對。」

琪琪這番賣俏著實難逃任何人的法眼。兄弟。佐拉隱約感到不對勁，琪琪什麼時候開始講兄弟這種字眼？

「我得走了，」卡爾說。他手掌攤平按上額頭，抹掉汗滴。「我有列維的手機號碼，有時間再聯絡，所以——」

「喔，好的……」

他們全在卡爾身後含糊地揮手並且輕聲說掰，但無可否認的，他以最快的步伐離開眾人。

佐拉轉身面向她母親，兩眼圓睜。「搞什麼鬼？魯本斯？」

「好孩子。」琪琪語帶哀傷。

「我們上車吧。」列維出聲。

「而且長得不錯，是吧？」琪琪說，望著卡爾撤退的身影彎過街角。霍華站在馬路對面，一手扶著小箱型車敞開的車門，另一隻手從地面往空中撥掃，引領他的家人入座。

8

舉辦貝爾西家派對的週六到來。派對開始之前的十二個鐘頭，照例是充滿家庭焦慮及繁瑣家務的時光，這段期間想逃離家屋必須具備無懈可擊的理由。列維真是走運，他父母提供他一個現成的理由。他們長久以來不是一直催促他星期六找份打工來幹嗎？所以他有理由，所以他準備出門，討論到此為止。他竊喜留下佐拉和傑羅姆擦亮門把，動身前往波士頓一家音樂大賣場充任售貨員的工作。這差事本身並無樂趣可言：他痛恨頭上要戴俗斃棒球帽的規定，以及被迫販售芭樂流行樂；可悲的窩囊廢樓層經理老愛幻想他是列維的皇帝；那些婆媽們記不住藝術家或單曲的名字，只得靠在櫃檯前哼唱走調的片段歌詞。但這一切都是值得的，這讓他有藉口逃離威靈頓玩具城，而且還能賺點零用錢待下次到波士頓的時候花用。每個星期六早上他會搭公車到最近的地鐵站，然後轉地鐵進入他至今唯一熟識的大城市。的確，它不是紐約，不過除了這座城市他也沒有別的了，列維珍愛都市的方式幾可比擬上個世代對於田園之樂的崇敬。如果有辦法賦詩歌頌，他早這麼做了。可惜他缺乏這方面的天分（他曾經試過在一本又一本的筆記上塗滿虛假而不忍卒睹的韻文）。他已經體認到，這工作還是交給他耳機裡那些伶牙俐齒的傢伙就好，那些美國當代的詩人，真正的饒舌高手。

列維值班到四點，依依不捨離開城市，一如既往。他先坐地鐵，再搭公車回去。他心懷恐懼望著汙穢的窗外，威靈頓正現出原形。校區原始面貌的尖塔在他眼中有如監獄的瞭望崗哨，而他正在返回這所監獄的路上。他邁開步伐上坡回家（這是最後一道斜坡），專注聆聽他的音樂。耳機中那名年輕人的下場真的就是面對單人囚房，和他自身的處境似乎相去不遠：一場擠滿學究教授的結婚週年派對。

走上垂柳成蔭如隧道的紅木大道，列維發現他連跟著音樂點頭晃腦的意志都不見了，通常音樂一播放他就會不由自主出現這種習慣動作。路走到一半，他煩躁地發現竟然有人在監視他。一名年紀很大的黑人老婦坐在她的門廊直盯著他，好像城裡沒半條其他新聞可以關心。他用力瞪回去，想讓對方自覺不好意思，然而她的目光卻毫不動搖。那房子被兩棵黃葉木左右框圍，身穿亮紅色衣裙的她坐在走廊，睇人的樣子有如拿錢辦事那般認真。喔老哥啊，她看起來可真是衰老乾癟，頭髮也沒有好好往後梳齊綁妥。她似乎乏人關心照料，亂糟糟的頭髮便可說明這一點。看到老年人沒人照顧的景象讓列維很受不了。她那一身衣服也很扯，紅吱吱的根本沒有腰身可言，直直套在身上就像童書裡王后的長袍，靠近喉部的位置用一支棕櫚葉狀的金色大領針將衣服別牢。門廊上她身旁有幾口紙箱，箱裡堆疊著衣物、杯子、盤子……就像囊袋不離身的流浪婦，差別在於她至少還有一棟房子。她當然可以盯著人瞧，雖然……基督啊。電視上什麼都有演，妳還沒看夠嗎，女士？或許他該買件T恤上頭寫著「YO——**我不會強姦妳的**」。他可以搞一件那種T恤。每天他四下走動的路線當中，那種T恤出現的機會搞不好就有三回。永遠都有一些老小姐，她們需要有人針對這一點對她再三掛保證。看仔細吧……這會兒她死命要從椅子上起身，拖鞋裡的兩條細腿活像牙籤。她要開口講話了。喔，該死。

「不好意思，年輕人，等一下——在那兒稍等一下。」

列維將他頭上架著的耳機推到一邊。「什麼？」

你一定會想，那女士這麼大費周章地站起來喊人，或許有什麼重大事件要講。例如我的房子失火了；我的貓跑到樹上下不來。結果什麼都沒有。

「你**沒事**吧？」她說。「你看起來氣色不太好。」

列維戴回耳機準備舉步走開，不過那女士還在朝他招手。他再次停步，拿下耳機、嘆了口氣。「姊妹，我已經累了一整天，好嗎，所以……除非妳有事情要我動手……妳需要幫忙還是什麼？搬東西嗎？」

那女士設法往前移動。她挪了兩步，雙手抓住門廊護欄穩住自己。她的指關節灰白，沾惹塵埃。那幾條脈管粗得可以拿來彈奏貝斯低音。

「我知道了。你住這附近，對不對？」

「什麼？」

「我想我一定認識你哥哥。我不會看錯人，至少我認為不會，」她說。

講話時她的腦袋輕微顫晃。「不，我沒看錯，你們的臉型一模一樣，臉頰骨根本是同一個模子印出來的。」

她的口音聽在列維耳中既不入流又惹人發笑。對列維而言，黑人以都市成員為正宗。那些來自海島、鄉下地方的百姓在他看來都很稀奇，屬於歷史頑固的殘餘——總讓他有幾分去不掉的戒心。就像有次霍華帶全家遊威尼斯，列維滿腦袋都是這整個地方和裡面所有居民會把他給拐了的念頭。竟然沒有馬路？水上計程車。他對種莊稼的、紡紗織布的，以及他的拉丁語老師也都有相同感覺。

「對……好的，唔，我得走了，老哥，我還有事，所以別再站起來了姊妹，妳會跌倒——我先走一步。」

「慢著！」

「喔，老哥……」

列維靠近她，結果她做出最不可思議的事情：將他兩隻手緊緊扣住。

「我真想知道你媽媽長什麼樣子。」

「我媽？怎麼了？喂，姊妹——」列維說著，手掙脫開，「我想妳認錯人了。」

「我會想起來的，」她說。「我感覺她人一定很好，看你們這些家人就錯不了。她是不是非常迷人？不曉得為什麼，在我想像中她一直非常忙碌而且迷人。」

想到一位忙碌且迷人的琪琪，不禁令列維露出微笑。

「妳一定是想到另外一個人。我媽的噸位像這樣——」他兩手順著護欄的長度極力伸展，「而且有點神經兮兮又無聊。」

「無聊……」她重複道，有如這是她畢生聽過最有趣的事情。

「是啊，有幾分像妳——腦筋有點錯亂。」他嘀咕，聲音壓低好讓人聽不清楚。

「這個嘛，我得承認自己是有點無聊。我家人都在屋裡開箱整理，不准我動手幫忙！當然啦，我的狀況不太好，」她透露，「而且我服用的藥丸……讓我感覺怪怪的，害我沒事做——以前我可是管用得很。」

「嗯哼……對了，我媽晚點要辦場派對，或許妳該過來瞧瞧，老哥，擺脫妳們家人吧……嘿，好了，姊妹，很高興跟妳談話，不過我得走了——妳幫個忙，乖乖待在這裡。別讓太陽晒著了。」

9

就像偶爾會發生的那樣，當列維將手按上朗罕路八十三號大門，他耳機裡的歌曲正好播放完畢。今天下午，他家顯得比以往任何時刻更加超現實，超乎他對自己居處的所有想像。太陽將貝爾西家捧在手中，看起來金碧輝煌。她呵暖原木，運用光線反射令無以透視的窗戶神祕且燦爛。她對屋前沿著牆面生長的銅紫色花朵獻媚，花兒也盡情張大嘴巴承納。五點過二十分。今晚會是個性感良宵：親密，溫暖，但猶有涼風送爽，令你不至於發汗。列維感應到新英格蘭各地的女人蓄勢待發：她們寬衣，沐浴，再度著裝，換上更加潔淨、性感的裝束；波士頓的黑人美眉玉腿上油，毛髮燙妥，夜店地板清掃完畢，酒保現身準備上工，各大ＤＪ在他們的臥室裡雙膝跪地，挑選唱片收進沉甸甸的銀色卡箱——凡此種種想像細節通常令人振奮，但一想到今夜唯一等待他的派對將會擠滿年紀大他三倍的白種人士，便只是徒然增添心酸難受。他嘆息，緩緩轉動頭部，活動頸項。心不甘情不願地進門，原地駐足，庭院通道走了一半，他腦門前傾，臨別的太陽映照身後。有人以牽牛花環飾他外婆雕像的三角形基臺，三呎高的角錐狀石塊，坐落於前院一對糖槭樹中間。一串串尚未燃亮的小燈泡纏繞這兩棵樹的樹幹，披掛在枝條間。

列維正為自己能躲過這些勞務感到慶幸，口袋忽然傳來震動。他掏出手機。是卡爾。他花了點工夫才想起他媽的卡爾是誰。訊息寫道：「還有派對吧？可能過去晃晃。待會見。卡。」列維又喜又驚。卡爾該不會忘了這是哪門子派對吧？他正凝神打算回電時，冷不防被佐拉從屋前一把梯子爬下來的聲響嚇了一跳。看來她剛把四束粉白相間的乾燥茶玫瑰倒過來懸掛在門框上。列維無法解釋何以之前沒注意到她，但事實上他就是沒有。下到底部第三階時，佐拉似乎也注意到了；她的頭慢慢轉向弟弟這一邊，但目光越過他，專心望著街道對面的什麼東西。

「哇，」她壓低聲音，一隻手舉到額頭遮陽，「這個人眼睛花了。瞧——她出現認知障礙。她要機能失調了。」

「嗄？」

「感謝妳！好，妳可以走開了——他就是**住**這裡——對，沒錯——沒有發生任何犯罪案件——多謝妳的關心！」

列維轉身看見被佐拉吼叫的那名婦人，紅著臉在街道另一頭匆匆離去。

「這些人到底是什麼毛病？」佐拉兩腳落地，脫去園藝手套。

「那女人監視我？是之前那一個？」

「不是，不一樣的女人。還有，你別跟**我**講話——你兩個鐘頭以前早該到家了。」

「派對八點之前根本不會開場！」

「六點開場，王八蛋。而且你再一次一點點小事都沒幫上忙。」

「佐兒，老哥啊，」列維嘆息，從她身邊走過，「妳知道的，有時候就是沒有那個心情。」他脫掉突擊者隊背心，捲成球狀，以倒三角形的光坦背脊封住了佐拉的去路。

「你也知道的，我實在沒什麼心情替三百個小酥皮盒填充蟹肉餡，」她說，跟隨她弟弟穿過敞開的前門。「不過，我想我就是必須先把個人的小小存在危機擱在一邊，完成手頭的工作。」

走廊裡的味道真不是蓋的。傳統南方菜，光聞那氣味便能將你灌飽。新鮮的油酥麵糰，一陣蘭姆潘趣酒的酒香。廚房裡備有好多佳餚，暫時蓋著保鮮膜，在主桌擺設陳列，還有兩張從地下室搬來的小牌桌，上頭放了一大疊盤子和排成同心圓狀的杯子。霍華站在這些東西當中，手持一杯倒滿紅酒的白蘭地杯，嘴上抽著一根蓬鬆的捲菸。幾絲散落的菸草黏附在他的下唇。他一身招牌「烹調裝」——這全套裝備出自霍華的構思，將多年來琪琪添購卻棄置未用的廚房服飾一一披掛上陣，用以表達他對於烹調此一概念的抗議。今天霍華穿著大廚上衣，繫了圍裙，戴上隔熱手套，還在腰帶塞入幾條抹布，有一條則瀟灑地繫在脖子上。這些裝備全都沾滿數量驚人的麵粉。

「歡迎歡迎！我們正在施展廚藝。」霍華說著，用戴手套的手指按了按嘴唇，接著輕叩鼻端兩下。

「還有酒藝。」佐拉說道，從他手中取走紅酒，拿到水槽。

霍華相當欣賞這一招的節奏和喜劇成分，並且順勢推舟。「你今天還順利嗎，約翰小子？」

「這個嘛，有人認為我再度打劫了你。」

「沒這回事。」霍華小心說道。他不喜歡、也畏懼在對孩子的談話當中牽連到種族，他隱約懷疑此刻便是處於險境。

「還有，別說我偏執狂，」列維一肚子惱火，將汗溼的背心拋到桌上。「我再也不想住在這地方了，老哥……大家都沒事好幹，只會成天監視別人。」

「有誰看到鮮奶油？」琪琪發話，從冰箱門後現身。「不是罐頭的，不是淡的那種，也不是半鮮奶油——是雙倍濃的英國鮮奶油。之前還放在桌上。」她的手掃到列維的背心。「別放那兒，年輕人。拿去你房間——順便一提，那地方可真是見不得人。你若想早一天搬出那個地下室，自己就要想辦法做點改進。要是任何人看到你那垃圾堆一樣的房間，我臉都丟光了！」

列維皺起眉頭，繼續對他父親講話。「紅木路有個瘋老太婆居然開口問起我媽。」

「列維，」琪琪說著，朝他走近，「你人在這兒是打算幫忙還是怎樣？」

「你剛說誰問琪琪的事？」霍華感興趣地問道，從桌邊拉了張椅子。

「紅木路的老太太。我可沒有招惹任何人，她就一直看我，一直看我，整條路從頭到尾，就像這城裡其他人那樣看著我，後來她把我攔下，跟我講話——那副德性就像她想要搞懂我是不是打算把她給宰了。」

這當然不是事實。不過列維心裡有話，他得篡改事實才能一吐為快。

「然後她就開始講我媽這樣、我媽那樣。黑人貴婦。」

霍華發出噪音以示反對，但被駁回。

「不對就不對，不過那樣其實沒什麼分別。任何一位白到有資格住在紅木路的黑人太太，其實腦袋裡想的跟任何白人老太婆都一樣。」

「什麼叫白到有資格，」佐拉出語糾正。「這是最糟糕的矯揉造作，你曉得，講起話來裝模作樣，竊取別人的文句措辭。講這種話的人可都沒有你好命。你那樣說太古怪了。你可以抗拒使用拉丁語字眼，不過顯然你連那樣都不——」

「鮮奶油——有看到嗎？東西就在這裡。」
「我想你可能有一點點反應過度，」霍華說，指頭往水果盆四下探摸。「這是在哪裡發生的事情？」
「紅木路。是要講幾遍ＹＯ？瘋瘋癲癲的黑人老太太。」
「我搞不懂怎麼東西放在這裡過了五分鐘就……紅木路？」琪琪尖聲問道。「紅木路下去多遠？」
「就在路頭轉角，托兒所前面。」
「黑人老太太？紅木路沒有住這樣的人。她是誰？」
「我哪曉得……一堆箱子擺得到處都是，好像剛要搬進來住。算了，那根本不是重點，重點是，該死的每走一步都有人在監視，我受夠了——」
「喔，老天，老天哪……你沒有冒犯到她吧？」琪琪詰問，將手中的糖包放下。
「怎麼了？」
「你知道那是誰嗎？」琪琪語氣誇張問道。「我敢跟你打賭那一定是剛搬過來的吉普斯家，我有聽說他們要搬到那裡。跟你賭一百塊那個人就是吉普斯太太。」
「這太荒謬了。」霍華說。
「列維，那女的長什麼樣子？她長什麼樣子？」
列維既困惑又沮喪，想不到自己的個人遭遇竟然換來如此沉重的反應，他費勁地回憶過程細節。「老老的……個子很高，身上穿的衣服對一個老太太來說顏色似乎太豔了點——」

琪琪目光嚴厲地盯著霍華。

「噢……」霍華說。琪琪轉向列維。

「你對她說了些什麼？你最好沒對她做出什麼無禮的行為，列維，要不然我向天發誓今晚就把你屁股撕爛——」

「什麼？她只是瘋瘋癲癲的……我又不知道，她一直問我奇奇怪怪的問題……我不記得我怎麼講的，可是我沒有不禮貌——我沒有。我根本沒講到幾句話，老哥，是她自己不正常！她一直在問我媽如何如何，我只有回答一些我遲到了、我媽媽辦派對、我得走了、我現在沒辦法再聊——就是這些話而已。」

「你有說我們家要辦派對。」

「喔，我的老天——媽，管她是誰，反正不是妳想的那個人就對了。不過就是某個不正常的老太太，以為我戴個頭巾就會對她謀財害命。」

琪琪舉起一手矇住眼睛。「那就是吉普斯太太。噢，天哪——我現在得去邀請人家。反正之前就應該請傑克幫我邀請他們。我得去邀請他們。」

「妳沒必要邀請他們。」霍華緩緩表明立場。

「我當然得邀請他們。等我把檸檬派搞定就過去。傑羅姆出去買酒了——天曉得他怎麼買的，現在早該回來了。還是派列維過去？看送張短箋還是怎樣——」

「妳現在是對我不爽什麼？老哥，我才不要再去那裡。我剛剛有跟妳說過這地方的街坊鄰居讓我走起路來感覺——」

「列維，拜託，我正在思考。下樓去把你的房間整理乾淨。」

「吼，幹你的，老哥。」

貝爾西家的訐譙門規並非不證自明。他們沒有像髒話罰錢筒那般裝可愛又沒營養的東西（威靈頓家家戶戶常見的必備良品），如我們所見，出言不遜在多數狀況下不會有事。這種自由派的常規底下有幾則古怪的條目，這些施行法則既未明文書寫，亦非人人瞭然於胸。問題端看髒話出口的語氣和感受，是故，依此例看來，列維想必是誤判形勢。這會兒他母親的手猛力劈下當頭一記，令他踉蹌跌退三步撞上餐桌，撞翻一只盛裝巧克力醬的船形器皿，濺灑一地。通常，就算最微不足道的輕慢，要是冒犯到列維或他的名聲，特別是他的服裝，只要一息尚存，列維必定挺身堅持討回公道，即使是——特別是——當過錯在他的時候。不過這回他一聲不吭迅速起身離去。片刻後，他們聽見他在樓下甩上房門。

「好極了。好棒的派對。」佐拉說。

「妳等客人到了以後再說。」霍華喃喃道。

「我只是想教他……」琪琪開口，感覺氣力用盡。

她廚房餐桌邊坐下，將頭擱在斯堪的納維亞松木桌面。

「我去外面幫妳割一段藤條回來。來點家法伺候，正宗的佛羅里達門風。」霍華說，他作秀般脫去帽子和圍裙。依這家人互動的脈絡，只要出現機會讓霍華可以占據道德制高點，他絕對迫不及待騰身攻取。近來這種機會可說寥寥無幾。琪琪抬起頭時，他已經走出廚房。很好，琪琪心想，一占上風就給我閃人。正當此刻，傑羅姆進門走到廚房，停下腳步含糊地說聲酒放在走廊，便又直接穿過拉門進了後院。

「我真不懂怎麼這屋子裡每個人都一定要表現得像是該死的畜牲。」突然間，琪琪爆出狠話。她起身走到水槽將一塊抹布打溼，再回到桌邊對付四下濺溢的巧克力醬。她無心傷悲。相較之下，憤怒顯得容易多了，而且發洩起來更快、更狠、更棒。一旦落淚哭泣，我就會沒完沒了——你是否曾聽人如此說過。琪琪在醫院時老是聽人家這麼說。那種傷心難過的積壓，永遠找不到足夠的時間傾洩。

「我這個做好了，」佐拉說，無精打采地拿著湯匙攪拌她幫忙調製的水果潘趣酒。「我要去換件衣服。」

「佐兒，」琪琪說，「妳曉得哪裡有紙筆？」

「偶哪知。抽屜吧？」

佐拉同樣漫步離去。琪琪聽見外頭傳來響亮的破水聲，傑羅姆布滿深色鬈髮的半顆腦袋驚鴻一瞥，便又沒入水中。她拉開長列餐桌靠近身側的抽屜，在一堆電池和假指甲當中找到一枝筆，接著進屋裡找紙。她想起走廊一座書架上的兩本平裝書中間塞了本便條紙。

「下盤棋？」琪琪聽見佐拉徵詢霍華。當她走回廚房，看見他們父女倆在客廳擺開陣勢，彷彿什麼事都沒有發生，彷彿請客辦派對跟他們一點關係都沒有，梅鐸快活地安歇於霍華膝頭。「下盤棋？」琪琪心裡納悶，所謂的知識分子就是這副德性？總有辦法好整以暇地將心中其他俗務過濾排除？琪琪獨自坐在廚房，簡單地寫了張便箋，恭喜吉普斯家喬遷，並誠摯歡迎他們能夠光臨一場小小的聚會，六點半之後隨時候駕。

10

轉過彎角一踏上紅木路，琪琪便忙著舉目四探，逐一搜尋任何可能是吉普斯家的跡象。行駛中的箱型車尺碼，住家的格局，庭院繽紛的色彩。日光消褪，街燈尚未亮起。她頗感苦惱，竟然沒能把四樓陽臺懸掛如香爐的植物吊籃看得再清楚一些。琪琪非常靠近前門時才發現有個高個兒婦人的身影坐在一張高背椅上。琪琪將手上拿著的信箋收進口袋。婦人睡著了。琪琪馬上體認到自己絕對不願意讓人家窺見這般睡相，稀薄的髮絲成扇形橫臥腮邊，嘴巴洞開時而抖顫，視而不見的眼球袒露無遺。倘若越過她逕自去按門鈴似乎太過無禮，好像當她是一隻微不足道的貓咪或一件擺設。同樣的，將她叫醒似乎也不太好。她在門廊入口舉棋不定，有一瞬間琪琪真想把字條擱在那婦人膝蓋上跑開。她往門口再跨一步，婦人醒了。

「嗨，嗨——對不起，我不是故意打擾妳，我是這附近的鄰居。妳是……吉普斯太太還是……」

那婦人懶懶地笑看琪琪，從頭到腳打量，顯然是在評估她肥碩的身軀。琪琪將開襟毛衣拉攏，裹住自己。

「我是琪琪．貝爾西。」

吉普斯太太發出雀躍聲表示原來如此，從薄脆的高音開始逐步降階收音。她緩緩兒攏修長的指掌有如一對鐃鈸。

「對，我是傑羅姆的媽媽。我想妳今天正巧遇見我們家老么列維？我希望他沒有失禮，有時他會有點毛躁——」

「我就知道我沒認錯。我就知道，妳看。」琪琪心神不寧地笑著，眼睛忙著貪看這個議論許久卻始終無緣一窺的人物，吉普斯太太。

「真的好瘋狂對不對？先是傑羅姆，然後妳和列維又碰巧遇上——」

「一點也不碰巧，我一看到他的臉就認出來了。他們看起來那麼醒目，妳兒子長得好帥。」

琪琪擋不住別人恭維她的孩子，不過她對這種情形再熟悉不過了。三個棕色皮膚的大個兒去到哪裡都惹人注目。琪琪習慣這種驕傲，以及保持謙虛的必要。

「真的嗎？我想他們——我一直覺得他們都還像小孩子，真的，一點也不——」琪琪快活地開口，但吉普斯太太無視於她的發言，自顧自地繼續講。

「現在妳也出現了，」她說著，吆哨一聲，伸手拉住琪琪手腕。「來嘛，坐一下。」

「噢……好啊。」琪琪說。她在吉普斯太太的椅子旁邊蹲下。

「不過妳跟我想像的一點都不像。妳不是位小婦人，對不？」

後來重溫此事，琪琪完全無法解釋自己對於此一問題的反應。她內心深處自有處事之道，也慣於臨機應變。有的人很快讓她產生安心的感覺，相反的，也有人一眼便令她嫌惡。或許，這個問題所引發的衝擊當中，同樣帶有自然不做作的熱情，和明顯出於真誠的關懷意圖，促使她採取親切的回應——依循第一個浮現的念頭。

「嗯哼。我身上沒有一個地方小，一個都沒有。要胸部有胸部，要臀部有臀部。」
「我看到了。妳一點也不介意？」
「那就是我——我已經習慣了。」
「在妳身上看起來很自在，妳保養得很好。」
「感謝妳！」
就像一陣強風倏地颳起，驅策著這番彆扭的短暫對話，接著，這陣強風同樣突兀地罷手離去。吉普斯太太兩眼直視，凝望她的庭院，輕淺的呼吸於喉間依稀可聞。
「我……」琪琪開口，停了一下等待某種認可，但是並沒有等到。「我想說我真的非常抱歉，去年惹出那麼多不必要的麻煩——實在太誇張了……我希望我們可以把它放到……」琪琪說著，話音減弱，察覺到吉普斯太太的拇指按壓琪琪的掌心部位。
「我希望別傷了我們的感情，」吉普斯太太說，搖著頭，「不需要為了不是妳犯的過失這樣低聲下氣。」
「不，」琪琪說。她打算往下講，不過她要說的東西再一次消失無蹤。她只知道自己再也蹲不住了。她抽腳伸腿，一屁股坐在地上。
「對，妳坐著我們才好講話。不管我們的丈夫之間有什麼過節，妳和我可沒有任何嫌隙。」
琪琪無話可接，看著自己現下的景況，覺得不太真實，自己竟然坐在一個她不認識的婦人腳下的地板。她環顧庭院，愚蠢的嘆息，彷彿眼前的迷人景緻到了此刻才打動她。
「好了，妳覺得呢，」吉普斯太太緩緩說道，「我家房子如何？」

此一問題在琪琪和威靈頓仕女的社交往來中屬於心照不宣的部分，從未有人這樣挑明了問她。

「唔，我覺得非常漂亮。」

這回答似乎令主人吃驚。她往前探身，從胸口揚起下巴。

「是噢。我自己說不上非常喜歡。地方這麼新。這房子裡面除了花錢的東西以外什麼都沒有，掛得叮叮咚咚的。我在倫敦的房子，貝爾西太太——」

「叫我琪琪就好。」

「卡琳，」她應聲，將一隻修長的手掌按住自己光裸的喉間。「滿滿都是人味——我可以聽見走廊裡裙裾窸窣作響。我已經想念那房子想得要命。美國人的房子……」她說，朝右肩望去，街道一路延伸。「它們似乎總是相信人不會失去任何東西，怎麼也不會。我發現那樣子好可悲。妳知道我在說什麼嗎？」

琪琪一聽便直覺有氣。她一輩子對自己的國家口無遮攔，但最近幾年她倒是生出一層新的感受。每當霍華的英國友人晚餐後進占他們的扶手椅，開始說三道四，她就得從房裡避開。

「美國人的房子？妳指的是什麼？妳是說妳比較喜歡房子有些歷史故事之類的？」

「噢……唔，倒也可以這麼說，是的。」

這話讓琪琪更加受傷，她得講些掃興的東西，或者更糟，講些蠢到不值得回應的話。

「不過妳曉得，這房子真的有點來歷，吉普斯太——卡琳——雖然不怎麼動聽。」

「噢。」

這會兒局面變成單純的無禮。吉普斯太太闔上眼睛。這女人真粗魯，可不是？或許是文化差異的關係。琪琪更進一步。

「對，從前這地方住了位老先生，溫格騰先生——他是我服務那間醫院的洗腎病患，所以他得讓救護車載送，妳曉得，一個星期要三到四次。有一天他們開了救護車來接他，卻發現他人在公園裡——好恐怖，真的——他被火燒死了。顯然他口袋裡有打火機，在浴袍的口袋。他大概是想要點香菸，他不應該一直抽菸的。總之，他點了菸結果燒到自己，我猜他自己實在沒辦法把火撲滅。結果慘不忍睹。我不知道自己跟妳講這個幹麼。真抱歉。」

最後這句不是真的。她對於說出這個故事一點也不感到抱歉。她就是想要找些話來點醒這個婦人。

「喔，不會不會，親愛的。」吉普斯太太說，如此明顯不耐和輕蔑的伎倆令她身心動搖。琪琪首度注意到她頭部的抖顫也延伸至左手的部位。「我已經知道那件事了，隔壁的女士有跟我先生提過。」

「噢，好的。那真的很可悲。一個人孤伶伶的又遇到這種事。」

對此，吉普斯太太臉上立即有了反應——皺眉扭曲，好像將魚子醬或葡萄酒端給一個小鬼時小鬼臉上的表情。她下頜的皮膚後縮，前排牙齒突出，看起來好蒼白。琪琪一時誤以為她是什麼毛病發作，還好臉色隨即恢復正常。「想到那場景讓我覺得好可怕。」吉普斯太太語氣激昂。

她再一次抓住琪琪的手，這回兩隻手都用上。掌紋深劃的手心令琪琪想起自己的母親。那抓握之脆弱，感覺好像只要將一方的手從那抓握當中抽出，便足以粉碎另一方的手。琪琪為自己的惱怒感到慚愧。

「喔，天哪，一個人生活的話我肯定會受不了，」琪琪說，壓根沒想過此話是否仍然成立。「不過妳會喜歡威靈頓的——一般說來，鄰里有事都會互相幫忙。這裡很有社區相互照應的人情味。好多地方都讓我想起佛羅里達。」

「不過我們開車經過城裡時看見好多可憐的街頭遊民！」

琪琪在威靈頓住得夠久，久到無法置信竟然有人能以這般虛假的天真態度議論社會的不公義，就好像在此之前居然沒有人關心過此等不義的情形。

「嗯，」她平靜說道，「我們這兒的確出現一些狀況，最近也冒出好多新的外來移民，有海地人，有墨西哥人，有些無處可去的民眾只好待在街頭。到了冬天會開放庇護所，所以情況不至於太糟。不過……沒有錯，妳曉得，我們真的很感謝你們在倫敦的時候收留傑羅姆，妳待人真好。在他最需要的時候幫他，還有好多好多值得感謝的事情。只可惜到後來一場糊塗，被那——」

「我喜歡的一首詩裡面的一句：你我身上皆有庇護可以收容彼此（*There is such a shelter in each other.*）。我覺得這句子很棒。妳不覺得那是一件美好的事嗎？」

琪琪被這番話打斷，嘴巴一時沒辦法闔攏。

「那是——哪一位詩人寫的？」

「唔，我自己也不太確定……蒙提是我們家裡的知識分子。我沒有動腦筋和記名字的本事。我是在報紙上面讀到這個句子，如此而已。妳也是知識分子這一行的嗎？」

這可能是威靈頓從未老實問過琪琪最至關緊要的問題。

「不，實際上……我不是。我真的不是。」

「我也不是。不過我真的很喜歡詩。詩裡面每一句都是我說不出來、也從沒聽人說過的事物。我想是我無從感受的那一小塊？」

琪琪一開始摸不清這是哪門子問題，或者人家是否在等她回答，不過一時的停頓證明這僅是修辭上的懸疑。

「我發現那一小塊就在詩歌裡，」吉普斯太太說。「好多年來我連一首詩也不曾讀過——我比較偏好傳記。就在去年我讀了一首詩。如今想停都停不了！」

「天啊，那真是太棒了。我就是找不到機會再去看書。我以前看了好多安哲蘿的東西，妳讀過她嗎？那算自傳吧，對不對？我一直發現她特別……」

琪琪住口。令吉普斯太太分散注意力的東西也干擾到她了。五個荳蔻年華的白人少女，衣不蔽體從大門前通過。她們胳膊底下裹著毛巾，溼答答的頭髮滴著水，髮索糾結在一塊兒，宛若梅杜莎。她們七嘴八舌地喧譁通過。

「你我身上皆有庇護可以收容彼此，」吵嚷聲減弱後，吉普斯太太重複念道，「蒙特袞說詩歌是真正文明教養的首要標記。他總能隨口講出如此美妙的話語。」

琪琪不認為這話有何美妙，安靜不語。

「而當我告訴他這一句，從一首詩裡頭——」

「是的，一行詩句。」

「對。當我告訴他這一句，他說那詩非常好，不過我應該把它放在天秤上——評鑑的天秤。在天秤另一端我應該放上*L'enfer, c'est les autres*（他人即地獄）。然後看看在這世界上哪一邊比較重！」話一講完她自己也樂了，笑聲活潑，比她講話的聲音要年輕許多。

琪琪無可奈何地微笑。她聽不懂法文。

「很高興我們終於能夠好好地見上一面。」吉普斯太太說，出自真心的喜悅。

琪琪頗為感動。「噢，妳太親切了。」

「真的很高興。我們才見面多久——妳看我們兩個相處起來多愉快。」

「我們非常高興你們能夠搬來威靈頓，真的，」琪琪尷尬說道，「其實，我來這裡是要邀請你們今晚來參加我們的派對。我想列維有向妳提過。」

「派對！好可愛。妳居然想到要來邀請一位根本不認識的老太婆，真是好心。」

「親愛的，如果妳這樣叫老，那我也老了。傑羅姆才比令千金大兩歲，不是嗎？她是不是叫維多利亞？」

「可是妳並不老，」吉普斯太太力陳。「老跟妳還沾不上邊。雖然總有一天會，不過時候未到。」

「我已經五十三了。當然有感覺到老。」

「我四十五歲才生下最後一胎。感謝主賜的奇蹟。不，任何人都看得出來妳有張娃娃臉。」

琪琪將頭壓低，避免露出任何符合讚美天主恩賜的臉蛋。此刻她再度將頭揚起。

「唔，那麼就來參加一場娃娃的派對吧。」

「我會去的，謝謝妳。我會和家人一起出席。」

「那樣就太好了，吉普斯太太。」

「噢，拜託……卡琳，請叫我卡琳。每次有人叫我吉普斯太太，我就感到辦公室和迴紋針在召喚我。我以前在蒙特袞的辦公室待過，那兒的人都叫我吉普斯太太。如果妳相信的話，在英國，」她邊說邊淘氣地笑著，「因為蒙特袞的功名，他們居然還稱呼我吉普斯夫人……雖然替蒙特袞感到驕傲，但我必須告訴妳——讓人尊稱吉普斯夫人的感覺就好像我已經作古了。我建議妳最好不要。」

「卡琳，親愛的，說句老實話，」琪琪笑著說道，「我不認為在可見的未來中，霍華會有任何被冊封為爵士的危險。不過還是感謝妳的警告。」

「妳不該拿妳先生來開玩笑，親愛的，」她立即回應。「那樣說只會讓人家取笑而已。」

「喔，我們都是互相取笑逗樂。」琪琪依舊笑著說道，但心裡升起一股懊惱，如同聽到那個一向為人極佳的計程車司機對她說，第一座集中營的猶太人在事發前全都得到通風報信，或者你不能相信墨西哥人不會將你腳下的小毛毯偷走，又或者好多交通要道的興建都是在史達林主政之下完成……

琪琪移動身體要站起來。

「抓著椅子的扶手，親愛的……男人靠他們的腦袋行動，我們女人必須靠自己的身體，不管我們喜不喜歡。上帝的意旨即是如此，我一直都如此強烈的認為。像妳體型比較大一點，我想動作也許會比較吃力。」

「不，我還好，沒問題的——妳瞧，」琪琪說道，有幾分滑稽地直起身體，屁股輕扭了幾下。「實際上我身手靈活得很，這是瑜珈的功效。還有，老實說，我認為男人跟女人用起腦袋來幾乎不相上下。」她拂去掌心的木屑。

「我不認為。不，我不認為。我做每一件事都得靠我的身體。即便我的靈魂也是血肉組合而成。存在臉孔當中的真理和其他任何地方一樣多。我認為唯有女人能了解人的臉充滿了意義。但男人就是有本事假裝那並非事實。他們的力量即由此而生。蒙提簡直不曉得他還有身體存在！」她笑著將一隻手放到琪琪臉上。「比如，妳就有一張不可思議的臉。看到妳的第一眼，我就知道自己會喜歡妳。」

這傻氣的話害琪琪也笑了。她對這番恭維大搖頭。

「嗯，看樣子我們互有好感，」她說，「到時候看鄰居們有什麼話說？」

卡琳・吉普斯從椅子上撐起身體。儘管琪琪抗議，也制止不了她的鄰居親送她到門口。就算先前還有幾分疑惑，這下她也清楚了解到卡琳的身體狀況委實不佳。才走了幾步她就得拜託琪琪讓她扶著手臂。琪琪感覺卡琳幾乎全身的重量都轉移到她這邊，但這點重量對她而言倒是毫不費勁。琪琪心裡有些東西也轉移了，移到卡琳的身上。她講出來的字字句句似乎都是肺腑之言。

「那些是我的九重葛，是我今天叫維多利亞幫忙種的，但我沒把握它們種不種得活。從外貌上看起來現在的應該是沒問題了，它們內外幾乎是一致的。它們用動人的風采說明了這一點。我在牙買加的時候就是種九重葛——我們在那裡有棟小房子。沒錯，我想庭院就是我挽救眼前這棟房子的對策。妳認為真的有辦法改善嗎？」

「我不曉得怎麼回答。房子和庭院都很棒。」

卡琳迅即點頭，結束這番可愛的胡說八道。

她好心地拍拍琪琪的手。「妳一定要回去忙妳的派對了。」

「妳務必要來參加。」

卡琳臉上帶著懷疑但又泰然處之的神情，有如琪琪來邀請她登陸月球。她再一次點頭，轉身回到她的房子。

11

琪琪回到朗罕路八十三號時，她的第一位賓客已經駕到。這種派對有個反常的法則，在初擬的宴客名單上地位最沒保障的人總是會搶頭一個現身。克利斯蒂．馮．克萊柏起先被霍華列名邀請，琪琪將之劃掉，霍華寫回去，琪琪再劃掉，然後，接下來不知何時，顯然又被霍華偷偷納入名單，如今克利斯蒂人在這兒，斜身探入客廳裡頭內凹的餐室，全心全意朝他的東道主點頭致意。從廚房這邊，琪琪只能看見他們兩人的一小角身影，但光這一小角便足以拼湊整幅畫面。她脫去開襟毛衣掛在椅背，在無人察覺的狀態之下望著他們。霍華神采奕奕，兩手梳攏頭髮，俯身向前。他正在聆聽——是真正的聆聽。不可思議，琪琪心想，當他願意放心思，可真是殷勤周到。想起他盡力和她安然相處的那幾個月，霍華也曾耗費許多心思在琪琪身上，她完全能夠體會其中的熱情，那殷勤奉承的無上喜樂。克利斯蒂受此影響，即刻顯得朝氣十足。看得出來他讓自己略為放鬆，原本他可是謹守一個年僅二十八歲的客座講師巴望助理教授職位那種戰戰兢兢的形象。很好，他有福了。琪琪從廚房抽屜拿出打火機，將觸目所及的燭臺一一點燃。這早就該準備就緒。法式鹹派都還沒有加熱。還有，三個孩子跑哪兒去了？霍華一陣讚賞的笑聲隆隆傳來。這會兒他和那小子角色互換——輪到霍華侃侃而談，克利斯蒂有如朝聖般不放過每一個音節。那年輕人謙遜的目光垂地，琪琪猜想，他大概正在對她丈夫的讚賞有加表示不好意思。霍華這般親切不只是慷慨，遇到有人諂媚他就會湧泉以報。待克利斯蒂再次露面，琪琪看見他滿臉喜色，但隨即因為心下有了盤算而顯得凝重幾分。或許他已經想通這番恭維讚許全屬溢美之詞。琪琪從冰箱取出一瓶上等的香檳。她端了盤棒棒腿當開胃小點，希望這些吃的喝的可以代替她原本應該準備好開場用的妙言警句。和吉普斯太太遭逢的隨意漫談在她心中留下奇特的空虛。她想不出自己還有何時能比此刻的自己對舉辦派對更意興闌珊。

有時你腦中會突然閃現你在別人眼裡的畫面。眼前這幅景象並不令人愉快：一個紮上頭巾的黑女人，一手酒瓶一手點心盤朝客人走來，活脫脫像老電影裡的女僕。真正的女僕角色——莫妮卡，以及一個她沒提名字、預計幫忙分派飲料的朋友，兩人到現在連人影都沒瞧見。客廳裡只多出另一個人，梅蘿迪茲，一個豐腴標緻的美日混血女孩，固定和克利斯蒂湊在一塊（你會以為他們是柏拉圖式的關係）。她一身出眾的全套裝扮，背對著房裡眾人，全神貫注研究對面牆上霍華的藝術藏書書脊。有人跟琪琪提過，雖然學校裡霍華的粉絲俱樂部規模極小，向心力卻強得很。由於學說窘迫加上和同儕格格不入，霍華不論是地位、人氣或年薪都和威靈頓的同事差了一截。這反倒令他坐擁一個微型的校園教派：克利斯蒂是傳教士，梅蘿迪茲是信眾。即使還有其他成員，琪琪也從未見過。至於霍華的助教，史密斯．J．密勒，一個從南方腹地來的溫文爾雅白人小子，應該只能算威靈頓的聘雇人員。琪琪以腳跟將客廳的門推開抵住，心裡再度納悶莫妮卡究竟人在何方，將門抵開的本該是她，竟躲得無影無蹤。克利斯蒂還沒轉身招呼她，便已假裝喜歡鑽到他踝間嬉戲的梅鐸。他像天生的寵物厭恨者和兒童恐懼人士那般笨手笨腳地俯身迫近，顯然始終盼望有人能夠在他觸及狗狗之前出手解圍。他瘦長纖細的身材看在琪琪眼裡有如真人版本的搞笑梅鐸。

「牠很煩人吧？」

「喔，不會。貝爾西太太，哈囉。不會，一點也不會。其實我是怕牠不小心被我的鞋帶纏住不能呼吸。」

「真的嗎？」琪琪說，狐疑地往下細看。

「不，我是說還好……還好。」克利斯蒂的五官捉襟見肘地努力想變形為所謂「派對臉」。「不管怎樣，結婚週年快樂！真是太棒了。」

「這個嘛，非常感謝你的光臨——」

「我的老天，」克利斯蒂用他那清脆的、叫人茫然的歐洲變音語調說。他在愛荷華長大的。「我能夠受邀簡直太榮幸了。這時刻對你們來說一定非常特別。了不起的里程碑。」

琪琪感到他似乎還不曾對霍華講過任何類似的老套應酬話，霍華此時也真的揚起眉毛，彷彿之前未曾聽聞過克利斯蒂如此講話。這套陳腔濫調顯然是專門留給琪琪聽的。

「是啊，我想這樣安排也不錯——學期剛開始，而且所有事情都……要我幫你把狗趕走嗎？」

克利斯蒂腳下一直左閃右躲想避開梅鐸，但剛好提供他樂在其中的挑戰。

「噢，這個嘛……我不想這麼——」

「不會麻煩，克利斯蒂，別擔心這個。」

琪琪拿腳趾蹭開梅鐸，再一推令牠離開客廳。上帝不許讓克利斯蒂有一絲狗毛沾惹那雙高級的義大利皮鞋。不，那樣想對他不公道。克利斯蒂以掌心順著頭髮左側一絲不苟的旁分髮絲妥貼抹平，直順的髮線宛如量尺畫的。那還是不公道。

「我一手有香檳一手有雞肉，」琪琪為了補贖內心的念頭，因此語氣特別快活。「你想來點什麼？」

「喔，天哪，」克利斯蒂說。他似乎明白此刻應該來句俏皮話，但天生又沒這本事。「選一個、選一個。」

「這裡給我，親愛的，」霍華說，他只從太太那兒取了香檳。「先好好打個招呼也不錯——這是梅蘿迪茲，妳認得吧？」

身為主人至少要記住每位客人的兩件事情，以便於把客人再介紹給其他的客人認識，那麼關於梅蘿迪茲的兩件事情，就是她對傅柯和流行服飾有興趣。好幾回在宴會上，琪琪仔細聆聽卻始終聽不懂梅蘿迪茲到底談些什麼，那幾次，梅蘿迪茲的裝扮不是像英國龐克，就是像世紀末仕女套上低腰的愛德華長禮服，或者像法國影星，還有最教人難忘的——四〇年代的戰時新娘，她的頭髮精心修飾如白考兒般的波浪捲曲，配上長襪和緊身背心，那引人驚嘆的黑色線條順著她兩條壯碩的小腿弧度一路往上。今天晚上的梅蘿迪茲混搭雪紡綢，底下一條寬大的及膝圓裙教人必須讓點空間，一條黑色的毛海開襟短織衫披在肩頭。最後這件織衫上頭還有個鑲綴亮飾光彩奪目的巨型胸針。她腳下那雙紅色的露趾魚口細跟鞋，讓梅蘿迪茲闊步橫過客廳時足足和實際身高差了三英吋。梅蘿迪茲伸出一只白色的兒童手套讓女主人握手。梅蘿迪茲芳齡二十有七。

「當然認得！哇，梅蘿迪茲！」琪琪說，誇張地眨著眼睛。「親愛的，我都不知道該怎麼說了。實在應該準備一個最佳派對服裝獎——我不知道自己在想些什麼。這位小姐，妳看起好棒！」

琪琪發出口哨聲，而梅蘿迪茲仍舊握著琪琪一隻手，抓準時機來個轉圈，又將琪琪的手舉高，在底下畫了個小圓圈。

「妳喜歡嗎？我真的好想告訴妳，其實我只是臨時胡亂湊合的，」梅蘿迪茲聲調又快又響，神經質的加州尖嗓。「不過我花了好長、好長的時間讓這裡看得順眼。搭座橋也許還比較快一點。整個詮釋體系加速視域融合的速度。從這裡到這裡，」梅蘿迪茲說，比著她眉梢至上唇的空間，「大概花了三個鐘頭。」

門鈴響起。霍華咕噥作聲，好似眼前的賓客人數早已足夠，但還是識時務地起身前去應門。剩下的三人被他們之間唯一真正的聯繫撇下，一時無人開口，光靠微笑撐住場面。琪琪不禁猜疑，在梅蘿迪茲與克利斯蒂心目中，自己與那個足以和王者匹配的配偶形象究竟相去多遠。

「我們做了一樣東西要給妳，」梅蘿迪茲突然開口。「他有跟妳說嗎？我們做了這東西給妳。可能是爛貨，我不曉得。」

「不……不，我還沒說——」克利斯蒂尷尬臉紅。

「像個東西——一樣禮物。很土嗎？三十年那樣？我們是不是真的很土？」

「我只是……」克利斯蒂說，笨拙地彎身拿起他擱在墊腳凳旁、樣式老舊的書包。

「我們做了點差勁的研究，三十年剛好叫珍珠婚，不過，妳也知道，研究生的收入有限，所以我們沒辦法真的弄到珍珠來做……」梅蘿迪茲狂笑著。「然後克里斯想到這首詩，而我又喜歡動手做點工藝，總之就做出來了：看起來像個裱框的詩歌圖案織物——我不曉得。」

琪琪接過一個暖色的柚木鏡框，欣賞玻璃底下的玫瑰押花和貝殼碎片。詩句用針線繡成，像塊織錦。她怎麼也想不到這兩個人送的竟是這種禮物。太可愛了。

「整整五噚下令尊在那裡躺著；他的骨骼是珊瑚架子了，那些珍珠本是他的眼睛——」

她慎重其事地念著，心裡明白自己應該知道這首詩。

「所以，這樣應該可以算是跟珍珠有關，」梅蘿迪茲說。「東西大概很蠢。」

「噢——它美極了，」琪琪說，動嘴迅速為自己念過其餘句子。「是普拉絲嗎？還是誰？」

「是莎士比亞，」克利斯蒂說，有點畏縮。「暴風雨。他身上所有會消滅的，都遭遇了一場海變，已經化為豐美的奇珍。普拉絲曾經摘錄擷用。」

「可惡，」琪琪笑了。「如果沒有把握就回答莎士比亞。如果跟運動有關，就說麥可．喬丹。」

「我完全奉行此一方針。」梅蘿迪茲同意。

「這東西真是美極了。霍華看了一定很喜歡。我想它應該不算違反他的具像派藝術禁忌。」

「不會，它是文字，」克利斯蒂口氣有些激動。「那才是重點。它是文字手工藝品。」

琪琪好奇地看著他。有時她真懷疑克利斯蒂是否愛上了她的丈夫。

「霍華人呢？」琪琪說，在空蕩的房間裡沒大腦般四下張望。「他一定很喜歡。他最愛聽到他身上的一切未曾消滅。」

梅蘿迪茲又吃吃發笑。霍華兩手一拍進到客廳，但門鈴聲再次響起。

「該死的。饒了我們吧？這裡又不是皮卡迪利圓環。傑羅姆！佐拉？」

霍華以手附耳，彷彿某人等著聽自己模仿的鳥叫聲會否引來回應。

「霍華，」琪琪試著叫他，舉起鏡框，「霍華，你看這東西。」

「列維？不在？那我們就得自己來了。請稍候一會。」

琪琪隨霍華進到門廳，一起開門迎入威爾考克斯一夥兒，是他們在威靈頓的熟人裡頭真正罕見的有錢人家。威爾考克斯經營一家預校生服裝連鎖店，對學校一向出手慷慨，看起來活像套上晚宴服的兩隻大西洋草殼蝦。他們身後跟著霍華的助教，史密斯．J．密勒，帶來自己做的蘋果派，仍舊一身肯塔基紳士的整潔行頭。一行人全數被引進廚房，和那對完全沒辦法連貫起來的搭檔——老派的馬克思主義英文教授喬．雷尼爾和他目前交往的年輕小姐——好好寒暄一番。冰箱上有張琪琪此刻但願已經拿掉的《紐約客》連環漫畫。一對上流男女坐在豪華轎車後座。女的說：他們腦筋當然靈光。他們錢都還沒有搞到，腦筋怎能不靈光。

「再進去，再進去，」霍華粗聲粗氣地打著信號，有如指引群羊穿越田野道路。「人都在客廳，或是庭院可愛的……」

片刻之後門廳再度剩下他們夫妻倆。

「我說，佐拉人呢？她為這該死的派對忙了好幾個星期，這會兒又跑得不見人——」

「她大概是去抽根菸或者幹麼的。」

「我想他們幾個至少要有一個人在場。這樣人家才不會以為我們把他們關在閣樓鐵籠裡接受性虐待。」

「這件事我來處理好嗎，霍？你去招呼他們大家。去他的莫妮卡到底在哪兒？她不是還要另外帶人來幫忙嗎？」

「她在庭院的冰袋跳上跳下，」霍華口氣不耐，好像她早該明白出了什麼狀況。「幹他媽的製冰機半個鐘頭前掛了。」

「幹。」

「是的，親愛的，幹。」

霍華將他老婆拉近，鼻尖埋入她的乳溝。「我們能不能在這裡來一下？妳跟我還有小妞兒們？」他問，試探地搓揉小妞兒們。琪琪抽身躲開。雖然貝爾西家裡已經出現和平的契機，但性愛仍未復原。最近這個月霍華加緊他調情的腳步。碰觸，摟抱，這下連搓揉都使出來了。霍華似乎覺得下一步勢不可當，但琪琪仍未決定是否讓今晚成為她婚姻餘時的起點。

「嗯哼……」她軟語。「不好意思。她們剛好沒來。」

「為什麼沒來？」

他再次拉近她並將頭靠在她肩上。琪琪任他靠著。週年紀念日免不了這套。她無礙的那隻手抓緊丈夫一綹濃密細緻的頭髮，另一隻手拿著克利斯蒂和梅蘿迪茲送的、還在等待賞識的禮物。就像這樣，她閉上眼，任他的髮絲在指間流瀉，三十年來任何一個快樂的日子，他們都可以這麼一直貼身而立。琪琪不呆，她能夠辨識霍華此刻的情感：傻傻的但願時光能夠倒流，然而事情終究再也無法如同從前。

「小妞兒討厭克利斯蒂．馮．屁蛋，」她終於說，故意逗笑他，依然任由他的頭靠在胸脯上。「有他在的地方就沒有她們。你曉得她們的脾氣。我也無能為力。」

門鈴響起。霍華精力旺盛地嘆息。

「省點力氣留著應門吧，」琪琪低語。「聽著，我現在上樓想辦法叫孩子們下來，你去開門——還有，酒喝慢一點好嗎？你得負責把全部的事情搞定。」

「唔。」

霍華趕到門口，在開門之前轉過身來。「噢，琪絲——」他做出孩子氣的、愧疚的、完全無力承擔的神情。這令琪琪霎時感到絕望。這種臉使他倆形同那些街頭常見的中年夫妻形象——盛怒的太太與可憐巴巴的先生。她心想：我們怎會淪落到跟別人一樣的地步？

「琪絲……抱歉，親愛的，只是……我想知道妳有邀請他們嗎？」

「誰？」

「還有誰？就吉普斯他們。」

「喔，對了……當然。我跟她說了。她很……」沒有用的，無論是開吉普斯太太的玩笑也好，或是設法令霍華對她產生好感、進而願意款待她也罷，無論何者都不可能成功。

「我不知道他們來不來，不過我有邀請人家就是了。」

門鈴再度響起。琪琪轉身上樓，將禮物擱在鏡子底下的小桌上。霍華開了門。

12

「嗨。」

高大，泰然自若，漂亮——漂亮得像騙人一樣，無袖，刺青，無精打采，肌肉發達，胳膊底下夾了顆籃球，黑黝黝的。霍華門半開半掩。

「有什麼我能幫忙的嗎？」

卡爾臉上原本一直掛著笑容，這下不見了。他打球後直接從威靈頓廣闊的免費大學球場過來（你直接走進去，當自己的場子就行）；球打到一半，列維來電說派對就在今晚。奇怪怎麼會挑今天，但各自也沒多說別的。那位兄弟講起話來有些古怪，好像被什麼東西惹毛了，不過對於邀請卡爾前來參加的態度確實相當堅定。列維用簡訊將住家地址傳送過來，好像有三次之多。卡爾本來可以先回家換過衣服，不過那樣轉車趕路太過耗時。他揣想今晚天氣熱成這樣，應該沒有人會介意他做此打扮。

「希望如此。我來參加派對。」

霍華看著他將手放在那顆球的兩側，雙臂纖細、有力的線條在安全警示燈照射下輪廓突出。

「這……這是私人的派對。」

「是你們老哥列維邀我來的，我是他朋友。」

「這樣喔……唔，嗯，他……」霍華說，轉身假意朝走廊裡找兒子。「他現在好像不在，還是你告訴我名字，我再告訴他你有來過……」

那男孩往門階上使勁拍了下球，霍華猛地後退。

「聽著，」霍華不客氣地說，「我不是故意對你不客氣，不過列維實在沒必要大驚小怪地邀請他的……朋友來，這真的只是一場小活動——」

「沒錯。為詩人中的詩人而辦的。」

「你說什麼？」

「該死的，真不知道我幹麼來這兒——算了。」卡爾說。他立即步下車道、走出大門，傲然、敏捷、彈力十足的踏步。

「等等——」霍華在他身後叫著。但他頭也不回地走了。

莫名其妙，霍華自語道，將門闔上。返身到廚房裡找葡萄酒。他聽見門鈴又響了，莫妮卡去應門。客人來了，緊跟著又一大批客人進門。他往杯裡倒酒——又是門鈴——厄斯金和他老婆卡洛琳。接著，當霍華將軟木塞用力塞回瓶口，聽見又一票人正忙著脫外套。屋子裡擠滿跟他沒有血緣關係的男男女女。霍華感受到派對的氛圍。沒兩下子，他便全心投入完美的社交角色：再三強迫客人取用食物，幫他們倒喝的，高聲談論他那幾個不情願的、閃得不見人影的孩子，更正人家一句引文，加入一場口舌爭端，幫人相互介紹了兩次或三次以上。一波接一波蜻蜓點水的交談當中，他使出渾身解數要人家信服、要人家好奇、要人家支持、要人家興高采烈，你惹笑的語句話音未落他已笑顏逐開，即便串珠般的氣泡還在杯緣使眼色，他仍要幫你添酒。若是讓他逮到你在找外套或有疑似穿外套的動作，你就會受到情人般怨恨的對待；你按住他的手，他也按住你的。你們歪扭成一團就像水手的嬉鬧。有人放膽想逗弄他，裝作不經意提到他的林布蘭，他的回應之道是顧左右而言他，講起你的馬克思主義陳年往事，或你的創作課，或你耗費十一年光陰的蒙田研究，有意思的是，在這般情狀下你也不以為忤。你將外套放回床鋪上。最終，你再次反覆申說門禁時間已過、清晨將屆，並成功走出前門時，你會帶著嶄新且愉悅的心情將門闔上，原來霍華．貝爾西非但不討厭你——雖然你過去一向如此認為，實際上，那傢伙長久以來其實對你心懷無限的感佩，若不是天生含蓄的英國個性，今晚之前他早就向你表白了。

九點半，霍華決定在庭院向大家發表一場小小的演說。結果反應良好。到了十點，醇酒佳餚的醺意擴及霍華小巧的耳朵，酒酣耳熱。這場小派對在他而言似乎空前成功。事實上，它不過是威靈頓典型的聚會：老是號稱會爆滿結果只是還好而已。黑人研究系的那票研究生陣容最浩大，主要因為厄斯金廣受學生愛戴，還有，無論如何，他們顯然是威靈頓最講究社交的一群，對於享有該系乃校園中最能和一般老百姓打成一片的聲譽頗為自豪。高談闊論之外，他們也會閒話家常。他們系所裡有處黑人音樂圖書館，他們不僅知道最近流行哪些沒營養的電視節目，聊起八卦來也頭頭是道。只要有人辦派對就會邀請他們，只要有邀請他們就會出席。不過英文系今晚的代表性不足：出席的只有克萊兒、那個馬克思主義者喬，史密斯，以及幾個克萊兒的女粉絲，霍華樂於見到她們對華倫投懷送抱，一個接一個，宛如投海的旅鼠。華倫顯然已經被列入克萊兒認可的事項清單——因此女粉絲們對他愛屋及烏。一小圈霍華自認不熟、怪里怪氣的青年人類學者整晚盤據廚房，在食物堆裡來回梭巡，深怕去到任何場所會缺乏充足的道具——杯子、瓶子、開胃小點——好讓他們無聊窮究。霍華任由他們自理，轉移陣地來到庭院。他走上泳池池邊，快活地緊握空杯，夏月穿過酡顏的雲團後頭，玫瑰花間傳來露天對話特有的、宜人的蟲鳴蛙叫。

「選這種日子辦派對還真有點奇怪。」他聽見有人這麼說。然後是常見的回應。「我覺得選今天辦派對很棒啊。你曉得今天實際上就是他們的結婚週年紀念日，所以……而且，如果我們不恢復正常過日子，你曉得……那就像他們真的贏了。今天這樣等於重新站起來，絕對沒錯。」這是今天晚上最常見的交談。十點鐘敲過後，霍華本人起碼就講了四回，紅酒也有推波助瀾之功。之前還真的沒人想提這件事。

大約每隔二十秒鐘，霍華就會欣賞到一雙腳揚起劃破水面，然後扭背轉身，接著水裡那修長的棕色身形又迅速、近乎無聲地游了一趟來回。列維顯然已經下定決心，如果一定要他待在派對上，還不如利用時間鍛練身體。霍華摸不清列維到底在池子裡待了多久，不過，當他本人的演說結束，眾人掌聲甫歇，大家同時注意到現場有個長泳泳客，接著每個人幾乎都在交頭接耳，問看對方是否想起齊佛[3]的故事。學究就是學究。

「早知道應該把我的泳衣帶來。」霍華無意中聽到克萊兒．麥坎大聲對某人這麼說。

「如果有帶的話妳會下水嗎？」那人機伶地回應。

沒有任何特別的迫切，霍華這時候尋找起厄斯金。他想聽聽厄斯金對他早先的演說有何高見。他坐在琪琪裝設於蘋果樹下的漂亮板椅上，舉目望著他的派對。周遭淨是他不認識的女人們寬闊的背部和結實的小腿。那是琪琪醫院的同事，正七嘴八舌交談著。護士小

3 約翰．齊佛（John Cheever, 1912-1982）。美國小說家，作品有《游泳者》。

姐，霍華篤定想道，一點都不性感。這樣的女人聽了他的演說會作何感想，不屬於學院，團結，固執己見，琪琪的支持者——就此而言，其餘的人聽了心裡又是作何感想？那絕非一場容易的演說。事實上，那演說分成三段。一段給知曉內情的人，一段給不知道的人，一段給琪琪，向既知情又有所不知的她致意。當霍華提及愛的獎賞，那些狀況外的人士含笑鼓譟拍掌。當他擴而言及娶到一位最佳良友的甘與苦時，他們發出甜蜜的嘆息。月色下受此注目鼓勵，霍華不禁忘情地脫稿演出。他臨場發揮亞里斯多德對友誼的歌頌，加入幾點自己的體會洞察。他申論友誼如何拓展寬容。他言及林布蘭的不負責任和他妻子薩斯琪雅的寬宏大量。這點切中事情的關鍵，不過似乎沒有引起多少迴響。聽懂的人比他原先擔心的還要少。畢竟，琪琪沒有把他幹的好事大肆宣揚，這一點在今晚比之前任何時刻都更令他心懷感激。演說結束，掌聲一波波簇擁著他，有如舒適的被毯。他兩手緊緊摟著兩個在美國出生的孩子的肩膀，沒有感覺到任何抗拒之意。目前狀況就是這樣。終究，他對婚姻的不忠並未導致所有事情完蛋。念及此點令他自憐自艾，而且自我膨脹。日子還是要過下去。最先讓他意會到這道理的是傑羅姆，緊接在霍華之後發生他的羅曼史大動盪，世界並未因你而停止轉動。起先他可不這麼想。事情剛發生時他感到絕望。以前不曾發生過這樣的事，這令他茫然無措。後來，他把事情告訴一位出軌老手，厄斯金，結果朋友給他的忠告僅是老生常談：抵死不承認。這是厄斯金長期奉行的政策，據稱從沒失靈過。不過霍華被抓包而無以閃躲的是最老掉牙的情節——被發現西裝口袋內有個套子——琪琪當著他面前以指尖緊捏那玩意兒，活生生純粹的輕蔑，令他幾乎完全無力招架。東窗事發那天，擺在他面前有幾個選項，但無論怎麼說，真相剛好就不在其中，原因並非有心保護他所愛戀的生活的丁點樣貌。到了今天他覺得：幸好當初做了正確的選擇。他沒有供出真相。他自覺有必要講出一套說辭，好令局面能夠全盤維繫下去：這些朋友，這些同事，這個家，這個女人。天曉得，即便最後捏造的故事——和陌生人一夜情——依然造成恐怖的破壞力。琪琪光燦的愛的循環被打破，長久以來他寄存其中，唯獨這愛（霍華心知肚明）才能成就其餘的一切。要是他吐露真相會有什麼下場？應該是淒慘到無以復加吧。他的幾位至交也被風暴掃到。聽過琪琪的訴苦，他們同感失望並且對他直言無諱。經過一年，這場派對可視為朋友對他是否依然敬重的考驗，如今，知道自己通過考驗之後，霍華必須自我克制，免得因情緒釋放而在諸多態度親切的新人面前哭泣落淚。他犯下愚蠢的錯誤——這點無庸爭議，但仍然應該給他機會（這些中年學者有誰敢膽扔第一顆石頭？）保有稀罕的資產，一段快樂且飽含情感的婚姻。他們倆是何等相愛！當然，二十歲的時候人人自以為身陷愛河，但霍華．貝爾西到了四十歲真的還沉浸在愛河裡——有點難以啟齒，不過不騙你。他對琪琪的臉百看不厭，樂趣無窮。厄斯金屢屢開玩笑說唯有家庭和樂到如此地步的人，才有本事當個像霍華那樣的理論家，工作起來視樂趣為敵。厄斯金本人目前處於第二段婚姻。霍華的熟人裡面幾乎各個都已經離婚，並且開始和新的女人交往。他們告訴他的那些東西像是「你不過是走到一個女人的盡頭」，有如這些傢伙的老婆是條繩子。事情到頭來就是那樣嗎？他終於走到了琪琪的盡頭。

霍華發現這會兒琪琪人正在池邊，蹲在厄斯金身旁，兩人正對著列維講話，他兩條強壯的手臂交疊撐在水泥鋪面上，將水中的身軀提起。三個人正開心笑著。一股悲哀悄悄襲向霍華。他怎麼也想不通，琪琪竟然沒有追問他出軌的每個細節。他佩服她不屈不撓的情感意志力，但想不出她是怎麼辦到的。若換成霍華，天底下沒有誰能阻止他探問那名字、臉蛋、全部接觸的過程。就性這檔事而言，他是個醋意濃厚的男人。認識琪琪之初，她光是男性的友人就有好幾百個（至少霍華這麼覺得），而且大多是前任愛人。只要聽見他們的名字，即使到了今天，三十年過去，霍華還是一顆心懸著。他們不跟這些傢伙有什麼固定的往來，霍華執意如此。他軟硬兼施地將這些人拒於門牆之外。任憑琪琪一向聲稱（他也一直相信）直到和他在一起才初嘗愛情滋味。

他用手蓋住空杯，婉謝莫妮卡為他倒酒。「莫妮卡，派對開心吧？妳看到佐拉沒有？」

「佐拉？」

「對，佐拉。」

「我沒看見。之前還看到，現在沒有。」

「沒什麼狀況吧？酒和其它東西夠不夠？」

「全部都夠。準備得太多了。」

片刻之後，在廚房的門邊，霍華發現他粗枝大葉的女兒正在哲學所研究生三人組一旁流連。他連忙過去幫她順利打入這個小圈圈。至少，這種事他還能略盡棉薄。他倆相倚而立，父與女：霍華酒意上湧，想對她說幾句感性話語；然佐拉不以為意。她的注意力全放在三個研究生的對話上。

「他毫無疑問是萬眾矚目的白人希望。」

「沒錯。前途一片看好。」

「他是那一系的天之驕子。才二十二歲左右。」

「或許問題就在這裡。」

「沒錯、沒錯。」

「人家要給他羅氏獎學金——他看都看不上眼。」

「不過現在什麼也沒有了，對不對？」

「全部落空。我想他現在甚至哪兒都不能去。聽說他有了個小孩——所以誰曉得。我想他現在人在底特律。」

「那就是他出身的地方……又是一個空有才華卻完全不成氣候的小鬼。」

「缺乏引導。」

「沒有辦法。」

這番對話是再平常不過的幸災樂禍，霍華卻看到佐拉聽得目瞪口呆。她對所謂的學者有最離奇的看法——她幾乎無法想像他們會講人家八卦或動什麼歪腦筋。她天真到無可救藥。比如，她就沒有注意到哲學研究生二號不時研究她的胸部，今晚被包裹在一件不怎麼牢靠的吉普賽上衣裡面若隱若現。所以當門鈴響起，佐拉就被霍華派去應門。門一開，佐拉面對的是吉普斯一家。她一時間還意會不過來。眼前是一位高大、儀表堂堂的黑人，五十幾快六十歲左右，眼珠擴脹如巴哥犬。右手邊是他高大且同樣威嚴的兒子，另一邊則是他漂亮到令人自慚形穢的女兒。尚未開口之前，佐拉費力搜索目光所及的任何訊息：老傢伙一身怪異的維多利亞式裝扮——背心、手巾，她也同樣尖刻地打量那個女孩，瞬間確認（兩邊都是）她身材外貌上的優越。他們成三角形隊伍跟著佐拉穿過走廊，聽她嘴裡叨念著外套、飲料和她的父母，剛好在這一刻，兩人都沒出現。霍華閃得不見人影。

「天哪，他就在這裡。老天爺，他剛剛還在這附近……天哪，他跑哪兒去了？」

佐拉從她父親那兒繼承一種精神食糧：每次得知她所面對的人篤信宗教時，她褻瀆的話語就開始接二連三脫口而出。三位客人耐心地圍在她身邊，看著佐拉情緒發作，焦躁不安。莫妮卡剛好經過，被佐拉一把攔住，但她手上只剩下空托盤，而且從霍華問她找佐拉之後就沒見到他人，囉哩叭嗦解釋了老半天才弄清來龍去脈。

「列維在泳池裡，傑羅姆在樓上，」莫妮卡陰鬱但和緩地告知。「他說他不下來。」

這個參考消息真是不合時宜。

「這是維多利亞，」吉普斯先生說，帶著審慎的尊嚴企圖掌控愚蠢的局面。「還有麥可。當然，他們已經認識妳兄弟了，就是那位哥哥。」

他那千里達的莊嚴男低音不費吹灰之力駛過這片羞愧的海面，奮勇航向嶄新的水域。

「是，他們全都已經見過了。」佐拉說，口氣既不輕蔑也不嚴肅，只是擾人心神地落在這兩者之間。

「他們幾個在倫敦的時候都是好朋友，到了這裡你們也都會成為好友，」蒙提．吉普斯說，不耐煩地從她頭上望過去，好似保持戒心盯著他知道一定是在拍他的鏡頭。「我一定得跟妳爸媽打個招呼。否則就像躲在木馬裡偷運進來似的，況且我是來作客，妳瞧，我可沒拿什麼可疑的禮物。至少今晚沒有。」他政客般的笑聲並未打散眼中的戒色。

「噢，當然當然……」佐拉說，一起殷勤笑著，再加入他毫無效果的巴望。「我只是不曉得他們……你們家人全部……我是說，你們是全部一起搬來嗎？」

「我沒有，」麥可說。「我純粹來這裡度假的。星期二回倫敦。還有工作在等著，可惜。」

「喔，真是遺憾。」佐拉嘴上客氣，其實並無失望之情。他很亮眼，但談不上半點性感。說也奇怪，她想起公園裡那個男孩。怎麼眼前這體面的男生不能多像那小子幾分？

「妳念威靈頓，是嗎？」麥可問道，話中毫無好奇之意。佐拉對上他的目光，鏡片後又小又呆的眼睛，雖然她自己的也好不到哪裡去。

「對……念我老爸那間……不太有冒險精神，我想。事實上我可能會主攻藝術史。」

「那個嘛，當然，」蒙提宣布，「那是我一開始投入的領域。一九六五年在紐約，我策劃了美國第一次加勒比『原始』展，除了那座不幸的島嶼之外，我擁有海地藝術中最豐富的私人蒐藏。」

「哇。全都是你自己的——那一定很不得了。」

但蒙提．吉普斯是何等人物，他對自己惹人發笑的潛在因素了然於胸；任何可能的反諷他都保持警戒，留意各種招數。他對自己所做的陳述滿懷信念，絕不容許任何人挖苦。作出回應之前他停頓良久。「有能力保護重要的黑人藝術令人感到欣慰，沒錯。」

他女兒翻起白眼。

「要是你喜歡巴隆．薩麥迪從房子裡的每個角落盯著你瞧，那的確很不得了。」這是維多利亞首度出聲。佐拉對她的聲音感到訝異，就像她父親，宏亮、低沉、直截了當，和她豔麗的外貌很難連在一起。

「維多利亞目前研讀法國哲學家……」她父親淡淡說道，開始輕蔑地列出幾位佐拉心儀不已的大師。

「對、對，我知道……」佐拉跟著低語。她多喝了一杯紅酒。只多一杯就會害她變成這副德性，人家重點還沒講完她就頻頻點頭同意，而她一直想要形塑的正好就是這種調調，幾乎像厭世的歐洲布爾喬亞，對他們而言，到了十九歲，所有事情都已司空見慣。

「……恐怕就是因為這樣讓她傻傻地討厭藝術。不過要看劍橋有沒有希望幫她矯正過來。」

「老爸。」

「她也會在這裡旁聽幾門課，我相信妳們兩個以後不時會碰面。」

兩個女孩子互看一眼，對這種可能性不怎麼來勁。

「我並不討厭『藝術』，不管怎樣，我討厭的是你的藝術，」維多利亞回嘴。她父親拍拍她的肩膀，要她放輕鬆，她聳肩拒絕，好似小孩子可能有的舉動。

「我想我們家裡掛的東西不是很多，」佐拉說，打量空無一物的牆面，心裡納悶自己怎麼會挑起這個避之唯恐不及的話題。「當然，我爸比較熱中觀念藝術。我們家的藝術品味完全走極端——我們擁有的作品多半沒辦法真的在家裡展示出來。他信奉整個腹臟剝除理論（evisceration theory），你知道，就像藝術應該將你幹他媽的開腸剖肚。」

還沒等到這話掀起餘波，佐拉便察覺一雙手按上她的肩膀。她想不起自己這輩子什麼時候比現在更樂於見到媽媽。

「媽！」

「妳有好好招呼客人吧？」琪琪熱切地伸長肥厚的手，腕間的鐲子耀眼生輝。「蒙提對吧？事實上，我想尊夫人告訴我，現在應該稱呼蒙提為爵士……」

從這裡開始，她的八面玲瓏令女兒大開眼界。原來那種相當邪門的（在佐拉看來）傳統威靈頓式的交際手腕——迴避、否認、花言巧語假殷勤——還真的功效卓著。五分鐘不到，所有人都已喝下飲料，掛好外套，家常閒聊，進展神速。

「吉普斯太太……卡琳，她沒跟你們一起來？」琪琪問道。

「媽，我要先去……不好意思，很高興見到你們。」佐拉說，含糊地指著房間對面，然後依循手指的方向離開。

「她不能來？」琪琪又問了一遍。她竟會感到如此失望？

「噢，我太太非常少參加這類活動，」蒙提說。「她不怎麼欣賞大火般熱絡的聯誼交際。持平而論，她待在家裡壁爐邊會比較舒適。」

琪琪熟悉這套一板一眼守舊人士偶爾咬文嚼字說出的隱喻修辭，不過那腔調聽在她耳中可不得了。那種抑揚頓挫——有點像厄斯金，然而結實又深沉的母音卻是她前所未聞，把持平而論的 **Fair** 念得像 **Fee-yer**。

「噢……好可惜……我去邀請她的時候她好像確定一定會來。」

「到了下一刻她還是確定不能來。」他露出微笑，似乎相當有自信琪琪不會再窮追猛問這個愚蠢的話題。「卡琳是個心情起伏不定的女人。」

可憐的卡琳！想到要跟這男的共度一晚琪琪就不寒而慄，而卡琳可有一輩子的光陰要過哪。還好有好多人想要主人引見認識蒙提．吉普斯。他迅速請求一份威靈頓重要人士的名單，琪琪親切地為他指出傑克．法蘭區、厄斯金和幾位系所的頭頭；她說明校長也在賓客名單之列，但沒說出口的是他該死的根本不可能來。吉普斯家的兩個孩子已經消失於庭院之中。頗令琪琪懊惱的是，傑羅姆依舊躲在樓上不肯下來。琪琪陪著蒙提在屋裡四處穿梭。他和霍華的交會短暫而滑溜，兩人就像商議好了般堅守各自最極端的立場——霍華是激進的藝術理論家，蒙提則是文化保守主義者——結果霍華屈居下風，因為他醉了而且太過認真。琪琪分開他們兩個，略施小計將霍華推給整晚苦苦找他的一位波士頓美術館館長。這位焦急的小館長想和霍華商量他先前答應負責、卻始終沒有下文的林布蘭季演講，但霍華愛理不理。節目的重頭戲是霍華主講一場，講完搭配紅酒、起司的品嘗活動，由威靈頓大學協同贊助。霍華還沒開始擬講稿，該有的美酒細點也沒勞神安排。越過館長的肩膀，他看到蒙提主宰了其餘的派對場面。壁爐旁，蒙提和克利斯蒂與梅蘿迪茲正高聲歡快地爭論著什麼，傑克．法蘭區在一旁伺機而動，似乎滿腹妙語如珠，卻始終插不上嘴。霍華心裡著急，不知道他的擁護者是否能為他做好辯護工作。搞不好他已經被人家修理了。

「我想，我必須請教你這次演講的要旨為何……」

霍華回神注意自己的交談，顯然他要面對的不只一位。那館長的鼻水擤個不停，還有一位年輕的禿頂人士陪同。這第二個傢伙皮膚白皙透亮，整片額骨如此突出，在霍華眼中根本就形同死人，壓迫感十足。他從沒見過活著的人能長成這種骷髏頭。

「要旨？」

「『反林布蘭（Ag'inst Rembrandt）』，」第二個傢伙說。尖銳的南方口音鑽入霍華耳中，有如滑稽的譴責，完全令他意想不到。「是你助理寄給我們的講題，我想弄清楚你所謂的『反』是什麼意思。既然我們單位是這次活動的贊助者之一，所以——」

「你們單位——」

「RAS，林布蘭鑑賞協會。我確定我不是一個知識分子，至少不是像你這樣的研究專家會認可的……」

「對，我確定你不是。」霍華嘟嘟囔囔。他發現自己的口音會讓某些美國人的反應慢半拍。有時甚至到了隔天才恍然大悟，原來他對他們如此粗魯。

「我的意思是，或許像『人性的謬誤』這種措辭是給知識分子聽的，不過我可以告訴你，我們的會員……」

房間的對面，霍華看見蒙提的圈圈逐步擴大，好讓一窩興致勃勃的黑人研究系師生加入，領頭的是厄斯金和他難搞的亞特蘭大老婆，卡洛琳。她是個極度纖瘦結實的女黑人，從頭到腳一身肌肉，永遠完美無瑕——東岸有錢人家的手腕化為黑人的自豪，頭髮又直又挺，一身鮮明微亮的香奈兒套裝，比她同檔次的白人姊妹更顯曲線俐落。她是少數霍華往來的圈子裡無法勾起他遐思的人物之一，但這點和她的魅力無關（霍華在這方面經常遐想的是長相最抱歉的女人）。問題出在她是如此高深莫測：想像力沒辦法穿透卡洛琳本人堅韌的外殼。你得先想像自己身處一個截然不同的世界，才能想像如何幹她。況且事情也不會如你所願——因為是她會幹死你。她的傲慢聲名遠播（女人多半討厭她），而且，如同任何擅長獻殷勤的膚淺男人的老婆，她令人激賞地獨立自主，顯然沒有任何和人往來的外在需求。不過厄斯金依舊無可救藥的偷腥，這反倒令她的自尊增添一層性格的、可敬的卓越氣質，每每讓霍華生起幾分敬畏。她的自我表現頗為反常——她提到厄斯金的眾家女友時傲慢地稱呼她們為那些黑白混血兒——她對自己的真實情感絕不透露絲毫線索。她是一位知名的律師，據說離最高法院法官的位置只差一步之遙；她和鮑威爾素有私交，還有萊斯；她很樂意耐心為霍華說明這些人物「提升了種族的地位」。蒙提無疑正合她的脾胃。他那雙嬌貴的、精心修剪過的手，此刻在他面前的空氣當中作出精確的切割動作，或許正在敘述哪兒是責任止步之處，又或者尚待努力的還有多少空間。

霍華的交談仍舊持續進行。他開始明白眼前的態勢並非三言兩語可打發。

「這個嘛，」他拉高音量，希望展現令人生畏的學術，炫技將事情了結，「我指的是林布蘭屬於十七世紀歐洲運動的一環，這個運動……唔，我們長話短說——主要是指發明了人性的觀念，」霍華聽見自己的聲音滔滔不絕，全部摘引改述自他留在樓上書房裡的章節，那些沉睡於電腦螢幕上的字句，連自己看了都生厭。「那種觀念必然導致的謬誤就是我們作為人類占有核心重要性，而美學感官便經由某些方式造就了我們的核心地位——想想看他將自己繪入的位置，剛好就在牆上那兩個空白的球體銘刻之間……」

霍華繼續陳述這些幾乎自動冒現的生花妙語。他感受到一股清風從庭院吹進他的身心，深深地穿透了猶未凋零的青春肉體絕不容許的渠道。他覺得悲傷異常，呶呶不休回溯這些令他在這個小圈子享有薄名的論證。從他生命的某個部分抽回愛情，委實讓他殘餘的另一半生命感覺冰冷。

「幫我介紹一下。」突然間有個女人吩咐道，緊緊握住他上臂鬆弛的肌肉。原來是克萊兒·麥坎。

「噢，老天爺，抱歉——偷偷把他借給我好嗎？一下子就好？」她對館長和他的朋友說道，不管他們臉上如何憂心忡忡。她將霍華推了幾步，來到房間的角落。斜對角，蒙提·吉普斯用縱聲大笑來掩蓋他正極力克制、以免外顯的輕蔑之意。

「幫我跟吉普斯介紹一下。」

他們緊挨身體站著，克萊兒和霍華凝視房間對面，猶如一對父母站在學校足球場邊角望著他們的孩子。這角度躲躲閃閃，但又密切相連。酒精桃紅的湧流漫過克萊兒的深褐色，她臉上和袒露的胸口有好幾處黑痣與雀斑，被喚醒的粉紅圈點出來；那煥發的年輕效果沒有任何產品或步驟可達成。霍華幾乎整整一年沒有見過她。兩人之所以不碰面乃是出於精心的安排，既沒有引發別人對這事實的關注，也不是磋商後的協議。他們就是在校園裡設法保持距離，完全不去自助食堂，確認迴避兩人同時出席各種會議的可能性。霍華還做了額外的考量，他再也不上摩洛哥咖啡館。每到午後，幾乎可以看到英文系人人獨坐一角，在成落的文章上面辛苦批注。然後克萊兒遠赴義大利度暑假，此舉令霍華感天謝地。如今見到她可真是折磨。她穿一件樣式簡單、質地輕薄的寬鬆棉布連衣裙。練過瑜珈的瘦小身軀貼抵布面又再退縮——端看她的站立方式而定。看著她這副施粉未施、衣著簡便的模樣，你半點也想不透她那奇特的、對身體其他較私密部位的精心修飾與照料。霍華發現這事的時候大感驚訝。還記得她特別解釋她母親是巴黎人時，他們躺臥成什麼姿勢嗎？

「老天爺，妳怎麼會想要認識他？」

「華倫對他有興趣。實際上我也是。我覺得公共知識分子很不得了，既古怪又好玩……那鐵定有一種病態的張力，而且他又有種族的問題要對付……不過我很喜歡他的俐落帥氣。他真是帥斃了。」

「帥斃了的法西斯分子。」

克萊兒皺眉。「可是，他看起來好有說服力。就像他們說柯林頓那樣，個人魅力過剩。可能完全是費洛蒙的作用，你知道，跟鼻子有關，華倫有辦法可以解釋——」

「鼻子或肛門——反正一定是這兩個洞其中之一。」霍華摘下眼鏡，好讓他接下來要說的話有點區別。「順便恭喜妳了。我聽說他們已經排好時間。」

「我們非常高興，」她平靜說道。「天哪，我好迷戀他——」霍華一時間還以為她指的是華倫。「看到他對整間屋子造成的影響沒有？不知是怎麼辦到的，他無所不在。」

「對啊，就像瘟疫。」

克萊兒臉上帶著頑皮的神情轉而面對霍華。他發現她以為此刻看著他已經沒有關係，兩人談話中的諷刺基調早就確立。畢竟那段韻事已成往事，而且許久都沒有被人發現。這當中克萊兒還結了婚！密西根研討會的想像之夜如今已成為公認的事實，霍華與克萊兒威靈頓三週的風流韻事反倒不曾發生過。為什麼他們兩個就不能一起說話，彼此對望？不過事實上，四目相交最是致命，她轉過來的那一刻兩人都心知肚明。克萊兒賣力地想繼續下去，然而一舉一動都因為畏怯而顯得誇張彆扭。

「我想，」她開口，那試探性的語調有些滑稽，「我認為你很想變成像他那樣。」

「妳喝太多了吧？」

那一刻他有個殘忍的願望，希望克萊兒．麥坎能從地球上消失。完全不用他出手，就這樣消失無蹤。

「所有你們無聊的意識形態交鋒……」她說，愚蠢地對他露齒一笑，兩瓣嘴脣脫離玫瑰色的齦肉，露出昂貴的美國牙齒。「你們兩個都知道那些事情根本沒什麼大不了。現在國家有一條更大尾的魚要炸。更大的觀念，」她嘟囔著，「正在醞釀，不是嗎？有時候我甚至不知道自己怎麼還會待在這地方。」

「我們談的到底是什麼——國家的局勢還是妳的狀況？」

「別像個聰明的屁蛋，」她尖酸地說。「我是說我們全部的人，不只是我。事情根本毫無道理。」

「妳聽起來好像十五歲。像我的孩子。」

「比眼前這些更大的觀念。事情已經淪落到基本教義了，就在外頭的世界那兒。基本教義派。我們讓你的孩子失望，我們讓所有人的孩子失望。看看這國家現在走到這種地步，我真該感謝自己到現在都沒有小孩。」霍華打從心裡懷疑這話有幾分真實，藉由研究兩人腳下發黃的橡木地板來隱藏心裡的質疑。「老天，一想到接下來這學期我就覺得有病。幹他的根本沒有人會鳥林布蘭，霍華——」她閉上嘴巴，開始傷心笑了起來。「或者華勒斯．史蒂文斯。更大的觀念，」她重複道，將杯裡的酒一飲而盡，然後點了點頭。

「事情全都相互牽連，」霍華沒精打采地說道，以鞋尖探查板料上一處蛀蝕的木縫。「我們生產出思想的新方法，然後其他人才會去想。」

「你才不相信那種鬼話。」

「定義何謂相信。」霍華說道，說的同時感到自身的疲勞空虛。幾乎像有一口氣上不來那樣把句子講完。她怎麼還不走開？

「喔，老天爺——」克萊兒感到氣惱，小腳跺了跺，一隻手攤平抵住他的胸口，這是點燃他們陳年老把戲的烽火之一。本質對上理論。信念對上權力。藝術對上文化體系。克萊兒對上霍華。霍華感覺她的一根指頭輕率地、帶著醉意，從他襯衫的一處縫隙滑進去探觸他的肌膚。正當此刻，兩人被打斷了。

「你們兩個在聊些什麼？」

克萊兒迅雷不及掩耳地將手抽離霍華的身體。但琪琪沒有看克萊兒，她看的是霍華。當你跟某人結婚三十年，將熟知他臉孔的任何動靜，就好像你清楚自己名字的一筆一劃。事發如此突然但又絕對——欺瞞到此為止。霍華隨即明白這一點，但克萊兒怎會留心他老婆左側嘴角那一小塊繃緊的皮膚，或者參透它的意涵？克萊兒自認清白無辜，以為自己有辦法扳回局勢，於是將琪琪兩手包在手中。

「我想認識蒙特袞・吉普斯爵士，霍華耍賴不肯。」

「霍華一向最會耍賴，」琪琪說，眼神剛冷地盯著他，確認情狀，再無懷疑。「他以為那樣做讓他看起來很聰明。」

「天哪，妳看起來真不得了，琪絲。妳應該被安放在羅馬一座噴泉裡面。」

霍華認為，由克萊兒口中說出對他老婆外貌的這番奉承未免太言不由衷。他唯一的指望便是制止她再多說一個字。狂亂、粗暴的幻想將他攫住。

「喔，妳也一樣，親愛的。」琪琪語氣平靜，澆熄了這種虛假的熱誠。所以眼前不會有好戲可看。霍華一向熱愛他太太這種本領，凡事冷靜——不過此刻他倒是更樂於聽見她的尖叫。她站立如槁木，死寂的眼神對他的任何懇求都了無反應，臉上那抹笑容正中要害。然而他們依然被困在這荒唐可笑的對話當中。

「唉，我需要有人幫我來點開場白，」克萊兒繼續。「我不想讓吉普斯太過得意，知道我真的很想和他講話。我該怎麼接近他？」

「他每件事都想染指，」霍華說，將自身的絕望轉化成憤怒。「全部的好處都拿去吧。英國、加勒比、黑人、藝術、女人、美國——你儘管出聲，他可厲害了。噢對了，他認為防止種族與性別歧視行動是邪魔歪道，他法力無邊，他……」

霍華停住了。他體內的酒精聯手起來造反，嘴邊的語句倉促逃離，有如兔子鑽回老洞。很快地，思考的白尾尖和其欲竄逃的黑洞都從他眼裡消失。

「霍——你只會糗到自己，」琪琪板著聲音咬住嘴唇。霍華可以看見她內心正戰得天翻地覆。看得出來她已下定決心。她才不會尖叫，她絕不會哭出聲來。

「他反對防止種族與性別歧視行動？那倒是很不尋常，不是嗎？」克萊兒問，望著蒙提的腦袋正上下點著。

「一點也不，」琪琪回答，「他是黑人保守派，認為告訴非洲裔的美國孩子他們必須接受特別待遇才能出人頭地之類的會有損人格。選這時機讓他來到這裡，對威靈頓來說可真糟糕，有個反對防止種族與性別歧視的法案正在參議院審議當中，那一定會惹出風波。現在這種時刻，我們必須堅定立場。唔，這件事妳也知道的。妳跟霍華還為了這事一起努力過不是嗎？」說到最後琪琪眼睛一亮，心裡已經有了譜。

「噢……」克萊兒說，旋弄她空酒杯的杯腳。小規模的政治紛擾總是讓她厭煩。一年半之前，她有六個月的時間在威靈頓，防止種族與性別歧視行動委員會掛名當霍華的副手，他們兩人之間所有的瓜葛便是由此開始。不過她實在興趣缺缺，出席次數也零零落落。她之所以接下此一職務全是出自霍華（沒辦法，為了防堵另一位令人鄙視的同事）的懇求。克萊兒唯有遇上天啟般驚天動地的世界大事才會興致勃勃：WMD[4]、獨裁領袖、

---

4 大規模毀滅武器，原文為Weapons of Mass Destruction。

大規模傷亡。她憎厭各種委員會和會議。她喜歡的是上街頭示威抗議和簽署請願書。「妳應該和吉普斯聊藝術——我是說，他顯然有不少蒐藏，關於加勒比藝術。」琪琪勇敢地繼續。

「我也被他那兩個孩子迷住了。他們好亮眼。」

霍華嗤之以鼻。要命，他現在真的醉了。

「傑羅姆有一陣子愛上人家的女兒，」琪琪要言不繁地解釋。「去年的時候。他們家有點嚇到了，偏偏霍華又去火上加油，把局面鬧得更僵，整件事有夠蠢的。」

「你們家的日子可真是精采連篇，」克萊兒說得很樂。「不能怪他——我是說，不能怪傑羅姆——我看到她了，真是動人。那模樣就像娜芙蒂蒂。你不覺得嗎，霍華？就像菲茨威廉學院底下那些雕像當中的一座，在劍橋裡面。你有看過對吧？如此古老美好的容顏。你不覺得嗎？」

霍華闔上眼睛，深深啜飲他的酒杯。

「霍華，音樂——」琪琪最後轉過來對著霍華說。看著她嘴裡說的和眼神所透露的如此判若雲泥，可真是精采之至，就像個演技青澀的女演員。「我再也受不了這種嘻哈樂了。不曉得怎麼會放這玩意兒。大家都受不了——我想艾伯特．柯尼剛剛就是聽不下去才先走的。去放點艾爾．葛林或誰來聽，放點大家都能欣賞的東西。」

克萊兒已經朝蒙提的方向走了幾步。琪琪趕上她，隨即又停步回身走到霍華身旁，對著他的耳朵講悄悄話。她的聲音發顫，但話音裡的警告意味卻紋風不動。她沒有指名道姓，只在話語結尾留下萬般不信的問號。霍華感覺自己的胃被掏空了。

「你可以待在這棟房子裡，」琪琪繼續，嗓音嘶啞，「不過僅只於此。你別靠近我，你休想靠近我一步。你敢靠近我就宰了你。」

然後她平靜地抽身離去，再度趕上克萊兒．麥坎的腳步。霍華眼巴巴望著他老婆和他最大的錯誤一起走開。

起先，他相當確定自己快要吐了。他進入走廊直奔浴室而去。然後他想起琪琪的吩咐，執意先完成再說。他停在空蕩蕩的第二間客廳門前。只有一個人在裡面，跪在音響旁邊，周遭放滿了ＣＤ。那窄身的、表情豐富的背部他以前見過一次，此刻曝露於夜色當中：一件精巧的上衣，衣帶繫在頸項上。你會期盼她翩然展身，跳起垂死的天鵝。

「喔，好的，」她出聲，頭轉了過來。霍華心生一陣詭異，把這當成對他無聲念頭的回應。「派對玩得開心嗎？」

「不盡然。」

「不太愉快。」

「維多利亞，是吧。」

「叫我小維。」

「好的。」

她坐在腳後跟上，只有上半身半截轉過來對著他，他們彼此微笑。霍華的心臟不由自主和他大兒子敲擊出相同的節奏。去年的神祕女郎終於揭開面紗。

「所以妳就是ＤＪ。」霍華說。現在可有新的字眼稱呼ＤＪ？

「看起來似乎如此——你不介意吧？」

「不，不會……只是我們幾位年長的客人想換個口味……或許太熱鬧了一點。」

「原來如此。你被人家派來取締我。」

好怪，聽到有人以如此道地的英國方式講出這種英國措辭。

「來打個商量，我想。對了，這是誰的音樂？」

「『列維混音』，」她讀了ＣＤ盒上的標籤，傷心地對他搖頭。「看起來好像有敵人混進裡頭了。」她說。

果然很機伶。傑羅姆沒辦法忍受一個笨丫頭，就算如此天生麗質也不成。霍華年輕的時候可從來沒有這種問題。一直到很後來，腦袋這項條件才開始列入他的考量。

「之前放的音樂到底哪裡不對？」

她瞪著他。「你有在聽嗎？」

「發電廠……發電廠站沒什麼不好。」

「兩個鐘頭的發電廠？」

「當然還有其他的。」

「你有看過這些唱片收藏嗎？」

「唔，看過——那是我的。」

她笑了，甩了甩頭髮。那是新的頭髮，往後紮成馬尾，燙出來的波浪卷流瀉在背上。她移動位置面對著他，然後又坐回腳跟。閃亮的紫色布料繃緊胸前。她的奶頭似乎很大，像十便士的舊硬幣。霍華看著地板，假裝不好意思。

「好吧，你到底怎麼弄來這一張的？」她拿起一張沒有歌詞的電音ＣＤ。

「我買的。」

「肯定有人強迫你，有人拿槍指著你到櫃檯結帳。」她模仿那動作。咯咯的笑聲帶點邪氣，調子和她的聲音一般低沉。霍華聳聳肩，因為人家對他缺乏尊重感到有些氣惱。

「所以我們要繼續來點熱鬧的？」

「恐怕是如此，教授。」

她眨眨眼。眼瞼慢動作垂下。睫毛放肆刷動。霍華在想她是不是醉了。

「我會向他們回報。」他說，轉身準備離去。他踢到地毯一處隆起，差點絆倒，第二步才穩住身體。

「慢點，你瞧。」

「慢點……你瞧。」霍華重複。

「叫他們自己冷靜點，不過就嘻哈而已，不會出人命的。」

「好吧。」霍華說。

「早晚而已。」他離開房間時聽見她說。

解剖課

錯估，或僅是輕忽大學與美的關係即足以犯下過失。一所大學和其他彌足珍貴的東西一樣，都是可以被毀掉的。

——伊萊恩．史加莉（Elaine Scarry）

1

威靈頓的夏日驟然遠颺，將門砰一聲甩上封住去路。那震動立即將樹葉遣送落地，佐拉．貝爾西迸生一種異樣的、九月梢尾的感覺，某處一間放著小課桌椅的小教室裡面，一個小學老師正等候她上學。一切似乎不太對勁，她居然可以徒步進城，不用配上光鮮的領帶和百褶裙，不用選好多種香味的橡皮擦。時間並非單純的春去秋來，時間端看個人如何感受，而佐拉沒有感受到任何差別。依舊住在家裡，依舊是處女。然而迎面而來的是大二開學的頭一天。猶記去年，佐拉還是新鮮人時，大二生似乎全都屬於不同的族類：對於他們的品味和意見，他們的愛情和觀念，皆有毫不含糊的認知。今天早晨佐拉醒來時，希望此種轉變可以一夜之間登門造訪，結果發現未能如願，她採取的對策和一般女孩子感覺自己無戲可唱時一樣：她精心打扮，營造效果取而代之。能有幾分成功還不敢妄下斷言。此刻她在「羅蕾萊」的窗戶前停步檢視自己，這是家五〇年代風格的時髦美髮店，就在霍頓街和緬因街的交叉口。她努力站在同年齡孩子的立場，向自己提出那個極度艱難的問題：我要如何看待自我？她一直追獵的字眼像是「波希米亞知識分子；大無畏；優雅；英勇大膽」。她穿了一件深綠色的波希米亞長裙，白色棉質女衫，領口處有古怪的襞褶，腰上一條粗厚的咖啡色麂皮腰帶來自她母親尚有辦法圍上腰帶的時日，一雙笨重的鞋子和某種帽子。哪種帽子？一頂男人的帽子，綠色質地，看起來有點像軟呢帽，不過並不相同。她離開房子的時候可沒有這種打算。一點也沒有這打算。

十五分鐘後，佐拉在威靈頓大學游泳池的女子更衣室裡將全部行頭剝光。這是佐拉迎接秋天全新自我修練計畫的一環：早起，下水游泳，上課，輕食，圖書館，回家。她將帽子塞進置物櫃，扯低泳帽蓋住兩邊耳朵。剛剛背對著她的一個十八歲左右的中國女孩現在轉了過來，塌平的五官令佐拉一愣，那上面兩顆小小的黑曜石在上下交疊的皮肉裡賣力睜眼。她的恥毛好長，直直灰灰的，像枯萎的草叢。想像一下自己變成她，佐拉模模糊糊想著，這念頭慢悠悠晃了幾秒，散落、消逝。她將置物櫃鑰匙別在自己的黑色泳衣上。她走上泳池長長的池邊，平坦的腳底在潮溼的瓷磚上啪答作響。館場座椅上方，這棟巨大建物的頂端，玻璃牆面讓秋陽登堂入室，滿場四射，有如監獄的探照燈。從這居高臨下的有利位置，一長列跑步機上的運動員正俯視著佐拉和其他體格未達健身房標準的男男女女。上面玻璃牆後頭的完美人士正在揮汗運動，底下這群體態走樣的人則懷抱希望載浮載沉。每個星期有兩次，這種態勢會出現變化，游泳隊大駕光臨為泳池增色，將佐拉和其他所有人貶謫到練習池，被迫和幼兒及年長的市民一起分享水道。游泳隊員們從池邊一躍而起，調整身體如一支飛鏢，旋即入池，有如池水苦候許久終於欣然接納。佐拉這種等級的泳客則是小心翼翼地坐在粗糙的瓷磚上，只肯把腳交給水面，然後和他們的身體進行協商，決定該如何進行下一個步驟。屢見不鮮的情況是：佐拉換好泳衣，走到池邊，抬眼望著那些運動員，坐了下來，腳趾頭探入水中，又再起身，在池邊走走，看看運動員，更衣然後離開體育館。但今天可不會。今天是個嶄新的開始。佐拉往前推進一吋，再縱身躍下，池水奔湧至頸部好似套上的衣裝。她先花一分鐘的時間踩水，接著讓自己沉入水中。呼掉鼻子裡的水，開始緩慢游動，姿勢笨拙，手腳始終不怎麼協調，不過依舊可以感受到乾地未曾恩准的些許慈悲。不管自己如何假裝不在意，實際上她和泳池裡其他的女性自會有一番較量（她總刻意挑選年紀和體型和她相近的女生，力求保持公正），而她奮泳前進的意志起落，端看她有沒有好好地跟上那些不知情的競爭者。她的泳鏡開始從對手那側滲水進來。她扯下泳鏡，擱在泳池一端，游了四趟，不過在水面上這麼游起來可比水下辛苦多了。必須費勁撐住身體。佐拉保持這泳姿回到池邊，盲目地摸索她的泳鏡，什麼也沒摸到之下，用力往上伸長脖子去瞧——泳鏡不見了。她立即火冒三丈。一個倒楣的大一救生員被叫來跪抵在池緣接受粗魯的問話，有如他就是那個小偷。一會兒之後佐拉放棄盤問，划水往池中前進，掃描水面。右邊有個男的快速游過，踢水濺到她的眼睛。她掙扎到池邊，吃了幾口水。她望著那男的頭殼後半邊——正是她泳鏡紅色的鬆緊帶。她握住最靠近的池梯等他游回來。到了另一端，他演出一回佐拉時常夢想的水中筋斗。他是個黑小子，穿了一條惹人注目的大黃蜂泳褲，黃黑條紋貼身起伏，有如他自己肌膚的一部分。他臀部隆起的曲線正如一顆簇新的海灘球頂在水面上。他再一次蹬水前進，整整游完泳池的長度，沒有一次抬頭呼吸。他游得比任何人都快。他是某個游泳隊的王八蛋。在他浸入水中的下背——那弧度就像從冰淇淋桶取出的勺子——和高翹渾圓的屁股之間，有塊刺青印子。很可能是兄弟會的玩意兒。但在光線和水波蕩漾之下輪廓扭曲，而且在佐拉瞧出端倪之前，他已經來到一旁，將手臂靠在分隔索上，大口喘氣。

「嗯，不好意思？」

「嗄？」

「我說**不好意思**！我想你戴的是我的泳鏡。」

「我聽不見，老哥——稍等一下。」

他將自己抬離水面，手肘架在池邊。這一來他的鼠蹊部位剛好迎上佐拉的視線高度。足足十秒鐘的時間，彷彿那部位沒半點血肉，呈現在她面前的是那玩意兒碩大的輪廓從腿根一路橫向左側，造成大黃蜂條紋出現三度空間的波瀾。如此醒目的景觀之下，他的蛋蛋被泳褲布面勒緊，低垂厚實，並未離開溫暖的池水多遠。他的刺青原來是太陽——狀如臉孔的太陽圖案。她覺得以前見過這刺青。茂密的光芒螺旋放射有如獅子的鬃毛。那男生取下兩粒耳塞，拔掉泳鏡，將東西擱在池邊，回到佐拉上下浮動的高度。

「我戴了耳塞，老哥——聽不到妳說的。」

「我**說**我想你拿了我的泳鏡。我剛剛放在池邊一下子就不見了——或許你沒注意拿錯了……我的泳鏡？」

那男生對她皺眉，撥掉臉上的水珠。「我認識妳嗎？」

「什麼？不——喂，麻煩讓我看一下那個泳鏡好嗎？」

那男生依舊皺著眉頭，往上伸長手臂從池邊取下泳鏡。

「好了，這是我的。這紅色帶子是我的——另一條斷掉了，我自己把它換成紅色的，所以——」

那男生咧嘴一笑。「這個嘛……如果是妳的，那就拿去吧。」

他將長長的手心舉向她——和琪琪一樣的深棕色，不同的是縱橫交錯的掌紋顏色更深。泳鏡就掛在他的食指上。佐拉移動身體要抓，卻把指頭上的東西碰掉了。她趕緊伸手去撈；東西打轉沉入池底，紅色帶子一路盤旋，沒有生氣地舞動。佐拉氣喘般吸氣想要潛下去拿。潛到一半就被自己身體的浮力拉回來，屁股朝上。

「要我幫忙——？」那男生開口，但還沒等到回答便彎身彈射直下，幾乎沒濺起半點水花，隨後浮上來時泳鏡已掛在他的手腕。他將東西空投到她手中，又一個左支右絀的動作，因為佐拉得用盡力氣死命踩水，同時張開手心去接泳鏡。她一言不發地轉身踢向池邊，竭力保持尊嚴爬上池梯，離開泳池。但她沒有真的走掉。她待在救生員座椅旁邊大約游一趟泳池長度的時間，望著那微笑的太陽沿水運行，望著一開始海豹般前後擺動的軀幹破水前進，然後兩條深色的手臂渦輪般輪流舉起，肩膀的肌肉擠壓碾動，流線修長的雙腿做出任何人只要稍加努力鍛鍊皆可做出的動作。整整二十三秒的時間，佐拉把自己完全拋諸腦後。

「我就知道我認得妳——莫札特。」

他已經換好衣服，紅襪隊連帽運動服領口底下露出好幾層T恤。黑色牛仔褲褲腳淹沒他運動鞋的扇貝殼鞋尖。如果佐拉沒有因老天安排，方才見過他，根本不會知道重重衣物包裹底下的身體輪廓。唯一的線索僅有那優雅的脖子，將頭從身體撐起的角度有若一隻幼獸誕生後首度引頸探望世界。他坐在體育館外面的臺階上，兩腿敞開，架著耳機，隨音樂點頭晃腦——佐拉差點踩到他。

「抱歉——可以讓我……」她咕噥著，打算繞過。

他扯下耳機滑落頸項，彈起身體隨她的步伐走下臺階。

「嘿，帽子小姐——YO，我在跟妳講話——嘿，走慢一點。」

佐拉在臺階底端站定，將她那頂蠢帽的帽沿推高，直勾勾地看著他的臉，最後終於認出他來。

「莫札特，」他重複道，朝她豎起一根手指。「對吧？妳拿了我的隨身聽——我老哥列維的姊姊。」

「佐拉，沒錯。」

「卡爾。卡爾．湯瑪斯。我就知道是妳。列維的老姊。」

他站在那裡，又是點頭又是笑，就好像他們倆剛剛一起發現了破解癌症的靈丹妙藥。

「所以……唔，你有跟列維見面……或者……」佐拉笨拙地試著開口。他精雕細琢的體魄令她自慚形穢，兩臂交叉疊胸然後又放開。突然間她連左右腳都不曉得怎麼擺放了。卡爾的目光越過她肩膀，望著枝葉咿咿呀呀的紫杉樹廊一路通往河邊。

「妳知道，那次音樂會之後我就沒再見過他，我想有次我們約好要碰面，可是……」他的心思跳回到她身上。「妳走哪條路，往下面那裡？」

「實際上，我要走另一條，到廣場。」

「酷，我可以走那裡。」

「呃……好的。」

他們走了幾步，碰到人行道末端。各自沉默地等待紅綠燈。卡爾按著一邊耳機隨節奏點頭晃腦。佐拉看看手錶，接著暗自端詳自己，對過往行人保證她自己也是一頭霧水，摸不清這傢伙怎會想要跟她走在一塊兒。

「你是游泳隊的？」燈號固執地拒絕變化，佐拉出聲。

「嗄？」

佐拉搖搖頭，緊抿嘴唇。

「不是，再說一次。」他再度摘下耳機。「什麼事？」

「沒什麼——我只是——只是問說你是不是在游泳校隊——」

「我看起來有像在游泳校隊？」

佐拉對卡爾的記憶重新聚焦、變得鮮明。「唔……這不是侮辱，我只是想說你游得很快。」

卡爾將聳到耳邊的肩膀放下，但臉上可沒放鬆。「我得先有班級可上才能加入游泳隊，我得先進大學才有資格當游泳校隊，就我所知，程序應當如此。」

兩輛計程車一來一往並行駛近。兩位司機放慢速度暫停，從敞開的車窗快活地互相吆喝，周遭開始有人按嗚喇叭。

「那些海地人一張嘴講不停，老哥。聽起來好像隨時都在大吼大叫。就算他們說得開心，聽起來也像在罵人。」卡爾有感而發。佐拉猛戳號誌變換鈕。

「你常常去聽古典演奏——」卡爾問話的同時，佐拉也出聲，「所以你跑去游泳池偷人家的——」

「喔，該死——」他笑聲響亮，有點假，佐拉忖道。她將錢包往大提袋裡面塞得更深一些，慎重地拉上拉鍊。

「我對妳的泳鏡很抱歉，老哥。妳還在不高興？我以為是沒有人要的。我老哥安東尼在更衣室打工，他放我進去，可以不用證件──所以，妳曉得。」

佐拉才不曉得。綠燈亮起出現鳥鳴聲，好讓盲人知道何時可以通行。

「我剛剛想說的是──妳常常去聽那種演奏？」兩人一起過馬路時卡爾問道。「比如像莫札特？」

「唔……我想沒有……大概沒有我應該去的次數那麼頻繁。念書占掉我太多時間，我想。」

「你念大一？」

「大二，頭一天開學。」

「威靈頓大學？」

、佐拉點頭。他們正朝著校園的主要建築接近。他似乎有意讓她放慢速度，在她通過門口走出他的世界之前多拖延片刻。

「太強了，會念書的姊妹，有夠酷，老哥──真的是不得了的事情，那樣……對妳有益，妳有好好認真接受教育，那就是奮鬥的目標。想要有出息，眼睛就得盯住奮鬥的目標，對不？嗯。真好。」

佐拉有氣無力地微笑。

「不，老哥，妳有努力付出，才會有成果。」卡爾說，心煩意亂地審視自己。他令她想起自己以前在波士頓輔導過的小男生。帶他們去公園，去看電影──回家還有時間做自己的功課。他的精神集中力就跟他們一個模樣。腦袋跟腳下隨時隨地沒一刻空閒地打著拍子，好像一旦靜止不動就會發生危險。

「因為莫札特的東西，對，」他突然說道。「這裡剛好有這個東西——我是說安魂曲，我不太知道他其他的玩意兒，不過安魂曲，我們聽過的那場——好，所以妳懂〈哀憐頌〉那部分？」

他的手指有如大指揮家般在空中舞動，希望從這位新朋友那裡引導出他企盼的反應。

「〈哀憐頌〉——你知道嘛，老哥。」

「呃……不。」佐拉說，沒有警覺到學生從四面八方湧進註冊處。她的時間已經晚了。

「好像是在第八段，」卡爾性急地說道。「我選了這一段加進我作的這首曲子，就在聽完那場演奏之後。對，那好猛，所有天使開始唱得越來越高，還有那些小提琴，老哥——swish dah DAH，swish dah DAH，swish dah DAH——聽起來真不得了。再加上開頭的歌詞，底下安上節拍，簡直酷斃了。妳知道那部分，就像——」卡爾說著又開始哼出曲調。

「我真的不知道。說真的，我不是古典音樂掛的——」

「不，老哥，妳一定記得。因為我剛好聽見你們幾個，你媽還有全部的人——他們都在討論他是不是天才，記得吧，還有——」

「那好像是一個月以前的事情。」佐拉說，已經糊塗了。

「喔，我記得清清楚楚——其他事情我也都還記得。妳有跟我講話：我記得。看過臉的話我就不會忘記——妳知道我不會把人的臉忘記。整件事說起來，你知道，對我而言很有意思，莫札特的事情，因為我也是個音樂家——」

佐拉對這不當的比較勉強擠出一絲微笑。

「然後我就發現事情有一點——我一直在讀古典音樂的東西，因為除了自己在行的東西以外，不多涉獵點其他玩意兒不行——」

佐拉客氣地點頭。

「對，妳懂我意思，」卡爾精力旺盛地說道，佐拉的點頭形同在他暗自選定的信條聲明上簽名附和。「總之，老哥，結果那一部分，原來根本就不是他寫的——我是說，他只完成了一部分，對吧？顯然他寫到一半人就過世了，然後就得另外找人幫忙把作品完成。結果原來〈哀憐頌〉的主要部分是由一個叫蘇斯麥爾的傢伙寫的——真他媽的該死，老哥，因為那可能是安魂曲裡面最好的段落，一想到這個我就想許譙，原來天才可能就在你身邊，就像蘇斯麥爾，他兩腳站上打擊區，沒錯，這傢伙像個菜鳥，他上去大棒一揮把球打出場外，這些人還在那邊拚命證明是莫札特寫的，因為那樣才符合他們腦袋裡誰有辦法、誰沒辦法寫出這種音樂的觀念，結果說穿了，原來這不得了的音樂是蘇斯麥爾這傢伙寫出來的，這平凡的無名小卒。我讀到這碼事的時候整個人天旋地轉。」

這一大段談話讓她聽得迷迷糊糊，他的臉無聲地對她施加巫術，連拱門裡進進出出的男女也難逃法力。佐拉瞧得清清楚楚，人們偷瞄，腳下拖延，捨不得讓卡爾從視網膜脫離，何況接下來取代他身影的景像是如此稀鬆平常，一棵樹，圖書館，或天井裡玩牌的兩個小朋友。他的樣子好看得多了！

「不管怎樣，」他說，那股熱忱被她的沉默遮蔽，轉為失望，「我一直想要告訴妳這件事，現在總算講了，所以……」

佐拉精神為之一振。「你想要告訴我這件事？」

「不，不，不——不是這個意思。」他笑聲沙啞。「該死的，小姐，我不是跟蹤狂——姊妹，說真的——」他伸手輕拍她的左臂。一股電流迅即穿透她的身軀，直入鼠蹊，終抵於兩邊耳朵附近。「我只是說這件事一直擱在我心裡，對——因為這城裡四處晃來晃去通常只有我一個黑人，對——到處看不到幾個黑人兄弟，所以我就想說：好，如果再讓我碰上那個火氣很大的黑人小姐，我就把我知道的莫札特故事告訴她，看她有什麼話說——就這樣。那就是大學，對吧？那就是你付出大把學費的地方——這麼一來你就可以把一堆玩意兒講給其他人聽。他們就會乖乖付錢給你。」他滿腹權威地點著頭。「事情就是這樣。」

「我想也是。」

「我沒有其他的意思。」卡爾堅定立場。

大學鐘聲響起，響亮而單調，接著聖公會教堂逗人開心的四音旋律傳過馬路。佐拉大膽出招。「你曉得，你應該會一會我另外一個兄弟，傑羅姆。他才是音樂和詩的大行家。雖然有時候他會像個神經過敏的屁蛋，不過你還是應該找個時間過來，我是說，如果你想聊天之類的。他現在人在布朗，但每隔幾個星期就會回家一趟。我們家聊天其實滿好玩的，雖然有時候他們會把我逼瘋。我老爸是教授所以——」卡爾驚訝地頭往後縮。「不，他人還不錯……跟他講話聊天很過癮。講真的，你不用客氣，找時間過來聊聊就對了……」

卡爾冷淡地看著佐拉。剛好有個男生擦身而過，佐拉看見卡爾豎起肩膀，和那大一生強碰了一下。那個新鮮人看見頂他的是個高大的黑人，摸摸鼻子繼續走他的路。

「這個嘛，」卡爾說，從後面覷著被他頂開的男生，「事實上我已經去過妳家了，不過妳家人似乎不怎麼歡迎我，所以——」

「你有來過我家……？」佐拉摸不著頭緒。

卡爾從她臉上看得出來她是真的完全不知情，搖搖手不想再往下說。「到此為止？我不是口才伶俐的人。我不擅長用嘴巴表達東西。我拿筆寫比用嘴講好多了。我押起韻來的時候可是乒乒乓乓，可以一槌直接敲在釘子上，鑽過木頭從另一邊穿透出來。相信吧。可是如果用講的呢？我肯定會敲在手指上。屢試不爽。」

佐拉笑了。「你應該聽聽我老爸的新鮮人，」她捏緊嗓子，聲音橫過大地傳到對岸，「我就這樣，而且她就那樣，而且他就那樣，而且我就這樣，喔，我的老天。一直無止境的重複。」

卡爾滿臉迷惑。「妳爸爸，教授……」他語氣遲緩。「他是白人，對吧？」

「霍華，他是英國人。」

「英國人！」卡爾說，翻起白眼，片刻後，似乎終於搞懂黑板上的概念，「我從沒去過英國，老哥。我從來沒有出國過。所以……」他節奏怪異地敲擊掌心。「他是數學教授還是什麼的？」

「我老爸？不。他是搞藝術史的。」

「妳和妳爸處得很好？」

卡爾的眼神再度四下瞟來瞟去。佐拉的妄想症再度發功。她想了一下，搞不好人家這些問題其實只是障眼法，趁她卸下心防時，話題就會逐步導向她家，她母親的珠寶首飾，還有地下室的保險櫃。她開始有點語無倫次，每次想要掩飾自己心不在焉時就會出現這毛病。

「霍華很棒。我是說他是我老爸，所以有的時候，你也知道……不過他很酷，我是說，他剛搞了段婚外情——是的，我想事情曝光了，跟另外一位教授——所以現在家裡天翻地覆。我媽抓狂了。不過我還滿同情的，拜託，有哪個像他一樣五十多歲瀟灑世故的男人沒有婚外情？基本上這是不可避免的。高知識水準的男人被高知識水準的女人吸引——幹他的大意外。加上我媽又不太講究自己，她好像有三百來磅……」

卡爾目光朝下，顯然為佐拉感到難為情。佐拉唰地臉紅，粗短的指甲用力陷入掌心的肉窩。

「胖女士同樣需要愛情，」卡爾出口很有哲理，從帽T連帽裡摸出一支香菸，之前一直塞在耳後。「妳最好趕快走了，嗯。」他說著將菸點燃。他似乎對她感到無聊了。佐拉心裡一陣難受，寶貴的東西已然脫逃。不知怎的，光顧著絮絮叨叨，她把莫札特跟和他一掛的蘇斯什麼的都拋到九霄雲外。

「有人在等，有地方要去，毫無疑問。」他說。

「噢，沒有啦……我是說，我剛好有個會議。其實沒什麼——」

「重要的會議。」卡爾若有所思說道，抓準一個時機講出心裡所見。

「也沒有……我想這會議跟未來比較有關係。」

佐拉準備到法蘭區院長的辦公室去向他傾談假想中的未來。她還念念不忘上學期申請克萊兒．麥坎的詩歌班失敗一事。她尚未看過布告欄的公告，不過如果再度受挫，將嚴重危及她的未來，應此需要討論因應對策，這件事涉及她未來展望許多令人憂心的層面。開學第一週她已經為自己排定好七次會議，今天算是打頭陣。佐拉極度熱中和重要人士安排會議討論她的未來，儘管她的未來如何並非那些人士首要關切的課題。她把自己規畫的東西向越多人報告，這些東西對她來說就越像真的有那麼一回事。

「未來是另一個國度，老哥，」卡爾口氣悲哀，他似乎想點睛收尾，臉色退讓泛起微笑。「而我猶未取得護照。」

「那個是……你寫的歌詞？」

「或許，或許，」他聳聳肩，搓著兩手，雖然天氣並不冷，至少尚未變冷。他言不由衷說道，「和高興和妳談話，佐拉。很有教育作用。」

他似乎又不高興了。佐拉別開眼睛，胡亂摸弄提袋的拉鍊。她有一股陌生的衝動想幫助他。「別這麼說——我幾乎沒講到什麼話。」

「是，不過妳擅於聆聽。那同樣有用。」

佐拉再度抬眼看著他，十分驚奇。記憶中從來沒有人說她善於聆聽。

「你很有天分，不是嗎？」佐拉低聲說道，天曉得她講這話到底有何用意。算她運氣好——話語滑進駛過的貨運卡車輪下。

「好吧，佐拉——」他兩手一拍。她是不是令他感到滑稽了？「妳好好用功。」

「卡爾，很高興再度和你碰面。」

「回去請妳弟打電話給我。我在『公車站』要作一場表演——妳曉得，就在甘迺迪廣場南邊，這星期二。」

「你不是住在波士頓？」

「是啊，怎麼了？距離又不遠，沒有人限制我們不能來威靈頓，妳知道的。又不需要護照。老哥。威靈頓沒問題——在甘迺迪廣場那一帶。不會全部都是學生，也有一些兄弟。反正……跟妳弟說，如果他想聽點押韻的東西來就對了。或許不是什麼詩歌中的詩歌，」卡爾說，佐拉還來不及回答他便走開了，「不過是我自己做的東西。」

2

史迪那紀念大樓的七樓，一間暖氣不夠強的教室裡，霍華剛剛將一臺投影機拆箱。他的手從兩邊擠進去，下巴頂住支架，將整臺醜怪的機器小心地從紙箱中搬出。每年頭一堂課程介紹，他總會請出這臺投影機，為逛課程的學生服務，慎重的程度可比聖誕燈飾拆箱大典。場面既溫馨又令人氣餒。今年又會出什麼新招造成燈泡沒辦法正常動作？霍華小心翼翼掀起燈箱頂蓋，放上熟到不能再熟的標題首頁（這系列課程他已經講授六個年頭了），「建構人性：一六〇〇至一七〇〇」，玻璃上紙張正面朝下。他把這一頁拿起來，拂去積塵後再度放下。投影機的機身有灰有橘——那是三十年前迎向未來的顏色，而且和所有過時的科技一樣，不由自主勾起霍華的惺惺之情。他的現代感同樣已成往事。

「Pah-point，」史密斯．J．密勒出聲，他站在門邊，兩手捧著他的咖啡馬克杯取暖，渴切地守望著學生上門。霍華曉得今天早上來的學生人數會超過教室的容量——但不像史密斯那麼樂觀，他心知肚明這只是一時的假象。學生會坐滿長列的研討桌和森冷的地板，窗臺邊的學生腳跟收在臀部底下，他們靠牆排成一列，有如靜候處決的囚犯。他們個個振筆疾書，好比渾然忘我的速記員，他們如此專注捕捉霍華嘴巴的動靜，害他得說服自己這不是聾啞學校，他們也不是在讀脣語。全部的學生，一個接一個，誠心誠意地寫下他們的名字和 e-mail，不管貝爾西博士重複講了幾遍，「如果你當真想要選修這門課，拜託只要——只要——填上名字就好。」然後到了下星期二，會有二十個孩子出現。再下個星期二，剩九個。

「用起來真見鬼的簡單省事，pah-point。我可以做給你看。」

霍華從他可憐的機器上抬起目光。看到史密斯整潔的格子呢領結和那張灑灑淡色雀斑的娃娃臉，波紋微漾的淡金色薄髮，他感到一陣古怪的快意。願意的話，你可以要求一個比史密斯．J．密勒更優秀的合作夥伴。但他是個永遠的樂天派。他搞不懂這體系運作的蹊蹺。他不明白，但霍華懂，到了下個星期二，這些孩子已經把整個人文學院課表排列出來的學術貨色轉過一圈，在心裡斟酌比較，依據幾項變數包括：各個教授相對的學術名氣；迄今出版的著作；知識界的聲譽；課程內容的用處；上他的課是否真能為他們的紀錄、個人未來或研究所深造增添助益；列入考量的教授是否真槍實彈有本事、撰寫的推薦函是否能有效地幫助他們，從現在起算的三年後——進入《紐約客》實習，或五角大廈，或柯林頓的哈林辦公室，或法國版的《時尚》雜誌——這些私底下的研究盤算，這些Google搜尋，將正確無誤地導向結論，選修一門探討「人性之建構」的課程，離他們這學期的核心需求相去甚遠，授課的又是個生涯正在走下坡的傢伙，穿了件遜外套，八〇年代的髮型，著作屈指可數，學術政治的邊緣人物，而且還得屈就大樓頂層暖氣不足兼沒有電梯的教室，怎麼看都不符他們的最佳利益。逛課堂這名稱可不是毫無道理的。

「看，有了pah-point，」史密斯意志堅定，「整間教室都能看得清清楚楚。你放上去的圖像，媽的真的很厲害。」

霍華感激地笑了笑，接著搖搖頭。他已經錯過學習新把戲的時機點了。他屈膝將投影機的電源線插入牆上插座，躍出藍光電火。他按下機身後頭的按鍵，擺弄連接線。他用力緊按燈箱，希望鬆動的接合處能緊密一些。

「我來弄。」史密斯說。他從霍華那邊將投影機拖過來，順著桌面滑動。霍華站在原地好一陣子沒有動靜，有如投影機還擺在他面前。

「或許你應該把那些百葉窗關上。」史密斯婉言建議。和大多數威靈頓圈子裡的人一樣，史密斯已經完全知悉霍華的處境。就個人立場而言，他對霍華惹出的麻煩感到遺憾，兩天前兩人碰面處理課程進度表影印事宜時，他對霍華如此說道。我很遺憾你遇到這樣的麻煩。口氣有如霍華某個心愛的人掛掉一般。

「想來點咖啡嗎，霍華，來點茶？甜甜圈？」

一隻手心不在焉地抓住百葉簾的拉繩，霍華眺望窗外的威靈頓校園。這一邊有白色的教堂和灰色的圖書館，隔著廣場遙相對峙。橙色、紅色、黃色和紫色的落葉織錦般覆蓋著地面。天氣還算暖和，不過這感受僅適用於坐在葛林曼圖書館臺階上，身體斜倚著背包，無所事事的孩子們。霍華於視力所及的場景裡頭搜尋華倫或克萊兒。有消息說他們兩個仍舊在一起。消息來源是厄斯金，從他老婆卡洛琳那兒聽來的，她是威靈頓分子研究學院的董事之一，華倫便是在這個學院做研究。事情是琪琪告訴華倫的，引發一場軒然大波——但沒有人尋死了斷。負傷的人依舊竭力前進。沒有打包，沒有甩門離去，沒有轉移陣地到另一所學校、另一處城鎮。他們全都留在原地承受痛苦。年復一年過去，風波總會慢慢平息。此事弄到人盡皆知，想起來就全身無力。霍華私心盼望一種迅速簡便的、水冷機式的版本，目前學校管道裡循環的說法是「華倫原諒了她」，憐惜的情緒夾雜著些許輕蔑。人們談起琪琪也說「她原諒了霍華」。直到如今霍華才了悟，這種煉獄般的寬宥可以折磨人到何種地步。大家根本不曉得自己在說些什麼。水冷狀態中的霍華不過是又一個在可預期的中年危機中苦熬的中年教授。然而，他生活中還有另外一層現實必須真實面對。昨天夜裡，時間很晚了，他逃離書房裡令人難受的、局促的沙發，進入臥室。他和衣躺在被單上面，旁邊是琪琪，這個他愛著、一起生活了大半輩子的女人。在她那側的床頭几上，他無可迴避地看見一瓶抗憂鬱藥物，一旁有若干銅板、耳塞、一根茶匙，全都塞在一只刻有大象雕飾的印度木盒裡。他約莫等了二十分鐘，半點也不曉得她究竟睡著了沒有。然後他隔著被單，非常輕柔地把手擱在她的大腿某處。她開始啜泣。

「這學期我有好的預感，」史密斯說，唿哨一聲，釋放出南方輕快的咯咯笑聲。「只希望到時候有站的地方。」

史密斯在黑板上黏了一張林布蘭的複製畫《尼可拉斯．杜勒普醫生展示手臂解剖，一六三二》（*Dr. Nicolaes Tulp Demonstrating the Anatomy of the Arm, 1632*），啟蒙運動感人的號召尚未底定，幾個理性的使徒圍繞著一名死者，科學神聖的光芒異乎尋常地照亮他們的臉龐。那醫生的左手舉起，明確地模仿（或者霍華會對學生如此解說）基督的施恩；最後面的那位紳士望著畫外的我們，請求我們讚賞這無畏的人性大業，科學追求的嚴謹格言 *Nosce te ipsium*[5]——這幅畫是霍華長久以來的老把戲，用以吸引那些逛課堂的學生，堪稱萬無一失，他們嶄新的目光幾乎要在老舊的複製圖上鑽出洞來。霍華本人看過太多次，已經沒啥感覺了。他背對著它講課，需要的時候再以左手的鉛筆標示某處。不過今天，霍華自覺被這幅畫的勢力範圍攫獲。他看見自己躺在那張解剖桌上，膚色慘白的他已經撒手人寰，手臂剖開供一群學生檢視。他轉身面對窗外。突然間，他瞧見他女兒細小但不會錯認的身形，重步疾速走向斜對角的英文系。

「我女兒，」霍華脫口而出。

「佐拉？她今天會來？」

「喔，對——是的，我想是如此。」

「她是個令人激賞的學生，沒話講。」

「她努力起來像在拚命。」霍華同意。他看見佐拉走到葛林曼圖書館的角落，停下腳步和別的女孩子寒暄。即使遙遙相隔，霍華還是可以看見她站得太過靠近對方，侵犯到美國人所能容忍的私人空間。她怎麼會戴著他的舊帽子？

「喔，我知道我知道。上學期我輔導過她修的喬伊斯和艾略特。和其他的大一生比較起來，她就像讀書機器——我是說，她已經知道撇除個人情緒喜惡，深入理解作品。我碰到的那些孩子還在說我真的喜歡哪個部分、還有我好愛那種方式——你曉得，高中生水準的分析。不過佐拉……」史密斯又吹了聲口哨。「她完全老神在在。不管面對的是什麼東西，她一律拆解開來看它如何運作。她遙遙領先。」

霍華輕輕捶了一下窗戶，然後增加力道又來一記。他產生一種為人父母古怪的逼迫感，脈管裡的血液洶湧，除了正常輸送運作之外，他還絞盡腦汁搜捕更能充分表達的字眼，比如說像是別在車子前面走動小心乖一點以及別傷到其他人也別被人傷到以及別活得像行屍走肉以及別背叛任何人或你自己以及要緊事顧好以及拜託不要以及拜託別忘了注意

---

5 拉丁文，意為「認識汝本人」。

確認。

「嘿，霍華？那些窗戶只有最上面能夠開啟。我猜是針對學生的預防措施。防止有人想不開。」

「基本上，我關切的是在我無力控制的情況下導致我被不公平地排除在這門課的選修名單之外，」佐拉字句堅定，法蘭區院長聽了只能勉強吭出半句聲音，「講白了，就是我父親和麥坎教授之間的關係。」

他抓牢椅子扶手，身體往後靠。在他辦公室裡面講話可不是這種規矩。將他身後偉大的人物掛出半個圓弧，那些人物總是字斟句酌，謹慎考量用語和後果。傑克．法蘭區素來欽佩這些人物，以他們為學習榜樣：約瑟夫．艾惕生（Joseph Addison），博傳德．羅素（Bertrand Russel），奧利佛．溫戴爾．霍姆斯（Oliver Wendell Holmes），湯瑪士．卡萊爾（Thomas Carlyle）以及亨利．華特生．福勒（Henry Watson Fowler），《現代英語用法詞典》的編著者，法蘭區為他寫了一部篇幅驚人的、幾乎心力交瘁的詳盡傳記。但面對一個講話如同操持自動武器的小姐，法蘭區巴洛克般精雕細琢的詞語軍械庫居然束手無策。

「佐拉，如果我沒誤解妳的意思……」傑克出聲，隔著桌面裝模作樣地傾身向前想要開口，但還是慢了一拍。

「法蘭區院長，我就是看不出來我在創作領域的進展怎麼可以如此橫受阻礙（sty-mied）」——「橫受阻礙」一詞令法蘭區揚起眉頭——「為了那些恩怨讓一位教授不顧合理的學術考量就把我從選課名單上刷掉。」她暫停，在椅子上保持直挺挺的姿勢。「我想這樣做非常不恰當。」她說。

話題已經繞了十分鐘，終於有人把這個字講出來。

「不恰當，」法蘭區重複。到目前為止，他所能寄望的就是做好損害控管。這個字眼剛好可以派上用場。「妳是指，」他的語氣毫無希望，「剛剛妳所提到的關係，那個、確實、不恰當。不過我尚未看到妳所提到的那種關係怎麼會——」

「不，你誤會我的意思。我對麥坎教授和我父親之間發生的事情其實沒有興趣，」佐拉切入。「我所關切的，是我在這座學府裡頭的學術生涯。」

「這個嘛，當然，這是無疑是最重要的——」

「而且由於麥坎教授和我父親之間的狀況……」

傑克萬分希望她能停止使用那句粗暴的措辭。那措辭在他腦子裡鑽孔打洞：麥坎教授和我父親，麥坎教授和我父親。今年秋天的這個學期切莫提起，好保護兩造當事人，以及當事人的家屬，如今卻有人在他的辦公室大開殺戒，像一顆填滿血腥的美式足球……「由於這狀況不再持續，而且已經解除了好一陣子，我看不出有什麼道裡繼續任由麥坎教授這樣公然基於私人因素的作風對我採行差別待遇。」

傑克的目光越過她頭頂，往遠處牆面的時鐘悲慘地瞥了一眼。自助食堂裡有塊胡桃瑪芬上頭有他的名字，不過這會兒他人被綁在這裡，到時再下去就太遲了。

「關於這件事妳很肯定是嗎？如妳所說的，是一種私人因素的差別待遇？」

「我真的不知道除此之外還能怎麼解釋，法蘭區院長，我不知道還有什麼別的說法。

我名列全校前百分之三，我的成績無懈可擊——關於這點我們兩個應該都同意。」

「喔！」法蘭區說，在這場陰鬱的討論之中趕緊抓住一線光芒。「不過我們也必須考量到，佐拉，這是一門創作課程。因此，不純然只有成績的問題，當我們處理創作問題的時候，我們必須多多少少更改一下我們的——」

「我有發表東西的紀錄，」佐拉說，手伸進去大提袋裡一陣摸索，「例如 canigetmyballback.com，《沙龍》（*Salon*），《視野》（*eyeshot*），unpleasanteventschedule.com，講到紙本雜誌的話，我正在等待《開放城市》的回覆。」她從桌面上遞過一疊紙張，似乎是從網路列印的東西——沒戴上眼鏡前傑克不想就此斷定。

「我懂了。而且妳有提交這些……作品供麥坎教授作為考量的材料。是的，妳當然有。」

「到了這個地步，」佐拉說，「我必須思考，將這件事送交諮詢委員會帶來的壓力和負面情緒可能對我個人造成衝擊。我真的非常擔憂這種衝擊。我認為讓一個學生感到自己的權益被犧牲非常不恰當，而且我也希望這種事不會發生在其他任何一個學生身上。」

這會兒所有底牌都亮出來了。傑克花了一點時間審視。浸淫這種遊戲二十年的功力讓他對佐拉一手好牌了然於胸。去他媽的，他按自己的意思出手。

「妳有把心裡這些感受告訴妳父親嗎？」

「還沒有。但我知道不論我選擇怎麼做，他都會支持我。」

終究，決斷的時候來臨，他起身慢慢繞過桌子，棲止於桌前，一條長腿跨在另一條之上。傑克如法炮製。

「我很感謝妳今天早上到這裡來，佐拉，感謝妳這麼坦誠清晰地把這件事的感受講出來。」

「謝謝你！」佐拉說，驕傲之色躍然臉上。

「還有，我要妳知道，我委實重視妳告訴我的事情——妳是本校的寶貴人才，我想妳自己應該曉得。」

「我希望能夠……我盡量努力。」

「佐拉，我想要妳把這些東西留在我這裡。就目前而言，我不認為我們需要動用到諮詢委員會。我想只要將心比心，讓我們每個人都能理解和體會，把這件事澄清一下。」

「你會去——」

「我會找麥坎教授談一談妳所關切的狀況，」傑克說，最後終於成功贏得這場小小的爭辯。「我覺得，目前我們正往前邁進一大步，我會讓妳看見我們把事情處理到讓大家都能滿意。這樣有回應妳的關切了嗎？」

佐拉站了起來，將提袋抱在胸口。「非常感謝您。」

「我看到妳有上皮爾曼教授的課——非常好。妳還會選什麼其他的——」

「我有修一學年的柏拉圖和傑米．潘弗魯克開的一門阿多諾（Theodor W. Adorno），還有，我一定會去蒙提．吉普斯的講座。這星期天我在《先驅報》讀到他的文章，裡面談到要把『自由主義』從文科當中拿掉……你知道，看樣子他們好像打算告訴我們，保守派如今屬於瀕臨滅絕的物種——好像他們需要在校園裡受到保護什麼的。」說到這兒，佐拉看準時機同時祭出翻白眼、搖頭和嘆息的動作。「顯然人人享有特殊對待——黑人，同性戀，自由派，女性——口袋空空的白人男性除外。太瘋狂了。不過我絕對要去聽聽看他葫蘆裡賣什麼藥。認識汝之敵人。那是我的座右銘。」

傑克・法蘭區對這話軟弱地笑了笑，為她開門，等她走後再將門闔上。他迅速回到座椅，從書架上抽出N至Z的《牛津英語詞典》（*Shorter Oxford English*）。他有個想法，「stymie」（妨礙，妨礙球）應該有個中世紀英語的字源，比十九世紀以來通用的高爾夫球術語更有關聯。或許來源是「styme」這個字，意指閃光乍現（glimpse），微光隱約（glimmer）；或者可能來自海克力斯（Hercules）撲殺的危險怪鳥，史泰姆法勒斯（Stymphalian），或者……結果不是。傑克闔上這本鉅作，恭敬地放回書架上和同伴擺在一塊兒。有時候這兩本書可能找不到你想要的東西，但就深層的意義而言，它們從來不會令你失望。他拿起電話撥給莉迪雅，他的特助。

「莉蒂？」

「是，傑克。」

「妳好嗎，親愛的？」

「好得不得了，傑克，忙死了，你知道。開學頭一天總是要忙到發瘋。」

「這個嘛，無論如何妳總是有本事把一切搞定。還好吧，每個人是不是都知道自己該幹些什麼？」

「不是每一個人。有的小朋友四處瞎闖，連自己褲子裡的屁股都摸不到，原諒我說髒話（pardon my French），傑克。」

傑克原諒她，還有無心的雙關語。她說起話來有時得反覆推敲，有時快人快語，而且，雖然傑克本人對後者無力為之，他倒是相當欣賞莉迪雅鹹辣的波士頓舌頭與其在系所間擔當的「強制」任務。不守規矩的學生，難纏的快遞員，面無表情的電腦技術員，洗手間被抓到呼麻的海地清潔工——莉迪雅總是兵來將擋水來土淹。傑克有辦法超脫混戰之上的唯一理由，便是有莉迪雅身處混戰之中，堅忍不拔。

「對了，莉蒂，妳知道今天早上我在哪兒可以抓到克萊兒．麥坎嗎？」

「你如何能將一道月光抓在手中，」莉迪雅的語氣若有所思，像在引用傑克未曾聽聞的歌舞劇。「我知道她五分鐘內有一門課要上……但那不代表她正要趕去課堂。你也曉得克萊兒的行事風格。」

莉迪雅笑聲嘲諷。傑克並不樂見行政人員以嘲諷的態度談論教授們，但這檔事問她準沒錯。莉迪雅自有一套。少了她，傑克掌管的系所馬上就要雞飛狗跳。

「我不認為，我曾經在中午以前看過克萊兒．麥坎把腳跨進系所裡……不過或許只有我沒看過。每天早上我忙到連面前的冰拿鐵放到變成冰塊水都視而不見，你可曉得？」莉迪雅說道。

對莉迪雅這樣的女人來說，克萊兒那樣的女人根本無足輕重。莉迪雅人生當中取得的每一項成就全出自她驚人的組織長才與專業能力。舉國上下找不到一處機關能令莉迪雅無力施加整頓，增進效率，這幾年在威靈頓服務下來，她打心裡明白自己會跳到哈佛，再從那兒跳到任何她有興趣的地方，搞不好五角大廈都有可能。她有才能，才能可以讓你在屬於莉迪雅的美國找到棲身之所。一開始先從低階的單位起步，例如幫後灣乾洗公司建立檔案系統，一路往上爬，最終你可以在這個國家協助總統本人組織和管理最複雜的資料庫。

莉迪雅明白她今天的位置從何而來，日後從何而去。讓她想不透的是克萊兒・麥坎何德何能占據今天的地位。怎麼可能有這樣的女人，有時候一個星期弄丟三次自己辦公室的鑰匙，而且在學校服務五年了還搞不清楚用品櫃的位置，這樣居然還可以擁有誇張的比較文學唐寧教授職銜，並且領那數字的薪水，莉迪雅之所以曉得是因為她的薪資單正是莉迪雅幫忙呈報的。還有，最最說不過去的就是，搞出不恰當的工作場所誹聞。莉迪雅知道這一切和藝術有關，不過，就個人而言，她才不吃這一套。學術頭銜多少斤兩她清楚得很——看在傑克擁有兩個博士學位的份上，莉迪雅就不跟他計較他老是把咖啡弄翻流進文件櫃裡。詩？門都沒有。

「那麼，妳知道她被分配的教室是哪一間嗎，莉蒂？」

「傑克，等我一下。我電腦裡面有紀錄……記得那次她把教室搬到河邊的長椅去？她有時候就會出些怪招。這很緊急嗎？」

「不……」傑克囁嚅，「不急……沒那麼趕。」

「在查普曼大樓那棟，34C教室。你要我先留個話給她嗎？我可以派個孩子過去。」

「不用、不用……我會自己過去……」傑克說，一時失神，拿了圓珠筆的筆尖戳著他辦公桌中央一塊柔軟有彈性的黑色吸墨板。

「傑克，我這裡剛好有個孩子進來，看起來好像有人把他的狗給宰了——你還好嗎，親愛的？傑克，待會有任何需要你再打給我。」

「好的，莉蒂。」

傑克從椅背拿起他的外套穿上。電話響起時，他的手正好按上門把。

「傑克？是我莉蒂。克萊兒．麥坎剛從我辦公室跑過去，速度比卡爾．劉易士還快。大概再三秒鐘就會到你辦公室前面。我會派個人到她班上說老師晚點到。」

傑克將房門打開，再一次驚嘆莉迪雅的眼明手快。

「喔，克萊兒。」

「嗨，傑克。我正要趕去上課。」

「妳好嗎？」

「很好！」克萊兒說。將臉上的太陽眼鏡推到頭上。說到對他人聊點自己的近況永遠不會太遲。「戰火持續，總統渾球，我們詩人已經無力立法，世界就要完蛋了，我想搬到紐西蘭去——你知道嗎？我還有五分鐘就要上課。老樣子！」

「這是黑暗的時刻，」傑克口氣莊嚴肅穆，兩手手指交叉像個牧師。「而大學還能做些什麼，克萊兒，若不持續擔負它的工作？一個人不是就該相信在這樣的時刻大學和『第四階級』一起加入戰鬥，運用我們倡導的能力……協助匡正政治議題……我們同樣坐在『那邊的記者席上』（reporters' gallery yonder）……」

即便按照傑克的標準，這都可算是拐彎抹角迂迴地導入正題。他似乎也被自己一番話搞得有點錯愕，和克萊兒面對面站著，臉上的神情似乎暗示人家接續這個根本從未成形的想法。

「傑克，真希望我能像你那麼有信心。上星期二我們不是在佛洛斯特禮堂有個反戰的集結活動？結果來了一百個孩子。艾里．雷霍德跟我說威靈頓六七年舉辦的反越戰大集合校園裡湧進三千人，連艾倫．金斯堡都來了。現在這情勢讓我有點絕望。這地方眾人的舉止比較像第一而不是第四階級，如果你問我的意見。天哪，傑克——我遲到了。我得快跑。或許午餐再談？」

她轉身想走，但傑克不放人。「什麼菜單，創造性演講，今天早上？」他說，點頭示意她懷抱的書本。

「喔！你是說我們讀什麼東西？很湊巧——是我！」

她把那本薄書的封面翻開來，大大一張克萊兒的照片，大約在一九七二年。傑克對女人有其獨到的品味，再一次嘆賞他當初認識的克萊兒．麥坎，那是好多年前的事了。漂亮得要命，女學生般誘人的瀏海，華麗的淺棕色雲波，一道弧線遮蓋左眼宛如維洛妮卡．蕾可，再往下直瀉來到袖珍的臀股。傑克一輩子都搞不懂，怎麼女人來到某個年紀就要把那樣一頭秀髮全給剪了。

「老天，我看起來真是荒謬！但我只是想拷貝一首詩給班上學生，某種格式的例子。一首『潘圖詩體』（pantoum）。」

傑克手摸向下巴。「恐怕妳得幫我複習一下『潘圖詩體』的確切性質……我的老法文詩格式約莫已經生鏽了……」

「它是源自馬來（Malay）的詩體。」

「馬來！」

「它四處流傳。維克多．雨果就有用過，但最早起源於馬來。基本上是相連的四行詩詩體，通常押韻為a-b-a-b，每一節的二、四行變成第一、三……對嗎？我已經好久……不，沒錯——變成下一節的一、三行——反正，我寫的這首算破格的潘屯。解釋起來有點費事……最好直接看一下例子。」她說著將書翻到那一頁，遞給傑克。

論美

不，我們無法列舉清單載明
那罪孽它們無法寬恕你我。
美的事物並不缺少傷疤。
永遠雪花正要飄落。

那罪孽他們無法寬恕你我
言詞美麗而無用。
永遠雪花正要飄落。
美的事物了然於胸。

言詞美麗而無用。
他們遭受詛咒。
美的事物了然於胸。
他們木然呆立宛如泥像。

On Beauty

No, we could not itemize the list
Of sins they can’t forgive us.
The beautiful don’t lack the wound.
It is always beginning to snow.

Of sins they can’t forgive us
speech is beautifully useless.
It is always beginning to snow.
The beautiful know this.

Speech is beautifully useless.
They *are* the damned.
The beautiful know this.
They stand around unnatural as statuary.

他們遭受詛咒　*They* are the damned
那些悲哀因而完美，　and so their sadness is perfect,
嬌弱如一枚蛋放你手心。　delicate as an egg placed in your palm.
硬殼，妝點著他們的臉孔　Hard, it is decorated with their face

那些悲哀因而完美。　and so their sadness is perfect.
美的事物並不缺少傷疤。　The beautiful don’t lack the wound.
硬殼，妝點著他們的臉孔。　Hard, it is decorated with their face.
不，我們無法列舉清單載明。　No, we could not itemize the list.

鱈魚岬，五月，一九七四　*Cape Cod, May 1974*

傑克面臨他避之唯恐不及的苦差事：讀完一首詩之後發表高見。對詩人說上幾句感言。這樁事挺怪的，傑克雖然擁有人文學院院長的終身職，但他本人對於詩歌或小說文體都談不上傾倒；他的最愛是散文，而且，如果他夠坦率真誠地說出來，除了散文本身，他特別偏愛散文家的工具：辭典。傑克在辭林叢蔭當中墜入情網，垂首敬畏，對無可考的故事興奮莫名，例如，不及物動詞「徘徊」（ramble）詭異的語源學。

「真美，」傑克終於出聲。

「噢，已經是陳年的破銅爛鐵了——不過拿來當例子很適用。好了，我真的得用跑的了——」

「我已經派人到妳班上去了，克萊兒，他們曉得妳會晚點才到。」

「你有派人？什麼狀況，傑克？」

「我有要緊的事想簡單跟妳談一談，」傑克做了個矛盾修飾法。「方便的話請進來我的辦公室。」

3

他們全員到齊，霍華想像中的課堂。霍華放縱自己迅速觀覽眼前趣味橫生的目錄，心裡清楚這很可能是他最後一次見到他們。指甲塗成黑色的龐克男孩，印地安女孩的瞳眸不成比例，就像迪士尼卡通人物，另一個女生看起來不會超過十四歲，牙齒上有一列鐵軌。還有，密密麻麻坐滿整間教室的：大鼻子，小耳朵，胖子，撐拐杖，頭髮紅如鐵鏽，坐輪椅，六呎五，短裙，翹奶子，iPod還戴著，厭食者的臉頰鋪著輕薄的汗毛，領結，又一個領結，足球好漢，膽怯的白人小子，指甲長到像紐澤西家庭主婦，已經開始禿頭，條紋緊身衣——他們的數量之多，史密斯若不叫某些人擠一擠，根本關不上門。所以他們來了，洗耳恭聽。霍華搭起帳篷，賣起膏藥。他口中的林布蘭既非離經叛道亦非獨特原創，不過是個循規蹈矩的乖乖牌；他要學生自問他們所謂的「天才」究竟意指為何，並且在一陣茫然的沉默當中，將歷史上威名顯赫的反叛大師代之以霍華觀點中一位稱職的工匠，依約完成他富有的主顧囑託的各式畫作。霍華要求他的學生想像權勢所配戴的矯飾面具。重新看待美學為一種精心挑選的排斥性語言。他承諾這課堂將挑戰他們自身對於人性之救贖，也就是通稱為「藝術」的那種東西的信仰。「藝術是西方人的迷思，」霍華宣稱，年復一年來到第六個年頭，「讓我們同時可以自我安慰並且自我塑造。」每個人都把這話記了下來。

「有沒有問題？」霍華問。

回答一成不變。沉默。不過這是一種特別迎合高檔文科大學的沉默品種。沉默不是因為人人無話可說——正好相反。你可以感覺到，霍華可以感覺到，教室裡千百萬種念頭醞釀著，力道如此強勁，有時從學生那兒心電感應般發射，在課桌椅間來回彈跳。孩子們低頭看著桌面，或看向窗外，或滿心期待望著霍華。有些弱一點的還會臉紅，假裝抄筆記。不過沒有人會出聲。他們對課堂上其他的同學懷有強烈的畏懼感。不只如此，他們也畏懼霍華本人。最初剛開始當老師的時候，他還蠢蠢地想要哄誘他們卸下畏懼——如今他可是津津有味地享受。畏懼就是尊敬，尊敬就是畏懼。如果沒有畏懼感，那你根本什麼也沒有了。

「沒有嗎？我把全部東西都講完了嗎？連一個問題也沒有？」

一絲細心留存的英國口音更加深了畏懼因素。霍華讓沉默延續了一會兒。他轉身面向黑板，剝下複製圖，讓找不到舌頭的問題擲向他的背部。他將林布蘭緊密捲成一根白棍，自身的問題占據了他的心神。沙發床睡多久了？為什麼性一定要和每件事都有關聯？好吧，它是和一些事情有關，但為什麼是每一件事？為什麼三十年的光陰就這樣被沖入馬桶，只因為我想碰碰某個別人？我是否錯失了某些東西？是否正因如此才落到這種地步？為什麼性一定要和每件事都有關聯？

「我有問題。」

那聲音從他左側傳出，和他自己一樣的英國口音。他轉過身來——她一直被正前方坐著的一個高個兒男生擋住。首先注意到的是她臉上兩塊亮眼逼人的部位，可能同樣來自琪琪冬季專用的可可油。一汪月色映在平坦的額頭，另外一處在她鼻尖。那種突出的明亮，霍華想到，唯有將她真實肌膚純粹的黝黑加以變形、扭曲才有辦法描繪。她的髮型又變了：毛毛蟲般的髮綹，一簇又一簇，倒是長度都不超過兩英吋。每一處髮尾皆染成令人瞠目的橘紅，好像她把整顆頭浸入一桶落日。因為這次他沒喝醉，所以可以確定她的胸部是自然現象，而非出自他的想像，兩顆生氣勃勃的乳頭，在綠色稜紋套頭毛織薄衫下鋒芒畢露。硬挺的馬球衫衣領距離她肌膚尚有幾吋餘裕，她的脖子和頭冒出領口，有如一株植物從盆中長出。

「維多利亞，是的。我是說——小維嗎？維多利亞？請說。」

「我是小維。」

霍華可以感覺課堂一陣騷動——不過一名大一新生，而教授竟然已經認識她了！當然，班上勤於上網搜尋的人或許已經知道霍華和名人吉普斯之間的過節，或許更進一步曉得這女生便是吉普斯的千金，而那邊那個女生則是霍華的女兒。甚至他們可能也略有聽聞校園裡成形中的文化戰火。兩天前，吉普斯在《威靈頓先驅報》上為文極力反對霍華的防止種族與性別歧視委員會。他不僅批判其目標，更挑戰該委員會存在的正當性。他指控霍華和「他的支持者」獨厚自由派觀點，貶抑保守派，壓制校園裡右翼的探討和辯論。文章刊出引發轟動，在整座大學城掀起波瀾。霍華的電子郵件信箱塞滿來自義憤填膺的同僚和學生的信件，向他保證他們的支持。一群軍隊摩拳擦掌準備追隨將軍戰鬥，但他連上馬都勉勉強強。

「只是一個小問題，」維多利亞說，眾目睽睽之下有點退縮。「我只是——」

「沒關係，妳說，妳說。」霍華搶著說道。

「只是……上課時間是什麼時候？」

霍華感受到課堂鬆了口氣。至少她沒問出什麼高明的問題。他看得出來，全班沒辦法忍受有人既漂亮又聰明。不過她倒是沒有要裝聰明的樣子。他們也就贊成她詢問這個實際的問題。每支筆都等待就位。畢竟，這也是他們都想知道的問題。具體的事實、時間、地點。小維同樣握著筆，低著頭，她抬眼迎上霍華的目光，那眼神介於調情和期待之間。還好傑羅姆運氣不錯，霍華心想，他最終同意回到布朗。這小妞是危險貨。霍華這時才想到他看她看得太入迷，竟忘了回答人家的問題。

「時間是三點鐘，星期二，在這間教室，」史密斯在霍華身後說道。「書單公布在網路上，你們也可以在貝爾西博士辦公室外面的小櫃子拿到一份影本。有誰選課單需要簽名的，請交過來由我來簽。感謝你們來聽課，各位。」

「拜託，」霍華拉高嗓門，蓋過椅子的刮擦聲和收拾書包的嘈雜聲，「如果你當真想要選修這一門課，拜託只要——只要——填上名字就好。」

■

「傑克，親愛的，」克萊兒猛搖頭說道，「你只要上網送出你的課程試聽表就會有人幫你張貼處理。他們全部服務到家。」

傑克從克萊兒那兒取回列印資料，收進他的抽屜。他使出各種理由、藉口、東拉西扯，如今該是請出現實的時候了。再一次，繞過桌子，棲止於桌前，並把一條腿跨在另一條之上。

「克萊兒……」

「我的老天，那女孩子可真是好樣的！」

「克萊兒，我真的沒辦法讓妳做出那種……」

「這個嘛，她真的是。」

「或許如此，不過……」

「傑克，你的意思是我一定要讓她進來我的班級嗎？」

「克萊兒，佐拉．貝爾西是個非常好的學生。事實上，她相當傑出。好吧，她或許不是艾蜜莉．狄金生……」

克萊兒笑出聲來。「傑克，就算艾蜜莉．狄金生從她墳墓翻身爬起來，拿槍指著那女孩的腦袋下令，佐拉．貝爾西還是一首詩也生不出來。她在這方面就是沒有天分。她根本不肯打開心思閱讀詩歌——她交給我的只是一些從期刊擷取、偏向左派觀點的札記。我手頭有一百二十個極具天分的學生在爭取十八個名額。」

「她名列全校前百分之三。」

「噢，這干我屁事。我的班級需要的是才華，我教的可不是分子生物學，傑克。我的工作是提煉和拋光……某種敏感的鑑賞力。我直接告訴你：她不是這塊料。她懂得說理論證。但那可是兩回事。」

「她深信，」傑克說，用上他最深刻、畢業典禮校長致詞般的音色，「她被排除在這門課堂之外的原因出自……恰當的學術或創作能力評量脈絡之外的**私人因素**。」

「什麼？你說什麼，傑克？你怎麼講起話像管理手冊？這真是太瘋狂了。」

「恐怕她已經往私人方面去想，認定這是一種『宿怨』（vendetta）。一種不恰當的宿怨。」

克萊兒呆了一會兒。她同樣也在大學裡混得夠久，了解「不恰當」這種罪名的威力。

「她講那種話？你說真的？喔不會吧，真是胡說八道，傑克。難道我跟其他幾百個這學期進不了創作班的學生都有宿怨？這是真的假的？」

「她似乎有意把事情鬧到諮詢委員會去。指控這是私人的歧視，如果我聽得沒錯，她將會指向……你們的關係……」傑克說，讓省略的部分自行補完。

「好樣的！」

「我認為事態很嚴重，克萊兒。如果我有辦法處理就不會驚動到妳。」

「可是傑克……創作班名單都已經貼出來了。最後一刻又把佐拉．貝爾西的名字加上去，不會很難看嗎？」

「我認為小小的難堪是值得的，怎麼樣都好過日後面對諮詢委員會更大且代價更高的難堪——甚至弄到上法院。」

有時候真不得不佩服傑克．法蘭區還是有辦法簡明扼要。克萊兒站得挺直。她的身材如此迷你，即便是站著，也只約略和傑克斜坐在桌緣的高度相當。不過這副袖珍的身材和她強烈的個性可沒有絲毫關聯，傑克清楚得很。他將腦袋收回來一點，準備迎接砲火。

「怎麼了，我們已經不打算支持教授了嗎，傑克？我們不顧一位受人敬重的教授的決定，反倒任憑一位手中握有籌碼的學生予取予求？那就是我們目前的政策？每次他們只要一喊狼來了，我們就得尖叫逃竄？」

「拜託，克萊兒……我需要妳體諒一下，我陷入一種極端容易招惹是非的處境，因此——」

「你陷入一種處境？你讓我陷入的那種處境又怎麼說？」

「克萊兒，克萊兒——先坐下來再說好嗎？我解釋得不夠清楚，我知道。妳先坐下來再說。」

克萊兒慢慢低身坐下，一隻腳靈巧地塞進屁股底下，像個青少年。她帶有戒心地瞇眼看著他。

「我今天看了公告欄。妳那一班裡面有三個名字我認不出是誰。」

克萊兒．麥坎再次仔細看了看傑克．法蘭區。然後她將兩手拿起來，往下用力按住座椅的扶手。「然後呢？你要說什麼？」

「比方說，誰是——」傑克說，看著他桌上的一張文件，「仙黛兒．威廉斯？」

「她是個接待員，傑克，我想是在一家眼鏡公司任職。我不曉得是哪一家。你的重點何在？」

「接待員……」

「她剛好是我這幾年來遇過最有意思的年輕才女。」克萊兒聲明。

「克萊兒，再怎麼樣她還是不算學校正式註冊的學生，」傑克輕聲說道，冷靜的口氣和誇張的辭句配合得絲絲入扣。「因此嚴格說起來並不符合——」

「傑克，我不敢相信我們在討論這種……三年前大家就同意，如果我在規定的人數之外還想額外招收學生，還是要尊重我的權限。這地方有好多有天分的孩子，他們不像佐拉・貝爾西占有優勢，有能力負擔上大學。他們連我們的夏季班都負擔不起，只好把軍隊當作下一步的出路，傑克，軍隊現在可是在作戰當中，這些孩子沒辦法——」

「這個我很清楚，」傑克說，他有點累了，一早連續聽兩個神經緊繃的女人長篇大論，「關於新英格蘭地區經濟條件不佳的年輕人的教育處境——妳曉得我一向都很支持妳高尚的努力……」

「傑克——」

「……提供妳個人傑出的才能……」

「傑克，你要講什麼？」

「……為這些除此之外找不到其他機會的年輕人……不過這裡的底線是：有人質疑將課程開放給非威靈頓學生的公平性——」

「誰有問題？英文系那些人？」

傑克嘆氣。「好幾個，克萊兒。我把那些問題引到別的地方去了。這有好一陣子了，不過如果佐拉・貝爾西有辦法引發對妳的……這樣說好了，對妳錄取選擇過程的非議——那我就沒把握是否還能扭轉那些問題。」

「蒙提・吉普斯是嗎？我聽說他『反對』，」克萊兒口氣不悅，勾起兩手指頭加上引號，傑克覺得沒有必要，「貝爾西的防止種族與性別歧視委員會在校園裡推動。天哪，吉普斯來這裡還不到一個月！難道他已經變成這所學校新的權威人物還是怎樣？」

傑克一陣困窘。私底下脅迫人他很在行，談到真槍實彈的對幹他就想要抽身。他對公眾人物的威力也敬畏有加，蒙提・吉普斯手中便掌握此等引人注目的力量。想當初還年輕的時候，只要傑克自己有辦法活潑一些，與人相處稍稍友善一些（如果可以，請想像和他共飲啤酒，即便只是在理論上），或許他也有可能成為像蒙提・吉普斯那樣風度翩翩的公眾人物，或者像傑克擔任麻州參議員的已故父親，或者像他哥哥那樣當一位法官。不過傑克自幼便是讀書人。一旦遇到吉普斯這樣的人物，橫跨兩個不同的世界，傑克只有乖乖聽話的餘地。

「我不能容許妳那樣談論我們的同事，克萊兒，不行就是不行。而且妳很清楚我不能講出名字。我努力想要幫妳省掉不必要的麻煩痛苦。」

「我知道了。」

克萊兒低頭看著自己棕色的手。它們正微微顫抖。她灰白相間的頭頂對著傑克，好像某種絨毛，他思忖，像鳥巢裡的羽毛。

「在一間大學裡面……」傑克開口。準備使出記憶中最佳的牧師口吻，但克萊兒站了起來。

「我知道大學那一套，傑克，」她酸溜溜地說。「你可以恭喜佐拉，她錄取了。」

4

「我需要一個家常、溫馨、厚實、水果口味、適合冬天吃的派，」琪琪說明，俯探櫃檯。「你知道——看起來要美味可口。」

琪琪胸口小小的名牌輕叩保護商品用的塑膠隔離罩。現在是她的午休時間。

「要送人的，」她沒講實話，局促不安。三週前那個奇怪的下午之後，她再也沒見過卡琳．吉普斯。「她人不太舒服，我需要一個容易入口的家常派，你懂我意思？不要法式或者……太過花俏。」

琪琪在小店裡縱聲笑得可愛。人們從自身正在挑選的商品上抬眼，不明所以地微笑，同享喜悅，儘管不明白原因何在。

「看到沒？」琪琪斷然說道，伸出食指點著隔離罩，就在一塊內餡外露的派上頭。圍裏的派皮是金黃色的，中間黏稠的糖煮水果烤成紅黃色。「我講的就是這種東西。」

幾分鐘後琪琪跨步上坡，手提回收紙盒包裝的水果派，上頭打著綠色的絨絲緞帶。她想親手料理這件事。因為琪琪．貝爾西和卡琳．吉普斯之間有些誤會尚待解決。她們上次碰面之後兩天，有人送了一張訪問卡到朗罕路八十三號，非常老派、不帶諷刺、坦誠、不像美國作風的卡片。

親愛的琪琪：

非常感謝妳親切的到訪。我很想抽空回訪。請告訴我何時方便過去打擾。

妳誠摯的C．吉普斯太太

一般狀況之下，這張訪問卡當然很適合在貝爾西家的早餐桌上成為揶揄的對象。不過，無巧不巧，這張卡片於貝爾西家小天地崩裂之後的兩天送達。家庭菜單上面不再出現嘻笑取樂。早餐只剩一成不變。琪琪帶著轉角愛爾蘭小鋪買來的貝果和咖啡，趁上班途中坐公車的時候吃，還得忍受其他女人看見大塊頭女人當眾進食的那種嫌棄眼色。兩個星期過後，琪琪再次發現塞在廚房雜誌架上的卡片，一股罪惡感油然而生。有夠蠢的，她本來有打算回覆，不過因為一直忙著和傑羅姆討論問題而抽不出時間。當時的要務是鼓舞她兒子，盡量保持風平浪靜，好讓他能登上母親費心打造良久的船舶航向布朗大學。學校註冊前兩天，琪琪經過傑羅姆臥房，目睹他正收拾衣物，所有東西在地板中央積成一堆，有如某種儀式活動——這是他打包行李一貫的前奏曲。所以此刻所有人都回到學校去了。所有人都喜悅地感受到一種新的開始，以及學校周而復始供應給成員的新鮮牧草。他們又可以重新出發了。她對此既欣羨又忌妒。

四天前，琪琪再一次發現那張訪問卡躺在邦諾書店購物袋裡、艾莉絲．沃克的底下。她坐在公車裡，將卡片放在膝上，從語法中分析句子的組成部分，首先檢視字跡，再來是英國化的措辭，接著想到她請個女傭或清潔工或隨便誰幫忙送來。厚厚的英國便條紙角落打上龐德街的標誌，高貴的藍墨斜體字。這太滑稽了，真是的。然而當她從公車後窗往外望去，試圖追索今年夏天漫長苦惱當中些許快樂的回憶，有些時刻，婚姻帶來的重擔並未壓垮她呼吸的能力，她依舊可以走過街頭，和家人共進早餐，然而此時不知何故，和卡琳．吉普斯在門廊共處的那個下午始終在她腦海中徘徊不去。

她設法聯絡，試了三次。她派列維送了張便條過去。沒有回條。打電話永遠都是她先生接的，藉口一堆。卡琳不太舒服，或者她在休息，然後昨天是：「我太太現在不太方便見客。」

「我能跟她講話嗎？」

「我想妳還是留個話好了。」

琪琪的想像力開始運作。畢竟，就良心而言，設想吉普斯太太被幽暗的婚姻暴力軟禁，總比承認她被琪琪的無禮觸怒要方便許多。所以她今天中午告假兩個鐘頭，準備到紅木路去解救卡琳．吉普斯。她帶了一塊派。每個人都喜歡派。她取出手機，敏捷的大姆指往下拉到傑羅姆，按下「撥號」鍵。

「喂……嗨，媽……等一下……拿個眼鏡。」

琪琪聽見砰一聲，然後是水濺出的聲音。

「喔，天……媽，稍等。」

琪琪繃緊下巴。她可以聽見他聲音裡的菸草味。但出口便指責這個沒什麼好處，況且她本人也開始重拾香菸。她轉而拐彎抹角出招。「每次我打電話給你，傑羅姆，你總是剛剛起床，好神奇，真的。不管什麼時候打，你都賴在床上。」

「媽……拜託……別像西蒙茲老媽一樣。我人不舒服。」

「寶貝，我們全部都不舒服……好了，聽我說，小傑，」琪琪正經說道，捨棄她母親那種南方的口語風格——那對目前如此棘手的任務來說不夠靈活，「快點——你在倫敦的時候……吉普斯太太，她和她先生的關係，和蒙提——他們，你知道，是不是很冷淡？」

「什麼意思？」傑羅姆問。琪琪可以感覺到一絲絲去年的緊張不安從電話傳來。「媽，怎麼回事？」

「沒事，沒事……沒什麼……只是每次我想打電話給吉普斯太太——你曉得，我只是想知道她近況如何——她是我的鄰居——」

「講點八卦來聽聽，我是你鄰居！」

「什麼？」

「沒事。一句歌詞罷了，」傑羅姆說，暗自發笑。「抱歉——繼續，媽。鄰居關懷，怎麼樣……」

「對。我只是想打聲招呼，每次電話打過去，她先生好像都不肯讓我和她講話……好像他把她鎖起來了還是怎樣……我不曉得，事情很怪。起先我以為她不高興——你曉得他們那種人很容易就被冒犯，甚至比白人還糟糕——不過現在……我不曉得。我覺得事情沒這麼單純。我在想你會不會知道什麼內情。」

琪琪聽見她兒子在電話裡嘆氣。「媽，我覺得現在不是打擾人家的時候。她不方便接電話，不代表邪惡的共和黨徒出手修理她。媽……我可不想聖誕節回家的時候，看見維多利亞在我們家廚房喝蛋酒。我們能不能……能不能冷卻一下，別營造這種『好鄰居』的氣氛？他們家本來就非常注重隱私。」

「誰打擾到他們！」琪琪叫道。

「好啊，到時候就知道！」傑羅姆應聲，模仿她的口氣。

「沒有誰要打擾誰，」琪琪煩躁地咕噥。她閃身讓一個推著雙人嬰兒車的婦人通過。「我只是喜歡她。她剛好就住附近，而且顯然身體不好，我就是想去看看她有沒有事。那樣都不行嗎？」

這是她第一次將這些動機連繫起來，即便就面對自己而言也是第一次。和她那股強烈、莫名其妙想要和那婦人會晤的渴望比較起來，現在聽到的這些理由是何其相近且拙劣。

「好吧……我只是——我認為我看不出我們有什麼必要得和他們做朋友。」

「你有朋友，傑羅姆。佐拉有朋友，列維根本就和他的朋友一起生活——而且——」琪琪豁出去了——「顯然我們現在也都看得一清二楚，你爸爸和他朋友親近到什麼地步——所以是怎樣？我不能交朋友？你們都有自己的生活我就不可以？」

「不，媽……拜託，妳怎麼這樣說……我只是……我是說，我沒想到她是你喜歡的類型，這讓我有點覺得怪怪的，如此而已。反正，沒關係。妳曉得……妳想怎樣就怎樣。」

你一言我一句，火氣都出來了。

「媽……」傑羅姆後悔地囁嚅，「喂，我很高興妳打來。妳還好嗎？有沒有什麼事？」

「我？我很好。我沒事。」

「好的……」

「真的。」琪琪說。

「妳聽起來不太好。」

「我沒事。」

「那麼……現在狀況如何？妳……妳曉得我的意思……妳跟老爸。」他聽起來幾乎淚眼汪汪，擔憂聽到的不是真相。琪琪心裡明白，被眾人當作箭靶的情形並不對，不過她目前的狀況就是如此。這三個小孩無時無刻向你要求成年人的待遇，儘管這事非你所能控制。可是一旦大禍臨頭，你需要他們像個大人般有擔當時，突然間他們又縮回去變成小孩了。

「天哪，我不知道，小傑。事情就是這樣，日子一天一天過。沒什麼。」

「我愛妳，媽，」傑羅姆口氣熱切。「妳會熬過去的。妳是堅強的黑人婦女。」

這種話琪琪一輩子已經聽得夠多了。想來這還算運氣好的——比這更難入耳的話所在多有。不過事實仍在：這種話真是一聽就煩。

「喔，我明白。你也知道我的個性，寶貝，我可不能被擊垮。有本事就把我剁成兩半。」

「最好是啦。」傑羅姆難受地說。

「我也愛你，寶貝。我真的沒事。」

「妳難過沒關係，」傑羅姆說，從喉嚨咳出痰來。「我是說，難過並不犯法。」

一輛消防車駛過，尖聲呼嘯。是傑羅姆小時候那種閃亮的、黃銅紅漆的老式消防車。他可以在心眼裡看見那車和它的同伴：六輛消防車並列停在貝爾西門前馬路盡頭的院子，隨時準備救援。小時候他老是想像一旦家裡失火，白人消防員會爬進窗子拯救一家人。

「真希望我能在家裡。」

「噢，你學校很忙，有列維在家。不對，」琪琪笑了，擦掉迸落的眼淚，「列維根本不見蹤影。我們只能幫那孩子整理床鋪，弄早餐，洗衣服。」

「這麼好，我都被髒衣服淹死了。」

琪琪默想傑羅姆此刻的畫面：他坐的地方，他房間的大小，窗戶的位置，窗外的景色。她想念他。除了天真善良以外，他也比較貼心。你沒有特別偏袒哪個小孩，但就是有人會跟你比較貼心。

「佐拉也在家。我沒事。」

「佐拉……算了吧。就算有人失火也不關她的事。」

「噢，傑羅姆，沒這回事。她只是在氣我——這很正常。」

「她就算要氣也不該輪到妳頭上。」

「傑羅姆，你快去上課吧，不用替我擔心。好好加油。」

「阿門，」傑羅姆說，誇張地使出家傳的南方口音，有些滑稽，琪琪學他的樣子，忍不住笑了。阿門。

然後傑羅姆話鋒一轉，變得正經八百，「上帝祝福妳，媽。」

「喔，寶貝，拜託……」

「媽，接受祝福就對了，好嗎？那不是什麼病毒。嘿，我上課已經晚了——就先這樣。」

琪琪啪一聲闔上手機，將它擠入她的肉軀和牛仔褲口袋之間的些微縫隙。她已經來到紅木路。剛剛講電話的時候，她將裝了蛋糕盒的紙袋一路勾在手腕。感覺水果派好像移位了，有點危險。她拿掉紙袋，兩手扶住盒子底部讓派回正。來到門前，她以腕背按壓門鈴。一位手上拿了塊抹布的年輕黑人女孩來應門，英語有點破，告訴她吉普斯太太人在「圖蘇室」。琪琪根本來不及問她此刻是否方便打擾，或將派拿給她然後告退——她馬上被帶進門廊來到敞開的前門。那女孩引領她走進一個白色的房間，一排排胡桃木書架從地上直抵天花板。一架黑光閃亮的鋼琴倚著唯一的空牆。地板上，一塊毛量稀疏的母牛皮革地毯，幾百本書骨牌般直列著，書頁的裁切邊朝下，書脊朝上。吉普斯太太坐在書堆當中，臀部沾著一張維多利亞風格白棉布扶手椅的椅邊。她身體俯前，兩手撐頭看著地面。

「哈囉，卡琳？」

卡琳．吉普斯抬眼看著琪琪，微微一笑。

「對不起——妳在忙是不是？」

「一點也不，親愛的。沒事窮忙而已。我想我是太閒了自找麻煩。請坐，貝爾西太太。」房裡沒有其他椅子，琪琪坐在鋼琴凳上。她很好奇那些書要怎麼處理。

「按字母排序，」吉普斯太太低語道。「我本來以為只要幾個鐘頭。想給蒙提一個驚喜。他喜歡把書擺得井井有條。可是我從今天早上八點弄到現在，連C都還沒有完成。」

「喔，嘩。」琪琪撿起一本書，不著邊際地上下顛倒。「我得承認，我們從來沒有按字母排序過。聽起來工程浩大。」

「對，的確如此。」

「卡琳，我帶了這樣東西當做——」

「妳那邊還有B或C的名字嗎？」

琪琪將派放在凳子一旁並彎下身去。「噢——喔，安德生（Anderson）——這裡有一本安德生。」

「喔，老天爺。或許我們最好暫停一會兒。我們先喝杯茶。」她說，有如琪琪一整個早上都在她身邊。

「好啊，那太好了，我正好有帶水果派來。不是什麼名貴東西——不過味道很棒。」但卡琳．吉普斯臉上沒有笑容。顯然她是受到冒犯，想裝也裝不了。

「沒有必要如此客氣，我說真的。我不應該多事——」

「不，這就是重點——妳應該多事，」琪琪堅持，從椅凳上微微抬起身體。「是我自己太過無禮，沒有回應妳可愛的字條……事情有點複雜而且……」

「我可以了解，可能是妳兒子覺得——」

「不，不過那事很蠢，反正他已經回學校去了。傑羅姆——他決定回去念書。現在沒有任何理由阻擋我們當朋友。我想這麼做。如果妳還有意願的話。」琪琪說，感覺好滑稽，跟女學生一樣。她沒有這種經驗。許久以來，女性的友誼對她來說並不重要。自從嫁給她最好的朋友之後，她根本沒有必要煩惱這種事。

她拜訪的女主人笑得沒什麼感情。「我當然有意願。」

「太好了！人生苦短——」琪琪開口。卡琳已經忙著點頭。

「我非常同意，再苦短不過了，可洛蒂德！」

「抱歉？」

「不是叫妳，親愛的。可洛蒂德！」

幫琪琪開門的那個女孩子來到房間。

「可洛蒂德，請幫我們泡點茶送過來，還有貝爾西太太有帶派來，妳切一下。不用準備我的，麻煩——」琪琪抗議，不過卡琳搖頭。「不，這陣子我下午三點之前不能進食。晚點我會吃一塊，妳先吃沒關係。好了，真高興能再見到妳。妳好嗎？」

「我？很好，我很好。妳呢？」

「很不巧，我已經在床上躺了好幾天。我看電視打發時間。一部長篇紀錄片，那是一系列的節目，關於林肯的。和他死亡有關的陰謀論等等。」

「喔，真遺憾妳人不舒服。」琪琪說，別開眼睛，對自己腦子裡的種種陰謀論感到羞愧。

「不要緊。那部紀錄片非常好看。原來我們對美國電視的說法一向有誤——不是全部如此，不論怎麼說。」

「怎麼了，你們一向都怎麼說？」琪琪問，笑得很勉強。她曉得那是怎麼回事，心裡討厭得很，同時也討厭自己何必為這種事感到不快。

卡琳虛弱地聳聳肩膀，不太能控制自己的動作。「這個嘛，在英國我們以為美國電視全是差勁無聊的東西。」

「沒錯。我們常常聽到這種說法。我猜我們的電視節目聲名遠播。」

「實際上我覺得這裡的節目多到嚇人。我跟不上，太快了……鏡頭一直卡、卡、卡，每樣東西都歇斯底里、音量又大……不過蒙提說，即便是英國電視第四頻道都沒辦法和PBS[6]播放的自由主義節目相提並論。他沒辦法忍受PBS。他看了只覺得恐怖——節目全部都在推銷自由主義的觀念，還假裝進步要為弱勢族群發聲。他討厭這一切。你可曉得PBS大部分的捐獻者都住在波士頓？蒙提說只要知道這一點，其他就用不著解釋了。不過這部林肯的紀錄片可真是非常好看。」

「喔……那個是在……PBS？」琪琪提不起勁，連臉上掛著的笑容都沒力了。

卡琳伸出手指按壓額頭。「對。我剛剛沒講嗎？對。非常好看。」

兩人的距離沒有多遠，但三個星期前兩人互動過程中產生的東西卻消失了。琪琪在想還要再撐多少時間打退堂鼓才不至於顯得無禮。好似為了回應這暗中的算計，卡琳身體後靠在椅中，將手從額頭放低蓋住眼睛。她發出一聲疼痛的呻吟，比話音略低。

「卡琳？親愛的，妳還好嗎？」

琪琪本欲起身，但卡琳伸出另一隻手要她別忙。

「小問題。一會兒就好。」

琪琪留在鋼琴凳邊緣，動作做了一半，目光從卡琳掃到房門又掃了回來。

「妳確定不用我幫妳拿——」

「我覺得很有意思，」卡琳緩慢說道，將手移開。「妳太操心他們兩個再度相逢的事了。傑羅姆和我們家小維。」

「操心，不，」琪琪說，笑得若無其事。「不，不會啊。」

「妳是操心，我同樣也會。我很高興上次在妳派對上傑羅姆有避開她。那樣很傻，不過我知道，我並不想讓他們兩個再見面。怎麼會那樣？」

「這個嘛，」琪琪目光朝下，準備找些託辭。抬眼看見那女人正經的眼睛，她再度發

6 美國公共電視網。

現自己口吐真言。「對我來說，我想我是擔心傑羅姆太過死心眼，妳曉得嗎？他缺乏經驗——非常缺乏。而小維，她是如此可愛動人，我從沒對傑羅姆明講，不過她有點超過他的等級。超過很多。她就像我小兒子口中的辣妹。」琪琪笑了起來，但看到卡琳一副有聽沒有懂的樣子，便趕緊打住。「傑羅姆老是把目標訂得太高……妳也知道事情結果如何？在我看來他就像心碎了一地。我是說，就像沒完沒了的心碎。這個學年對小傑來說又很重要。我的意思是……只要看到小維就知道她是火象星座的，」琪琪說，祭出從不令她失望的價值系統。「而傑羅姆——屬於水象星座。他是天蠍座，跟我一樣。剛好他就是那種個性。」

琪琪問了卡琳她女兒的星座，很高興和她猜的一模一樣。談話轉向占星學，卡琳一臉茫然。

「她可能會燒到他，」卡琳沉吟道，企圖將琪琪剛剛說的理出頭緒。「而他會熄滅她的火……他會拉住她的腳步——對，對，我想是那樣沒錯。」

不過琪琪勒住話題。「這個我倒不清楚……說真的，我知道每個母親都會這麼說，不過我的寶貝非常出色——真要比較的話，就知識方面而言，每次想追上他都很麻煩。他腦筋好像通電一樣生龍活虎，我知道霍華可能會說傑羅姆是我們家三個小孩當中最聰明的，我是說佐拉算是認真苦讀型的，天曉得，不過傑羅姆——」

「妳誤會我的意思了。他跟我們一起住過，我看得出來。他全副精神都在我女兒身上，幾乎讓她沒辦法好好生活。我想妳會說他著魔了。當他腦中出現一種想法，你兒子就會十分堅持。我先生也是這種人——我很明白。傑羅姆是個非常極端的年輕人。」

琪琪露出笑容。這就是她欣賞這個女人的地方。她講話毫不含糊：深刻，直言無諱。「對，我懂妳意思。全有或全無。講真的，我三個小孩全部都有一點這種脾氣。他們看中一樣東西，喔老天，怎麼也不肯放手。那是他們父親的影響。倔得跟什麼似的。」

「而且男生看見漂亮的小姐本來就容易走極端，不是嗎？」卡琳繼續說，順著她自己的話頭慢慢繞，琪琪一時摸不清她的意思。「如果得不到心裡想要的，他們就會變得痛苦憤怒。整個人被這種情緒占據。我從來就不是那種漂亮小姐。幸好我不是。我以前會在乎這點，不過現在我想通了，就讓蒙提自由發展他的興趣。」

怎麼有人說這種話？琪琪手伸進小皮包找她的護唇膏。

「那樣想似乎怪怪的。」她說。

「會嗎？我一向都這麼覺得。我知道那樣想不對。我從來就不是女性主義者。妳應該有比我更聰明的講法。」

「不，哪裡——我只是——當然，這種事端看夫妻雙方要的是什麼，」琪琪說，在嘴唇上塗了一層無色的護唇膏。「還要看他們各自如何努力……好去促成他們的夫妻關係，不是嗎？」

「促成？我不知道。」

「我是說，拿妳先生蒙提舉個例子，」琪琪勇敢說出來。「他寫了很多關於——我有讀過他的幾篇文章——關於妳是一個多麼完美的母親，而他……常常把妳當作模範——我猜，理想的『居家型』基督教賢妻良母——那當然很了不起，不過應該還是有些事情妳……或許有一些事情妳想要去做……或許妳自己希望……」

卡琳微笑。她的牙齒是整個人唯一談不上體面的地方，參差不齊，漏風的齒縫有些傻氣。「我想要愛人，同時被愛。」

「是的。」琪琪說，心裡想不出有什麼話可接。她張大耳朵盼望能聽見可洛蒂德的腳步聲，似乎有些徵象已經迫近，結果沒有。

「說到這個，琪琪，妳年輕的時候如何？我想像妳經歷了千百萬種事情。」

「喔，老天……我是希望如此。我都傻傻的想做就做。持續最久的心願是當麥爾坎X的私人助理。結果未能如願。有一段時期我還想要唱歌。我媽媽則希望我能當醫生。黑人女醫生。那是她最愛的字眼。」

「妳年輕時候長得漂亮嗎？」

「哇……好直接的問題！怎麼會想到問這個？」

卡琳再度聳起骨愣愣的肩膀。「我每次都好奇人家在我認識之前是什麼模樣。」

「我長得是否漂亮……實際上，我的確是漂亮！大言不慚地講出來還真奇怪。卡琳，我們兩個知道就好，我很火辣。維持的時間沒有太久。大概六年左右。不過那時候我真的很辣。」

「妳隨時都可以這麼說。我認為妳現在還是很動人。」卡琳說。

琪琪笑聲刺耳。「妳拍起馬屁來還真的臉不紅氣不喘。妳知道……每當我看到佐拉隨時都在煩惱她的外表，我只想對她說：親愛的，只能靠外貌取勝的女人都是笨蛋。她不想聽我這麼說。雖然事實如此。到頭來我們的處境都是一樣。那才是真相。」

琪琪再度笑出聲來，這次悲傷許多。這下子輪到卡琳露出禮貌的微笑。

「我有沒有告訴妳？」卡琳說，打破短暫的沉默，「我兒子麥可訂婚了。我們上星期才得到消息。」

「喔，那太好了，」琪琪說，不再因為卡琳話鋒突然轉向而手足無措。「她府上哪裡？美國女孩嗎？」

「英國人。她父母親是牙買加人。一個非常樸素、甜美、文靜的女孩子，跟我們是同一個教堂，艾美莉亞。她不會讓人無所適從——很好相處。我想那點很要緊。麥可的個性比較軟，這樣再好不過……」她話音中斷，轉頭看向窗外的庭院。「他們打算到這裡來舉行婚禮，在威靈頓。他們聖誕節的時候會過來找看看有沒有適合的地點。先容我告退片刻。我得去看一下妳那塊可愛的派。」

琪琪看著卡琳走出房間，搖搖晃晃扶著身旁的家具。單獨一人時，琪琪將兩手放到膝蓋中間夾在一起。聽到有某個女孩子即將踏上她本人走過三十年的路途，令她感覺有些暈眩。她在心中闢出一塊空地，空地當中，她力圖重演對霍華最早的記憶之一——他們初遇的那個晚上和第一次睡在一起。不過要把諸多細節召喚出來並非易事，至少在過去十年，記憶對她而言如同一只扔在雨中發僵的馬口鐵玩具——斑駁的老骨董，不再是她本人完全擁有的玩具。即便孩子們對這些記憶也都耳熟能詳了。琪琪記得在布魯克林沒有電梯的公寓裡，就在地板那塊印第安小地毯上，窗戶全數敞開，霍華那雙大灰腳一半伸出門口抵著太平梯。在紐約的煙霧繚繞中，氣溫來到華氏一百〇二度。她從廉價商店買來的唱機上，李歐納．柯恩正在獻唱《哈利路亞》（*Halleluiah*），霍華喜歡稱那首歌叫「一首解構聖歌的聖歌」。許久以前，琪琪的記憶便向音樂的部分豎了白旗。不過這當然不是真的——

《哈利路亞》再度出現於別的時刻，就在數年之後。不過誰能抗拒這種情節中的詩意和可能性，所以她就讓《哈利路亞》融入家庭的神話當中。如今回想起來，這事錯了。當然這錯誤無傷大雅，不過顯示了諸多更深刻裂隙的症狀。何以她要在日後面對霍華剪輯的記憶版本中一次又一次的退讓？比方說，與友人晚宴時，當霍華聲稱鄙視所有乏味的小說，她應當提出意見。當他批評美國電影只不過是美化的垃圾時，她應該叫他住口。**可是**，她應當說出來的，可是！一九七六年的聖誕節，他送了我一本初版的《大亨小傳》。我們在時代廣場一家髒兮兮的小戲院看《計程車司機》——他愛得很。那些事她都噤口不言。她任霍華改編、潤色。他們二十五週年結婚紀念日的時候，傑羅姆為他父母彈奏《哈利路亞》，一個叫巴克利的孩子改編的輕柔、優美許多的版本，琪琪那時候想說，是的，就是這樣，一天又一天，我們的記憶變得更美，離真相更遠。然後那個孩子淹死在密西西比河，琪琪此刻回想，讓視線從膝蓋上抬起，看著懸掛在卡琳空椅後頭的彩色畫作。傑羅姆淚流滿面：那種你為某個未曾謀面的人所流的淚，他讓你所愛的東西變得美好無比。往前推十七個年頭，藍儂掛掉的時候，琪琪拉著霍華到中央公園，聽群眾高歌《你只需要愛》（*All You Need is Love*），放聲哭泣，而霍華大聲咒罵米爾格蘭和大眾精神變態。

「你喜歡她？」

卡琳顫巍巍地遞給琪琪一杯茶，可洛蒂德將一塊在在考究瓷盤上的派擱在她身旁的鋼琴椅上。可洛蒂德還沒等到人家道謝便退出房間，掩上房門。

「喜歡……？」

「爾茲莉女神，」卡琳說，指著那張畫。「我想妳剛剛是在欣賞她。」

「她好迷人，」琪琪回答，此刻才有機會仔細觀賞。畫框中央有一位修長的黑人裸女，全身只披著一條紅色的花綢，站在一處白色的美妙空地，周遭環繞著熱帶的枝條和萬花筒般的水果與花卉。四隻粉紅色的鳥，一隻綠鸚鵡，三隻蜂鳥。好多棕色的蝴蝶。畫風原始，孩童般的筆觸，平板地塗在帆布上。沒有透視，沒有景深。

「那是伊波利特畫的，我相信現在一定很值錢，不過我不是因為這樣才喜歡。我第一次到海地的時候就買下它了，當時還不認識我先生。」

「好可愛，我喜歡人像畫。我們家裡沒幾幅畫作。至少沒有一幅人物畫。」

「喔，那太糟糕了，」卡琳說，一副受到打擊模樣。「妳想看就到我這裡來。我有好多畫作，它們是我的良伴，帶給我許多喜悅。我也是到最近才了解這一點。不過她是我的最愛。她是偉大的巫毒女神，爾茲莉。大家叫她黑處女——還有狂暴維納斯。可憐的可洛蒂德不敢看她，連待在同一個房間都不敢——妳注意到沒？迷信。」

「真的。所以她是個象徵？」

「喔，對。她代表愛、美、貞潔、理想的女性和月亮……她也代表妒忌、復仇和喧囂的神祕，還有，從另一方面來說，代表愛、無限的協助、善意、健康、美麗和幸運。」

「咻。象徵的東西好多好多。」

「對，可不是？好像所有天主教的聖人合而為一。」

「好有趣……」琪琪怯怯開口，花了點工夫回想霍華的論點，此刻想轉化成自己的意見回應卡琳。「因為……我們是如此的二元論，當然，我們的想法就是如此。在基督教的世界裡面，我們傾向二元對立的思考模式。我們的架構就像這樣——霍華老是說問題就出在這裡。」

「那是個聰明的說法，我喜歡她的鸚鵡。」

琪琪微笑，不用繼續這套不熟悉的說辭令她鬆了口氣。

「鸚鵡很漂亮。所以，她有為自己向男人報復嗎？」

「是的，我想的確是有。」

「我自己也需要如此。」琪琪說，話音並不分明，沒打算真的讓人家聽見。

「我想……」卡琳低語，溫柔地看著她的客人，「我想那太令人遺憾了。」

琪琪閉上眼睛。「嘩，這小地方有時候真討厭。有什麼風吹草動大家全都會知道。地方太小了，沒辦法。」

「噢，不過我很高興看到妳的精神沒有被這件事摧毀。」

「喔！」琪琪說，這種主動的關懷令她感動。「日子總得過下去。我都已經結婚那麼久了，卡琳。那對我打擊好大。」

卡琳在椅子上往後靠。眼眶有點泛紅。

「怎麼能不傷心，親愛的？這種事非常傷人。」

「是啊……當然如此。不過……我想要說的是，這件事不代表我生活的全部。如今我想要知道我的人生到底為何而活——我感覺自己已經來到那個點上——以後又將何去何從。還有……此刻我要面對的是許多更基本的問題。霍華應該也會問他自己那些問題。我不知道……我們分開也好、不分開也好——問題都一樣會出現。」

「我不會問自己為何而活，」卡琳口氣堅定。「男人才需要問那種問題。我會問的是自己為誰而活。」

「喔，我不認為妳會相信那種話。」不過，看著她嚴肅的眼睛，琪琪清楚看見這婦人相信的東西正好和她相互對立，她霎時感到惱火，怎會有人如此愚蠢地自我浪費。「我必須說，卡琳，妳曉得……恐怕我沒辦法相信這種話。我**知道**我不是為其他任何人而活，對我而言，那樣似乎會將我們全部，所有的女人，當然包括所有的黑人女性，往回倒退三百年，如果妳真的——」

「喔，親愛的，我們在爭論，」卡琳說，一副苦惱模樣。「妳又誤會我了。我們不是在爭辯一件事實。我說的只是自己的感覺，特別是此時此刻。最近我清清楚楚看見事實上我不是為一個觀念、甚至為了上帝而活——我活著，是因為我愛的這個人。我很自私，真的，我活著是為了愛。我從來沒有真的關心自己在世界上能夠怎樣又怎樣——沒錯，我關心家庭，但世界是另一回事。我的人生沒什麼東西值得大書特書，不過它是真實的。」

琪琪有點後悔自己提高音量。這位女士年紀大了，身體又不好。她到底相信什麼根本不是重點。

「妳的婚姻一定很美滿，」她帶著和解的口氣說道。「那樣很棒。不過說到我們兩個……妳曉得……妳得走到某一點後心裡才明白——」

卡琳對她噓了一聲，椅子裡的身體往前挪移。「是的，是的。妳把自己的人生押上賭注。妳為某個人奉獻生命，結果有人害妳失望。」

「噢，我不知道這樣算不算失望……其實真的也沒什麼好意外的。任何事都有可能發生，誰教我要嫁給一個男人。」

卡琳好奇望著她。「難道還有其他的選項？」

琪琪直勾勾地和卡琳對望，決定豁出去了。「對我而言，選項是有的，我想……曾經有某段時期。」

卡琳一臉狐疑看著她的客人。琪琪自己也納悶。她最近講話別人老是有聽沒有懂，如今在卡琳．吉普斯的圖書室又來這麼一回。不過她沒有卻步，她感受到一股琪琪式的老式衝動——昔日時常湧現——令人跌破眼鏡，同時講出實情。這種衝動之情往往也出現在（不過幾乎不曾付諸行動）教堂、高檔的店家和法庭。她感覺那些場所極少有人吐露真相。

「我是說，從前曾經有過一場革命，人人都在尋求不同的生活方式，另類的生活方式……比如說，女人也可以和女人一起生活。」

「跟女人。」卡琳重複。

「取代男人。」琪琪進一步確認。「的確……有一陣子我曾想過或許可以嘗試走走看這條路。我是說，我試了一下。」

「喔，」卡琳說，將搖晃的右手置於左手控制之下。「我懂了，」她深思地說，臉色只約略紅了一些。「或許那樣比較容易。妳是那樣想的嗎？我一直都在猜想……那樣比較容易了解另一個人——我想那是真的。她們就跟**妳**一樣是個女人。我阿姨就是那樣。在加勒比地區這種事並非罕見。當然蒙提一向對這種話題不留情，直到詹姆斯的事情發生。」

「詹姆斯？」琪琪尖銳地重複。自己透露的實情如此迅速被撇在一旁，令她感覺很悶。

「詹姆斯．戴菲爾德牧師。他是蒙提很要好的老朋友，是普林斯頓彬彬有禮的紳士。浸信會的——他曾在雷根總統就職典禮上主持賜福祈禱，如果我記得沒錯的話。」

「結果他是不是……？」琪琪說，隱約想起一篇《紐約客》的人物簡介。

卡琳兩手一拍，出人意料咯咯笑了起來。「沒錯！結果蒙提必須重新思考，是的，就是這樣。蒙提討厭重新檢討自己的想法。不過他必須做出選擇，在他的朋友以及……唔，不曉得怎麼說。我想這算好消息。不過我知道蒙提喜歡詹姆斯的談話，更別提他的雪茄——有點喜歡過頭了。我對他說：親愛的，要把人生放在書本前面。要不然，書本是為了什麼？蒙提氣炸了！完全震驚！如他所言，應該是我們遵循書本才對。他說我根本搞不清楚狀況——我搞得清楚才怪。不過我知道他們還是喜歡晚上混在一起，配上雪茄。妳曉得，我們兩個知道就好，」她壓低聲音，琪琪心想，這下子換誰在開先生的玩笑了？「他們兩個非常要好。」

琪琪左邊眉毛猛然一挑。「蒙提．吉普斯最要好的朋友是同志。」

卡琳快活地發出尖叫。「天哪，他絕對不會承認。絕對不會！妳知道，他腦筋不會這麼看待這件事。」

「難道還有其他方式可想？」

卡琳擦著笑出來的眼淚。

琪琪吹口哨。「妳確定沒聽過有兄弟在比爾．歐萊禮的節目上爆料。」

「喔，親愛的，妳真壞。壞透了！」

她樂不可支，琪琪十分驚訝，看她氣色變得多好，年輕健康多了。她們一起笑了好一陣子，談起種種事情，琪琪幾乎以為這是想像。過了一會兒，兩人的歡笑褪去，恢復比較正常的談話狀態。這番小小的交心令兩人了解到雙方共同的背景，這讓她們能輕鬆以對，避開可能的窒礙。兩人都是母親，同樣熟悉英國，同樣喜歡狗和園藝，同樣對孩子的能力感到驚嘆。卡琳提到許多麥可的事情，她似乎非常驕傲他的講求實際和金錢觀。琪琪則回報以經過幾分竄改的家庭軼聞，有意抹掉列維粗糙的稜角，美化描繪佐拉為家庭生活奉獻的虛偽圖像。琪琪提到醫院好幾次，希望藉此切入探詢卡琳的病情，不過每次一沾到邊她就遲疑。時間很快過去。她們的茶喝完了。琪琪發現自己吃掉三塊水果派。來到門邊，卡琳親吻琪琪兩邊臉頰，剎那間，琪琪聞到她工作場所充斥的味道：清晰，濃烈。她鬆開握住卡琳肘尖突出的手，走過漂亮的庭院小徑回到馬路上。

5

一間巨無霸大賣場需要一棟巨無霸建築物。當列維星期六的雇主七年前進軍波士頓，有幾棟十九世紀的大建物被列入考量。結果市立圖書館雀屏中選，這棟建於一八八〇年代的紅磚建物有著耀眼的黑色窗戶，羅斯金式的高大門拱橫過大門上頭，幾乎占據了座落所在位置的整個街區。就在這棟建物裡頭，王爾德曾經發表演說，論及百合花如何優於其他的花卉種類。當時想要開門必須以兩手轉動鐵箍，等著金屬鬆開金屬、發出沉重的喀嗒聲。到了今天，那些十二呎高的橡木門被三組玻璃鑲門所取代，一有人接近便無聲地開啟。列維通過玻璃門和當班的保全人員馬龍與大詹姆士碰拳打招呼。他搭乘電梯來到地下樓層的倉儲室，換上印有公司品牌商標的T恤，棒球帽，以及廉價、窄管、收踝，容易沾惹棉屑的黑色聚酯纖維長褲——公司規定的服裝。他登電梯上四樓，走向他的部門，眼睛朝下，跟隨腳下人造地毯上一個又一個重複的品牌商標。他火氣上升，覺得一切讓他失望透頂。沿著走道一路追溯這種感覺的來龍去脈。當初他信心滿滿地應徵這份星期六的工作，一直很嚮往這些賣場背後的全球性品牌其展望未來的規模和野心。他始終記得申請表上頭的這個段落：

我們大大小小的公司像個家庭而非科層組織。它們有權自行運作處理本身的業務，各公司之間同心協力，提供各種資源解決彼此的問題。依某種意義而言，我們就是一個共同體，共同分享各種理念、價值、興趣和目標。我們取得的成果真實可見。請加入我們的行列。

他想要加入成為其中一員。列維喜歡那個擁有品牌的神話般的英國佬，像塗鴉藝術家般揮灑世界。飛機、火車、金融、飲料、音樂、手機、度假休閒、汽車、葡萄酒、出版業、結婚禮服——任何表面有塊地方可以放上他那簡單醒目品牌的東西。列維希望將來有一天自己也能有這番成就。先在這家大公司裡面覓得一個銷售助理的小工作，了解他們內部如何營運，想來這個點子應該不壞。觀察、學習、取而代之——馬基維利那一套。即便不巧挑中的工作艱苦、薪水又差，他也一肩承擔。因為他相信自己是大家庭的一員，成果真實可見，儘管人家付給他的時薪只有六塊八毛九。

然後今天早上他的手機冒出不知哪兒來的消息，傳話人湯姆，賣場民俗音樂部門一個人很不錯的小鬼。根據湯姆的說法，有謠言宣稱樓層經理貝利下達命令要求全部的樓層人員和結帳櫃檯，在聖誕夜及聖誕節當天都要上班工作。這消息使列維突然想到，他從來沒有仔細認真想過，他的雇主，令人肅然起敬的全球性品牌，到底意指為何，這些他和湯姆、甘蒂、吉娜、拉香達、葛羅莉亞、賈莫和其餘所有員工理當共同分享的理念，價值，興趣和目標。娛樂大眾的音樂？選擇至高無上？所有音樂全不打烊？

「有錢賺就好，」早餐時霍華出語建議。「不計手段。那就是他們的座右銘。」

「我才不要在聖誕節上工。」列維說。

「幹麼上工。」霍華贊同。

「門都沒有。鬼扯卵蛋。」

「這個嘛，如果你真有此意，你應該和同事串連起來採取某些直接行動。」

「我根本不曉得什麼叫直接行動。」

配著吐司和咖啡，列維的父親解釋直接行動的若干準則，霍華和他友人在一九七〇至一九八〇年間施行過這套步數。他詳述了某個叫葛蘭西的傢伙和一些號稱創勢主義者（Situationist）的人士。列維頻頻點頭，有如他已經從父親的長篇大論中聽出名堂。他感到眼皮耷拉，手中的湯匙沉重不聽使喚。

「我不曉得事情到現在還需要這樣搞，」列維最後說道，口氣溫和，不想令他父親掃興，但趕公車的時間已經迫近。這故事很引人入勝，不過再聽下去可就來不及上工了。

列維來到四樓西側他的部門。他最近剛剛獲得晉升，儘管這晉升的意義是概念大於薪水。原本是看哪兒有需要任人使喚，現在則是嘻哈、節奏與藍調和都會音樂部門的專屬職員。人家一直鼓勵他，說這樣一來他就可以掏出這些音樂類型的專門知識，協助那些求援的顧客，就像有次圖書部人員來到這個樓層協助讀者解惑，結果事情根本不是那麼回事。洗手間在哪兒？爵士在哪兒？世界音樂在哪兒？咖啡座在哪兒？歌手演唱在哪兒？到頭來，他星期六大部分的工作內容和站在街角手持一塊小立牌，指引民眾進入一家軍用剩餘物資店好像也差不了多少。還有，雖然高窗濾過塵光優美地灑落，仿都鐸風格的牆面嵌板和雕刻著玫瑰與鬱金香的露臺上猶有精魂徘徊，凝神默想，光臨此地的人當中可沒有誰真心想要尋求啟蒙。說起來還真遺憾，饒舌樂的確是列維的最愛；它的優美、靈巧和人性，對他來說既不晦澀也不虛假，和人類其他的藝術產物比較起來，他敢說其偉大之處毫不遜色。一位顧客花半個鐘頭的時間讓列維表達這種熱忱，其收穫相當於聽哈洛・卜倫傳授孚斯塔夫的詩意盎然——但這樣的機緣至今仍未出現。反之，他耗費時間指引顧客覓得賣座電影熱騰騰的饒舌大碟。結果，列維領的薪水不足，他從工作獲得的樂趣也不足，不足以令他考慮聖誕節週末上班幹活。這事可不能那麼搞。

「甘蒂！YO，甘蒂！」

甘蒂距離列維三十呎外，起先不能確定是誰在叫她，她從接待中的顧客轉頭，拋給列維一個別煩我的神情。列維等她那位客人走開，連蹦帶跳跑向另類搖滾／重金屬部門的甘蒂，拍拍她的肩膀。她轉過身來，嘴裡已經開始嘆氣。她又多出一處穿孔。一只金屬栓穿過下巴的皮膚，就在下唇底下。在這地方幹活就有這種好處：你會遇到在其他任何地方沒機會碰上的人物。

「甘蒂——有事跟妳講一下。」

「聽好……我已經從七點鐘站到現在，我要去吃飯了，別**吵**我。」

「別這樣，老哥——我才剛到，要到十二點才能休息。妳聽說聖誕節的事了嗎？」

甘蒂發出咕噥聲，猛力揉起眼睛。列維注意到她手指之骯髒，表皮脫落，拇指長了半透明的小疣。等她揉完眼睛，整張臉脹紫，斑斑點點，和一條條粉黑相間的髮絲很不搭軋。

「有啊，我聽到了。」

「如果他們以為那個週末會看到我上班那就是頭殼壞掉了。我聖誕節**不**幹活，門都沒有。」

「所以是怎樣——你要辭職不幹？」

「我幹麼辭職？我沒那麼蠢。」

「這個嘛，你儘管抱怨，不過……」甘蒂扳響指關節。「貝利鳥都不會鳥你。」

「所以我才不會去找貝利抱怨，我會想出辦法，老哥——我會採取一些……一些直接行動。」

甘蒂對他慢慢眨眼睛。「喔，很好。祝你順利。」

「聽好：妳過兩分鐘到後面外頭等我，好嗎？找其他人來——湯姆，吉娜和葛羅莉亞——把我們這層樓的都叫來。我去找拉香達——她在櫃檯。」

「好啦，」甘蒂說，讓這語調聽起來像一句被引用到濫的引文。「老天……史達林主義讓你冷靜小心點。」

「兩分鐘。」

「好。」

來到櫃檯，列維發現拉香達人在長列的現金收銀臺的遠端，體格比身旁其他六個男性售貨員來得高大魁梧許多。零售業的驃悍女將。

「拉香達，嘿，小姐。」

拉香達五爪輕省地招展，有如扇子張開，指甲與指甲間喀嚓作響。她對他咧嘴一笑。

「嘿，列維，寶貝。你好嗎？」

「喔，我很好……妳曉得，忙東忙西，搞我的玩意兒。」

「你搞得好，寶貝，你搞得很好。」

列維努力直視這位神奇女士凝視的目光，不過失敗了，一如既往。拉香達怎麼也不了，列維才十六歲大，和爸媽一起住在威靈頓中產階級城郊，因此，實在不可能成為她三個小鬼合適的父親候選者。

「嘿，拉香達，我能跟妳借一分鐘講話嗎？」

「當然囉，寶貝——我隨時有時間等你，你知道的。」

拉香達從櫃檯後頭出來，列維跟著她一路來到古典音樂暢銷金榜旁邊一處僻靜的角落。以一個生過三個小孩的媽媽而言，她的身材還真是神奇。長袖黑色襯衫於前臂團厚的肌肉處收緊，前排鈕釦繃緊裹住她的胸脯。拉香達發達的老屁股，撐開貼抵長褲制服的尼龍布料，依列維關切的重點而言，可算是這份工作無須言明最大條的額外福利。

「拉香達，妳能不能過五分鐘到後面外頭和我們大家會合？我們要開個會議，」列維說，讓他的腔調往下滑溜接近拉香達自己的語調。「找湯姆和其他看誰有辦法開溜的一起來，要討論這次聖誕節的事情。」

「什麼事？聖誕節什麼事？」

「妳沒聽說？他們要我們在聖誕節的時候來上班。」

「真的假的？一倍半的工資？」

「這個嘛……我不清楚……」

「老哥，加錢的話我就幹，我知道你懂我意思。」列維頷首。這情形另當別論。拉香達之前遇到類似情形時就有講過，經濟因素。缺錢有各式各樣的缺法。列維的缺法和拉香達不可並列討論。「我一定會來工作。至少會幹早班。我沒辦法參加會議，不過算我一份，好嗎？」

「好的……當然……當然，沒問題。」

「有加班費我可以多做一點，不開玩笑——今年聖誕節我要好好振作，把東西都準備好。我以前每次這樣說結果都沒辦到，總是把事情拖到最後一分鐘。不過代價太大了——噢，我的諾言。」

「是啊，」列維若有所思地說。「每年這時候大家都搞不過來……」

「我聽說啦，」拉香達說，吹了聲口哨。「我找不到人可以幫我忙。凡事都得自己來，懂我意思嗎？寶貝，你休息時間到了嗎？想跟我去吃點東西？我正要去Subway買潛艇堡。」

有時列維處於想像當中，會進入一個另類的宇宙，他會答應拉香達的邀約，待會兒他們跑到地下室站著做愛。很快的，他會搬進她羅克斯伯里的住家，將她的孩子視為己出。他們從此過著快樂的日子——水泥地長出兩朵玫瑰，如吐派克所言。不過說實在的，他根本拿拉香達這樣的女人沒轍。他希望自己有辦法，但不行就是不行。列維典型的女朋友是他們學校隔壁天主教學校習慣吃吃傻笑的西班牙裔少女，那種女孩子口味單純：看看電影，只要在威靈頓找座公園愛撫一番就很快活。當他膽子夠大，信心夠強，他會勾搭在波士頓夜店遇到、持用假身分證的十五歲美妙拉香達之一，人家跟他半真半假交往一、兩個星期後就會受不了而分手，想不透他的莫測高深，住哪裡，怎麼生活，半點細節都不肯透露。

「不……謝了，拉香達……我休息時間還早得很。」

「好吧，寶貝。我會想你的。你今天看起來很棒——脫光光會更好。」

列維在拉香達修剪整齊的指甲撫摸下樂意地擠出二頭肌。

「媽的。其他部位也要。別害臊嘛。」

他將T恤拉高些許。

「寶貝，這哪裡是六塊肌。簡直是三十六塊什麼的嘛！小姐會迷上我們小列維……該死的。他已經不小了。」

「妳知道的，拉香達，我喜歡好好照顧自己。」

「是啊，不過誰來照顧你呢？」拉香達說著笑個不停。她撫摸他的腮幫子。「好了，寶貝，我得出去了。如果晚點不見那就下星期再見了。保重。」

「拜，拉香達。」

列維倚著一架《蝴蝶夫人》的唱片看著拉香達離去。有人出手拍他的肩膀。

「呃……列維──抱歉……」民俗音樂的湯姆說。「我剛剛聽說你要……有個會議是嗎？我剛剛聽說你打算組織一個……」

湯姆夠酷。列維和他在音樂方面的見解南轅北轍，不過他看得出來，湯姆在其他許多方面都滿酷的。比方對這場瘋狂戰爭的看法，比方面對顧客不慌不忙──加上他人又隨和。

「YO，湯姆兄弟──還好嗎？」列維說，伸手想和湯姆碰拳，每次都失誤。「說真的──我們要開個會議。我現在就要過去了。聖誕節這檔事真是有夠狗屎的。」

「沒錯，狗屎一堆，」湯姆說，將臉上厚重的金髮瀏海撥了回去。「很高興看到你站出來……你曉得……表明態度。」

不過有時列維發現湯姆有點太急於表達敬意，就像現在──列維都還沒把握有幾分勝算，他就急著獻上獎勵。

■

眾人很快便注意到只有白人孩子現身會議。葛羅莉亞和吉娜，那兩個西班牙裔女生不見蹤影，在世界音樂部門幹活的賈莫也是，也沒看到凱勒，一個約旦人，音樂DVD部門的。現場來的只有湯姆、甘蒂，和一個矮個兒、滿臉雀斑的傢伙，列維和他不太熟，叫麥克．葛羅夫西，在三樓的流行音樂部門。

「其他人呢？」列維問。

「吉娜說她會來可是……」甘蒂出聲解釋。「有個督導釘在她屁股後面，所以沒辦法。」

「不過她有說她會來嗎？」

甘蒂聳聳肩，接著滿懷期待地看著他，其他人也是如此。同樣詭異的感受也出現在列維就讀的私立學校裡：每個人都要等他先開口。他天生被賦予權威，這事情很複雜，很難用言語表達，恐怕和他身為黑人有關——比這更深奧的理由他就無力參透了。

「我只想說，有一條底線我們不能跨過去——我們不能接受。聖誕節上班就是那條底線，老哥。不行就是不行，底線在那兒，」他說，手勢比平常講話時誇張，因為他們似乎如此期待。「我要講的就是，我們必須表達抗議，以行動抗議。因為以現在的情勢看起來，任何在這裡的打工仔如果拒絕聖誕節上班，好像就準備等人家炒魷魚。狗屁，哪有這種道理——我的意見就是這樣。」

「可是那什麼意思……以行動抗議？」麥克問。他神經過敏，講話坐立不安。列維很好奇怎會有人像他這副德性，個子小小的，粉嫩粉嫩，長相好笑，神經兮兮。尋思當中，他一定是對麥克皺起眉頭，因為這小傢伙更焦慮了，不停地把手插進口袋又抽出。

「就像……你曉得，就像靜坐抗議。」湯姆提出建議。他一手拿著一包德國菸草，一手拿著菸紙，正打算捲根菸來抽。他調整虎背熊腰擋住走道灌入的風，保護他剛開始的捲菸大業。儘管不贊成有人哈菸，列維還是站到他身前幫忙擋風，形成肉身掩護。

「靜坐抗議？」

湯姆開始說明如何靜坐抗議，不過列維一聽出苗頭馬上出言打斷。

「YO，我才不要坐在地上。坐地上我不幹。」

「你不一定要用坐的，你知道……靜坐不是唯一的選擇。我們可以走到外面去，賣場外面。」

「呃……如果我們走到外面，他們一定會叫我們直接走到失業救濟辦事處，」甘蒂說，從口袋摸出半截萬寶路，借湯姆的火柴點燃。「貝利鐵定會這麼幹。」

「你哪兒都別想給我去，」列維說，惡戲地模仿貝利不靈活的公雞頭和半蹲的站姿，看起來好像一頭四條腿的畜生剛用後腿直立起來，「你屁股別想離開店門一步，除非店裡把你一腳踢走，該死的你別想走出這家店大門，想都別想。」

列維的觀眾憐憫地發笑，那模仿真是維妙維肖。貝利快五十了；無可避免被他手下的小鬼視為悲劇人物。依他們的想法，任何人超過二十六歲還待在這位子上真是丟臉，他簡直是個廢物。他們同時也知道貝利之前在淘兒唱片城待過十年——這活生生成了悲劇中的悲劇。此外，貝利還有幾樣惱人的特質，單獨任何一樣都足以構成他被訕笑的要件。他過度活躍的甲狀腺令他眼珠外突；兩頰收聚有如火雞的肉垂；參差不齊的圓蓬頭時常夾雜異物——幾絲看不出什麼名堂的絨毛，有次還出現一根火柴桿。他鞍囊般提高的臀部從後面望去像個不折不扣的娘們；他講話用字容易張冠李戴，誇張的程度連一幫沒念過什麼書的青少年都受不了。他兩手脫皮滲血，恐怖的牛皮癬一塊塊長在他的頸子和額頭。列維老是疑惑誰有辦法教老天爺生出這種廢物。儘管種種身體上的不便（或許這些不便正是主因），貝利還是像頭獵犬。他尾隨拉香達在店裡上上下下，沒事也要碰個兩下。有次他太過頭，出手攬住她腰桿，隨即被拉香達當著眾人面前轟得體無完膚（「你什麼玩意兒敢叫我小聲一點，我對天發誓——我要叫到這地方塌掉，我要把屋頂給掀了！」）不過貝利永遠學不乖，兩天後還是又跟在她屁股後頭。模仿貝利是樓層員工樂此不疲的把戲。拉香達、列維、賈莫都能露上那麼一手。白人員工就比較不敢這麼做，不想因為模仿踩到種族汙辱的底線。相反的，列維和拉香達就沒有這層顧忌，竭力強調他的每樣怪異的行徑，彷彿他的醜陋直接冒犯到他們自身的美麗。

「幹他的貝利，」列維堅決主張。「拜託，老哥，我們一起走出去。拜託，麥克，你支持我，對吧？」

麥克嚼著半邊臉就像現任的總統。「我只是不確定這樣做到底有沒有作用？我猜甘蒂講的沒錯——我們全都會被炒魷魚。」

「什麼……他們會把我們全部開除？」

「有可能。」麥克說。

「你曉得，老哥，」湯姆緊握他的捲菸，「我聖誕節也不想來上班，不過或許我們應該考慮周詳一點。就這麼走出去好像不太可行……那麼，如果我們全體寫一封信給管理階層，大家一起簽名，或許……」

「親愛的幹你娘，」列維說，手持一支想像中的筆，擠出貝利搜索枯腸的可笑神情。「感謝你們十二號的來信。我真的半點也不在乎。給我乖乖回去工作。你誠摯的，貝利先生。」

眾人皆發笑，不過是那種勉強的、受到脅迫的笑聲，有如列維扯住他們喉嚨逼出來的。有時列維會奇怪他的同伴是否對他心存畏懼。「你們想想看，這家店賺了那麼多錢，」湯姆說，在雜音中表達支持，「關門休息一天又會怎樣？有誰會聖誕節早上跑來買CD？真是變態。」

「我也這麼認為，」列維說，眾人沉默片刻，望著這塊被遺棄的後頭空地，這地方什麼也沒有，除了滿滿廢棄的空罐和聚乙烯外包裝，還有一個禁止使用的籃球框。粉紅雲紋的冬日天空，沒有溫度的陽光明淨，想到再三十秒就得回到工作崗位令人升起一股刺痛。防火安全門的門槓被人按下，終結了這片靜默。湯姆過去幫忙將門拉開，以為來的是小吉娜，不過貝利一把推開，讓他倒退了三步。

「對不起——我不知道——」湯姆說，將手從貝利那長癬手指碰過的點移開。貝利進到陽光底下猛眨眼，像一頭走出洞窟的野獸。他將賣場的棒球帽反戴。身上有股強烈的乖僻氣質，源自他的孤立狀態，令他堅守這些拙劣的怪癖。起碼他有辦法知道此事，進而以某種方式控制人家針對他而來的輕蔑。

「原來我的手下就是溜到這裡啊，」他說，那態度一如既往，茫茫然唯我獨尊，對著眾人頂上的空氣發話。「我還在想怎麼回事。每個人同時跑出來抽菸？」

「是……對。」湯姆說，將菸扔到地上踩熄。

「不要命了，還抽菸，」貝利口氣陰沉，似乎在做預告而非警告。「還有妳，小姐——抽死妳算了。」

「算過風險了。」甘蒂輕聲說道。

「妳說什麼？」

甘蒂搖搖頭，在水泥牆上捺熄萬寶路。

「哼，」貝利說，笑得很勉強，「我聽說你們幾個要組織一場籠子（Coop）對付我。根據密報——某隻小鳥告訴我的。組織一場籠子。你們全部在這裡集合。」

湯姆困惑地和麥克你看我、我看你。

「抱歉，貝利先生，」湯姆說。「抱歉——你說什麼？」

「爭辯，你們打算組織的。跑到這裡陰謀算計我。我就是來這裡看你們計畫進行得如何。」

「是政變（Coup）——」湯姆說，依據他的理解小小聲糾正貝利。「就像革命。」

列維聽見湯姆的話，起先還會意不過來是哪兒有誤，直到此刻才知道原來是「政變」，他捧腹大笑。

「籠子？貝利，那好像是關小雞的東西，老哥。組織一場籠子？那要怎麼搞？」

甘蒂和麥克竊笑。湯姆別開身體，將笑聲當成阿斯匹靈般吞下。貝利得意的臉，之前一副勝券在握、洋洋得意的臉，此刻垮了下來，滿是不解和怒火。

「反正我講什麼你們心裡有數，總之——店裡的政策規定不可能更改，誰要不喜歡就趁早走路。鬼鬼祟祟搞陰謀沒有好處，現在你們每個都給我回去工作。」

不過列維笑聲還不停。「那可是犯法的——你不能把人關進籠子。我們幾個有女朋友的要回家，老哥，聽清楚了，我聖誕節想和我女朋友關在一起——我相信你也是，貝利。所以我們只想商量一個皆大歡喜的辦法，比方說做點安排。拜託，貝利——你不會聖誕節還想把我們關在店裡吧？拜託，兄弟。」

貝利近身盯著列維。其他的孩子退到接近門口處，一副打算溜之大吉的模樣。列維直挺挺的動也不動。

「事情沒什麼好商量，」貝利語氣低沉、堅決。「那是命令——你懂嗎？」

「唔，我能說句話嗎？」湯姆往前一步。「貝利先生，我們不是故意要惹惱你，我們只是在想說是否……」

貝利揮手要他閃一邊去。後頭這處空地沒人了，只剩列維一個。

「聽懂沒有？這命令是高層下達的。不能更改。懂嗎？列維？」

列維聳肩，微微別開臉，以表示這番話對他毫無作用。

「我當然懂……我只是覺得全是狗屎，如此而已。」

甘蒂吹了聲口哨。麥克將防火安全門推開抵住，等著其他人出去。

「湯姆——你們幾個，回去工作——馬上去，」貝利說，一手搔著另一隻手。綻開粉紅的肉痕。「列維，你不要動。」

「不是只有列維，我們全部都覺得——」湯姆勇敢地試著出聲，不過貝利再度朝空中舉起一根手指，要他住嘴。

「馬上去，如果不會讓你們太過為難。必須有人要去工作。」

湯姆拋給列維一個憐憫的神情，隨著麥克和甘蒂回去工作。安全門闔上，速度緩慢，送了幾許賣場溫暖的空氣進入這荒蕪的水泥空地。最後咣一聲鎖上，回音盪漾。貝利往前幾步逼近列維，列維兩臂交叉握胸，不過貝利那張臉如此迫近，令人憎惡，列維止不住一直眨動眼睛。

「別、像、黑、鬼、那、樣、對、我、列維，」貝利壓低聲音，字字氣勢十足，有如擲向靶心的飛鏢。「我知道你喜歡搞鬼，想讓我出糗——以為自己很行，因為你是這些小鬼這輩子唯一見過的兄弟。讓我告訴你好了。我知道你的底細，兄弟。」

「什麼？」列維腸胃翻攪，這番怪異的宣言引發驚駭的壓迫感——有如言詞中布下路坎——不曾有人在盛怒下這般對他說過。貝利轉身背對列維走向安全門，上半身令人難受地弓起。

「什麼意思你自己知道。」

「你到底在講些什麼，老哥？貝利，你幹麼這樣對我說話？」

「是貝利先生，」貝利說著轉過身來。「在這裡我是你的上司。你可能沒有注意到。我怎樣對你說話？怎樣？你剛剛在那幾個孩子前面又是怎麼跟我說話的？」

「我只是在說——」

「我知道你的底細。那幾個小鬼知道個屁，可是我知道。他們是郊區的乖孩子，他們以為穿一條牛仔垮褲就是出來混的。不過你唬不了我。我知道你在假裝從哪裡來的，」他的怒火注入新的敵意，手還放在門上，但身子轉向列維。「因為我正是從那裡來的——不過你不會看到我的舉止像個黑鬼。你最好自己小心點，小子。」

「你說什麼？」無望的驚駭令列維火氣上升。他是個孩子，而這裡有個男人用那副德性跟他講話，列維確定，貝利對其他在這裡工作的孩子絕不會用這種口氣。這地方突然間不是大賣場了，本來大家都像一家人，而「尊重」是寫在茶水間公布欄上提醒的每日五大「個人行為要點」之一。他們從規範、禮節、和安全的漏洞淪陷。

「我話已經講得夠明白了。移動你的黑屁股給我進去幹活。記住，別在其他孩子面前再那樣跟我講話。聽清楚了？」

列維一板一眼走過貝利身邊，怒氣沖沖地搖著頭，直接穿過四樓，經過甘蒂和湯姆，不理會他們的詢問，誇張的放緩步調，如同有人拿槍抵住他的左側。那步伐朝某個方向加速：突然間，他扯下棒球帽舉腳凌空一踢，飛過露臺，劃出一道優美的弧線，飄落在四層樓下。貝利在身後吼他，問他媽的到底想去哪兒，列維霎時明白自己的去處，對貝利比出中指。兩分鐘後他來到地下室，五分鐘後他換上自己的行頭回到街上。一時衝動驅使他離開大賣場，此刻後果已經趕上他，將沉重的手壓住他肩膀，拖慢他的跨步。走到紐博莉街半途他停下腳步，倚著一間小教堂院落的柵欄，兩行熱淚湧出，他以手心抹掉。幹他媽的。他肺部吸入乾淨的冷空氣，下巴擱在胸口。就實際層面來看可真糟糕——噩夢一場，在最好的狀況下，爸爸或媽媽時不時會給他一塊錢，不過現在這時機？佐拉會說他瘋了，不想想看爸媽現在鬧到要離婚的地步，兩個人連在一起用餐都成問題，還能怎麼辦？你跟其中一個要五塊錢，結果他們叫你去問另外一個……有時候事情搞得就像：我們到底有錢沒錢？我們既然能住得起這種大房子，為什麼我連十塊錢都得用討的？

一片長長的綠葉，尚未捲曲，垂在列維眼睛高度。他摘下葉子，慎重地製作骨架，順著葉脈一條條撕去葉面。目前重點在於，如果每個星期沒有拿到那窩囊的三十五塊錢，他星期六晚上就沒有資金逃離威靈頓，沒有機會和那些孩子跳舞玩樂，那些女孩子有誰他媽的會鳥誰是葛爛西或為什麼林布爛是個遜咖。有時候，他覺得就是有這三十五塊他才能保持半正常、半清楚、半黑人的狀態。列維將他的葉子舉到亮處片刻，欣賞自己的手工藝。然後將它揉成一團溼溼的綠球，扔到地上。

「抱歉、抱歉、抱歉、抱歉。」

粗啞的法語口音出自一個高高瘦瘦的傢伙。他將列維從柵欄邊發白日夢的地點擠開，跟著出現半打以上的傢伙，手腳忙碌，放下裝滿貨物的大床單，頂頭打結有如葡萄乾布丁。床單解開，原來是一堆CD、DVD、海報，還有不搭調的手提包。列維步出人行道看著他們，起先心不在焉，看著看著興趣來了。其中一個按下巨大的音箱播放，火熱如夏的嘻哈，場景不合，但冷颼颼的秋日聽來倒也不壞，朝過往的購物人士強力放送。許多人嘖嘖不耐，列維露出微笑。他知道這音樂片段，而且也喜愛。滑溜地來回於鐃鈸和鼓聲或什麼樂器之間，列維開始晃頭點腦看著這幾個人的動作，活脫脫就是貝斯狂暴的視覺呈現。像一張補綴而成的被單，電腦合成的色彩多不勝數，DVD封面排排站，令人憤慨的片名全是最近的強檔而非舊片，不太可能是合法的。其中一個傢伙俐落地將手提包掛上柵欄，這些新布告的色彩給列維帶來一陣湧動的愉悅，出乎預料地強勁，這是何等古怪的時刻。那幾個男的邊唱邊相互戲謔，有如顧客如何並不要緊。他們展示的陣仗已經如此華麗，不用再費心兜售招攬。他們在列維眼中如此光彩奪目，有如來自另一個星球，和他五分鐘前寄身其中的那個判若雲泥——腳下彈躍，動作敏捷，忘情高聲，黝黑如炭，樂笑開懷，毫不在意波士頓小姐們牽著蠢兮兮的小狗經過，對他們大皺眉頭。兄弟——霍華早上發表的演說當中一個令人不安的句子——此刻從冗長的原始脈絡中自在漂流出來——迂迴漂進列維的意識。創勢主義者令都市景觀改頭換面。

「嘿，你想要嘻哈？嘻哈？你要的嘻哈我們這裡統統有。」其中一個傢伙說，像舞臺上的演員打破懸疑的第四面牆。他向列維伸出修長的手指，列維即刻朝他走去。

6

「媽——妳在幹麼？」

此刻非比尋常，這般姿態坐在凸起的臺階上，身體半邊在廚房，半邊在庭院，冰涼的鋪石上，你的腳板已經麻木，等待冬天降臨？琪琪充分享受一個小時的消磨時光，就像現在，蕭蕭冷風欺凌著最後的樹葉落地。來人是她的女兒，滿腹疑團。活的歲數越大，我們的孩子似乎就更希望我們筆直一條線走著，手緊貼兩側絕不晃動，我們臉上神色木然，有如一具人體模型，不要左顧右盼，不要——拜託不要——等待冬天降臨。他們一定覺得那樣才能安心。

「媽——哈囉？大風吹進來了。」

「喔——早上風比較大，寶貝。不會，我不冷。」

「但我會冷。把門關上好嗎？妳在幹麼？」

「我不知道，真的。只是看東西。」

「看什麼？」

「隨便看。」

佐拉粗魯地張口凝視她母親，接著同樣唐突地失去了興致。她著手打開櫥櫃。

「好吧……妳吃早餐了沒？」

「沒有，親愛的，我吃了……」琪琪兩手放到膝蓋表明心跡。她要讓佐拉知道，她母親不是個古怪反常的人。她一直坐著並非無緣無故，現在打算起身也是有個理由。她說，「庭院應該好好整理一番。草皮積滿了落葉。蘋果掉了都沒有人撿，在那邊一直腐爛。」

不過佐拉聽了半點興趣也無。

「這樣吧，」她應聲，發出嘆息，「我打算弄個吐司和炒蛋。星期天我可以吃一次炒蛋——覺得好像是我賺來的，我這星期游泳游了好幾次，感覺屁股有小一點。我們有雞蛋嗎？」

「壁櫥——右邊裡面。」

琪琪把腳塞進身體底下。終於，她感覺冷了。利用拉門薄薄的橡膠邊緣當支撐，她將身體拉離地面。一隻她一直關注動靜的松鼠終於撕開她留給鳥兒的核果球，此刻站在半個小時之前她希望牠出現的位置，在她身前的鋪石上，牠問號般的尾巴於東北風中抖動。

「佐兒，看這小傢伙。」

「我搞不懂——雞蛋為何不放在冰箱裡？我認識的人裡面只有妳這麼奇怪。雞蛋——放冰箱。這是這麼基本的道理。」

琪琪闔上拉門，走到軟木記事牌前面，帳單、生日卡、相片、剪報，一堆東西釘在這裡。她舉手翻找紙片，察看收據底下和月曆後頭。結果一無所獲。還是一張老布希的照片，有個標靶疊印在他臉上。左上角一枚大徽章依舊，八〇年代中期在紐約聯合廣場買的：我自己從來沒有仔細想過什麼是女性主義。我只知道每次我表達情感使得自己和一塊門墊有所區，別人就把我奉為女性主義者。許久以前有人濺了東西在上面，引句已經泛黃，捲曲如羊皮紙，於塑膠和金屬護套之間皺縮著。

「佐兒，我們還有泳池清潔工的電話號碼嗎？我要打給他。外面那兒亂七八糟的。」

佐拉迅速搖頭，一陣漠不關心的茫然擺動。

「偶哪知。問老爸。」

「親愛的，把抽油煙機打開。免得煙霧警報器大叫。」

琪琪對她女兒惡名昭彰的笨手笨腳毫無信心，當佐拉從火爐上頭掛物架的廚具當中取下煎鍋，不禁將兩手舉高捧住臉頰。還好沒有東西掉落。抽油煙機響起，合宜的響亮聲對於微妙的變化無所感應——機械的背景噪音填滿室內和對話間的空隙。

「其他人呢？這麼晚了。」

「列維昨天晚上好像沒有回家。你爸爸還在睡，我想。」

「妳想？妳不知道？」

她們雙目對視，年長的一方仔細審視年輕那位的臉。她竭力想從佐拉的冷嘲熱諷找出端倪，她的朋友似乎都喜歡這一套。

「怎麼了？」佐拉說，一臉狡猾無辜相，屏除真心誠意的探詢。「這些事情我又不知道。我不知道你們睡覺如何安排。」她又轉過身子打開冰箱兩道門，往前一步探入冰箱的凹室。「你們兩個就去演那小小的肥皂劇好了。如果有戲可唱，那就繼續唱吧。」

「沒有人在唱戲。」

佐拉兩手捧出一瓶大紙盒裝的果汁，高高地捧在身體旁邊，有如她贏得的獎杯。

「隨便妳怎麼說，媽。」

「好心一點，佐兒——今天早上別煩這個。我今天想平平安安的沒人吼叫。」

「我不是講了——隨便妳怎麼說。」

琪琪在廚房餐桌坐下。她手指摳著桌邊一處蟲蛀的溝痕。她可以聽見佐拉的蛋在急躁的廚藝壓力下滋滋作響，爐火一點燃，燒熱的煎鍋便一直冒出刺鼻的氣味。

「列維到底跑去哪兒了？」佐拉爽朗問道。

「不知道。我昨天早上之後就沒再見過他。他去打工沒有回來。」

「希望他有做好防護措施。」

「喔，老天爺，佐拉。」

「怎麼了？妳應該列出一張清單載明我們以後不准談論的話題。那樣我才曉得什麼話不能講。」

「我想他是去夜店。我不確定。又不能一直把他綁在家裡。」

「不，媽，」佐拉發出兩種語調的顫音，力圖平息偏執且乏味的更年期症狀。「又沒有人說妳把他綁在家裡。」

「只希望他平常上學的日子晚上能乖乖回家。除此之外我不曉得還能怎麼辦。畢竟我是他媽媽，不是獄卒。」

「嘿，我可不在乎。鹽巴呢？」

「就在旁邊——那裡。」

「那麼，妳今天要做什麼？瑜珈？」

琪琪在椅中往前彎身，兩手抓住小腿。因本身的重量牽引，令她比大部分的人彎得更前面。如果願意，她可以兩掌平貼地面。

「應該不會。我上次有點拉傷。」

「唔，我不會在家吃午餐。這時候我一天最好只吃一餐。我要去買點東西——妳應該跟我一起去，」佐拉提議，沒什麼熱情。「我們一百年沒一起逛街了。我得買幾件新衣服。現在穿的每件東西我都討厭。」

「妳看起來很好。」

「對。我看起來好，但其實不好。」佐拉說，快快地扯著身上的男用長睡衣。這就是琪琪害怕生女孩子的原因：她知道自己無力保護她們免受自憐自艾之苦。為此目的，早年她家裡禁絕電視，連一支口紅和一本女性雜誌都進不了貝爾西家大門，不過再怎麼小心提防戒備，終究還是徒勞無功。它瀰漫在空氣中，對琪琪而言似乎如此，這種對女性和她們身體的敵意從房子每處通風孔滲漏進來。人人踏入家門從鞋子夾帶，從看過的報紙呼吸間吐露。根本找不到防堵的對策。

「我今天沒辦法面對購物中心。實際上，我可能要去看卡琳。」

佐拉從她的炒蛋中轉過頭來。「卡琳．吉普斯？」

「我星期二去看過她——她狀況不太好，我想。我可能會帶冷凍庫的義大利千層麵去。」

「妳要帶冷凍的千層麵去看吉普斯太太？」佐拉說，拿手中的木煎匙指著琪琪。

「可能會。」

「所以你們現在是朋友？」

「我想是吧。」

「好吧。」佐拉語帶懷疑，注意力回到爐子上。

「那樣有問題嗎？」

「我想沒有。」

琪琪閉上眼睛好一陣子，等待話題繼續。

「我是說……我想妳知道蒙提近來和老爸很不對盤。他又在《先驅報》寫了篇下流不堪的東西。他想要散播毒素，而且他還指控霍華——聽好了——限縮他的言論自由。我快瘋了，那傢伙一定是有病，自我憎恨到這種地步。等他達成目的的那天，基本上，我們別想有任何防止種族與性別歧視行動的政策了。而且霍華大概會丟掉飯碗。」

「噢，我想事情不會嚴重到那個地步。」

「或許妳讀的文章和我不一樣。」琪琪聽見佐拉的聲音滲入冷酷。她女兒迅速增長的意志強度、青少年幼稚的強度，年復一年，母女倆同時都能感受到。琪琪感覺自己有如佐拉用來磨利自身的一塊磨刀石。

「我沒有讀，」琪琪說，收斂她自己的意志。「我嘗試想開一點，威靈頓之外還有一個廣大的世界。」

「我只是覺得，帶義大利千層麵去看一個基本上認為妳應該下地獄被火燒的人一點道理也沒有，如此而已。」

「不，妳不會那樣想。」

「那妳解釋給我聽好了。」

琪琪長嘆一聲決定讓步。「我們放下吧，別再說了，好吧。」

「放下，噗咚放下，挖個大洞全部東西扔進去好了。」

「妳的蛋好了嗎？」

「好得不得了。」佐拉說，假聲假氣，刻意選了個早餐吧的坐位，背對著她母親。

她們默默坐了幾分鐘，扇葉還在動作。接著，電視被遙控器喚醒。琪琪看著畫面，聽不見聲音，一夥衣衫襤褸的野孩子穿著富裕國家穿過的舊運動衫，奔跑在熱帶地區的後巷。那情景介於部落舞蹈和騷動之間。他們出拳擊向空中，似乎開口高歌。下一個畫面是另一群孩子，猛力投擲自製的燃燒彈。鏡頭捕捉投擲的軌跡，爆炸撼動一輛無人的軍用吉普車，車子原本就已撞上棕櫚樹。頻道變換，一次兩次。佐拉停在氣象播報臺：五天的預報顯示數字直直落，趨勢穩定但嚴重。這讓琪琪清楚明白等待的時間還剩多久。到了下個星期天冬天就會來臨。

「學校還好嗎？」琪琪試圖打破沉默。

「還好。我星期二晚上需要用車。我們要去做田野考察——到『公車站』。」

「那家俱樂部？那一定很好玩，是不是？」

「大概吧。那是克萊兒的課程。」

琪琪已經心裡有數，沒說什麼。

「所以，可以嗎？」

「我不知道妳在問哪件事。不過車子可以，當然。」

「我是說，妳都沒有講半句話，」佐拉說，轉向電視螢幕。「我根本不用選這門課，不過它真的……等到念研究所的時候這鬼玩意兒就會有用——她是個名人，這種事很蠢，不過還是會不一樣。」

「我沒有問題，佐兒。若妳自己在乎才會有問題。這聽起來很好。對妳有幫助。」

她們兩個過於正經八百地交談，好像兩個行政人員共同填寫一張表格。

「我想我只是不希望自己難受。」

「沒有人希望妳難受。第一堂課上過了嗎？」

佐拉用叉子叉起一小塊吐司放到嘴邊，不過先開口講話。「我們有先開個講習——界定一下範圍。有些人宣讀一些東西，課程像個大雜燴，好多普拉絲的崇拜者。我不會太擔心。」

「對。」

琪琪越過佐拉的肩膀看向庭院，再次思索池水、落葉和它們混雜棘手的情況，夏天的記憶突然間湧上心頭。「不是有那個……還記得那個男生——很帥的，在莫札特演奏會——他不是有在『公車站』表演。」

佐拉嚼著吐司，只能從嘴巴縫隙出聲。「或許吧——我記不太清楚。」

「他臉長得好俊。」

佐拉舉起遙控器轉到地方公共頻道。諾姆．喬姆斯基坐在書桌前面。他直接對著鏡頭講話，兩隻大手在他身前畫圈、強化語意。

「妳都不會注意那種事情。」

「媽。」

「嗯，有意思。妳不會去注意，妳非常高尚。值得欽佩的美德。」

佐拉將諾姆轉得更大聲，朝螢幕斜過身去，耳朵在先。

「我想我在找的東西比較需要……用腦筋。」

「我像妳這個年紀的時候，在街上常常跟蹤男生，單純因為他們的背影看起來很不錯。我喜歡看他們走路擺晃的姿勢。」

佐拉驚奇地看著他母親。「我還要不要吃東西哪？」

一扇門開啟的聲音。琪琪站了起來，她的心臟莫名其妙猛跳，出現錯亂的徵兆。她邁步走向後面走廊。

「開門的是列維嗎？」

「我見過那個男生，上星期在街上剛好遇到……他怪怪的。叫卡爾或什麼的。」

「你遇到他？他怎麼樣？列維——是你嗎？」

「我不知道他怎麼樣，他又沒有對我傾訴他的一生，這人好像還好——不對，其實他有點讓人毛骨悚然。某個程度來說叫自以為是。我想『街頭詩人』的意思可能就是……」

佐拉說著，看見她母親急著穿過廚房去迎接她兒子，話音便停了。

「列維！午安，寶貝。我都不知道你在下面。」

列維用拇指關節揉著惺忪的睡眼，走到一半遇上他母親和她的寬心以對。他沒有掙扎，任憑自己被攬進她寬廣熟悉的胸懷。

「親愛的，你氣色真糟。幾點回來的？」

列維虛弱地抬起臉來，馬上又被按了回去。

「佐拉——泡個茶給他喝。可憐的寶貝，連話都不會講了。」

「要喝自己去泡。『可憐的寶貝』不該喝那麼多。」

這話令列維恢復生氣。他掙脫母親，跨步走向茶壺。「老哥，閉嘴。」

「你才閉嘴。」

「我什麼東西都沒有喝——只是太累了。我很晚才回來。」

「沒有人聽到你進門——你知道我會擔心。你去哪裡了？」琪琪問。

「沒去哪裡——我遇到幾個傢伙，一直跟他們在一起。我們跑去俱樂部，很好玩。媽，早餐有東西吃嗎？」

「工作怎麼樣？」

「很好。就那樣。有早餐嗎？」

「這些蛋是我的，」佐拉說，弓起身來，將盤子護在胸口。「你知道麥片放在哪兒。」

「閉嘴。」

「寶貝，很高興你玩得開心，不過到此為止。我不希望你這星期晚上再跑出去，可以嗎？」

列維的聲音跳高好幾分貝，自我防衛。「我根本就沒想要出去。」

「很好，你就要參加學力性向測驗了，現在應該定下心來準備。」

「噢，等一下，老哥——我星期二要出去。」

「列維，我剛剛跟你講的話沒在聽嗎？」

「可是我十一點就會回來。YO，事情很重要。」

「我不管。」

「我說真的——喔，老哥——我遇到的這幾個人，他們要表演——我十一點就回來，就在『公車站』——我可以搭計程車。」

佐拉的頭從她的早餐彈起。「等一下，我星期二就要去『公車站』。」

「所以？」

「所以我不希望在那邊看到你。我要跟上課的同學一起去。」

「所以？」

「你不能換一天再去嗎？」

「喔，閉嘴，老哥。媽，我十一點就回來。我星期三有兩節空堂不用上課。真的，老哥，沒問題。我會跟佐拉一起回家。」

「不，你不會。」佐拉抗議。

「好，他跟妳一起回來，」琪琪斷然說道。「就這樣。你們兩個十一點回來。」

「什麼？」

列維走向冰箱的途中表演了一小段咆哮爵士以示慶祝，經過佐拉座椅時還加演一個華麗的旋轉舞步。

「哇，太不公平了，」佐拉抱怨。「早知道我就應該到別的地方念大學。」

「妳住在這個家裡，家裡的事情妳就要幫忙，」琪琪祭出基本的大道理，捍衛一個她自己心知肚明有欠公平的決定。「就這麼處理。妳住這裡又不用繳房租。」

佐拉兩掌合十懺悔禱告。「何等仁慈，感謝你。感謝你讓我留在從小長大的家裡。」

「佐兒，今天早上別惹惱我——我說真的，不要——」

霍華沒有任何預告進到廚房。他已經一身穿戴妥當。頭髮還溼溼的梳向腦後。一個星期下來，這大概是霍華和琪琪頭一遭站在同一個房間裡面，儘管兩人相隔有十呎遠，眼睛直直對望，像兩幅一板一眼、毫無關聯，真人尺寸的人像，遙遙相對凝視彼此。當霍華要求兩個孩子離開廚房，琪琪不動聲色，冷眼旁觀。如今她看待對方的方式改變了，這是事情發生後的副作用之一。新的觀看方式是否能夠看見真相，她不敢這麼說。但眼前所見的確赤裸裸的，一覽無遺。他俊美凋萎的每一道摺痕和抖顫。她發現自己對他最無關利害的體貌特徵也能輕蔑地一一唱名。細薄如紙，高加索白種人的鼻孔，麵糰般蒼白的耳朵，雖然他細心刮除，但抽長的耳毛依舊陰魂不散地被她登記在案。唯一對她的消解行動構成干擾威脅的，是眼下揮之不去，純粹時光中層層疊疊的霍華：霍華二十二歲，三十歲，四十五和五十一；很難將這些時光中不同階段的另一個霍華全數驅離她的意識。要緊的是不可被這些旁支側線導引，專心對付眼前的這個霍華，五十七歲的霍華。撒謊者，害人心碎，感情騙子。休想叫她退縮。

「現在是什麼狀況，霍華？」

霍華剛把不情願的孩子從廚房送走。只剩他們兩個。他很快轉過身來，臉上什麼神情都沒有。他不知道手跟腳如何擺放，不知道站在什麼位置，如何倚靠。

「沒有什麼『狀況』，」他輕聲說道，拉攏他的開襟毛衣。「尤其我不知道那問題意指為何。狀況？我是說……事情很明顯，每一件事情。」

琪琪感覺到自己站在優越地位，重整交疊的手臂。「很好，非常詩意。我想此刻我的感覺缺乏詩意。你有事想跟我說嗎？」

霍華望著地面，搖搖頭，一臉失望，有如一名科學家，無法從預設好的實驗取得任何資料。「我知道了，」他終於出聲，擺出要回到他書房的態勢，來到門口又回過身來。「唔……什麼時候有時間我們可以談一談——好好談一談？像人跟人那樣，彼此了解對方。」

琪琪這邊一直在等他上鉤。這下等到了。「別跟我提什麼人跟人這一套。要怎麼當人我清楚得很。」

霍華看著她，神情熱切。「妳當然知道。」

「喔，幹你的。」

伴隨著這話，琪琪使出好幾年不曾出現的動作：她對她先生豎起中指。霍華滿臉困惑，發出恍惚的聲音，「不……這樣下去不行。」

「不行，真的？我們這樣的對話不行？我們的互動沒有如你所願？霍華，你去圖書館好了。」

「妳這個樣子我要怎麼跟妳講話？這樣我根本沒有辦法。」

他那種痛苦的樣子令琪琪想起自己的痛苦。相形之下，她的心腸只有更硬。

「噢，那可真是抱歉。」

突然間，琪琪意識到她的腹部掛在裏腿褲之上的份量。她重新調整一下內衣的鬆緊帶，這動作令她感覺防衛的力量更形鞏固、堅實。霍華兩手按住餐具櫃，有如一位律師準備對隱形的陪審團發表辯論總結。

「顯而易見，我們必須談一談接下來的事情要怎麼處理。至少……嗯，小孩子必須要知道。」

琪琪爆出笑聲。「甜心，事情都是你在做決定，我們只有逆來順受的份。誰曉得接下來你又要對這個家庭做出什麼事？你曉得嗎？我們沒有人知道。」

「琪琪——」

「怎麼樣？你要我說什麼？」

「沒什麼！」霍華突如其來冒出一句，接著重新控制情緒，聲音放低，兩手一拍。「沒什麼……過錯都在我，這個我知道。應該要由我來——我來——說明我的敘述讓別人可以理解……達到一個……我不知道，一個說明，我想，依據動機……」

「別擔心——我理解你的敘述，霍華。我們現在不是在你的課堂上。你跟我講話到底有沒有重點？」

這話令霍華發出咕噥聲。他憎惡這像指涉（這段婚姻的老瘡疤老是被挑開）區別出他的「學院」語言和他太太所謂的「私人」語言。她總是可以說——而且老是這麼說：「我們現在不是在你的課堂上」。而且那永遠都是事實，不過他從未，從未承認那個觀點，他不認為琪琪的語言比他的流露出更多的情感表達。即便是現在，即便此刻，兩人結合最古老的爭端在他心中激起雷霆萬鈞般的兵馬，準備再度上戰場。他意志激昂地施展本領。

「聽著，我們不要……我全部想說的就是我覺得……妳曉得，我們兩個似乎往後倒退一大步。春天的時候我們似乎已經能夠……我不知道。克服這一切，我想。」

接著從琪琪胸腔噴湧而出的事物有如一曲詠嘆調。「春天的時候我不知道你會搞上我們的朋友。春天的時候那只是某個人、某個無名無姓的人，那只是逢場作戲——現在變成克萊兒．麥坎，而且持續好幾個星期！」

「三個星期。」霍華說，音量幾乎聽不見。

「我要求你告訴我實情，你看著我的眼睛對我扯謊。就像這城裡其他每個中年王八蛋一樣欺騙他的白痴老婆。我不敢相信你竟然這樣羞辱我。克莱兒．麥坎是我們的朋友。華倫是我們的朋友。」

「好的。那麼我們就來談談這件事。」

「喔，可以嗎？我們真的可以談嗎？」

「當然，如果妳想談的話。」

「我可以發問嗎？」

「如果妳想問的話。」

「你為什麼搞上克萊兒．麥坎？」

「該死的，琪絲，拜託——」

「抱歉，太直接了是不是？傷害到你的感情是不是？霍華？」

「不，當然不是，別這麼傻……我當然很痛苦要去……解釋這麼老套的東西，要這樣——」

「喔，我非常抱歉你的老二傷害到你理智的感受。一定非常難受吧，你那精巧、美妙、複雜的大腦沒辦法，偏偏遇上你的老二偏偏這麼粗俗、愚蠢。那一定讓你討厭死了！」

霍華撿起他的書包，琪琪之前沒注意到東西一直躺在他腳邊的地上。「我現在要走了，」他說，選了桌子右邊的路線，好避免身體上的正面交鋒。琪琪倒是不反對在極度惡劣的狀況下來個拳打腳踢，他也不會反對緊緊抓住她的手腕直到她住手。

「一個白種小女人，」琪琪吼聲越過房間，無法克制此刻的怒氣。「一個小不拉嘰的白種女人，我甚至可以塞進我的口袋裡。」

「我要走了。妳太荒唐、太可笑。」

「我不知道自己還有什麼好意外的。你根本就沒有注意——你從來就沒有注意過。你以為那很平常。不管我們去到哪哩，我都是孤伶伶一個人在這……白人的汪洋裡面。我已經不認識任何黑人同胞了，霍。我的人生全都是白人。我看不到半個黑人同胞，除了在你幹他媽的大學咖啡館裡他們來幫我清理腳下的地板，或者推著幹他媽的病床穿過走廊。我把人生全部押注在你身上。如今我不知道自己為什麼要這樣做。」

霍華在牆上一幅抽象畫底下停住腳步。畫的主要內容是一層厚厚的石膏，弄得像亞麻布，皺巴巴的如同一團被人扔棄的破布。這個扔棄的動作被藝術家捕捉下來，拋飛在半空，「亞麻」的肌理凍結在空間中，被牆面突出的白色木箱框起來。

「我沒辦法理解妳的意思，」他說，最後終於看著她。「妳說的我聽不懂，妳現在這樣太歇斯底里。」

「我為你放棄我的人生。我已經不再認識我自己了。」琪琪倒進一張椅子開始哭泣。

「喔，老天，別這樣……拜託……琪絲，別哭，拜託。」

「你找遍全世界也找不到誰能像我現在這樣悽慘。」她說，出拳捶響桌子。「我一條腿比那女的還笨重。看你把我弄到在城裡、在大家面前像什麼樣子？你娶了一個黑人大賤貨，結果跑去搞上一個幹他媽的小妖精？」

霍華從廚具櫃上的陶土靴裡取出他的鑰匙，彷彿下定決心朝前門走去。

「我沒有。」

琪琪一躍而起，跟隨在後。「什麼？我沒聽見——你說什麼？」

「沒什麼。我不能說出來。」

「快說。」

「我要說的只是……」霍華焦躁地聳肩。「實際上我娶的是苗條的黑女人。不過那和這件事不相干。」

琪琪兩眼圓睜，讓剩餘的淚水蒙上眼球。「去你媽的。你想要控告我違反合約是嗎？霍華？產品腫脹沒有事先警告？」

「別胡說八道。事情沒有這麼陳腔濫調。我不想陷入那種情節。顯然有千百萬種因素。這不是人們出軌的原因，我不想繼續這種層次的對話，我真的不想。那太天真了。那樣說讓你變得很下賤——也讓我變得很下賤。」

「你又來了。霍華，你應該和你的老二懇談一番，你們兩個同一鼻孔出氣。你的老二確實在你下面，一點都不誇張。」琪琪笑了幾聲，接著又哭了起來——從腹腔發出孩子般混沌的哭聲，釋放內在積壓的一切。

「聽著，」霍華毅然決然地說。她越是感覺他的同情心棄她而去，哭得越是起勁。「我盡量想要誠實面對這一切。如果妳現在問我，顯然身體是一項因素。妳現在……琪絲……妳現在和以前變了好多。我並不在意這個，不過——」

「我把人生押注在你身上。我押上我的人生。」

「而且我愛妳。我一直都愛妳。不過我要討論的不是這個。」

「你為什麼不能告訴我真相？」

霍華將他的書包從右手換到左手，打開前門。他再度化身成為那個律師，面對絕望、單純、不會採納他建議的客戶，將複雜的案情簡化。

「說真的，男人——會對美的事物做出反應……婚姻不會終止他們的反應，這個……這個關乎於美在世界當中作為一種身體物質的真實存在——顯然他們被禁錮其中，被當作幼兒一般……不過這是真的，而且……我不知道還有什麼其他辦法解釋那個——」

「滾遠一點。」

「好的。」

「我沒有興趣聽你那套美學理論。留給克萊兒吧，她會愛死的。」

霍華嘆息。「我不是在跟妳扯理論。」

「你以為你管不了自己的老二還能有什麼哲學大道理說幹他媽的我不知道怎麼會這樣？你不是林布蘭，霍華。別鬼扯騙你自己了：親愛的，我隨時隨地都能看到男生——隨時隨地。我每天都看到那些漂亮的男生，我會想到他們的老二，屁股脫光光看起來的樣子——」

「妳現在真的好低級。」

「不過我是個成年人，霍華。而且我已經選擇了要過什麼生活，我以為你也一樣做出選擇。不過顯然你還是喜歡拈花惹草。」

「可是她不是……」霍華說，聲音壓低成惱火的耳語，「妳曉得……她是我們的年紀，甚至更老——妳講得好像她是厄斯金的一個學生……或者……不過事實上我並沒有——」

「難不成幹他媽的還要頒獎給你？」

霍華想甩上身後的門，琪琪正好也打算將門一腳踢上。那力道將那幅石膏作品震落地面。

7

星期二晚上一截自來水管在甘迺迪和羅斯布魯克的交叉口爆掉。一條黑河漫過街道，長驅直入往中央的高地挺進。甘迺迪廣場的兩側水花潑濺，聚成泥濘混濁的水坑，被街燈染成一片暈橘。佐拉將家裡的車子停在一個街區之外，原本打算在中央安全島上等候詩歌班的同學，但此處同樣被泥漿池包圍，看起來成了名副其實的島嶼。路上駛過的汽車濺起黑色水沫。她只好退到人行道上，靠在一間藥局前面的水泥柱邊。在這個地點，佐拉有把握在同學抵達之際看見他們，而他們至少也要一會兒才會發覺她在這裡（先前想選安全島也是基於這理由）。她拿著香菸，在冬日乾澀的唇上勉力享受焦味。她觀看馬路對面有一組小小的行為模式已然成形。人們在麥當勞的出入口暫停，等著過往的車輛濺起汙水後再繼續動作，一派自負，身手矯捷地適應這城市拋擲給他們的一切。

「有人打電話給自來水公司嗎？還是第二次大洪水又來了？」一個低啞的波士頓口音問道，就在佐拉的手肘邊。那是個膚色紫紅的街頭遊民，捲曲的山羊鬍糾結成塊，兩眼各有一圈「白色」的熊貓眼，有如大半年都在亞斯本度過。他老是在此地出現，手持一個塑膠杯在銀行外頭乞討銅板，此刻他相中佐拉搖晃杯子，笑得粗聲粗氣。她沒有反應，他又把笑話講了一遍。為了閃避，她走到路邊低頭觀看排水溝，暗自關切並探查進一步的狀況。因為水坑和柏油路面高低不一所形成的溝流上頭浮著一層青綠的寒霜。有的水坑已經攪成泥濘，有的還保留滑溜的表層薄冰。佐拉將菸頭扔進其中一個水坑，馬上又點燃一根。她發現這並非易事，單獨一人等候其他人馬到來。她一番整備擺出臉孔——如同她喜愛的詩人所言——面對迎面而來的臉孔，這道程序需要時間和事先警醒才能順利進行。事實上，當她沒和同伴在一起的時候，她似乎連自己有張臉孔都無從確認……然而在學校裡，她是出了名的意見多多，是個「名人」——但實情是她不會把這些風頭帶回家中，甚至出了課堂就判若兩人。她不覺得自己有什麼真正獨到的見解，或至少不像其他人對自己的意見似乎頗具信心。每次都等到上課結束她才想到有其他方法，可以強烈而成功地表達自己的主張，捍衛福婁拜駁斥傅柯；拯救奧斯汀免受羞辱而非替阿多諾辯解。可有誰當真打從心裡愛慕任何東西？她說不上來。到底僅有佐拉體驗到這種古怪的事不關己，或者人皆如此，他們只不過在演戲，就像她一樣。她推測到了某個時候，學校自然會為她顯露真相。於此同時，像這般等候，等待被其他同學碰上，她感覺自己被照亮，根本的存在被照亮，並且神經緊張地沉吟著可能的話題，她腦子裡背負一大袋沉重的觀念以提供自己本體的顯露。即便今晚短程來到威靈頓波希米亞的一角——這趟路途，開車行進，途中根本沒有展卷閱讀的機會——她還是隨身攜帶，在背包當中放了三本小說和德．波娃討論複雜模糊的小冊子，壓艙石般形成一股穩定的力量，避免她飄飄然越過洪流，消散於夜空當中。

「佐大師——和地上的鹽搖滾同樂。」

右邊來的是她的朋友，出聲招呼她；左手邊，那個遊民只到她的肩膀，她從他身邊走開，聽到人家居然把他們兩個聯想在一起，並蠢蠢地失聲而笑。來的這些朋友和她擁抱，握手。一個男生叫朗恩，相當吹毛求疵，一舉一動有條不紊，講話老愛帶刺，喜歡乾淨，很哈日。一個女生叫黛西，修長結實像游泳選手，美國女孩純真無邪的臉蛋，黃棕色的頭髮，儘管一副清純相，舉止卻機伶過了頭。黛西喜歡八〇年代的浪漫喜劇和凱文・貝肯及二手包。漢娜則是紅髮，臉有雀斑，理智，工作賣力，成熟，她喜歡艾茲拉・龐德和自己動手做衣服。來的就是這些人。這些人各有品味、購物習慣、體貌特徵。

「克萊兒呢？」佐拉問，環顧眾人。

「在對面，」朗恩說，一手撐著臀部。「跟艾迪、莉娜、仙黛兒還有其他人在一起——班上大多數人都來了。當然克萊兒就喜歡這樣。」

「她派你們過來的？」

「我想是吧。喔，貝爾西博士。你聞到傷口的氣味了沒？」

佐拉帶著幾分愉快提起誘餌。光憑她的身分便擁有其他學生無法得知的訊息。她是同學和教授生活內幕不可或缺的連結，並毫不吝惜地分享自己所知道的全部資訊。

「你可當真？她根本不敢看我的眼睛——就算在課堂上，我念東西的時候她也只會對著窗戶點頭。」

「我想她只是ＡＤＤ。」黛西慢聲慢氣說道。

「注意力老二缺陷（Attention Dick Deficiency），」佐拉反應奇快。「如果沒有老二，基本上就算缺陷。」

她的一小票聽眾捧腹大笑，妄想贏得他們無人夠資格稱道的世故。

朗恩熱絡地攬緊她肩膀。「罪的代價，等等等等，」眾人邁步時他緊接著說，「道德何去何從？」

「詩歌何去何從？」漢娜說。

「我的屁股何去何從？」黛西說，手肘輕推佐拉，示意要一根香菸。他們既圓滑又機伶，正處花樣年華，年輕而歡欣。這般景象十足可觀，他們自忖，因而大聲談笑，姿態招展，希望勾起旁觀者的羨慕。

「就是說嘛。」佐拉說，彈開菸盒。

所以這景象再度出現，日常的奇蹟促使內部開展，萬千層瓣的花朵綻放眼前，於這世界當中和他人共聚。此事沒有她想像中那麼困難，但也沒有表面上看起來那麼容易。

「公車站」是威靈頓一處場所。二十年來這家便宜的摩洛哥餐館一直頗受歡迎，吸引了學生、甘酒迪廣場上了年紀的嬉皮人士、教授、本地人和觀光客。一戶第一代摩洛哥移民家庭經營這間餐館，食物很棒，不故弄玄虛，風味十足。雖然威靈頓沒有摩洛哥族群鑑賞道地的塔金燜羊肉或番紅花庫斯庫斯，但伊薩卡里一家人可從來沒有因此想要將口味加以美國化變通。他們供應自己喜愛的東西，等著威靈頓佬去適應，結果他們成功了。不過餐館的裝潢倒是向小城對於俗麗民族魅力的飢渴低頭：鑲嵌珍珠母的橡木桌，低矮的長條軟椅埋在繽紛的粗山羊毛靠墊裡。長頸的水煙筒架在高處，有如異國的鳥禽飛來築巢。

六年前，伊薩卡里老夫婦退休，換由他們的兒子尤瑟夫和他德美裔的老婆凱特琳當家。尤瑟夫不像他父母，面對學生只知勉強忍耐——他們大壺喝啤酒，持偽造身分證件，要求供應番茄醬——更像美國人的年輕尤瑟夫喜歡學生，了解他們的需求。將餐館一百五十呎的地下室改裝成俱樂部空間就是他的主意，並得以舉辦各式各樣的課程、活動和派對。在這地方，《星際大戰》的扮相可以配上《齊瓦哥醫生》的電影配樂。一個胖墩墩、臉帶酒窩的紅髮女士向一群苗條的新鮮人女孩說明，如何順時針逐步加大動作擺晃下腹部，此即肚皮舞的藝術。本地的饒舌歌手登場即興演出。英國吉他樂團喜歡到此短暫停留暖身，紓解美國巡迴演出之前的緊張情緒。摩洛哥經由「公車站」的想像投射，變成廣闊包容的所在。波士頓的黑人孩子接納摩洛哥，接納它根本的阿拉伯性質和非洲靈魂，巨大的煙管，食物裡的紅辣椒，具有感染力的音樂節奏。大學的白人孩子同樣接納摩洛哥：他們喜歡它老舊的光采，非政治化、東方風情的影史意趣，還有酷斃了的尖翹淺口鞋。甘迺迪廣場的嬉皮人士和激進分子——幾乎沒人意識到這一點——比開戰之前更常造訪「公車站」。他們藉此明志和外國受苦受難的百姓站在一起。「公車站」定期舉辦的活動當中，以雙月演出的說唱之夜最引人注目。這種藝術形式和舉辦的場地一樣有容乃大：它令人人感覺賓至如歸，既非饒舌亦非詩歌，沒有那麼正式拘謹，也不會太過狂野。它不是黑人，也不是白人的專利。不管是誰，只要你有話想說外加有膽量，就可以站上地下室後頭四四方方的舞臺大鳴大放。對克萊兒．麥坎來說，每一年她都可以藉此讓新同學見識詩歌是座包羅萬象的聖堂，而她的探索始終勇敢無畏。

因為這些學生的觀摩造訪，又是餐館的常客，伊薩卡里一家和克萊兒很熟，也很喜歡她。尤瑟夫瞥見她的到來，擠著穿過一列等候帶位入座的客人，協同克萊兒將兩扇門敞著，好讓她的學生從寒氣裡登堂入室。一手高舉抵著門框，尤瑟夫對學生逐一微笑示意，他們每個人也都有機會欣賞到他翠綠的眼珠嵌在他黝黑且無庸置疑的阿拉伯面容上。那鬈髮不太像是真的，絲綢般光滑，沒怎麼整理，有如嬰兒的頭髮。等所有人進門之後，他細心彎身到克萊兒的高度讓兩頰接受親吻。這番儒雅的展現當中，他牢牢握住後腦殼繡花的無簷小圓帽。克萊兒的詩歌班見狀相當興奮。對班上好些新鮮人而言，來到「公車站」——確切地說是來到甘迺迪廣場——其異國情調相當於造訪摩洛哥。

「*Yousef, ça fait bien trop longtemps*（尤瑟夫，好久不見）！」克萊兒響亮出聲，後退一步，但兩隻小手仍然牢牢握住他的手。她女孩子氣地將腦袋斜向一側。「*Moi, je deveins toute vieille, et toi, tu rajeunis*（我變老了，你呢，看起來還是很年輕）。」

尤瑟夫笑了起來，搖搖頭，感激地看著眼前裹著好幾層黑色披巾的袖珍身形。「*Non, c'est pas vrai*……*Vous etes magnifique, comme toujour*（不，妳說的不是真的……妳還是和以前一樣美麗動人）。」

「*Tu me flattes comme un diable. Et comment va la famille*（過獎了。你的家人都還好嗎）？」克萊兒問道，仔細搜尋餐館，看向遠端的吧檯，凱特琳在那兒，等著人家注意到她，高舉細瘦的手臂揮舞著。一個天生瘦巴巴的女人，她今天穿了件性感的棕色洋裝，更顯現出她確實已經懷孕好幾個月，肚頭圓翹，看來應該是個男孩。她正撕著入場券，遞給一列繳交三塊錢等候步入地下室的青少年。

「*Bien*（很好），」尤瑟夫簡短回答，接著，因感染到克萊兒這般單純直率的言語的喜悅，他以一種和她言談趣味不太搭調的態度進一步追加擴散，快活地喋喋不休，講起這渴盼許久的懷胎，他父母第二次更勁爆的退休生涯居然跑到佛蒙特州的荒野，這家餐館的壯大和功成名就。克萊兒詩歌班的學生法語懵懂，圍聚在他們老師身後，怯怯地陪著微笑。不過克萊兒老是對別人無聊的連篇長論不耐，在尤瑟夫的臂上輕拍了好幾下。

「我們要一張桌子，親愛的，」她用英語說道，越過他頭臉看向寬闊走道兩邊雙排並列的雅座，有如教堂的座席。尤瑟夫馬上回復生意人講求實際的本色。

「是的，當然。你們有幾位呢？」

「我都還沒有幫你介紹，」克萊兒說，開始逐一點指她羞怯局促的學生，附加動聽的形容——儘管那些事實根據有些草率——對每個人美言幾句。如果你鋼琴會彈一點，就說是大師。一旦曾經在學校晚會演過歌舞——那還消說，當然是明妮莉的接班人。每個人都暈陶陶的。即便佐拉也不例外，她被介紹為「班上腦筋出色的聰明人」，她開始感受到些許克萊兒真實的、無可爭辯的魔力：她使你覺得在當下這一刻，為眼前這件事盡心盡力，對你便是實現最美妙非凡的可能。克萊兒老是喜歡在她寫的詩裡提到契合性這個觀念：亦即，當你選擇追求的目標和你達成目標的才能剛好完全匹配，契合無縫——不論目標和才能如何微不足道。克萊兒主張，在此一狀態當下我們成為真實的人，完滿的自我，美在其中。你的體態構造適合游泳就去游泳。當你領受謙卑不妨跪地。口若渴了便喝水。或者——如果想莊嚴以對——當你有情感或思想亟欲傾吐時，就提筆寫下足以確切含藏情思的詩歌。在克萊兒面前，你的存在既非缺陷，亦非設計不良，不，完全不是。你是契合的容器和樂器，含納你自身的才能、信念和欲望。就是為了這緣故，威靈頓的學生擠破頭想加入她的詩歌班。可憐的尤瑟夫使出渾身解數，變換各種驚奇的表情，招呼這群大人物光臨他成就的家業用餐。

「一共有幾位？」克萊兒介紹完畢，他又問了一遍。

「十個還是十一個？實際上，親愛的，看來我們需要三張雅座。」

座位安排可是政治要事。究竟選擇哪張雅座顯然要看克萊兒坐哪兒，再不然就看佐拉坐哪兒，但這兩人沒先商量卻選中同一張桌子，這下子眾人顧不得禮節，開始爭搶起剩餘的空位。朗恩和黛西——兩個占到最佳位置的人，幾乎毫不掩飾勝利的喜盈於色。相形之下第二張雅座就顯得無精打采、一片沉默。其餘落單者的桌子在對面，只有三位——怏怏之情溢於言表。克萊兒同感失望。她所偏愛的學生都在別處，沒有與她同座。朗恩和黛西那種稚嫩尖酸的幽默取悅不了她。一般而言，她沒多少興致領教美國人的幽默。沒有什麼比那種教人暈頭轉向的情境喜劇更令她坐立難安：人進進出出，插科打諢，罐頭笑聲，耍白痴，挖苦取鬧。今晚，她真想坐在落單者那一桌和仙黛兒在一起，聆聽那位憂鬱的小姐講述波士頓惡劣地區令人瞠目結舌的貧苦生活。那些生活細節和克萊兒本身相去遙遠，有如來自另一個星球般讓她神迷。她本人的背景相當國際化，是很罕見的例子，在情感上講求自我約束。她生長在美國智識階層和歐洲貴族之間，一種兼具教養和淡漠的混合。五種語言，非常早期的一首詩裡寫道，七〇年代初期她寫的那種不登大雅之堂的打油詩，但無法說出我愛你。或者，更要緊的，我恨你。這兩種情感表達在仙黛兒家裡你扔我擲，像歌劇般經常上演。但今晚克萊兒恐怕無緣聽聞此等情節了。她身陷羅網，聽憑朗恩、黛西和佐拉高吊球般的俏皮話你來我往。她妥穩地窩進靠墊裡打算隨遇而安。

目前談話提及一個相當出名的電視秀，連克萊兒都略有聽聞（雖然她未曾看過）。三個學生對這個節目大加嘲諷，分析揭露令人討厭的玄虛，她們指稱其中必有晦暗的政治動機，並且用複雜的理論工具拆解單純誠摯的外表。討論不時會轉向，並減慢速度，以實際的政治情勢加以對照——總統先生，政府——此刻，討論之門敞開，邀請克萊兒加入一遊。她很高興服務生終於過來幫她們點餐。究竟點哪種飲料令眾人有點猶豫，除了一個研究生之外，她的學生幾乎都還不到法定的飲酒年齡。克萊兒的態度很清楚，她要大家自便無妨。乏味、造作的精緻飲品和摩洛哥佳餚的雞同鴨講被一一指名：一杯薑汁威士忌，一杯杜松子果汁酒，一杯柯夢波丹。克萊兒自己點了瓶白酒。東西轉眼便端了上來。一杯入喉之後，她看見學生放鬆擺脫課堂的拘謹。效果並非來自飲料本身，而是其中隱含的許可。「喔，我太需要這個了，」話語從鄰桌傳來，一個叫莉娜的小不點從脣邊放下一瓶普通的啤酒。克萊兒怡然微笑盯著桌面。學生年年增長，一樣卻又不同。她感興趣地聽著班上男生點他們想吃的東西。接著換女生點。黛西點了開胃菜，聲稱不久前才吃過（克萊兒年輕時老來這一招）。佐拉沉吟良久——點了魚肉塔金，免去米飯，克萊兒聽見相同的點餐內容從後頭雅座連續嬌柔地迴蕩了三次。接著輪到克萊兒。她點的和過去三十年一模一樣。

「給我沙拉就好，謝謝。」

克萊兒將菜單遞還給服務生，兩手交疊按住桌面。

「如何？」她出聲。

「如何？」朗恩說，大膽學他老師的動作。

「你們大家課程上得怎麼樣？」克萊兒問。

「很好，」黛西口氣堅定，但接著瞥了佐拉和朗恩，期盼得到認可。「我覺得很好——這種討論的形式應該會被大家接受，我很確定。現在是有一點……」黛西說，朗恩幫她把話接完。

「……走走停停。妳曉得，因為討論有點令人畏懼。」朗恩自信地斜倚桌面。「我想特別對新鮮人來說是這樣。不過對我們這種歷練過的人就比較——」

「就算這樣，妳還是讓人非常緊張。」佐拉強調。

今晚頭一遭，克萊兒直視佐拉。「令人畏懼？怎麼會？」

「這個嘛，」佐拉有點結巴。她對克萊兒的輕蔑就像鏡子的黑色背底，另一面反映著無邊的忌妒和羨慕。「這東西非常私人，而且敏感脆弱，我們交給妳的那些詩。當然我們希望得到建設性的批評，不過妳也可能會——」

「感覺就像妳表現得很清楚，」黛西說，已經有點醉意，「妳喜歡誰，特別偏愛誰。那樣或許有點教人洩氣吧。」

「我沒有特別偏愛任何人，」克萊兒抗議。「我評定的是詩，不是人。我們必須將詩導向崇高偉大，我們全都一起投入這份工作，同心協力。」

「對，對，對。」黛西說。

「你們之中沒有任何人——」克萊兒說，「是我認為不夠資格進入詩歌班的。」

「喔，這是當然，」朗恩口氣熱烈，稍微沉默停頓後另起爐灶，換個比較討喜的話題。「妳知道情形其實是怎樣？」他暗示。「我們全部都注視著妳，妳那麼年輕就投入這領域，成就過人——真令我們驚嘆敬畏。」講到這裡他碰了她的手，不知怎的，他那種老派的扭捏作態自然便做出這動作，而她再次將披巾甩過肩頭，讓自己像天后般接受眾人的注目。「所以這可是不得了的大事——如果沒有公牛進瓷器店[7]那種要命的橫衝直撞出現在教室裡，那就見鬼了。」

「是大象出現在房間[8]。」克萊兒婉言糾正。

「沒錯。老天！我真是大白痴。公牛？什麼跟什麼嘛。」

「可是那是什麼情形？」朗恩臉漲得醬紫，黛西問道。「我是說，妳那麼年輕。我已經十九歲而且看起來已經太遲了。對嗎？感覺是否如此？我們都說克萊兒真是教人又敬又畏，那麼年輕就功成名就，不知是什麼樣子。」黛西說，這也是莉娜頗感興趣的問題，她姿勢難看地跪在低矮的桌邊，假意要過來拿調味料。黛西仔細瞧著克萊兒，等她把話頭接下去。每個人都在看她。

「你們想知道我一開始的時候是什麼樣子。」

「對——很驚人嗎？」

克萊兒發出嘆息。這些事她可以整晚說個不停——當有人問起，她常常據實以告。但這些往事其實和她已經毫無瓜葛了。

「老天……那是在七三年，在那時候當個女詩人非常古怪……我遇到好多不得了的人物——金斯堡，還有弗林格第，接下來發現我自己置身這些瘋狂的際遇當中，遇見了，我不知道，米克．傑格或哪個人，我覺得自己從頭到腳被檢查、被挑剔，不只是內在心理的層面，同時也是私人和身體的層面。到後來我感覺有一點……脫離現實的自我。可以那麼說。不過，到了第二年夏天我就已經離開了，我去蒙大拿待了三年，所以，事情很快恢復正常，比你們想像的還要快速。我處在美麗的鄉野之中，景色無與倫比，說實在的，那樣

7 原文：bull-in-a-china-shop。

8 原文：Elephant in the room。

的土地可以填滿你，使你得到成為一個藝術家所需的滋養。我會和一朵矢車菊共處好幾天的時間，我是說和它真實的、根本的藍色……」

克萊兒入迷地談著土地和其中的詩意，她的學生深思點頭，不過，一股明顯的懶散遲鈍氛圍降下。他們還是比較喜歡多聽一點米克．傑格，或者是山姆．謝普，她到蒙大拿尋找的那個男人，他們已經從網路搜尋過這些情節。土地能吸引他們的委實不多。他們想聽的是和詩歌有關的角色，是浪漫的人物、心碎韻事、感情衝突。克萊兒一生閱歷過人，這陣子她的詩歌老是充斥著新英格蘭的樹葉、野地生物、溪流、山谷和層峰疊巒。這種詩作顯然不如她年輕時和性別相關的作品那麼膾炙人口。

餐點送到。克萊兒土地的事情還沒講完。一直默想著某些東西的佐拉在此刻開口發言。「可是，妳要如何避免田園詩的謬誤？我是說，這些關於風景的美麗歌詠，不就是一種去除政治的具體化？維吉爾，波普，浪漫主義者。為什麼要把田園理想化？」

「理想化？」克萊兒沒把握地重複。「我不確定我真的……妳知道，我一向都覺得，嗯，比方說在〈農事詩〉（The Georgics）裡面——」

「農什麼？」

「維吉爾的。在〈農事詩〉裡面，田園的自然狀態和喜樂是根本的，對於任何……」

克萊兒開始解釋，不過佐拉已經沒在聽了。克萊兒那種學識令她厭煩。克萊兒什麼也不知道，她不提任何理論家或觀念或晚近的思潮。有時佐拉根本懷疑她的智識程度。換成佐拉自己，永遠都是「柏拉圖說過」或者「波特萊爾說過」或者「韓波說過」，彷彿大家時間很多，想讀什麼就讀什麼。佐拉不耐煩地眨眼睛，目光追索克萊兒的語句，等著她告一段落卻未果，趕緊趁一個分號出現時再度插話。

「不過在傅柯之後，」她說，相準時機，「那種東西還有什麼前景？」他們將有一番知識的爭論較量。眾人滿心興奮。莉娜從腳跟彈起身體讓血流通暢。克萊兒感覺異常疲累。她是個詩人，到底要如何才能做個了結，在這些機構、學府裡面，每件事都免不了面對爭論，即便為一株栗樹寫詩都難逃指指點點。

「喂——」

克萊兒和其餘眾人抬頭。一個高大、英俊的棕膚男孩站在他們桌邊，身後有五、六個同夥。是列維，眾目睽睽下也不以為意，點點頭表示招呼。

「十一點半，外頭見，行嗎？」

佐拉火速同意，希望他趕緊離開。

「列維，是你嗎？」

「喔，嗨，麥坎小姐。」

「老天爺，你看你！原來游泳有這種好處。你好壯哪！」

「該長的就會長。」列維說，聳聳肩膀。他臉上沒有笑容。他知道克萊兒・麥坎，傑羅姆跟他講過狀況，依他慣常從兩面看事情的明理能力，他覺得這件事其實不難理解。他替母親感到難過，當然，他同樣也能體會父親的境況。列維過去也有深愛的女友，後來沒啥光采的理由就又和其他女孩子玩在一起，他不覺得將性和愛看作兩碼事有什麼十惡不赦。不過，此刻看見克萊兒・麥坎，他發現自己又困惑混淆了。這又是一個案例，顯示他父親的品味何等詭異。這女的到底好在哪裡？他覺得這種替代物既不公平又不合邏輯。他決定少說廢話，和母親站在同一陣線。

「唔，你看起來好棒，」克萊兒急切重複。「你今晚要表演嗎？」

「還不確定，看狀況。我朋友可能會，」列維說，頭朝他同伴的方向歪了一下。「好了，我想我最好先下去地下室了。十一點半。」他對佐拉重複一次，然後走開。

克萊兒接收到列維無言的譴責，給自己斟了一大杯白酒，將刀叉放在吃了一半的沙拉上頭。「我們也該下去了。」她輕聲說道。

8

地下室的人種誌和過去幾次造訪時略有出入。從克萊兒坐的位置，她只看到寥寥可數的幾位白人，沒有一個年紀和她相仿。這種情況沒多大影響，只是她事先沒料到如此，得花點工夫才能讓自己輕鬆自在。她很感謝瑜珈。瑜珈讓她有辦法像個年輕許多的女人盤腿窩在坐墊上，隱蔽於學生當中。表演舞臺上，一個頭巾紮得老高的黑人女孩恣意吟哦，和她身後一個小樂團幽怨的搖擺樂相互應和。我的子宮，她說，是塊墳地，她說，埋葬你珍貴的誤解／我知道你沉著的個性／當你聲稱我的英雄是金髮美女／克利歐佩特拉？兄弟，完全錯誤／我聽見塗白粉飾底下努比亞人的幽靈／喔，老天／我的救贖自有主張。諸如此類的詞句。演出不佳。克萊兒聽著她的學生七嘴八舌討論這演出何以不佳。依據教學的精神，她鼓勵他們少用謾罵，多點具體評論。她的介入只取得部分效果。

「至少她算是有所自覺，」仙黛兒說，有點小心提防。她在一面倒的意見壓力之下感到畏怯。「我是說，至少沒有開口閉口的『賤貨』和『黑鬼』。你知道吧？」

「這種東西讓我好想死，」佐拉嗓門響亮，兩手蒙住頭頂。「太低級了。」

「我的陰道／在卡羅來納／比你的／出色許多，」朗恩說，接近種族的警戒線（克萊兒覺得），他誇張地模仿那女生聒噪的搖頭晃腦和抑揚頓挫。頓時全班陷入歇斯底里，佐拉領頭狂笑，形同認可朗恩的模仿。當然囉，克萊兒心想，這些孩子比起我們當年的敏感程度可要遜色許多。要是回到一九七二年，這房間就會像教堂一樣肅靜。

言笑晏晏，加點飲料，洗手間的門開開關關，那女生持續表演。過了十分鐘，表演顯然不佳，沒辦法吸引眾人關心，而且開始「變老套了」，克萊兒聽見她的學生抱怨。觀眾當中即便是最支持的一群也不再點頭晃腦。交談的聲響變大。負責主持的串場人坐在表演臺一邊的板凳上，打開麥克風出聲干預。他要求觀眾安靜、專心和尊重，最後這個字眼在「公車站」還有幾分效用。不過那女生實在不怎麼樣，轉眼之間眾人又開始喋喋不休。終於，帶著預告般的許諾「我將復活」，那女生結束演出。一陣疏落的掌聲響起。

「謝謝拉拉女王，」串場人說，麥克風緊靠嘴唇，好似冰淇淋。「各位，我是布朗博士，今晚的串場人，我想聽到你們大聲一點感謝拉拉女王……姊妹上臺表演非常勇敢，要有膽量才行，老哥……站在大家前面談起子宮和其他種種……」說到這裡，布朗博士輕笑了一下，隨即恢復正經。「不，說真的，要有膽量才行，毫無疑問……不是嗎？噢，拜託，老哥，鼓掌一下。別那樣。來點聲音感謝拉拉女王和她發人深省的詞句——那樣好多了。」

克萊兒的詩歌班加入猶豫的掌聲。「來點詩歌！」朗恩開玩笑說道，只想講給朋友聽，不過聲調太響了。

「來點詩歌？」布朗博士重複，眼睛睜得老大，搜尋黑暗當中神祕的聲音。「媽的，你們聽到這話的機會有多少？看吧，『公車站』就是這點惹人愛。來點詩歌。我知道那一定是威靈頓的小鬼……」笑聲響徹地下室，克萊兒那一班聲勢最亮。「來點詩歌。我們今晚來了一些念書的兄弟。來點詩歌。來點三角函數。來點代數——來點狗屎名堂，」他的聲音就像黑人諧星模仿白人的「呆瓜」腔調。「這個嘛，你走運了，年輕人，因為我們就要來點詩歌，來點說唱，饒舌，嗯嗯呀呀——我們一次全部給你。來點詩歌。我喜歡……好了：今晚就看你們決定誰是贏家——我們準備了超大瓶香檳酒——沒錯，感謝你，威靈頓先生，你們今天的每日一字——超大瓶香檳，基本上代表滿滿的酒精。你們要選出看誰能贏得香檳——你們負責幫忙大聲加油喝采就行。我們今晚準備秀給你們大家。我們有加勒比的兄弟，有非洲的兄弟，我們有表演者使用法語、葡萄牙語——根據可靠消息，我們今晚有說唱聯合國登臺演出，你們真是賺到了。對，就是這樣。」布朗博士說，回應眾聲歡呼和口哨。「我們有他媽的國際性表演。該怎麼做你們知道的。」

表演開場。首位藝人得到擁戴，一個年輕小夥子，押韻生硬但雄辯滔滔，言及美國最新的戰役。接下來是個呆頭鵝般瘦楞楞的女生，兩隻耳朵從簾幕般筆直的長髮間冒出。克萊兒強抑自己對精巧隱喻的厭惡，勉力欣賞那女生刻毒、詼諧的詩句，數落那些一無是處的男性。不過接下來三個男孩一個接一個述說街頭人生的男子漢故事，最後一個講的是葡萄牙語。克萊兒的注意力從這裡開始逐漸低下。碰巧佐拉就坐在她前面一個醒目的角度，臉龐的輪廓映在眼前。雖然不想如此，但克萊兒發現自己檢視起佐拉的臉龐。那女孩和她父親還真有好多地方相似！牙齒略微過度咬合、一張長臉、貴氣的鼻梁！儘管人已經發胖，無可避免步上她母親的後塵。克萊兒責備自己這種念頭。怨恨這女孩沒什麼道理，怨恨霍華也不對，或是怨恨她自己。怨恨於事無補。目前需要的是內心的清明。兩週一次，克萊兒六點半開車進波士頓，到查普丘找白富醫生，付他一個小時八十元協助自己尋求內心的清明。他們兩個人嘗試理解克萊兒宣洩而出的痛苦糾結。過去十二個月來，如果有任何一件好事出現，那就是這些定期的會面診療：多年來她看過的精神科醫師裡頭，白富對她的協助最接近突破性的進展。如今一切終於有個頭緒：克萊兒·麥坎耽溺於自我破壞。這個模式在她的人生當中如此根深柢固，白富懷疑問題的根源來自她的嬰兒期，克萊兒強制性破壞任何個人幸福的可能。她似乎確信自不配擁有幸福。霍華一事不過是長久以來驅策她傷害自己的殘忍情感行動中，最新且最引人注目的一齣插曲。你只要觀察事情發生的時機就能豁然開朗。終於，終於，她找到這美好的賜福，這天使，這禮物，華倫·克蘭，這個男人（在白富鼓勵之下，她忍不住列出他的人格特質）：

(a) 不會將她視為威脅。
(b) 不會害怕或畏懼她的性徵或性別。
(c) 不會想要削弱她的心智。
(d) 在潛意識的層次，不會希望她死去。
(e) 不會怨恨她的財富、聲譽、才華或力量。
(f) 不會想要干涉她和大地的深刻連結——實際上，他和她同樣熱愛土地並鼓勵支持她的作為。

她臻至喜樂之境。終於，選擇於年屆五十三之時破壞她自己的人生自然再恰當不過。為達此一目的，她和她的老友之一霍華·貝爾西譜出韻事。這個男人絲毫未能勾起她的欲念。如今回想，挑中他再完美不過。霍華·貝爾西——自眾人當中雀屏中選！那一天，當克萊兒在黑人研究系的研討室投向霍華的懷抱，當她清楚無誤地委身於他，她自己也摸不清究竟原因何在。相形之下，她感受到所有典型的雄性衝動和幻想從這位老友身上波濤洶湧地朝她襲來——這些遲來的可能，另外的對象，另外的人生，新鮮的肉體，青春重現。霍華釋放出自我一觸即發的、羞於見人的祕密部分。屬於他的這一面連他自己也感到陌生，他一向以為自己不至淪落至此；她可以感受到這一切，從霍華急切撫握她纖腰的指掌，他為她剝除衣物時期期艾艾的舉措。他欲火難當。但克萊兒相應的感受微乎其微，唯有懊悔而已。

他們為期三週的出軌並未登堂入臥室。進入臥室代表意識清楚的抉擇。取而代之的是從學校規律的課程當中，每週三次課後在霍華的辦公室碰面，他們會鎖上房門，沉入他嘎吱作響的大沙發，鋪著眩目的英國威廉・莫里斯風格的羊齒植物花紋軟墊。無聲而猛烈，他們在葉飾之中交合，總是採取坐姿，克萊兒草草坐在這位同事身上，小小的、長著雀斑的腿纏住他的腰間。完事終了，他習慣將她往後推倒至身下。蒲扇般的大掌充滿好奇地在她身上游移，撫摩她的肩頭，她平坦的胸乳，小腹，足踝後部，恥毛稀疏盈滿的隆起。這動作似乎飽含一種驚奇，他逐一檢視她的存在，真實的存在。接著他們起身，將衣物穿上。*這種事怎麼又再一次發生了？*他們常常講出這句或類似的話。愚蠢、懦弱、毫無意義的呢喃。同一時間，她和華倫的性愛翻新狂喜，每次總是以罪惡感的淚水收尾，令天真的華倫誤以為她喜極落淚。整個情況汙穢透頂，她都不曉得如何辯解自己的作為。她感到恐怖和卑劣，無望地追索她得不到疼愛的悲慘童年。多少年過去了，那手指依舊緊扣她的咽喉。

事情發生之後的第三個星期二，霍華來到她的辦公室說一切結束了。這是頭一次雙方明白承認事情曾經開始。他解釋一個保險套害他被逮到。克萊兒曾經取笑過同一個未拆封的保險套，那是他們第二次幽會的下午，當霍華取出它，像個忐忑不安、心懷好意的少年

（「霍華，親愛的，你真貼心，不過我的生育能力已經結束了」）。聽著霍華重述事情的經過惹得克萊兒又想發笑——如此典型的霍華，無事生非的災難。但接下來的後果可讓人笑不出來。他說他已經招供，不過對琪琪遮掩了大部分實情，只坦白確有不忠。他沒提到克萊兒的名字。幸虧如此，克萊兒很感謝這一點。他扭捏地看著她。他撒謊是為了顧及老婆的情感，而非保全克萊兒的顏面。他簡短陳述完這件事，身子有點搖晃不穩。這個霍華和克萊兒認識三十年的那個人截然不同。不再是那個剛冷寡情的學者，老是（她這麼猜想）覺得她有點荒謬可笑，似乎從未認真看待過詩歌的價值。那一天在她辦公室裡，霍華看起來正需要來一節高明的、能夠撫慰人心的詩行。兩個人長久的友誼當中，克萊兒向來喜歡挖苦他一絲不苟的理智主義，正如他喜歡取笑她的藝術理念。她有個老笑話，說霍華只在理論的層次上生而為人。威靈頓的大家普遍的感覺亦是如此。他的學生幾乎無法想像霍華居然會有老婆，有家庭，會上廁所，會感受愛意。克萊兒不像學生那般天真，她知道他愛過，熱烈地愛過，但她也觀察到愛情在他身上的表現和常人不同。學術生涯的某些成分改變了他的愛情，改變了愛的性質。當然，若是沒有了琪琪，他根本一點辦法也沒有——認識他的人都明白這點。不過他們兩個的結合可說是匪夷所思。他是個書呆子，她則否；他好理論，她講實際。她說玫瑰花就是玫瑰花。他說玫瑰花是一種文化與生物建構的積累，環繞於兩性相吸之純真／狡詐的二元極端。克萊兒一直很想知道這種婚姻究竟如何維繫。白富醫生甚至暗示這正是多年之後克萊兒選擇沾惹霍華的原因。在她本身情感終於找到依歸之際，介入她所知道的最美滿的婚姻。這倒是真的。坐在她的辦公桌後頭，審視這個被遺棄的、茫然無措的男人，她倔強地感到自己料想的果然沒錯，他那樣子活脫脫就是個學究。（她豈會不明白？她都已經嫁過三次這種人了。）他們根本搞不清楚自己的所作所為。霍華無力面對新的現實處境。他沒有辦法將自我的意識和作為聯結在一起。事情超乎理性範圍，因此，他的腦袋無法理解。對克萊兒來說，他們的偷情不過證實了她早就心知肚明的黑暗自我。對霍華而言，事情顯然完全出乎他的意料之外。

透過佐拉的五官折射想起霍華委實可怕。如今克萊兒於霍華出軌事件當中的角色已經不再是祕密，罪惡感由私我的耽溺轉為公開的懲罰。其實她並不介意丟臉；她當人家情婦也不只一、兩回了，沒什麼好特別恐懼的。但這回教人氣憤和羞辱的是，她竟然因為自己幾乎勾不起幾絲欲念的東西受到責難。她是個擺脫不了童年創傷的女人。被告席上坐的應該是她三歲的自我才比較合理。如同白富醫生所言，她說穿了其實是一種殺傷力十足的女性心理錯亂的受害者：她想的是一套，做的卻是另一套。她是自我的陌生人。

而她們是否也是如此，她心中納悶——這些新生的女孩子，這新起的一代？她們可還會想一套，做一套？她們是否依舊只想等人來追求？她們是否依舊是他人欲求的對象，而非如同霍華所言——欲望的主體？想到這些和她一起盤腿坐在地下室的女生，想到前方的佐拉，想到表演臺上咆哮詩句的憤怒女生——不，她看不出有何重大的改變。她們依舊挨餓，依舊閱讀那些擺明了憎恨女人的女性雜誌，依舊在人家見不到的地方偷偷用小刀割傷自己，依舊在缺乏好感的男人面前假裝高潮，依舊對眾人瞞騙所有的事實。奇怪的是，琪琪・貝爾西一向給克萊兒的印像正是她恰好打破了這種窠臼。克萊兒還記得霍華初識他太太的時候，琪琪還是個紐約護士學校的學生。彼時她美得驚人，不可言喻，除了美貌之外，她還散發出一種克萊兒在詩歌當中擬想的女性根本特質——純真、坦率、強力、直接，飽含真誠的欲望。一個日常凡俗的女神。她不屬於霍華那種智識階層，不過她具有活躍的政治行動力，她的信念真誠，袒露無遺。十足的「女人氣」（womanish），正如他們當時所稱，而非「嬌柔」（feminine）。對克萊兒而言，琪琪不但清楚證明霍華人性的一面，同時證明一種社會承諾與宣揚的新種女人已然降臨人間。儘管彼此的關係不曾緊密，她感覺自己還是可以坦言她和琪琪一向互有好感。她從未怨恨過琪琪或希望她遭逢不幸。想到這裡，克萊兒回過神來，重新注視佐拉的五官，不折不扣的一張面孔，而非一團模糊的顏色和私人的念頭。再怎麼樣也無法於最後一躍而過——懷想此刻琪琪如何看待克萊兒。那樣做勢必將自身降格為次人類，一個被逐出同情憐憫之外的人，一個卡力班[9]。人類再怎麼樣也沒辦法驅逐自我。

臺上出現一股騷動。下一個節目正等著布朗博士完成他的介紹。那團體陣容浩大。九或十個男孩子？他們是那種聲勢比人數吵鬧三倍的男孩團體，彼此貼擠，肩膀緊挨，爭先恐後上臺搶奪前頭豎立的五支麥克風，其數量不足以應付一干人等。列維．貝爾西也在其中。

「妳弟弟好像在臺上。」克萊兒說，輕輕戳了佐拉的背後。

「喔，天哪，」佐拉說，從指縫間窺望。「或許我們運氣好——或許他只是負責炒熱氣氛的應援團團長。」

「應援團？」

「就像啦啦隊隊長。不過是饒舌表演助陣的。」黛西幫忙解釋。

終於所有的男孩都登上舞臺。樂團已經退位。這個團體自己準備了音樂：渾重的加勒比節拍和噹啷刺耳的鍵盤。他們同聲吼出克里奧爾語。效果不佳。眾人你推我擠拱人起頭。一個用帽T連帽蓋頂的瘦排骨挺身而出，強領風騷。語言的障礙產生有趣的效果。十條好漢顯然迫不及待想讓觀眾聽懂他們的演出。他們跳躍、呼喊、傾身彎向人群，群眾也只能被動回應，雖然多半除了節奏以外什麼也聽不懂。列維果真負責炒熱氣氛，每隔幾小節便舉起麥克風吼出「YO」。觀眾當中有些年輕一點的黑人小子受到表演旺盛的精力鼓動衝向臺前，列維見狀更是起勁，用英語鼓舞他們。

「列維連法語都不會講，」佐拉對表演大皺眉頭。「我看他根本搞不清楚自己在搖旗吶喊些什麼東西。」

不過接下來出現和音——眾人用英語齊吼，列維也是：「AH-RIS-TEED（亞—理斯—第德），CORRUPTION AND GREED（腐敗又貪婪），AND SO WE ALL SEE（我們眼睛雪亮），WE STILL AIN'T FREE（我們仍未自由）！」

「還滿會押韻的，」仙黛兒說，笑了起來。「韻腳漂亮又基本。」

「這算政治言論嗎？」黛西語帶嫌惡。幸好吼過兩回之後，和音恢復為狂熱的克里奧爾語吟喔。克萊兒奮力為她的學生即席翻譯。不過不熟悉的用語太多，她索性放棄，改成闡釋詞意。「他們似乎對美國介入海地很不爽。詩韻非常……粗獷，最多只能這麼說。」

「我們跟海地有過節嗎？」漢娜問道。

「我們跟哪裡都有過節。」克萊兒說。

9 莎士比亞《暴風雨》中醜陋兇殘的奴隸，可惡野蠻之人。

「你弟弟怎麼會認識這夥人？」黛西疑惑。

佐拉瞪大眼睛。「我完全不清楚。」

「我連自己的聲音都聽不見了。」朗恩說，起身走向吧檯。

舞臺上最胖的小子此時來一段獨秀。他的火氣也最大，其他人只好閃身讓開空間任他盡情發洩。

「很有看頭，」又來了一段和音，克萊兒大聲對她們班說。「他們的聲音有吟遊詩人的力量……不過我得說，他們還要學習整合觀念與形式，滿肚子消化不完全的怒火只會讓形式一分為二。我先上去抽根菸。」她兩手毋須扶地便靈活起身。

「我也要上去。」佐拉說，費勁地以同樣的姿勢起身。

兩人一路穿過地下室的人群和餐館，沒有交談。克萊兒心下忐忑，不曉得接下來的局面如何。來到室外，氣溫驟降了幾度。

「我們合抽一根？時間快一點。」

「謝謝。」克萊兒接過佐拉遞過來的香菸，指頭微微發顫。

「那幫人好粗野，」佐拉說，「你很想要他們好好表演，可是——」

「沒錯。」

「我想有的地方用力過頭了。列維就是這種作風。」

她們沉默了半晌。「佐拉，」克萊兒趁著酒意放膽開口，「我們之間還好嗎？」

「噢，沒有問題，」佐拉明確迅速的口氣，顯示她整晚都在等待這個問題。

克萊兒懷疑地看著她，將香菸遞了回去。「妳確定？」

「當然確定。我們都是大人了。我可沒有打算拒絕長大。」

克萊兒露出僵硬的笑容。「我很高興。」

「別這麼說。事情總要有所區隔。」

「妳好成熟。」

佐拉滿意地微笑。這不是頭一遭了，和霍華的女兒談話時，她老感覺和自身的存在隔離錯置，有如她實際上僅是那了不得的舞臺秀上六十億個跑龍套之一，而那齣全球性的熱門大戲叫「佐拉人生」。

「重要的是，」佐拉說，語調幡然一變，「我想看自己到底，妳知道……有沒有足夠的能力從事寫作。」

「那得靠每天不斷的發掘。」克萊兒直想逃避。她感受到佐拉渴切的目光，接下來的話語想必事關重大。但餐館的門此時唰地開啟，是朗恩。他身後用餐的客人抱怨冷風灌入。

「老天爺，你們一定要來看看這傢伙。他好厲害。樓下每個人都看得如痴如醉。」

「最好是真的——我們菸還沒抽完吶。」

三人回到樓下。一進入地下室，只剩門邊些許空間容許兩腿站立。她們聽得見卻看不著。觀眾全都站了起來，共同搖擺，音樂如清風拂過玉米田般穿越人群。那聲音如此扣人心弦，整個房間的情緒表達精準而強烈（整晚頭一次沒有人聽漏一個字），複雜的多音節詩句自在地噴湧而出。齊聲和音的部分只有一句，聽似單調卻十分動人：事實並非如此。相反的，詩行措辭圓溜滑利，述說一名黑人青年在精神與物質進程上的諸般障礙。第一節詩行當中，他企圖證明自己具有印第安人的血統好申請進入全國頂尖的大學就讀。這番話——就大學城說來十分露骨——惹來哄堂大笑。接下來的段落談到一名女朋友沒有告知他便跑去墮胎，包含以下的詞句，中間沒有喘息停頓，速度令人咋舌：

我的人生和你出了差錯／聽我這裡念詩譜曲／妳向我傳呼／說「卡爾寶貝，我已經懷孕兩週」／手機掉落／我的茶杯／一切有我可以彌補／我會好好待妳／甜蜜貼心不耍花招／一個星期等我見妳／沒有必要逼我找上「麗薩」／我會找出史波克大夫／他是醫生不是克林貢人／可妳已經和同事女生談過／下定決心害我像個混蛋／什麼時候麥當勞當班幹活／賤貨也能變成專家／該死我的父親義務呢？／怎麼說，寶貝？能原諒我嗎？／是的，我想你以為我會高興／受命裁減人口——事實並非如此。

整個地下室屏息觀賞，迸出連串笑聲。呼哨鼓掌好不熱鬧。

「哇，真是高明，」克萊兒對朗恩說，朗恩兩手抱頭，假裝樂到快昏厥以示回應。佐拉找到一張摩洛哥腳凳站了上去。從這有利的位置，她猛吸一口氣，緊緊握住朗恩的手腕。「喔，我的老天……我認得他。」

表演的原來是卡爾，穿著五〇年代老式的足球衫，揹著一只五顏六色的小背包。他在臺上踱步，姿態從容自在，有如那一天陪伴佐拉走到威靈頓大學的門口，他開口時笑容迷人，複雜的詩文從亮潔的牙齒流瀉而出，有如在一班男聲四重唱裡獻藝吟唱。唯一費勁的徵象是臉上河流般淌溢的汗水。布朗博士，滿心陶醉，加入臺上的卡爾，成了搖旗吶喊的應援團，如列維般在卡爾生猛的音節間隔當中喊ＹＯ。

「什麼？」朗恩說，觀眾忘情呼吼，他連卡爾的聲音都聽不見了。

「**我認識那個傢伙。**」

「**那個傢伙？**」

「**對。**」

「**喔，天哪。他是異性戀嗎？**」

佐拉笑了。他們喝下去的酒精已經發揮威力。她笑的樣子有如知道了什麼其實不懂的東西，在腳凳上盡情隨節奏左搖右晃。

「我們想辦法靠近舞臺一點。」克萊兒提議，跟隨朗恩厚臉皮的手肘開路，他們回到原來的位置。

「**喔——我的——詩句！**」卡爾的表演結束時布朗博士嘶吼。他有如職業拳手高舉卡爾右手。「我想我們得到了贏家——更正：我知道我們得到了冠軍——」不過卡爾掙脫博士，輕身一躍從臺上跳了下來。一片喝采聲中，可以聽到競爭對手不滿的噓聲，但終究敵不過眾聲喝采。克里奧爾男孩與列維不知躲到哪兒去了。四面八方的人們爭相去拍卡爾的肩背，忘情地摩娑他的頭殼。

「嘿——你不想拿大酒瓶嗎？這位兄弟害羞了——居然不想拿他的獎品！」

「不，不，不——把我的香檳準備好，」卡爾高聲回話。「這位兄弟得去洗把臉。汗流太多了。」

布朗博士英明地點頭。「說得好，說得好，清爽一下。沒有問題。DJ，先給我們來點熱鬧。」

音樂播送，現場的觀眾無戲可看，和緩一些，成為普通群眾。

「叫他過來這裡，」朗恩主張，接著對班上同學說：「佐拉認識那個男生。我們一定要帶他過來。」

「妳認識他？他很有才華，」克萊兒說。

「我跟他只是有點小熟。」佐拉說，食指和拇指比出一吋的距離示意。話剛說完，轉身便看見卡爾來到她面前。他臉上流露演出者那種睥睨得意的陶醉，剛剛降落回到凡間。他和她面面相覷，攫取她的臉，他對準她的嘴汗涔涔猛力一吻。他的雙脣是她的肌膚所體驗過人類最柔軟甘美的部分。

「看到沒？」他說。「那就是詩歌。我去上個洗手間。」

他正迎向下一個拍背和摸頭，瘦小的克萊兒擋住他的去路。她的學生小心翼翼又羞怯地縮在她身後。

「嗨！」她說。

卡爾低頭發現這個障礙物。

「是的，謝謝妳，老哥——謝謝。」他說，以為她要表達的意思和其他人一樣。他打算繞過她，但她捉住他的手肘。

「你有興趣琢磨一下你的東西嗎？」

卡爾停步注視著她。「什麼？」

克萊兒將她的問題重複一遍。

卡爾皺眉。「妳說琢磨是什麼意思？」

「聽我說，待會兒你從洗手間回來，」克萊兒說，「請跟我和這些孩子談一談。我們是一個班級，詩歌班，威靈頓大學的。我們想跟你談談。我們對你有一些想法。」她的學生疑惑她何以自信滿滿——想必是年紀和能力的關係。

卡爾聳聳肩，綻放笑容。他已經在「公車站」勝出。他在「公車站」殺遍無敵手。任何事都無妨，他有的是時間。

「好啊。」他說。

9

感恩節前夕，發生了一件妙事。

佐拉人在波士頓，剛剛從一家以前未曾去過的二手書店出來。當天是星期四，她沒課，雖然氣象有強風預報，但她一時興起還是往城裡跑。她買了一冊薄薄的愛爾蘭詩集，緊按帽子步上人行道，一輛長途巴士駛至面前停車。傑羅姆從巴士下來。提前在感恩節週末的前一天返家。他沒跟任何人提到何時回來，坐什麼車也沒講。為了在強風中穩住身體，同時也因出於喜悅，兩人彼此緊握，一陣強風襲來，乾葉漫天飛舞，掀翻一個垃圾桶。兩人還沒來得及說話，後頭傳來一聲響亮的「ＹＯ」。原來是列維被強風推送至他們腳邊。

「怎麼可能！」傑羅姆說，好一陣子三人只顧重複這一句，擁抱彼此，堵住人行道的去路。天寒地凍，風大到小孩子會被吹倒，他們應該趕緊找一處室內的場所喝個咖啡，不過離開人行道等於捨棄這樁奇蹟，他們不想這麼快就放棄。三人滿懷欣喜，直想擋住街上的行人訴說這件奇事。可是有誰能夠相信？

「這真是瘋了。我從沒有這樣回來過。我一向都是搭火車！」

「天哪，太怪了。一定有什麼地方不對。」列維說，他的心思自然轉向陰謀和神祕的現象。他們邊搔頭邊笑，為了緩和這樁古怪的巧遇，紛紛述說各自的行程，提出一般常識性的理由，比如「對啦，我們週末時常常到波士頓來」以及「這裡離我們常去的轉乘站很近」，不過誰也沒辦法被這類說辭說服，神奇感縈繞不去，渴望向誰吐露的心情極為迫切。傑羅姆撥手機給琪琪。她正坐在她的小隔間中（布置了三個孩子的照片），將醫生的醫囑打字登入泌尿科的住院病人紀錄。

琪琪停止打字，專注聆聽耳中聽聞的話語，窗外的枝葉不時抽打玻璃。傑羅姆口中的每個字眼彷彿從一艘暴風中的船隻高聲呼吼而來。

「你遇到佐兒？」

「還有列維。我們三個都在這裡——我們快瘋掉了！」

琪琪可以從背景聽見佐拉和列維都在討電話。

「我不相信有這種事——太瘋狂了。我想天地之間有太多事情，何瑞修——沒錯吧？」這是琪琪獨一無二的文學引句，所有的神奇巧合都能派上用場，事實上，哪怕只有一點點神奇也照用不誤。「人家說雙胞胎就是這樣，心靈感應。不曉得什麼原因，你們一定是感覺到對方會出現。」

「妳不覺得太瘋狂了？」

琪琪對著話孔咧嘴而笑，但心頭的情緒隨即令她收斂笑意。隱約冒出一股惆悵，想到這三個孩子已經長大，毋須她的協助便於天地間自在行走，領受其神奇和美妙……將醫囑打字登入泌尿科的住院病人紀錄確實和這種非凡體驗沾不上邊。

「列維不是應該在學校嗎？現在才兩點半。」

傑羅姆轉問列維並將手機給他，不過列維畏縮不前，有如手機就要引爆。他兩腳敞開保持平衡，抵擋一陣猛烈的側風，誇張地以口形默示兩個無聲的字眼。

「什麼？」傑羅姆說。

「列維，」琪琪重複，「學校。他怎麼不在學校？」

「空堂，」傑羅姆說，正確譯出列維的默劇表演。「他剛好是空堂時間。」

「真的嗎。傑羅姆，讓我跟你弟弟講一下好嗎？」

「媽？媽——妳斷訊了，我聽不見。這裡好像有龍捲風。我待會兒要離開城裡的時候再打給妳。」傑羅姆說，耍這種花招很幼稚，不過此刻他和弟弟妹妹形成不可侵犯的三人組，一個小巧合將他們湊在一起，他可不想破壞這微妙的連結。貝爾西家的孩子結伴來到附近的咖啡館。他們坐在窗玻璃邊，往外看去是波士頓公園一片凋零的景緻。他們若無其事地聊起近況，閒散穿插沉默，對付各自的瑪芬和咖啡。歷經兩個月時間在一個陌生的地方和陌生人互比機智聰明之後，傑羅姆相當感激如同收到贈禮的此刻。人家說兩個相戀的人之間存有喜悅的寧靜，但此情此景也不遑多讓。坐在弟弟和妹妹旁邊，毋須多言，自在吃喝。古早古早以前，世界還不存在，還沒有生根落戶，還沒有戰爭、工作、大學、電影、服飾、見解和出國旅行，這些東西出現之前只有一個人，佐拉，而且只有一個空間——用椅子和被單在客廳搭建的一頂帳篷。這樣過了幾年，輪列維報到，整個空間為他而設，那情景有如他始終在場。此刻看著他們兩個，傑羅姆發現自己就在他們的指關節和耳殼，在他們的長腿和鬈髮中。從他們肥厚的舌頭抵著微微暴牙的口齒不清中，他也聽見自己的聲音。他從沒考慮過自己是否愛他們，如何愛他們，何以愛他們。他們就是愛：他們是他愛的首要證據，當一切其他的東西終歸消逝，他們是他愛的最後明證。

「還記得嗎？」傑羅姆問佐拉，朝著對面的波士頓公園點頭。「我的大和解念頭。蠢念頭。他們兩個現在到底怎麼樣了？」

那次闔家出遊的光景如今剝除了全部的葉子和顏色，蕭瑟中很難想像還有可能抽出綠意。

「他們還算可以，婚姻還在，情況不會比預期的糟糕，」佐拉說著，滑下椅凳去拿些輕奶油和一片起司蛋糕。不知怎的，如果你的起司蛋糕是後來才加點，彷彿熱量就會少一些。

「你最辛苦了，」傑羅姆說，沒有看列維，不過話是對他講的。「你一直都在那裡。就像住在一隻野獸的肚子裡面。」

列維一副無所謂。「還好啦，老哥。我常常在外面。你知道。」

「最笨的是，」傑羅姆繼續，摸弄小指佩戴的尾戒，「琪琪到現在還愛著他。事態非常明顯，我就是搞不懂——你怎麼有辦法愛一個老是將世界拒於門外的人？我是說，竟固執到這種地步？我一直到離開家裡和外人聊過之後才看清他有多神經。現在家裡聽得到的音樂只剩下像《日本電鍍品》（*Japanses electro*）這種東西。很快我們只能自己敲打木頭來聽了。這個人以前追求他老婆的時候可以在她公寓外頭清唱半場《魔笛》（*The Magic Flute*）。如今她想在家裡掛一幅自己喜歡的畫都不行。就因為他腦袋裡那些錯亂的理論，害其他人也跟著受苦。那根本就是在否定人生的喜樂。真不知道你怎麼還有辦法忍受住在家裡。」

列維用吸管在他的美式咖啡裡吹泡泡。他旋轉椅凳，十五分鐘之內第三次了，他打量後頭牆面上的時鐘。

「我就說了，我常常待在外面。我沒注意到家裡狀況怎樣低落。」

「就我所知，霍華的問題出在他不懂得感恩，」傑羅姆力陳，比較像在說給自己聽。「他明明知道自己受到庇祐，但他不曉得如何表達感恩，因為這會讓他不自在，因為那要面對超然的存在——我們都知道他有多討厭這種事。所以一味否定人間有所謂天賦，有根本的價值，他就這樣迴避感恩的問題。如果天賦不存在，他就不用去考慮天賦可能來自上帝的賜予。不過喜樂正是由此而來。我每天都向上帝跪禱。那非常神奇，列維，」他堅稱道，轉動椅凳面對著列維無動於衷的側臉。「真的不騙你。」

「酷，」列維一派鎮定，上帝的存在和其他主題一樣處於列維話題的邊緣。「每個人都有自己過日子的辦法。」他口氣真切，開始動手挑出第二塊藍莓瑪芬裡的藍莓。

「你幹麼挑出來？」佐拉問，回到她在兩兄弟之間的位置上。

「我喜歡藍莓的味道，」列維解釋，洩漏些許的不耐。「但是我對藍莓本身沒多少興趣。」

佐拉轉動椅凳背對著弟弟，方便和哥哥講點隱密的話。「你提到那次音樂會很有趣，還記得那個人嗎？」佐拉說，指頭曖昧地敲著杯子，暗示接下來要說的事情發生在她自己身上。「音樂會那個傢伙——以為我偷了他的東西——記得嗎？」

「我記得。」傑羅姆說。

「他現在在我們班上。克萊兒的詩歌班。」

「克萊兒的詩歌班？公園裡那個人？」

「結果他是個厲害的抒情詩人。我們在『公車站』欣賞他的表演——我們全班，我們過去看他，克萊兒邀他一起坐。他已經來上過兩次課了。」

傑羅姆望著他的咖啡馬克杯。「克萊兒的流浪兒和迷路者……她應該想辦法照顧好自己的生命。」

「對，原來他真的很厲害，」佐拉說，用一種和傑羅姆商量的語氣，「我想你對他的東西應該很有興趣，你知道……敘事詩……我有跟他提過，或許你可以……因為他真的很有才華，你知道。比方說，你可以邀請他來家裡或者——」

「他沒那麼閒。」列維插話。

佐拉迅速轉身。「你是不是要處理一下你的忌妒？」她轉回去面對傑羅姆，補充說明。「列維跟——那些是什麼人？——就像你在海港遇到的傢伙，剛剛下船——總之，他們在『公車站』被卡爾摧毀。摧——毀——可憐的寶貝。他被刺傷了。」

「那跟這沒有關係，」列維非常平靜，聲音沒有拉高。「我也有說過他還算不賴，如此而已。」

「對啦。隨便你怎麼說。」

「他是那種白人一聽就興奮的饒舌者。」

「噢，閉嘴。你好可悲。」

列維聳肩。「我沒亂講。他玩的東西不瘋癲（wilding out），沒有曠課（crunk），沒有駭飛（hyphy），沒有東岸節奏測試西岸發生的事情，」他自己說得快活，不顧他的兄姊和地球上百分之九十九點九的人口其實聽不懂他的話。「那是我哥兒們，他們背後是廣大受苦的百姓，那個傢伙不過多了一本字典，老哥。」

「抱歉——」傑羅姆開口，搖著頭想要搞清楚狀況。「那為什麼我會想要邀請這個卡爾來家裡？」

佐拉一臉吃驚。「沒什麼特別理由。我只是……因為你回來了。我想或許你可以認識一下新朋友也不錯──」

「要交朋友我可以自己來，謝謝。」

「好的，沒關係。」

「好。」

「沒關係。」

佐拉一生起悶氣總是壓迫感十足，交戰的氣氛瀰漫，有如隨時準備對你怒吼。要平息只能靠你的道歉，或者等佐拉使出包裹在精美包裝紙裡頭的惡毒招數。

「不管怎樣，有件好事……嗯，媽媽近來比較常出門了，」她說，從她的摩卡頂層舀起一匙泡沫。「我想，那樣對她是一大解放。她有和朋友碰面。」

「那很好──我希望她這樣。」

「對……」佐拉啜著奶沫。「她常常去找卡琳．吉普斯。如果你相信的話。」招數使出來了。

傑羅姆將咖啡杯舉到脣際，回話前從容不迫地呷了一口。「我知道。她有告訴我。」

「喔，她有講。對……看起來他們已經完全安頓好住所。我是說吉普斯家。除了他們兒子──不過他會過來這裡結婚。蒙提過了聖誕節就要開始授課了。」

「你是說麥可？」傑羅姆說，語調表現出真誠的關切。「不可能。他要娶誰？」

佐拉不耐煩地搖頭。這不是她的主要火力所在。「我不知道。某個基督徒吧。」

傑羅姆將杯子放回桌面，又重又急。佐拉察看並且發現傑羅姆之前時有時無、令人掛懷的配件，如今似乎已固定配戴：頸上一只金質的小十字架項鍊。

「老爸想要封鎖他的授課，」她語調快速。「我是說，依據憎恨犯罪法。他想在授課前先檢視過內容。他認為吉普斯可能會夾帶恐同性戀的材料。我不認為他有機會制止，雖然我希望他有辦法，不過事情沒有那麼容易。目前我們看到的只有授課的標題。很狂妄，完全就是吉普斯的調調。」

傑羅姆沒有出聲。他凝望對面公園裡的小湖被風襲過湖面。湖水湧漲奔騰，有若兩個胖漢一再登入浴池翻攪。

「『大學之倫理，冒號，去除『文科教育』裡的『自由主義』』。聽起來多聳動。」

傑羅姆將黑色長大衣的袖口捲到腕際。一手完換過一手。他將衣料往下拉，豎起拳頭托住腮邊撐著。

「維多利亞呢？」他說。

「嗄？她怎麼了？」佐拉故作天真，儘管這番作態已經太慢。傑羅姆溫和的嗓音中帶有隱隱的咆哮。「這個嘛，妳這麼好心告訴我他們家其他人的近況，難道她的事情妳反而不打算提？」

佐拉堅決否認她有任何竊喜之情，傑羅姆堅稱如此，這是一場典型的手足爭端開戰，焦點集中於語氣微妙的差別，以及既不能客觀證實又不能理性詰問的措辭。

「相信我，」佐拉尖聲道，想做個了結，「關於維多利亞．吉普斯我沒什麼好高興的。門都沒有。她有來我們課堂旁聽。是老爸開的課。大一生有千百萬種課程可以選——她偏偏挑中大二的研討課。這個人到底有什麼毛病？」

傑羅姆面露微笑。

「沒什麼好笑的。我連她幹麼出現都不曉得。她根本像個花瓶。」

傑羅姆給他妹妹一個沉重的眼神，顯示他希望她寬大為懷一些。從幼年時期開始，他就時常用這種眼神看她，佐拉也使出一貫的防衛伎倆，主動出擊。

「很抱歉，我不喜歡她。我假裝不來。就是不喜歡她。她是那種標準的漂亮臉蛋，習慣耍弄心機，骨子裡其實膚淺得很。她為了掩飾，假裝讀一本巴特的書，而且動不動就引用巴特的句子，真是有夠令人厭煩。不過最教人不齒的是，每次遇到麻煩她就施展魅力占人便宜。真令人作嘔。喔，老天爺，她隨便走到哪裡都有一堆跟班，算她厲害——顯然可悲得很，不過她愛怎麼出風頭都沒有關係……就是別用無厘頭的蠢問題把上課氣氛搞亂。你了嗎？而且她很虛榮。能夠趁早脫身算你運氣好。」

傑羅姆看起來相當難受。他討厭聽到任何人口無遮攔，或許霍華除外，即便如此，假如不得不講些什麼難聽話，他還是寧可自己來。他將瑪芬的包裝紙摺成對半，在指間耍弄，有如一張紙牌。

「妳不了解她。她其實沒那麼愛慕虛榮。她只是還不習慣自己的美貌。畢竟她還年輕，還沒能把握好分寸。說實在的，生了那副容貌，妳知道的，威力強大。」

佐拉粗聲大笑。「喔，她早就算計好了。她運用長相當作邪門的武器。」

傑羅姆兩眼朝上一翻，失聲而笑。

「妳以為我在說笑。她會危害人間。趁她還沒有毀掉別人之前，應該要有人阻止。我說正經的。」

這話太超過了。佐拉在椅凳上身體沉了半截，知道自己講到人家痛處。

「這種話就不用講給我聽了，」傑羅姆怏怏說道，佐拉一時愣住，她也只是把心裡的感受講出來而已。「因為……我已經……我已經不愛她了。」簡簡單單一句話講出來，他周遭的空氣倏地一變。「我這學期發現了這一點，過程很艱辛——我竭力克制自己。其實我本來以為自己無力擺脫她的音容笑貌。」傑羅姆目光盯著桌面，接著抬眼直視妹妹的眼睛。「不過我辦到了。我再也不愛她了。」這番話表達得如此肅穆誠摯，佐拉幾乎笑出聲來，就像以前遇到如此正經八百的時刻他們總是忍不住笑意。不過此刻無人發笑。

「我要閃人了。」列維說，彈離他的椅凳。

列維的手足驚奇地看著他。

「我得走了。」他重申。

「回去學校？」傑羅姆問，察看自己的手錶。

「嗯哼。」列維說，他不想沒事惹來大驚小怪。他作勢告別，匆匆套上米其林外套，先後重重拍了姊姊和哥哥的肩胛。他按下iPod的播放鍵（耳機一直掛在耳上）。運氣真不壞。那是一首饒舌界最肥胖的傢伙的美妙歌曲：一個重達四百磅，布朗克斯出生，西班牙文的天才。二十五歲便死於冠狀動脈阻塞，不過對列維和其他千萬個孩子來說，他依舊生龍活虎。出了咖啡館來到街上，列維隨著那肥佬匠心獨具的豪言壯語蹦躍挪步，它們的繁複程度可比（如同厄斯金有一回想要闡釋）米爾頓的史詩壯語，或者說像伊里亞德。這種比附於列維而言無關緊要。他的軀體就是喜歡這首歌，他毋須遮掩，一路舞動沿街而去，身後的強風讓他腳步迅捷，有如金．凱利。他很快便瞧見教堂的尖頂，又過了一個街區，一面刷白的床單迎風招展，綁在黑色欄杆上。他來得不算太晚，幾個人還在忙著開箱。菲力克斯——眾人的「頭頭」，或至少是掌管金權大計的——揮手招呼。列維連蹦帶跳趕過去會合。他們碰拳、擊掌。有些人的掌心出汗，溼答答的，少數人（如菲力克斯）手則乾爽涼酷，一如堅石。列維心裡狐疑這是否和他的黑人族性有關。菲力克斯比列維畢生見過的黑人都還要黑。他的膚色如同深藍灰色。依列維之見，他從來就毋須大聲表白，他曉得大聲不見得有用，不過菲力克斯在列維眼中宛如黑人族性的本質。你看見菲力克斯時心裡會想：這就對了，如此出類拔萃，這就是白種人害怕、敬慕、需要和畏懼的特質。他黑得純粹道地，反過來比喻，正如那些奇特的瑞典佬睫毛清澈明晰，代表純粹的白。那就像你翻閱字典查看「黑」這個字……令人望而生畏。而且，如果要強調他的特出之處，菲力克斯不像其他人那樣吊兒郎當，他不胡亂講笑。列維就那麼一次看見他笑，是頭一回星期六，列維問菲力克斯他目前是否有工作。那是非洲人的笑法，深沉響亮如洪鐘。菲力克斯來自安哥拉，其餘的來自海地和多明尼加，從古巴來的也有。現在的情形算是多種族混合的雜牌軍。菲力克斯和列維原先都意想不到。列維持續花了一個星期的工夫才說服菲力克斯，自己可以和他們一起認真合作。不過，如今看著菲力克斯握住列維的手，揉捏他的後背，列維有把握菲力克斯喜歡他。其實人們對列維通常都會生出好感，他心裡感激卻不曉得這好感從何而來。就菲力克斯和他們這夥人而言，決定性的關鍵必然是那個「公車站」之夜。他們沒想到他會現身。他們根本料想不到他敢登臺表演。原本還以為他只是說說而已，不過他真的出現了，大家同感佩服。而且他不只是來湊熱鬧而已——他真的頗有助益。全賴他的英語表達能力——至少在口頭上，如此他才有機會播放他們的帶子，並且說服主持串場的人讓十個人同時登臺，並且確認演出後能得到一箱啤酒。他加入成為一夥兒。這種感覺相當奇特。過去幾天以來，列維放學後便和這些傢伙碰面，混在一起，對他來說算是眼界大開。如果你想觸犯他人，那就和十五個海地人在街上大搖大擺。他自覺有點像耶穌和一群痲瘋病人四處輾轉。

「你來了，」菲力克斯說，點點頭。「很好。」

「很好。」列維說。

「星期六和星期天你會來，固定時間，那麼星期四呢？」

「不行，老哥，星期六和星期天可以，不過星期四的時候不行——只有這星期四可以。今天剛好有時間——運氣不錯。」

菲力克斯再度點頭，從口袋掏出一小本記事簿和筆，記下一些東西。

「你來幫忙的話很酷，操他的很酷。」他一副深思熟慮的樣子，將音節主音落在幾個奇特的地方。

「我盡量到處幫忙，阿菲。」

「盡量到處幫忙，」菲力克斯語帶欣賞地重複。「很好，你到另外一邊去試，」他說，指著對面的街角。「我們有一個新人，你帶他一起做，抽十五趴。眼睛放亮一點。到處都是操他的條子。小心一點。東西在這兒。」

列維順從地提起兩袋床單，跨出人行道，不過菲力克斯叫住了他。

「帶他一起去，周周。」

菲力克斯將一個小夥子推出來。他是個瘦排骨，肩膀不會比女孩子粗，兩側背脊之間可以夾一顆蛋。他有一頭天然的圓蓬髮，羽毛般的小鬍髭，喉結比鼻頭還粗。列維揣測他已二十來歲，搞不好二十八有了。他穿一件橘色的亞克力運動衫，不顧寒風刺骨，將袖管捲拉到肘部，右手臂底部有道疤痕，玫瑰紅的色澤映襯黑色的肌膚，從一個點擴散到前臂，有如船行的尾波。

「那是你的名字？」兩人過馬路時列維問道。「那個像**火車**的聲音？」

「什麼意思？」

「你曉得，就像火車的聲音，丘丘！火車來了！跟火車一樣。」

「那是海地語。」

「對，對——我知道……」列維思索了一番。「這個嘛，我不能這樣叫你，老哥。我直接叫你小丘如何——那樣很屌，真的。屌死了。列維與小丘。」

「我不叫那名字。」

「對，我知道，老哥。不過那樣聽起來比較順耳——小丘。列維與小丘。你聽如何？」

沒有作聲。

「對，那才上道。丘……小丘。好酷。東西放那兒——不，不是那兒——像這樣。這樣才對。」

「我們趕緊動手幹活好嗎？」小丘說，將手從列維手中掙脫，在街道兩側左右張望。「風這麼大，我們得把每樣東西壓好。我已經從教堂院子裡搬了點石頭過來。」

小丘操著一口超溜的英語，大出列維意料之外。一派沉默的意外當中，他幫小丘解開捆包，成落五顏六色的手提包堆占據人行道。他站在床單上抵擋風勢，小丘則搬動石頭壓在包包的提把上。接著列維開始用衣夾將他的DVD夾上妥當壓穩的床單。他嘗試交談。

「要緊的是，小丘，你得隨時罩子放亮、注意條子，有任何動靜就隨時喊我。儘管大聲叫喊就對了。他們人還沒出現你就要能預先看見——你要有那種街頭警覺心，嗅到八條街之外的條子氣味。要花工夫練習，那是一門藝術。不過你一定得學會這一套。街頭討生活必備。」

「我懂。」

「我這輩子都在街上混，這已經成了我的第二本能。」

「第二本能。」

「別擔心——你早晚能學會這一套。」

「我想沒問題。你年紀多大了，列維？」

「我十九了。」列維說，感覺把自己說老一點會比較好。不過似乎效果不佳。小丘閉上眼睛搖著頭，動作不大但還是感覺得出來。

列維發出神經質的笑聲。「喂，小丘……別看起來太興奮，你曉得，太突然了。」

小丘直視列維的眼睛，希望取得同感共鳴。「我真幹他媽的討厭推銷東西，你了吧？」他說，口氣相當憂傷，列維如此認為。

「小丘，你不是在推銷，老哥，」列維熱心地回答。這會兒曉得問題出在哪裡，他很高興——三兩下就能解決！問題的關鍵在於態度。他說，「這可不像在CVS藥妝店站收銀臺！你是在幹買賣，老哥。那是兩碼子事，那是**街頭**門道。幹買賣就是在討生活，不懂得買賣你只有死路一條。想當兄弟就得學會買賣。就是這道理把我們連繫在一起——不管我們是在華爾街或者ＭＴＶ或者坐在街角身上揣了個找零錢的腰包。那美妙得很，老哥。我們是在幹買賣。」

作為列維個人哲學最完整的表白，這番高論迴盪在空中，等待著夠稱頭的心悅誠服！

「我聽不懂你在講些什麼。」小丘說，發出嘆息。「我們幹活吧。」

列維頓感洩氣。就算別的傢伙不懂列維的滿腔熱血，他們總還知道保持笑容、合作無間，而且多少也學會幾個列維喜歡用來描述他們真實處境的造作字眼。高竿，玩家，混哥，皮條客。畢竟，在列維眼中，這些字眼所傳達的境況比他們實際的處境要令人寬慰許多。叫混哥總比被人叫路邊小販要稱頭吧？幹買賣聽起來豈不強過賣東西？有這般繽紛的影帶，有這般列維堅信他們是其中一員的戶外社群，還有誰會選擇自己孤單、淒冷的房間？街頭，全球性的街頭，幹買賣的兄弟沿著街角，從羅克斯伯里到卡薩布蘭加，從中南美到開普敦。

列維還不死心。「我說的是幹買賣，天哪！就像——」

「路易·威登，古馳，古馳，芬迪，芬迪，普拉達，普拉達，」小丘嘴裡叫喚著，遵照先前受到的指示。兩個中年白人婦女被他的展示吸引，停下腳步，開始恣意和他討價還價。列維注意到他這位同夥口中的英語隨即變得比較簡易，多半為單音節的字句。他也注意到這些婦女和小丘交涉要比和列維打交道輕鬆自在許多。當列維想插嘴略微誇讚這些提包的品質，她們對他投以奇怪的眼神，幾乎可說是輕蔑。當然，她們不會想要多費唇舌——菲力克斯解釋過這一點。她們向你買東西心裡其實有幾分羞慚。經過大賣場工作的體驗，你很難忘記顧客有能力消費是何等的自豪。列維嘴巴緊閉，看著小丘手腳俐落地收下八十五塊錢賣出三個手提包。這是這樁買賣另一項好處：如果人們想買東西，他們會迅速下手，迅速走人。列維恭喜他的新朋友完成交易。

小丘掏出一根香菸點燃。「這是菲力克斯的錢，」他說，打斷列維的話語。「不是我的。我以前跑過計程車——同樣是這套鳥規矩。」

「我們也有一份，老哥，我們也有一份。這是經濟學，對吧？」

小丘笑聲苦澀。「真品——八百塊，」他指著馬路對頭的店家說道。「仿冒品——三十塊。本錢——五塊，或許三塊。那的確是經濟學。美國人的經濟學。」

列維對這番奇談大搖其頭。「你能相信這些賤貨花三十塊錢買個成本只要三塊的手提包？這狗屎真他媽的不可思議。但這就是買賣。」

這時小丘低頭盯著列維的運動鞋。「你鞋子多少錢買的？」

「一百二十塊，」列維語帶自豪，上下彈跳展示鞋跟內載的吸震裝置。

「成本十五塊，」小丘說，從鼻孔噴出兩道觸鬚般的白煙。「不可能更多。十五塊。你被人家耍了，朋友。」

「喂，你怎麼會知道？不可能，老哥。那根本不可能。」

「我就是來自做你這種鞋子的工廠。以前那裡有做你這種鞋子。可是我們現在什麼東西都沒得做了，」小丘說，接著又喊「普拉達！」招攬另外一群婦女，人數不斷擴張，有如他拋出一具拖網罩住了人行道。來自工廠？你要如何來自工廠？不過此刻他沒有時間進一步深究。此時，在列維這頭來了一群哥德風的女孩。她們黑髮白膚，十分苗條，用奇特的金屬鍊條栓繫在一起——看起來像是那種週五夜晚流連於哈佛廣場電車站，腰間褲頭藏有一瓶伏特加的美眉。她們想要恐怖片，列維也不吝提供。他銷售旺盛，兩個銷售員接下來有個把鐘頭幾乎沒交談的空檔，除非有需要從對方的腰包換鈔。列維一向無法忍受僵局，仍舊感覺有必要讓這個傢伙喜歡他，就像多數人那樣喜歡他。終於，熱絡的交易狀況趨於和緩。列維把握時機。

「生意如何，老哥？別誤會我的意思，不過……你看起來不像會幹這一行的人。你了吧？」

「你看這樣如何？」小丘口氣平靜，再度令列維驚覺他使用英文慣用語之熟練，儘管異國口音濃厚。「你別煩我，而我也盡可能不去煩你。你賣你的電影，我賣這些手提袋。意下如何？」

「一言為定。」列維口氣平靜。

「最佳電影，熱門影片，三片十塊！」列維扯嗓嚷嚷。他手插進口袋，摸到兩片巧克力薄荷糖。他遞一片給小丘，他敬謝不敏。列維撕開包裝將糖果扔進嘴裡。他喜歡巧克力薄荷糖。薄荷加巧克力。基本上，你需要的糖果不外乎就是如此。最後一絲薄荷滑入他咽喉，他極力克制自己什麼也別說，卻又出聲：「所以你在這裡有很多朋友？」

小丘嘆氣。「沒有。」

「城裡一個也沒有？」

「沒有。」

「你不認識半個？」

「我認識兩、三個人，他們在河對面幹活。在威靈頓，大學裡面。」

「喔，真的？」列維說。「哪一個系所？」

小丘停止整理腰包裡的鈔票，古怪地看著列維。「他們是清潔工，」他說。「我不知道他們負責清理哪個系所。」

好的，好的，算你贏了，兄弟，列維暗自忖道，蹲下身體，漫無目的地將DVD整理成排。他跟這傢伙算是到此為止。不過這會兒換成小丘興趣來了。

「那麼你——」小丘說，盯著他不放。「你住在羅克斯伯里，菲力克斯跟我說的。」

列維抬臉看著小丘。最後，他總算露出笑容。

「是的，老哥，沒錯。」

小丘低頭看著他，有如史上第一高大的巨人。

「對。我是這樣聽說，他說你住在羅克斯伯里。你也和他們一起玩饒舌。」

「沒有啦，我是自己去的。那很棒——有那種政治氣氛，真實的憤怒。我學到很多東西……比如政治脈絡，我現在才認識到這個，」列維說，參照一本有關海地的書（雖然到現在還沒有讀），是他從阿倫德爾中學一百二十七年歷史的圖書館中借來的。除了應付課程和考試臨頭，列維畢生頭一遭踏入那個與世隔絕的陰暗小場所。

「可是他們說從來沒在羅克斯伯里那兒見過你。其他的人說的。他們說從來不曾見過你。」

「對啦，嗯。我多半都是自己一個人。」

「我懂了。這個嘛，或許我們應該在那兒碰個面，列維，」小丘說，他的笑容咧得更大了，「在鄰里街坊之間。」

10

凱瑟琳／凱蒂．阿姆斯壯年方十六。她是威靈頓大學最年輕的新生之一。她長於印第安那州的南本德，顯然是她們學校裡腦筋最好的學生。雖然凱蒂她們學校多數的學生不是停止升學，就是進入印第安那州當地的學校就讀，當她獲得全額獎學金赴笈東岸的高檔學府，沒有人會感到太過訝異。凱蒂本人嫻熟藝術和科學，不過她的心——如果這種說法有道理可言——自始至終歸屬於大腦的左半球。凱蒂對藝術情有獨鍾。儘管她的父母親收入匱乏，教育程度有限，她很清楚自己照理來說應該選擇醫學院，或甚至哈佛法學院。不過她爸媽十分開明、慈愛，他們全然支持她的選擇。

凱蒂進入威靈頓就讀之前的暑假，絞盡腦汁想不出自己到底該主修英文或是藝術史。她始終猶疑不決。有時她想出社會後當個編輯，有時她想像自己打理一家藝廊，甚至撰寫一本畢卡索的專書，他是凱蒂畢生所知最了不起的人物。到了此刻，她入學成為新鮮人，保持開放的態度，不急於做出決定。她選了寇克教授二十世紀繪畫的研討課（只開放給大二生，不過她努力求得教授首肯）以及兩門文學課程，英國浪漫主義詩歌和美國後現代主義。她學習俄語，幫忙接聽飲食失調患者的求助電話，負責歌舞劇演出的布景製作。由於天性害羞，凱蒂每個星期光為了走進這許多活動的場地就得克服許多心結。全部的課程裡頭有一門最令她驚怕不已：貝爾西博士的十七世紀藝術。他們這學期的重頭戲是林布蘭，他是凱蒂畢生第二佩服的人物。她一直有個夢想，有一天上了大學，和其他天資聰穎的同學一起修習林布蘭，他們全都熱愛林布蘭，並且毫不扭捏地表達這種熱愛。至今她上過三回課，對課程內容還是一知半解。多數時刻她感覺教授口中的語言和她十六年來精心琢磨的話語截然不同。第三次上課之後她回到宿舍，不禁失聲痛哭。她詛咒自己的愚蠢和幼稚。她多希望自己就讀的高中可以提供不一樣的書籍供她研讀，而非一些徒然浪費生命的玩意兒。不久，凱蒂終於平靜下來。她取出《韋氏字典》查閱幾個課堂上提到的神祕字彙。結果字典裡沒有收錄。她是有找到「閾限」（liminality）這個字，但查過之後依舊不解貝爾西博士遣辭的用意。然而，凱蒂不是那種輕言放棄的女生。今天是第四回上課。她已經準備好迎戰。上星期，他們發了兩張畫像的影印預備今天上課討論。凱蒂已經研究了整個星期，深入思索，在筆記簿上記下要點。

第一張圖是《雅各與天使摔角》（*Jacob Wrestling with the Angel, 1658*）。依凱蒂之見，畫面顏料的厚塗法強而有力，違反直覺地創造出那種催眠般夢幻的氛圍。她記下天使的容貌和林布蘭可憐的孩子提多十分相似；記下透視線條的運用創造出動作凝固的幻覺；記下天使與雅各之間私密的動態互動。當她審視這張畫作，她看見激烈的對抗，同時也表現出一種深情擁抱之感。這令她想起，受到卡拉瓦喬影響的同性性欲（一來到威靈頓她便發現許多事物都和同性戀有關）。她十分喜歡大地色調——雅各衣服單純的淡紅色，以及天使的灰白、農家子弟的罩衫。卡拉瓦喬筆下的天使總是披著陰鬱華麗的鷹狀羽翼。相反的，林布蘭天使的翅膀既不像老鷹也不像鴿子。凱蒂沒見過任何鳥類有這種粗陋、邋遢、暗褐色的翅膀。那翅膀幾乎像後來才添加上去的東西，有如要提醒我們這幅畫出自《聖經》故事，具有超脫塵世的意涵。不過依照林布蘭新教徒的心靈，凱蒂確信，此處描繪的爭鬥實際上牽涉到人類俗世的靈魂，及塵世的人類信仰。凱蒂本人兩年前緩慢且痛苦地失去她的信仰，她找到《聖經》上相關的經文並且記在筆記簿上：

只剩下雅各一人；有一個人來和他摔角，直到黎明……那人說，天黎明了，容我去吧。雅各說，你不給我祝福，我就不容你。

凱蒂發現這幅畫作令人印象深刻，優美且教人敬畏——不過難以真正打動人心。她找不到正確的用語，沒辦法以手指頭標明何以如此。她所能說的，再度言之，便是這並非她目前所關注的信仰爭鬥。至少，不是她本人所經驗過的那種歷程。雅各看起來似乎需要同情，而天使看起來似乎也願意給予同情。爭鬥不是這樣進行的，其中不存在真正的對抗。如此剖析這幅畫可說得通？

反之，第二幅畫令凱蒂落淚。那是《坐著的裸婦》（*Seated Nude*），一六三一年的蝕刻畫。畫裡是一個體貌醜陋的婦人，赤裸著身體，桶狀的乳房小小的，肚肉鼓突，坐在大石頭上，眼睛直視著凱蒂。凱蒂讀過一些對這幅蝕刻畫的著名評論。大家的感想是它技巧優異但畫面可憎。許多大有來頭的人對它感到嫌惡。一個單純的裸婦竟然比參孫被挖掉雙眼或為眾神司酒的蓋尼米得隨處便溺還令人噁心。莫非她當真如此醜怪？對凱蒂而言，她產生的衝擊力道強大，一開始像個毫無掩飾、無情地曝露自我的圖像。不過接著凱蒂開始注意到所有人體表面的細節其實在結構當中並不明確，而是含蓄地隱藏在我們眼見之處。令凱蒂動容的是，當下沒有穿著的長襪在她腿上留下細齒狀的襪痕，兩臂的肌肉暗示日常的體力操勞。鬆弛的肚腹生育過多名子女，依舊清新的面龐過往引誘過男人，日後可能引誘更多的男人。凱蒂本人的體格瘦長，卻甚至可以看見自己的身體包容在這名裸婦的身軀當中，有如林布蘭會對她、對所有的女人說：「因為妳是大地之女，正如我的裸婦，妳同樣也會身臨這種時刻，如果妳和她一樣了無羞慚而且充滿喜樂，妳將受到祝福！」這正是一名道道地地的婦人：樸實無華，經歷過生育、勞動和歲月，體驗過風霜——這些正是生命的印記。所以凱蒂感觸良多。所有這些都是經由交叉排線法（cross-hatching）來呈現（凱蒂自己畫過漫畫，對於交叉排線法略有所知）。這些人類的暗示都是由墨水瓶中產生！

凱蒂興沖沖來到教室，興沖沖入座。她將筆記本攤開在面前，決定好這一回要成為三、四個敢於在貝爾西博士的課堂上發言的勇士之一。這一班總共有十四名學生，圍成方形，課桌相連，所以人人看得見對方。他們的名字寫在紙卡上摺放於桌面，看起來有如一票銀行經理。貝爾西博士發話。

「這裡我們打算……質問的是，」他說，「藝術家做為自主的個體，有幸能夠洞見人類處境的迷思。關係到這些文本的——這些圖像作為敘述——豈不是暗地裡訴諸準神祕的天才概念？」

話說完一陣可怕漫長的沉默。凱蒂咬著指緣甲皮。

「換個說法。在這裡我們所見到的可是真正的反叛。一種轉變？大家都說這對古典的裸像構成一種拒絕。好的，只不過，這幅裸像難道不是對於粗鄙理想化的一種**肯定**？這已經銘刻於特定明確的性別分類的概念之中，自貶格調？」

又是一陣沉默。貝爾西博士起身，在黑板上寫了個大大的「光」字。

「這兩張圖都談到光啟（illumination）。為何如此？也就說，我們講到**光**的時候可以把它當作中性的概念嗎？到底光的理性（logos）是什麼東西，這種靈性之光，這種想像的光啟？當我們提到這種『光』之『美』時，我們心裡到底有何指涉？」貝爾西博士勾起指頭加引號。「這些意象到底關係到什麼東西？」

凱蒂看準機會到來，打算張開嘴巴發出聲音，她的舌頭已經來到齒邊。不過那個驚人美貌的黑人女孩維多利亞搶先一步，一如既往，她馬上獨占貝爾西博士的注意力，即便凱蒂有把握她吐不出什麼驚人之語。

「畫作本身有它內在的層面，」她語調緩慢，低首望著桌面，接著又抬頭露出那愚蠢的、賣弄風情的臉蛋。「它的主題就是繪畫藝術本身，它是關於繪畫的作品。我的意思是，這本身就引人入勝。」

貝爾西博士饒有興味地輕敲桌面，仿如在說，我們總算有人起頭了。

「很好，」他說。「再來。」

不過維多利亞再度發言之前有人插話。

「唔……我不了解妳在這裡如何使用『繪畫』一詞？我不認為妳可以單純將繪畫的歷史，或甚至是它的理性局限於『繪畫』這麼一個字眼。」

教授對這個觀點似乎也同感興趣。發話者是個年輕人，他穿的T恤一面印著「存在」，另一面印著「時間」，整間大學裡就屬這個年輕人最令凱蒂感到害怕，遠比其他的女人都令她畏懼，即便是那個美麗的黑人女孩，因為他顯然是凱蒂平生所遇過最出色的第三號人物。他名叫麥克。

「不過你已經賦予這個詞一種特權，」教授的女兒出聲回應，對凱蒂而言，她並不令人嫌惡、憎恨。「你已經預設蝕刻畫是只是『低等的繪畫』。所以你的問題本身就有問題。」

這時候課程逃離凱蒂的掌握，有如站在海邊任潮水和沙石沖刷她的腳趾，昏沉、愚蠢，世界迅速隨潮浪遠去，留下她茫然無措。

三點十五分，特魯迪．史戴娜遲疑地舉起手來說上課時間已經超過十五分鐘。霍華俐落地收拾好文件，為時間超過而道歉，但也沒多說什麼。他感覺今天是上課以來最成功的一次。課堂上終於出現熱烈的討論，互動頻繁。特別是麥克令他印象十分深刻。你在課堂上需要有這種人物。事實上，他有點令霍華想起自己同樣年輕的時刻。彼時那段黃金歲月裡，他還相信海德格可以拯救他的人生。

每個人都在動手整理東西，佐拉對她父親豎了個大拇指便迅速離去。由於課程安排的一點小差池，她每次都錯過克萊兒詩歌班上課的頭十分鐘。克利斯蒂和薇若妮卡坐在學生當中，像兩個完全沒事可做的助教（修課人數不多），他們剛在傳遞下星期上課的練習頁。當克利斯蒂來到霍華的座位旁邊，他鬼祟敏捷地俯身和霍華的高度齊平，一手撥攏旁分的髮線。

「太驚人了。」

「我想沒錯，過程順利。」霍華說，從克利斯蒂手中接過一張作業單。

「我想作業單激發了一次意見對話，」克利斯蒂態度謹慎，等待霍華確認。「不過說真的，是你將對話改頭換面——火力由此開展。」

聽了這話霍華又是微笑又是皺眉。克利斯蒂的英語有些古怪，儘管他是貨真價實的美國人。不過他的言語聽起來有如經過他人翻譯。

「作業單確實有助於我們起頭。」霍華同意，然後接收到克利斯蒂幾波感激的抗議。製作這些作業單的正是克利斯蒂本人。霍華一向有心詳細研讀，不過，本週一如既往，他只在早上課堂之前草草瀏覽過。兩人對此心知肚明。

「你有收到院務會議延期的通知了嗎？」克利斯蒂問道。

霍華點頭。

「改在一月十日，聖誕節後第一次開會。到時候你需要我出席嗎？」克利斯蒂問。

霍華疑惑是否有此必要。

「因為，我對這件事做了一番研究，呃，關於校園裡發表政治演說的限制。我是說，其實也不是特別相關……我知道你並不需要……不過我想會有幫助，雖然我們需要完全掌握吉普斯教授提名演說的實際內容。」克利斯蒂邊說邊從他的書包取出文件。克利斯蒂絮絮叨叨的同時，霍華眼睛瞟著維多利亞。不過克利斯蒂的話實在太多了。霍華沮喪地望著她不羈的長腿跨出教室門口，左右各簇擁一位男性友人。兩條腿完美地裹在牛仔褲褲管裡，長腿分開，令人神往。她的足踝套著棕褐色的皮靴，喀嚓靠攏。他最後看見的景象是她完美的屁股——渾圓、挺翹——晃過轉角，走得不見蹤影。二十年的教學生涯，他的眼睛從來沒有這樣魂不守舍過。當然，多年來他也看過不少這樣的女孩，不過只有今年特別喚起他的注意力。總之，他已完全認命。上兩回上課之前，他便放棄了忽視維多利亞．吉普斯的努力。不可能辦到的事情做來徒勞無益。

年輕的麥克趨近霍華，泰然自若，彷彿自比霍華的同事，問起霍華不經意提到的一篇文章。解除了對維多利亞目不轉睛的詭異束縛，霍華很高興地指引他刊載的期刊和年分。更多人離開教室。霍華低頭望著桌面，避免和其他學生交談，將文件收進書包。他湧上一股陰沉感受，似乎有誰故意逗留不去。這種逗留往往表示有人準備哭求牧師般的關切。我在想看我們或許能否找個時間喝杯咖啡……有些問題我想找人討論討論……霍華更認真地處理他包包的釦環，有人逗留不去的感覺還在。他抬起眼：是那個幽魂般奇特的女生，課堂上從來不發一語。她作勢收拾她的筆記簿和筆，最後她終於走到門邊，徘徊不去，霍華沒得選擇，只得勉強擦身而過。

「凱蒂——怎麼樣，還好嗎？」霍華問，嗓門響亮。

「喔！還好……我是說，不過我只是……貝爾西博士，下星期——還是——還是……同一間教室？」

「就是這間。」霍華說，跨步穿過走廊，走下輪椅坡道離開大樓。

大樓外頭，八角形的小天井裡，雪已經開始下了。大片的積雪分隔了白晝，不像英國的落雪有諸多玄奧：落雪止住了嗎？快融化了嗎？雨雪紛飛嗎？降冰雹？在這裡，下雪就

「貝爾西博士？」

是下雪，沒啥好說的，到了明天早上便會雪深及膝。

「貝爾西博士？能不能聽我講個話——一下子就好？」

「維多利亞，好的。」他說，眨眼擠掉睫毛上的雪花。映襯在白色背景下的她十足動人。看著她著實令人開懷，兩分鐘前被他拒於門外的諸般想法、可能性、容忍和議論，如今來者不拒。眼下可是難得的良機，比方說，列維可以趁此時討個二十塊錢，傑克·法蘭區可以順勢要求他主持探討大學之未來的專題討論會。不過接著——感謝老天——她轉頭迎向他處。

「我會趕上你們。」維多利亞對那兩個年輕人說道，他們倒退走在她前面，露齒而笑，粉紅的手中捏著雪球。維多利亞趕上霍華的腳步。霍華注意到她的頭髮承接落雪的情形和霍華的頭髮截然不同，雪花安穩整齊地飄落她的頭頂，有如糖霜。

「我從沒看過這種景象！」她樂不可支，兩人通過出入口，準備踏過小徑通往威靈頓的主要院區。她兩手維持逗趣的姿勢，插在牛仔褲後邊的口袋，手肘往後突出，有如翅膀的殘肢。「一定是我們還在上課的時候就開始下了，該死的，好像電影裡面演的落雪。」

「我懷疑電影裡面的落雪有需要每個星期花一百萬來清理。」

「老天爺——那麼多錢。」

「那麼多錢。」

「好大一坨。」

「的確如此。」

這僅僅只是他們倆第二回私底下的交談，跟頭一回的情形沒有兩樣：又蠢又怪又好笑。小維笑得牙齒外露，霍華沒把握他是被揶揄或者調情。她和他兒子上過床——那算尋開心而已嗎？不過一開始就是他在主導情勢：他不說破，假裝這學期之前兩人未曾碰面，除了老師和學生之外別無進一步的關係。他覺得自己被她打亂了陣腳。她對他根本一無所懼。眼前若換了班上其他學生，早就搜索枯腸找尋高超的句子，不對，他們壓根就不敢接近他，除非預先備好光采耀目的開場白，一些繁瑣的閃亮修辭片段。他這輩子花了多少鐘頭勉強自己微笑傾聽這些精心建構的評論？它們也許已經在這些企圖心旺盛的孩子興奮的大腦溫床中蘊釀幾天，甚至幾週之久？不過小維不來這套。出了課堂她似乎有幾分以魯鈍自豪。

「唔，嘿——你可曉得所有的大學社團都必須舉辦愚蠢的晚宴？」她說，仰起臉朝向白茫茫的天空。「每張桌子必須邀請三位教授出席——我的社團在愛默生禮堂，我們不會太過正式，不會搞得像某些人那麼矯揉造作……沒問題的，實際上是男女都有——這天氣可還真冰。基本上就只是一起吃個晚餐，通常會有一場演講——又臭又長的演講。所以。如果你不喜歡這一套直接說不沒關係……我的意思是，我也不曉得——這是我第一次碰到這種場合。所以就想說問問看應該不會怎樣。」她伸出舌頭嚼起了雪花。

「喔……這個嘛，我想，如果妳想要我去，我會去的，這是當然，」霍華開口，試探性地對著她講，不過小維嘴巴裡還嚼著雪。「可是……妳不會覺得……嗯，或許有義務帶妳父親一起去？我可不想沒事得罪人。」霍華快速說道。這顯示了自己對那女孩子媚功了得的敬意，霍華片刻都沒想到他也有自己的義務要顧。

「噢，天哪，才不要。已經有百萬個學生邀請過他了。而且我有點緊張他會在餐桌上提到神的恩典。老實說我知道他會，但那樣就……很有趣。」

她講話的口音已經橫渡大西洋，發展出霍華子女般攪和不清的腔調。真是遺憾之至。他喜歡那種北倫敦的腔調，染上加勒比語，如果他沒誤解的話，同樣也染上昂貴的女子中學氣質。他們停下腳步。霍華來到他的岔路，上樓到圖書館。他們面面相對站著，拜長靴所賜，幾乎高度一致。小維攬胸而抱，下唇哀怨地抵住上門牙，就像漂亮的女孩子偶爾扮出痴傻的表情，絲毫不怕那效果會就此定型。霍華的回應則是擺出極端嚴肅的神色。

「我的決定大部分要看……」

「看什麼？」她拍合沾雪的連指手套。

「……要看到時候是否有歌詠團到場。」

「歌什麼？我不知道耶……我根本不知道那是什麼。」

「他們是唱歌的，年輕人，」霍華說，有點退避三舍。「他們唱歌。非常和諧一致的唱歌。」

「我想不會吧。沒有人提到這種節目。」

「有歌詠團的地方我就沒辦法去。這點很重要。我以前有過倒楣的經驗。」

這會兒輪到小維狐疑自己是否被人捉弄。碰巧霍華看起來一本正經。她瞇著眼看他，牙齒格格作響。

「你會來吧？」

「如果妳確定要我去。」

「我十分確定。那剛好在聖誕節過後，還有一段時間，基本上是——一月十日。」

「不要歌詠團。」她舉步離開時霍華說道。

「不要歌詠團！」

總是如此，克萊兒的詩歌班總是喜樂融融。每個學生的詩作和前一個星期比較起來只有些微的變化，全部作品一貫符合克萊兒激烈情感和真誠洞察力的有益結合。所以朗恩的詩作一貫關注現代社會的性異化，黛西的詩作一貫關注紐約，仙黛兒一貫關注黑人的掙扎，而佐拉的作品比較像由隨機的文字衍生器產製而出。克萊兒身為教師的強力天賦，便是從這些努力當中找出可取之處，並且在言談之間當作這些作者儼然已經成為全美詩歌愛好人士家喻戶曉的人物。此事非同小可，芳齡十九的黛西聽到人家說自己有一首新作可視為她畢生的代表作，不僅證明她已經處於巔峰狀態，甚至可說運用了過去以來所有倍受愛慕的黛西功力！克萊兒真是個傑出的教師。她提醒你詩歌寫作是何等的高貴，將個人最私我的部分傳達出來，感覺有如奇蹟，而且是透過韻腳和格律、意象和概念這種特定格式的方法。等到每位學生朗讀過他們的作品，並經過嚴肅適切的討論之後，克萊兒總結的方法是朗讀一位偉大的、通常已經過世的詩人的一首詩作，並且鼓勵學生採用討論彼此作品的態度加以討論。藉由這種討論，個人得以學習想像自身作品和人間其他作品之間緊密的延續。多棒的感受！你走出那間教室的時候，就算沒有和濟慈、狄金生、艾略特以及其他響叮噹的人物並肩而行，至少也置身相同的室內回音，同樣接受歷史的一一唱名。這當中以卡爾的轉變最清晰可見。三個星期前他首次來到課堂，帶著滑稽、懷疑的懶散姿勢。他以倔強乖戾的咕噥聲念出他的歌詞，似乎對眾人的欣賞感到怒氣難平。「那根本不算詩，」他抗議。「那是饒舌。」「有何差別？」克萊兒問道。「它們是兩回事，」卡爾論稱，「兩種不同的藝術形式。不過饒舌談不上什麼藝術形式。它就是饒舌而已。」「所以它沒辦法討論？」「要討論可以——我不會阻止你們。」那一天，克萊兒首度讓卡爾見識到他的饒舌是由什麼東西組合而成。抑揚格，揚揚格，揚抑格，抑抑揚格。卡爾激昂地否認諸般晦澀難解的知識。他習慣在「公車站」受到款待，而非在課堂上。卡爾人格建立的重要基礎原則便是學校課堂並非為他而設。

「可是其中的文法，」克萊兒進一步解釋，「就在你大腦的硬體接線裡面。你幾乎已經想出商籟體的十四行詩了，你毋須明白詩體的規則就能寫得出來——不過那不代表你的寫作沒有格律可言。」此等宣告看似沒有幫助，不過其效果就像你在耐吉店裡詢問顧客是否願意試試同款運動鞋的二號，隔天顧客便會自覺身材長高些許。「你會為我寫一首十四行，對吧？」克萊兒甜甜地問卡爾。第二回上課時她又問，「那首十四行寫得如何了，卡爾？」他說，「努力當中，寫好的時候我會告訴妳。」顯然他有意同她調情。他老是喜歡跟老師來這一套，整個高中生涯樂此不疲。克萊兒同樣以調情回敬。高中時卡爾和他的地理老師上過床——場面搞得很慘。如今回想起來，從那次意外事件開始，他和課堂的關係就一直不對盤。不過和克萊兒相處起來，調情的程度恰到好處。情況並非……不恰當——應該可以這麼說。克萊兒當老師的本領即便他還是個小男孩的時候也前所未聞，彼時他的女老師們還用不著擔心他會襲擊或強暴她們：她希望全力以赴。其實就理論上來說，這檔事根本無從發生起。他不是真的學生，她也並非真是他的老師，而且總歸說來，卡爾和教室就是水火不容。然而，她希望他努力以赴。而他也希望為她善盡心力。

所以時候到了，第四回上課，他出現了，並且為她帶來一首十四行。如同她的提示，總共十四行，每行十個音節（或節拍，卡爾很難不這麼想）。那不是一首驚天動地的十四行。不過班上每個人你一言我一語，有如他創造了原子分裂。佐拉說，「我想那是我讀過唯一真正有趣的十四行。」卡爾小心提防。他還不能確定這一整段的威靈頓奇遇不是有人故意對他開了惡劣玩笑。

「意思是說它愚蠢可笑？」

全班一起大叫**不！**然後佐拉說，「不，不，不，它生動有力。我是說，詩的形式沒有對你形成限制——它老是限制著我。我不知道你是怎麼辦到的。」全班滿腔熱情地贊同此一評斷，大家開始狂熱討論，持續了大部分上課的時間，焦點都是他的詩，有如他的詩是某種實在的東西，像一座雕塑，或一個國家。大家討論的過程當中，卡爾不時低頭看他寫的東西，湧起一股過去在學校課堂上前所未有的感受：自豪。他馬馬虎虎寫出那首十四行，有如寫他的饒舌一般拿枝鉛筆，隨便找了張皺巴巴還髒兮兮的廢紙頭。如今他也自覺拿這種紙寫他的詩文實在太不稱頭。他下定決心如果有辦法搞到鍵盤，就把這鬼玩意兒打出來。

正當眾人收拾東西準備下課，克萊兒說，「你有把這門課當一回事吧，卡爾？」

卡爾小心翼翼地環顧自己。什麼怪問題，當著眾人面前這樣問他。

「我的意思是，你想不想繼續留在這班上？即使以後會遇到困難？」

所以原來是這麼回事：他們認為他腦筋有限。這些初步的階段還好，不過接下來他可就難以應付，不管課程內容為何。要是這樣他們幹麼還費事問他？

「有多困難？」他口氣煩躁。

「我是說，如果有其他人希望你不要出現在這個班上。你會和他們奮戰留下來？或者你會讓我為你奮戰留下來？或者讓你這裡的詩人同伴為你奮戰？」

卡爾怒眼圓睜。「我不喜歡人家明明不歡迎我還硬要留下。」

克萊兒搖頭，並且揮手拂去那種念頭。

「我沒有把意思表達清楚。卡爾，你想要留在班上，對吧？」

卡爾差一點就要講出他才不鳥，不過最後他也看出克萊兒熱切的臉龐希望得到非常不一樣的回答。

「當然，課程很有趣，妳曉得。我感覺自己好像……你知道……有學到東西。」

「喔，我真是高興，」她說，臉上確實露出微笑。接著她停下來，變得一派正經。

「很好，」她口氣堅定。「就這樣決定，很好，你就繼續留在這班上。不管是誰只要有需要，」她熱烈表示，眼睛掃過學生，從仙黛兒到一個在威靈頓儲蓄銀行工作的年輕女孩（她叫布朗茵），接著一個波士頓大學叫王的數學小子，「都可以留在這個班上。好了，我們就上到這裡。佐拉，妳能留下來一會兒嗎？」

學生三三兩兩離去，每個人對於佐拉的特殊安排略感好奇和忌妒。卡爾離開時握拳在她肩頭輕擊一下。佐拉整個人容光煥發。克萊兒回想並認出那種感覺，心裡有些同情（因為在她看來，佐拉似乎沒什麼機會接受這種待遇）。她微笑著想起自己同樣年紀的往事。

「佐拉——妳知道院務會議的事吧？」克萊兒坐在桌上抬眼望著佐拉的眼睛。她塗睫毛的技術不佳，眼睫毛整個糊在一塊。

「當然知道，」佐拉說，「那是個大會議已經延期了。到時候霍華會對蒙提．吉普斯的演說火力全開。反正其他人也沒那個膽量。」

「唔，」克萊兒說，提到霍華令她有些尷尬。「噢，那件事，對。」克萊兒目光從佐拉身上移開看向窗外。

「每個人都會去，就這一次，」佐拉說。「基本上，這次要認真為這所大學的靈魂而戰。霍華說，長久以來這是威靈頓最重要的一場會議。」

情況正是如此。這是去年那些亂七八糟的事情發生之後首次跨學科的院務會議。早在一個月前就眾所矚目，不過今天早上的延期通知更讓克萊兒看清楚局面是衝她而來：冷淡的圖書館，交頭接耳，各種眼色，瞧來瞪去——霍華坐在一張扶手椅內閃躲她，克萊兒的同事看好戲般欣賞著他閃躲她的一幕。更不用提那些擱置動議，全額連記投票，激烈的發言、抱怨、請求、反對請求。傑克．法蘭區主導局面，慢條斯理——非常慢條斯理。克萊兒似乎不宜在她精神復原的重要關頭，花太多工夫應付這種精神與心智惡化的情境。

「是的……聽我說，佐拉，妳知道這學校裡有一些人不贊同我們這個詩歌班。我是說，他們不贊同像仙黛兒……像卡爾這樣的人成為我們威靈頓社群的一分子。到時候這會排入院務會議的議程。目前有一股保守的潮流橫掃這所大學，這真的、真的令我驚恐萬分。而且他們根本就不打算聽我的意見。他們已經認定我是共產主義發瘋的女詩人或隨便什麼。我認為我們需要為詩歌班另找一位強力的辯護者。這樣我們才不會愚蠢地翻來覆去辯個沒完。而且我想找個學生應該會合適許多——可以提出證明。找個和這些人一起學習的經驗當中所有獲益的學生。某個有辦法……嗯，代替我出席的人，來一場精采演說，說出能夠令他們信服的價值。」

佐拉畢生的學術幻想便是在威靈頓大學的教授們面前發表一場精采演說。

「妳希望我去？」

「只要、只要妳不介意這麼做的話。」

「等一下——這場演說由我來策劃和擬稿。」

「這個嘛，我的意思不是指一場實際正式的演講。不過我猜，只要妳清楚知道自己想要——」

「我是說，我們究竟在做些什麼，」佐拉高聲質問，「如果我們不能將這學校眾多的資源擴大分享給有需要的人？想來真是令人作嘔。」

克萊兒面露微笑。「妳已經做好完美準備了。」

「就我一個人？妳不會在場？」

「我覺得，如果由妳自己講出心裡的想法，那樣的效果會強大許多。其實我本來是想讓卡爾自己上陣，可是妳也曉得……」克萊兒說著，發出嘆息。「教人沮喪的事實是，除非使用威靈頓的語言，否則這些人對於向他們良知發出的訴求根本無動於衷。而妳十分了解威靈頓的語言，佐拉。妳比其他任何人都要勝任。我無意把場面搞得太過戲劇化，不過一想到卡爾，我就覺得像他們這樣沒有聲音的人需要的正是妳，用妳強而有力的聲音來為他們發聲。我覺得這點實在太重要了。同時，在這樣的風雲變色的氛圍當中，有人挺身支援無所依靠的人，我感覺這樣十分美好。妳不覺得嗎？」

11

兩週後威靈頓大學放假過聖誕節。落雪紛飛不止。每天晚上威靈頓的鏟雪路工默默將積雪鏟至人行道旁。過了一陣子，每條路的路邊都堆起灰色的冰雪堤岸，有些地方甚至高逾五呎。傑羅姆也從學校回來了。乏味的派對一場接著一場：有藝術史系辦的，校長家的酒會，副校長家也來一場，還有琪琪的醫院，以及列維的學校。琪琪不只一次發現自己在這些擠滿了人、熱呼呼的房間周遭四下打轉，一杯香檳在手，希望能在這些閃亮的裝飾物和捧著盤子來回傳送蝦子的安靜黑人女僕中看見卡琳．吉普斯。多半的時刻她會瞥見蒙提，他倚著壁板，身著愚不可及的十九世紀三件式套裝，錶栓著掛鍊，誇張地堅持己見，嘴裡幾乎總是吃著東西——但卡琳一次也沒和他一起現身。卡琳．吉普斯也是那種人嗎，承諾了友誼卻從來不當一回事？友誼只是隨口撩撥而已？或者琪琪自己過度預期了？這畢竟是家家戶戶開始湊攏、親合和緊密連結的時刻，從感恩節到新年這段期間，一天接著一天，每個人的世界聚合成一個微觀單一的歡樂家戶，每家有每家的儀式、執迷、習慣和願望。你覺得自己不宜打電話干擾別人，他們也覺得打給你不合適。這些季節性的牢籠當中一個人要如何開口呼救呢？

然後一封短箇送至貝爾西家，由某人親手傳送。卡琳寫來的。聖誕節迫近，卡琳感到自己準備禮物的進度落後。最近她又因病臥床一段時日，家人又赴紐約短期度假，孩子可以自己血拚，蒙提則從事一些慈善工作。不知琪琪方便考慮陪同她至波士頓採買一番嗎？

一個陰鬱的週六早上，琪琪搭乘一輛威靈頓計程車去接她的朋友。她將卡琳安頓在前排乘客座位上，自己坐在後頭，將兩腳舉起，如此便毋須對付地板上沖來刷去的冰水。

「妳們要去哪兒？」計程車司機問，琪琪告訴他那處購物廣場的名字，他卻一無所悉，儘管那等於是波士頓的地標。他還是需要街名路名。

「那是城裡最大的購物廣場。你對這城市根本不熟嗎？」

「那不屬於我的工作範圍。你應該知道自己到底要去哪裡。」

「親愛的，那正好就是你的工作。」

「我不覺得英語破成這樣還能許可他們開車。」卡琳正經八百地抱怨，聲音也沒壓低。

「不，是我不對，」琪琪喃喃說道，為惹起這場風波感到不好意思。她縮回座位。車行穿越威靈頓大橋。琪琪看著一大群鳥俯衝橋拱，棲落在凍結的河面。

「妳意見如何，」卡琳口氣焦慮，「我們是要好多地方一間一間逛，還是乾脆找家大賣場一次買齊？」

「我的意見是，根本什麼東西都別買了。」

「妳不喜歡過聖誕節？」

琪琪思索。「不，不是這樣。不過我對它的感覺已經不能跟以前相比。我以前在佛羅里達很喜歡過聖誕節——佛羅里達天氣很暖和——可是原因不在這裡。我父親當牧師，他讓聖誕節對我格外有意義，我指的不是宗教意涵，而是他把聖誕節視為『對最好的東西懷抱期待』的日子。那是他的表達方式。這提醒了我們自己可能成為何種人。而現在感覺起來似乎只在於你有沒有得到禮物。」

「這麼說來，妳不喜歡禮物。」

「我不想再要更多的東西了，不了。」

「這個嘛，我還是會把妳列入我的名單，」卡琳爽快說道，從前座揮動一本白色的小筆記簿。接著她一派正經地說，「我想要給妳一樣禮物，當做對妳的答謝。我已經變得十分孤單，妳還會想到要來探望我，陪陪我……雖然那時候我心情上不怎麼配合。」

「別傻了，我很高興能夠去看妳。我巴不得有更多機會這麼做。現在請把我該死的名字從名單上槓掉吧。」

不過琪琪的名字原封不動留著。雖然一旁沒有寫上禮物品名。她們腳步沉重地踩過冷颼颼的巨大購物廣場，找到幾件適合維多利亞和麥可的服飾。卡琳買起東西既反覆無常又擔驚受怕，花二十分鐘端詳一件可愛的單品卻買不下手，然後急忙忙一舉買下三樣馬馬虎虎的東西。她令琪琪有些掃興地講了好多關於討價還價以及金錢價值的話語，徒然顯示吉普斯家財力殷實。至於蒙提，卡琳想為他買一樣「真正漂亮」的東西，所以她們果敢無畏地踩著積雪穿過三個街區，到一家更高檔的小專賣店去，那裡可能有卡琳心頭念念不忘、手工精雕的手杖。

「你們聖誕節都怎麼過？」兩人擠過紐博莉街的人群時琪琪問道。「你們會去什麼地方——回英國嗎？」

「通常我們會去鄉下過節。我們在一個叫伊登的地方有棟漂亮的小別墅。離溫卻爾希海灘不遠。妳曉得那地方嗎？」

琪琪坦言自己不知道。

「那是我所知道最漂亮的地方。不過今年我們必須留在美國。麥可已經動身過來了，他會一直待到一月三日。我等不及想要見他！我們打算借用某個朋友在安賀斯特的房子——就在狄金生小姐的故居旁邊。妳一定會喜歡那個地方。我之前去看過了，滿漂亮的。房子很大，儘管我覺得沒有伊登那裡漂亮。不過真正動人的是他們的蒐藏品。他們有三幅愛德華·霍普的畫，兩幅約翰·辛格·薩金特，還有一幅米羅！」

琪琪倒抽一口氣，兩手一拍。「喔，我的老天——我好希歡愛德華·霍普。真不敢相信！他讓我五體投地。想想看你們家裡居然有那種東西。姊妹，這讓我好忌妒，真的好忌妒。我很想去見識一番。那真是太美妙了。」

「今天他們會把鑰匙送過來。真希望此刻我們人已經在那兒了。不過我還是得等蒙提和孩子回來再說。」最後這話說得若有所思，將一些事情帶到她心思的最前線。「現在家裡情況如何？琪琪？我老是會想到妳，替妳擔心。」

琪琪伸手攬住她的朋友。「卡琳，老實說，請不用擔心，一切都沒問題。每件事都慢慢安頓下來。雖然聖誕節在貝爾西家並不是最輕鬆愉快的時刻，」琪琪聲音發顫，機伶地轉移了主題。「霍華受不了聖誕節。」

「霍華……恕我直言，他好像討厭很多東西。繪畫、我的先生——」

琪琪開口細數霍華並不討厭的東西來加以反駁。卡琳輕拍她的手。

「我是故意開玩笑——只是鬧著玩的。所以他也討厭聖誕節。因為他不是基督徒。」

「這個嘛，我們家裡沒有一個人是。」琪琪回答的口吻堅定，不希望產生誤會。「不過霍華最近對此事的態度十分堅決。他不希望家裡出現聖誕氣氛。以前這會讓孩子們難受，不過現在他們已經習慣了，而且我們會用其他的方式補償。但是——不行，絕不能有一杯蛋酒，絕不能有任何小玩意兒闖進我家的門檻。」

「妳這樣講好像他是個吝嗇鬼！」

「不……他一點也不吝嗇。其實他慷慨得很。在那一天我們會撐飽自己，吃到呈呆滯狀，過新年他也會買一大堆禮物來寵壞孩子——但怎麼說，他就是**不過**聖誕節。我想我們會去倫敦的朋友家，不過這要看孩子們同不同意。那兒有對夫婦是我們的老朋友。我們兩年前去過，非常好的地方。他們是猶太人，所以不會有問題產生。所以霍華就喜歡這樣：沒有宗教儀式、沒有迷信、沒有傳統，也沒有聖誕老人的圖像。我想這聽起來很古怪，不過我們也習慣了。」

「我才不信妳說的——妳是在跟我開玩笑吧。」

「我是說真的！事實上，如果妳仔細思考，就會發現這種政策非常符合基督教義。汝不可崇拜任何雕刻偶像，除我之外汝不可有別的神——」

「我懂了，」卡琳說，她被琪琪開展話題的飄忽多變弄得有些困擾。「不過誰**是**他的上帝呢？」

琪琪正轉動腦筋想回答這個困難的提問，霎時她的注意力被街區上一群非洲人的喧嚷和色彩分散打斷。半個人行道都被他們占據，叫賣那些仿冒品，在他們當中，確實在他們當中——

不過，當她出聲叫喚他的名字，一群湧動的購物者遮蔽了她的視線。他們通過之後，那幻像也隨之消失。

「那是不是很古怪，我老是以為自己看見列維。另外兩個孩子從來不會這樣。都是那身千篇一律的制服——便帽、帽T、牛仔褲，那些孩子穿的全都和列維一模一樣，就像是該死的軍隊。不管我去到哪裡，都能看見像他一樣的孩子。」

「我不管醫生是怎麼說的，」當她們走上一小段階梯，進入一處十八世紀的連棟房屋，現已清空，用來放置貨物，供買家和賣家進行交易，卡琳倚著琪琪說道，「眼和心是直接相連的。」

她們在這裡找到一根和卡琳心目中十分接近的手杖。還有一些字母組合圖案的手帕，以及醜不堪言的領帶。卡琳心滿意足。琪琪提議將禮物拿到店內的包裝服務處。卡琳未曾想過自己會如此樂在其中，小姐包裝時她一直徘徊，有時忍不住伸出手指按壓一下膠帶，或幫忙放好一只領結。

「噢，一幅霍普的畫，」琪琪說，為此一巧合欣喜不已。這是一張《緬因州的道路》（*Road in Maine*）」，一系列美國著名畫作的拙劣複製印刷品之一，用以顯示這家店品味之高尚，和她們方才造訪的購物廣場截然不同。「有人剛從那路上走過，」她低語道，手指安全地沿著畫面光坦、缺乏顏料的表面上下觸摸，「實際上，我認為那個人就是我。我一路漫步細數那些柱子。不知道自己去向何方。沒有家累、沒有責任，那可有多好！」

「我們一起去安賀斯特。」卡琳．吉普斯口氣迫切。她抓住琪琪的手。

「喔，親愛的，我很想看什麼時候能去那兒！能夠被款待親眼看見那樣的畫作，而不是在博物館裡。嘩……這提議太棒了，謝謝妳。那令人充滿了期待。」

卡琳看上去有幾分驚慌失措。「不，親愛的，我們——我們現在就去吧。我有鑰匙，我們坐火車去，午餐時分就會到了。我想讓妳看看那些畫作——它們就該被妳這樣的人喜愛。等東西包好我們馬上出發，明天下午再回來。」

琪琪從大門出口望出去，看著又一場側面席捲而來的風雪。她注視朋友凹陷蒼白的臉，感覺自己手中那隻手的顫晃。

「說真的，卡琳，如果換個時間，我很樂意跟妳去，不過……天氣真的不適合，現在出發也有點太晚了。或許下星期我們可以安排一趟旅行，妥妥當當，而且……」

卡琳．吉普斯鬆開琪琪的手，回到禮物包裝處。她被惹惱了。沒一會兒她們便離開店裡。卡琳在一面天蓬下等候，琪琪則在溼冷中揮手攔計程車。

「妳真是親切又好心。」琪琪拉開前面乘客座車門時，卡琳拘謹地說，有如她們兩個並非要同搭一輛車。回家的路程氣氛緊繃且安靜。

「你們家人什麼時候回來？」琪琪出聲，而且又再問了一次，因為對方沒有聽見，或假裝沒有聽見。

「這要看他們讓蒙提忙到什麼時候，」卡琳回答的氣勢頗盛。「他在那兒的教堂負責很多工作。除非事情告一段落，否則他不會離開。他責任感強得很。」

這下輪到琪琪被惹惱了。

兩人在卡琳家前分手，剩下的路途琪琪選擇步行回家。穿過融雪泥濘，她心煩意亂，越來越確定自己犯下錯誤。居然以天氣和時間太晚為由拒絕如此盛情的主動邀約，真是愚蠢又執拗。她感覺這是一項考驗，而她眼睜睜看自己把事情搞砸。這正是那種霍華和孩子們認為荒謬、多愁善感又不切實際的提議——她本該接受此一提議。整個傍晚她都心生悶氣，對家人暴躁不耐，對霍華下廚為她烹煮的平和晚餐（這幾星期以來許多次中的一次）也索然無味。用完餐後，她戴上帽子和手套又徒步走回了紅木路。可洛蒂德來應門，說吉普斯太太剛剛出門到安賀斯特的房子去了，要明天才會回來。

琪琪一陣慌張，使盡全力跑向公車站，接著放棄搭公車，走到路口設法攔下一輛計程車。到了火車站，她發現卡琳正買了一杯熱巧克力準備登上火車。

「琪琪！」

「我想要去——我很樂意——如果妳還想帶我去的話。」

卡琳出乎意料地將一隻帶著手套的手按上琪琪緋熱的臉頰，幾乎令她眩然欲泣。

「我們在那兒留下來過夜。可以在鎮上用餐，明天整天待在那棟房子裡。妳真是個有趣的女人。這真是太有意思了！」

她們攬臂並肩走向月臺時，聽見有人叫著卡琳的名字，連叫了好幾聲。「媽！嗨，媽！」

「小維！麥可！可是這……哈囉，我的親愛的！蒙提！」

「卡琳，妳到底在這裡做什麼，快過來，讓我親親妳，妳這傻呼呼的老東西——這是什麼狀況！妳身體好一點了嗎？」此時卡琳猛點頭，就像個快活的孩子。「哈囉，」蒙提招呼琪琪，蹙著眉頭，草草和她握了握手便又轉向他太太。「我們在紐約簡直噩夢一場，教堂的管事根本不中用，不是不中用就是偷雞摸狗——總之，我們提早回來了，真是高興——要讓麥可在那地方結婚，門都沒有，我可以那樣告訴妳——門都沒有，不過你們是要——」

「我正要到艾利諾的房子去，」卡琳說，笑容滿面，接受兩個孩子從兩側的擁抱，其中維多利亞像個吃醋的情人那樣打量著琪琪。另一個年輕的女孩，衣著樸素，藍色馬球衫衣領圍著頸子，喉部一串珍珠，挽著麥可空著的那隻手臂。他的未婚妻吧，琪琪猜想。

「琪琪，看來我們的旅行得延期了。」

「那個人宣稱他毫不知情──毫不知情──我們近來寄給他四封信，提到千里達的那所學校，他撇得一乾二淨！可恥的是他完全沒有知會我們這邊的任何人。」

「而且他的說辭有夠閃閃爍爍，我要把事情搞清楚。絕對有地方不對勁。」麥可進一步補充。

琪琪露出微笑。「當然當然，」她說。「下一次，再找一天。」

「妳需要搭個便車嗎？」一家人轉身離去時，蒙提生硬地詢問琪琪。

「喔──謝謝，不用了……你們有四個人，一輛計程車沒辦法……」

快樂的一家子匆匆離開月臺，有說有笑，安賀斯特的火車緩緩離站，而琪琪站在那兒，手裡還拿著卡琳的熱巧克力。

論美與犯錯

我說我怨恨時間，保羅說
捨時間之外我們從何發現
品格之深刻，靈魂之成長？

——馬克．多蒂（Mark Doty）

1

北倫敦的公園綠地四下蔓生，組成分子有橡樹、柳樹和栗樹、紫杉和美國梧桐、山毛櫸和白樺。這片綠地環繞著城市的最高點，同時向周遭延伸而去。種植的成效太過良好，感覺一點也不像在規劃之內自然生成，此地非處鄉野，只不過是像黃石公園般的林園，每一處陽光可能帶來祝賀的地方都有綠木遮蔭，秋天塗抹的是黃褐色和琥珀色，到了惹人注目的春天則轉成淡黃，容易讓人發癢的灌木叢中，躲藏十幾歲的愛侶和大麻吸食者，寬闊的橡樹準備迎接勇壯男士的倚靠，割整過的草地預備夏季的球賽，小丘陵可放風箏，水塘等著嬉皮人士，冰透的露天泳池歡迎體格健壯的老者，難纏的駱馬對付難纏的小鬼，並且為了觀光客設立一棟鄉土館舍，正面刷得雪白，足供好萊塢獵取任何特寫鏡頭，裡頭有間茶館，販售的任何飲食都要端到戶外享用，腳踩草地，坐在木蘭樹底下，讓花尖泛著粉紅、形如倒轉鈴鐺的白色花朵落在你的四周。漢普斯特西斯公園！倫敦之光！這地方，濟慈散步過，賈曼和某人爽過，歐威爾鍛練過他衰弱的肺臟，畫家康斯泰勃永遠不愁找不到神聖的景色。

時值十二月下旬；西斯公園穿上它清簡的冬季斗篷。天空一片蒼白。樹是黑的，修剪得光禿禿。草地灰白，踩在腳下嘎吱作響，唯一令人寬懷的是冬青樹漿果偶顯芳蹤的深紅色光澤。在一棟又高又窄、背對著所有這些奇妙景緻的房屋裡，貝爾西一家正和瑞秋與亞當·米勒共度耶誕假期，他們倆是霍華的大學老友，結婚的時間甚至比貝爾西夫婦還久。

他們沒有孩子，也不慶祝聖誕節。貝爾西一家每次都喜歡到米勒家來玩。原因不在房子本身，這裡一團亂，擠滿了貓、狗、完成一半的油畫、一罐罐不知何物的食物、沾滿灰塵的非洲面具、一萬兩千本書、過多的小擺飾和密度已達危險程度的小玩意。但是那座西斯公園！從每扇窗望出去的景緻彷彿對人下達指令，要求大家到外頭來享受它。客人儘管天寒地凍，也都樂於從命。他們待在這裡時有一半的時間都花在米勒家處處荊棘的小花園，花園的盡頭是漢普斯特池塘的起始，恰好彌補了花園規模的不足。霍華、貝爾西家的孩子、瑞秋和亞當都在花園裡——孩子們以卵石打水漂兒，大人觀察兩隻喜鵲在一棵大樹上築巢。此時，琪琪推開三扇式拉窗，朝他們走了過來，手摀著嘴。

「她死了！」

霍華看著妻子只感到些微驚慌。每個他真正所愛的人此刻都和他一起待在這座小花園裡。琪琪來到非常靠近的地方，嘶啞地重複她剛得到的消息。

「誰？琪琪，誰死了？」

「卡琳！卡琳．吉普斯。麥可——她的兒子，是他打電話來。」

「他們到底怎麼弄到這裡的電話號碼？」霍華魯鈍地問。

「我不知道……我想是我辦公室同事給的……我沒辦法相信這種事會發生。我兩個星期前還跟她見過面！她會葬在這裡，在倫敦，肯薩爾綠園墓園。葬禮星期五舉行。」

霍華眉頭擠成一團。

「葬禮？可是……我們當然不會去的吧。」

「不，我們一定要去！」琪琪大叫，哭了起來，哭聲驚動了孩子，他們圍攏過來。霍華將妻子摟進懷中。

「好好好，我們去，我們去。親愛的，真對不起。我不知道妳這麼……」霍華沒往下講，只是親吻她的鬢角。就身體層面，他已經不知多久沒有這樣親近她了。

離丘地之下僅有一哩之遙，枝葉繁茂的女王公園裡，正在料理死亡接踵而來令人麻木的雜務。麥可致電琪琪的一個小時之前，吉普斯家人被喚進蒙提的書房——維多利亞、麥可和未婚妻艾美莉亞。叫喚他們進來的聲調使人心頭一震，準備面對更加痛苦的消息。一週之前，在安賀斯特，他們發現卡琳．吉普斯的死因：一種步步侵犯的癌症，她卻對家人三緘其口。他們在她的皮箱裡找到了止痛劑，是持有醫院處方箋才能取得的藥物。即使如此這家人卻仍不清楚開立者為何人，麥可對醫生在電話裡連番狂吼多時。比起思索母親早就知道死期將至，卻自覺有必要隱瞞摯愛她的人究竟有何理由，吼叫發洩要容易多了。惶恐中，年輕人進入房間，在蒙提那張彈簧年久失修、愛德華時期的家具上坐了下來。窗簾闔攏。房裡唯一的光亮是花磚壁爐裡燃燒的一根木頭小火焰。蒙提看起來很疲憊，他的炯目布滿紅絲，釦子解開、髒汙的背心垂在肚皮兩側。

「麥可。」蒙提說，遞給兒子一個小信封。麥可將信封接了過來。

「我們只能這麼想，」麥可從信封裡抽出一張折疊的信紙時，蒙提說道，「你母親的病情已經嚴重到影響了她的理智。那是在她的邊桌裡發現的。你怎麼看這件事？」

艾美莉亞越過未婚夫的肩膀伸長頸子去讀上面寫的東西，看了之後驚訝地倒抽一口氣。

「我想，第一，這東西絕對沒有法律約束力。」麥可立即出聲。

「這是用鉛筆寫的！」艾美莉亞脫口而出。

「沒有人認為這具有法律約束力，」蒙提說，捏了捏鼻梁。「重點不在這裡。重點是：它是什麼意思？」

「她根本就沒有寫過這東西，」麥可口氣篤定。「誰說這是她的筆跡？我認為不是。」

「上面到底怎麼說？」維多利亞說著又哭了起來，四天來她無時無刻都在哭泣。

「致相關人士，」艾美莉亞開始讀，孩子般睜大眼睛，並且發出童稚的低語聲。「我過世之後將我的讓．伊波——伊波——我老是沒辦法念好那名字！——的畫作『爾女神』——爾茲……」

「我們知道是哪一幅該死的畫！」麥可猛然打斷。「對不起，爸。」他補上一句。

「……送給琪琪．貝爾西太太！」艾美莉亞宣讀，有如這是她曾經被要求大聲說出的話裡最不尋常的字眼。「而且簽名的是吉普斯太太！」

「她沒有寫那種話，」麥可又出聲。「不可能。她絕對不會做那種事。抱歉。不可能。那女人顯然在媽媽身上施加了某種力量，我們都沒有注意到——她一定覬覦那幅畫有一陣子了——我們知道她曾經到過那房子。不，對不起，這完全亂來一通。」麥可下斷語，儘管他的論證恰好又繞回原點。

「她迷惑了吉普斯太太的神智！」艾美莉亞喊道，她天真的想像力受到《聖經》當中一些比較浮誇的情節所感染。

「閉嘴，艾咪。」麥可咕噥道。他把信紙翻過來檢視，彷彿空白的背面可以提供線索、識破緣由。

「這是家務事，艾美莉亞，」蒙提口氣嚴厲。「而妳還不是這個家的成員，先保留自己的意見會比較理想。」

艾美莉亞抓著喉部的十字架，垂下眼睛。維多利亞自扶手椅上起身，從哥哥手中奪過那張紙。「這是媽媽的筆跡，絕對是。」

「沒錯，」蒙提合情合理說道。「我認為這點毫無疑問。」

「聽著，那幅畫很值錢，價值多少？大概三十萬？英鎊？」麥可說，身為吉普斯家人，他決辦法像貝爾西家那樣坦率談論金錢、無所忌諱。「這事絕對不可行，她萬萬不可讓這幅畫流出這個家……我確信，因為她多少有提過，就在最近——」

「要送給我們！」艾美莉亞尖聲說，「當作結婚禮物！」

「的確，她有這樣說過，」麥可附和道。「現在你們對我說，她要把家裡最值錢的畫送給一個實際上可說是陌生人的女人？送給琪琪·貝爾西？我才不這麼認為。」

「都沒有其他的信，其他任何東西？」維多利亞困惑不解。

「什麼也沒有，」蒙提說。一隻手按上他發亮的腦門。「我想不透。」

麥可出力拍打他坐的躺椅扶手。「想到那女人居然如此算計已經病成這樣的媽媽——真是噁心。」

「麥可，問題在於目前這件事要如何處理？」

此刻，吉普斯家的人換上精明實際的腦袋。房間裡的女人未被賦予此等重責大任，本能地坐回椅子上，麥可和父親不約而同用手肘撐著膝蓋，身體前傾。

「妳覺得琪琪．貝爾西知道有這……這封信？」麥可出聲，幾乎不容最後這個字的存在有憑有據。

「這點我們並不清楚。她當然還沒有提出任何權利要求。到目前為止還沒有。」

「不管她知不知道，」維多利亞突然出聲，「她沒辦法證明，對吧？我的意思是，她沒有任何書面證據可以呈上法庭或任何地方。這是我們與生俱來的權利，看在操他的份上。」維多利亞又開始嗚嗚咽咽，她的淚水任性流淌。生平遇到的頭一遭死亡正以任意的形式強力侵入她生命快樂的範圍，隨苦痛與失落而來的是令人憤憤不平的懷疑。在人生其他種種處事方面，吉普斯一家受到侵害時總能設法維護自己的權利：蒙提打過三件誹謗官司，麥可和維多利亞從小被教導強力捍衛自己的信念和政治立場。不過這件事——這件事無可抵禦。俗世的自由主義者是一回事；死亡又是另一回事。

「我不想聽到那種語言，維多利亞，」蒙提口氣強硬。「妳應該尊敬這棟房子和妳的家人。」

「顯然我比媽媽更尊敬我的家人——她甚至都沒有提到我們。」她揮舞著那張信紙，揮著揮著信便落了下來，有氣無力地飄到地毯上。

「妳母親，」蒙提開口又止住，流下事發至今孩子們見到的第一滴淚。麥可見狀無力承受，他的頭後仰縮回靠墊，發出一聲刺耳、痛苦至極的嘶啞聲，憋了許久的淚水也恨恨流下。

「你們的母親，」蒙提試著再度開口，「對我是個忠實奉獻的妻子，也是你們美麗的母親。不過最後她病得很嚴重，只有主明白她是究竟如何承受。而這，」他說著，並從地上撿起信紙，「是發病時的一種症狀。」

「阿門！」艾美莉亞出聲，抓緊她的未婚夫。

「艾咪，拜託。」麥可咆哮著將她推開。艾美莉亞將頭藏進他的肩窩。

「我很抱歉給你們看了這東西，」蒙提說，將紙對摺起來。「它沒有任何意義。」

「沒有人認為它有意義，」麥可突然出聲，用艾美莉亞體貼送上來的手帕抹了抹臉。「就把它燒了，忘掉這件事。」

終於有人將此話說出口了。一根柴火爆出巨響，有如火焰也在聆聽，並渴求新的燃料。維多利亞張開嘴巴，但什麼話也沒說。

「正是如此。」蒙提說。他將信揉成一團，輕輕扔進火中。

「不過我想我們還是應該邀請她來參加葬禮，邀請貝爾西太太。」

「為什麼！」艾美莉亞叫道。「她好討厭——我那次在車站見到她，她的目光就從我身上穿過，好像我這個人根本不存在！一副盛氣凌人的樣子。而且她其實是拉斯特法里教徒！」

蒙提皺起眉頭。這下可清楚了，艾美莉亞和安靜的基督教女孩相差十萬八千里。

「艾咪講得有道理。我們幹麼這樣做？」麥可說。

「很明顯，你母親在某些地方和貝爾西太太很投緣。最後幾個月裡她經常孤單一個人，我們沒有一個人在身邊陪她。」聽到這顯而易見的事實，每個人都盯住地上的某個定點。「她交了這位朋友。不管我們對此作何感想，都應該尊重這一點。我們應該邀請她來。這樣才合乎禮儀，大家同意嗎？我想她應該也沒有辦法節外生枝。」

幾分鐘後孩子們陸續走出書房，對於訃告即將出現在明晨《泰晤士報》上的那個人真實性格究竟為何生出幾分疑惑：吉普斯夫人，蒙特袞．吉普斯爵士之愛妻，維多利亞及麥可摯愛的母親，**帝國疾風號**的乘客，堅毅的教堂義工，藝術贊助者。

2

透過他們私人出租計程車髒兮兮的車窗，貝爾西一家看著漢普斯特變成西漢普斯特，西漢普斯特又變成威爾斯登。每過一座鐵路橋，街頭塗鴉就跟著增加；每過一條街道，樹木便持續減少，枝椏間，隨風飄揚的塑膠袋又多了一些。販賣炸雞的店鋪越來越多，一直延續到威爾斯登綠地，似乎每家店的招牌都和家禽沾親帶故。鐵軌上方寫著巨幅的、睥睨死亡的字體，顯示一則訊息：你媽媽來電。換個不同的情境，這倒是滿逗趣的。

「這裡環境好像變得……更糟糕了，」佐拉大膽說出意見，那新奇文靜的聲音是她特地為此一喪禮喬裝出來的。「他們家不是很有錢？我本來以為他們很有錢。」

「那是他們的家，」傑羅姆口氣簡明扼要。「他們就愛這地方，一直都住在這裡。他們不會炫耀做作。這點我已經解釋過很多次了。」

霍華用結婚戒指敲擊厚實的玻璃側窗。「不要被耍了。這附近有一些該死的大宅院。況且，像蒙提這種人就是喜歡在小池塘裡當大魚。」

「霍華。」琪琪發話的聲調讓大家閉上嘴巴，直到終點溫徹斯特小路。車子停在一座英國鄉間小教堂旁，教堂與周遭的鄉村環境脫節，納入都市城郊的範疇，在貝爾西家孩子們眼中看來似乎如此。事實上，此地是歷經衰退的鄉村。距今僅僅一百年前，只有五百個人居住在這個有著綿羊牧場和果園的教區，土地是農民向一所牛津學院承租而來，該學院迄今仍將大半的威爾斯登綠地計入它的領地。這是一座鄉村教堂。站在碎石前院一棵櫻桃樹光禿的枝條下，霍華幾乎可以想像繁忙的要道完全淹沒，取而代之的是小牧場、灌木圍籬和多花薔薇，以及鵝卵石鋪就的小路。

人群圍攏過來，環繞在一次世界大戰紀念碑周圍，簡簡單單一根柱子，上頭的銘文難以辨讀，每個字早已磨蝕，成為石塊上的凹痕。大部分的人身著黑衣，但也有一些人沒有這麼穿，就像貝爾西家。有個瘦小結實的男人，穿著街道清潔工的橘色粗呢大衣，趕著兩隻一模一樣的白色布爹利犬，爬上越過牧師住宅和教堂之間餘留的花園土墩。他似乎不是喪禮的賓客。人們不以為然地注視著他，有的發出不滿的嘖聲。他繼續扔出棍杖。那兩隻小獵犬也毫不鬆懈地啣回棍子，嘴巴各自鉗緊兩端的棍頭，形成一隻八條腿完美搭檔的嶄新動物。

「各種人都有，」傑羅姆低聲說，因為大家全在竊竊低語，「你可以看得出來她認識的人形形色色。如果在我們家，你能想像得出來一場喪禮——甚或任何場合——會如此混雜多樣嗎？」

貝爾西一家環顧周遭，從而看清此一事實。各種年紀，各種膚色和好幾種信仰。有的衣著講究——帽子和手提袋，珍珠和戒指——也有明顯屬於不同世界的人，牛仔褲和棒球帽，莎麗和連帽粗呢大衣。教人高興的是，眾人當中居然出現厄斯金·傑格德！如此場合並不適宜高聲叫喚和揮手，於是派列維去請他過來。他如公牛般頓足走來，身著瀟灑的賽車綠花呢西裝，手裡舞弄雨傘，如同拐杖。全套裝束就缺一副單片眼鏡。看他這副模樣，琪琪想不透為何以前沒有意識到這一點。儘管厄斯金過度裝扮，像個花花公子，但在服裝款式上面，蒙提和厄斯金倒是一對。

「老厄，感謝上帝你在這兒，」霍華說著，擁抱他的朋友。「不過你怎麼會在此現身？我以為你跑去巴黎過聖誕節。」

「我是去巴黎沒錯，我們一直住在克里詠——不得了的飯店，那飯店真是漂亮——結果布羅克斯打電話給我，布羅克斯爵士，」厄斯金輕鬆地補充。「不過霍華，你知道我認識我們這位朋友蒙提已經很久很久了。進牛津的第一個黑人學生不是他就是我——我們到現在還有爭議。儘管我們之間難得意見一致，然而他有教養我也有教養。所以我就來了。」

「當然，」琪琪似乎相當動容地握住了厄斯金的手。

「還有卡洛琳當然也堅持要來，」厄斯金繼續淘氣地說，朝路對面他太太斜倚的身姿點點頭。她站在教堂的拱道中，和英國一位著名的黑人新聞播報員談得很起勁。厄斯金假裝深情款款地注視她。「我老婆是個恐怖的女人。她是我唯一知道有本事在喪禮上搞政治掮客這套的女人。」說到這兒，厄斯金克制他奈及利亞式大笑的音量。「每個有頭有臉的人都會出現，」他說，拙劣地模仿他老婆的亞特蘭大鼻音，「儘管我怕這裡現身的名人不如她所預期的那麼多——起碼有一半的人物我這輩子還沒見過。不過我們人都已經來了。我們在奈及利亞幾場喪禮上流過眼淚，顯然亞特蘭大的電視臺有播出報導。事情真是不可思議。老實說，看到你們在這裡出現我好意外。我以為你和蒙提爵士為了一月份的會議正準備刀劍相向。」厄斯金的雨傘變成一把長劍。「學校小道消息是這麼傳的。沒錯，霍華。別跟我說你來這裡不是為了別有用心的動機，嗯？嗯？我講錯話了嗎？」當琪琪從他手中將自己的手抽出時，厄斯金問道。

「唔……我想媽媽和卡琳之前非常親近。」傑羅姆低語道。

厄斯金戲劇性地舉起一隻手摀住胸口。「可是你應該阻止我講話冒冒失失！琪琪——我完全不知道妳認識那位女士。這下我可尷尬了。」

「不要這樣。」琪琪說，但還是冷冰冰地看著他。厄斯金在社交上遇到摩擦馬上會嚇得渾身癱軟。他現在看起來就一副身體疼痛難當的模樣。

佐拉出面對他施以援手。「嘿，爸——那不是濟亞．瑪拉末？你們在學校時不是跟他混在一起？」

濟亞．瑪拉末，文化評論者，前社會主義者，反戰運動推行者，隨筆作家，偶爾靈光一閃的詩人，政府當局的眼中釘，電視螢光幕的例行亮相者，或者，套用霍華簡潔扼要的評語，「典型租用引句的討厭鬼」，他站在紀念碑旁邊，正抽著註冊商標的菸斗。霍華和厄斯金迅速擠過人群上前和他們的牛津同夥打招呼。琪琪注視著他們過去。她看見霍華滿臉畫上粗俗的解脫筆觸。自從抵達喪禮場地，霍華首度有辦法停止抽搐，停止漫無目的的掏弄口袋，停止胡亂撥來撥去頭髮。由於濟亞．瑪拉末出現了，他本身和死亡這個念頭沒有任何直接相關之處，因此可以帶來這場喪禮以外另一個世界受歡迎的新聞，霍華的世界：那世界充斥著交談、辯論、敵人、報紙、大學。什麼都可以告訴我，就是別提死亡。然而，喪禮中你唯一肩負的職責便是接受某人已經離世而去！琪琪將臉別開。

「你知道，」她挫敗地有感而發，沒有特定針對哪個孩子，「我真是煩透了，聽厄斯金那樣說卡洛琳的壞話。這些男人最會的就是一張嘴語帶輕蔑地談論自己的老婆。語帶輕蔑。真是太令我噁心了！」

「噢，媽，他不是這個意思，」佐拉口氣疲倦不耐，她再一次呼應召喚，向母親解釋世界運作的道理。「厄斯金愛卡洛琳。他們的婚姻會維繫到永遠。」

琪琪自我克制。為了轉移心境，她打開皮包翻找她的珠光脣膏。列維無聊地踢起了小卵石，問她那個繫大金鍊還牽著導盲犬的傢伙是誰。市長吧，琪琪大膽猜測，但也不敢斷定。倫敦市長？琪琪喃喃確認，但又轉過身子，踮起腳尖好從人們頭上望過去。她在尋找蒙提。她心懷好奇，想看看對妻子如此敬愛的人一旦失去所愛會變成何等模樣。列維還不放過她：是整座城市的市長嗎？就像紐約市長？或許不是，琪琪暴躁地同意，或許只是這地區的首長。

「講真的……這場面好怪異。」列維說，勾起手指猛扯頸上僵挺的襯衫領子。這是列維首度參加喪禮，但是他的感觸遠遠不只如此。這似乎是一場超現實的聚會，怪異地混雜著各種階級（即便對列維這樣的美國孩子來說都是顯而易見）而且缺乏兩呎高的磚牆提供隱私保護。汽車和公車不停駛過；學生吵吵鬧鬧吸菸，指指點點；一群穆斯林婦人穿戴全副頭巾裝束，幽靈般飄移而過。

「這裡的租金很便宜。」佐拉放膽說道。

「欸，這是她的教堂，我和她一起來過——她生前一定已經想好要在這地方舉辦儀式。」傑羅姆強調。

「她當然想好了。」琪琪說。淚水刺痛她的眼睛。她緊緊捏住傑羅姆的手，儘管他對母親如此情感流露感到意外，還是回握住她的手。沒有任何通告，或至少貝爾西家沒有人聽見，群眾開始魚貫進入教堂。教堂內部和外部一樣平凡。木頭橫梁架在石牆之間，聖壇隔屏由深色橡木簡單雕刻而成。彩色玻璃滿漂亮的，色彩繽紛，不過相當樸素基本，而且只有一幅畫像，高掛在後牆：沒有打燈，滿是灰塵，因為太過陰暗而無法辨認出畫面為何。是的，當你仰頭環顧四周，如同一個人進入教堂本能的舉措，每樣東西都和料想中相差無幾。但隨後你的目光再度回到地面，此時，那些首度踏入此座教堂的人士正在強抑厭惡。即便是霍華——凡遇到建築學上現代化的情形出現時，他喜歡自認冷靜而不動聲色，也找不到任何東西可以美言幾句。石頭地面完全被薄薄一層橘灰相間的簡陋地毯所覆蓋，許多起毛球的大塊工業用毯拼湊起來。上面的圖案是更小的橘色方盒，每個方盒都有黯淡的灰色輪廓。幾經腳踩鞋踏，橘色已經變成了褐色。接下來還有靠背長椅，確切說來，椅子已經不見了。每張靠背長椅都被清理一空，取而代之的是成排的會議椅（和航站候機室相同的橘色）擺放成戰戰兢兢的半圓形，想營造出（如霍華所預見）可以舉辦早茶會和社團會議的那種友善、非正式的氣氛。最終產生一種無可超越的醜陋效果。此等決定背後的邏輯連鎖不難重建：財務窘迫，變賣十九世紀的靠背長椅取得金錢，水平排列的走道顯得太過威權嚴厲，半圓形可以凸顯廣納包容的良善立意。但是不行，這依舊犯下一宗罪行。實在是太醜陋了。琪琪和家人在不舒服的小塑膠椅上坐了下來。蒙提無疑想以此證明他只是一介平民百姓，正如那些有權有勢的人老喜歡來這一套，代價由他老婆支付。難道卡琳的喪禮配不上比嘈雜的大馬路邊一座荒涼小教堂更好的所在？琪琪感到自己因憤慨而顫抖。但隨後，人們一一就位，管風琴柔和奏起，琪琪的邏輯全部翻轉。傑羅姆說的沒錯：這是卡琳在當地作禮拜的場所。蒙提真該得到嘉許。他本來可以在西敏寺某個精挑細選的場地舉辦喪禮，或漢普斯特山丘上，或者——誰曉得——或甚至在聖保羅大教堂（琪琪沒有停下來思考實際可行性），但是他沒有這麼做。在這裡，在威爾斯登綠地，於她以往鍾愛的當地小教堂，蒙提將他心愛的女人帶到這裡，就在所有關心她的人齊聚的地方。琪琪為了一開始典型貝爾西式的想法自責不已。當人的真情實感擺在面前，她反倒無力辨識了嗎？這裡都是一些敬愛上帝的單純人們，這裡有座希望能使教區居民感到安適的教堂，這裡有個深愛妻子的誠實男人——這些事情難道不值得深思考量嗎？

「媽，」佐拉噓聲道，拉著母親的衣袖。「媽。那不是仙黛兒嗎？」

心神不安的琪琪回過神來，順從地望著佐拉手指的地方，儘管這名字對她而言不具意義。

「那不會是她，她在我們班上，」佐拉瞇起眼睛說道。「嗯，不能完全確定是她，但是……」

教堂的兩道門開啟。帶狀的陽光穿透陰暗室內，光芒輻射中繫裹著一疊鍍上金輝的讚美詩，令一個漂亮孩子的金髮以及八角形聖水盆的黃銅鑲邊更加耀眼。典禮音樂莊嚴的回聲響起，所有人都把頭轉了過來，看著卡琳．吉普斯躺在木箱當中，步上了走道。唯獨霍華抬頭仰視屋頂簡單的穹隆，希望能逃避、緩和或分散注意力。什麼都好，除了這樣的場面。但一陣音樂的衝擊迎向了他。音樂從上方一處樓臺往他頭頂澆灌而下。那兒有八個年輕人，頭髮整潔，臉龐孩子氣又紅潤，正齊聲敞開肺腔放出遠比任何一人都更宏亮完美的聲音。

霍華老早以前便放棄了此等完美的信念，此刻他發現自己——依某意義而言既突然又恐怖——竟然深受震動。他甚至沒有機會核對手中的小冊子，沒有發現這是莫札特的《聖體頌》（*Ave Verum*），也沒發現這唱詩班是劍橋的歌者，沒有時間讓他想起自己討厭莫札特，或者嘲笑將金斯曼樂團載送至威爾斯登一場喪禮上開嗓歌唱的昂貴虛榮。凡此種種反應皆已太遲。歌聲占據了他。那幾個年輕人唱著啊喂啊，啊，啊，喂；開頭三個音符微弱且懷抱希望的躍動，接下來三個音符悲哀衰落；棺木通過時如此挨近霍華的肘部，連他的手臂都感受到那種沉重；躺在裡面的那個女人只比霍華大上十歲。她無限期居留在裡頭的前景，他自身的前景，吉普斯家的孩子跟隨在棺木後頭哭泣，霍華前排有個男人察看手錶，有如世界末日（對卡琳．吉普斯來說末日已至）只對他繁忙的一天造成些許不便，即使這傢伙也會活到看見他的世界末日，霍華同樣也會，正如每天有好幾萬人如此，他們當中甚少有人在有生之年真的相信自己沒多久就會為人匆匆遺忘。霍華緊握椅子扶手，嘗試調整呼吸，以防演變成一次哮喘發作或是脫水意外，這兩樣他以前都經歷過。但這回不同：他口中嘗到鹽味，溼溼的鹹水，流量頗多，連鼻腔裡也感受到了。它們匯聚成流，順著脖子淌下，集中在咽喉底部優雅的三角形頸窩。這些鹹水源自他的眼睛。他感覺自己腹部中央另有一張敞開的嘴巴，正發出尖叫。他腹部的肌肉抽搐。周圍所有的人都低下頭，手拉著手，就像人們在喪禮上的舉動，一如霍華所知道的那樣：他過去曾經參加過多次喪禮。儀式進行至此，霍華慣常的舉止是用一支鉛筆沿著喪禮程序單的邊緣，心不在焉胡亂塗抹，同時回想棺木中的死者和目前獻上熱情悼詞的傢伙之間實際上不怎麼愉快的關係，或者揣測死者的遺孀是否會承認坐在第三排的死者情婦。但在卡琳．吉普斯的喪禮上，霍華始終對她的棺木保持忠誠。他沒有將目光別開。他相當確信自己正在製造令人尷尬的噪音，但又無力止住。他的思緒從身上逃離，朝下奔進它們的黑洞。佐拉的墓碑。列維的。

傑羅姆的。每個人的。他自己的。琪琪的。琪琪的。琪琪的。琪琪的。

「爸──你還好嗎，老哥？」列維低聲說，將強壯的手伸到他父親肩膀之間的凹口，要幫他按摩。但霍華躲開了這個按觸，起身穿過將卡琳抬進來的門，離開了教堂。

儀式剛開始的時候天還亮著，此刻天空已經轉為陰沉。人群離開教堂時比先前多了許多交談的聲音──分享軼聞和回憶──但仍舊不曉得如何懷抱敬意地結束談話，如何將話題從俗世目光難以看見的東西──愛與死，以及隨之而來者──轉移到實際的問題上來：如何叫計程車，以及某人是否要去墓園，或者去守靈，或者兩處都去。琪琪不敢想像這兩處有哪個地方會歡迎她，不過，當她和傑羅姆與列維一起站在櫻桃樹邊，蒙提．吉普斯走到他們面前，明確地邀請了她。琪琪大吃一驚。

「你確定嗎？無論如何，我們真的一點都不想打擾到你們。」

蒙提的反應十分熱忱。「沒有所謂打擾的問題。我太太的任何朋友我都歡迎。」

「我當然是她的朋友，」琪琪說，或許口氣有些過於熱烈，因為蒙提的笑容收斂、臉部繃緊。「我是說，我不能算十分了解她，不過我認識的……嗯，我真的好喜歡我所認識的她。我很難過你失去了她。她非常不可思議，對別人真是慷慨大方。」

「她就是這樣的，」蒙提說，一抹古怪的神情掠過他的臉。「當然，有時不免教人擔心別人會利用她這個優點，趁機占便宜。」

「沒錯！」琪琪說，衝動地按住他的手。「這點我也感受到了。但隨後我明白做出這種事的人總會羞愧得無地自容，我指的是占她便宜的人——永遠無法得逞。」

蒙提快速點了點頭。當然還有很多其他人等著他去寒暄。琪琪將手收回。他以低沉、悅耳的嗓音為她指點如何去到墓園和吉普斯家的房子，守靈便在房子裡進行，他又向傑羅姆微一點頭，表明知道他以前熟悉那個地方。一連串的指示當中，列維瞪大了眼睛。他半點都不曉得喪禮這碼事還有第二與第三幕。

「謝謝你，真的。還有我……我真的非常抱歉霍華不得不先離開……他的胃……有點問題，」琪琪說，在她自己的腹部前面不怎麼令人信服地比劃著。「我真的對此感到非常抱歉。」

「請別這麼說。」蒙提搖搖頭說道。他又微微一笑，離開走入人群當中。他們注視著他走開。每走幾步他就會被表達良善祝願的人擋下，他展現出在貝爾西家人面前相同的謙恭和耐心，一一應對。

「真是了不起，」琪琪佩服地對兒子們說。「你們知道嗎？他根本就不會心胸狹小，」說到這兒她突然又噤聲，因為她最近決定往後少在孩子面前批評自己的先生。

「我們還得去參加其他的活動嗎？」列維發問，無人理睬。

「我的意思是——他該死的到底在想什麼？」琪琪突然間盤詰。「你怎麼能在人家的喪禮上跑掉？他腦袋到底怎麼了？怎麼有辦法做得出來……」她再度打住，深深吸了口氣。「還有佐拉該死的跑去哪兒了？」

琪琪握著兩個兒子的手，走到牆邊。他們發現佐拉正在教堂門邊和一個身材勻稱、穿著便宜海軍藍套裝的黑人女孩講話。她一頭年輕女孩頭盔般的燙髮，一縷鬈髮拂面貼著臉頰。這番吸引人的景象令列維和傑羅姆精神為之一振。

「仙黛兒參加蒙提的新計畫，」佐拉解釋道。「我一看就知道是妳——我們一起上詩歌班。媽，這位是仙黛兒，我不是常常跟妳提到她嗎？」

仙黛兒和琪琪對這話同感驚訝。

「新計畫？」琪琪問。

「吉普斯教授，」仙黛兒說，輕聲細語到幾乎聽不見，「她上我的教堂做禮拜。他要求我假期期間到這裡來實習。聖誕節是最忙碌的時刻，他必須在聖誕日之前將所有的捐獻送到有需要的島上去，這是個很好的機會……」仙黛兒補充說，但神情有些哀戚。

「所以妳是在綠園區，」就在列維畏畏縮縮不知如何接話時，傑羅姆上前一步說道，即便光是理解這點已讓兩人明白這女孩不適合列維。儘管她的名字和外表的一些特徵看似相反，但她和傑羅姆才是來自同一世界的人。

「對不起，你說什麼？」仙黛兒說。

「蒙提的辦公室——在綠園區。還有艾蜜莉和其他那些傢伙。」

「噢，是的，沒錯，」仙黛兒說，她的嘴唇抖得那麼厲害，傑羅姆馬上後悔問了這個令她煩心的問題。「我只是幫忙做一點小事，真的……我是說，我本來要幫忙做那個……但是現在看起來我明天就得先回家了。」

琪琪伸手碰了碰仙黛兒的手肘。「沒關係，至少妳可以在家過聖誕節了。」

仙黛兒聽了這話痛苦地笑了笑。可以感覺到在仙黛兒家聖誕節最好可以避免掉。

「喔，親愛的——這一定很令人震驚……來到這裡，結果遇上這種可怕的事情……」

琪琪不愧是琪琪，馬上提供她子女習以為常的、單純的同理共鳴，不過這反倒令仙黛兒承受不住。她迸出淚來，琪琪立即伸手摟住她，將她攬入懷中。

「喔，親愛的……喔……沒事。沒事，親愛的。妳看妳……妳會很好的。不會有問題……沒事的。」

仙黛兒慢慢止住哭泣。維列輕柔地拍拍她的肩膀。她是那種你無論如何都想密切留意的女孩子。

「妳要去墓園嗎？想跟我們一起去嗎？」

仙黛兒抽著鼻子擦了擦眼睛。「不——謝謝妳，夫人——我要回去了。我是說——回旅館。我一直住在蒙提爵士的家裡，」她說這話時非常小心翼翼，對美國人的耳朵和舌頭強調這頭銜有多古怪。「不過現在……嗯，無論如何我明天都要離開，就像我剛說的。」

「旅館？一家倫敦的旅館？小妹妹，這太扯了！」琪琪叫道。「妳怎麼不跟我們待在一起？跟我們的朋友？只有一個晚上，妳沒辦法付那筆錢的。」

「不，我不——」仙黛兒開口，隨即打住。「我現在得走了，」她說，「很高興看到你們大家，我很抱歉，對於……佐拉，一月的時候可能可以看見你們。很高興跟你見面。夫人。」

仙黛兒向貝爾西一家點頭告別，快步走向教堂出入口。貝爾西家人慢慢踱步跟隨在後，一直東張西望找尋霍華。

「我真不敢相信有這種事。他已經走了！列維——手機給我。」

「這裡又沒辦法用——我沒有申請漫遊什麼的。」

「我的也不行，」傑羅姆說。

琪琪將鞋後跟狠狠踩進碎石中。「他今天太過分了。這是別人的日子，不是他的日子。這是別人在辦喪禮，他已經無法無天了。」

「媽，冷靜點。我的手機應該能用——不過你到底要打給誰呢？」佐拉明智地問。琪琪打給亞當和瑞秋，然而霍華不在漢普斯特。貝爾西一家人坐進一輛實際上吉普斯家人本來打算叫的私人出租計程車，正是長長一列坐著外國人的外國車當中的一輛，車窗搖下，在那兒等候。

3

二十分鐘之前，霍華走出教堂的院落，左轉後腳步沒有停歇。他心中沒有任何打算——或者至少，他的意識層面告訴他沒有打算。他的潛意識另有定見。他直直朝克利科伍德前進。

他靠著雙腳完成今天早上以汽車開始的旅程最後四分之一哩：走下景象變幻不定的北倫敦丘地，那丘地於恥辱當中以克利科伍德大道作為終點。沿著丘地的各點，每個地區歷經來回幾波改造與破敗，唯獨漢普斯特與克利科伍德這兩處端點始終保持不變。克利科伍德再怎麼拯救也回天乏術：開著光鮮的 Mini Cooper 經過荒廢的賓果賭場和交易中的不動產物件的房屋仲介商如是說。他們錯了。要想欣賞克利科伍德，你必須靠雙腳在它的街道上行走，如同霍華那天下午所為。然後你會發現半哩路途中，克利科伍德路上行人的面容，比往前兩倍距離、位於普里摩羅斯山的喬治王朝宅邸當中所有人更加迷人。非洲婦女身著色彩繽紛的肯特布料，金髮碧眼的小姐把三支行動電話塞進運動服的腰帶裡，一望即知的波蘭人和俄羅斯人將蘇維埃現實主義的骨架引入一座住滿優柔寡斷、面無表情的馬鈴薯臉島民的島上，愛爾蘭人就像克利郡豬隻市集上的農民一般在住屋的大門口歇息……依此距離，從他們所有人身邊走過，逐一詳細列舉，*毋須和他們當中任何一人交談*，漫遊的霍華自能愛上他們，並且進一步，於自身浪漫的作風中，感覺自己成為他們當中的一員。我們是人渣，我們是快活的人渣！他出身於這個階級，並且永遠屬於這個階級。這是在馬克思主義會議以及刊物裡他引以為傲的血統。在紐約街頭和巴黎市郊，他偶爾感受到此一情緒的感染共鳴。然而，大多數情況下，他喜歡在他們最為興旺的地方保留他「工人階級的根」：於他的想像當中。那些將他驅離卡琳．吉普斯的喪禮、走上這冰冷街頭的恐懼或壓力，現在正迫使他踏上這趟稀罕的行程：沿著大道，經過麥當勞，途經合乎伊斯蘭教規矩的屠戶，左邊第二條路轉彎，來到此地，門牌四十六號，門上鑲著厚玻璃板。距離上回他站在這門階差不多已經過了四個年頭。四年了！那年夏天為了考量列維的中學教育，貝爾西家人返回倫敦。對北倫敦的學校做了一番令人失望的勘察之後，由於一家人太久沒回來，琪琪堅持帶孩子們造訪四十六號。那次造訪的結果並不盡如人意。從那之後，這棟房子和朗罕路八十三號之間僅僅通過幾次電話，外加平常的生日賀卡和紀念日賀卡。儘管霍華近來不時到訪倫敦，也從未在這扇大門前停留駐足過。四年是一段相當長的日子。若沒有能夠服人的理由，你不會離開四年都不回來。霍華的手指一按下門鈴，他便知道自己犯下錯誤。他等著——無人應門，便帶著如釋重負的煥發精神轉身走開。這是完美的拜訪：滿懷期待但無人在家。接著門開了。一位他不認識的年長婦人站在他面前，手中拿著一束討厭的花——許多康乃馨、一些雛菊、委靡的羊齒蕨和一支凋謝的葵百合。她賣弄風情地笑著，笑得像一個只有她四分之一年齡的女人，招呼一個只有霍華一半歲數的求婚者。

「哈囉？」霍華說。

「哈囉，親愛的。」她沉著地回答，繼續賣力展現笑容。她梳著老派英國女士的髮型，頭髮既蓬鬆又通透，每綹金色的鬈髮（藍色染髮近年來已經從這些島上消失）有如薄紗，透過它們，霍華可以看見後頭的走廊。

「對不起——哈洛在嗎？哈洛．貝爾西？」

「哈利嗎？在，當然在。這些花是他的，」她說，揮舞著花束，動作相當粗魯。「先進來，親愛的。」

「卡蘿，」他們快步朝小客廳走去，霍華聽見裡頭傳來父親的叫喚，「那是誰？跟他們說不要。」

他坐在扶手椅裡，一如既往。電視機開著，一如既往。這個房間如同往常，相當乾淨，有其獨到之處，非常的漂亮。它未曾有過變化。房裡依舊悶熱，採光不佳，只有一扇雙面光滑的玻璃窗面向街道，不過到處都是色彩。坐墊上繡著明亮的黃銅色雛菊，一張綠沙發，三張餐椅漆成郵筒般的鮮紅色。壁紙是精巧的、幾乎由粉紅和棕色的義大利風格佩斯利渦旋花紋組成，就像那不勒斯的冰淇淋。地毯是由橘色和棕色的六角形組成，每個六角形裡又有畫成黑色的圓形和菱形。一具便於移動的三柵式電暖器，高高的，像個小機器人，金屬背面漆成藍色，宛如聖母瑪利亞的斗篷。這些一九七〇年代豐富的林林總總（以前房客留下來的）分布在眼前這個一身灰衣的年邁房客周遭，可能有某些地方頗為滑稽，然而霍華笑不出來。他留意到那些毫無變化的細節，暗自神傷。一張康瓦耳郡梅瓦吉西港的糖果色明信片居然能在壁爐臺上整整盤據四個年頭，人生的範圍想來不知已限縮到何等地步！霍華母親的照片，瓊，同樣也沒有移動過。一系列瓊攝於倫敦動物園的照片依舊集中在一面相框裡，層層疊疊。她捧著一盆向日葵的那張還架在電視機上頭。另一那張她和伴娘一起被風吹拂、面紗於風中撲動的照片依舊掛在燈光開關旁邊。她去世已經四十六年了，不過每回哈洛開燈，總會再度見到她。

此刻哈洛抬眼看著霍華。老人已經在哭了。他的手激動地顫抖。他掙扎著要從椅子上起身，隨後優雅地環抱兒子的腰，因為霍華遠比他高大，現在比以前還高得多。霍華越過父親的肩膀，讀起留在壁爐臺上的小便條，由一隻顫晃的手寫在紙片上。

去艾德那兒剪頭髮。很快回來。

去合作社還水壺。十五分鐘回來。

去買釘子。二十分鐘回來。

「那麼，我去泡點茶，先把這放到花瓶裡。」卡蘿在他們身後害羞地說，往廚房走去。

霍華用雙手握住哈洛的手。他感覺到牛皮癬的斑塊有點粗糙，他感覺到老舊的婚戒嵌進了皮膚。

「爸，先坐下。」

「坐下？我怎麼能**坐下**？」

「總之……」霍華說，輕柔地將他推回椅中，自己在沙發上坐了下來。「總之坐下來。」

「家人和你一起來嗎？」

霍華搖頭。哈洛擺出被擊敗的姿勢，手擱膝蓋，頭低垂，閉上眼睛。

「那女的是誰？」霍華問。「顯然她可不是護士，那些字條留給誰看的？」

哈洛重重嘆氣。「你沒有把家人帶來？好吧……就是這樣，他們不想來，我確定……」

「哈利，廚房裡那個女人——她是誰？」

「卡蘿？」哈洛重複道，他臉上老是混雜著茫然和困擾。「可是那是卡蘿。」

「好吧。那麼卡蘿是誰？」

「她只是路過這裡的女士。怎麼了？」

霍華嘆息，坐進了綠色沙發。腦袋碰觸到絨面的一剎那就像過去四十六年來他一直和哈利坐在這地方，兩人仍舊身陷在瓊去世時那種可怕、無以言喻的悲痛當中不能自拔。他們立即陷入相同的態勢，彷彿霍華未曾離家去上大學（不聽哈利的勸告），未曾離開這鳥不生蛋的國家，未曾與和他膚色及國籍不同的人結婚。他未曾去過任何地方，也沒做過任何事情。他依舊是個屠夫的兒子，而且依舊只有他們兩個人，依舊勉強度日，在達爾斯敦一處鐵路邊的小屋裡為瑣事吵吵鬧鬧。兩個毫無共通點的英國人無依無靠，除了一個他倆都深愛著的死去女人。

「不管怎樣，我不想談論卡蘿，」哈利口氣焦躁。「你在這裡！我想談的是這個！你在這裡。」

「我只是問你她是誰而已！」

這下哈洛被激怒了。他有點耳背，因此惱火時會忽然變成大嗓門而不自覺。「她是上——教堂的。每星期來個幾次喝茶拜訪。只是來看看，看我是否安好。她人很好。那麼，你狀況如何？」他說，露出一抹既擔憂又快活的微笑。「那是我們大家都想知道的事，不是嗎？紐約可好？」

霍華咬緊牙關。「我們出錢請了一位護士，哈利。」

「什麼，兒子？」

「我說我們出錢請了一位護士。你為什麼讓這些該死的人進來？他們只是該死的想誘拐人改變信仰。」

哈洛舉手搓著額頭。他絲毫不費工夫便陷入一種生理與心理的恐慌狀態，那種一般人找不到孩子，接著警察找上門時的痛苦。

「普洛斯勒——什麼？你在說些什麼？」

「基督教瘋子——把那些垃圾灌輸給你。」

「可是她沒有提起這種東西！她只是個善良的女人！除此之外，我不喜歡那個護士！她死要錢又兇巴巴，自私又全身瘦骨頭。沒什麼女人味，你曉得。她對我根本不好，兒子。她精神有問題……」說到這，他流了幾滴淚，拿開襟毛衫的袖子胡亂抹掉。「我把服務停掉了——去年停掉的，你太太琪琪幫我弄的，我的小簿子裡面有紀錄。你不用付錢。那裡沒有……沒有……討厭的傢伙，叫什麼名字去了？借方……我想起來了……借方……」

「直接借記，」霍華補充，拉高音量並且怨恨起自己。「不是該死的錢的問題，對吧？爸？問題在於你需要標準化的照料。」

「我可以照料自己！」然後他悄悄的說，「我該死的必須……」

所以時間多久了？八分鐘？哈利坐在椅子邊緣辯解著，並且老是用不當的話語辯解著。霍華已經被激怒了，他瞪著天花板上的玫瑰。此刻若有一個陌生人進來，肯定會認為他們兩個完全失去理智。而且沒有一方能夠說明剛才發生的事何以發生，或者此一說明不會比和這個陌生人一起坐下，透過口述歷史（配上幻燈片）一天天詳加解釋過去五十七年發生的點點滴滴還要短。他們不是存心把事情搞到這種地步。但結局終歸便是如此。兩人本來都有其他的打算。霍華八分鐘前敲門時還滿懷希望，音樂令他的心柔和下來，死亡迫近的駭人感受令他的精神震驚並敞開心扉。他是一顆隨潛在變化而改頭換面的大球，在門階上等候著。就在八分鐘前。然而一旦進到屋內，每件事又都回復成老樣子。他本來沒打算如此咄咄逼人，或者拉高嗓門，或者挑起爭端。他原本打算展現親切和寬容。無獨有偶，四年前，哈利當然也沒有打算對他的獨子說：你不能期望黑人的智力發展和白人一樣。他本來打算要說：我愛你。我愛我的孫子孫女，請再多住一天。「茶來了。」卡蘿唱道，將兩杯引不起食欲的奶茶放在貝爾西家人面前。「我不會待在這裡。我要走了。」

哈洛又擦了擦眼淚。「卡蘿，不要走！這是我兒子。霍華，我跟妳提過他。」「幸會，我知道。」卡蘿說，但她看起來不太高興，這下霍華後悔剛才講話那麼大聲。

「我是霍華．貝爾西博士。」

「醫生！」卡蘿叫道，臉上毫無笑容。她圈臂抱胸，等著一個印象深刻的介紹。

「不，不……不是醫病人的，」哈洛澄清，一副被打敗的樣子。「他沒有耐心學醫。」

「噢，好吧，」卡蘿說，「我們畢竟沒辦法教所有人都去拯救生命。很好。很高興認識你，霍華。下星期見，哈利。願仁慈的主與你同在。換句話說，別做我不樂見的事情。你不會的，對嗎？」

「只要機會允許！」

他們哈哈笑了起來——哈利還在擦眼淚——接著一起走向前門，繼續扯著這些老套的英文警句，每次聽到這種話，霍華總恨不得去撞牆。他的童年一直充滿這些毫無意義的噪音，大量取代了真正的話語。「外頭天氣猴冷猴冷（*Brass monkeys out there*）。」「請不要介意我這麼做（*Don't mind if I do.*）。」「醜的那個就讓給你了（*I don't fancy yours much.*）。」等等。這就是他逃開家庭去到牛津，並且從進了牛津之後年復一年都在逃避的東西。白活一半的人生。「未經自省的人生不值得活。」這句話曾經是霍華青澀年少時的座右銘。十七歲的時候沒有人會告訴你，人生有一半麻煩都是經由自省而來。

「那麼，你想要放多少在上面做為儲備金？」電視上那個人問。「四十英鎊？」

霍華晃進金黃色的狹小廚房，將茶倒入水槽，沖了杯即溶咖啡。他在櫥櫃裡搜索找餅乾（他幾時吃過餅乾？只有在這裡！只有跟這男人在一起的時候！）並且發現一些霍布諾布牌的點心。他將餅乾倒滿杯子，聽見哈洛坐回他的椅子上。霍華在狹小的空間裡轉身，手肘將餐具櫃上的什麼東西碰落在地。一本書。他撿了起來，帶著書走出廚房。

「這是你的？」

他可以聽見自己的腔調在階級的階梯往下走了幾級，回到以前所在的位置。

「喔，天殺的地獄……你看他。根本就是個拉皮條的，」哈洛指著電視機。他注意到霍華靠近。「我不知道。什麼東西？」

「一本書。難以置信。」

「一本書？一本我的書？」哈洛口氣快活，有如這房間蒐藏了半座牛津大學博德利圖書館，而不是只有三本尺寸不一的字典和一本郵寄贈閱的《可蘭經》。那是一本寶藍色精裝的圖書館借書，滿布灰塵的書套已經脫落。霍華看著書脊。

「《窗外有藍天》，佛斯特。」霍華露出傷心的微笑。「受不了佛斯特。這本喜歡嗎？」

哈洛厭惡地板起臉孔。「噢，不，不是我的，卡蘿的我想。她老是拿書在看。」

「這又不是什麼壞事。」

「你說什麼，兒子？」

「我說這又不是壞事。讀點東西——有空的時候。」

「毫無疑問，毫無疑問……你媽媽更常這樣，不是嗎？她手裡老是拿著書。有次在街上走路看書的時候還撞上路燈，」哈洛說，這故事霍華聽過一遍一遍又一遍，例如等下要聽到的部分現在就聽到了。「想來你就是遺傳到你媽媽……喔，老天爺呀，瞧這個大水果塔。你看他！我是說，紫色和粉紅的嗎？他不會當真吧，會嗎？」

「你說誰？」

「他——叫什麼名字去了……他是個該死的白痴，就算撞上屁股他也不會知道那是一件古董……不過昨天很好玩，因為你還在猜價格的時候他就搶先說了——我是說，大部分都是廢物，老實說花十先令買我都嫌貴，我老媽的房子裡面隨便找都有比那更好的東西，絕對不要考慮，一秒鐘也別多想，不過你在那裡……嗳，我已經忘了自己在講些什麼東西……喔，對了，通常和他在一起的都是夫妻或母女，但是昨天，來了兩個女的——就像該死的公車，兩個都很大隻，頭髮短得要命，穿得當然就像笨蛋，本來就是，醜到等於犯罪，正打算買一些軍隊的東西，動章和那玩意，因為她們就在該死的軍隊裡，可不是，而且她們還在握手，喔，親愛的，我當時笑死了，喔，親愛的……」此時哈洛快樂地咯咯笑了起來。「而且你可以看得出來他不知該說些什麼……我是說，他根本不知道怎麼辦才好，那現在他知道了嗎？」哈洛又放聲笑了，接著正經一些，可能也注意到房間裡其他的地方缺乏笑聲。「不過總之軍隊裡已經變成那種樣子，不是嗎？我是說，你發現他們在那個主要的地方，那些女人……我覺得那一定更適合她們，在精神上可以這麼說（as it were），」哈洛說，最後這幾個字是他唯一的口頭飾語。現在，霍華，可以這麼說……霍華就讀牛津大學一年之後放暑假回家時，他已經開始用上這一句了。

「她們？」霍華問，放下他的點心。

「什麼，兒子？看，你把餅乾弄碎了。應該拿個碟子盛餅乾屑的。」

「她們。我只是搞不懂『她們』是誰。」

「喔，好了霍華，不要動不動就生氣。你老是愛生氣！」

「不，」霍華以一種學究的堅持語氣說，「我只是想要搞懂你剛剛說的故事的要點，你是不是想要對我解釋那兩個女的是同性戀？」

哈洛的臉皺成一幅帶有哀愁美感的畫，有如霍華剛剛舉腳踩過《蒙娜麗莎》。《蒙娜麗莎》……哈洛喜歡這幅畫。霍華剛出道時，有幾篇評論登在哈洛一輩子也不會去買的報紙上，有位主顧給這個屠夫看了一張剪報，是他兒子滿腔熱情寫的關於皮耶羅．蒙佐尼（Piero Manzoni）的《藝術家之屎》的評論。哈洛把店關了，立即抓一把兩便士的硬幣沿著馬路走去打電話。「罐子裡的屎？你為什麼不能寫點可愛的東西，像是《蒙娜麗莎》？那樣你媽媽該有多驕傲。啥罐子裡的屎？」

「沒有必要那樣，霍華，」這下哈洛以安撫口氣說。「我講話就是這個樣子——我那麼久沒看到你了，只是看到了很高興，不是嗎？我只是想要找些話來說，你曉得……」

霍華用上他自認超人一等的努力，沒再多說一句。

他們一起觀賞電視節目《倒數計時》（*Countdown*）。哈洛遞給兒子一本白色小便條簿讓他進行計算。在單字的回合霍華得心應手，表現得比節目上兩個參賽者還要優秀。同一時間哈洛也在努力掙扎。他的最高紀錄是一個五個字母的單字。不過來到數字的回合，情勢便易手了。總是會有些事情只有自己的父母親知道，外人則毫無所悉。唯獨哈洛．貝爾西清楚一旦遇上數字計算，霍華．貝爾西博士，文學碩士，哲學博士，不過是兒童程度而已。即便是最基本的乘法運算他也需要計算機。歷經七所不同的大學，他還有辦法把這事實隱瞞超過二十年。不過來到哈洛的客廳，真相便無所遁形了。

「一百五十六，」哈洛宣布答案，結果正確無誤。「你算多少，兒子？」

「一百……不行，我算不出來。真的不行。」

「逮到你了，大教授！」

「真是的。」

「對，很好。」電視上的參賽者解釋她那曲折迂迴的「計算過程」時，哈洛頻頻點頭表示同意，「當然你可以那樣算，親愛的，不過我的算法他媽的看起來可漂亮多了。」

霍華筆放下，兩手按住太陽穴。

「你沒事吧，霍華？打從你進門那張臉就像挨了揍的屁股。家裡一切還好嗎？」

霍華抬眼看著父親，決定豁出去，做些以前從未做過的事。把真相告訴他。他並不期待從這個行動過程當中得到任何東西。他對這男人講話的同時也像是在對著壁紙傾訴。

「不，家裡的情況不好。」

「不？發生了什麼事？喔，天哪，沒有人死了吧，有嗎，兒子？有人怎麼樣的話我可受不住！」

「沒有人怎麼樣。」霍華說。

「真他媽的該死——你會害我心臟病發作。」

「琪琪跟我……」霍華用一種比他的婚姻還要古老的文法說，「我們……情況不好。實際上，哈利，我想我們兩個完了。」霍華兩手蒙住眼睛。

「不會這樣的，」哈洛口氣謹慎，「你們已經結婚——多久了？二十八年——差不多吧？」

「實際上是三十年。」

「所以，這就對了。不會那樣就結束的，不會那樣的，會嗎？」

「會的，當你……」霍華將手從眼睛拿開時不由自主地發出呻吟。「情況變得太困難了。事情一旦演變得如此困難，你就很難再撐下去。你甚至已經沒辦法和某人講話……你失去了現有的一切。我現在的感覺就是這樣。我真不敢相信事情就這樣發生。」

此時哈洛閉上眼睛。他的臉扭曲有如益智測驗的參賽者。失去女人是他特別擅長的主題。他停了半晌沒有開口。

「是她想結束婚姻還是你？」終於他說。

「是她，」霍華確認，發現自己因為父親直截了當的提問感到安慰。「而且……我找不到充足的理由阻止她這麼想。」

這時霍華屈服於他所繼承的遺傳——從容、迅速地落淚。

「那麼，兒子，跳出來比陷在裡面好，不是嗎？」哈洛口氣平靜。霍華對這個說法輕柔地笑了笑。如此陳舊，如此熟悉，如此全然毫無用處。哈洛俯向前伸手摸摸兒子的膝蓋。然後他靠回椅子，拿起了搖控器。

「我猜她找到一個黑人新歡。事情總是會這樣發生。她們天性如此。」

他轉到新聞頻道。霍華站了起來。

「幹，」他坦率發聲，用襯衫袖口抹去眼淚，發出冷酷的笑聲。「我幹他媽的老是學不乖。」他拿起外套穿上。「再見啦，哈利。下次我們再多待一會兒，嗯？」

「喔，不！」哈利發出抱怨聲，這不幸的消息令他露出挫敗的神色。「你在說什麼？我們兩個在一起正愉快，不是嗎？」

霍華瞪著他，難以置信。

「不，兒子，拜託你，喔，來嘛，再多待一會兒。我是不是講錯話了？我講錯話了，那麼，讓我們把它挑出來！你老是匆匆忙忙、趕東趕西。現在的人哪，以為他們能跑得贏死神，時間一到還不是那麼回事。」

哈洛只是想讓霍華坐下來重新開始。到就寢之前，觀看電視的時間加一加已經足有四個多小時——古董節目、房地產節目、旅遊節目和遊戲節目——他和兒子在默默相伴中觀看了這所有的節目，偶爾評論一下主持人上下門牙的過度咬合，以及另一個傢伙的小手或性取向。兩人這種形式的相伴都是用另一種方式在說：見到你真好。太久沒見面了。我們是一家人。不過霍華十六歲的時候辦不到，如今還是辦不到。他就是沒辦法如同他父親所相信的，時間關乎你如何用來發揮你的愛。因此，為了避開一場關於某個澳大利亞肥皂劇女演員的談話。霍華進到廚房，洗了他的杯子和水槽裡一些雜七雜八的東西。十分鐘後，他便離開。

4

維多利亞女王時代的人是了不起的墓園設計師。倫敦以前有七座，「宏偉的七座公墓」：肯薩爾綠園公墓（一八三三）、諾伍德公墓（一八三八）、海格特公墓（一八三九）、阿布尼公園公墓（一八四〇）、布朗普頓公墓（一八四〇）、南海德公墓（一八四〇），以及陶爾哈姆萊茨公墓（一八四一）。這些墓園白天頗富遊逛意趣，晚上又成了廣闊的墳場。它們爬滿了常春藤，茂密的護根層底下滋生許多黃水仙。有些地方完全被建物覆蓋了，其他的則呈顯出可怕的荒頹狀態。肯薩爾綠園公墓歷劫猶存。占地七十七英畝，二十五萬個靈魂。這空間容納了未信奉英國國教者、穆斯林、俄羅斯東正教教徒、一個名滿天下的祆教徒，而隔鄰的聖瑪麗墓園葬的都是天主教徒。這裡有缺了頭的天使，末端缺損的凱爾特十字架，幾尊獅身人面像倒坍在泥巴裡。如果沒有人知道地方或者無緣拜訪，巴黎的拉謝斯神父墓園看上去便是這番景緻。一八三〇年代的肯薩爾綠園公墓是個靜謐的場所，位於倫敦城西北端，大人物和善良百姓或許可以在此找到他們最終的歸宿。如今，這座「鄉村」墓園從四面八方迎接城市進駐：一邊是公寓，另一邊是辦公大樓，鐵軌上火車駛過，令廉價塑膠盆裡的鮮花顫晃不已，小禮拜堂畏畏縮縮躲在一座巨大圓桶狀煤氣槽底下，外殼漆皮已經剝落。

這座墓園北邊有一列紫杉，卡琳．吉普斯便埋在紫杉後頭。離開墳墓時，貝爾西家人和其他參加葬禮的人保持一定的距離。他們自覺置身於一處陌生的社會幽閉禁地。除了事主家庭外他們誰也不認識，而且他們和這家人並不親近。他們沒有車（出租車司機拒絕等候），所以也還不確定要如何去到守靈處。他們眼睛盯著地面，盡力以合宜的送葬步調前進。太陽已然低垂，一排墳墓的石頭十字架在他們前面幾塊墓地投射出鬼怪的幽影。佐拉手裡拿著一張從入口處的盒子取得的小傳單，上頭列出難以索解的墓園地圖，以及著名逝者的名單。佐拉興致勃勃搜尋艾瑞絲．梅鐸或韋基．柯林斯或薩克萊或特羅洛普或任何其他的藝術家，按詩人的說法，他們經由肯薩爾綠園公墓升上天堂。她試著向母親提議繞行這條文學路徑。琪琪透過汪汪淚水（從第一剷土落在棺木上之後就沒停過），怒目而視。佐拉試著一個人稍稍落隊在後，略為偏離路線去查看任何可能屬於名人的墳墓。不過她的直覺全然落空。頂部有羽翼天使，底座有月桂環的十二呎高陵墓躺著糖業商賈、房地產經紀和軍人——並非作家。她可能整天尋覓也找不到柯林斯的墓地，比如說：一方樸素的石塊，上頭一個簡單的十字架。

「佐拉！」琪琪發出不滿的噓聲，強勁尖銳，然而音量尚未拉高。「我不想再說第二遍，跟上。」

「好啦。」

「我今天晚上要走出這裡。」

「好啦！」

列維手臂摟著母親。她有些不對勁，列維看得出來。她的長辮子在他手臂上擺動有如馬尾。他抓著辮子開玩笑地拉了一下。

「我很難過妳的朋友這樣了。」他說。

琪琪將他的手從背後拉過來，吻了一下指關節。

「謝謝你，寶貝。這實在太蠢了……連我都不知道自己怎麼會這麼心煩意亂。我幾乎不認識那個女人，你曉得嗎？我是說，我真的一點也不了解她。」

「是的，」當母親將他的頭輕柔地拉近肩頭，列維體貼地說。「但就像有時候你只是遇到某一個人，你就知道你們之間彼此相連，這個人就像你的兄弟——或你的姊妹，」列維修正，因為他完全想到另外一個人。「即使他們沒有……認清這一點，而你感覺到了。在許多情況下，他們清不清楚這一點根本就無關緊要，你能做的就是付出情感，那是你的職責所在。然後你就等著，看有什麼回應。事情就是這麼回事。」

此時出現一絲沉默，佐拉覺得有需要戳破沉默。

「阿門！」她笑著說。「宣揚一下，兄弟，宣揚一下！」

列維出拳擊打佐拉的上臂，佐拉也還以一拳。兩人跑開，在墳墓間迂迴追逐，佐拉奮力跑離列維。傑羅姆在兩人後頭呼喊要他們放尊重點。琪琪知道自己應該阻止他們，但又不禁覺得在持續黯淡下來的天色裡聽見咒罵、笑聲和呼喊不失為一種調劑，能讓一個人的心思脫離腳下這些逝者。此刻琪琪和傑羅姆停在小禮拜堂的白色石階上，等著佐拉和列維回來會合。琪琪聽見她的孩子穿過身後的拱門，發出劈啪的腳步迴響。他們朝她衝過來，就像人的幽影從他們的墳墓脫逃一般，然後來到她的身邊停下，氣喘吁吁，笑個不停。昏暗中她已經看不清他們的五官，但親愛的臉龐上大致的輪廓和姿態她早就牢記在心。

「好了，鬧夠了。我們離開這裡吧，拜託。走哪邊？」

傑羅姆摘下眼鏡，在襯衫一角擦拭著。埋葬的地點不正好就在這小禮拜堂的左側？也就是說，他們已經傻呼呼地兜了個圈。

告別父親之後，霍華過馬路走進「風車酒吧」。他理由充分地點瓶紅酒喝了起來。原本以為自己選的是吧檯裡僻靜無人打擾的一角。但就座兩分鐘後，一架先前沒有注意到的寬大電視螢幕在他腦袋邊垂降下來，接著電視開啟，一場足球賽分成藍白兩隊開踢。人們圍攏過來。他們似乎接納並且喜歡霍華，誤以為他是那些早早搶占有利位置的狂熱球迷之一。霍華任由他們誤解，同時發現自己被眾人的熱情吸納。很快他就跟上其他人歡呼和抱怨的節奏。當一個陌生人過度投入，灑了一點啤酒在霍華肩膀上，霍華微笑，聳了聳肩，沒說什麼。片刻後，同一個傢伙點了杯啤酒請霍華，他將啤酒放在霍華面前時沒吭半聲，似乎並未期待任何回應。上半場結束，邊上另一個男的狀甚快活地和霍華碰杯，對霍華隨意挑選替藍隊加油表示讚許，儘管比分仍舊維持零比零。零比數的僵局維持到終場。比賽結束後沒有人互毆或憤恨不已，這場比賽似乎並未攸關生死。「好吧，我們得到各自想要的東西，」一個男的頗具哲理地說，另外三個男的面帶微笑對此一事實頷首表示同意。人人似乎都很滿意。霍華同樣點頭，將瓶裡的殘酒一飲而盡。需要透過多方鍛鍊，才能確保一整瓶紅葡萄酒加上一品脫啤酒對你的清醒意識只造成零星的影響，但霍華自覺已經達到這造詣過人的階段。這幾天發生的一切都是一段歡樂縹緲的時光，環繞在他周遭，如同羽絨，填充保護著他。他已經得到自身所需要的東西。他步下走道去使用洗手間對面的電話。

「亞當？」

「霍華。」一個男人說，語調彷彿終於能取消搜救隊任務。

「嗨，喂，我已經和其他人分開了……他們有打電話找我嗎？」

電話那頭一陣沉默，霍華正確地辨認出這代表關心。

「霍華……你喝醉了嗎？」

「我可以裝做你沒說這句話。我想要找琪琪。她跟你們在一起嗎？」

亞當嘆了口氣。「她一直在找你，她有留一個地址，她要我轉告你他們會去守靈。」

霍華將額頭靠在牆上釘著私人出租車列表的單子旁邊。

「霍華——我正在畫畫。全部事情我都是透過電話聯絡知道的。你要地址嗎？」

「不，不用了……我有。她聽起來是不是——」

「是的，非常。霍華，我得掛了。我們晚點等你回到家裡再說。」

霍華叫了一輛私人出租車，走到酒吧外頭等著。車子到達時，駕駛座的車門開了，一個不折不扣的年輕土耳其人探出身子，問了霍華一個相當形上學的問題。「是你嗎？」

霍華從酒吧牆邊往前幾步。「對，是我。」

「你要去哪兒？」

「女王公園，麻煩你。」霍華說，然後步履蹣跚地繞過車子，坐進前排的乘客座。他一落坐便意識到這程序很不平常。對司機來說，有乘客如此貼近他自然感覺很不自在，不會嗎？或者就是？他們沉默地往前開，這片沉默當中，霍華經歷到充斥著同性戀、政治和施用暴力的暗示，令人無法忍受。他感到自己有必要開口講點什麼。

「我不會惹麻煩，你曉得，我不是那種英國惡棍，我只是有點醉了，如此而已。」那年輕的司機用防衛性的、不確定的神情看著他。「你是在開玩笑嗎？」他的口音濃重，不過「你是在開玩笑嗎？」這一句講得很流利，聽起來就像土耳其人在說教。

「對不起，」霍華說，唰地臉紅。「不用管我。不用管我。」他兩手併在膝蓋間。出租車搖晃著經過霍華初次遇見麥可．吉普斯的那個地鐵站。

「應該是直直開下去，」霍華輕聲細語說道。「然後或許在大路上左轉——對，然後過橋，然後就在你的右邊，我想。」

「你太小聲了。我聽不見。」

霍華重複說了一次。司機轉過頭來，不相信地看著他。「你不知道路名。」

霍華不得不承認自己的確不曉得。那年輕的土耳其人用土耳其語暴躁地嘟囔著什麼，霍華感受到那種英國私人出租車的災難之一正迫近中，顧客和司機繞過一圈又一圈，車資不斷上升，下場是你出醜被咒罵著趕到街上，比起先前距離目的地更為遙遠。

「那裡！就是那裡！我們剛剛經過了！」霍華叫嚷，車子還在行駛當中便打開車門。一分鐘後，年輕的土耳其人和霍華於霜凍的關係下分開，即便是霍華二十便士的小費也沒能使其回溫多少，那是他口袋中僅剩的零錢。正是經歷過這樣的旅程——一個人遭受如此可怕的誤解——你才發現自己渴望返回家園，那個有人完全了解你的所在，不管是好是壞，琪琪就是那個家，他必須趕緊找到她。

霍華推開吉普斯家的前門，門又一次敞著，儘管原因和上一回截然不同。黑白菱塊的玄關滿是臉色嚴肅、一身黑裝的人在忙碌。沒有人轉過頭來注意霍華，除了一個端著一盤三明治的女孩，她上前遞了一個給他。霍華拿了個雞蛋和水芹夾餡的，信步走進客廳。守靈通常使喪禮緊繃的氣氛為之放鬆和消散，但眼前的守靈並非如此。這裡沒有人會輕聲嘲笑一份充滿深情的記憶，或者重複訴說一個低級的故事。這裡的氣氛就和教堂裡面一樣莊重，而霍華在一年前同一個房間裡遇到那位活潑的、出人意表的女士，這一刻正被虔誠地保存在用低聲和溫藹的趣聞軼事結成的肉凍裡，醃製在完美當中。她老是——霍華聽見一個女人對另一個說——考慮別人，從來不考慮她自己。霍華從餐桌上拿起某人的一大杯葡萄酒，走到落地窗的門邊。這位置視野極佳，方便他觀察客廳、庭院、廚房以及走廊。沒有琪琪。沒有孩子們。甚至看不到厄斯金。他隱約看見麥可·吉普斯打開烤箱，取出好大一盤肉腸捲。突然間，蒙提走進房裡。霍華轉向庭院，望著那棵大樹，他不曉得他的大兒子便是在這裡失去童貞。由於不知道有什麼別的事情好做，他跨步而出，輕輕帶上身後的門。他沒有走下長長的庭院，由於外頭僅有他一人，走過去只會使自己更引人注目，霍華沿著旁邊繞返回來，吉普斯家和隔鄰之間有一條狹長的巷徑。他停在這裡，捲好一根細菸抽了起來。手中一杯鮮甜的白葡萄酒、冷冽的空氣加上菸草的混合使他頭昏眼花。他往巷徑走得更裡面一些，來到一扇邊門，在冰冷的臺階上坐了下來。從此一透視點，郊區五座毗鄰的庭園宣告自身的富饒：百年老樹虬結多瘤的枝幹，棚屋波狀的屋頂，鹵素燈貴氣的琥珀色光熱。如此安靜。某處有隻狐狸像哭泣的孩童般號哭著，但是沒有汽車，沒有聲響。他的家庭若在此地會更快樂嗎？他已經從潛在的英國式布爾喬亞生活直接奔向美式生活的實際懷抱——此刻他看出這一點——而且在嘗試脫逃的失望當中，他已經使其他人的生活陷入痛苦。霍華在卵石鋪面的地上捺熄香菸，重濁地哽咽了一下，但沒有哭出來。他可不是他的父親。他聽見吉普斯家的門鈴響了。他半支起身，滿懷希望向外探看是不是他妻子的聲音。結果不是。琪琪和孩子們一定是來過又走了。他腦海浮現他的家人像一支希臘合唱隊，遭受他的驅逐和侮辱，當他步上舞臺時，他們匆匆趕下舞臺。或許他得用餘生的時光挨家挨戶追尋他們的蹤跡。

此刻他完全站了起來，打開身後的邊門。他發現自己在一間塞滿洗滌、烘乾、熨燙和吸塵器具的雜物間裡。這個房間通往走廊，在這裡霍華頭壓得老低，轉過樓梯欄杆，兩級兩級地跨步爬上樓梯。來到頂上的平臺，他面對六扇一模一樣的門，沒有絲毫線索顯示任何一扇打開後會通往盥洗室。他隨意打開了一扇門——是一間漂亮的臥房，和樣品屋的房間一般潔淨，沒有居住的跡象。兩張靠牆的桌子，桌面上都擱著一本書。這真糟糕。他關上門，將隔壁間那扇門打開。迎面而來的是一堵畫得像義大利壁畫的牆，上頭有鳥、蝴蝶和纏繞的藤蔓。他無法想像如此花俏的地方除了盥洗室以外還會是哪裡，於是將門推得更開一些。房間遠端有一張床，上頭有雙光溜溜的人腳。

「對不起！」霍華說，朝自己的方向太過用力地拉上了門。其效果是讓門甩上又彈回原來打開的地方，而且彈得更遠，啪嗒一聲撞上裡面的牆。是維多利亞，穿著及腰的黑色喪服。不過及膝的裙子已經換成一條綠色絨面鑲銀邊的迷你運動短褲。她一直在哭，兩條長腿攤在前。此時她吃驚地將腿收入懷中。

「操他的該死！」

「喔，天哪，我很抱歉！對不起。」霍華說。他得跨進房間裡面去抓門把。抓的時候他努力看著相反的方向。

「霍華．貝爾西？」維多利亞在床上迅速轉動，跪起身體。

「是的，抱歉。我這就把門關上。」

「等一下！」

「什麼？」

「就——等一下。」

「我馬上就……」霍華說著，開始要把門關上，不過維多利亞跳起身，從另一邊將門拉住。

「你現在在裡面了，那就進來吧。你已經進來了。」她氣沖沖說道，一掌將門推上。有一秒鐘的時間，他們緊貼身體站著，然後她退回床上，目光炯炯瞪著他。霍華兩手捧著酒杯，眼睛望著杯裡。

「我……很難過妳失去母親，我……」他囁嚅著。

「什麼？」

霍華抬起頭來，看見維多利亞從一個倒滿紅酒的酒杯裡喝了一大口。現在他看見了她身旁有一支空酒瓶。

「我該走了，我正在找——」

「嘿，你已經進來了。就坐下吧。我們現在不是在你的課堂上。」

她將自己往上推到床架邊，斜靠著床架兩腿盤坐，手握足尖。她很激動，或至少很容易激動，煩躁的她坐立難安。霍華留在原處，動彈不得。

「原本以為這裡是盥洗室。」他說得輕聲細語。

「什麼?我聽不見,你說什麼?」

「那牆面——我以為這一間是盥洗室。」

「噢。這樣啊,不是。這裡是一間閨房。」維多利亞解釋,用空著的手刻意懶散、嘲弄似的揮舞了一下。

「我看到了,」霍華說,環顧梳妝臺、羊皮小地毯和蓋著印花織物的躺椅,對於畫這堵牆的人來說,那把躺椅似乎便是原始靈感的來源。這地方看起來不太像一個基督教女孩的臥房。

「那麼現在,」霍華口氣堅定,「我要走了。」

維多利亞手伸到後面拿出一個毛皮大靠墊,使勁往霍華身上扔,碰到他的肩膀,灑了一點點酒在手上。

「哈囉?我在服喪嗎?」她用霍華之前注意過的那種令人討厭的大西洋彼岸鼻音說。「最起碼你應該能夠坐下來,給我一點牧歌般的安慰,博士。看,如果這能令你快活一些的話,」她說著突然從床上跳下來,踮著腳尖穿過房間來到門邊,「我把門鎖上,這樣就沒有人能打擾我們了。」她踮腳回到床上。「這樣是不是比較好了?」

「不,這樣沒有比較好。」霍華轉身準備離開。

「求求你,我需要找個人談一談,」他身後傳來破嗓的聲音。「你在這裡。這裡沒有其他人。他們全部都在樓下讚美主,你卻在這裡。」

霍華將手指放到門鎖上。維多利亞重重捶打床罩。

「老天!我又不會傷害你!我是在請求你幫助我。那不算在你的職責範圍裡面嗎?

喔，算了好嗎？就忘了它吧。快滾。」

她哭了。霍華轉過身來。

「狗屎，狗屎，狗屎。我討厭死了哭個沒完！」維多利亞梨花帶淚，接著開始微微笑起她自己。霍華走到躺椅邊，慢慢坐了下來。能夠坐下來真是一大解脫。他的腦袋還昏昏沉沉，香菸根本毫無幫助。維多利亞用黑襯衫的衣袖抹去眼淚。

「老天爺。你坐太遠了。」

霍華點頭。

「有點不太友善。」

「我不是一個友善的人。」

維多利亞從她的酒杯裡喝了一大口，撫摸著綠短褲的銀色鑲邊。

「我看起來一定完全像個怪人。不過一旦回到家裡我就必須舒舒服服——我一向都是這副德性。那件裙子我再也沒辦法忍耐了。必須趕緊輕鬆一下。」

她膝蓋在床墊上彈上彈下。「你的家人在這裡嗎？」她問。

「我正在找他們。已經找了一陣子了。」

「我還以為你說在找廁所，」維多利亞語帶責難，閉上一隻眼睛，伸出手臂，一根指頭搖搖晃晃地指著他。

「也有在找。」

「唔。」她再度轉動身體，現在胸腹趴床對著他，變成腳抵住床架，而她的頭和霍華的膝蓋相去不遠。她在絨被上危險地保持玻璃杯的平衡，兩手托住下巴。她審視他的臉，好一會兒之後露出溫柔的微笑，就像是發現他臉上有什麼東西把她給逗樂了。霍華的眼睛骨碌流轉，追蹤她飄忽的眼神，試圖把注意力集中在接下來的問題上。

「我媽媽已經過世了，」他試著開口，那語氣完全沒辦法命中他心中想要的效果。

「所以我能體會妳目前的感受。她去世的時候，我的年紀比妳現在還年輕。年輕多了。」

「那或許能夠解釋，」她說著，臉上失去了笑容，取而代之的是若有所思的不悅之色。「為什麼你不能說我喜歡番茄。」

霍華皺起眉頭。這是什麼鬼把戲？他從口袋取出菸草。「我—喜—歡—番—茄，」他一字一句說得很慢，從袋子裡取出里茲拉牌菸絲。「這樣可以嗎？」

「隨你高興。你不想知道那是什麼意思嗎？」

「不是很想，腦子裡有其他的事情在思考。」

「那是威靈頓的玩意兒——學生的玩意兒，」維多利亞迅速說道，支著手肘靠過來。

「那是我們說話時簡略的表達方式，比方說，希米恩教授上的課是『番茄的本質對上番茄的培育』，珍．柯曼的課程是『要恰當地了解番茄，首先你必須揭開番茄被壓抑的女性歷史』——那女人是個蠢到家的婊子，而吉爾曼教授的課程是『番茄的結構就像一個茄子』，凱勒斯教授的課程基本上是『不參考番茄本身就沒有任何辦法證明番茄的存在』，厄斯金．傑格德的課程是『為奈波爾所吞食的後殖民番茄』。諸如此類。所以你說，『你接下來要上什麼課？』人家會說『番茄一六七〇—一九〇〇』或者其他什麼東西。」

霍華嘆口氣，舔了舔里茲拉菸紙的一邊。

「真好玩。」

「但是你的課程——你的課程是受人崇拜的經典。我愛死你的課程。你的課說到底就是從來都不說我喜歡番茄。就是因為這原因才會這麼少人選修——我無意冒犯，這其實是一種恭維。從來都不說我喜歡番茄，這麼嚴苛的事他們應付不來。因為在你的課堂上那樣講是最糟糕的事情，不是嗎？因為那裡根本就沒有番茄可以讓人家喜歡。我愛死你課程的地方就在這裡。完全講求理智。番茄作為欺人耳目的結構體遭到完全的揭露，它根本無法引領你通往更高的真理——沒有人裝模作樣以為番茄可以拯救你的生命。或者令你快樂。或者教導你如何生活，或者令你尊貴高尚，或者成為人類精神的偉大楷模。你的番茄和愛與真理沒有半點關係。它們並非謬論。這些番茄其實根本毫無意義，完全只是人們為了一己之私，才將文化的——我應該說是營養的——重要性附加在它們之上。」她悲哀地咯咯輕笑。「就像你每次總是說：讓我們質問這些術語。這番茄究竟美在何處？有誰決定了它的價值？我發現那真的很有挑戰性，之前我就想告訴你了，我很高興現在終於告訴你了。每個人都好怕你，所以他們把話都憋在肚子裡，而我總是想說，瞧，他只是個人，教授其實也是人——或許他很高興聽到我們欣賞這門課，你可曉得？不管怎樣，你的課絕對是最嚴謹，智力要求最高……這點人人心知肚明，真的，威靈頓根本就是笨蛋的天堂，所以基本上我說的的確是正經的恭維。」

此時霍華閉上眼睛，手指梳過頭髮。「出於興趣問一下，那妳父親的課是什麼？」

維多利亞考慮了一會兒，將杯裡的殘酒一飲而盡。「番茄之拯救。」

「當然。」

維多利亞將頭擱在掌心，發出嘆息。「真不敢相信我把番茄的事告訴你了。這下子回學校以後我一定會被開除。」

霍華睜開眼睛點燃香菸。「我不會說出去的。」

他們短暫地相互笑了笑。接著維多利亞似乎想起自己身在哪兒及其原因，臉便垮下來，嘴唇緊抵並且為了盡力克制眼眶的淚水而抽動。霍華坐回沙發。有幾分鐘的時間兩人什麼話也沒說。霍華一口接一口不停地抽著菸。

「琪琪，」她突然開口，聽見心裡的名字出現在自己即將出軌的對象口中，這是何等糟糕的墮落。「琪琪，」她重複道，「你老婆。她很驚人，看起來就像個女王。不可一世的神情。」

「女王？」

「她非常美麗，」維多利亞口氣不耐，有如霍華對一項明顯的事實居然魯鈍至此。「就像非洲女王。」

霍華猛力捏著菸屁股。「恐怕她對妳的形容不會有感激之意。」

「說她美也不行？」

霍華菸不抽了。「不，是說她像非洲女王。」

「為什麼不行？」

「我想她會覺得這樣說就好像在施恩要她領情，更不用說事實上根本並非如此——聽著，維多利亞——」

「叫我小維。說幾遍了！」

「小維。我現在得走了，」他說，不過沒有起身的動作。「我想今晚我幫不了妳的忙。

妳喝得有點過頭了，妳處於情緒相當容易——」

「給我喝點那玩意。」她指著他的葡萄酒，身體勉力往前傾，手肘做出某種動作將胸部擠在一塊，一對乳峰，出於潤膚乳液的作用散發著光澤，此刻獨立於它們的主人之外，逕自和霍華交流了起來。

「給我喝一點，來嘛。」她說。

為了方便她喝到他的葡萄酒，霍華只得將玻璃杯遞到她的脣際。

「一小口。」她的目光越過杯緣斜睨他的眼睛。於是他將杯子傾斜，讓她俐落地喝了一口。當她從杯緣移開，兩瓣靈活的、大得有點過分的脣肉全溼濡了。深色厚脣的脊痕和他老婆的一樣——褶皺處呈紫紅色，其餘部分則幾乎是黑色的。她口紅的殘餘退到邊角，有如脣肉太豐厚以至於口紅無法褪盡。

「她一定非比尋常。」

「誰？」

「天殺的地獄，認真點，我說你老婆。她一定非比尋常。」

「她一定要這樣嗎？」

「沒錯。因為我媽媽通常不會——在世的時候不會——輕易就和人家交朋友。」維多利亞說，她的聲音抓住了時態的變化。「對別人而言她滿特別的。要了解她很不容易。我一直在想或許我自己也不是很了解她……」

「我確定那不是——」

「不，噓，」維多利亞醉醺醺地說，讓一些淚水無所顧忌地滑下面頰，「那不是重點——

我要說的是，她沒有辦法忍受笨蛋，你知道嗎？他們一定有些過人之處。他們必須是有血有肉的人。不像你跟我。真的，要夠特別。所以琪琪一定有她特別的地方。你一定會說，」維多利亞說，「她特別嗎？」

霍華將菸屁股扔進維多利亞的空酒杯。不管有奶子還是沒奶子，該走人了。

「我會說，她使我的存在成為這個存在所表現出來的形式。而那種形式對我們而言是特殊的，所以沒錯。」

維多利亞悲傷地搖著頭，伸出一隻手，擱在他的膝蓋上頭。

「你就是這樣，看見沒？你從來都不會直接了當說……我喜歡番茄。」

「我以為我們是在談論我太太，而不是一種蔬菜。」

維多利亞在他的長褲上輕叩糾正道。「實際上是水果才對。」

霍華點頭。「水果。」

「來吧，博士，再讓我喝一點兒。」

霍華拿起酒杯閃開。「妳已經喝夠多了。」

「再給我喝一點！」

她付諸行動，跳離床上坐上他大腿。他的勃起無所遮掩，不過她先冷靜地喝掉他剩下的葡萄酒。然後壓在他身上，如同羅麗塔對亨伯特所為，好像他只是一張湊巧被她坐上的椅子（她以前無疑讀過《羅麗塔》），然後一條手臂摟住他的後頸，羅麗塔變成一個勾引人的妖精（搞不好她也是從羅賓森太太那兒學來的），淫蕩地吸吮他的耳朵，接著從誘人的妖精變身為深情款款的高中女友，甜蜜地親吻他的嘴角。不過這到底是哪一種甜心呢？

他都還沒有回吻，她就以一種令人狼狽的熱烈方式開始發出呻吟，緊接著用她的舌頭做出奇特的吹笛動作，令霍華猝不及防。他不斷試圖控制這場親吻，想回到他所熟悉的親吻方式，但她決意在他口腔上方來回轉動舌頭，同時持續火熱地、老實說並不舒服地捏握他的卵蛋。她開始緩緩解開他的襯衫，有如身旁還有音樂伴奏，而且似乎因為未能於此找到春宮書刊裡毛茸茸的胸毛有些失望。她概念性地摩擦著，有如那兒真的長著胸毛，使勁拉扯小霍華所擁有的東西，一面——有可能嗎？——發出快樂的哼哼唧唧。她把他拉到床上，在他有機會考慮剝掉她的襯衫之前便為他完成此項工作。接著是更多的哼哼唧唧和呻吟聲，儘管他的手根本還沒有碰到她的胸部，他正忙著在床的另一頭掙扎，用一隻腳發動攻擊，將另一隻腳的鞋子除去。他微微挺起身體，便於向後彎曲手臂，搆著那只頑強抵抗的鞋子。在床上，她似乎沒有他也能繼續，她輕佻地扭動身軀，手指梳弄自己的短髮，有如一個頭髮更長、更像金髮的女人搔首弄姿一般。

「喔，霍華。」她說。

「是的，等一下。」霍華說。狀況好一些了。他轉過身來正對著她，將她拉起，臉貼著臉，用一種柔和許多的方式親吻那張美妙的嘴，沿著她的胴體逐步感受她的雙肩，她的胳膊，緊擁她豐滿的臀部，將整個美妙的傑作拉過來貼緊他。但她已經翻身趴在那裡，頭部壓緊床面，像是有隻看不見的手制約著她，打算令她窒息，她兩腿敞開，褪去短褲，用力掰開兩條大腿。正中那個脹紅的小糾結呈現眼前，令霍華進退兩難。當然她不打算——或者她就是如此打算？近來流行這種調調嗎？霍華脫掉長褲，他的勃起有點消退。

「幹我吧，」維多利亞說，一遍、一遍、又一遍。霍華可以聽見樓下為這女孩的亡母守靈的叮噹聲和私語聲，他抓著自己額頭，將身體對準她後方。稍稍一碰觸她便哀號，並且似乎因為高潮前的激動而顫抖，她仍舊如霍華第二回嘗試時發現的那樣完全是乾的。她立即在手上吐了口水，猛烈地摩擦自己，也磨擦霍華。他順從地回到勃起狀態。

「插進來，」維多利亞說。「幹我，全部插進來。」

再明確不過。霍華試探地將手伸到前面觸摸她的乳房。她舔著他的手，問了好幾次他是否喜歡此刻正在幹的事，對此他只能以明顯的肯定語來回答。接著她開始告訴他，她有多喜歡幹這檔事。霍華對這來來回回的評論有點煩了，將手沿著她的小腹往下探。她立即弓起身，像一隻伸展的貓，她收縮腹部——似乎要抑止呼吸，事實上，唯有他停止觸摸那裡的時候她才再度有了呼吸。他有種感覺，每當他觸摸她身體的某處，那塊區域會立即從他手中移開，稍後又回到他手中，改變了樣貌。

「喔，我多需要你在我裡面。」維多利亞說，然後臀部挺得更高。霍華試圖伸展到她上面，撫摸她臉上的肌膚；她呻吟著將他的手指吃進嘴裡，有如它們是另外某人的老二，持續地又吸又舔。

「說你想要我。說你有多想幹我。」維多利亞說。

「我要妳……我……妳真是太……美了，」霍華低語，腳跟微微挺起身體，親吻她身上唯一他真的比較好接近的一小塊地方：她的後背。她出手猛力將他推回去跪在那裡。

「插進來。」她說。

那麼，好吧。霍華手握老二開始衝刺。在他的想像裡，本以為她若想超越先前呻吟的程度會有困難，不過，當他進入維多利亞，她辦到了，而霍華不習慣在過程當中太早進入歡慶階段，不禁害怕可能會弄傷她，遲疑著不知是否要往前推進得更深一些。

「插深一點！」維多利亞說。

於是霍華深入推進了三次，大約提供了他充裕的八點五英吋的一半，琪琪曾經暗示，那個生理上快活的偶發現象，便是霍華為何沒有留在達爾斯敦大街當一名屠夫真正主要的原因。但是隨著第四次推進，緊張、緊實和酒精擊潰了他，一陣小小的顫慄中他射了，並未帶來強烈的快感。他往前癱倒在維多利亞身上，鬱結地等著那些女性大失所望的熟悉聲音。

「喔，天哪！喔，老天！」維多利亞說，並且戲劇性地痙攣著。「喔，我好喜歡你幹我！」

霍華使自己滑出來，躺在床上她的身邊。維多利亞此刻完全靜了下來，翻了個身，母親般吻著他的額頭。

「真是美妙。」

「唔，」霍華說。

「我有吃避孕藥，所以。」

霍華扮了個鬼臉。他根本連問都沒有問。

「你要我幫你吹嗎？我很想嘗嘗你的老二。」

霍華坐了起來，伸手抓他的長褲。「不，這樣就好了，我……耶穌基督。」他看了看錶，有如這會兒時間晚了會有麻煩。「我們得下樓去了……我不知道剛剛發生了什麼事。這太瘋狂了。妳是我的學生。妳跟傑羅姆睡過。」維多利亞在床上坐起來，撫摸他的臉。

「喂，我討厭變得這麼不值錢，不過那是真的。傑羅姆很可愛，不過他還是個男孩，霍華。我現在需要的是男人。」

「小維——拜託妳，」霍華抓住她的手腕，把她剛剛穿的襯衫遞了過去。「我們得下樓了。」

他們一起著裝，霍華顯得急躁，維多利亞則疲倦陰沉，有一陣子霍華難掩驚訝，自己居然看到幾個星期以來的夢想——看這女孩一絲不掛——以戲劇性顛倒的方式重演。他使盡渾身解數讓她把全部衣物都穿回去。最後，兩人都著裝完畢後，霍華發現他的平口內褲居然塞在一只枕頭套內。他趕緊取出塞進口袋。來到門口，維多利亞一隻手按住他胸口擋著他。她深呼吸，並且鼓勵他如法炮製。她解開門鎖，伸出一隻手指抹順他額前的亂髮，將他的領帶扯直。

「盡量不要看起來讓人以為你喜歡番茄。」她說。

5

上個世紀初葉，海倫．凱勒曾經在新英格蘭地區從事過一次巡迴演講，以她的親身故事來吸引聽眾（偶爾以她的社會主義觀點嚇嚇他們）。巡迴途中，她曾在威靈頓大學稍作停留，在那兒為一座圖書館命名，種下一棵樹，還獲頒一個榮譽學位。凱勒圖書館由此誕生：一間長條狀、通風良好的館舍，位於英文系底層，綠色地毯，紅色牆壁，窗戶數量太多了，無法裝設暖氣。一面牆上掛著真人尺寸的海倫肖像，她戴上學院帽，身著長袍，坐在扶手椅內，失明的雙眼端莊地望向自己的膝蓋。陪同的安妮．蘇利文站在她身後，一隻手體貼地搭在友人的肩膀上。歷年來所有人文學院的院務會議都是在這個冷颼颼的房間裡舉行。今天是一月十日，今年頭一回的院務會議將在五分鐘後開場。由於有一場特別重要的投票要在上議院提出討論，導致今天早上連最不情願的學院成員也都出席了，包括八十來歲擁有終身職的隱士們。屋子裡擠得滿滿的，不過沒有人趕忙匆促。他們三三兩兩抵達會場，領帶因為落雪融化而僵硬潮溼，皮鞋上泛著鹽分的潮痕，還帶著手帕以及引人側目的咳嗽和氣喘。雨傘就像狩獵後傷亡的鳥禽般堆在遠處的角落。教授、研究員以及訪問學者，都被吸引到房間後頭的長桌邊。桌上擺著玻璃紙包裹的酥皮點心，還有鋼壺盛裝冒著熱氣的咖啡以及無咖啡因咖啡。眾人都知道，院務會議將會持續整整三個鐘頭——特別是傑克．法蘭區主持的會議，正如這次一樣。另一項優先重點是，想辦法找一張盡可能靠近出口的座椅，便於中途可以避人耳目地告退。夢想是隨後可以早早趁無人留神時開溜（但少有人成功！）

霍華抵達凱勒圖書館門口時，所有便於逃逸的座位都被搶占一空。迫於無奈，他只好直接坐到房間前面，就在海倫的肖像底下，旁邊六呎處是傑克．法蘭區和他的助理莉蒂．坎塔里諾，他倆正過度認真地整裡一大堆令人感到不祥的文件，分開放到兩張空椅上。霍華已經不是第一次在院務會議上希望自己和凱勒本人一樣喪失知覺器官。他得費好大力氣不去注意珍．柯曼那張尖銳的小巫婆臉、吹整過的卷曲濃密金髮，以及鬈髮從貝雷帽底下穿刺而出的樣子，你可以在《紐約客》的廣告「當個歐洲人！」上面找到那種款式的貝雷帽。迪托最受學生愛戴：三十六歲，已經取得傑米．安德生的終身職，專長美國本土史，帶著他昂貴小巧的筆記型電腦，此刻正平放在椅子的扶手上。霍華最衷心盼望的是不要聽見柏琪菲爾德和芳丹教授之間惡毒的交頭接耳，歷史系兩位肥碩的貴婦，兩人擠在唯一的一張沙發，一身裹著窗簾布似的衣料，正不安好心眼看著霍華。她倆就像俄羅斯娃娃般幾乎一模一樣。只是芳丹的尺寸略小，有如從柏琪菲爾德體內形狀完整地彈跳出來一般。她們誇耀地保持可以回溯到七〇年代的碗狀髮型和笨重的塑膠框眼鏡，然而，由於曾經寫過——儘管是十五年前的往事了——寥寥幾本在這國家的每一所大學廣被採用為教科書的著作，她們仍舊保有近乎性魅惑般的神采奕奕。對這兩位小姐來說沒有趕流行的標點：沒有冒號、沒有破折號、沒有副標題。大家仍舊會提起柏琪菲爾德的史達林和芳丹的羅伯斯庇爾。於是在柏琪菲爾德和芳丹的眼中，像霍華．貝爾西這樣的人物在這世界上形同牛虻，帶著他們時髦的胡說八道從一個機構跳過一個機構，毫無意義，無足輕重。霍華在此服務屆滿十年，於去年秋天將他的終身職申請提交決議時，她們仍舊反對。今年，她們還會再反對一次。那是她們的權利。以她們形同「無期徒刑」的職位而言，這也是她們的權利，用來捍衛威靈頓大學的精神和靈魂——她們將自己視為守護者——免於受到霍華這樣的人橫加濫用和扭曲，霍華出現在這個機構當中，就事情更全面性的計畫而言只是一時的權宜之計。她們移駕離開辦公桌前來參加會議，正是為了約束霍華。為了這所她倆深愛的學府，絕對不能容許他在無人監督下做出任何決定。此刻，鐘敲十點，傑克在眾人面前起身發出準備就緒的咳嗽，柏琪菲爾德和芳丹似乎豎起羽毛定位就座，就像兩隻大母雞坐定孵蛋一般。她們對霍華投以最後輕蔑的一瞥。霍華正準備迎接傑克慣有如坐雲霄飛車般的開場白，將眼睛闔上。

「為什麼，」傑克撫掌道，「上個月的會議會被延期、重新排定時間，其實有一堆原因……或許實際上更確切地來說，應該是重新復位（*repositioned*），安排到這個日期，安排到一月十日，我覺得在我們開始進行之前，對這次會議，順帶一提，我誠摯期盼在一個愉快的——最重要的是——悠閒的耶誕假期之後，我熱誠地歡迎你們大家。是的，正如我所說的，在我們真正按照列印出來的議程保證會議緊湊進行之前——在開始之前我只想簡單扼要說明一下這次重新復位的原因，因為這個，就其本身而言，正如你們許多人所知道的，並非完全沒有爭議。是的。現在首先，在我們團體當中有些成員覺得在若干即將到來——現在已開始——的會議上所要討論的議題相當重要也相當複雜，因此需要——不，甚至必須要求——爭論雙方在我們共同的注目下能夠有恰當、周詳的表述——這並非暗示我們所面對的爭論明顯具有二元對立的性質——我個人毫不懷疑我們將發現情況是完全相反，並且，事實上，今天早上我們可能會發現自己根據幾個不同的觀點，經由即將開始討論所形成的，嗯，嗯，漏斗，如果可以這麼表達的話，來達成結盟。因此為了創造足夠的構思空間，我們提議——沒有經過教職員投票——將會議延期舉行，當然，如果任何人對未經討論便將會議延期而有異議的話，可以在我們的線上檔案系統做標記表達反對之意。此一系統是我們的莉蒂．坎塔里諾特別為這些會議所建立的。我相信貯存區便在人文學院網頁代碼 SS76 的地方，這個網址相信你們大家都已經很熟悉了，是吧……？」傑克詢問，看著莉蒂，她就坐在他身旁的椅子上。莉蒂點點頭，站了起來，重複一遍那個神祕的代碼後再度坐下。「謝謝妳，莉蒂。所以，是的。所以那裡有一個可供申訴的討論區。那麼，第二個原因——比較沒有那麼令人不安，謝天謝地，純粹只是時間安排的問題，這已經引起你們當中許多人、我本人以及莉蒂的注意，而這是她的意見，也是我們許多將此一想法告知她的同仁的意見，在十二月份的行事曆上——學校和社會的——再怎麼樣都會有處理不完的——如果你們原諒我陳腐的類比——交通大阻塞情形——這麼一來，只剩下非常有限的時間來準備院務會議一般和必要的事項。如果會議要有任何實質的結果，我們真的需要時間，如果這不算請求的話。我想關於我們日後要如何規畫這類重要的會議，莉蒂有一些話要對我們說。莉蒂？」

莉蒂再次站了起來，輕快地重新調整了一下胸部。毛衣上的馴鹿不平坦地移動著，從左至右。

「嗨，各位——是這樣的，基本上我只是重複一下傑克剛剛在這裡說過的，十二月我們負責行政工作的小姐個個焦頭爛額，為了我們想要繼續為每個系所都舉辦一場耶誕派對而忙翻，去年就是這樣決定的，更不用提到了聖誕節前一個星期，每個孩子都在追著我們寫各式各樣的推薦信，即使天曉得，我們整個秋天都在警告他們別把推薦信的事情拖到最後一分鐘，不過無論如何——我們只是覺得，在假期開始前的一個星期多給自己一些喘息的空間，應該是粗淺明白的常識，如此我身為本院的一分子才知道新的一年到來時我的屁股要指向何方。」這話惹來一陣禮貌的笑聲。「如果你們能夠原諒我的不雅用語。」

人人皆原諒了她。會議開始。霍華在椅子上將身體壓得更低一些。下一個還沒輪到他。按議程安排他在第三個，太沒道理了，這房間裡的男男女女不消說都是衝著蒙提和霍華的街頭表演而來的。不過首先，威爾斯出生的古典學者兼臨時宿舍主管克里斯多福・費伊穿著小丑背心和紅褲子，滔滔不絕講了一大段研究生使用會議室設備的長篇大論。霍華取出筆，開始在筆記本上塗鴉，整個過程當中他一直繃緊臉，假裝沉思中，藉此暗示他正從事比塗鴉正經許多的活動。在這個校園裡，言論自由的權利儘管強大，但仍然必須接受其他權利的挑戰，這些權利包括保護學生在這個機構裡免受言辭和人身的攻擊、概念上的貶抑、露骨的刻板成見，以及其他種種憎恨政治的示威展現。環繞著這段開場白，霍華畫了一連串連鎖的花體，就像優雅的枝條，仿效威廉・莫里斯的風格。輪廓完成之後他便開始描影的工作。描影一完成，更多的花體現形，圖案持續增加，直到占據左手邊大部分的留白。他從膝頭拿起那張紙，讚嘆地欣賞。接著又提筆描起影來，像孩子般樂不可支，因為他沒有超出邊線，他遵循著這些風格與形式的獨斷原則。他抬眼假意舒展身體，這動作令他有藉口將腦袋由右至左掃視房間，看看到場的支持者和誹謗者。厄斯金就在房間的正對面，他黑人研究系的人馬環繞左右，他們算是霍華的騎兵隊。克萊兒沒來，或者他沒有看見克萊兒。他曉得佐拉正坐在走廊的長凳上檢視她的講稿，等候召喚。霍華的藝術系同事分散而坐，但全都出席，而且儀態端正。蒙提——真是令人錯愕的陰險——在他身後一派騎士風範。他面露微笑，微微躬身和霍華打了個招呼，然而霍華羞於受到如此謙恭的對待，只能突然轉回身體並將鉛筆塞進膝蓋窩。有一句詞用形容占有另一個男人的老婆——讓他戴綠帽。但可有哪句詞用來形容占有另一個男人的女兒？如果真有這麼一句詞，霍華很確定克里斯多福．費伊鐵定曉得，他和出版商關係良好，而且對古代社會習俗具有高度性別意識的洞察力。霍華抬眼看著克里斯多福還站在那裡，靈巧得像個弄臣，精力充沛滔滔不絕，後腦門的老鼠尾巴從一邊盪到另一邊。教職員裡他是僅有兩個英國人裡的另外一位。霍華經常納悶英國作為一個國家予人的觀感如何，他的美國同事從熟識的兩人身上大概已心裡有數。

「謝謝你，克里斯多福。」傑克說，接著花了冗長的時間介紹接替克里斯多福擔任臨時宿舍主管的繼任者（克里斯多福很快就要休年假前往坎特伯雷），一位年輕的女士站起來，開始講述克里斯多福已經相當詳細概述過的建議。一道寬廣卻微妙的律動就像墨西哥的波浪，趁著每個人幾乎都在座位上重新調整臀部時漫湧過房間。某個幸運的王八蛋穿過吱吱響的雙開門逃離會場——一個低能的訪問客座小說家——但她的撤退並非神不知鬼不覺。目光犀利的莉蒂看到她離開、記錄下來。霍華驚訝自己竟然開始緊張。他迅速翻看筆記，太激動了，沒辦法逐字逐句理解那些關鍵性的句子。時間就快到了。而隨後時間真的就到了。

「現在如果你們把注意力移轉到今天早上我們議程的第三項內容，關於下學期所提議的系列演講……下面請容許我請霍華．貝爾西博士，他提出了一個關於……關於……關於這個系列演講的動議。我提醒大家參考霍華已經附加在議程之上的紀錄，我希望你們對此已經投入適當的時間來考量，並且……是的，那麼霍華，你是否能……？」

霍華起身。

「這樣可能會更加……如果你……？」傑克暗示。霍華穿過椅子，站到傑克旁邊，面對著眾人。

「請發言，」傑克說。他坐了下來，開始焦躁地啃起拇指指甲。

「在這個校園裡，」霍華開始發言，右膝蓋不聽使喚地顫抖著。「言論自由的權利儘管強大，但仍然必須接受其他權利的挑戰……」

這時霍華犯了個錯誤，他像一般建議演說者注意的那樣抬頭環顧周遭。他看見蒙提，他正微笑頷首，就像國王面對一個前來提供娛樂的傻瓜那樣。霍華結巴了一次，兩次，然後，為了補救失誤，目光牢牢盯住他的講稿。這下子，他已經無力綜覽筆記並稍加潤飾，臨場發揮，拋出離題但詼諧的旁白，運用所有其他原先計畫好的含糊、信口開河的詭辯，他只能逐字逐句快速依照講稿恭念如儀。轉眼間他突然結束，然後茫然地看著他為自己預留的鉛筆註記，上頭說概述了廣泛的議題之後，歸結要點。有人發出咳嗽聲。霍華抬起頭又瞥了蒙提一眼——那抹微笑好似惡魔——接著目光又回到講稿上。他將汗涔涔的額頭上黏附的頭髮撥開。

「讓我，嗯……讓我……我想要把我擔憂的事情說明清楚。當吉普斯教授被邀請，被人文學院邀請到威靈頓來，他來這裡是為了參與此一機構的公共生活，並且提供一系列富含教育意義的演講，從他許多許多專業知識領域之一……」此時霍華獲得他一直期盼著的、能夠刺激他信心之所需的輕笑聲。「顯而易見，他並非被聘請來發表政治演說，那種演說有可能乖離並且冒犯到這校園諸多不同的團體。」

蒙提這時候起身，顯然興味十足地搖頭。他舉起了手。「抱歉，」他說，「我可以發言嗎？」

傑克一臉痛苦。他是多麼憎惡教授之間出現火爆的場面！

「好吧，現在，吉普斯教授——我想如果我們能夠、能夠、能夠……如果我們能夠讓霍華結束他的陳述，可以說……」

「當然。當我的同事誹謗我時我應該展現耐心和寬容。」蒙提還是咧嘴笑笑說道，坐了下來。

霍華加緊腳步。「我要提醒委員會，去年這所大學的成員成功地遊說議員禁止一位曾被邀請的哲學家來這裡做研究，這些成員決定，他在這個機構不能擁有講壇，因為在他出版的著作裡，他已經表達了被認定為『反以色列人』的觀點和論證，那種觀點和論證冒犯了我們群體中的成員。此一反對（儘管我並不贊同其意見）經由民主程序通過，這位紳士被擋在威靈頓大門之外，因為他的觀點有可能冒犯到這群體的組成分子。今天早上我站在你們面前是基於完全相同的理由，只有一個關鍵的區別。在這個校園裡封殺和我政治色彩不同的演講者並不符合我的習慣或者我的口味，因此我沒有要求如此徹底的禁令，而是請求能看一看這些演講的講稿，這麼一來我們的教職員便能考慮——帶著如此的觀點，呈現在我們做為一個群體面前的任何材料，將違反此一機構內部的『憎恨法律』——正如我忝為主席的平等機會委員會所安排的那樣——可以被刪除。我已經以書面形式請吉普斯教授提供他講稿的影本——他拒絕了。我又嘗試了一次，就在今天，最低限度，請他提供一份他打算演說的內容的大綱。我所關心的有兩點：首先，在他的學術生涯中，這位教授對同性戀、種族和性別所做的化約並且冒犯的公開陳述。其次，他的系列演講『剷除文科教育裡的自由主義』和他最近在《威靈頓先驅報》裡的一篇文章標題雷同，這篇文章本身就包含了歧視同性戀的豐富材料，足以使威靈頓的同性戀團體確信必須有所警戒，並阻止這位教授在這所大學發表任何演講。對於那些錯過這篇文章的人，我已經把它複印下來了——我相信莉迪雅在會議結束後會分發給任何有需要閱讀的人。所以，總而言之，」霍華把講稿對折起來說，「我對吉普斯教授本人的提議如下：把演講的講稿交給我們。不行的話，退而求其次，把這些演講擬定的大綱交給我們。再不行的話，今天早上就告訴我們這些演講的目的為何。」

「那是不是……？」傑克詢問道，「那是你的要點……所以，我想我們現在輪到……輪到吉普斯教授，你是否可以……」

蒙提起立，抓著前面椅子的椅背，身體靠在上面，有如當成一座講臺。

「法蘭區院長，很高興能夠發言。這整件事情多麼有趣。我好愛自由主義的神仙故事！所以請放心，他們不會對我的精神造成過度的緊張。」教職員中引起一陣不安的咯咯笑聲。「然而，如果各位不介意，我要花一點時間澄清事實，並且盡我所能地回答貝爾西教授的疑慮。對於他的要求，恐怕我必須三項全部婉拒，假定我站在一個自由的國度，我主張言論自由是我不可讓渡的權利。我想要提醒貝爾西博士，此刻我們兩個都已經不在英國了。」這話惹來一陣貨真價實的笑聲，比霍華先前得到的更為熱烈。「如果這會令他感覺更為良好——我知道自由主義者的心靈有多麼在乎感覺良好——我對我演講的內容承擔完全的責任。不過恐怕我沒有辦法滿足他想要知道這些演講的『目的』那種坦率而又古怪的要求。事實上，我得承認這真令我感到吃驚又高興，一個像貝爾西博士那樣以『文本的無政府主義者』自居的人，竟然如此熱切地想要知道一篇作品的目的……」

現場響起疏疏落落的知識分子陰鬱笑聲，是一個人在書店看書時可以聽見的那種。

「我都不知道，」蒙提興高采烈地繼續，「他是一個對書面文字的純粹性質如此固執己見的人。」

「霍華，你是否想要……？」傑克．法蘭區說，但霍華沒等他說完便開始發言。

「看，我要說的重點就是這個，」霍華慷慨陳詞，轉過去面對最靠近的對話者莉蒂，但莉蒂無動於衷。她正為議程的第七個項目儲備精力，歷史系準備申請兩臺新的影印機。霍華轉過來面對眾人。「他怎麼能夠在同一時間聲言對講稿的責任，卻又不告訴我們這份講稿有什麼目的呢？」

蒙提兩手扠腰。「真的，貝爾西博士，這問題太愚蠢了，我沒辦法回答。一個人當然可以寫一篇文章不事先『定好目的』引發任何特殊的反應，或者至少他寫那篇文章的同時，可以毋須預先設定每一種可能的目的或後果。」

「這還要你來告訴我，老兄——你是天生的原創者！」

這話引來更廣泛、更發自內心的笑聲。蒙提頭一次看起來有點被激怒了。

「我會繼續寫，」蒙提宣稱，「在這個國家裡，我對大學體系之狀況所關切的種種信念。我會繼續書寫，運用我的知識以及我的道德觀念——」

「帶著明確的目的，使這校園裡形形色色的少數團體相互敵對和疏遠。他會對那負起責任嗎？」

「貝爾西博士，請容我引用你自己的自由主義指引者之一讓．保爾．沙特的話：『我們不知道自己想要什麼，然而，我們對自己是什麼這點要負起責任——那就是事實。』那不就是你嗎，博士，談及文本含意變化不定的人不就是你嗎？博士，談及所有符號體系之不確定性的人？如何，那麼，在我做出演講之前，我是否有可能預先知道自己講稿中的『多重意義性』（multivalency），」蒙提說，字字句句帶著明顯的嫌惡，「將如何被我聽眾的『異質意識』（heterogeneous consciousnesses）接納呢？」蒙提說，發出一聲沉重的嘆息。「你的整個攻擊路線就是我論證的一個完美模型。你影印了我的文章，自己卻沒有花時間好好地細讀一下。在那篇文章中我問：為什麼對自由主義的知識分子是一條規則，對他保守主義的同事卻完全是另外一條規則呢？而我現在要問你：為什麼我要把自己演講的講稿提交給自由主義質詢者的委員會，從而讓我自己的——在這機構裡被滿口吹噓的——言論自由權利受到削減和威脅呢？」

「喔，出於一些幹他的原因——」霍華突然冒出這麼一句。傑克從椅子上跳了起來。

「唔，霍華，我得要求你在這裡注意自己的一言一行。」

「不用，不用——我沒有那麼嬌弱，法蘭區院長。我完全沒有半點幻想，以為我的同事是一位紳士……」

「瞧，」霍華說，他的臉紅潮蘊生。「我想要知道的是——」

「霍華，拜託，」蒙提叱責說，「你發言時我可是很有禮貌地傾聽，直到你把話講完。

感謝你。好的：兩年前，在威靈頓，在這個熱愛自由的偉大機構裡，一群穆斯林學生要求校方提供一個房間，以滿足他們日常祈禱的權利——貝爾西博士從中發揮影響，使這項請求遭受斷然拒絕，結果這群穆斯林現在正經由法院向威靈頓大學持續索討保障權利，」蒙提吟誦般拖長聲音蓋過霍華的抗議。「保障權利施行他們的信仰——」

「當然，你自己對穆斯林信仰的捍衛是大家津津樂道的傳奇。」霍華出語奚落。蒙提扮出忠於史實的莊嚴。「我支持任何宗教自由對抗俗世法西斯主義的威嚇。」

「蒙提，你和我一樣清楚，那和我們今天所討論的事毫無關係，這所大學向來秉持，秉持非宗教活動的政策，我們沒有歧視——」

「哈！」

「我們沒有歧視，但所有的學生都被要求，在大學範圍以外的地方求取各自的宗教興趣。但那件事跟今天的重點無關——今天我們討論的是一項犬儒的嘗試，將基本上明顯右翼的議程強加灌輸給我們的學生，還偽裝成一系列的演講涉及——」

「如果我們要談論明確的議程，我們可以討論威靈頓在課程許可組織暗地裡私相授受的方式——一種公然敗壞防止種族與性別歧視法案的政策，順帶一提，這法案本身就是一種腐化——憑什麼不是這所大學的學生可以進入課堂上課，那些大開後門的教授依據他們自己的『決斷權』（正如它如此遮遮掩掩地表達），允許這些所謂的『學生』進入他們的課堂，越過比他們更具資格的真正的學生而去選擇他們，不是因為這些年輕人符合威靈頓的學術標準，不是的，而是因為他們被視為貧困案例，就好像這種做法幫助少數人士進入他們尚不適合的菁英環境。這說穿了其實是自由主義者——一如既往！——假設如此對社會有益，只是因為這麼做會使自由主義者如她，」蒙提惡意強調，「自我感覺良好！」

霍華鼓起掌來，激憤地看著傑克．法蘭區。

「對不起——我們現在正在爭論哪件事情？這所大學裡還有哪樣東西不在吉普斯教授改革除惡之列？」

傑克．法蘭區心煩意亂看著莉蒂剛剛遞給他的議程單。

「唔，霍華說得有理，蒙特袞，我了解你很關切進入課堂許可的議題，不過那是在我們議程的第四項，我想你會看到。如果我們能一步一步來……我想現在的問題正如霍華所表達的那樣，就是：你會把講稿交給我們大家嗎？」

蒙提鼓起胸膛，握住手中的懷表。「我不會。」

「好吧，你願意服從將此事提交表決嗎？」

「法蘭區院長，帶著對你權威全部應有的尊敬，我不會。不過，我會接受一項投票，關於某人是否可以獲准割掉我的舌頭——這個投票跟現有的脈絡根本沾不上邊。」

傑克眼巴巴無助地看著霍華。

「有人有意見嗎？」霍華惱火地建議。

「是的……」傑克說，鬆了一大口氣。「有人有意見嗎？伊蓮——妳想說些什麼嗎？」

伊蓮．柏琪菲爾德教授推了推鼻梁的眼鏡。「霍華．貝爾西是否果真在暗示，」她帶著貴族般的失望神情，「威靈頓是個如此嬌弱不堪的機構，甚至害怕講堂中出現政治辯論司空見慣的肉搏戰嗎？自由主義的意識——吉普斯教授很樂於嘲弄此事——是不是真的脆弱到這種地步，以至於承受不了來自於它本身觀點以外的一系列六場演講？我發現那樣的景況非常令人擔憂。」

霍華此刻由於怒氣脹紅了臉，他對著後頭牆面上的一處高點做出回應。「顯然我剛才沒有說明清楚。吉普斯教授曾有紀錄在案，和他『志趣相投』的賈斯提斯・史卡利亞一起聯手，譴責同性戀是一種——」

蒙提再次從座位上跳了起來。「我反對將我的論點做那樣的描述。在出版的文章中，我為賈斯提斯・史卡利亞的觀點辯護，就堅定的基督徒而言，對於同性戀持有那樣的意見完全在他們的權利範圍之內——此外，他們是本於道德原則的堅持而反對同性戀者，因此將這種反對轉變成法律明定的『歧視』範疇時，即構成對基督徒權利的侵害。那才是我準確的立場。」

霍華滿意地觀察到這番澄清令柏琪菲爾德和芳丹嫌惡地退避三舍。更令霍華驚訝的是，芳丹這時拉高她那惡名昭彰的女同性戀的男中音表示，「我們或許會發現這些觀點令人不快，甚至令人憎惡——不過這是一個保障理智討論和爭辯的機構。」

「耶穌基督——讚美我主，這是思想的對立物（opposite）！」社會人類學系的系主任嚷道。於是掀起一場口頭的乒乓較量，毋須霍華充任裁判，便有更多人加入戰局，爭論聲在房間裡你來我往，持續不休。

霍華坐了下來。他聽著自己的論點迷失在議論紛紛當中，有的相似，有的則令人生厭地毫不相干。厄斯金出於好意，講了一大段既冗長又詳盡的公民權利運動發展史，長篇大論的要點似乎是，鑒於吉普斯死板的憲法觀點，他本人絕對不會在布朗訴教育局案當中和多數人一起投票。這個論點很棒，卻在厄斯金傳達的情緒當中失落了。就這樣吵吵鬧鬧過了半個小時。最後，傑克終於把場面控制住。他溫和地把霍華的要求強加給蒙提。再一次，蒙提拒絕分享他的講稿。

「好吧，」傑克勉強讓步，「考慮到吉普斯教授方面清楚的決定……不過我們仍然有權投票決定是否要舉行這些演講。我知道這不是你的本意，霍華，不過在這樣的環境下……我們的確有那樣的權力。」

「我一點也不反對進行民主的投票，這裡的確是有這樣的權利和權力，」蒙提以莊嚴的語調說道。「這所學院的成員最終顯然會決定誰可以、或者不可以在他們的學校裡進行自由演講。」

霍華面對這番話，只能繃著臉點頭。

「所有贊成——我的意思是，贊成演講繼續舉行、毋須事先磋商的請舉手。」傑克戴上眼鏡好計算投票結果。根本無此必要。除了霍華的一小撮支持者之外所有人都舉手了。

霍華茫茫然走回他的位子。他和女兒擦肩而過，她剛從外頭進到房間裡面。佐拉捏捏他的手臂，還銜著他咧嘴笑了笑，假設他已經完成任務，正如她即將施展身手一般。她在莉蒂．坎塔里諾旁邊選了張椅子坐下來，膝頭擱著一疊清清爽爽的紙張，看上去能量十足，這股能量由她那令人生畏的青春氣息自然散發出來。

「現在，」傑克說，「如你們所見，我們有一位學生和我們在一起。就我所知，她將告訴我們一個她熱烈關注的議題，吉普斯教授先前已經觸及這個議題了，我們『自行斟酌』的學生，如果可以如此稱呼的話……不過在開始之前，有一些例行公事要先處理……」傑克伸手取過一張莉蒂從一堆紙中抽出來遞給他的文件。「謝謝妳，莉蒂。出版物！這消息總是令人高興。明年將出版的包括J．M．威爾遜博士的《我心靈的風車：追尋天然能源之夢想》，布蘭維恩出版社，將於五月出版；史蒂芬．吉里曼博士的《漆成黑色：極簡主義美國歷險記》，耶魯大學出版社，在十月；《邊界與交叉口，或與阿南西共舞：加勒比神話研究》，厄斯金．傑格德教授，今年八月由我們自己的威靈頓大學出版社出版……」

宣讀這段即將成功出版的名單的過程當中，霍華一直在紙的兩邊塗鴉，等待那無可避免的、現在幾乎已成傳統的順序——指名到他自己。

「還有我們等一下……等一下，」傑克語帶渴望，「霍華．貝爾西博士的《反林布蘭：審問一位大師》，出版日期……日期……」

「待定。」霍華確認道。

6

一點三十分，幾扇門紛紛開啟。傑克．法蘭區先前預言的「漏斗」此刻果真成形，門口處有好多教職員勉強擠身穿過窄小的缺口。霍華先和其餘的人停步等候，耳中聽著閒話，多半和佐拉有關，對她精采的演說嘖嘖稱奇。關於自行斟酌學生的決定被她女兒成功地延緩至下次會議，那是一個月以後的事情。在威靈頓的體制中，達成這類拖延相當於新增一項憲法修正案。霍華為她和她的滔滔長論感到自豪，但他稍後才能祝賀致意，他得先離開這房間再說。他留下她和那些支持者寒暄，自己則果斷地向出口發動攻擊。來到大廳，他左轉，避開蜂擁向午餐室的人群，逃入一道離開主大廳的走廊。這裡沿著牆面排列著玻璃櫥，裡頭陳列著生鏽的獎盃，一角翻捲的證書等戰利品，還有身著過時運動服裝的學生照片。他走到底，斜倚在消防門上。這棟大樓全面禁菸，他沒打算抽，只想捲一支，然後到外面去抽。他拍拍西裝上衣的口袋，發現胸口處有寬慰人心的綠色和金色的菸草袋。這菸草牌子只在英國販售，聖誕節時他在機場買了二十袋當存糧。新年的決心是什麼，琪琪有問他，自殺嗎？

「說得好！」

霍華掌中蜷縮如蠕蟲的菸草蹦跳到他的鞋子上。

「哇呀，」是維多利亞，她跪下去搶救菸草。然後再度優雅地起身，她的脊椎似乎一節一節地舒展開來，直到筆直如標竿，就在他的身邊。「哈囉，陌生人。」

她將菸草放回他手中。如此親暱的接觸，五臟六腑一股震顫。那天下午之後他就再也沒有見過她。出於男性奇蹟般的隔離本事，他幾乎將她拋諸腦後。他和女兒觀賞老電影，和老婆外出，平靜、冥思地散步；還在林布蘭的講稿上多努力幾分。他回想，帶著出軌者多愁善感的溫柔，擁有家庭的自己是何等幸運和幸福。說實在的，作為一種概念，一種前提，「維多利亞．吉普斯」已經為霍華的婚姻和他普遍的精神狀態立下無比的功勞。維多利亞．吉普斯這個概念使他自己的生活處於正確的幸福狀態。不過，維多利亞．吉普斯並非一種概念。她有血有肉。她拍了拍他的胳膊。

「一直在找你。」她說。

「小維。」

「你是出席什麼場合？」她邊問邊摸他西裝的翻領。「喔，對喔，院務會議……非常好。雖然你的衣著不可能打敗我老爸。最後一定有人會哭。」

「小維。」

她看著他，愉悅的表情和他剛剛在她父親臉上看到的如出一轍。「嗯。怎麼樣？」

「小維……怎麼……妳怎麼會在這裡？」

他把里茲拉菸紙和菸草揉成一團，扔進一旁的垃圾桶裡。

「這個嘛，貝爾西博士，其實我是在這裡用功。」她聲音放低。「我試著打電話找你。」

她將兩隻手往他的褲袋插到底，霍華趕緊抓住她的手拉出來。他握住她的手肘，拉著她穿過消防門，這扇門通往大樓隱密的內部：逃生梯，清潔間和庫房。底下傳來影印機噴氣和震動的聲響。霍華往下跳了幾階，朝通往地下室的樓梯間的螺旋張望，但沒有半個人影。

影印機處於自動運作狀態，吐出紙張並將它們裝訂起來。他緩步走回去見維多利亞。

「妳不該這麼快就回學校來。」

「為什麼？待在家裡又能幹麼？我一直打電話找你。」

「別這樣，」他說。「別打電話給我，妳最好不要打。」

底下髒兮兮的樓梯間，自然光穿透兩扇裝了隔柵的窗戶，以一種既像監禁又氛圍獨特的方式照射進來，令霍華不搭調地想起了威尼斯。光線完美落在她那張臉孔的線條和平面構成的雕塑結構上。這令霍華陷入一種他未曾感受過，或者說此刻之前從未感受過的情緒緊迫狀態。

「把我忘了吧，全部的事情都忘記。求求妳——聽我的話。」

「霍華，我——」

「不——這太瘋狂了，」他握住她的兩邊手肘。「都結束了，這件事太過荒唐。」

儘管眼下的處境令人驚慌失措，霍華還是不禁對這齣戲感到驚異，回到這般戲劇場景竟是純粹動人心魄的事實，青春維持理所當然，偷偷摸摸躲藏，壓低聲音，鬼鬼祟祟觸摸。不過這時維多利亞掙脫他，兩臂交叉在鼓皮般繃緊的、青春洋溢的腹部。

「唔，我講的是今天晚上，」她口氣辛辣。「我是為了今天晚上的事情才打電話找你。愛默生禮堂的晚餐？我們應該一起去參加？這不是在求婚——為什麼你們家每個人都以為別人要跟你們結婚呢？喂……我只是想知道你還來不來。這時候再去另外找人會很麻煩。喔，老天……這太尷尬了，算了吧。」

「愛默生禮堂，」霍華重複道。消防門打開了。霍華身體緊貼牆面，小維則靠著樓梯欄杆。一個揹著背包的孩子來到兩人中間，經過影印機，然後穿過那扇天曉得通往哪裡的門。

「老天，你真是**太**沒用了，」維多利亞口氣厭煩，令霍華回想起那天下午在閨房中的一些真實情景。「這是個簡單的問題。而且你曉得：不要自抬身價。我沒有想要和你共同奔赴夕陽。你真的沒有那麼偉大。」

這番話即刻在他倆之間揚起些許心靈的塵埃，但不知何故卻是了無生氣的，只是噪音。兩個人根本不了解彼此。這跟和克萊兒在一起的狀況不同。那是兩個老朋友在同一時間昏了頭，就在兩人生命旅程的最後一段。甚至正當兩人打得火熱，霍華就已經知道，他們出於恐懼改變了跑道，只是想知道這條新路線的感覺是否不一樣，會不會更好、更輕鬆。儘管他們也害怕永遠陷入這條新的跑道，難以自拔。不過這個女孩子從來沒有跨入這場賽事。她不會因此而受到輕視——天曉得，霍華自己快三十歲時才聽見鳴槍起跑聲。不過，他低估了和某個未來似乎仍無可限量的人談論他未來的奇異感：一座充滿選擇的歡樂宮殿，有無數的門，只有呆瓜才會自投羅網把時間都耗在同一個房間裡。

「對，」霍華同意，因為這時候讓步無關緊要。「我沒有那麼偉大。」

「不……可是……嗯，你還不算糟糕，」她說，往前欺身，但又在最後一刻翻轉身體，就在他身邊跟他一樣貼靠牆壁。「你還算不錯。跟這裡一些討厭鬼相比起來。」

她以肘部輕推一下他的肚子。「無論如何，如果你即將永遠離開我，感謝你留給我的紀念品。真的是非常『溫文儒雅的愛』。」

維多利亞舉起一小長條的照片。霍華把照片拿在手裡，沒有認出那是什麼東西。

「在我房間找到的，」她低語，「一定是從你褲子口袋掉出來。就是你現在身上穿的這套衣服。你是只有一套西裝還是怎樣？」

霍華將那條東西拿得更靠近臉一些。

「你真是會裝模作樣！」

霍華睜眼細看。影像有些模糊、老化。

「我不知道這是什麼時候拍的。」

「當然，」維多利亞說。「你就這樣去跟法官講吧。」

「我根本沒看過這東西。」

「你知道我看到它的時候想到了什麼？林布蘭的肖像。對不對？不是那張——但是你看那一張，你的頭髮完全蓋住眼睛。像林布蘭是因為你在那張裡面看起來比那一張還要老……」她斜倚著他，肩膀碰肩膀。霍華用拇指輕輕觸摸其中一張照片上自己的臉。那是霍華．貝爾西。他穿越世界時人們看見的他就是這副模樣。

「不管怎樣……它現在是我的了，」她說，伸手奪回那東西。她把那條照片對折放進口袋。

「那麼今天晚上——你來接我？就像電影演的那樣？我會戴一朵胸花，稍後再把它扔到你的鞋子上。」

她離開他身邊，往上走了一步，她張臂伸展在欄杆和牆壁之間，忽前忽後搖擺，像極了朗罕路八十三號霍華的小孩其中之一。

「我不認為……」霍華開口，頓了一下又說。「我們要去的到底是什麼樣的地方？」

「愛默生禮堂。每桌三位教授。你屬於我。食物，飲料，談話，回家。沒什麼複雜的。」

「那麼你的……蒙提——他曉得妳要跟我一起去嗎？」

維多利亞眼珠子骨碌碌轉。「不曉得，可是他會覺得這樣再理想不過。他認為我跟麥克應該經常跟自由主義人士打交道。他說那樣你才能學會避免愚蠢。」

「維多利亞，」霍華說，努力盯住她的眼睛。「我認為你應該找其他人一起去，我跟你去不太合適。而且老實說，依我現在的狀況實在不適合去某些——」

「喔，我的老天爺，拜託，一個女孩子剛剛沒了母親。你真他媽該死的自戀。」

維多利亞轉身爬上樓梯，將手按在消防門上。就要奪眶而出的淚水模糊了她的眼眸。霍華自然對她深感抱歉，但最令他焦慮的是，他希望如果她要哭，最好趕快離開這裡，離他遠一點，趁還沒有人下樓或者穿過那扇門之前。

「當然，我承認……當然……不過我只是說……妳曉得，我們已經搞得……一團糟，最好趕緊懸崖勒馬——在更多人受到傷害之前劃清界線。」

維多利亞笑得令人毛骨悚然。

「事實如此不是嗎？」霍華低聲辯解。「那樣不是對大家都最好？」

「對誰最好？喂，」她說，又踏回來三級階梯，「如果你現在取消，實際上看起來不是更加啟人疑竇。這已經登記好了，我是我們那一桌的頭頭，我一定要到。我已經收了人家三個星期的慰問卡和鬼扯卵蛋。我只想找點**正常**的事情來做。」

「我了解，」霍華說，將臉別開。她在這裡詭異地選擇「正常」這個字眼，他思考要不要對此發表一點別的什麼，不過，撇開維多利亞的魅力和放肆無禮不談，此時此地她真正散發出來的性格頗為脆弱。她完全是脆弱的，而且隱隱有一種威脅，藏在她顫抖的下唇裡。那就是警告了。如果他打碎了她，碎片將飛散何處？

「所以八點鐘在愛默生禮堂前面等我，好嗎？你不會還穿那套西裝吧？它應該配上黑色的領帶，但是——」

防火門被推開了。

「那麼星期一我要拿到那篇文章。」霍華嗓門響亮，臉色有些畏縮。維多利亞佯裝惱怒，轉身就走。霍華對正要去拿複印文件的莉蒂．坎塔里諾微笑地揮了揮手。

那天傍晚，霍華回到家，晚餐時分但獨缺晚餐——又是一個人人有節目要外出的夜晚。翻來覆去找鑰匙、髮夾、外套、浴巾、可可油、香水瓶、皮夾，剛剛還在餐具櫃上的五塊錢、一張生日卡、一個信封。霍華本來打算穿著那套衣服再度出門，此時卻在廚房凳子上坐了下來，有如其他家人環繞運行的落日一般。儘管傑羅姆兩天前已經回布朗去了，吵吵鬧鬧的噪音還是沒有減少，走廊和樓梯的擁擠感也沒有減弱。這裡是他的家，吵鬧和擁擠感本來就沒完沒了。

「五塊錢，」列維突然問對他父親發話。「就放在餐具櫃上。」

「對不起——我沒有看到。」

「這下我怎麼辦？」列維查問。

琪琪堂皇地走進廚房。她穿著尼赫魯高領的綠色絲質套裝，看上去很可愛。長辮子底下一半已經鬆開來還抹了油，鬈髮自在地分開垂下。她耳朵戴著霍華唯一送過的寶石：簡簡單單一對祖母綠耳墜子，來自他的母親。

「妳看起來很漂亮。」霍華說得真心誠意。

「什麼？」

「沒什麼。妳看起來很漂亮。」

琪琪蹙眉搖了搖頭，不理會這突如其來的打斷。

「聽著，我需要你在這張卡片上簽名。這是要給醫院的特麗莎的。她過生日——我不知道是幾歲生日，但是卡洛斯要棄她而去，她感覺糟透了。我和其他幾個女同事要帶她出去喝兩杯。你也認識特麗莎。霍華——她是個活在這星球上的人，跟你不一樣的人。謝謝你。列維，還有你。只要簽名就好，不必寫任何東西。還有，你只能到十點半——不能再晚。明天還要上課。佐拉人呢？最好她也簽個名。列維，你的手機拿去儲值了嗎？」

「如果有人一直從櫃子上偷走我的鈔票，那我要怎樣才能儲值呢？妳倒說說看！」

「那就留一支我找得到你的號碼，可以嗎？」

「我和朋友一起出去。他又沒有手機。」

「列維，什麼樣的朋友會沒有手機？這些人**是**何方神聖？」

「媽，說實話，」佐拉說，穿著鐵藍色緞料衣服，兩手按住頭頂倒退著走進房裡。

「這件衣服穿起來屁股怎麼樣？」

過了十五分鐘，大家你一言我一句討論開車、搭公車和計程車的可能情形。霍華靜靜溜下凳子套上大衣。這舉動令他的家人大感意外。

「**你**要去哪裡？」列維問。

「大學裡有點事，」霍華說。「在一個俱樂部禮堂有聚餐。」

「有一個聚餐？」佐拉口氣疑惑。「你怎麼都沒有講。我還以為你今年不會去了。哪一個禮堂？」她正把一雙社交盛宴專用、長及肘部的手套往手上拉。

「愛默生，」霍華吞吞吐吐道。「可是我不會見到你，對吧？你要去弗萊明。」

「你怎麼會去愛默生？你根本就不去愛默生的。」

以霍華而言，他的家人對這個問題委實過度好奇。他們站成一個半圓，邊穿外套邊等他的回答。

「有些以前的學生想要——」霍華開口，不過佐拉搶過話頭。

「嗯，我是我們那桌的頭頭——我請了傑米．安德森。事實上，我要遲到了——我得趕快。」她上前親吻父親的臉頰，不過他往後退開。

「為什麼妳要請安德森？妳怎麼不請我去？」

「老爸，我去年就和你去過了。」

「安德森？佐拉，他根本就是個騙子。他還乳臭未乾。事實上他是個大白痴，他就是這種貨色。」

佐拉面露微笑——她對這些吃醋的表現頗感得意。

「他哪有那麼糟糕。」

「他有夠荒謬——妳告訴過我那堂課有多麼荒謬。後本土美國抗議宣傳小冊子還是管他什麼東西。我就是搞不懂妳為什麼要——」

「老爸，他還好啦。他……很有活力——有新的想法。我也會帶卡爾一起去——傑米對口語的種族特點也有興趣。」

「我敢說他就是如此。」

她朝他臉頰輕輕一吻。沒有擁抱，沒有撫摩他的腦袋。

「等一下！」列維說。「載我一程！」跟著他姊姊趕往門口。

而現在琪琪也要棄他而去，連一聲再見也不講。不過在門檻上，她回身朝霍華走來，握住他鬆弛的二頭肌，將他的耳朵拉近自己嘴邊。

「霍華，佐兒崇拜你，別笨笨的不當一回事。她想要跟你一起去，不過她們班同學一直建議她爭取某種……我不知道……善意的對待。」

霍華張開嘴巴想要抗議，不過琪琪拍拍他的肩膀。「我知道——不過他們可不需要藉口。我認為有些人變得相當討厭。她已經因為這樣感到心煩。在倫敦的時候她有提到。」

「可是她為什麼不把事情跟我講呢？」

「親愛的，老實說，在倫敦的時候你似乎有一點自顧不暇。而且你在寫東西，她喜歡看到你工作的樣子，她不想因為自己的事情麻煩到你。不管你心裡怎麼想。」琪琪說，出手輕捏他的胳膊，「我們大家都希望你工作順利。好了，我得走了。」

她就像佐拉剛剛那樣戀舊地親吻他的臉頰。令人想起昔日之情。

7

一月，年度第一場社交盛會，威靈頓女學生驚人的毅力展露無遺。不幸的是，對這些年輕女士而言，此一純粹意志的展現被歸功於「女性氣質」——最消極不過的優點。因此，結果對她們年級的平均成績並無幫助。這太不公平了。那些空著肚皮捱過聖誕節期間的小姐怎能沒有絲毫獎品——抗拒所有垂手可得的甜食、燒烤和烈酒——只為了穿上露背洋裝和露趾細跟鞋，在這場一月的正式晚宴上現身，哪管氣溫接近冰點，地面覆蓋著厚厚的積雪？霍華穿著一件垂至地板的長大衣、手套、皮鞋、一條厚實的大學圍巾，站在愛默生禮堂正門旁邊，懷抱真正的敬畏望著迷濛的白色雪片飄落在光裸的肩膀和纖手上，一身行頭的男士護著他們近乎赤裸、精心裝扮的女伴，一起繞過水窪和雪堆，有如舞廳裡的舞者來到野戰訓練場地。她們個個看起來有如公主，但裡頭潛伏著何等鋼鐵般的堅強哪！

「晚安，貝爾西，」霍華認識的一位老歷史學家說。霍華點頭致意，讓那個男人過去。陪同這位歷史學家參加晚宴的是一個年輕人。霍華認為他們兩個看起來比此刻陸陸續續通過入口的學生、授男女搭檔更為快活。這頓晚餐是行之有年的老傳統，但這頓飯吃起來並不自在。見識過他們歡快喧鬧的一面之後，教導那些列入評量的學生從此就會綁手綁腳——若以霍華為例，當然，他早就逾越了那條界線，而且不只越過一點。霍華聽見第一聲晚餐的鈴聲響起。這是在催促大家就座。他繼續手插口袋等候伊人。天氣實在太冷了，想抽根菸都沒有辦法。他抬眼望著對面的威靈頓廣場，望著仍然披掛耶誕燈飾，大學閃閃發光的白色尖塔和長青樹叢，刺骨風寒中，霍華的眼睛不停滲出眼淚。在他眼中，所有的燈光都在擴展、閃爍；街燈放射出泉湧的火花；交通信號燈變成自然現象，如同北極光那樣幻射、騰躍。她已經遲到十分鐘，一陣風將雪從地面颳起，水平掠過。他身後的方形院落宛如北極凍原。五分鐘又過了。霍華漫步走向愛默生禮堂，到了進門處就定位站崗，在這裡他不可能錯過她。每個人都已經就位，他只能和待命的侍者站在一塊，他們穿著白襯衫更顯黝黑，高舉盛著威靈頓小蝦的盤子，永遠看起來比實際嘗起來高明許多。他們在這角落裡不用拘謹，笑鬧、吹口哨、講著嘰哩呱啦的克里奧爾語，動手動腳，碰來碰去。與他們進到禮堂馬上變得安靜溫馴的服務人員形象完全不同。現在他們當中的一群就在霍華身邊端著大淺盤排成一列，不耐煩地抖動著，就像搭出隧道的美式足球員，即將奔跑出去接球。一扇邊門傳來喧鬧的談笑聲，引得人人同時轉過頭來注目，霍華也不例外。十五個身著合身黑色套裝和金色背心的年輕白人魚貫進入走廊，在主樓梯上迅速交錯排出隊形。他們當中最胖的一個唱出清晰堅定的音符，其他人則輔以和聲，直到空中出現一道令人幾乎受不了的愉悅和音。那震顫如此蠻橫，以至於霍華身體內部也受到波及，就像站在一套高分貝的音響系統旁邊。前門打開了。

「該死的！對不起我遲到了。服裝危機。」

維多利亞穿了一件好長的大衣，將雪片從肩膀撢去。那些年輕人顯然對他們試音的狀況感到滿意，便停止演唱，結隊回到方才出來的那個房間。稀稀落落的掌聲聽起來明顯出於諷刺，此時從侍者當中傳出。

「妳遲到了好久，」歌手退場後霍華皺著眉頭說，不過維多利亞沒有回答。她忙著脫掉外套。霍華轉過身來。

「你覺得如何？」她問，儘管答案不可能有任何異議。她穿一件微光閃爍的白色褲裝，領口開得很低。很明顯底下什麼也沒有穿。腰部勻稱之至，臀部有些傲慢。她的髮型又變了。這次抹了髮油，從側邊分開然後滑下，就像約瑟芬・貝克[10]那些老照片上的一樣。她的睫毛顯得比平時更長，侍者行列中的男男女女皆把目光投注在她身上。

「妳看起來——」霍華嘗試開口。

「對，嗯……我想我們總要有一個人穿得漂亮點。」

他們倆和侍者一起步入禮堂，多虧有他們幫忙遮掩，否則霍華擔心，要是這些用餐者直接目睹這位不可方物的美人從身旁走過，恐怕房間裡所有的動作和談話都會為之停頓。他們在一張東邊靠牆的長桌上找到位子。這張桌子上有四位教授和他們愛默生禮堂的學生聚會，剩下的地方被來自其他禮堂買票進場的大一生占據。這種混雜的模式遍布了整個禮堂各桌。靠近前臺的一張桌子上，霍華發現了蒙提。他和一個黑人女孩坐在一起，她的髮型風格近似維多利亞。她和那一桌的其他學生皆把焦點集中於蒙提身上，同時以大同小異的方式高談闊論著。

「妳爸爸也在這裡？」

「是的，」維多利亞無辜地回答，同時將白色餐巾展開來鋪在嫩白的膝部。「他也在愛

10 Josephine Baker（1906-1975），移居法國的非裔美國女歌手、演員。享有「克里奧菲女神」的美名，並以對美國黑人民全運動的貢獻著稱。

默生——你不知道嗎？」

霍華首度意識到，這位嬌豔的、芳齡十九的單身女子將注意力投注在一個五十七歲的已婚男子（儘管還有一頭密髮）身上，除了純粹官能的激情以外，可能還別有動機。他是否——套句列維的話——正被人家玩弄呢？不過，霍華進一步思考此一主題的用心被一個戴帽子穿長袍的老者打斷，老人起身，歡迎眾人到來，接著以拉丁語說了一長串致詞。鈴聲再一次響起。侍者們進場了。眾人頂上的燈光調暗，讓桌上閃爍的燭光擔負起照明之責。斟酒的侍者四下穿梭，越過用餐者的左肩優美地俯身，並且優雅地轉動酒瓶結束每一回倒酒動作。緊接著上開胃菜。內容物包含兩隻小蝦，剛剛在門廳的時候霍華就已經發現蝦子擺在一碗搭配小包裝油炸麵包丁的蛤蜊巧達濃湯旁邊。霍華已經和這些威靈頓鎮小包裝油炸麵包丁搏鬥了十年光陰，並且學會對這玩意置之不理。維多利亞撕開她的麵包丁，飛濺了三塊在霍華的胸口。這令她笑出聲來。她笑起來的樣子十分迷人——不知怎的，她一笑來便令人無法認真。但隨後表演繼續進行。她撕開麵包卷，以那種調皮、挖苦的方式和他講話，她似乎以為這樣是在調情。在他的另一側，一位羞澀樸素、從麻省理工學院來此訪問的女孩子試圖向他說明，她所從事的是哪一種實驗物理學。霍華邊吃東西邊努力傾聽。他特意問了她好些感興趣的問題，希望藉此減輕維多利亞擺明了漠不關心的影響。不過十分鐘後，他因為使出了渾身解數而耗盡。物理學家遭逢藝術史學家所使用的技術術語無從轉譯，這是無法接合的兩個世界。霍華喝下第二杯葡萄酒後，便以上洗手間為由暫行告退了。■

「霍華！哈哈哈哈！在這麼棒的地方相遇。老天，這些事情？嗯？這些幹他媽的事情。就算一年一次還是該死的太過頻繁！」

是厄斯金，他喝醉了，顛顛倒倒地走過來，站在霍華旁邊，解開拉鍊。霍華沒辦法在他認識的人身旁小便。他假裝尿完，走向洗手臺。

「你看起來很會應付嘛。厄斯克，你怎麼有辦法現在就把那麼多酒灌下肚皮？」

「我已經喝了一個鐘頭好讓自己做足準備。約翰．佛蘭德斯——認識嗎？」

「不認識。」

「你真走運。我最無聊、最醜陋、最愚不可及的學生。為什麼，為什麼那些你最不想跟他們打交道的學生總是最喜歡跟你一起攪和？」

「這叫消極進攻法，」霍華開玩笑，以洗手乳搓洗雙手。「他們知道你不喜歡他們。於是他們想要找出你的破綻，讓你疏於防範並且牢牢黏住你，搞得你不接受都不行。」

厄斯金發出一聲嘆息，結束費勁的小便，拉上拉鍊，來到洗手臺霍華旁邊。「那你呢？」

霍華抬頭看著鏡中的自己。「維多利亞．吉普斯。」

厄斯金猥褻地吹了聲口哨，霍華知道接下來他鐵定有戲可唱。談起秀色可餐的女人總能剝除厄斯金臉上那層惑人的面具。關於他為人的這一面，霍華心知肚明，但總是選擇不加深究。酒意使得情況更加惡劣。「那個女孩子，」厄斯金呢喃，搖著頭。「她會刺痛我的眼睛。你在走廊遇見那女孩子的時候得想辦法把老二綁在腿上——別對我翻白眼，少來——你可不是天使，霍華，我們都很清楚這一點。她可不得了！除非你眼睛瞎了才看不見。她怎麼會跟蒙提這頭海象有關係呢！」

「她是很漂亮沒錯，」霍華表示同意。他將手置於烘乾機底下，希望那噪音能使厄斯金閉上嘴巴。

「現在的男生──他們真是幸運。這你曉得嗎？他們同年齡的女生非常知道如何運用身體。她們了解自身的力量。我娶卡洛琳的時候她很美麗，對，當然。在床上就像一個南方女學生。像個小孩子一樣。等到現在我們都太老了，只敢做夢，不敢下手。去染指吉普斯小姐！那都是前塵往事了！」

厄斯金在嘲弄的苦澀中垂下頭，跟隨霍華走出洗手間。霍華費了好大工夫才克制住自己沒有告訴厄斯金他已遭染指，他的日子還沒有過去。他稍稍加快腳步，渴望回到他的桌子。聽到有男人這樣議論維多利亞已經使他想要再一次染指她。

「再接再厲衝破缺口（Once more into the breach）。」厄斯金在進入禮堂的門口說，搓著雙手離開霍華回到他自己那桌。兩人一進禮堂，一群侍者湧出，他們擠身通過時霍華感覺到自己的白皙，他就像穿過一條加勒比海擁擠小巷的觀光客。最後終於回到原位。就座時他的腦海掠過香豔的遐思，想要從桌子底下讓手指滑進小維裡面，用這種方式讓她達到高潮。結果事實勝於遐思：她穿著長褲。而且她忙得很，講話嗓門響亮，對著那個羞澀的女孩、她旁邊的男生，以及那男生旁邊的男生高談闊論。他們臉上的神情暗示霍華，打從他離開桌子到現在維多利亞的嘴巴還沒停過。

「不過呢，我恰好就是那種人，」她正在說，「我是認為那種行徑太高調的人，我就是這樣子。我根本就不會道歉。我想我應該得到那樣的尊重。我非常清楚自己的界線⋯⋯」

霍華拿起面前的卡片，想看看菜單上接下來會有什麼東西。

歌唱

玉米飼春雞裹帕瑪火腿佐

甜碗豆義式燉飯

埃米利．哈特曼博士公司提供

清爽萊姆派

當然，霍華早就知道它會來。不過他沒料到來得如此之快。他感到自己已經沒有機會妥適地靜下心來，現在想再走避已經太遲了。鈴聲響起，他們來了，那些穿著金色背心，留著F．司各特．費滋傑羅傳統髮型、兩頰紅潤的男孩們。他們在如雷的掌聲中迎向舞臺——可說是步履規律、慢慢走向舞臺。他們再一次呈現交錯隊形，最高的站後頭，金髮的站中間，最胖的那個傢伙站前排中央。胖傢伙張開嘴發出宏鐘般的音符，活力十足，充滿老波士頓的錢聲。他的夥伴完美地和音。霍華感到熟悉的麻煩湧現，淚水馬上在他眼眶聚積。他咬緊嘴脣，靠攏膝蓋。由於膀胱尚未清空，情況就更加不可收拾。環繞著他那一桌，九張完全坦率的臉孔直勾勾盯著舞臺，等待演出。除了震顫的和音，整座廳堂一片靜默。霍華感覺維多利亞在桌子底下摸他的膝蓋。他將她的手撥開。現在他必須集中全副精力，將過度發達的荒謬感安置於意志的控制之下。問題是，他的意志力能有多強？

這世界有兩種不同類型的歌詠團。第一種演唱理髮店的熱門曲和蓋希文的曲調，他們輕緩款擺，從一邊搖到另一邊，有時還彈指頭、眨眼睛。基本上霍華有辦法應付那種類型。有些場合他甚至能感受那一類歌詠團的優美之處。不過這些男孩不屬於那種類型。搖擺、彈指、眨眼只是他們的暖身動作。今晚這一團選擇的開場曲是U2樂團的《自尊（以愛之名）》（*Pride (In the Name of Love)*），他們費盡力氣才把它轉變成森巴。他們搖擺，他們彈指，他們眨眼睛。他們做出協調的旋轉，交互變換位置，向前移動，向後移動——隊形始終沒有渙散。他們臉上的微笑，就像你試圖勸阻一個瘋子不要將槍口對準你母親腦袋時的那種笑容。其中一個男孩開始用他的肺讓唱片上的低音部原音重現。這時候霍華再也無力克制了。他開始戰慄，必須在淚水和出聲之間作一抉擇，他選擇了眼淚。沒兩下他的臉就溼透了，肩膀抽動。盡力不作聲令他的臉脹成紫紅。其中一個男孩走出隊伍，表演起月球漫步。霍華抓起一塊厚棉布餐巾摀住臉。

「住手！」維多利亞低聲說，掐了掐他的膝蓋。「全部的人都在看你。」

霍華頗為意外，一個如此習慣眾人注目的女孩子，竟然會這麼討厭另一種類型的凝視。霍華抱歉地拿開餐巾，結果反倒引發巨大的聲響。尖銳的笑聲於廳堂裡爆開。笑聲引來霍華自己那桌和旁邊四桌的注意，甚至傳至蒙提那桌，害得那一桌所有用餐者轉動腦袋尋找——但是還沒能鎖定目標——那無禮的干擾。

「你在幹什麼？你是當真的嗎？別鬧了！」

霍華比手畫腳表明自己無力控制。他的尖聲變成雁鳴聲。

「對不起，」同桌坐他後面的某個他不認識的陰鬱女教授說，「可是你現在非常粗魯無禮。」

霍華無地自容。他既不能轉頭看著那隊歌詠團，又不能轉過來面對自己同桌的人，現在他們個個盡力遠離他，遠遠貼在自己的椅子上，固執地專注於臺上的演出。

「拜託你，」維多利亞口氣急切，「這樣並不好玩。實際上你讓我很尷尬。」

霍華轉過去看著歌詠團。他努力思索一些全無樂趣的東西：死亡、離婚、繳稅、他父親。不過那個胖傢伙拍掌引發的一些狀況又把霍華推向懸崖邊緣。他踉蹌起身，碰翻了椅子，將椅子扶起，再順著中間的走道遁逃無蹤。

霍華回到家的時候正好處於半酒醉狀態。想工作似乎喝太多，想睡覺的話又嫌喝得不夠。家裡空蕩蕩的。他走進客廳，梅鐸在這裡，身體蜷縮著。霍華彎下腰撫摸牠小獵犬般的臉，將牠下顎粉褐色的皮膚從無害的、磨鈍的牙齒邊掰開。梅鐸故意不肯乖乖就範。以前傑羅姆還是小嬰兒的時候，霍華喜歡跑進嬰兒室觸摸兒子頭髮卷曲的腦袋瓜，明知道可能會弄醒他，也希望他醒來。他已經喜歡那個溫熱的、散發爽身粉香味的夥伴待在他的膝頭，小娃娃伸長手指頭想要觸摸鍵盤。是電腦嗎？那時候有嗎？不對，是一臺打字機。霍華將梅鐸從熏臭的籃子裡拎起，勾在一隻手臂底下，然後帶到書架那裡。他煩躁地瀏覽了一下彩虹般五顏六色的書脊和書名。但每一本在霍華心靈中都橫遭排拒——他不想要小說或傳記，他不要詩歌或任何他認識的人寫的任何學術性著作。愛睏的梅鐸輕輕吠了一聲，將霍華兩根指手含進嘴巴。霍華用那隻空著的手從架上取出一本十九與二十世紀之交版本的《愛麗絲夢遊仙境》，然後帶著書和梅鐸走向長沙發。他手一鬆，梅鐸便逃回了籃子。逃跑後牠似乎滿肚子怨氣地瞪著霍華，很快便回復到先前的姿勢，腦袋藏在爪子中間。霍華在沙發一頭擺好靠墊，躺上去舒展身體。他打開書，被一些大寫的句子喚起了注意力。

非常

從背心口袋取出一只手錶

橘子果醬

喝下我

他讀了幾行，決定放棄。看了看插圖，決定放棄，閉上眼睛。旁邊的東西是柔軟、沉重的一團，沙發被他的大腿壓迫沉陷，他一隻手擱在臉上。門廊的燈亮著，房間沐浴在琥珀色當中。琪琪從他手中將書本拿開。

「好複雜的玩意，你一直都待在這裡？」

霍華往上移動了一點，從眼角挖出一塊黃色的眼屎硬塊，問了一下時間。

「很晚了。孩子們都已經回來了。你沒聽見他們的聲音嗎？」

霍華沒聽見。

「你是不是很早就回來？真希望你有跟我說。我應該叫你帶阿鐸出去遛遛。」

霍華又往上移動一點，抓住她的手腕。「睡前來一杯。」他說，然後不得不重複一遍，因為第一遍他的聲音過於低沉沙啞。

琪琪搖頭表示不要。

「琪絲，拜託，一杯就好。」

琪琪用手掌按壓眼眶。「霍華，我真的太累了。我整個晚上情緒起伏。而且這時候要我喝酒已經有點太晚了。」

「拜託，親愛的，就一杯。」

霍華起身繞過音響走向酒櫃。他打開小櫃門，轉身看著琪琪站在那裡。他祈求地望著她，她嘆口氣坐了下來。霍華拿出一瓶義大利苦杏酒和兩只白蘭地杯。這是琪琪愛喝的酒類，她斜著頭，表示勉強認可這個高明的選擇。霍華靠緊老婆旁邊坐下。

「蒂娜還好嗎？」

「特麗莎。」

「特麗莎。」

沒有下文。霍華接受沉默憤怒的敲彈，潮浪般一波波，全來自琪琪。她手指輕叩沙發的皮面。「嗯，她氣壞了——當然她會生氣。卡洛斯是個幹他媽的屁蛋，他已經請律師插手，特麗莎都還不曉得那女的是誰，胡說八道一大堆。小路易斯和安潔拉嚇壞了。這下子他們要上法院。我想不出為什麼要鬧到這樣，他們根本連打官司互鬥的本錢都沒有。」

「噢，」霍華說，沒資格多說其他一個字。他往兩個酒杯裡斟上義大利苦杏酒，遞了一杯給琪琪，然後將杯子靠向她的。他將自己的酒杯舉向空中。她瞇著眼睛覷他，但還是和他碰了杯。

「所以，又多一對了，」她說，目光穿過落地窗，望著外頭柳樹的黑色輪廓。「今年……我們身邊的每一對夫妻都關係破裂，不只是我們。每個人都是。從夏天開始，這已經是第四對了。骨牌一樣啪搭、啪搭、啪搭。就像大家的婚姻全都安好定時器。真是可悲。」

「事情比那還要糟糕——這結果可以預料。」琪琪嘆息。她踢掉懶人鞋，光腳伸向梅鐸，用她的大腳趾摸索牠脊椎的線條。

「我們真的需要談一談，霍華，」她說。「事情不能這樣下去，我們需要談一談。」

霍華將雙唇抿進嘴裡，望著梅鐸。「可是不要現在。」他說。

「我是說，我們需要談談。」

「我同意妳說的，我只是說不要現在。不要現在。」

琪琪聳聳肩，繼續撫弄梅鐸。她把腳趾伸到他的耳朵底下讓它翻面。門廊的燈自動熄掉了，將他們倆留在郊區的黑暗當中。剩下僅有的光源是廚房抽風扇下面那顆小燈泡。

「你晚餐吃得怎麼樣？」

「糗死了。」

「怎麼會？克萊兒在那兒？」

「不是。那根本就沒有……」

兩人再度沉默，琪琪重重呼出一口氣。「對不起。為什麼會糗死了？」

「來了一隊歌詠團。」

陰影當中，霍華可以看見琪琪面露笑容。她沒有看著他，不過在笑。「喔，耶穌啊。不會吧。」

「好大一隊歌詠團，金色背心。」

琪琪還在笑，快速地點了好幾下頭。「他們有唱《宛如處女》嗎？」

「他們唱了一首U2。」

琪琪將辮子拉到身前，辮尾纏繞手腕。

「哪一首？」

霍華將歌名告訴她。蹙著眉，琪琪喝完苦杏酒，接著又給自己斟了一杯。「不……我不知道那一首——怎麼唱的？」

「妳的意思是這首歌實際上怎麼唱，還是他們是怎麼唱的？」

「可是不會比那次還糟糕，不可能。噢，老天，那次我幾乎快死翹翹。」

「耶魯那次。」霍華說。他一向是日期、名字、地點的資料庫，在這方面他很女性化。

「為洛伊辦的晚餐。」

「耶魯，白人男孩靈魂復仇記。喔，我的天老爺。我必須離開房間，我淚流不止。他到現在還是幾乎不跟我講話，就為了那天晚上。」

「洛伊是個狗眼看人低的屁蛋。」

「話是沒錯……」琪琪尋思道，轉動手中酒杯的握柄。「不過那天晚上你跟我的言行舉止還是不佳。」

外頭有隻狗嚎叫著。霍華注意到琪琪裹在蓬亂綠色絲緞裡的膝蓋正抵住自己的膝蓋。他無法斷定她是否也同樣意識到了。

「這次很慘。」他說。

琪琪吆哨一聲。「不，」她說，「不，你可不能就這麼告訴我這次和耶魯那次一樣糟糕，根本不可能。」

「更慘。」

「我才不相信，對不起。」

這下子霍華用他悅耳的嗓音展開一場效果十足的模仿。

琪琪手握下巴，她的胸脯抖動，咯咯發笑，引得乳房震顫，但是現在她的腦袋後仰，發出轟笑聲。「你怎麼把人家唱成這副德性。」

霍華搖頭否認，他繼續唱下去。

琪琪對他搖動手指。「不、不、不——我需要看到**手部**動作。沒有全套的動作就不一樣。」

霍華從他坐的地方起身，口中沒停，然後轉身面對沙發。他還沒有重演肢體動作，他必須先回想一下，再用動作配合自己協調性不佳的身軀。他一時慌了手腳，沒能把想法和肌肉協調一致。突然間靈光一閃，他的身體想出辦法了，他開始旋轉並且彈指頭。

「喔，閉上你的嘴巴。我**不**相信你！不！他們才不會來這套！」

琪琪躺回靠墊，全身花枝亂顫。霍華加快節奏和音量，步伐也變得更加自信和花俏。

「喔，我的老天。你在幹麼？」

「離開的時候到了。」霍華快速說明，並且繼續高歌。

列維地下室的房門打開了。「呦！小聲點。老哥，有人要睡覺！」

「對不起，」霍華低聲說。他坐了下來，端起酒杯送到嘴邊，笑還沒停，便想去抱她，不過同一時間琪琪站了起來，神情激動，像個被人提醒任務尚未達成的女人。她同樣還在笑，然而並不快活，而且，當笑聲趨緩，它變成一種呻吟，接著化成微弱的嘆息，然後什麼也沒有了。她指了指眼睛。

「好了。」她說。霍華將酒杯放到桌上，準備要說點什麼，不過她已經來到門口。她告訴他樓上衣櫥裡有一條乾淨的被單，睡沙發可以用。

8

列維需要睡眠。他得早起到波士頓訪友，然後在正午前回到學校。八點半他人已經在廚房，鑰匙放在口袋。離家之前，他停在食品櫃前面，不太確定自己要找些什麼。小時候他曾經陪同母親去波士頓街坊拜訪朋友，去探視她在醫院認識的生病或者獨居的人。去的時候她總是會帶一些食品。但是列維本身從未像成年人那樣進行過這類拜訪。他茫然地望著食品櫃裡面，聽見樓上有房門打開，匆匆抓起三包亞洲湯麵和一盒肉飯，塞進背包然後出門。

一月份天寒地凍，街道有如穿上制服般統一面貌。其他人冷得發抖，列維倒是舒適地穿著他的運動衫和頭巾，把自己包得暖暖，聽著音樂。他站在公車站邊上，不自覺地吟誦著，耳中傳來的曲調實際上是在呼喚一個女孩來到他面前，跟隨他一起移動，將她的曲線貼合他身體雕塑的縫隙，蹦蹦跳跳。不過周遭唯一可見的女性是他身後聖彼得教堂院子裡的聖母瑪利亞石像。一如往常，她的兩根拇指不見蹤影，手上積滿落雪。列維研究她美麗、憂愁的臉蛋，在這處公車站等車的次數已經多到讓他對她了然於胸。他老是喜歡瞧瞧她手裡握著什麼東西。晚春時節她握著花瓣，從上方樹梢被雨水打落的花瓣。當氣候變化沒那麼反覆無常，人們把千奇百怪的玩意放進她缺損的手中——小巧克力塊、照片。十字架、泰迪熊，有幾次他們把絲帶繫在她的手腕上。列維從沒把東西放她手中過。他感覺那不是他的地盤，他沒資格這麼做，他不是天主教徒。他什麼教都不是。

列維沒留神公車已經駛近。直到最後一刻才伸手攔車。那輛公車發出尖銳刺耳的聲音，在他前面幾呎的地方煞住。他踩著古怪的瘸步走向它。

「嘿，老哥，下次早一點預告可以嗎？」那公車司機說。他的波士頓口音相當濃重。哈佛聽起來像「哈—瓦」。而費用則聽起來像菲傭。他是那種波士頓肥佬之一，襯衫汙漬斑斑，替這座城市賣命，還喜歡稱呼兄弟為老哥。

列維將四枚兩毛五的硬幣投入車資箱。

「我說多給我一點兒時間如何，年輕人，幫個忙，讓我安全地停車？」

列維慢吞吞移開一邊的耳機。「你在跟我講話？」

「沒錯，我是在跟你講話。」

「嘿，兄弟，我們可以把門關上、讓這輛公車開動嗎？」後頭有人嚷嚷。

「好啦，好—啦！」那司機喊道。

列維又把耳機戴了回去，沉著臉走向公車後座。

「自以為神氣的小……」那司機開口，不過列維沒有聽到全文。他坐了下來，將頭側靠在冰冷的車窗，默默替一位從積雪的山丘奔赴下一個停靠站趕公車的女孩子加油打氣，她的圍巾飄蕩在身後。

公車開抵威靈頓廣場後，頂上連接了電纜、駛入地下，車停在通往波士頓的轉乘站外頭。列維在地鐵裡買了個甜甜圈和一杯熱巧克力。他登上列車然後關掉iPod。他在膝頭攤開一本書，運用雙肘使書頁保持平坦，騰出兩手握住飲料來取暖。這是列維的閱讀時間，半個小時的進城之旅。他在地鐵上讀的東西比課堂裡學習的還要多。今天讀的還是那本遠在聖誕節之前就已經開始的書。

列維的閱讀速度不快。他一年大概讀個三本左右，只有在特殊情況下才會想要讀東西。這本書寫海地的事情，他還剩五十一頁沒有讀完。如果有人要求寫一份讀書報告，他得說迄今從這本書點點滴滴得到的主要印象是，有這麼一個小小的國家，一個離美國很近而你未曾聽說過的國家，那裡有成千上萬的黑人遭受奴役，為了爭取自由上街頭鬥爭至死，他們被挖眼睛，睪丸被燒掉，被刀砍、橫遭私刑、被強暴、被拷打、被壓迫、被鎮壓，還被林林總總的方式打壓……然而有些傢伙能夠住在整個國家唯一體面的房子裡面，山上一棟巨大的白色豪邸。他說不清那是否就是書裡所要傳達的**真正**訊息——但對列維而言似乎是如此。這些兄弟對那棟白色豪邸有一種執迷。達克爸爸（Papa Doc），達克貝比（Baby Doc）。就好像他們眼睜睜看著白種人盤據那棟白色房子好多好多年，如今對他們而言最合理的情況是，房子裡每個人都應該死掉，這樣就有機會輪到他們住在裡面。這是列維讀過最最鬱悶的一本書。甚至比上一本他從頭至尾讀完的書還要鬱悶。那一本寫的是誰幹掉了吐派克。讀這兩本書的經驗令他很受傷。列維是在溫和開放的環境下被養大的，對其他人的痛苦有一種自由主義的敏感氣質。儘管所有貝爾西家的人多多少少都有這種特質，但在列維身上——他對歷史或經濟學，對哲學或人類學一無所知，也缺乏任何意識形態堅硬的外殼用以保護自己——特別顯著。人們相互傷害的邪惡行徑令他不知所措。那些白人欺壓黑人的所作所為，這些該死的事情怎麼會活生生上演！每一次拿起這本海地的書他總是熱血憤慨，他忍不住想要攔下威靈頓街上的海地人並且設法善待他們。更甚，他想要擋下美國的交通，站在美國人汽車的前面，並且要求一些人對這個悲慘的、沾滿鮮血、離佛羅里達僅有一小時船程的小島採取某些行動。然而，對於談到這種內容的書本，列維的義憤填膺也只是一時情緒。他只需要將這本海地的書放在他衣櫥的背包，遺忘一個星期，整座島嶼和它的歷史細節對他來說都會再次變得朦朧模糊。除了之前知道的東西以外，進一步的了解他似乎就沒有辦法了。那些關塔那摩的愛滋病人，毒品巨頭，制度化的酷刑，國家委派的謀殺、奴役、中情局的干涉、美國人的占領和腐敗。對他都成了模糊的歷史點滴。他所保留的只是這樣一種尖刻、討厭的體認，那就是離他不遠的某個地方，有人民正在受苦受難。

二十分鐘讀了五頁令人費解的統計數值之後，列維到站起身，再度轉開音樂。在轉乘站的出口處，他環顧四周。這地區熙熙攘攘。看到街上每個人都是黑皮膚可真是古怪！這就像是歸鄉返家，只是這家園他從來也沒有理解過。人們從他身邊匆忙去來，就像他是個當地人一樣，沒有人打量他第二眼。他在出口旁向一個老人問路，那男的戴著舊式的帽子和蝴蝶領結。他一開口說話列維就明白自己想在這得到幫助無論如何都是白費心機。那老人慢吞吞的，告訴他在此處右轉，走過三個街區，經過神聖的約翰遜先生——當心那些蛇！——然後向左轉入一個廣場，因為如果沒弄錯的話，他要找的街道就在那附近某處。列維一點也不明白老人家在講些什麼，不過還是向他道謝並且右轉。天空開始下雨。列維的麻煩在於他並不防水。如果身上的行頭全部淋溼，回去的時候可能就像拖著另一個和自己體重差不了多少的男生。列維走過三個街區，在一家當鋪的遮篷底下攔下一個兄弟，那人用一種他可以聽懂的語言為他明確指引了方向。他跑過廣場的斜對角，很快就找到那條街和那棟房子。很大的四方形建物，正面開了十二扇窗戶。房子看上去像被裁切成兩半，被切掉的那一面呈原始的磚紅色。灌木和垃圾倚著這堵牆生長堆積，旁邊有輛燒毀的汽車，底部朝天仰躺著。列維走到建物正面。三間已經歇業的商號面對著他。有鎖匠、肉販和律師，他們都沒能在這地方生意興隆。每一間的門上都裝設著好幾個樓上公寓的門鈴。列維核對他的紙條。一二九五號B6。

「嘿，小丘？」

沒有聲音。列維知道那兒有人，因為對講機是通話狀態。

「小丘？你在那兒嗎？我是列維。」

「列維？」小丘聽起來還沒睡醒。他睏倦的法國口音十分柔和，活像華納卡通裡的那隻法國臭鼬。「你來這裡幹麼？老哥？」

列維咳嗽。現在雨勢轉大，雨點敲打人行道發出刺耳的金屬聲，列維嘴巴湊近對講機。「兄弟，我剛好路過，當然我住得離這裡不遠，可是……可是外面這該死的雨下好大，YO，所以……嗯，上次你把住址留給我，我剛好路過這裡……」

「你想要上來我的地方？」

「對，老哥……我只是……喂，小丘，這裡冷斃了，老哥。你要讓我進來還是怎樣？」

又是一片安靜。

「留在那兒，稍待。」

列維鬆開對講機，試圖兩腳站上狹窄的門階，屋頂突出的部分大概可以提供他三英吋的遮擋。小丘開門的時候，列維差一點跌在他身上，他們一起走進一個臭不可聞的水泥樓梯間。小丘和列維碰拳招呼，列維注意到他朋友的眼睛通紅，小丘把頭往上努了努，示意列維跟著。他們開始爬樓梯。

「你怎麼會到這地方來？」小丘問道。他的嗓音既單調又平靜，講話的時候並沒有回身看列維。

「你曉得……我只是想要得到你的訊息。」列維口氣尷尬。他講的是事實。

「我沒有電話。」

「不，我的意思是，」列維說，他們來到一處樓梯平臺和一扇破損的門，用一塊未上漆的木板修補過，「拜訪。這在美國就像你去探望某個人狀況如何，你曉得。」

小丘打開前門。「你想要看看我狀況如何？」

這也是事實。但列維現在曉得這樣聽起來有點怪異。該怎麼解釋才好呢？他自己沒什麼把握。簡單來說：小丘已經進占他的良心。因為……因為小丘不像那一團的其他人。他不會帶著背包遊蕩，不會四處鬼混或者去跳舞，相反地，他似乎孤獨又閉鎖。基本上，列維認為小丘明明比他周遭所有的人都要聰明，而列維，他和那些同樣可惡的人生活在一起，感到自己在這方面的經驗（負責照料聰明的人）使他特別有資格幫助小丘脫離困境。而那本海地的書在列維心中和他所臆測的小丘的個人生活點滴拼湊在一起。他那些襤褸的衣物，他從來不像其他人那樣，採取買潛艇堡或可樂的生活方式。他參差不齊的頭髮，他的不友善，手臂上那道疤痕。

「是的，基本上……我有在想，嗯，我們先坐下來好嗎？我的意思是，我知道在外面工作的時候你不太講話，可是……你曉得，我把你看做我的朋友，真的，而兄弟之間就要彼此照應。至少在美國是這個樣子。」

感覺像是經過漫長嚇人的一段時間，列維本以為小丘要舉腳伺候他的屁股。隨後他開始吃吃發笑，並重重按住列維的肩膀。「我想你是吃飽太閒，需要多多找點事情來幹。」

他們進入一個大小合宜的房間。不過列維也注意到了，廚房設備、床鋪和桌子全都擠在這塊地方。房間冰冷，大麻惡臭瀰漫。

列維拉開背包拉鍊。「我帶了一點東西給你，老哥。」

「東西？」小丘從菸灰缸拿起一支粗肥的大麻菸，重新點燃。他把唯一的椅子讓給列維，自己坐在床角。

「比方像食物。」

「不要，」小丘氣憤起來，揮手凌空切過。「我可沒有挨餓，別來施捨這一套，我這星期有去工作——我不需要人家幫助。」

「不，不，不是那樣——我只是……這就像，你去看某個人的時候總會帶點東西，在美國我們都會這樣做，像是鬆餅，我媽媽去看人家總是會帶鬆餅或是派。」

小丘慢慢起身，伸出手接過列維雙手遞過來的東西。他似乎一下子沒辦法確認那幾包到底是什麼，但還是謝過列維，並且好奇地盯著它們，走過房間將東西放在廚房的流理臺上。

「我沒有帶鬆餅來，我只是想說……中國湯，天氣冷的時候喝熱湯比較好，」列維說，還表演了一下天冷的樣子。「所以你怎麼樣？星期二晚上沒有看到你。」

小丘聳了聳肩。「我有幾份工作。星期二我在做別的工作。」

外頭街道傳來響亮的聲音，有人瘋瘋癲癲罵個不停。列維有些畏縮，但是小丘似乎根本沒有注意。

「太強了，」列維說。「你有好多計畫，跟我一樣——那很酷，同時忙好幾件活兒，幹買賣。」

列維屁股坐在手上保持暖和。他開始後悔到這地方來了。這房間除了本身的寂靜之外別無其他消遣。通常，當他到朋友家混，電視機總是開著當作背景聲音。在這房間所有困乏的明證當中，缺少一架電視機對列維而言是最尖刻和不堪的打擊。

「你要不要喝點水？」小丘問，「還是蘭姆酒？我有很棒的蘭姆酒。」

列維遲疑地笑了笑。現在是早上十點鐘。「喝水就好了。」

水龍頭開著的時候小丘打開又關上櫥櫃，想找一只乾淨的杯子。列維環顧周遭。他椅子旁邊的小桌上頭有一張黃色長紙條，是他們到處免費分發的那些海地人「公告」當中的一張。主要的報導是一張照片，一個小黑人坐在金色的椅子上，他旁邊的金椅上坐著一個混血的女人。是的，我是讓．貝特朗．亞里斯第德，列維讀著照片說明，我當然關心沒受過教育的貧窮海地人渣！我就是因為這樣才娶了我美好的妻子（我有提到她淺淡的膚色嗎？）她出身布爾喬亞階級，不像我，我來自貧民窟（難道你看不出我如何牢記這一點！）我不是用販毒的錢購買這些價格合理的椅子，絕對不是！我或許是一個罕見的極權獨裁者，但在保護海地苦哈哈的窮人之時，我還是可以保有我好幾百萬美元的資產！

小丘將一杯水放在這張照片上，然後坐回床鋪。杯底溼溼的一圈在紙上擴散開來。他抽著大麻，一言不發。列維有種感覺，小丘不習慣招待別人。

「你有什麼音樂嗎？」列維問。結果小丘沒有。

「好吧，如果我……？」列維說，從背包取出一組小小的揚聲器，用腳將揚聲器插進牆上，然後連接上他的 iPod。方才他在街上聽的那首歌曲繚繞在整個房間。小丘兩手和膝蓋並用，爬上前讚賞這東西。

「耶穌哪！聲音這麼響亮又小巧！」

列維坐到地板上，向他展示如何選擇曲目或專輯，小丘拿了他的大麻菸要請客。

「不用了，老哥——我不抽菸，我有氣喘，很糟糕。」

他們倆一起坐在地板上聆聽《一個黑色星球的恐懼》（*Fear of a Black Planet*）。儘管已經飄飄然，小丘對這音樂還是耳熟能詳，重複著所有的歌詞，還試圖向列維描述頭一次聽到這張唱片的地下流傳版本（bootleg）時對他造成的影響。「然後我們知道，」他彎起瘦愣愣的手指撐住地板急切地說，「那時候聽了以後我們就知道，我們懂了！我們不是唯一的少數民族貧民區。我只有十三歲，可是突然間我就懂了：美國也有少數民族貧民區！而海地就是美國的少數民族貧民區！」

「對……那很深刻，兄弟，」列維說，重重點著頭。他感到在這房間裡光呼吸就會變得飄飄然。

「噢，老哥，好欸！」下一首歌曲開始播放時小丘叫道。每當曲目更替，他都會叫好。他沒有像列維那樣點著頭，他的身軀做出奇特的震顫——就好像他正掛在那些利用震動使人消脂的彈力帶上一樣。每次他這樣做，列維就感到全身像是要散掉一般。

「真希望我能為你演奏一些我們的音樂，海地的音樂，」當這張唱片播放完畢，列維用拇指輕彈瀏覽其他的曲目時，小丘不勝悲哀地說。「你一定會喜歡。它會打動你的。那是政治性的音樂，就像雷鬼——你懂嗎？我可以把我們國家的事情講給你聽。你聽了會流眼淚，那種音樂聽了會讓你流眼淚。」

「太強了，」列維說。他想要——但感到信心不夠充分——說出那本他一直在讀的書。列維這時將他小巧的音樂播放器湊近眼前，尋找一首他有點搞錯歌名的單曲，按字母排列的表單去找會徒勞無功。

「其實我知道你沒有住在這一帶，列維，」小丘補充道。「我說話你有在聽嗎？我可不是白痴。」他坐在腳後跟上，這時又將背部放下平貼地面。他的T恤往上捲到硬梆梆的胸膛。瘦削的身軀找不出一絲贅肉。他將一個大菸圈吐向空中，接著又補上一個，讓兩者融合為一，列維持續瀏覽他上千首歌曲。

「你以為我們都是鄉巴佬，」小丘說，但口氣中並沒有怨恨的徵象，就好像對這主題純粹出於客觀的興趣。「不過我們不是每一個人都住在這種垃圾堆裡。菲力克斯就住在威靈頓——不，你不會曉得這個。大房子，他哥哥在那裡開計程車，他在那裡看過你。」

列維跪了起來，仍舊背對著小丘。他向來沒辦法當著別人的面孔撒謊。「這個嘛，那是因為我叔叔，瞧，他住在那兒……而且，我喜歡——我幫他做一點小事情，整理整理庭院，還有——」

「星期二我在那裡，」小丘說，沒理會列維的說辭。「在大學裡。」他講這個字眼的時候彷彿舌上沾著墨水。「幹他媽的就像一隻猴子伺候人……一個教書的變成僕役。太痛苦了！我可以告訴你，因為我知道那滋味。」他出手重捶胸口。「這裡面受到傷害！幹他媽的太痛苦了！」突然間他坐直起來。「我教書，我在海地是當老師的，你曉得。那就是我。我在中學裡教書。法國文學和法語。」

列維吆哨一聲。「兄弟，我討厭法語，老哥。我們規定要學這該死的東西。我討厭死了。」

「而現在，」小丘還沒完，「我的表哥說來做這個，伺候他們一晚，就有三十塊錢進帳，吞下你的自尊心！穿上一套猴子服裝，看上去像隻猴子，為他們端蝦子倒葡萄酒，那些白人大教授們。我們甚至拿不到三十塊錢，還得支付自己制服的乾洗費用！結果到手只剩二十二塊！」

小丘將大麻遞給列維。列維再度婉拒。

「你認為他們那些教授拿多少報酬？多少？」

列維說他不清楚，此話不假，他是真的不知道。他曉得的只有，即使是二十塊錢從他父親那兒都很難搞到。

「然後他們用分幣來付我們的服務費。同樣古老的奴隸制度。沒有任何改變。真是幹他媽的，老哥，」小丘說，但是就他語氣判斷，此話聽起來不但沒有惡意，甚至有點滑稽。「美國音樂夠了。放些巴布．馬利來聽！我想要聽點馬利的歌！」

列維聽令播放了他唯一的一首馬利——從他母親的精選輯CD上拷貝下來的一首。

「而且我看見他了，」小丘跪著，越過列維凝視前方，他滿布血絲的眼眸敏銳地盯視著某個不在房間裡的惡魔，「在桌邊像個貴族一樣。蒙特裘．吉普斯爵士……」小丘朝自己的地板吐口水。長久以來，對列維而言，愛乾淨已經取代一切成為神聖的信仰，因此對此舉感到厭惡。他不得不移動位置避免看見那口痰。

「我認識那個傢伙，」列維拖著腳步走過地毯時說道。小丘發出笑聲。「不，我說真的……我的意思是我不是真的了解他，但他是這樣一個傢伙……嗯，我老爸討厭他討厭得要命，就像是，甚至只要提到他的名字他就會——」

小丘伸出他修長的食指直指著列維的臉。「如果你認識他，聽好了：那傢伙是騙子和小偷。我們對他一清二楚，在我們的社會，我們跟隨他的進展，寫下他的謊言，宣稱他的榮耀。搶奪農民的藝術讓你發財變成一個富翁！一個富翁！那些藝術家到死還是窮困饑餓。他們在絕望當中出賣自己的東西換一點點錢——他們根本就不曉得！窮困和飢餓！我竟然還幫他倒酒服務——」這時小丘舉起手來，假裝往一只酒杯裡倒酒，臉上活生生帶著卑躬屈膝的神情。「絕對不要出賣你的靈魂，我的兄弟。它根本就不值二十二塊錢。我淚往肚裡吞。絕對不要為了一點小錢出賣靈魂。每個人都想用錢買下黑人。每一個人，」他出拳捶打地毯說道，「想要買下黑人。可是他不能夠被收買。屬於他的日子已經來臨了。」

「你說的我聽到了。」列維表示認可，不想當個不知好歹的客人，接過那支再一次遞給他的大麻。

同一天早上，在威靈頓，琪琪也沒有事先通知便跑去拜訪人家。

「妳是可洛蒂德，對嗎？」

那女孩站著渾身顫抖，打開些微的門縫。她茫然注視著琪琪。她身形如此苗條，琪琪都可以看見她牛仔褲底下的髖骨。

「我是琪琪——琪琪．貝爾西？我們以前見過面。」

可洛蒂德這時把門開得更大一些，認出琪琪，跟著神色哀傷起來。她緊握門把，扭動著上半身的支撐，找不到英語詞彙傳達她的消息。「oh……madame（夫人），oh，mon Dieu（我的上帝），Meeses Kipps（吉普斯太太）—— Vous ne le savez pas（您還不知道吧）？Mme Kipps n'est plus ici（吉普斯太太已經不在這裡了）……Vous comprenez（您明白嗎）？」

「對不起，我——」

「Meeses Kipps（吉普斯太太）—— elle a ete tres malade（她病得很嚴重），et tout d'un coup elle est morte（然後突然就去世了）！Dead（去世了）！」

「喔，不，不，我知道……」琪琪說，上下搧動兩手手掌，想要撲滅可洛蒂德焦慮之火。「喔，老天，我應該先打個電話來的——是的，可洛蒂德，是的，我了解……我有去參加喪禮……不，沒事沒事……親愛的，我只是不曉得吉普斯**先生**有沒有在這裡，吉普斯教授。他在家嗎？」

「可洛蒂德！」從房子深處某個地方傳來吉普斯的聲音。「把門關上—— ferme（關門）——我們都要被凍壞了？C'est froid（很冷），c'est tres froid（太冷了）。喔，看在老天爺份上。」

琪琪看見吉普斯的手指抓住門緣，門一下子被拉開，他出現在她面前。他看上去甚為錯愕，不像平常那樣清爽俐落，儘管身上還是穿著三件式西裝。琪琪搜尋反常之處，發現問題出在他的眉毛。長得太過繁茂無章。

「貝爾西太太？」

「是的！我——我……」

他那顆大頭腦門發亮，配上冷酷鼓凸的眼珠，令琪琪有些難以招架。她一時語塞，只好舉起左手手腕，上面掛著一個威靈頓人最喜愛的烘培坊的厚紙袋。

「給我的？」蒙提問道。

「嗯，在倫敦的時候你對我們是那麼……那麼友善，而我……嗯，我真的只是想來看看你們怎麼樣，給你們帶一點——」

「蛋糕？」

「派。我只是想說人們難過的時候，有個——」

蒙提整理好他的錯愕，現在已經恢復控制。「等一下——先進來——外頭簡直像波羅的海——在外面講話沒有道理——請進——可洛蒂德，讓個路，幫女士拿一下外套——」

琪琪步入吉普斯家的玄關。

「噢，謝謝你——是的，因為我認為當人們遭受喪親之痛，嗯，親屬往往忍不住想要保持距離。我母親過世的時候每個人都袖手旁觀，這使我感到忿忿不平，結果就是，我感覺，你知道，被遺棄了，所以我只是想來拜訪一下，看看你跟孩子們怎麼樣，帶了一些派以及……我的意思是，我知道我們之間有隔閡，我們的家庭，不過像這種事情發生的時候，我只是真的覺得……」

琪琪發現自己話太多了。蒙提已經飛快地瞟了他的懷錶好幾眼。

「喔！如果我來得不是時候——」

「不，一點也不會，不——我正要到學校去，不過……」他越過她的肩膀瞧了瞧，然後一隻手放到她背上，引導琪琪往前走。「不過我有件事情剛剛做了一半——如果你方便的話——我能不能先把你留在這裡，只要兩分鐘，讓我……可洛蒂德會幫你泡茶……是的，在這裡請不要拘束，」當他們踩上圖書室的母牛皮小地毯，他說。「**可洛蒂德！**」

琪琪在鋼琴凳上坐了下來，有如先前那樣暗自難過地笑了笑，審視最靠近的那座書架。所有N開頭的書呈完美的排列狀態。

「我很快就回來。」蒙提低聲說，轉身要走，但就在此時，房子裡出現很大的聲響，還有某人在走廊裡往前衝的聲音，並在圖書室敞開的門口停了下來。一個年輕的黑人女孩正哭個不停，臉上怒氣沖沖，不過這時她吃了一驚，認出琪琪。驚訝的神情取代了怒氣。

「仙黛兒，這位是——」蒙提開口。

「我能出去嗎？我要走了。」她說著開始往外走。

「如果妳想走的話，」蒙提口氣平靜，跟在她後面走了幾步。「我們午餐的時候再繼續討論。一點鐘到我的辦公室。」

琪琪聽見前門被用力甩上。蒙提留在原地一會兒，然後轉過身來回到他客人面前。

「對不起讓你看見這一幕。」

「我很抱歉，」琪琪望著腳下的地毯說。「我不知道你有別的客人。」

「是學生……嗯，實際上那就是我要處理的問題，」蒙提邊說邊走過房間，坐在窗邊的白色扶手椅上。琪琪意識到自己真的未曾見過他這種樣子，以一種普通的、居家的姿態坐著。

「是的，我想我以前見過她——她認識我女兒。」

蒙提發出嘆息。「不切實際的期待，」他說，看了看天花板然後又看著琪琪。「為什麼我們要給這些年輕人不切實際的期待呢？這樣做會得到什麼好處？」

「對不起，我不太……？」琪琪說。

「這裡有一位年輕的非洲裔美國女士，」蒙提解釋，將他戴著圖章戒指的右手穩當地放在維多利亞風椅子的扶手上，「她沒有受過大學教育，也沒有大學經歷，她甚至沒有中學畢業，然而不知怎麼搞的，她相信在威靈頓學術世界那神聖的圍牆之內應該有她的一席之地——何以如此？做為對她自己——或者對她們家庭——的不幸的賠償。實際上的問題比這更大。這些孩子正受到鼓勵，想要主張對歷史本身的補償。他們受到利用，被當作政治爪牙——他們被人家灌輸謊言。對此我感到非常非常沮喪。」

聽到有人這樣對自己說話還真是古怪，彷彿全部的聽眾只有你一個。琪琪沒把握該如何回應。

「我不認為我……究竟她想從你這邊得到什麼？」

「用最簡單的話來說：她想要繼續參與她既沒有付費、又完全沒有資格上的威靈頓課程。她想要這麼做，因為她是黑人，而且貧困。好個令人沮喪的哲理！當我們告訴我們的孩子，他們不適合接受與他們同年齡的白人接受的英才教育時，我們究竟向他們傳達了什麼樣的訊息呢？」

緊接著此一修辭問句之後的沉默，蒙提再度發出嘆息。

「所以這女孩子來找我，進到我的家裡，今天早上，沒有預先告知，來請求我向委員會建議，讓她繼續修讀她非法加入的課程。她認為她在我的教堂裡，她在我們的慈善工作幫忙，我就應當為她篡改規則。因為我是，正如他們這裡所說的，她的『兄弟』？我告訴她我不願意這麼做。然後我們看到結果了——大發雷霆！」

「噢……」琪琪說，交疊起手臂。「你這麼說我懂了。如果我沒搞錯的話，我的女兒正和你針鋒相對地抗爭。」

蒙提面露微笑。「沒有錯。她發表了一場極度令人印象深刻的演說，我怕她可能會竭盡所能給我一個滿意的交代。」

「喔，親愛的，」琪琪以人們在教堂裡慣常的方式搖著頭，「我知道她一定會的。」

蒙提優雅地點點頭。

「不過妳的派又怎麼說？」他問，裝出一副心碎的表情。「我猜想這意味著吉普斯和貝爾西兩家要再度點燃戰火。」

「不……我不明白為什麼一定要這樣。在愛和……和學術界，所有事都是公平的。」

蒙提再度面露微笑。他看了看錶，一隻手撫摩肚皮。「可是很不幸的，現在阻隔在妳的派和我之間的是時間而非意識形態。我得去學校了。真希望今天早上我們有空一起享用這些派。妳真是周到，還想到要帶東西來。」

「喔，下次吧。你要走路進城嗎？」

「對，我一向都走路去。妳也要進城嗎？」琪琪點點頭。「既然這樣，就讓我們一起散散步（perambulate）吧。」他捲舌發 r 這個音時特別波瀾壯闊。他兩手扶著膝蓋然後起身，當他做出動作，琪琪注意到他身後空白的牆壁。

「噢！」

蒙提探詢地抬眼看她。

「沒什麼，只是——那一幅畫——那裡原本不是有一幅畫嗎？畫著一個女人。」

蒙提轉過去看著空白之處。「實際上那裡是曾有過——妳怎麼知道的？」

「喔，這個嘛——我和卡琳在這裡待過一些時間，她有講到那幅畫的事情，她告訴我她有多愛它。那個女人是某一種女神，對吧？就像一種象徵。她真的好美。」

「嗯，」蒙提回身面對琪琪。「我可以向妳擔保她依舊美麗非凡——她只是移了個位置。我決定把她掛在黑人研究系，我的辦公室裡面。它……嗯，她是個很棒的伴侶。」他悲傷地說，手按住額頭一會兒，然後穿過房間，打開門讓琪琪出去。

「妳一定非常想念妳的妻子。」琪琪熱心地說。此時，她本來會因為被指控榨取他人情感而大感震驚，而她的本意只是要向這個遭逢喪親之痛的男人表達感同身受，但是，不管怎樣，蒙提並沒有介意。他一語不發地將琪琪的大衣遞給了她。

兩人離開了房子，一起沿著人行道上鄰居共同用雪鏟清出來的狹窄通道前進。

「你知道……我對你剛才講的話很有興趣，回到那一點，關於那是一個『令人沮喪的哲理』的話，」琪琪說，與此同時也仔細審視前方的路面上是否有任何黑冰。「我的意思是，這一生當中確實沒有任何人給我特權，我的母親也沒有，她的母親也沒有……我的孩子也沒有……我總是教他們相反的觀念，你曉得？就像我媽媽以前對我說的：妳必須比坐在妳旁邊的白人女孩更加努力五倍才行。這當然是該死的事實。不過我著實感到苦惱……

因為我一向支持防止種族與性別歧視的積極行動，即使有時候我個人會對此感到不安。我是說，顯然我丈夫已經深深地介入其中。然而我還是對你表達這件事的方式很有興趣。這會使人再一次思考這個議題。」

「機會，」蒙提宣稱，「是一種權利——但它並非一樣禮物。權利要靠努力贏取。而機會必須經由恰當的管道提供，否則整個體制根本上就會喪失價值。」

他們前面一棵樹的枝枒上一層積雪抖落街道。蒙提展臂護住琪琪阻止她通過。他指著一條兩邊結冰的溝渠，他們沿著溝渠走進開闊的馬路，一直走到消防隊才再度接上人行道。

「可是，」琪琪抗議，「在美國話不能這麼說——我是說我承認歐洲的情況有所不同，不過這裡，在這個國家，我們的機會遭受嚴重的阻礙，迫人放棄或隨便看你希望怎麼表達，經由世世代代被偷取的權利，為了把那種情形糾正過來，我們所需要的就是一些補助、讓步和支持嗎？這實際上是為了矯正平衡，因為我們很清楚，該死的好長一段時間裡一直處於不平衡的狀態。在我媽媽的街坊裡，直到一九七三年你都還能看到施行種族隔離的公車。事實如此。這種情況已經結束了。這才是最近的歷史而已。」

「只要我們繼續鼓勵受害者情結（victimhood）的文化，」蒙提說，帶著自我引用的順暢節奏，「我們就會繼續助長受害者。因此學習潛能未能發揮的惡性循環就會持續不斷。」

「這個嘛，」琪琪說，扶著一根欄杆好讓她用力跳過一灘很大的泥坑。「我不知道……我只是認為它散發一種，嗯，一種自我憎恨的惡臭，當我們黑人爭辯反對提供機會給黑人的時候。我的意思是——我們不必自己人在這一點上爭論不休。戰爭正在開打！我們讓黑人孩子在世界另一端的前線上垂死掙扎，那些孩子加入軍隊只因為他們認為大學沒他們的份。我是說，在此地現實就是如此。」

蒙提搖著頭微笑。「貝爾西太太——妳是否希望我讓那些不夠資格的學生進入我的班級，藉以防止他們統統跑去加入美國軍隊？」

「叫我琪琪——這個，好吧，或許那不是我想要爭論到底的重點，我在意的是這種自我憎恨。每當我看見康多莉札還有科林[11]，天哪！我真是想吐——我看見這種狂熱的需要把他們自己從其餘我們這些人當中區隔開來。那就像『我們掌握住機會，而現在名額已滿，所以非常感謝，但再見。』這就是那種右翼黑人的自我憎恨——很抱歉如果我這番話冒犯到你，不過我的意思是……那不是整個癥結當中的一部分嗎？我現在甚至不是在談論政治，我是在談論某種、某種、某種心理特點。」

他們已經來到威靈頓丘的頂點，正午時分，各座教堂的鐘聲迴盪耳中。在他們底下，蜷縮在積雪被窩裡的是最寧靜、富裕、高教育水準並且優美的美國城鎮之一。

「琪琪，關於你們這些自由主義人士，如果有一件事情是我所能理解的，那就是你們有多麼喜歡聽人家講述童話故事。你抱怨種種創世的神話，但是你自己的神話就有一打之多。自由主義者從來就不相信保守主義者會被道德信念深深感召，其深刻的程度並不亞於你們自由主義者宣稱自己持有的信念那樣。你們選擇相信保守主義者會被深刻的自我憎恨、被某種形式的……心理缺陷所激發。不過，我親愛的，那正是所有童話當中最教人心生安慰的一種。」

11 Condoleezza Rice（1954-），前美國國務卿，黑人女性。Colin Powell（1937-），美國政治家。

9

佐拉．貝爾西真正的才華不在詩歌，而在堅持不懈。她可以一個下午連發三封函件，收件者都是同一位。她是電話重撥的大師。她彙編請願書，下達最後通牒。當威靈頓這座城市開單告發佐拉一張（據她看來）她不應該拿到的違規停車罰單時，最後讓步的不是佐拉，而是這座城市——歷經五個月和三十通電話之後。

佐拉不屈不撓的力量在網路空間展現得淋漓盡致。院務會議已經過了兩個星期，這段期間克萊兒．麥坎已經從佐拉．貝爾西那裡收到三十三封——不，三十四封——電子郵件。克萊兒知道確切的數字，因為她剛剛請莉蒂．坎塔里諾將郵件全數列印出來。此刻她將它們整整齊齊疊成一落在此等候。兩點鐘整，門口有人敲響。

「請進！」

厄斯金的長傘伸進房間，並在地板上叩擊兩下，本人隨後現身，藍襯衫配上綠夾克，組合起來的效果在克萊兒眼中頗有幾分怪異。

「嗨，厄斯克——非常感謝你能來。我知道這根本就不是你的問題。不過我真的很感激你的投入。」

「聽候差遣。」厄斯金說，躬身為禮。

克萊兒將十指交叉。「基本上，我只是需要支援——佐拉．貝爾西正設法遊說我幫忙讓這個孩子待在詩歌班裡，我很樂意為他發聲，但最終我卻無能為力，真的——但她就是不肯相信我的說法。」

「就是這些嗎？」厄斯金問，伸手拿取桌上的列印資料，然後坐了下來。「佐拉·貝爾西的信件集成。」

「她快把我逼瘋了。她完全被這個問題迷住了心竅。而且，我是說，這還是我也支持她的情況。想像一下如果反對她會是什麼局面。」

「想像一下。」厄斯金說，從上衣口袋掏出放大鏡。

「她正在組織一場大規模的請願活動，好多學生都來簽名，她想要我在一夜之間顛覆，這所大學的行事準則，不過我沒有能力為這個孩子在威靈頓創造一塊容身之地！我真的很樂意讓他繼續待在我的班級裡，可是如果吉普斯讓委員會否決對學生的決斷權，我還能怎麼辦？我現在綁手綁腳的，自己的事情怎麼也忙不完，還有成堆的文章沒有批改，現在已經積欠我的出版公司三本書——我還得透過電子郵件經營我的婚姻，我實在是——」

「噓、噓，」厄斯金說著按住克萊兒的手。他的皮膚非常乾爽、鬆軟和溫暖。「克萊兒，事情交給我來處理，好嗎？我很了解佐拉——她還是個小女孩的時候我就認識她了，她喜歡大驚小怪，不過對那些被她小題大做的事情很少認真當一回事。我會處理這件事的。」

「你會嗎？你真是個可人兒！我真的是筋疲力盡了。」

「我得說，我真的很喜歡她使用的這些主旨標題，」厄斯金異想天開地說。「非常有戲劇性。回覆：四十英畝和一頭笨驢。回覆：為參與的權利而戰。回覆：我們的大學有辦法買到天才嗎？這麼說來，那個年輕人真的才華洋溢嗎？」

克萊兒揉揉滿是雀斑的小鼻子。「嗯，是的，我是說——他完全沒有受過正規教育，但是——不，真的，他很有才華。他魅力非凡，而且長得非常好看。非常好看。卡爾是個饒舌高手，真的，他是非常優秀的饒舌高手，他才華很高，熱情投入。能夠教到他感覺很棒。厄斯金，拜託——這其中有什麼你可以幫得上忙的部分嗎？校園裡找個什麼事情讓這孩子有事可做？」

「有了。我們給他來個終身職罷！」

兩個人笑了起來，但是克萊兒的笑聲不知不覺變成啜泣。她的手肘支在桌面，兩手托住臉蛋。

「我只是不想把他踢出去趕回街頭。我真的不想這麼做。我們兩個都知道，下個月委員會很可能就要投票否決對學生的決斷權，然後他就會被踢出去。但是，如果他有其他的事可做，那麼……我知道也許一開始我就不應該收他進詩歌班，不過現在我已經許下承諾，我感到自己委實太過強求……」克萊兒的電話響起。她將食指在臉前豎直然後接起電話。

「那我就……？」厄斯金起身舉起那些列印資料以嘴型示意。克萊兒點頭。厄斯金以雨傘向她揮別。

厄斯金的偉大才能——除了對非洲文學百科全書式的知識以外——在於有辦法令人感覺自己比實際上重要許多。他的技巧多多。你也許會在你的語音信箱裡收到一則來自厄斯金祕書的緊急訊息，這則訊息會和一封電子郵件以及放進你大學信箱裡的手寫便條同時送達。他可能會在派對上把你拉到一邊，和你分享他童年一個私密的故事，作為一個初來乍到的、來自加州大學洛杉磯分校的女研究生，你不會知道自己已經和系裡其他每一個女學生一起親密地分享了這個故事。他精通變化多端的拍馬屁、空泛的尊敬，以及狀似禮貌的專注等諸般藝術。當厄斯金誇獎你或者在專業上幫你一把時，似乎是你得到了好處，而你可能真的獲益匪淺。然而，幾乎無一例外的，厄斯金會獲益更多。將你推向前去接受在巴爾地摩研討會上發表演說的殊榮，說穿了僅是讓厄斯金本人可以不用大老遠跑去參加巴爾地摩的研討會。對文選的編輯提起你的大名，意味著厄斯金本人再一次擺脫他對出版公司所做的承諾，由於其他種種要務纏身，致使此一承諾無法履行。不過，這種事情於何有損？你高興，厄斯金也高興！厄斯金在威靈頓就是這樣經營他的學術生涯。但是偶爾，厄斯金也會碰上他無法討好的難纏之輩。光靠誇獎不能平息他們的脾氣或減輕他們對厄斯金的討厭和猜疑。遇有這種狀況，厄斯金就會從袖子裡抽出王牌。當有些人決心要毀掉他的和睦與康樂，當他們拒絕喜歡他或者讓他過他最期盼的安寧日子，當他們，正如在卡爾・湯瑪斯的案例中一樣，讓某人感到頭痛同時也令厄斯金頭痛，在這樣的情況下，厄斯金根據身為黑人研究學系助理主任的職權，就會直接給他一份工作。他能夠在以前僅見地板的地方創造出一份工作。「非洲裔美國人音樂圖書館館長」便是他如此這般發明出來的職位。「嘻哈樂檔案管理員」則是自然而然的進展。

這一生當中卡爾從來沒有做過這樣的工作。薪水是基本的行政工資（卡爾收到的數目和他以前在一家律師事務所整理文件，以及在一個黑人廣播電臺的桌邊接聽電話的所得相差無幾）。那不是重點。他被錄用是因為他了解這個主題，這個被稱做嘻哈樂的東西，而且比一般人了解得更為廣泛深入。他有一項技能，而這份工作需要這項特殊技能。他是一位檔案管理員。而當他的薪水支票寄到他母親在羅克斯伯里的公寓，它們是裝在印有威靈頓大學紋章的威靈頓大學信封裡。卡爾的母親將這些信封擱在廚房顯眼的位置好讓客人容易看見。而且，他甚至用不著穿成套的正式服裝。事實上，他看上去越輕便自在，系上的每一個人似乎就越喜歡這一點。他的工作場所是在黑人研究系後頭一處封閉的走廊，從這裡數過去共有三個小房間。其中一間裡面有張圓桌，他和一位名叫以利莎·帕克的女士（音樂圖書館館長）共用這張桌子。她是個略顯豐腴的黑人女孩子，來自南方一所三流大學的畢業生，厄斯金是在一場新書巡迴簽名會上遇見她的。和卡爾一樣，對於威靈頓大學的宏偉壯觀，她懷有一種敬畏與怨恨交織的情感，因此他們組成一對雙人搭檔，面對學生和教職員的輕視總是無比堅強，然而當「他們」和善地對待「我們」，兩人也心存感激。他們合作無間，各自在電腦前面默默地勤奮投入，以利莎埋頭苦幹弄她的「背景卡片」——要被附加在CD和唱片旁邊的黑人音樂史的熱心簡介——卡爾幾乎不用電腦，除了利用Google搜尋，妙用無窮的Google搜尋——他的部分工作便是研究新發行的專輯，如果認為檔案室有必要收集，便申請購入。每個月他都有一筆固定的經費可以支用。買下心愛的唱片如今成為他工作的一部分。被雇用的第一個星期，他就花掉當月預算的大半。儘管如此，以利莎也沒有對他大小聲。她是一個冷靜、耐心的老闆，而且，就像卡爾生活中遇到的大部分女人，總是想要幫他一把，當他出包的時候為他遮掩，體貼地修改數字金額，並且告訴他下個月多留意一些。這真是出人意料。卡爾其餘的任務就是影印、從比較老舊的一九四五檔案按字母排序和歸類封面。那裡面有一些經典作品。五個留非洲大蓬頭、穿著粉紅窄小短褲的傢伙擁抱成一團，他們在一輛陰影裡有隻猴子擔任駕駛的凱迪拉克旁邊擺好姿勢。經典之作。當卡爾街坊的朋友們聽人說起卡爾的新工作時，他們簡直無法相信。買唱片就能賺錢！領薪水聽音樂！好小子，你正從他們眼皮底下幹走美金！該死的，太帥了！聽見這種祝賀，卡爾對於自己竟然有些不爽感到吃驚。每個人一直跟他說他撈到一件多屌的差事，什麼都不用做就能領錢。不過哪裡有什麼都不用做？厄斯金．傑格德教授親自給卡爾寫了封歡迎信，信上說他是「為了未來的世世代代做出一份我們共享的聽覺文化的公共紀錄」竭盡心力的一分子。所以這怎麼會是什麼也不用做呢？

這份工作一個星期上三天班。嗯，人家對他的期望便是如此，但實際上只要有上班他每天都來。有時候以利莎會有點焦慮地看著他——確實沒有足夠的工作讓他填滿五天的時間。就是說，接下來的六個月他可以影印積壓的專輯封面，然而這種事情似乎已經變得毫無意義，人們交給他這種工作是因為他們認為其他的事情他無力勝任。事實上，關於如何改進檔案室，怎樣使它對學生提供更便利的服務方面，他有成套周詳的主意。他想將檔案室陳設成大型唱片行那樣，你可以走進去，拿起一副耳機，就能聽到好幾百首不同的歌曲——無奈卡爾的檔案室還辦不到，那些耳機會連接到電腦設備，自動展示以利莎編寫和整理的、關於檔案室現有音樂的各種研究文章。

「那聽起來要好多錢。」聽到這計畫，以利莎脫口便說。

「是的，當然，但是請告訴我，如果圖書館的資源不能讓人家使用，又有什麼意義？

老唱片不是沒有人要借——大多數的孩子連唱盤長什麼樣子都不知道了。」

「聽起來還是太貴了。」

卡爾想辦法要和厄斯金碰個面討論一下他的想法，但是這位兄弟從來都沒有空，而當卡爾在走廊上偶遇他，厄斯金看上去甚至連卡爾是何方人物都有點迷糊，並且建議他把所有的疑問都向圖書館館長提出——她叫什麼名字去了？喔，對了，以利莎·帕克。當卡爾把這件事的經過講給以利莎聽時，她摘下眼鏡，然後對卡爾說了一些令他深引為共鳴的話，一些他有所領悟、像一首抒情詩般深植內心的話。

「這是——」以利莎說，「你必須自己做出一番成績的工作。走過那些大門，坐在餐廳裡，假裝你是一個威靈頓人或什麼的，一切感覺十分美好——」說到這裡，如果卡爾的皮膚會泛紅，它包準已經紅通通了。以利莎說到他的心坎裡。從那幾道大門底下走過確實令他興奮。他確實喜歡揹著背包踏過積雪的方院，或者坐在那熙來攘往的自助餐館裡。從各方面看來，他似乎就是母親念念不忘希望他有朝一日可以成為的大學生。「不過像你跟我這樣的人，」以利莎繼續嚴肅說道，「我們並不真的屬於這群體的一分子，不是嗎？我是說，沒有人會助我們一臂之力，讓我們有那樣的感受。所以，如果你希望這份工作特別重要的話，你就得努力讓它變得與眾不同。沒有人會為你代勞的，那是事實。」

所以，上班後的第三週，卡爾開始一頭栽入研究的工作。從經濟學和時間的角度來看，這麼做毫無意義——沒有人會為了他額外的努力多付一毛錢。然而他生平頭一遭，發現自己對眼下的工作興致盎然——他就是想要盡心盡力。那麼，歸根究柢，像以利莎（她擅長的領域在藍調）總是開口閉口問他饒舌藝術家和饒舌樂歷史的種種問題，而他頭殼裡有大腦，手邊有鍵盤任憑差遣，問題的眉目到底在哪裡？他坐下來寫的第一樣東西就是吐派克．夏庫爾的背景卡片。他打算完成的是寫份一千字左右的個人傳記，正如以利莎要求的那樣，寫完後交給她，讓她可以當作她的迷你唱片分類目錄和參考書目的註解，指引學生進一步聆聽並閱讀相關資料。早上十點鐘，他坐在電腦前面，到了午餐時間他已經寫了五千字。內容甚至還沒有提到少年吐派克離開東岸去到西岸的過程。以利莎建議不要把所有人都當作主題，相反的，他可以擷取饒舌樂的一個面向，記下這個面向的林林總總，這樣讀的人就可以對照參考。結果這個建議沒啥幫助。五天前，卡爾已經選定「十字路口」當作主題。所有涉及十字路口的東西，以十字路口為專輯封面的意象，某人的人生旅途中基於十字路口意象而創作的饒舌樂都含納其中。算下來他已經寫了一萬五千字。就好像猛然間他染上了打字病。他還在學校的時候這病症又在何方？

「叩叩，」佐拉把頭伸進辦公室、輕敲他的門時沒頭沒腦地說。「在忙嗎？我只是剛好路過，如此而已。」

卡爾將帽子從臉上推開，從鍵盤上抬起目光，被人打斷似乎有些不悅。當然，他心裡對佐拉．貝爾西總是友好善意的，因為她對他同樣一直很友善。不過她沒有讓兩個人的互動輕鬆寫意。她就是那種人，從來也不留給你足夠的時間去想念她。她每天「路過」他的辦公室多達兩次，通常會帶來些努力讓他留在克萊兒．麥坎的詩歌班而奔走的新聞。他都還沒有時間告訴她，對於能否留在那個班級，他現在已經不怎麼在乎了。

「賣力幹活——從不懈怠。」她說著走進房間。

眼前分量十足的乳溝令他措手不及，雙峰高聳，白色的緊身衣不足以裹納裡頭託管的好料。還有一條披肩般愚蠢的玩意圍住她肩膀，代替外套，左側老是滑到背後，迫使佐拉不停地重新整理。

「哈囉，湯瑪斯教授。我想到應該來拜訪你一下。」

「嗨，」卡爾說著，本能地將椅子從門邊往裡面推一點。他摘下耳機。「妳看起來有點不一樣。妳要去哪裡嗎？妳看起來非常的……妳不冷嗎？」

「不會，還好——以利莎呢？吃午餐？」卡爾點點頭，注視他的電腦螢幕。他有個句子正寫到一半。佐拉坐上以利莎的椅子，繞著桌子滑動來到卡爾座椅旁邊。

「你想去吃午餐嗎？」她問。「我們可以出去吃。我三點才有課。」

「嗯……我是很想去，只是我有這些該死的東西要做……我最好還是待在這裡繼續幹活……這樣才能把東西搞完。」

「喔，」佐拉說。「喔，好的。」

「不，我的意思是，換個時間會更好——不過我很難集中精神——外面一直吵得要命。有人已經喊了一個鐘頭。妳是不是剛好知道外面什麼狀況？」

佐拉站了起來，走到窗邊拉開窗簾。「海地人不知道在抗議什麼事情，」她說著，拉起窗框。「噢，從這個角度看不見。他們在廣場上散發傳單。場面很熱鬧，人好多。我想晚一點會有遊行。」

「我看不見他們，可是我聽得到聲音，他們很吵。他們到底在抗議什麼？」

「最低工資，每個人他媽的都一直在爭取——好多東西，我猜啦。」佐拉關上窗戶，坐了下來。她倚著卡爾身體瞧他的電腦。他兩手摀住螢幕。

「喔，老哥——別這樣——我連拼字都沒有檢查，老哥。」

佐拉從螢幕剝開他的手指頭。「十字路口……崔西・查普曼的專輯嗎？」

「不是，」卡爾說，「是我的主題（motif）。」

「噢，我懂了，」佐拉用戲弄的口吻說，「原諒我。原來是主題。」

「妳認為我不可能知道一個妳懂的單字，是嗎？」卡爾質問，然後立即後悔。你不能對中產階級人士隨便如此動氣，他們沒兩下就會心煩意亂。

「不——我——我是說，不，卡爾，我不是那個意思。」

「喔，老哥……我知道妳不是。冷靜一點，好啦。」他溫柔地輕輕拍拍她的手。他哪曉得自己這麼做時會有一股電流飛快地流竄她體內。這會兒她古怪地望著他。

「妳為什麼這樣怪怪地看我？」

「不，我只是……我真的好替你感到驕傲。」

卡爾笑了起來。

「我說真的。你好厲害。看看你現在取得的成果，還有每天不斷的進步。那正是我全部想要說的事情。你待在這所大學當之無愧。你比起這些享盡特權的屁蛋優秀十五倍，幹起活來也賣力十五倍。」

「老哥，閉嘴。」

「嗯，事實如此。」

「事實是，如果沒有遇見妳，這些事情我連一件都做不了。所以妳的話沒錯，如果妳開始搞出像歐普拉那樣的局面的話。」

「好了，你閉嘴。」佐拉掩不住眉飛色舞。

「讓我們兩個都閉上該死的嘴，」卡爾建議道，然後碰觸鍵盤。他的螢幕幾秒鐘前剛進入休眠狀態，如今恢復生氣。他試圖追溯寫了一半的最後那句的思路。

「請願書我又多弄到五十個簽名——就在我包包裡。你想看一下嗎？」

卡爾花了片刻時間才回想起她在講的是什麼。「噢，對……那很棒……不，不用麻煩把東西拿出來還是怎樣……但是那很棒。謝謝妳，佐拉。我真的很感激妳為我奔走的事情。」

佐拉沒吭聲，但隨即大膽想起她從聖誕節之前就在策劃的計謀：相互擊掌。她連碰他的手背兩次，速度超快。他沒有尖叫，也沒有逃離房間。

「說正經的，我很有興趣，」她對著電腦點頭，一吋吋移動椅子接近他。卡爾向後靠緊椅背，若無其事地向她略為解釋一下十字路口的意象以及饒舌歌手有多頻繁使用到這意象。十字路口可以代表個人決定和抉擇，代表「向前行」，代表嘻哈樂自身的歷史，代表「覺醒的」與「幫派的」歌詞之間的決裂。越往下說，他越是被自己的主題鼓舞和吸引。

「看，我自己也老是使用這個意象，卻壓根沒想過何以如此。後來以利莎對我說：『記得羅克斯伯里那裡有幅壁畫嗎，有把椅子從拱門垂掛下來的那幅？』而我就回她，是的，當然，老哥，因為我就住那附近——妳知道我在說的那幅壁畫吧？」

「不太清楚，」佐拉說，她只有一次健行的時候去過羅克斯伯里，那是她念中學時「黑人歷史月」的活動。

「所以妳看到那裡畫的十字路口了，對嗎？還有蛇和那個傢伙——現在顯然我已經知道那是羅伯特．約翰遜了。我這輩子都住在這幅壁畫隔壁，從來都不知道這位兄弟是誰……總之：畫裡面就是約翰遜，坐在十字路口等著把靈魂出賣給魔鬼。而那就是為什麼（天哪，外面可真是吵翻了）。那就是為什麼那條巷子有一把真的椅子，從拱門上垂掛下來。這輩子我一直想不透為什麼有人要在那條巷子掛一把椅子，它應該代表約翰遜的椅子，對嗎？坐在十字路口。那完全滲透進嘻哈樂之中。而那就像是它向我展現了饒舌樂的精髓。你應該欠債還錢。那就是寫在壁畫上頭的話，對嗎？就在那把椅子旁邊。而那句話就是饒舌樂的第一條準則。你應該欠債還錢，老哥。所以這就像是……我正在追溯那個理念——老哥，那些兄弟真是吵死人了！在這兒我連自己的思考都聽不見了！」

「上面的窗戶還開著一點點。」

「我曉得，我不知道怎麼把它關上，這些窗戶都沒有關好。」

「對，它們沒關好，你就是辦不到——要關好是有竅門的。」

「現在，如果沒有我的小美人我還能幹麼，哈？」佐拉站起來的時候卡爾問道。他啪的一聲在她的大屁股上拍了一記。「妳總是有辦法罩我。什麼事都瞭若指掌。」

佐拉把椅子搬到窗戶底下，將竅門表演給他看。

「這樣好多了，」卡爾說。「兄弟在幹活的時候給他一點安寧。」

你永遠也不會知道自己家鄉的旅館是什麼樣子，因為你從來就沒有需要投宿入住。十年來霍華一直向客座教授推薦河畔的巴靈頓旅館，然而，除了對它的大廳略微熟悉外，其實他對那個地方一無所知。他這就要進去一窺堂奧。他坐在裡頭一張喬治亞王朝風格的沙發上，等候著她。從窗戶可以看見河面，河面的浮冰，浮冰映照著白色的天空。他連一點感覺也沒有。甚至沒有內疚，甚至沒有色欲。他是被過去一週她寄給他的一系列電子郵件逼迫到此地來的，郵件裡面附上大量數位相機自拍的色情照片，如今每個青少女搞起這一套似乎都是箇中老手。她的動機何在令他難以捉摸。那次晚餐之後的第二天，她寄給他一封怒氣沖沖的電子郵件，他則回了一封軟弱無力的道歉，沒有期待會再收到她的回音，但是這件事和婚姻生活不同，正如結果顯示：維多利亞二話不說馬上原諒了他。那次晚餐他的消失之舉，似乎更強化了她要重演倫敦情節的決心。霍華覺得自己不堪一擊，根本無力和任何決心要擄獲他的人抗衡。他開啟她所有的附件，在書桌邊度過性欲高漲硬梆梆的一個星期——狂烈地遐想要她任君使喚。趴到你的桌子底下，張開嘴巴，吸它，舔它，吃它。這些字眼多麼煽情呵！霍華，對於色情圖片幾乎缺乏個人經驗（他曾經為一本譴責色情圖片的書撰稿過，由史坦能〔Gloria Steinem〕編輯），如今被這摩登的性給吸引住，強烈，閃亮，無液體，狂暴。這很適合他的心境。換作二十年前，或許，他已經倒盡胃口。但此刻不同。維多利亞傳來簡直是正在恭候他的洞穴和孔徑的圖像——沒有任何交談、任何爭論、任何相互衝突的個性，以及任何將來會麻煩上身的感覺。霍華已經五十七歲了，他已經和一個難纏的女人結婚三十年。在個人關係的競技場域，進入恭候他光臨的洞穴大概是目前他能夠感受自我掌控的事情。沒有任何東西需要為之奮戰或者拯救。很快的，他會被趕出去自己找一間公寓住，去過那種他所認識的很多男人在過的生活，一個人，目空一切，並且總是有點醉意。這樣的生活不就是那麼回事。它無可避免，步步進逼。而它——她——就在這裡。旋轉門吐出看上去美得不可方物的她，穿著高領、鮮黃色的外套，上面有方形角製的大鈕釦。他們倆幾乎沒有出聲。霍華走向櫃檯去拿鑰匙。

「這個房間面向街道，先生，」旅館當班的傢伙說，因為霍華假裝今天要在這裡過夜。「今天可能會有一點吵。有個遊行要經過鎮上——如果您覺得無法忍受，請打電話下來告訴我們，我們會看旅館另一頭有沒有房間可以幫您解決問題。祝您愉快。」

他們兩個單獨搭電梯上樓，她把手按住他胯下。六一四號房。到了門口，她將他推到牆上，開始親吻他。

「你不會再逃跑了，是嗎？」她細語呢喃。

「不會了……等一下，我們先進去再說。」他說，然後將卡片鑰匙插進插槽。綠燈亮起，門喀嚓一聲開啟。他們發現自己來到一間有霉味的、窗簾拉攏的午後房間。一絲刺骨微風漏了進來，霍華可以聽見風聲隱隱約約。他走過去尋找那扇沒關好的窗戶。

「讓窗簾關著——我可不想讓任何人看見夜總會的歌舞秀。」

她卸下黃色外套滑落地板。她站在那裡，渾身的青春燦爛洋溢在塵埃點點的光線當中。緊身背心、長筒絲襪、丁字褲、吊襪帶——沒有一樣乏味的細節被忽略。

「喔！對不起！請原諒我！」

一個五十來歲的婦人，黑人，穿著T恤和運動長褲，手裡拎著一個水桶從浴室冒出來。維多利亞尖聲大叫，撲向地板去取回外套。

「對不起，對不起，」那婦人說，「我是打掃的——我來晚了——」

「妳沒有聽到我們進來嗎？」維多利亞火冒三丈問道，迅速起身。

那個婦人看向霍華討饒。

「我在問妳問題，」維多利亞說，外套像斗篷一樣遮掩著她的身軀，她跨步來到她的獵物面前。

「我的英語——對不起，請妳——重複一下好嗎？」

外頭突然一陣混亂，吹哨聲四起。

「看在幹他媽的份上——我們明明就在這裡，妳應該出聲讓人家知道妳在裡面。」

「對不起，對不起，請原諒。」那婦人說，開始往後退出房間。

「不，」維多利亞說，「不要走——我在問妳問題。哈囉？能講英語嗎？」

「維多利亞，拜託。」霍華說。

「原諒我，對不起。」那清潔工繼續說。她將門打開，又是鞠躬又是點頭，成功脫身。那扇門緩緩喀嚓闔上，留下他們兩個在房間裡。

「天哪，氣死我了，」維多利亞說。「算了，王八蛋。抱歉。」她柔柔一笑，邁步走向霍華。霍華往後退了一步。

「我想這糟蹋了……」他說，維多利亞上前，嘴裡「噓」了一聲，除去一邊肩膀的外套。她把身體湊近他，輕輕將大腿壓上他的卵蛋。此時霍華拋出一句陳腐的話語——這話和維多利亞的外套、緊身背心、吊襪帶以及放在她書包裡一起帶過來的毛絨拖鞋搭配得天衣無縫。

「很抱歉——我不能這麼做！」

10

「這很簡單。我已經把所有的圖片都存進你的硬碟裡了，你只要把它們按照你演講需要的順序排列，並且把任何引述或圖表也排列好，按照順序，就像一個標準的文字處理檔案。然後我們已經用正確的格式把它們全都安排好了。看見這個了嗎？」史密斯．J．密勒俯身於霍華的肩膀之上，手指頭觸摸霍華的鍵盤。他的氣息有如嬰兒：溫暖、無味、新鮮，一如蒸氣。「點擊然後拖曳。點擊然後拖曳，你也可以從網頁上擷取素材。已經幫你儲存了一個很棒的林布蘭的網站，看見沒？那裡有你需要的全部作品的高解析度圖像。可以嗎？」

霍華沒吭聲點點頭。

「現在，我要去吃午餐了，但是下午我就會回來把這些東西整理好，做成**pah-point**。好嗎？這就是未來。」

霍華神色沮喪地望著眼前的硬體。

「霍華，」史密斯一隻手按上他的肩膀說。「這將是一場非常精采的演講。氣氛良好，漂亮的小藝廊，每個人都會站在你這邊。一點葡萄酒，一點乳酪，一點演講，然後散會各自回家。事情會很順利，很專業。沒什麼好擔心的。你已經做過成千上百次了。除了這一回你從比爾．蓋茲那兒得到一點小小的贊助。好啦，三點左右我會回來把這些整理好。」

史密斯最後捏捏霍華的左肩，拿起他細長的公事包。

「等等——」霍華說。「所有的邀請函都發出去了嗎？」

「十一月的時候就發了。」

「柏琪菲爾德、芳丹、法蘭區——」

「霍華，對你來說這裡的每個重要人士都邀請了，都做完了。不用擔心。只要把那個 pah-point 完成我們就可以上陣了。」

「你有邀請我太太嗎？」

史密斯將公事包換到另一隻手，心緒不寧地望著他的老闆。

「琪琪？對不起，霍華……我的意思是，我只是照慣例發出所有專業人士的邀請函——但是如果你有朋友和家人的名單要我——」

霍華揮手否決了這個主意。

「好吧，先這樣。」史密斯向霍華行了個禮。「我這裡的工作完成了。三點鐘。」

史密斯離開了。霍華四處點擊為他開啟的網站。他找到史密斯提及的畫作列表，打開了《布商同業公會理事》（*The Sampling Officials of the Drapers' Guild*）；這幅畫通常又稱為《布商理事》（*The Staalmeesters*）。畫裡面有六個荷蘭人，全都和霍華的年紀差不多，圍坐著一張桌子，身著黑衣。在十七世紀的阿姆斯特丹，這些理事負責監督布料的生產。他們年年被委任，根據各自的能力評判放在他們面前的布料的顏色和品質是否一致。一張土耳其毛毯鋪在他們坐著的桌子上面。這張毛毯上光線照射之處，林布蘭向我們展現其濃豔的酒紅色澤，以及錯綜複雜精巧縫製的金線。這些男士從畫裡向外望著，每個人的姿勢各異。四百年的推敲已經編造出一個環繞該畫作的精巧故事。根據推測，這是一次股東會議，這些人坐在一個高臺上，情況有若他們正在參加一場現代的座談會。他們下方坐著一群看不到的觀眾，其中有個觀眾剛剛問了理事們一個難以回答的問題。林布蘭坐在近旁，但不是緊挨著這個提問的觀眾，他捕捉到此一場景。在他對每一張臉孔的表現當中，畫家提供我們對當下問題各自略異其趣的思考。正如六張人類臉孔所表現出來的，這是一個仔細思考的時刻。這就是下評判的樣子：思慮周詳的、理性的、合宜的評判。傳統的藝術史如是說。

破除因襲的霍華否定所有這些愚昧虛幻的假設。我們怎麼能夠知道在畫像本身的框架之外發生什麼事情呢？什麼觀眾？哪個提問者？什麼評判的時刻？胡說八道又感情用事的傳統！想像這幅畫描繪了任何一個人世間的時刻，霍華論說，是一個年代誤植的、攝影術的謬誤。這全都不過是假冒歷史的信口開河，擾亂人心地帶有宗教色彩。我們想要相信這些理事都是賢明之士，明智地評判著想像出來的觀眾，暗地裡也評判著我們。但上述種種並未真正存在於這幅畫作當中。我們真正看見的全部內容就是六個有錢人正為了他們的肖像而坐著、期待著——要求著——被共同描繪成富有、成功和道德高超的感覺印象。林布蘭提供的服務報酬不菲，然而他只是盡拿錢辦事的義務而已。這些理事沒有看著任何人，那裡也沒有人讓他們觀看。這幅畫是描繪經濟力量的特定活動，依霍華之見，乃是一次特別惡毒和難以忍受的描繪。關於這一點霍華可以滔滔不絕。多少年來他不知重複講述和書寫過多少次，以至於到現在他已經忘了究竟是在哪一回的研究當中得出原始的證據。為了這次演講，他不得不挖掘出其中的一些東西。諸般思考令他疲倦不堪。他頹坐椅內。

霍華辦公室的手提電暖器溫度調得過高，他感到自己被熱烘烘、濃稠的空氣所束縛。

霍華點擊滑鼠，放大圖像，直到它和螢幕一般大小。他望著這些男士。霍華身後，裝飾他辦公室窗戶長達兩個月的冰柱融化並且掉落。方院裡的積雪正在撤退，可以看見一塊塊綠洲般的小草地露臉，儘管如此，但重要的是不要從中燃起希望，肯定還有更多的冰雪就要降下。霍華注視著那些男士。外頭傳來整點的鐘聲。還有聯結車頂電纜的有軌電車咚咚噹噹的金屬聲，還有學生無聊的七嘴八舌。霍華望著那幾個男士，其中有些人的名字在歷史上留存下來。霍華看著沃克特·簡斯，一位門諾派教徒和古玩珍品蒐藏家。他看著雅各·凡·隆，一位天主教的布商，他住在丹姆街和卡佛史崔特大街的街角。他看著約基姆·凡·尼夫的臉：這是一張富有同情心的、諂媚的臉，眼神和藹，對此霍華感到有些好感。霍華已經看過這些人多少次了？第一次是在他十四歲的時候，在一個藝術班上看見這幅畫的複印品。對於這些布商理事似乎直直望著自己的樣子，他感到恐懼和驚奇，他們的眼睛（正如他的老師所言）「房間裡四下跟隨著你」，然而，當霍華想要反過來凝視這些人，他無法直接迎上他們當中任何一個人的目光。霍華望著這些男士，這些男士望著霍華。四十三年前的那一天，他是個缺乏文化教養的男學童，極度聰穎、膝蓋骯髒、激憤、漂亮、受到啟發、愛唱反調。儘管出身寒微，一無所有，卻決心脫離現狀——那便是當天理事們看見和評判的霍華·貝爾西。但是如今他們的評判又是什麼呢？霍華望著這些男士，這些男士望著霍華。霍華望著這些男士，這些男士望著霍華。

霍華按下螢幕上的放大選項。放大，放大，再放大，直到他只能看見土耳其地毯酒紅色的電腦圖素。

「嗨，老爸——怎麼了？做白日夢啊？」

「老天爺！你不會敲門嗎？」

列維拉上身後的房門。「對家人不用，嗯……我的確是沒敲門。」他坐在霍華書桌的一頭，一隻手伸到父親臉上。「你還好嗎？怎麼在流汗，老哥，額頭都溼了，你沒事吧？」

霍華撥開列維的手。「你想要幹麼？」他問。

列維不以為然地搖頭，臉上卻露出笑容。「喔，老哥……這太冷酷了。我來這裡看你，你就一定以為我別有居心！」

「社交拜訪，是這樣嗎？」

「嗯，對啊。我想來看看你工作，看看你現在怎麼樣，你知道是怎麼回事，在大學裡是個不折不扣的知識分子。你就像讓我無話可說的好榜樣。」

「好吧。你要多少錢？」

列維迸笑尖叫起來。「喔，老哥……你太冷酷了！我真不敢相信！」

霍華看著螢幕邊角的小時鐘。「學校？這時間你不是應該在學校裡嗎？」

「這個嘛……」列維搓著下巴說。「技術上說來，是的。但是看看他們搞出這條規定——這城市有一條規定讓你可以不上課，如果教室的溫度低於某個，比如，某個溫度，我不知道它是多少，但是那個孩子艾瑞克．克立爾知道確切的數值，結果他把溫度計帶來，如果它掉到那個溫度以下，那麼——嗯，基本上，我們就放學回家。他們一點辦法也沒有。」

「很有魄力。」霍華說。然後笑了起來，帶著溺愛的驚奇看著他兒子。這得度過一段什麼樣的時期哪！他的孩子已經大到足以逗**他**發笑。他們是全然獨立於他之外，自行取樂、爭辯和存在的真實的人，儘管是他啟動了這件事的運行。他們有不同的思想和信仰，甚至連膚色也和他截然不同。他們是某種活生生的奇蹟。

「這不是傳統子女該有的行為，你知道，」霍華口氣愉悅，他的手已經伸向後面口袋了。「這簡直是在你自己的辦公室裡面被襲擊打劫。」

列維滑下書桌，走過去望著窗外。「雪開始融化了，不會再冰天雪地的，老哥，」他說，轉過身來。「一旦我自己有辦法賺錢生活，我就要搬到非常炎熱的地方去。我要搬到，比如說，非洲。我才不在乎那裡是否貧窮落後。只要氣候溫暖，我就喜歡。」

「二十……六、七、八——我只有這麼多。」霍華舉起皮夾裡的東西說。

「非常感激，老哥，我現在乾巴巴的，滿是灰塵。」

「那份工作怎麼了，看在上帝份上？」

列維招供之前有些局促不安。霍華將頭擱在桌上傾聽著。

「列維，那是一份很好的工作。」

「我另外找了一份！不過它比較……不穩定。現在我不會馬上去做，因為我有其他的事情在忙，不過很快就會回去幹活的，因為這就像是——」

「別告訴我，」霍華堅持道，閉上眼睛。「總之別告訴我。我不想知道。」

列維將錢放進後面褲袋。「無論如何，最近我現金周轉出了一點狀況。但是我會還你的。」

「和其他我給過你的錢一起還吧。」

「我有一份工作，不是跟你講了嗎！真掃興。你要來掃興這一套？你差點害自己心臟病發作，老哥。掃興。」

他嘆口氣，親吻父親汗溼的額頭，出去的時候輕聲將門關上。

列維踩著古怪的瘸步穿過系上，然後出去進到人文學院大樓的主廳。他暫且停步，選擇一個適合走出這棟建築、面對外頭天寒地凍的節奏。有人出聲叫他的名字。一開始還看不出叫他的人是誰。

「YO——列維。在這兒！嘿，老哥！好久都沒看到你人影了，老哥。別走。」

「卡爾？」

「對啦，卡爾。你現在連我都不認得了？」

他們碰拳，不過列維始終皺著眉頭。

「你怎麼會在這哩，老哥？」

「該死——你不知道嗎？」卡爾說，不怎麼愉快地笑著，翻起衣領。「我現在是個大學人了。」

列維發笑。「不，說正經的，兄弟——你來這兒幹麼？」

卡爾停止微笑。他輕拍背上的背包。「你老姊沒跟你講嗎？我現在是個大學人了。我在這裡工作。」

「這裡？」

「黑人研究系。剛開始做沒多久，我是檔案管理員。」

「什麼員？」列維將重心轉移到另外一隻腳上。「老哥，你在唬我嗎？」

「當然不是。」

「你在這裡工作？我不懂——你幹清潔工？」

這話脫口而出，但列維不是這個意思。他只是在昨天的遊行中遇見許多威靈頓的清潔工，所以心裡第一個念頭就自然浮現。但卡爾受到冒犯了。

「不是，老哥，我負責管理檔案，我才不幹他媽的清潔工。那是間音樂圖書館——我管理嘻哈樂，一些節奏與藍調，還有現代城市黑人音樂。那是個不得了的資源。你應該過來參觀一下。」

列維搖搖頭表示懷疑。「卡爾，兄弟，我有點搞糊塗了……你這次又想唬弄我嗎。你真的在這裡工作？」

卡爾越過列維的腦袋注視牆上的時鐘。他要趕赴一個約會——他要去現代語言系見某個打算為他翻譯法語饒舌歌詞的人。

「是的，老哥，這個概念沒有那麼複雜。我是在這裡工作沒錯。」

「不過……你喜歡這裡的工作嗎？」

「當然。嗯……有時候事情比較忙一點，不過黑人研究系很棒。在這種地方你有很多事情可以做——嘿，我常常看見你老爸，他工作的地方就在那裡。」

列維一直專注於擺在眼前的許多奇奇怪怪的事實，忽略了最後這句話。「所以，等一下：你不再做音樂了？」

卡爾調整一下背上的背包。「喔……我有做了一些，可是……我不知道，老哥，饒舌這玩意現在全是黑幫和玩票人士，那不是我的活動領域。對我而言，饒舌全部應該和均衡息息相關，我的理解是這樣。而這就像，這陣子你到『公車站』去，那兒全是一些非常憤怒的兄弟在那邊……大嚷大叫。其實我的感覺應該不要這樣，所以，嗯……你知道那種情形……」

列維剝開一塊口香糖送進嘴裡，沒有拿一塊請卡爾。「也許他們他媽的找到為之憤怒的東西。」列維口氣冷淡。

「是的……嗯——瞧，老哥，我真的得閃人了，我有這件……事情——嘿，你應該找個時間來圖書館看看，我們打算在下午的時間開放音樂欣賞，在那兒你可以自由挑唱片放來聽，我們有一些罕見的好貨，所以，你應該過來聽看看。明天下午就可以過來。你幹麼不來呢？」

「明天有第二次的遊行。我們要遊行整整一個星期。」

「遊行？」

正當此時，前門打開，有那麼一會兒，一個兩人這輩子見過美得令人難以置信的小姐來到他們眼前。她快步走著，經過兩人，直朝人類學系而去。她穿著緊身牛仔褲，粉紅色馬球領衫，棕褐色長靴。一條長絲巾垂掛身後。列維沒有把她和一個月之前見過的身著黑衣、啜泣不已的短髮女生聯想在一起，當時她以更加嚴肅、虔誠的步調跟在棺木後頭。

「姊妹——該死的！」卡爾呢喃，音量大到足以入耳，不過維多利亞早已習慣對這樣的品頭論足充耳不聞，只管繼續走她的路。列維目送她撩人的背影。「喔，我的老天爺……」卡爾說，將手按住胸口。「你看見那個尤物了嗎？噢，老哥，我好痛苦。」

列維確實看見了那個尤物，但是突然間卡爾成了他不想與之討論這種事情的人。他對卡爾一向所知有限，不過，在青少年的迷戀崇拜之中，他曾經對他懷抱諸多想法。一旦成熟就會發現，不過就那麼一回事。自從去年夏天，列維的確結結實實成熟了許多——他已經感受到自身的成長，此刻更印證了這種轉變。像卡爾這樣不中用的兄弟再也無法吸引他了。列維．貝爾西已經跳到下一個水平。回想起以前的自己還真是古怪。而站在這個以前的卡爾，這個過時的蠢蛋、這個兄弟的軀殼旁邊，真是太奇怪了，他內在所有美麗的、令人震撼、真實無比的東西，都已經消逝殆盡。

霍華正準備快快趕去自助餐廳買一個貝果。他從書桌邊起身——不過訪客已至。她用力推開門，又用力關上。她沒有往房裡多走一步。她就站在那裡，背抵著門。「請你坐下來好嗎？」她出聲，眼睛沒有看他，而是盯著天花板。就好像舉頭對著上面禱告一般。「你可以坐下來聽我講話，但是什麼都不要說嗎？我有話要講，說完就走，就這樣。」

霍華將外套對折起來，坐下，將之擱在膝頭。

「你不會這個樣子對待別人的，對嗎？」她仍舊對著天花板講話。「你不應該那樣要我兩次。第一次在那個餐會上，你害我像個傻瓜，然後——你居然把一個人那樣丟在旅館裡面——你的行為不應該操他的像個該死的小鬼，居然讓一個人覺得自己一文不值。你不應該幹出這種事來。」

她的目光終於垂落，腦袋在脖子上猛力左右搖晃。霍華看著自己的腳。

「我知道你以為……」她說，字字帶淚，讓人很難聽明白，「你……以為了解我。你根本就不了解。這個，」她邊說邊摸自己的臉蛋、胸部、屁股，「是你了解的東西，但是你並不了解我。而你就是想要這個的人——每一個人都是……」她又摸了同樣三個地方。「所以那就是我……」

她用馬球領的褶邊擦拭眼睛。霍華抬起頭。

「總之，」她說，「我想把寄給你的電子郵件全部毀掉。而且我會退出你的課程，所以你不必擔心那個。」

「你不必——」

「你根本就不了解我要的是什麼。你甚至連你自己要的是什麼都不知道。不管怎樣，這已經毫無意義。」

她將手放在門把上。這樣很自私，他曉得，但是在她離開之前，霍華不顧一切只想從她那裡得到承諾，保證此一不幸事件只會封存於兩人之間。他站了起來，兩手按住桌面，但什麼也沒有說出口。

「喔，還有我知道，」她說，揉著閉上的眼睛，「你對我要講的任何事情都沒有興趣聽，因為我只是一個幹他媽的白痴女生或什麼東西。但是做為一個相對客觀的人……基本上，你只需要面對一個事實：你不是這個世界唯一存在的人。依我看來，我有自己的狗屎問題要去處理，不過你自己也要面對才行。」

她睜開眼睛，轉身便走，退出的時候又是一陣乒乒乓乓。霍華待在原地，緊緊抓住外套衣領。在過去個把月的狂亂期間，他對維多利亞從未懷抱任何真正浪漫情感，現在也還是沒有，然而他發現，在這最後的階段，他其實還滿喜歡她的。那裡有些勇敢無畏的東西，堅定又驕傲。似乎對霍華來說，這是第一次她真實無欺地對他侃侃而談，或者至少他所感覺到的態度並無虛假。霍華這時穿上外套，身體顫抖。他來到門邊，但又等了片刻，不想冒著在外面撞見她的風險。他有一種特殊的感覺：驚恐、羞愧、解脫。解脫了。逃脫的感覺會有如此糟糕嗎？她是不是一定也會有相同的感受？除了身體的震顫和心理上面對如此處境的驚嚇（說實在的，被一個你幾乎不了解的人那樣教訓，是何等的奇特），在爆發的另一面，難道沒有劫後餘生的滿足嗎？就像一場街頭對抗，你的身體受到威嚇，接著勇敢挺身面對，結果安然無恙。你暫時得救，帶著恐懼和喜悅的顫抖走開，因為情況沒有惡化而感到解脫。在這樣一種模稜兩可、洋洋得意的情緒中，霍華走出系所。他緩步而行，在前面桌子經過莉蒂，穿過大廳，經過自動販賣機和網路站，經過凱勒圖書館的雙道門——

霍華後退一步，將臉頰靠在其中一道門的玻璃上。這裡有兩個重要的細節——不對，實際上是三個。第一：蒙提．吉普斯在一個講臺上，正在講話。第二：凱勒圖書館擠滿了人，人數遠超過任何一次霍華曾經成功吸引的威靈頓聽眾。第三——也是一開始便捕獲霍華注意力的細節：離門口幾呎的地方，高高坐在椅子上，手持筆記本，顯然專注且興味盎然的，除了琪琪．貝爾西還會有誰？

霍華忘記和史密斯還有約。他直接回家等候妻子。盛怒中，他坐在長沙發上，緊緊抓著梅鐸按在膝頭，左思右想謀畫即將到來的談話該如何啟齒。他列出一個冷靜的、情緒超然的可能選擇。然而，當他聽到前門開啟的聲音，挖苦嘲弄消失無蹤。他所能做的就是克制自己不從座位上一躍而起，然後以最粗鄙的方式面對她。他數著她的腳步聲。她經過客廳的門口。（嗨。你還好嗎？）繼續走著。霍華心中有把火在燃燒。

「剛下班？」

琪琪折返，在門口停住腳步。她——就像所有結婚多年的人一樣——能夠從一個聲音語調裡的細微變化警惕到事有不妙。

「不……下午休息。」

「過得愉快嗎？」

琪琪步入客廳。「霍華，出了什麼狀況？」

「我以為，」霍華說，鬆開梅鐸，牠被半掐著已經很煩了，「我本來只會稍微——稍微沒那麼驚訝看見妳去參加一個集會……」

他們兩個同時出聲。

「霍華，這什麼意思？喔，老天爺——」

「幹他媽的三K黨集會——不，實際上，那可能還要更——」

「吉普斯的演講……喔，基督哪，那地方就像中國人的嘀嘀咕咕……喂，我並不需要——」

「我不知道妳另外還在打什麼主意，不，親愛的，實際上，那不是中國人的嘀嘀咕咕，我看見妳了，還做筆記，我一點也不知道妳會這樣就接受那個偉人的東西，真希望我早點知道，我可以給妳他演講的全集，或者——」

「喔，去你媽的，少來煩我。」

琪琪轉身要走。霍華撲向長沙發的另一頭，跪著抓住她的手臂。「妳要去哪兒？」

「離開這裡。」

「我們在談話，是妳想要談的——我們在談話。」

「這不是談話，這是你在大小聲。快放手——讓我走。老天爺。」

霍華已經成功地扭住她的手臂，因而控制她的身體，迫使她繞過沙發。她百般不情願地坐了下來。

「喂，我不需要為自己辯解什麼，」琪琪說，但緊接著她就開始辯解了。「你知道嗎？有時候我覺得這棟房子裡面總是只有同一種觀點，而我只是試圖取得全面的觀點。我看不出那怎麼會變成一種犯罪，只是試圖擴展你的——」

「取得均衡觀點的興趣，」霍華以一種美國電視評論員的鼻音說。

「妳知道，霍華，你的所作所為就是對其他每一個人吹毛求疵，你根本缺乏任何信仰，所以你才害怕有信仰的人，那些將自己奉獻給某些東西，奉獻給一種理念的人。」

「妳說對了，我是害怕法西斯主義的瘋子，我的確如此——我的心思猶豫退縮，琪琪，這個人想要毀掉羅控訴韋德案。那還只是開始而已。這個傢伙——」

琪琪站了起來大吼。「那跟這沒有關係，我才不是在講什麼該死的蒙提．吉普斯。我講的是你。你好害怕每個有信仰的人，你看你是怎麼對待傑羅姆的。你甚至沒有辦法正眼看他，因為你知道他現在是基督徒了，我們兩個都知道這一點，可是從來都沒有談過。為什麼會這樣？你只會拿這來取笑人，但是一點也不好笑，對他來說一點也不好笑，而這似乎只是你習慣想到你——我不知道……想到你相信的東西，想到你喜愛的東西，而現在你就是這樣——」

「別吼了。」

「我沒在吼。」

「妳是在吼。不要吼了。」他頓了一下。「我不知道傑羅姆到底跟這有任何關係——」

琪琪緊握雙拳，挫敗地用力擊打兩邊大腿。「這全都是一樣的事情，我已經在考慮全部這些事情——這同樣是……只是襲擊這棟房子的厄運的面紗之一。我們兩個沒辦法正經地談論任何事情，每件事一定要用諷刺的，沒有一件事認真得起來，每個人都害怕談論事情，免得又被你譏為陳腔濫調或是無聊乏味，你就跟思想警察沒有兩樣。而且你什麼事都毫不在乎，你也不在乎我們。你曉得，我是坐在那裡聽吉普斯演講。是的，有一半的時間他是個瘋子，但是他站在那裡談論某些他信仰的東西——」

「妳要說就繼續說。顯然他信仰什麼根本就無關緊要，只要那是某些東西就行。妳知道妳自己在講些什麼嗎？他信仰憎恨——妳在講的是什麼東西？他是個可悲的、說謊的——」

琪琪一根手指頭直指霍華的臉。「我不認為你會想要討論說謊，不是嗎？我不認為你會想要坐在那裡，有臉和我談說謊。就算他一無是處，那個人至少任何時候和你比較起來都更加令人尊敬——」

「妳已經喪失理智了。」霍華咕噥。

「別來這套！」琪琪尖聲大喊。「不許你那樣貶損我。天哪——這就像，你甚至不能……我感覺根本再也沒有辦法了解你……這就像九一一之後，你把鮑德瑞、波德拉那封荒謬的電子郵件到處發送給每一個人——」

「布希亞。他是個哲學家。他的名字叫布希亞。」

「關於虛擬的戰爭或無論幹他媽的什麼東西……而我就在想：這傢伙有什麼毛病？我替你感到羞恥。我一句話也沒說，不過我心裡就是這麼想的。霍華，」她說著，手向他伸去，但距離太遠了沒能碰到，「這是真實的。這個生活。我們是真的存在這裡——這是真實發生的事情。受苦受難是真實的。當你傷害別人的時候，那是真實的。當你搞上我們最好的朋友時，那是真實的，而且使我受到傷害。」

琪琪崩頹在沙發上，開始哭泣。

「比起大規模的謀殺，我的不忠根本不能相比……」霍華口氣平靜，但是暴風雨已經結束了，此話毫無意義。琪琪埋進枕頭痛哭。

「妳為什麼愛我呢？」他問。

琪琪繼續哭泣，沒有回答。幾分鐘後他又問了一遍。

「這問題又是你的花招？」

「這是發自內心的問題。一個真實的問題。」

琪琪一語不發。

「我要幫助妳解脫，」霍華說。「我要用過去式來表達。妳**以前**為什麼愛我？」

琪琪大聲擤著鼻子。「我不想玩這種把戲——這太蠢、太咄咄逼人。我累死了。」

「琪絲，妳已經和我疏遠那麼久了，我甚至想不起來妳是否喜歡過我。先把愛忘記，就說喜歡吧。」

「我一直都愛著你，」琪琪說，但雷霆之下，話語和情感很難兜得起來。「一直如此，從未改變。我們想一想到底是誰變心了。」

「我真的、真的不想和妳爭吵，」霍華口氣疲倦，手指頭按住眼睛。「我是在問妳以前為什麼愛我。」

他們坐在那裡，好一會兒什麼話也沒說。沉默當中，某些東西融化了。兩人的呼吸變得和緩。

「我不知道怎麼回答——我的意思是，我們兩個都知道所有好的一面，結果並沒有幫助。」琪琪說。

「妳說妳想要談一談，」霍華說，「可是妳沒有這麼做。妳把我阻隔在外面。」

「我只知道我用全部的生命去愛你。我被發生在我們身上的事情給嚇壞了。這種事本來不應該發生在我們身上。我們不像其他的人那樣。你是我最好的朋友——」

「最好的朋友，是的，」霍華可憐巴巴地說。「一向如此。」

「而且我們共同承擔做父母的責任。」

「而且我們共同承擔做父母的責任。」霍華重複，對他所鄙夷的美國精神感到惱火。

「你不必用那種挖苦的語氣說話，霍華——那就是我們此刻存在的一部分。」

「我沒有那樣……」霍華嘆了口氣。「我們曾經彼此相愛。」他說。

琪琪將腦袋重重靠在沙發上。

「好吧，霍，那是你的過去式，不是我的。」

兩人再度陷入沉默。

「而且，」霍華說，「我們總是非常擅長夏威夷。」

現在輪到琪琪嘆氣。「夏威夷」出於私人和古老的原因，在貝爾西家是性愛的委婉用語。

「實際上，我們在夏威夷方面傑出過人，」霍華補充道。他把話題岔開，而且心知肚明。他將手放在妻子盤起來的頭髮上。「這一點妳可不能否認。」

「我從來沒有做過。只有你那樣做過。當你做了你所做過的好事。」

這句話由於出現過多的「做過」，顯得滑稽難解。霍華努力克制不發笑，琪琪反倒先笑了起來。

「幹你媽的。」她說。

霍華伸出雙手放在妻子碩大的乳房下面。

「幹你媽的。」她重複。

他的手來到她雙峰的頂點，摩娑著他能夠應付的方寸之地。他用嘴唇觸碰她的脖頸，親吻著。接著親吻她的耳朵，那兒已經被淚水沾溼了。她轉過臉來對著他，兩個人接吻。

這是一種直接的、結結實實、舌頭交纏的接吻。這個吻來自往昔。霍華雙手捧著他妻子可愛的臉蛋。而現在，經過年深日久數不清的夜晚之後同樣的旅程：親吻一路爬下她喉頭豐滿的肉環，來到她的胸部。他解開她襯衫的鈕釦，而她則負責料理胸罩難纏的鎖釦。銀元大小的乳頭，偶有幾絲毛髮萌生，常見的深棕色帶些許粉紅。他根本沒有見過其他人的乳頭有辦法如此突出。它們完美契合地被他含在口中。

他們轉移陣地到地板上。兩個人都想到了孩子以及其中一個會在此刻返家的可能性，但沒有誰敢去把門鎖上。任何從這個地點離開的舉動都會結束眼前的一切。霍華趴在妻子上面，他看著她，他的妻子也看著他。他感到心意相通。梅鐸神情嫌惡地離開了客廳。琪琪挺身親吻她的丈夫。霍華扯掉他妻子的長裙和巨大的、現實主義的內褲。他將手伸進她可愛肥滿的臀部底下又搓又揉。她發出柔和、滿足的嗯哼聲。她坐了起來，開始鬆開她的長辮子。霍華舉起兩手來幫她。盤疊的非洲長髮鬆解、四下散開，直到來自昔日的光環環繞著她的臉龐。她拉下他的拉鍊，將他握在手中。緩慢、穩定、感官、老練，她操縱著他。她開始在他的耳邊輕聲細語。她的口音變得濃重、南方和淫穢。出於私人和古老的原因，她搖身一變，扮演夏威夷的賣魚婦，名叫瓦琪琪。瓦琪琪的致命絕招便是她的幽默感——她已經把你帶到丟盔棄甲的邊緣，然後說了一些如此好笑的話，又讓一切消散分離。對其他任何人都不好玩，霍華卻樂在其中，琪琪也樂在其中。霍華這時縱聲大笑，改成仰躺的姿勢，將琪琪拉到他的上面。她有辦法貼合地在那裡盤旋，卻又不會把全身的重量壓在他身上。琪琪的雙腿總是強壯無比。她再次親吻他，直起身體並蹲伏在他上面。他像個孩子一樣出手抓她胸部，她把雙乳放進他手中。她用自己的手提起腹部，然後將她丈夫推送進入她裡面。這就是家！不過這發生得比霍華的預期還快，他有幾分悲哀，因為就像她所知道的，他明白自己疏於鍛鍊，因此下場已經注定。只要是在上面，或者後面，或者側貼，或者其他許多夫妻間親密的姿勢，他都可以堅忍不拔。以那些姿勢而言他耐力極佳。他是個冠軍。他們以前常常幾個小時側面貼臥著，溫柔地前後移動，口中閒談日常發生的趣事，談梅鐸的一些怪癖，甚至談論孩子的事情。然而，如果她蹲伏在他的上面，巨大的胸部就會彈跳，浮現薄薄一層汗水，她那美麗的臉專注於她想要得到的東西上頭，天賦異稟的肌肉包緊他，鬆開他——嗯，然後他會有三分半鐘，直登仙頂。約莫十年以來，這造成他們之間巨大的性挫折。這是她最喜歡的體位，也是他無力與之抵擋其快樂的地方。但是生命漫長，婚姻亦復如此。有一年終於有了突破，琪琪發現自己能夠配合他的興奮，從而不知怎的刺激新的肌肉，這些肌肉加快她配合他的時間。有一次，她試圖向他解釋自己是如何做到，無奈兩性在解剖學上的差距實在太大。隱喻毫無用武之地。但是當那種樂趣、愛情和美麗接管你的時候，誰還會在乎那些技術細節呢？貝爾西夫婦在這方面變得如此在行，以至他們幾乎玩膩了，自豪勝過興奮。他們想要向鄰居展示這種技巧。但是霍華現在一點也沒有玩膩的感覺。他從地板上抬起頭部和肩膀，緊緊抓住她的臀部，往他自己拉得更加貼合。他為自己太早到來向她道歉，但實際上過了幾秒鐘之後，當這最後的漣漪貫穿他倆，她也加入了他。霍華的後腦杓碰觸到地毯，他躺在那裡瘋狂的喘息。半句話也說不出來。琪琪慢慢從他身上移開，有如一尊巨大的佛像盤腿坐在他身邊。他伸出一雙手，手掌攤平等待著她的手，有如往日的習慣。她沒有接受。

「喔，天哪。」她反而嘆氣。撿起靠墊，將臉埋進裡面。

霍華沒有遲疑。他說：「別這樣，琪絲，這是好事。真的——」琪琪把臉往靠墊裡埋得更深。「我知道。可是我不想變得沒有……我們。妳就是我——妳就是我的生命，琪絲。妳以前是，現在是，以後也是。我不知道妳希望我怎麼說。妳是我的——妳就是我。我們一直都知道那一點，無論如何現在已經沒有退路了。我愛妳。妳是我的，」霍華重複道。

琪琪沒有從墊子裡抬起臉，現在她在裡面出聲。「我不再確定你就是我要的那個人。」

「我聽不見——什麼？」

琪琪抬眼。「霍華，我愛你。可是我沒有興趣看到這『第二個青春期』。我有我自己的青春期。我沒辦法再去經歷你的了。」

「可是——」

「我已經三個月沒有來月經了，難道你都不知道嗎？我的行為一直瘋瘋癲癲又很情緒化。我的身體告訴我，表演結束了。真的不騙人。我再也不會變得苗條一點或者年輕一點，我的屁股就要垮到地上，如果它還沒有的話。而我想要和某個仍舊在這裡能夠理解我的人在一起。我還在這裡。我不想因為變化而被怨恨或者瞧不起……那我寧可自己一個人。我不想要有人看見我變成那種樣子而對我存有輕視。我看到你也有所變化。我感到自己已盡全力尊重過去，尊重你以前的樣子和現在的樣子——但是你想要的比這還要多，你要某種新的東西。我沒有辦法變成新的。寶貝，我們曾經有過一段美好的旅程。」她流著淚，舉起他的手掌朝掌心深深一吻。「三十年了——幾乎所有時間都真的很快樂。那就是一輩子，真是難以置信。大多數人想要都得不到。但或許這就是結束，你知道嗎？或許它結束了……」

霍華自己現在也淚流滿面，從剛才躺著的地方起身，坐在妻子後面。他伸手摟住她結實的胴體，輕聲細語開始懇求她。當太陽西沉，他得到人們懇求時往往寄望的讓步：多給彼此一點時間。

11

春假來臨，蘋果樹萌發粉紅和紫色的嫩芽，一道道橙色斑紋橫過潮溼的天空。天氣寒冷依舊，但威靈頓人此刻准許自己懷抱希望了。傑羅姆返家。他沒有選擇遠赴墨西哥的坎昆，或佛羅里達，或歐洲。他想要和家人團聚。琪琪深受感動，牽著他的手，帶他走進他們那刺骨的庭院，去見證那裡的變化。除了單純園藝方面的理由，她還有其他的動機。

「我想要讓你知道，」她說著，彎下腰從玫瑰花床上拔除一根雜草。「我們全力支持你所做出的每一項決定。」

「這樣啊，」傑羅姆口氣尖酸，「我想那是一種美好和委婉的表達方法。」

琪琪直起身體，無助地望著兒子和他的金色十字架。她還有什麼別的話好說？她怎麼可能就這樣依隨他到他想去的所在？

「我是開玩笑的，」傑羅姆請她放心。「我很感激，真的。反過來說也是這樣。」他說，然後用母親先前看他的眼神看著她。

他們在蘋果樹下的長凳上坐下。風雪剝落了漆面，使木板翹起，長凳有些搖晃不穩。他們分散各自的體重，保持穩定。琪琪將她大披肩的一頭遞給傑羅姆，不過他婉拒了。

「那麼，我有一些話想和你談談。」琪琪說得小心翼翼。

「媽……我知道會發生什麼好事，當一個男人把他的東西放進一個女人的——」

琪琪捏了一下他的體側，又踢了一下他的腳踝。

「我要說的是列維。你知道當你不在家的時候，他就沒有人可以……佐拉一刻也不願意和他相處，而霍華對待他就像某一種——我不知道是什麼——月球隕石。我好替他擔心。總之，他跟一票人混在一起——這樣很好，我已經在附近見過他們了——一大群海地人和非洲男生，他們在街頭兜售東西，我想他們是做買賣的商人。」

「那合不合法？」

琪琪嘸起嘴唇。她一直對列維有所偏愛，向來認為他做的事情不可能全然錯誤。

「噢，好小子。」傑羅姆說。

「我知道那沒有特別的違法之處。」

「媽，要麼就違法，要麼就——」

「不，但那不是……比較要緊的是他似乎和他們混得太近了。突然間他其他的朋友都不見了。我是說，雖然那樣很有意思——譬如說，他的政治意識大幅提升。每個星期他都會去廣場發傳單，幫忙海地支持團體的運動——他現在人就在那裡。」

「運動？」

「提高工資、不公平的拘留……好多議題。霍華當然感到非常驕傲——沒有實際考慮到其中任何一個議題可能的居心就感到驕傲。」

傑羅姆在草地上伸展雙腳，將一隻腳擱在另一隻腳上。「我同意老爸，」他必須承認。

「我看不出這樣有什麼問題，真的。」

「嗯，好吧，這沒什麼大不了的，可是……」

「可是什麼？」

「你難道不覺得他對海地的東西這麼感興趣實在有點奇怪？我的意思是，我們又不是海地人。他從來就沒去過海地。六個月之前，他連海地在地圖上的哪裡都指不出來。我只是覺得這樣似乎有點……隨便。」

「列維本來就很隨便，媽，」傑羅姆說，起身來回走動取暖。「好啦，我們進去吧，冷死了。」

他們快步往回走過草皮，踩過嘎吱作響的小花丘，是昨晚被暴雨從枝頭打落堆積而成。

「可是你願意多花點時間和他相處嗎？答應我？因為他往往會為了一件事情整個人栽進去，你知道他的個性。我擔心這棟房子裡面發生的全部狗屁倒灶的事情已經……不知怎的害他失去平衡。而他這個學年非常重要。」

「怎麼了……狗屁倒灶的事情怎麼樣？」傑羅姆問道。

琪琪伸手攬住傑羅姆的腰。「你真的想知道？這件事該死的好困難。這是我做過最艱困的事情。但是霍華真的有在嘗試。總要給他一點機會。他真的有在努力。」琪琪注意到傑羅姆一臉懷疑。「喔，我知道他有時候可能讓人家非常討厭，不過……我是真的喜歡霍，你也知道。我可能沒有每次都表現出來，可是——」

「這我知道，媽。」

「可是你願意答應嗎？關於列維的事情？花點時間和他相處，弄清楚他究竟在搞些什麼？」

傑羅姆若無其事做出典型母性的承諾，想像著只要偶爾注意一下這件事情就好，然而，當他們走回屋子，他母親流露出沒辦法做假的神色。「是的，他現在人就在那裡，在廣場，」她說，有如是傑羅姆開口發問。「可憐的梅鐸也需要溜躂溜躂……」

傑羅姆將他塞得滿滿的行囊留在走廊，順從母親的心意。他將狗鍊繫在梅鐸身上，一起穿過老舊的鄰里街坊去享受美妙的散步。傑羅姆頗意外回到家裡自己竟然如此高興。三年前他還曾經認為自己討厭威靈頓：一個虛假受保護的領地；高所得，道德上自信滿滿；充滿精神上了無生氣的偽君子。但如今他青春期的熱情消褪。威靈頓變成令人欣慰的美夢情境，擁有這種家園令人心生感激和幸運。這個不真實的地方並未改變，這的確是不爭的事實。但是傑羅姆在他大學最後一年臨近末尾的邊緣有所體會，已經開始欣賞箇中奧妙。只要威靈頓繼續維持其精髓，他甘冒改變自己的風險也在所不惜。

他走進晚午時分生氣盎然的廣場。一個薩克斯風手和著尖細的伴奏帶吹奏，令梅鐸受到驚嚇。傑羅姆將狗抱了起來。一個小規模的食品市集已經在東側成形，和一向混亂的計程車排班隊伍爭奪地盤，學生聚在一張桌子旁邊抗議戰爭，其他人進行反對動物實驗的活動，有的傢伙則在兜售手提袋。接近轉乘站，傑羅姆看見他母親向他描述過的那張桌子。桌上覆蓋著一塊繡有「海地支持團體」字樣的黃布。但是列維人不在那兒。傑羅姆在車站外的報攤前停了下來，買了一份最新的《威靈頓先驅報》。佐拉已經連發三封電子郵件力勸他買一份了。他待在相對溫暖的報攤邊瀏覽著報紙，尋找傳播小道消息的版面。他在第十四版找到妹妹的名字，標題是每週校園專欄《演說者之角》。單單這個專欄的名稱就令傑羅姆火大：威靈頓人對於所有英國事物懷抱敬重，那種德性委實令人厭煩透頂。英國氣息瀰漫在專欄本身的內容當中，不論是哪個學生碰巧寫了這篇東西，文中處處帶著優越的維多利亞腔調。那個學生這輩子從來沒有理由使用的字彙和語句（「毋庸置疑地」，「我沒有可能揣摩」）從筆下宣洩而出。佐拉已經在「演說者之角」出現四次了（大二生破天荒的紀錄），尚未擺脫小家子氣的格局。這些專欄的議論老是顯得像是在牛津大學辯論社面前提出的動議。今天的標題：〈這位演說者相信威靈頓應該把經費放在其學術刀口上〉，作者是佐拉．貝爾西。標題底下是一張大照片，克萊兒．麥坎，神色活躍，被一群圍繞圓桌而坐的學生簇擁在中間，照片上最顯著的地方有一張傑羅姆依稀可以辨認的英俊臉孔。傑羅姆付了一塊二給報攤老闆，走回廣場。真正防止種族與性別歧視行動將何去何從？傑羅姆讀到。這是今天我要在所有公正的威靈頓人士面前提出的問題。我們對於機會平等的承諾是否真的堅定不移？當置身於圍牆裡面，我們的政策懦弱到可恥的地步時還想要奢談進步嗎？我們有辦法令這座城市的非洲裔美國年輕人感到滿意……

傑羅姆放棄了，將報紙夾在手臂下。他開始繼續尋找列維，最後在威靈頓儲蓄銀行的門口瞥見他人，正在吃著漢堡。正如琪琪事先提及的，他和一夥朋友在一起。個子高大、頭戴棒球帽的瘦削黑人，顯然不是美國人，同樣專注地啃著漢堡。遠在十碼開外，傑羅姆大聲叫喊列維的名字並且將手舉起，希望他弟弟能幫他省掉那一套尷尬的介紹。然而列維揮手示意要他過來。

「傑！嘿，這是我老哥，各位。我哥哥，兄弟。」

傑羅姆聽見七個口齒不清、似乎沒什麼興趣知道他名字的傢伙咕噥著報出自己的名字。

「這是我的哥兒們——這位是小丘，他是我主力，他很酷。他跟我一起搭檔。這是傑，他非常……」列維說，輕輕拍著傑羅姆兩邊的太陽穴，「他是個思考深入的人，總是分析一堆狗屎問題，就跟你一樣。」

傑羅姆在這夥人當中不太自在，跟小丘握了手。傑羅姆很惱火，列維就是這副德性，老是以為在任何特定情境下每個人都和他一樣輕鬆自在。這會兒，列維讓小丘和傑羅姆兩人茫然對望，自顧自蹲下，將梅鐸抱了起來。

「而這位是我的小步兵。牠是我的陸軍中尉。梅鐸總是跟在我屁股後頭。」列維讓狗舔著他的臉。「怎麼樣，還好嗎？老哥？」

「還好，」傑羅姆說。「我很好。很高興回到家裡。」

「見到每一個人了嗎？」

「只看到媽媽。」

「很好，很好。」

他們兩個猛點頭。傑羅姆心頭湧起一股傷感。他們彼此無話可聊。兄弟之間相差五歲的隔閡就像需要持續照料的花園。僅三個月的分離已經讓兩人之間雜草叢生。

「那麼，」他無力地試圖完成對母親的交代。「你都在做些什麼？媽媽說你好忙，很多事要做。」

「就……你曉得……跟我朋友閒晃，找些事情來做。」

一如既往，傑羅姆試圖過濾列維省略的語言，找出任何隱藏在其中真實的蛛絲馬跡。

「你們都參與了……？」傑羅姆問，指著路對面的一張小桌子。桌子後面，兩個戴眼鏡的年輕黑人正發送傳單和報紙。他們身後掛著一面橫幅。「公平給付威靈頓的海地工人。」

「我和小丘，是的——正在努力讓人家聽見我們的聲音。提出抗議。」

傑羅姆發現這場交談正逐步變得惹人不快，於是走到列維的另一側，以便遠離他邊上正默默啃著漢堡的人的聽力範圍。

「你在他的咖啡裡面摻了什麼東西？」傑羅姆對小丘生硬地開著玩笑。「我連他們學校的選舉都沒辦法說服他去投票。」

小丘緊緊摟住他朋友的肩膀，列維也摟住小丘的肩膀。「你弟弟，」小丘口氣充滿深情，「關心他所有的兄弟。我們就是這樣才愛他——他是我們的美國小吉祥物。他為了正義挺身跟我們並肩作戰。」

「我懂了。」

「拿一張吧。」列維說，從他寬鬆的屁股口袋掏出一張像報紙一樣兩面印字的紙張。

「那麼你拿著這個，」傑羅姆說，遞給他《先驅報》當回報。「裡面有佐拉。第十四版。我會再買一份。」

列維接過報紙，硬塞進口袋。他把最後一塊漢堡塞進嘴裡。「酷——我待會兒再讀……」這意味著（傑羅姆心知肚明）幾天之後他會發現這報紙被撕得稀巴爛，和他房間的其他垃圾攪成一堆。列維將狗抱給傑羅姆。

「傑，實際上——現在我有點事情要忙，我們晚點再碰頭……今天晚上你會來『公車站』嗎？」

「『公車站』？不……不，嗯，佐拉大概會帶我去某個兄弟會的派對或什麼的，就在——」

「『公車站』！今晚！」小丘打斷他，還吹了聲口哨。「到時候會嚇死人！你看到那些傢伙了嗎?」他指著他們那夥默不作聲的同伴。「等他們登上舞臺，他們會撕碎一切。」

「很深刻，」列維透露。「政治性的，嚴肅的歌詞。關於抗爭。關於——」

「拿回屬於我們的東西，」小丘迫不及待地說。「拿回從我們人民那裡偷走的東西。」

這個集體字眼令傑羅姆退避三舍。

「很深奧，」列維解釋。「深刻的歌詞。你一定會感興趣。」

傑羅姆深深懷疑這一點，禮貌地笑了笑。

「不管怎樣，」列維說，「我得走了。」

他和小丘以及門口的每一個人互碰拳頭。最後輪到傑羅姆，他收到的不是碰拳，也不是列維年少時給他的擁抱，而是朝他下巴諷刺地輕輕一摸。

列維穿越廣場。他通過威靈頓大學的校門口，穿過方院，從另一頭出來，走進人文學院的所在地，進入那棟大樓，沿著大廳走進英語系，又從另一邊出來，沿著另一條走廊，終於來到黑人研究系的門口。他以前從未想過走進這些神聖的廳堂是多麼的容易。沒有鎖，沒有密碼，不用身分證件。基本上，只要你看上去有幾分神似學生，根本就沒有人會多管閒事攔住你。列維用肩膀頂開黑人研究系的門，對著辦公桌邊可愛的拉丁美洲女孩笑了笑。他走過系上，無所事事地默念每一扇門上的名字。整個系所都有那種假期前最後一個星期五的感覺，人們忙著處理掉手邊的零星雜物。這些勤快的黑人同胞——就像大學裡頭的一間迷你大學！這真是瘋狂。列維納悶小丘是否知道威靈頓裡面還有這一小塊隸屬黑人的飛地。如果知道，或許談起它的時候口氣會比較和善。一個熟悉的名字此時遏止了列維的溜躂。蒙提．吉普斯教授。門掩著，但左邊的半塊窗玻璃片洩漏了辦公室內部的情景。蒙提不在裡面，列維仍然繼續逗留，觀察種種奢華的細節，以便稍後回去轉告小丘。漂亮的椅子，漂亮的桌子，漂亮的掛畫，厚厚的地毯。他感到有隻手搭上自己肩膀。列維跳了起來。

「列維！酷——你來了——」

列維看起來摸不著頭緒。

「圖書館——要從這裡過去。」

「噢，是的……」列維說，碰了一下卡爾伸過來的拳頭。「是的——沒錯。你……你叫我來，所以我就來了。」

「你碰巧遇到我，老哥，我剛好要下班。進來，老哥，進來。」

卡爾帶他走進音樂圖書館，讓他坐下。

「你想要聽點什麼？名字講出來。」他兩手一拍。「我什麼該死的玩意都有。」

「呃……是的……聽點東西……好的，嗯，實際上有一個團體我聽了很多關於……他們是海地人……名字很難念——我就把我聽到的寫下來看看。」

卡爾看起來頗失望。當列維按照發音在一張便利貼上寫下名字，他彎身俯看。之後卡爾拿起那一小張紙，對上面寫的東西皺起了眉頭。

「喔……嗯，那不是我的領域，老哥，不過，我敢打賭以利莎一定知道，她專門研究世界音樂。以利莎！我去找她——我會問她看看。這是團名嗎？」

「應該是吧。」列維說。

卡爾離開房間。有好幾分鐘列維在位子上坐得不甚安穩，現在他想起原因何在了。他站起來，從褲袋抽出一份報紙。他還是感到坐立不安。今天他的 iPod 沒有帶出來，枯坐在那裡沒有音樂令他束手無策。他連想都沒有想過眼前的這份報紙或許可以提供消遣。

「你是列維？」以利莎說。她伸出手，列維起身和她握手。「我簡直不敢相信，你是這個完善資源的第一批訪客之一，」她語帶責怪，「然後你就提出某些稀罕的要求。不能只是要求路易．阿姆斯壯就好。這不行，先生。」

「如果找起來是個大麻煩或有問題那就不必了。」列維說，在此感到困窘不安。

以利莎輕淺笑開。「都不是。我們很高興你找到這裡來。我需要花一點時間檢查一下我們的唱片，如此而已。我們還沒有完全電腦化……現在還沒有。如果你願意，可以先出去晃晃再回來——大概十到十五分鐘就好。」

「待在這裡吧，老哥，」卡爾力勸，「我今天在這裡搞得快發瘋了。」

列維不怎麼想待在這裡，但他更不想無禮。以利莎離開去檢查她的檔案。列維坐回他的位子。

「那麼——是什麼狀況？」卡爾問道。正當此時，卡爾的電腦發出響亮的嗶嗶聲。急切期待的神情即刻遍布他的臉。

「喔，列維——不好意思，老哥，等我一下——有電子郵件。」

卡爾用兩根手指發狂似地打字時，列維坐回他的椅子，無聊死了。他對長久以來鼓舞他的大學感到沮喪。他在大學的環境當中成長，他見識過他們的書庫、儲藏櫃、院子、尖塔、科學大樓、網球場、銘牌和雕像。他為那些發現自己陷入如此枯燥乏味的環境中的人們感到難過。甚至還是個小孩子的時候，他就已經清楚自己絕對不會去念大學。進了大學，人們連如何生活都會遺忘。即便是在音樂圖書館裡，他們業已忘卻音樂為何物。

卡爾以鋼琴家的炫技姿勢按下回覆鍵。他快活地發出嘆息。他說，「喔，老哥。」他似乎高估列維對其他人生活細節的好奇程度。

「知道那是誰嗎？」他終於提示道。

列維聳了聳肩。

「記得那個女生嗎？我第一次看到她的時候是跟你在一起。那個尤物真的是……」卡爾親吻一下空氣，列維盡力使自己顯得沒什麼印象。他最沒辦法**忍受**的便是兄弟們誇耀自己的女人。「那就是她，老哥。我打聽到她的名字，然後在學生名冊裡找到了她，輕而易舉。維多利亞，小維，她讓我瘋狂，老哥——她的電子郵件就像……」卡爾壓低聲音成耳語。「她好下流。照片還有所有的東西都那種樣子。她的身體就像……我甚至找不出字眼形容她的身材。她喜歡寄信給我……嗯——你想要開開眼界嗎？給我一分鐘下載。」卡爾點擊了幾次滑鼠，然後將他的螢幕轉過來。列維剛看到一隻奶子的四分之一，突然間，兩人聽見以利莎從走廊回來。卡爾趕緊把電腦轉回他的正面，關掉螢幕，拿起了報紙。

「嘿，列維，」以利莎說。「我們走運了。我找到你要的東西了。你想和我一起來嗎？」

列維站了起來，而且沒有跟卡爾說再見，直接隨以利莎走出房間。

■

「寶貝，你騙不了我。我從你臉上就看得出來。」

琪琪握著列維的下巴，令他抬起頭來，檢查他腫脹的眼袋、滲著血絲的角膜、乾燥的嘴脣。

「我只是累了。」

「累你的大頭鬼。」

「放開我的下巴。」

「我知道你剛剛哭過，」琪琪強調，但是她不清楚事情的另一半：現在不知道，以後也不會知道，那海地音樂悲傷得多麼動人，或者坐在一個陰暗的小隔間，一個人孤伶伶會是什麼滋味——悲切的、不規則的節奏，像一個人的心跳，對列維而言，許多和諧的聲音聽起來就像整個國家都和著調子一同哭泣。

「我知道家裡的事情一直亂糟糟的，」琪琪看著他泛紅的眼睛。「但是我向你保證，事情會好轉的。你爸爸和我已經決定要讓事情好轉，好嗎？」

這解釋不得要領。列維點點頭，拉上外套的拉鍊。

「『公車站』，」琪琪說，強忍住不要發出一道只會遭受忽視的宵禁令。「你去吧，玩得開心點。」

「要不要載你一程？」傑羅姆問，他正和佐拉一起穿過廚房。「我沒有喝酒。」

就在他們坐進車子之前，佐拉脫下外套，轉過身背對著列維。「講正經的，你覺得我應該穿這件嗎——我是說，看起來還好嗎？」

那件洋裝的顏色糟糕，沒有後背，對她那粗勇的身材而言質料並不合適，而且也太短了。通常，列維會把這些感想實話實說，而佐兒聽了會心煩生氣，但至少她還是會進去把衣服換掉，這麼一來，到達派對的時候會比她現在的樣子好看許多。但是今晚列維心中另有所思。「很漂亮。」他說。

十五分鐘後，他們在甘迺迪廣場放下列維，繼續朝派對的地點前進。那兒已經找不到停車位了。他們不得不把車子停在離派對幾個街區遠的地方。佐拉腳上這雙鞋是特地穿的，因為她沒有預期到需要步行。為了前進，她必須抓住哥哥的腰，邁著小小的鴿步，盡量將身體重心放在腳後跟上。好長一段時間，傑羅姆都克制自己不作評論，不過第四次停下來休息時，他再也無法保持沉默了。「我真是不懂。妳不是應該當一個女性主義者嗎？為什麼要讓自己走路這樣一瘸一拐的？」

「我喜歡這雙鞋，可以嗎？實際上它們讓我感到充滿力量。」

兩人終於到達那棟房子。佐拉從來沒有如此高興地看見一組門廊的臺階。跨步如此輕鬆愉快，她將足底的軸心放到每一根寬闊的木板條上。一個他們不認識的女孩子來應門。他們立刻就看出這是一個比兩人預期中還棒的派對。這裡有些年輕一點的校友，甚至有幾位學校的教授。人們已經熱熱鬧鬧開飲了。佐拉認為主宰她未來一年的社交生涯是否成功的重要人物都已到場。她有個內疚的念頭，如果沒有穿著寬鬆便褲和包得太緊的T恤的傑羅姆跟前跟後，她在這場派對上更能施展威風。

「維多利亞在這裡。」他們將外套放在成堆的衣服上時，他說。

佐拉沿著走廊望下去，發現了她：同樣過度盛裝打扮，而且半裸著。

「喔，管她的，」佐拉說，但腦中隨即浮起一個念頭。「但是，傑……如果，我的意思是，如果你想走……我會理解的，我可以搭計程車回家。」

「不，這樣很好，這樣當然很好。」傑羅姆走到盛潘趣酒的大碗公邊，給兩人各舀了一杯。「敬失落的愛，」他悲哀地說，呷了一口。「來一杯。妳看見傑米．安德森了嗎？他在跳舞。」

「我喜歡傑米．安德森。」

在一個派對上，雙手握著大塑膠杯，和你老哥站在一個角落，這真是太古怪了。兄妹之間無話可聊。他們笨拙地隨音樂搖頭晃腦，微微背向對方而站，試圖讓自己看上去並非孤家寡人，但又不算是同一掛的。

「那是老爸的維若妮卡，」當她穿著一件唯妙唯肖、一九二〇年代的輕佻及膝洋裝搭配頭巾經過，傑羅姆說。「而那個是你的饒舌朋友，不是嗎？我在報紙上有看到他。」

「卡爾！」佐拉喊道，嗓門太響了。他正在撥弄音響，這時候轉身走了過來。佐拉還記得把兩手伸到背後，將洋裝的肩線扯順。這樣她的胸部看起來會更漂亮一些。但是他沒有往那個位置看。如同往常，他友好地拍拍她的手臂，然後精力旺盛地和傑羅姆握了握手。

「很高興再見到你，老哥！」他說，展露那種電影明星般的笑容。傑羅姆現在回想起那天晚上他在公園裡見過這個年輕人，他身上顯示出令人愉快的轉變：這大方、友善的舉止風度，這份幾乎屬於威靈頓人的自信。為了回答傑羅姆關於卡爾近來在忙些什麼這個禮貌性的問題，卡爾信口閒聊起他的圖書館，態度不卑不亢，但是帶著一種自我中心的從容，以至於都沒有考慮一下是否該問傑羅姆類似的問題。他談到了嘻哈樂檔案，以及需要更多的福音歌，日益增加的非洲部分，和如何從厄斯金那裡取得經費。佐拉等著他提及他們爭取保留課程自行斟酌學生決斷權的活動。但是他根本隻字未提。

「那麼，」她說，力圖使自己的聲音保持隨意而愉悅，「你有沒有看見我在專欄版上的文章，或者……？」

卡爾一件趣事正說到一半，停了下來，神情茫然。身兼和事佬和麻煩偵查員的傑羅姆趁勢介入話題。

「我忘了告訴你我在《先驅報》上面看到了，『演說者之角』，那真的很棒。真的就像《史密斯先生遊美京》（*Mr Smith Goes to Washington*）……棒極了，佐兒。你真的很幸運有這個女孩子站在你這邊奮戰不懈，」傑羅姆說著，用杯子碰了一下卡爾的杯子。「事情一旦讓她咬上，她死都不會鬆口。相信我，她的個性我很了解。」

卡爾露齒而笑。「噢，那個我聽說了。她是我的馬丁．路德．金！我講正經的，她真的是──對不起，」卡爾說，將目光從他們身上移開，看向門外的陽臺。「對不起，我只是看到某個有事情要說的人……嘿，待會再跟妳聊，佐拉──很高興再看到你，老哥。我晚一點再找你們兩個。」

「他很討人喜歡，」兩人目送他離去時，傑羅姆大方地說。「實際上他腦筋很靈光。」

「現在對他來說一切都很順利，」佐拉的口氣有些猶豫，「等他再習慣一些，我想他會更加專注，花更多的時間去注意其他重要的事情。他現在只是有點太忙了。相信我，」她更加堅定的說，「他會成為一個真正加入威靈頓的人。我們需要更多像他這樣的人才。」

傑羅姆有些不置可否地哼了一聲。佐拉反駁他。「你曉得，除了你走的那條途徑之外，還有其他成功取得大學生涯的方法。傳統的資格限制不代表一切。只是因為——」

傑羅姆做了個封住嘴巴拉鍊再將鑰匙扔掉的動作。「我百分之一百一十支持妳，佐兒，和往常一樣，」他說，露出微笑。「再來一點酒？」

這是那種每個鐘頭會有兩個人離開卻有三十個人加入的派對。那一晚，貝爾西兄妹找到又失去對方好幾回合，而且也失去他們新發現的人士。你轉身去吃一盆花生，一回頭那個一直跟你交談的人就不見了，直到四十分鐘後才又在排隊上洗手間的隊伍當中撞見他。十點左右，佐拉在陽臺抽大麻，發現自己沒來由被一群人圍著，成員有傑米．安德森、維若妮卡、克利斯蒂、以及三個她不認識的校友。通常在這種情況下，她會興奮莫名，然而，甚至當傑米．安德森煞有其事地向她解釋關於女性標點符號的理論時，佐拉忙碌的腦袋卻別有所思，猜想卡爾究竟躲在什麼地方，他是否已經離去，還有他是否喜歡她的洋裝。心神不寧之餘，她喝個不停，拿起不知被誰遺留在她腳邊的一瓶白葡萄酒直往杯裡倒。

十一點剛過，傑羅姆走上陽臺，打斷安德生的即興演說，重重地倒在妹妹的膝蓋上。他已經酩酊大醉了。

「對不起！」他摸著安德生的膝蓋說。「繼續講，對不起——不要理我。佐兒，猜猜我看見什麼？應該說看見誰了。」

安德生氣壞了，帶著他那群幫眾一道離開。佐拉用力將傑羅姆從腿上推開，然後站起來，斜倚著陽臺，望著外頭恬靜、枝葉繁茂的街道。

「好極了——這下子我們要怎麼回家？我喝太多了，現在也已經叫不到計程車。你應該依照約定負責當司機開車的。耶穌啊，傑羅姆！」

「褻瀆者。」傑羅姆說，口氣並非完全不當一回事。

「喂，等你的行為舉止像個基督徒時，我就會開始把你當作基督徒看待。你明明知道自己沒辦法喝超過一杯的葡萄酒。」

「但是呢，」傑羅姆壓低聲音，伸出手臂摟住他妹妹。「我帶來了新聞。我親愛的前任甜心什麼的，正和你的饒舌朋友在衣帽間鬼混親熱。」

「什麼？」佐拉推開他的手臂。「你在說些什麼？」

「吉普斯小姐。小維。和那個饒舌樂手。這就是我熱愛威靈頓的地方——大家全都互相認識。」他發出嘆息。「喔，好吧。不，沒有關係……我真的沒辦法不在乎。我的意思是我很在乎，很明顯我在乎得要命！不過這又有什麼意義？那樣真的非常低級。她明明知道我在這裡，一個鐘頭之前我們還打過招呼。真的很低級。我本來以為她至少會試圖……」

傑羅姆繼續嘮叨不休，但佐拉再也聽不進去一個字。某些和佐拉格格不入的東西攫獲了她，從她的腹部開始，接著如同腎上腺素般飛快上升，流竄到她身體系統的其餘部位。或許那真的就是腎上腺素。以性質而言這的確是一種身體的憤怒——這輩子她還沒有經歷過這種肉體上的情感。她的精神和意志突然間全部不見，渾身上下只剩堅定的血肉。接著，她自己也無法解釋究竟是如何離開陽臺來到衣帽間。就好像是暴怒瞬間將她輸送到那兒去，然後她就置身那個房間裡了，裡頭的情形正如傑羅姆之前所描述，他在她的上面。她雙手摟抱他的頭。他們在一起看起來配合得完美無缺。如此完美！然後，就在那之後一會兒，佐拉已經和卡爾一起在外頭的門廊上了，她手裡抓著卡爾的帽T，因為她——正如事後她所聽到的解釋那樣——猛力拖著他穿過走廊，來到派對外頭。這時她鬆開了他，一把將他推開，撞上潮溼的樹幹。他咳嗽著，用手搓揉剛剛被掐緊的咽喉。她從來不知道自己竟然如此的強壯。每個人老是說她是個「大女孩」——難道這就是她大的原因嗎？所以她可以拽住成年男子的帽T，將他們摔在地上？

佐拉身體上短暫的洋洋得意很快被恐慌所取代。外面又溼又冷。卡爾牛仔褲的膝蓋處溼透了。她做了什麼好事？她做了什麼好事？卡爾現在跪在她面前，粗重地喘氣，抬眼看著，怒不可遏。她的心應聲而碎。她發現自己已經沒有任何多餘的東西可以失去了。

「喔，天哪，喔，天哪……我不敢相信……」他喃喃低語。然後他站起來，嗓門跟著響亮起來，「妳幹他媽的在想些什麼——」

「你到底有沒有讀那張報紙？」佐拉狂吼，身體瘋狂地顫抖。「我花了那麼多的時間，我甚至連論文都遲交了，我一直努力為你奮戰不懈，而且——」

但是，如果你不知道佐拉腦袋裡這則祕密的故事——那個連繫起「為卡爾寫文章」和「卡爾親吻維多利亞．吉普斯」的故事——當然沒辦法聽懂她到底在講些什麼。

「妳操他的在說些什麼，老哥？妳剛剛幹了什麼好事？」

佐拉使他在他的女友、在整個派對眾人面前大大出醜。此刻在這兒的不再是威靈頓黑人音樂圖書館迷人的卡爾．湯瑪斯了。而是在溼熱蒸騰的夏夜裡坐在羅克斯伯里公寓走廊外面的卡爾，是罵起粗口不比任何人遜色的卡爾。佐拉這輩子還沒聽過別人這樣對她說話。

「我、我、我——」

「妳現在是我的女朋友嗎？」

佐拉開始可憐地淚眼汪汪。

「妳寫那幹他媽的文章是想要怎樣……我應該感激得五體投地嗎？」

「我想要做的一切就是幫你忙。那就是我全部的打算。我只是想要幫忙。」

「是嘛，」卡爾說，雙手扠腰，這使佐拉毫無道理地想起了琪琪，「顯然妳想要做的事情有點超過幫我忙而已，顯然妳期待某種回報，顯然我得和妳那該死的屁股睡覺。」

「幹你媽的！」

「就是這麼一回事，」卡爾說，然後譏諷地吹了一聲口哨，但從他臉上可以清楚看見他所受到的傷害，而且這傷害也隨著他結結巴巴、一句接一句說出自己的感受而進一步加深。「老哥，喔，天哪。那就是妳幫我忙的原因嗎？我想我根本就不會寫東西——是那樣嗎？妳只是讓我在班上看起來像個白痴。什麼十四行！妳從一開始就在耍我。是嗎？妳把我從街上撿回來，而當我沒有按照妳的意思去做時，妳就衝著我來？該死的！我本來還以為我們是朋友呢，天哪！」

「我也是這麼以為的！」佐拉喊道。

「不要哭了——妳再怎麼哭也不能解決問題，」他激昂地提醒，而佐拉從他的聲音當中還是可以聽出關懷。她仍舊期望眼前的局面能有轉圜的餘地。她朝他伸出一隻手，但他往後退了一步。

「告訴我，」他要求道。「這是什麼意思？妳和我女朋友之間有什麼問題嗎？」一聽到這直截了當的表述，佐拉不禁涕泗縱橫。

「你的女朋友！」

「妳跟她之間有什麼問題嗎？」

佐拉用洋裝的衣領擦了擦臉。「不，」她憤憤不平脫口而出。「我跟她之間沒有什麼問題，她不配跟我有什麼問題。」

卡爾眼睛睜得老大，聽到這回答有些震驚。他一隻手按住額頭，企圖想要弄懂她意指為何。「這幹他媽的又是什麼意思，老哥？」

「沒什麼。老天爺！你們完全就是天生一對。你們兩個都是垃圾。」

卡爾的眼神變得冷酷。他把臉正對著她，擺出一副和佐拉期盼了六個月截然相反的神情。「妳知道嗎？」他說，而佐拉也準備恭聽他的評論。「妳是個幹他媽的婊子。」

佐拉轉過身去背對著他，開始艱難地走下門廊臺階，不管她的外套和包包還沒有拿，不管她的顏面盡失，只剩一堆難堪的麻煩。這雙鞋子在樓梯上只朝一個方向筆直而去，最後她終於踏上街道。此刻她不顧一切只想回家，羞辱開始超越怒火。她生平第一次經歷到恥辱的感覺，她覺得此種感受將伴隨她天長地久。她需要回到家裡，埋頭躲進某些沉重的東西之下。正當此時，傑羅姆在門廊出現。

「佐兒，妳還好嗎？」

「傑，你進去——我很好——請你進去。」

當她回話的時候卡爾跑下樓梯，再度面對著她。他不願意最後留給她的是這種醜陋的印象。不知何故，他仍舊很在乎她是怎麼看他的。

「我只是試圖理解為何妳的舉止會如此瘋狂。」他的口氣誠摯，再一次靠近她，在她臉上搜索答案。佐拉幾乎要跌入他懷中。然而，從傑羅姆站立的位置看來，佐拉似乎正因恐懼而畏縮。他衝下臺階，擋在他妹妹和卡爾之間。

「嘿，兄弟，」他的口氣不太有說服力，「後退好嗎？」

前門再一次開啟。維多利亞．吉普斯現身。

「好極了！」佐拉叫道，向後甩了一下頭，發現陽臺上站著一小群正在看好戲的觀眾。「讓我們賣個票吧！」

維多利亞關上她身後的門，輕快地走下樓梯，那架勢十足就像一個擅長穿著超級高跟鞋走路的女人。「妳怎麼回事？」來到地面時她問佐拉，口氣好奇多過生氣。

佐拉翻白眼。維多利亞轉而面向傑羅姆。

「傑，這是怎麼回事？」

傑羅姆對著地面搖搖頭。維多利亞再次接近佐拉。

「妳有什麼話要對我說嗎？」

通常佐拉害怕面對她的同輩，但是豔光四射的維多利亞．吉普斯鎮靜地站在滿臉鼻涕崩潰的她面前，簡直太教人抓狂了。「我對妳無話可說！無話可說！」她大聲嚷道，開始沿著街道邁步而去。她的鞋跟立刻絆了一下，傑羅姆抓住她的手肘幫她穩住。

「她吃醋——那是她的問題，」卡爾奚落道。「只是因為妳比她優秀吃醋。她沒辦法忍受這一點。」

佐拉迅速轉過身來。「我實際上要找的是一個搭檔，而不只是一個漂亮的屁蛋。出於某種原因，我曾經以為你也跟我一樣，但是我錯了。」

「妳說什麼？」維多利亞說。

在哥哥的陪伴下，佐拉沿著馬路又蹣跚地走了一小段，但是卡爾跟了上來。

「妳一點也不了解她。妳只是對每一個人都盛氣凌人。」

佐拉再次停步。「噢，我很清楚她，我知道她是個大草包，我知道她是個騷貨。」

維多利亞將手伸向佐拉，但是卡爾制止了她。傑羅姆抓住佐拉指向維多利亞的手。

「佐兒！」他拉高了嗓門。「別說了！夠了！」

佐兒扭動手腕想要擺脫哥哥的掌控，卡爾看起來對他們兄妹倆都厭惡異常。他拉著維多利亞的手，帶著她朝那棟房子走去。

「帶你妹妹回家吧，」他沒有回頭看傑羅姆。「她已經醉得亂七八糟了。」

「而且我也了解像你這樣的傢伙，」佐拉說，在他身後無能為力地叫嚷著。「你沒有辦法讓老二在褲襠裡安分五分鐘——對你來說那就是最重要的東西。那就是你腦子裡唯一思考的東西。你甚至沒有良好的品味去找個比維多利亞．吉普斯高明一點的貨色。你不過就是一個王八蛋。」

「幹你媽的！」維多利亞尖叫，哭了起來。

「就像你老爸一樣？」卡爾吼道。「像那樣的王八蛋？讓我告訴妳吧——」

不過維多利亞開始發瘋似地打斷他的話。「不要！求求你，卡爾——拜託，別說了。

沒有意義——求求你——不要！」

她陷入歇斯底里，兩手摀住他的臉，顯然想要阻止他說話。佐拉對她皺起眉頭，不明所以。

「該死的為什麼不能說？」卡爾問道，將維多利亞的手從嘴上剝掉，握著她雙肩，她繼續放聲啜泣。「她老是該死的一副高高在上，應該告訴她一點家庭真相了——她還以為她老爸是一個這麼——」

「不！」維多利亞尖叫。

佐拉雙手扠腰，完全摸不著頭腦，對於眼前上演的這一幕幾乎感到很有意思。有人讓自己變成呆瓜，而且，這是今晚第一次，主角不是佐拉。街上某處有扇窗戶被猛力推開。

「他媽的小聲一點！現在是他媽的大半夜！」

那些裝有楔形板的房子整潔卻門戶緊閉，似乎是默默地支持街上吵鬧的客人快滾。

「小維，寶貝，回屋裡去吧。我一會兒就來。」卡爾說道，用手溫柔地拭去維多利亞臉上些許淚水。佐拉放棄了好奇心。她感覺體內的怒火已經加倍，沒有停下來思考方才那一幕的涵意，因此沒有依隨傑羅姆的思緒，他的心思正徘徊在一條曾被隱蔽、通往一處黑暗所在的小徑上：真相。傑羅姆以手撐住潮溼的樹幹，藉此維持身體直立。維多利亞按下門鈴要回到那棟房子。有那麼一刻，傑羅姆滿懷情感和她目光交會。其中有失望，因為他曾經愛過她；有悲傷，因為她背叛了他。

「妳能讓外面不要再吵了嗎？」一個孩子在門口請求道，然後讓心煩意亂、沮喪低落的維多利亞回到屋子裡面。

「我認為這整件事情已經夠了，」傑羅姆堅定地對卡爾說。「我要帶佐兒回家。你已經讓她夠痛苦了。」

迄今他所遭受的指控當中，此一採取合理聲音表達的控訴讓卡爾感到最不公平。「不是我，老哥，」卡爾堅決地說，猛搖頭。「不是我幹的。該死！」他用力踢了臺階一腳。「你們的舉止不像人類，天哪——我從來沒有看過像你們這樣行事的人。你們不說真話，你們欺騙大家。你們全都表現得如此高高在上，但是你們不說真話！你們連自己父親的半點事情都不了解，老天。我爸爸也是一坨毫無價值的狗屎，但至少我知道他是一坨毫無價值的狗屎。我真替你們難過——你們知道嗎？我真的替你們難過。」

佐拉擦了擦鼻子，傲慢地瞟了卡爾一眼。「卡爾，請你不要談論我們的父親。我們了解我們的父親。你來威靈頓才幾個月，聽到一點八卦就自以為了解發生了什麼事情？他們讓你把一些唱片歸檔，你就以為自己算威靈頓人了嗎？你根本就不曉得你需要什麼才能夠屬於這裡。而且你根本不了解我們家或者我們的生活，好嗎？記住這一點。」

「佐兒，請不要——」傑羅姆發出警告，但佐拉往前邁了一步，然後感到一灘積水滲進她露趾的鞋子裡。她彎身脫去高跟鞋。

「我甚至根本沒有講到那個。」卡爾低聲說。

他們周遭黑暗裡的樹木全都在滴水。離這裡有一段距離的主幹道上，車輪飛快輾過水坑、濺起水花，發出刺耳的聲響。

「好吧，那麼你在講些什麼呢？」佐拉說，用鞋子做出動作。「你真是可悲，少來煩我。」

「我只是說，」卡爾口氣陰鬱，「妳以為妳認識的每一個人都那麼純潔、那麼完美——老哥，妳根本就不了解這些威靈頓人。妳不知道他們的所作所為。」

「夠了，」傑羅姆強調，「你看看她現在的處境，老哥。稍微有點同情心好嗎？她不需要聽你講這些東西。拜託，佐拉，讓我們去找車子吧。」

但是佐拉還不肯罷休。「我知道我認識的都是一些成年人。他們都是知識分子——不是小朋友。他們不會一有狐狸精靠近就像發春的獵狗一樣作怪。」

「佐拉，」傑羅姆說，他的聲音變得粗啞，因為他的父親和維多利亞有所關聯的念頭已經使他不知所措這紮紮實實的可能性使他簡直要當街嘔吐。「求求妳，我們上車吧！我已經不行了！我要回家。」

「妳知道嗎？我已經盡量對妳忍耐了，」卡爾說，壓低了聲音。「妳需要聽一些事實。你們這些人，你們這些知識分子……好吧，蒙提．吉普斯怎麼樣？維多利亞她老爸？妳認識他嗎？好吧，他已經搞上了仙黛兒．威廉斯——她就住在我家那條街上，是她告訴我的。他的孩子一點也不曉得這件事。妳剛才把她弄哭的那個女孩子呢？她一點也不知道這件事情。大家都還以為他是個聖人呢。現在他想要把仙黛兒踢出班上，為什麼？好遮掩他的醜事。而我偏偏就知道這件事情——我並不想知道任何這些狗屎玩意。我只是試圖讓我的生活往上提升一階。」卡爾苦澀地笑著。「不過那些在這裡變成一個笑話，老哥。我這樣的人對你們這樣的人而言，只不過是玩具……我只是你們可以玩弄的實驗品。你們這些人甚至已經不是黑人了，老哥——我不知道你們是什麼東西。你們認為自己之於我們實在太優秀了。你們拿到你們的大學文憑，可是連活得像樣一點都沒辦法。你們全部都是一個德性，」卡爾說，低著頭，對他的鞋子發表這番長篇大論，「我要和我的人在一起，老哥——我再也沒有辦法這樣混下去了。」

「好啊，」佐拉說，卡爾的演講說到一半她就聽不下去了，「基本上我能期待吉普斯這種人幹的就是這種好事。有其父必有其女。所以那就是你的水準？那就是你的模範？我祝福你人生美滿愉快，卡爾。」

雨勢開始真正成形，但至少佐拉贏得了這場論戰，因為卡爾已經放棄了。他垂著頭，緩步走回臺階上。一開始佐拉不確定她有沒有聽錯，但是當他再度開口時，她很滿意自己沒有搞錯。卡爾正在哭。

「你們那麼自信，那麼高高在上，」當他按門鈴時，她聽見他氣急敗壞地說。「你們所有的人。我不知道自己為什麼要跟你們任何一個人糾纏，不管怎樣，我不會有半點好處。」

佐拉光著腳踩濺水花，聽到卡爾砰一聲將門甩上。

「白痴。」她咕噥道，然後挽著哥哥的手臂一起離開。

當傑羅姆將頭倚在她肩膀，她才發現他也在哭。

12

隔日是春季降臨的第一天。之前已經有花朵吐蕊，而且冰雪也啟程離去。這全新的早晨為東岸的每一位人士放送藍色的晴空，這一天陽光所吐露的除了光線以外還有熱力。佐拉首先感受到的是一片片晨光——她的母親正旋開活動百葉窗。

「寶貝，妳得醒一醒。對不起，親愛的？親愛的？」

佐拉勉力睜開剩餘的眼皮，發現母親正坐在床沿。

「學校剛剛打電話給我。不知道發生了什麼事情，他們想要見妳。在傑克．法蘭區的辦公室。他們聲音聽起來很緊急。佐拉？」

「今天是星期六耶……」

「他們什麼也不跟我說。只說事情很緊急。妳是不是惹上麻煩了？」

佐拉在床上坐了起來。她的宿醉已經消失了。「霍華在哪兒？」她問。她想不起來什麼時候像今天早晨一樣感覺視力集中。跟她第一天戴上眼鏡的感覺有點類似：線條更銳利、色彩更清晰。整個世界就像一幅陳年舊畫獲得修復。終於，她回神了。

「霍華？他在葛林曼圖書館。天氣這麼好，他走路過去。佐兒，妳要我跟妳一起去嗎？」

佐拉婉謝了這個提議。這是幾個月來頭一遭，她的穿著除了基本上遮蔽身體的功能以外，沒有多做其餘的考量。她沒有弄頭髮，沒有化妝，沒戴隱形眼鏡，沒有穿上高跟鞋。這樣節省了多少時間啊！新的生活裡，她可以多做多少事情。她坐進貝爾西家的汽車，以一種充滿敵意的速度開進城裡，搶道超車，咒罵無辜的交通號誌。她違反規定停在教職員區。現在是週末，系所的門都鎖上了。莉蒂．坎塔里諾按下電鎖放她進來。

「傑克．法蘭區呢？」

「妳也早安，小姐，」莉蒂迅速回應。「他們全部的人都在他辦公室裡。」

「全部的人？還有誰？」

「佐拉，親愛的，妳何不自己去那裡看看呢？」

進入教職員大樓，佐拉破天荒頭一遭沒有敲門便直接進去。她面對一群詭異的組合：傑克．法蘭區，蒙提．吉普斯，克萊兒．麥坎，還有厄斯金．傑格德。所有人擺出各異其趣的焦慮姿勢。沒有人坐著，連傑克也不例外。

「喔，佐拉——進來。」傑克說。佐拉加入這眾人站立的聚會。她根本摸不清究竟發生了什麼事情，卻半點也不緊張。她仍舊處於盛怒的情緒之中，天塌下來也不怕。

「發生了什麼事？」

「這個早上還要把你拖到這邊來，我實在萬分抱歉，」傑克說，「但是這件事情非常緊急，我覺得沒辦法等到春假結束……」這時蒙提用鼻子嘲弄地哼了一聲。「甚至連等到星期一都不行。」

「怎麼回事？」佐拉重複問道。

「這個嘛，」傑克說，「似乎是在昨天晚上，每個人晚上離開之後，大約十點鐘的時候，我們推測，儘管還在研究可能性，我們有一名清潔人員在稍遲的時候仍在這裡，並且憑藉某種能力幫助了——不管是誰，那個人——」

「喔，看在上帝的份上，傑克！」克萊兒．麥坎喊道。「我很抱歉——但是耶穌基督——我們不要整天都耗在這裡——我還想回去過我的春假——佐拉，妳知道卡爾．湯瑪斯人在哪裡嗎？」

「卡爾？不知道——怎麼了？發生什麼事了？」

厄斯金盡力假裝比實際的樣子還要恐慌，他坐了下來。「有一幅畫，」他解釋，「昨天晚上被人從黑人研究系偷走了。一幅屬於吉普斯教授、非常值錢的畫。」

「我現在才發現的，」蒙提說，嗓門是其他人的兩倍。「麥坎博士帶來的街頭孩子其中一位已經在離我三道門遠的地方工作了一個月，顯然有個年輕人——」

「傑克，我不想，」當厄斯金用手摀住眼睛，克萊兒說，「站在這裡接受這個人的侮辱。我沒有辦法忍受。」

「有個年輕人，」蒙提怒吼，「在這裡工作，沒有推薦人，沒有資歷，沒有任何人了解關於他的任何事情。在我長久的學術生涯中，從來沒有經歷過像這樣無能、這樣草率、這樣——」

「你怎麼知道這個年輕人該負責？你有什麼證據？」克萊兒咆哮，但似乎有些害怕聽到答案。

「好了好了，拜託，拜託，」傑克說，對佐拉比出手勢。「我們有一個學生在這裡。拜託，顯然我們應該……」不過傑克明智認真地考慮了這個脫軌的問題，決定回到主題上來。「佐拉，麥坎博士和傑格德博士已經向我們解釋過，說妳跟這個年輕人很親近。妳昨天晚上是否剛好有碰到他？」

「有的。他在一個派對上，我也有去。」

「喔，很好。那麼妳有沒有碰巧注意到他是什麼時候離開的？」

「我們有……我們起了點爭執，然後我們兩個……我們兩個都很早就離開了——個別離開，我們各走各的。」

「什麼時候？」蒙提以上帝般的語調問道。「那個男孩在什麼時候離開的？」

「很早，我不確定。」佐拉眨了兩次眼睛。「或許是九點半的時候。」

「派對地點距離這裡遠嗎？」厄斯金問。

「不遠。十分鐘路程。」

傑克這時坐了下來。「謝謝妳，佐拉。那麼妳曉得他現在人在哪裡嗎？」

「不，先生，我不知道。」

「謝謝妳。莉蒂會帶妳出去的。」

蒙提用拳頭捶打傑克．法蘭區的桌子。「請等一下！」他隆隆作聲。「你們打算問她的就是這些事嗎？對不起，貝爾西小姐——趁妳好心還沒有離開之前，能不能告訴我這個卡爾．湯瑪斯——照妳的推測——是個什麼樣子的年輕人呢？他有沒有給妳某種印象，比方說，像一個小偷？」

「喔，我的老天爺！」克萊兒抱怨，「這真是令人厭惡。我不喜歡這整件事的任何部分。」

蒙提對她怒目而視。「不管妳是否喜歡，法庭可能都會發現妳跟這件事情有所牽連，麥坎博士。」

「你這是在威脅我嗎？」

蒙提轉身背向克萊兒。「佐拉，可以請妳回答我的問題嗎？把這個年輕人描述成『出身貧困』是不公平的嗎？我們有可能找到任何的犯罪紀錄嗎？」

佐拉沒有理睬克萊兒．麥坎想要引起她注意的嘗試。

「如果你的意思是他是否是一個來自街頭的孩子，嗯，很顯然他是——他會向你這樣介紹他自己。他有提到過自己正處在……像是……麻煩當中。沒錯，但是我真的不清楚相關的細節。」

「我們會找出細節的，非常快，我確定。」蒙提說。

「你知道，」佐拉口氣平靜，「如果你真的想要找到他，或許應該問問你女兒。我聽說他們兩個經常在一起。現在我可以走了嗎？」當蒙提一隻手撐住桌面來穩住自己，她轉而詢問傑克。

「莉蒂會帶妳出去的。」傑克有氣無力地重複。

一棟（幾乎）空蕩蕩的房子，一個明媚的春日。鳥叫，松鼠。所有的窗簾和百葉窗都打開了，除了傑羅姆的房間，在這裡，一個粗魯的醉漢仍舊縮在被窩。重新開始，重新開始，重新開始！琪琪不自覺地開始春天的大掃除。她的想法很單純：傑羅姆在這裡，而我們可愛的家底下的儲藏室裡，一盒又一盒的傑羅姆的所有物品正等待人決定，要繼續保留還是銷毀。因此她將仔細檢查那裡所有的東西，信件、小時候的成績單、相簿、日記、自製的生日卡，而且她還會對他說：傑羅姆，這些是你的過去。不是由我——你的母親——

銷毀你的過去。只有你才能決定哪些必須離去，哪些必須留下。但是求求你，看在上帝的份上，扔掉一些，這樣我好在儲藏室裡為列維的破爛東西騰出一些空間。

她穿上最舊的運動褲，綁了一條大頭巾。她走進儲藏室，只帶了一臺收音機作伴。這底下貯存著貝爾西家雜亂無章的記憶。光為了踏入那扇門，琪琪就不得不費勁爬過四個巨大的塑膠桶，她知道裡面除了照片之外別無他物。面對著如此一團亂的過去，很容易令人驚慌失措，但琪琪可是個專業好手。很多年前，她就把這裡粗略分割成和她三名子女相對應的三個區塊。佐拉的區塊在後面，面積最大，原因很簡單，因為佐拉在報紙上發表的文字比其他人還多，她加入的團隊和社團也多，獲頒的證書多，贏得的獎杯更多。但傑羅姆的區塊也不容小覷。那裡有他收集並珍愛多年的所有玩意兒，從化石到《時代》雜誌，到親筆簽名簿，到各式各樣的佛像，到裝飾精美的瓷製彩蛋。琪琪盤腿坐在這些東西當中開始幹活。她把實質的東西和紙類的分開，把兒童時期的東西和大學時期的分開。通常她只會埋首苦幹，但偶爾也會抬起頭來看看這個她最熟悉的全景：她所創造的三個人擁有的四散的物品。幾件小東西惹她落淚：一只毛織小嬰兒鞋，一個破損的齒列矯正牙套，一個幼童軍領帶的皮環。她無緣成為麥爾坎X的私人祕書，從未執導過一部電影或競選參議員，她不會駕駛飛機。但她所有的成就都在這裡。

兩個鐘頭之後，琪琪搬著一箱存放傑羅姆文稿的箱子走進走廊。所有這些日記、筆記和故事都是他在十六歲之前寫的！她讚賞著懷裡這箱東西的重量。在腦海裡，她正向美國黑人母親協會發表另一場演講：我想，妳們只需要提供他們鼓勵和正確的行為榜樣，妳們必須向他們傳遞應得權利的觀念。我的兩個兒子都感到自己擁有權利，那就是他們自我實現的原因。琪琪接受協會成員的掌聲，然後回到凌亂的儲藏室，取出兩袋傑羅姆發育前的衣物。她把這兩袋揹在背上，兩邊肩膀各放一袋。去年，她沒想到自己還會留在這棟房子，留在這場婚姻當中，等待春天降臨。但她就在這裡，她就在這裡。垃圾袋上的一道裂口漏出三條褲子和一件運動衫。琪琪蹲下將東西撿起，當她做這個動作，第二個袋子也裂開了。她東西塞得太多、太重。人們所說過關於愛的最大謊言，便是愛會使你自由。

午餐時間已近。琪琪忙於手頭的工作無法停下。當收音機裡的廣播節目主持人把國家推向極端，白人家庭主婦的聲音鼓勵她趁春季大拍賣撿便宜，琪琪正把她所能找到的底片集中成一堆。到處都是底片。一開始，她還把每一張舉高對著光線，試圖破解古早以前海灘假期和歐洲風景顛倒的棕色陰影。但是東西實在太多了。事實是，沒有人會再重洗或者翻出來看了。那並不意味著你將它們棄之不顧。就是因為這樣你才要清出地面空間——為遺忘騰出位置。

「嗨，媽，」傑羅姆睡眼惺忪地說，從門框探進腦袋。「怎麼回事？」

「你。你去外面，小子。你的東西都在走廊上，我正想辦法要騰出一點空間，這樣才可以把列維房間裡的一些破爛東西放進這裡面。」

傑羅姆揉了揉眼睛。「我懂了，」他說。「舊的出去，新的進來。」

琪琪笑了起來。「差不多如此。你還好嗎？」

「宿醉難受。」

琪琪嘖聲嗔怪。「你不應該開車的，你知道。」

「對，我知道……」

琪琪伸手探進一個很深的箱子裡，拉出一個小小的、塗繪的半罩面具，可以戴著參加化裝舞會的那種。她對著它深情微笑，然後翻轉過來。眼睛周圍一些閃閃發亮的東西落在她手上。「威尼斯。」她說。

傑羅姆很快點頭。「我們去的那次嗎？」

「唔？喔，不，是在那之前。在你們三個出生之前。」

「某種浪漫的假期。」傑羅姆說。他把門的邊緣抓得更緊了。

「最浪漫的。」琪琪微笑著，搖搖頭抖落某些祕密的思緒。她把那瓷器面具小心放到一邊。傑羅姆往前一步，踏進儲藏室裡。

「媽……」

琪琪再度露出微笑，仰起臉聽她兒子說話。傑羅姆別開臉。

「妳……妳需要人幫忙嗎？」

「謝謝，親愛的。那真是太好了。來幫我把一些東西從列維的房間移出來。那裡就像一場噩夢。我沒有辦法單獨面對。」

琪琪感激地親吻他。

傑羅姆伸出雙手幫琪琪起身。他們一起穿過走廊，推開列維的房門，將一堆堆的衣服推到一邊。列維的房間裡頭混雜著男孩子、襪子和精液的濃烈氣味。

「壁紙不錯。」傑羅姆說。這房間最近用黑人女孩的海報糊貼過，大部分是大個子的黑人女孩——或說大個子黑人女孩的屁股。在這些海報之間還到處穿插著一些饒舌歌手自命不凡的肖像，大部分都已經作古，還有一張艾爾．帕西諾演出《疤面煞星》的巨幅照片。但是大個子、穿著比基尼的黑人女生是裝飾的中心基調。

「至少她們沒有餓得半死，」琪琪說，跪下來檢視床底。「至少她們骨頭上還有長肉。好——底下這裡有各種破爛，你把床的那一頭抬起來。」

傑羅姆將靠近自己的床頭抬了起來。

「抬高一點，」琪琪要求，傑羅姆照辦。突然間，琪琪的膝蓋滑了一下，她的手伸到地板上。「喔，我的老天。」她低聲說。

「什麼東西？」

「喔，我的老天。」

「什麼東西？色情刊物嗎？我的手酸了。」傑羅姆把床放低一些。

「不要動！」琪琪尖聲喊道。

傑羅姆嚇了一跳，又把床抬高了。她的母親喘著粗氣，彷彿某種病發作。

「媽——什麼東西？妳嚇到我了，老哥。那是什麼？」

「我搞不懂這個，我搞不懂這個。」

「媽，我抬不動了。」

「抬好。」

傑羅姆看見他母親抓住某樣東西的兩側。她把床底下不知什麼東西慢慢拉了出來。

「什麼東……」傑羅姆說。

琪琪把一幅畫拖到地板中央，然後坐在一旁，使勁呼吸，傑羅姆走近她背後，試圖出手安撫她，但她把他的手撥開。

「媽，我不明白發生了什麼事。那**是**什麼東西？」

接著前門傳來喀嗒聲和開門聲。琪琪跳了起來，衝出房間。留下傑羅姆凝視著周圍環繞著五彩繽紛的鮮花和水果的棕膚女人，他聽見樓上傳來尖叫和吶喊。

「喔，真的──喔，真的──事情沒有怎樣！」

「放開我！」

他們──琪琪和列維──正在下樓。傑羅姆走到門口，看到琪琪前所未見地用力摑了列維一巴掌。

「進去！給我滾進去！」

列維摔倒在傑羅姆身上，害得兩人差點一起跌在那幅畫上。傑羅姆穩住自己，把列維拉到一邊。

列維目瞪口呆地站在那裡。即便再怎麼花言巧語也無法隱匿一幅五英呎的油畫藏在他床底下的證據。

「喔，媽的，天哪。」他只能發出這些聲音。

「這東西是哪兒來的？」

「媽，」傑羅姆輕聲嘗試，「妳先冷靜一下。」

「列維，」琪琪說，兩個男孩都發現她突然出現「全然佛羅里達」的語調，在琪琪的專門用語裡，這等同「情緒失控」以及「你最好開口給我把事情解釋清楚，否則我會把你揍得滿地找牙，上帝為我見證，今天我會撕爛你的屁股。」

「喔，媽的。」

他們再度聽見前門打開然後甩上的聲音。列維滿懷希望地看著那個方向，好似來自樓上的某種干涉可以拯救他，但是琪琪理都不理，猛力拉扯他的運動衫，使他面對著她。

「因為我知道我的兒子沒有一個會偷任何東西——沒有一個我養大的孩子會想要從任何人那裡偷取任何東西。列維，你最好馬上給我開口。」

「我們沒有偷！」列維設法應付。「我的意思是，我們拿了，但這不是偷東西。」

「我們？」

「這個傢伙跟我，這個……傢伙。」

「列維，趁我還沒扭斷你脖子之前馬上告訴我他的名字。我不是在跟你鬧著玩。這裡沒有人在玩遊戲。」

列維局促不安地扭動身體。樓上傳來擾嚷的聲音。

「怎麼了……？」他說，但是這根本沒半點用處。

「樓上的事不用你管——你最好還是擔心樓下這裡發生的事情。列維，現在馬上告訴我這個人的名字。」

「老哥……這就像是……我不能這麼做。他是一個……他是一個海地人，而且——」

列維深吸一口氣，開始飛快地說了起來。「相信我，妳根本就不明白，這就像是——好，那麼，反正這幅畫被偷了。它根本就不屬於吉普斯那個傢伙，實情不是這樣。好像是二十年前他去了海地欺騙窮苦人家，只付了少許幾塊錢就得到這一批畫，而現在它們值很多錢，但這不是他的錢，我們只是想要——」

琪琪用力推了列維的胸口。「你從吉普斯先生的辦公室偷走這東西，就因為某個傢伙對你胡說八道？就因為某個兄弟對你編了一堆狗屁陰謀？你白痴是不是？」

「不！我不是白痴，那才不是胡說八道！妳根本就不了解狀況！」

「這當然是胡說八道——我碰巧認得這幅畫，列維。它屬於吉普斯太太所有。這是她自己買的，那時候她根本還沒有結婚。」

這話令列維語塞。

「喔，列維。」傑羅姆說。

「而這根本不是重點，重點是你偷東西。這些人說什麼話你都相信。你只是一路相信他們，直到被關進監獄。你只是想要酷，在一群沒用的黑鬼面前彰顯你是大人物，而他們根本就——」

「事情才不是那樣！」

「實際上就是那樣。那些你成天和他們混在一起的傢伙——你騙不了我的。我現在對你非常生氣。我快氣瘋了！列維，我想要知道你究竟怎麼想的，偷取別人的財物來成就自己。你為什麼要這樣做？」

「妳什麼都不明白。」列維口氣異常平靜。

「那是怎樣？請原諒我不懂？那到底是怎樣？」

「海地的人民，他們一無所有，不是嗎？我們是靠這些人生活的，老哥！我們——我們靠他們生活！我們吸取他們的血汗，我們就像吸血鬼！妳日子很好過，在一塊富足的地方嫁給妳的白人老公。妳很好過。妳很行。妳是靠這些人在生活的，老哥！」

琪琪用一根顫抖的手指戳在他臉上。「現在你太超過了，列維。我不知道你在說些什麼，也不認為你知道自己在說些什麼。而且我真的不明白這和你變成小偷有什麼相干。」

「那麼妳為什麼不好好聽一聽我在說什麼呢。那幅畫不屬於他！或是他太太！我在說的這些人，他們記得東西是怎樣被壓榨的，老哥——看看現在它值多少錢。但是那些錢屬於海地人民所有，不是某個……某個白種藝術掮客，」列維說，自信地想起小丘的句子。

「那些錢需要被重新分配——被人民分享。」

琪琪一時驚駭到說不出話來。

「唔，那不是世界運作的方式，」傑羅姆說。「我讀過經濟學，我可以告訴你那不是世界運作的方式。」

「那的確確就是世界運作的方式！我知道你們全都認為我是笨蛋，我不是笨蛋。而且我有讀書，我看過新聞——這狗屎玩意是真的。賣掉那幅畫的錢可以拿來在海地建一間醫院。」

「喔，所以你打算用這些錢去做這件事情嗎？」傑羅姆問。「建一間醫院。」

列維做了個既羞怯又挑釁的鬼臉。「不，不完全是。我們要重新分配，」他一副成功在望地說。「那筆資金。」

「我懂了。那麼你們到底要怎樣把這幅畫賣掉？上ebay嗎？」

「小丘這方面有人脈。」

琪琪的嗓門又來了。「小丘？小丘？誰是小丘？」

列維兩手摀住臉。「喔，媽的。」

「列維……我正在努力理解你告訴我的事情，」琪琪一字一句地說，盡力使自己鎮靜下來。「而且我……我知道你關心這些人，可是，寶貝，傑羅姆說得沒錯，這不是你可以用來解決社會問題的途徑，這不是你怎樣——」

「那妳要怎麼辦？」列維質問。「每個鐘頭付人家四塊錢來幹清潔工作？妳付給莫妮卡的就是這麼多，老哥！四塊錢！如果她是美國人，妳就不會每個鐘頭付她四塊錢了。妳會嗎？妳會嗎？」

琪琪驚呆了。

「你知道嗎，列維？」她的聲音有些分岔，她彎下腰將雙手放在那幅畫的一側。「我不想再跟你說話了。」

「因為妳無言以對！」

「因為從你狗嘴吐出的只有胡說八道。你可以把這些話留著講給警察聽，例如他們來把你拖走關進監獄的時候。」

列維吸吸牙齒。「妳無言以對。」他重複道。

「傑羅姆，」琪琪說，「拿著這幅畫的另一頭。我們想辦法把它抬到樓上去。我會打電話給蒙提，看看是不是可以不用訴訟就把這件事情解決。」

傑羅姆走到另一側將畫抬到膝蓋上。「我想應該抬長的一端。列維——該死的讓開一點。」他說，然後兩個人一起換了一百八十度的位置。完成這個調動之後，傑羅姆開始拉扯油畫布背面的什麼東西。

琪琪發出一小聲尖叫。「不！不！不要拉它！你在幹什麼？你把它弄壞了嗎？喔，耶穌基督——我不敢相信有這種事。」

「不是的，媽，不是……」傑羅姆不確定地說，「只是有個東西黏在這裡……」傑羅姆立起那幅畫，讓它靠在母親身上。他再次拉扯一張塞進畫框裡的白色便條。

「傑羅姆，你在幹麼？別弄了！」

「我只是想看看這什麼東西……」

「別把它撕壞了，」琪琪叫嚷，不敢正眼去看發生什麼事情。「你撕壞了嗎？不要弄了！」

「喔，我的老天……」傑羅姆低聲說，忘了自己口出褻瀆之語的原則。「媽？喔，我的天哪！」

「你在幹麼？傑羅姆！你怎麼把它撕得更開了？」

「媽！喔，該死的，媽！妳的名字寫在這裡！」

「什麼？」

「喔，天哪，這真是幹他媽的太不可思議了……」

「傑羅姆！你在幹麼？」

「媽……妳看。」傑羅姆抽出那張便條。「這裡，上面說，給琪琪——請享受這幅畫。它需要被像妳這樣的人珍愛。妳的朋友，卡琳。」

「什麼？」

「我在讀上面寫的話！就在這裡！還有，底下還說，你我身上皆有庇護可以收容彼此。這真是太不可思議了！」

琪琪的腿不聽使喚，列維趕緊上前，雙手扶住她的腰，琪琪才沒有連同那幅畫一起摔倒在地。

十分鐘之前，佐拉和霍華就一起回到家中。開車在威靈頓繞了大半個下午，將事情仔細思考一番，佐拉發現霍華正從葛林曼圖書館走路回家。她讓他上車。整個下午順利完成演講的工作，喋喋不休地說了如此之多的話後，他顯得特別神清氣爽，以至於沒有注意到女兒對他根本毫無反應。只有在他們穿過前門的時候霍華才注意到佐拉始終冷眼瞧著他。他們默默走進廚房，佐拉把汽車鑰匙朝桌上一扔，但是出力過猛，鑰匙滑過整個桌面，從另一頭掉了下去。

「聽起來列維好像有麻煩了，」霍華口氣快活，朝著叫喊聲傳來的地下室點點頭。「他把什麼東西帶進來了。我不會驚訝，在那房間連三明治也會變得活蹦亂跳。」

「哈，」佐拉說。「哈。」

「怎麼了？」

「只是讚嘆你的諷刺喜劇天分，爸。」

嘆口氣，霍華在搖椅上坐了下來。「佐兒——我惹惱妳了嗎？看看，如果是因為上次那個分數，讓我們討論一下。我認為分數是公正的，親愛的，那就是我這樣評分的原因。那篇文章的架構實在太糟糕了。思路靈活是很好，但是，出於某種原因——那裡面缺乏一種……專注。」

「沒有錯，」佐拉說，「我的心思放在別的地方。不過，我現在注意力真的集中起來了。」她的臀部抵著餐桌的邊緣。「而且我已經為下次院務會議找到一件爆炸性的消息。」

霍華臉上顯露出濃厚的興趣——但現在是春天，他想要去庭院裡嗅聞一下鮮花的氣息，或許來趟今年第一次的游泳，然後上樓擦乾身體，赤條條躺在近來他被准許重返的婚姻之床上，把妻子也拉上床，和她纏綿一番。

「決斷權，」佐拉說。她低首避開射進屋內反射的明亮陽光，照在牆上形成斑紋，使整個地方就像在水面下。「我認為那不會再造成任何問題了。」

「喔，不會嗎？怎麼說？」

「這個嘛……現在的狀況是，原來蒙提已經搞上了仙黛兒——一個學生，」佐拉說，以特別粗俗的口氣說出這下流話。「他正設法攆走的決斷權當中的一位。」

「不。」

「是。你能相信嗎？一個學生。他甚至可能在老婆去世之前就已經搞上她了。」

霍華喜不自勝地拍打椅子兩側。「這下可好，我的老天爺。多麼狡猾的雜種。我去他媽的道德大多數。好的，妳逮到他了。我的老天！妳應該去到那裡，把他生吞活剝。摧毀他！」

佐拉用力把她的假指甲（昨晚參加派對剩下來的）塞進桌面底下。「那就是你的建議？」

「噢，當然如此。妳怎麼有辦法忍住？他的腦袋就在盤子裡！把他呈上來。」

佐拉抬頭看看天花板，當她低頭，一顆淚珠從臉上滾落。

「這不是真的，是嗎，爸？」

霍華的臉色沒有變化，表情僵持了一分鐘。在他腦海裡，維多利亞事件結束得如此爽快俐落，以至他要花點工夫才能想起，這並不意味在這世上它就成了一件假想出來的事情，它還是會東窗事發。

「昨天晚上我看見維多利亞．吉普斯了。爸？」

霍華力圖神色鎮定。

「而傑羅姆認為……」佐拉吞吞吐吐，「有人說了某些事情，而傑羅姆認為……」佐拉把她淚溼的臉藏在手肘後面，「那不是真的，是嗎？」

霍華一隻手摀住嘴巴。他感到不論怎麼回答都會一步步走向可怕的終點。

「我，喔，天哪，佐拉……喔，天哪……我不知道該怎麼對妳說。」

這時佐拉罵了一句英語之中古老的下流話，十分響亮。

霍華站了起來，朝她邁出一步。佐拉伸出手要他站住。

「辯護，」佐拉說，眼睛驚異地睜得老大，淚水潸潸直流。「辯護，辯護，為你自己辯護。」

「求求妳，佐兒——」

「反駁媽媽！我之前還一直站在你這邊！」

霍華又朝前邁進一步。「我在此請求妳原諒我。我請求的是真正的憐憫。我知道妳不想聽我的藉口。」霍華低聲喃喃。「我知道妳不會想要那樣。」

「你什麼時候，」佐拉字字分明，朝他相反的方向後退一步，「幹他媽的在乎過別人想要的是什麼？」

「這樣說不公平。我愛我的家庭，佐兒。」

「是嗎。你愛傑羅姆嗎？你怎麼能夠對他做出這種事情？」

霍華無言地搖著頭。

「她跟我一樣年紀。不對——她比我還年輕。你都五十七了，爸。」佐拉說，悲慘地笑了起來。

霍華用雙手蓋住臉。

「這太令人厭惡了，爸。這幹他媽的太明顯了。」

佐拉現在到了通往地下室的樓梯頂端。霍華請求再多給他一點時間。但已經沒有多餘的時間了。母親和女兒已經互相呼喚對方，樓梯上一個往上跑，一個往下跑，各自帶上那豐富、古怪的新聞。

「什麼東西，我現在看的這個到底是什麼？」

傑羅姆指引他父親看那封擺在他面前的銀行信函相關部分。霍華用肘尖按住信函兩端，試圖集中注意力。在貝爾西家的房子裡，空調還沒有達到能在夏天運作的時刻，所以拉門都推開，每扇窗戶也都敞開，不過流通的只有熱空氣。即便只是讀一下東西都會導致出汗。

「你要在這兒和那兒簽名，」傑羅姆說。「你得自己填寫這份資料，我時間已經晚了。」

一股濃郁的氣味徘徊在桌子上方：一盆過期腐爛發出臭味的梨。兩個星期前，霍華已經把清潔工莫妮卡打發走，他把她描述成一筆他們再也無力承擔的開銷。然後天氣轉熱，每樣東西開始腐敗出汁，臭薰薰的。佐拉選擇遠離那些梨的地方坐了下來，而不是動手將碗移開。她吃完最後剩下的麥片，將空盒推向父親。

「我還是不懂分割銀行帳目有什麼意義，」霍華出聲抱怨，他的筆在那份文件上面盤旋，「這只會使事情變得加倍困難而已。」

「你們已經分居了，」佐拉據實以告。「那就是重點。」

「暫時而已，」霍華說，但還是在虛線上簽了名。「你要去哪裡？」他問傑羅姆。「需要載你一程嗎？」

「去教堂，不用了。」傑羅姆回答。

霍華克制自己發表評論。他起身，穿過廚房來到門口。走到外面陽臺，以他的光腳來說這地方太熱了。他走回廚房，站在地磚上。外頭可以聞到樹液和棕色蘋果發脹敗壞的氣味，或許有百來顆蘋果散落在草地上。十年來每逢八月皆是如此，但只有今年霍華領悟到或許可以做點什麼改善這種情況。蘋果脆皮派、烤蘋果奶酥、糖煮蘋果、巧克力蘋果、水果沙拉……霍華令自己大感意外。現在，沒有什麼用蘋果做的食物是他不知道的。整個星期每天他都吃一道蘋果做的菜。然而造成的變化不如他所預期的那麼顯著。蘋果依舊紛紛墜落。蟲兒在這些蘋果裡縱橫度日。當蘋果變黑並且不成形狀，螞蟻爬了上來。

差不多是松鼠每日第一次露臉的時刻了。霍華斜倚在門框上等待。牠來了，沿著柵欄急速奔跑，打算穿過缺口。牠半路停下，耍了一個特技，騰躍跳上餵鳥器，昨天霍華花了一下午的時間用細鐵絲網圍欄加強防禦，對付這些掠奪者。當這隻松鼠有條不紊地撕開他的防禦工事，他饒有興味地觀察著。明天他會加強準備。隨著霍華被強迫休年假而獲得的是他房子裡一些生命循環的新知識。他現在注意到哪些花在日落時分也隨之閉合，知道庭院哪個角落會吸引瓢蟲，以及梅鐸一天需要解放多少次。他還精準地辨識出那棵樹上住著王八蛋松鼠，並且已經在考慮把那棵樹砍除。他知道當過濾器需要更換時泳池會發出什麼聲響，或者什麼時候需要在空調的側邊重擊一拳，好使聲音安靜下來。他看都不用看就知道孩子們當中哪一個正穿過房間——從他們熟悉的聲響、他們的腳步。現在他把手伸向列維，正確無誤地感覺到他正在自己的身後。

「你，你需要你的零用錢。不是嗎？」

列維置身他的影子裡，無處可逃。他正想帶一個女孩子出去吃早午餐，然後看電影，但是霍華不需要知道這些細節。「如果你想給的話。」他說得小心翼翼。

「不過，你媽媽是不是已經給過你一些了？」

「把錢給他吧，爸。」傑羅姆喊道。

霍華回到廚房裡。

「傑羅姆，我只是很感興趣，怎麼你母親有辦法支付祕密的『單身公寓』，還有每天晚上和她的女友出去，還有花錢打官司——外加還有每隔一天供應列維二十塊錢。所有那些錢都是她從我這裡吸金吸走的嗎？我只是好奇她怎麼如此神通廣大。」

「把錢給他就對了。」傑羅姆重複。

霍華憤憤不平地收緊浴袍的束帶。「不過那個琳達——她是個女同性戀，不是嗎？」霍華明知故問。「是的，那個女同性戀——她還在從馬克那裡搾取他一半的錢，經過五年之後，那些錢似乎還不算少，真的，用這些錢來撫養他們的小孩，琳達這個女同性戀……在她的女同性戀生涯裡，婚姻只是雷達上的一個小光點。」

「你知不知道一天裡面你要提到幾次女同性戀？」佐拉邊開電視邊問。

傑羅姆對此安靜地笑了笑。霍華也笑了，很高興能夠逗樂他的家人，哪怕只是出於偶然。

「那麼，」霍華說，兩掌一拍，「錢。如果她想讓我的血流乾，那就等著瞧吧。」

「瞧，老哥，我不想要你的錢，」列維聽天由命地說。「留著它吧。如果這樣能讓我不必再聽你念個沒完。」

列維抬起運動鞋，這意味著請求他父親用鞋帶打出特殊的三層結。霍華用大腿支撐列維的腳，開始綁起鞋帶。

「不要多久，霍華，」佐拉說得輕鬆愉快，「她就不需要你的錢了。一旦官司打贏，她就可以賣掉那幅畫，然後買下一座該死的島。」

「不，不，不，」傑羅姆口氣篤定，「她不會把那幅畫賣掉。妳那樣想根本什麼也不了解。妳必須理解媽媽大腦思考的方式。她本來可以把他踢出去的——」對此不指名道姓提及他的描述，霍華發出警告——「但她就像是『不，你來撫養孩子們，你來處理這個家庭。』媽媽就是這樣倔強。她不會往你認為她該走的路走。她有鋼鐵般的意志。」

一個星期裡面，他們已經以各種不同的方式進行好幾次這樣的討論。

「說了你也不相信，」霍華用和他父親一模一樣陰沉的語調說。「她很可能會撇下我們、把這棟房子賣掉。」

「我真希望她這麼做，」佐拉說，「那完全是她應得的。」

「佐拉，妳還沒有要去工作嗎？」霍華問。

「你們幾個什麼都不知道，」列維說，輕跳一下、換腳站立。「她會賣掉那幅畫，但不會把錢留下。昨天我在那兒和她談起這件事情。她會把錢留給海地支持團體。她只是不想讓吉普斯得逞。」

「你在她那兒……甘迺迪廣場？」霍華詢問。

「猜得好，」列維說，因為他們都已經接獲指示，不得透露琪琪確切落腳處的任何訊息。列維把兩腳放到地板上，將牛仔褲的兩邊褲腳捲到一般高。「我看起來如何？」他問。

梅鐸的四條短腿剛剛爬過長草，拖著腳走進廚房。來自各方的注意令牠不知所措：佐拉跑過去將牠抱起，列維玩弄牠的耳朵，霍華遞給牠一碗食物。琪琪曾經不顧一切想把牠帶走，無奈她的公寓不喜歡人家養狗。而現在剩餘的貝爾西家人對梅鐸寵愛有加，在某種程度上，這是為了琪琪。有一個心照不宣、不理性的希望，儘管她人沒有和他們一起在這間屋子裡，仍會以某種方式感應到他們慷慨給予她心愛小狗的照料。這種良好的氣氛將會……真是荒謬。這是一種思念她的方式。

「列維，願意的話我可以載你到鎮上，如果你能再等一分鐘，」霍華說，「佐兒——妳不是要遲到了嗎？」

佐拉沒有動。

「我已經穿好衣服了，霍華，」她說，指著她那黑色裙子和白色襯衫組成的夏天女服務生的制服。「這是你的大日子，現在連褲子都還沒穿好的人是你。」

這的確是事實。霍華抱起梅鐸——儘管這條狗幾乎還沒嘗到面前的肉——把牠帶到樓上的臥室裡。霍華站在他的衣櫥前面，考慮著空氣溼度這麼高，他要怎樣才可能穿得瀟灑一些。衣櫥內，所有貨真價實的衣服，所有五顏六色的絲綢、喀什米爾和緞子——都被拿走了，一套西裝孤伶伶掛著，在一堆雜亂的牛仔褲、襯衫和短褲上方擺晃著。他伸手取過那套西裝，又把它掛了回去。如果他們要接納他，可以根據他真實的面貌接納他。他拉出黑色牛仔褲、深藍色短袖襯衫、涼鞋。據推測，今天的聽眾當中可能會有來自加州波姆那、哥倫比亞大學以及倫敦大學科陶德藝術學院的人。史密斯對這些可能性興奮莫名，而現在霍華也盡其所能地感到興奮。這是個大場面，今天早晨史密斯的電子郵件寫道，霍華，現在是爭取終身職的時候了。如果威靈頓不能給你，你就離開。事情理當如此。十點半見！史密斯說得沒錯。待在一個地方十年還拿不到終身職，這時間實在太漫長了。他的孩子都已經長大，很快就會離開。而這棟房子，即便它還會像這樣矗立著，但少了琪琪，這裡將令人無法承受。現在他必須把所有剩餘的希望寄託於大學。三十多年來，大學對他而言已經成為一個家。他只是需要再有一個：最後再有一個慷慨的機構來收容已成老迷糊的他，保護著他。

霍華戴上一頂棒球帽，三兩步衝到樓下，梅鐸在他背後拚命追趕。廚房裡，孩子們正往肩膀掛上各自的包包和背包。

「等一下——」霍華說，他的手在空空的餐具櫃周圍摸索，「我的車鑰匙呢？」

「不知道，霍華。」佐拉冷酷無情地說。

「傑羅姆？車鑰匙！」

「先冷靜下來。」

「我不會冷靜下來——我找到鑰匙之前你們不准離開。」

就這樣，霍華讓每個人都遲到了。真是奇怪，孩子們總是遵從父母親的指令，即便是成年的孩子也不例外。他們順從地翻遍廚房，搜尋霍華需要的東西。他們到處查看可能的地方，然後又愚蠢地查看不可能的地方，因為只要有人一停下動作，霍華馬上失去理智。但鑰匙怎麼也不見蹤影。

「噢，老哥，我受夠了，這裡太熱了——我要出去。」列維喊道，然後離開了房子。

一會兒之後他又回來，在霍華的車門上找到了鑰匙。

「大天才！」霍華叫道。「好，來吧，來吧，每個人都出來——警報器打開，每個人鑰匙帶好，來吧，各位。」

外面熱騰騰的街道上，霍華用襯衫一角裹住手，打開烤得火燙的車門。皮革的內裝太熱了，他只得坐在自己的包包上。

「我不去了。」佐拉說，以手遮眼擋住驕陽。「免得你以為我會去聽。我不想更改我的排班表。」

霍華對她女兒寬容一笑。跨上一匹高頭大馬、盡情馳騁是她的天性。此刻她的確姿態頗高地騎著，因為她已經把自己重新塑造成憐憫天使的角色。畢竟，讓蒙提和霍華一起被炒魷魚是她能力範圍所能辦到的。她已經向霍華強烈建議休假一年，可喜的是，他接受了這樣的緩刑。佐拉還有兩年就要離開威靈頓，而且在她看來，這所學校已經不夠大了，再也不足以同時容納他們父女兩個。蒙提保住了他的工作，但沒能保住他的原則。他對決斷權不再提出質疑，決斷權保留下來，儘管佐拉本人退出了詩歌班。這些無私的英雄行徑給予佐拉一種真正無懈可擊的道德優越感，對此她非常享受。唯一遮擋她良心的陰雲便是卡爾。她離開了詩歌班，這樣他便能留下來，但實際上他再也沒有回來過。他徹底從威靈頓消失。當佐拉累積足夠的勇氣打電話，他的手機已經停用了。她向克萊兒尋求協助想要找到他；她們從薪資支付表上得到他的住址，但寄到那裡的信件未曾接獲回音。當佐拉硬著頭皮登門拜訪，卡爾的母親只說他已經搬走了，其餘的不願多提。她不讓佐拉通過門階，談起話來小心謹慎，顯然深信這個膚色較淺、說話如此得體的女人肯定是社工或一名警官，是某個會給湯瑪斯家帶來麻煩的人。五個月之後，佐拉日復一日不斷在街上看到許多酷似卡爾的人——連帽外套，牛仔垮褲，Boxfresh 牌運動鞋，黑色大耳機——每次發現一個裝扮相似的人，他的名字就會從胸腔衝到咽喉。有時她會喊出名字。但那男孩只管走他的路。

「有人要搭便車進城嗎？」霍華問。「我很樂意載大家到各人要去的地方。」兩分鐘後，霍華搖下乘客座的車窗，對著他三個身軀半裸、正走下丘地的孩子按鳴喇叭。他們三個都對他比出中指。

霍華開車穿越威靈頓，然後開出了威靈頓。他望著擋風玻璃外起伏灼人的熱浪，聽到蟋蟀連串的樂章。他聽著車用音響播放〈哀憐頌〉，像青少年般將音量調到極大，車窗敞開。**Swish dah dah**，**Swish dah dah**。當音樂慢下來，他也放慢車速，進入波士頓，然後遇到中央地下幹道系統。他在靜止不動的汽車迷宮裡坐了四十分鐘，終於從漫長如生命的隧道中出來時，他的手機響了。

「霍華嗎？我是史密斯。老天爺，真是太好了，你終於給自己買了手機。你那兒還好嗎，朋友？」

這是史密斯故作鎮靜的聲音。過去這招總是有效，但近來霍華適應自身現實處境的能力已經大為提升。

「我遲到了，史密斯。我現在已經晚很多了。」

「喔，情況沒有真的那麼糟糕。你還有時間。那裡的**pah-point**已經給你準備好了。你到底人在哪裡？」

霍華給了他具體位置的座標。接著是一陣懷疑的沉默。

「你知道我要怎麼做嗎？」史密斯說。「我會做個小小的通告，如果你能在二十分鐘或者更短的時間趕到這裡，那就沒有問題了。」

那通電話之後三十分鐘，中央地下幹道系統吐出一個中風邊緣的霍華進入城市。巨大的汗漬花朵在他深藍色襯衫的胳肢窩兩側盛開。恐慌中，霍華決定避開單行道，把車停在離他目的地五個街區遠的地方。他砰地甩上車門開始跑動，越過肩膀遙控鎖上車門。他可以感到汗水從屁股之間滴下，一路流到涼鞋裡面，在他抵達畫廊之前，腳背上肯定會磨出兩個水泡。琪琪出走不久之後他便戒了菸，但現在他咒罵那個決定，應付起眼前費勁的狀況，他肺部的表現一點也不比五個月之前好到哪裡去。他還胖了二十三磅。

「長跑者的寂寞[12]！」當史密斯發現他踉蹌繞過街角，出聲叫道。「你辦到了，你辦到了——太好了。喘一下，你可以喘一下。」

霍華靠在史密斯身上，講不出話來。

「你沒問題，」史密斯說得頗具說服力。「你很好。」

「我快要吐了。」

「不，不，霍華。那件事留到最後才做。現在來吧，讓我們進去。」

他們走進室內，裡面的空調足以立刻凍結身上的汗水。史密斯拉著霍華的手肘沿著走廊而去，接著又是一道走廊。就在一扇微微開啟的門邊，史密斯已部署好他照管的職責。透過門縫，霍華可以看見窄窄一片區域，一座講臺，一張桌子，還有一壺裡頭漂浮兩片檸檬的水。

「好了，要使用 **pah-point**，你只要按一下紅色的按鈕，就在講臺上你的右手邊。每按一次按鈕，就會出現一幅新的畫像，按照演講中提到的順序排列好了。」

「每個人都在裡面了嗎？」

「每個重要人物都來了。」史密斯回答，然後將門推開。

霍華走了進去。禮貌但困倦的掌聲歡迎著他。他站在講臺後面，為遲到表示歉意。他立刻發現有六個人來自藝術史系，還有克萊兒、厄斯金、克利斯蒂、維若妮卡，以及幾個他過去和現在的學生。傑克把老婆跟孩子都帶來了。此一支持令霍華很受用。他們不需要來到這裡的。在威靈頓的行話裡，他已經是一具行屍走肉，近期內沒指望有任何著作出版，顯然正朝著麻煩的離婚邁進，目前休的年假看起來很可疑，就像是迎向退休生涯的第一步。然而他們還是來了。他再一次為他的遲到致歉，並且為待會兒就要使用的資訊科技謙稱自己缺乏經驗與能力。

在演講開頭的中段，霍華腦海清晰地想起那個黃色的文件夾，被他遺留在汽車後座，離此處五個街區之遙。突然間他中斷演講，沉默了一分鐘。他可以聽見人們在椅子裡挪動身體的聲音，強烈聞到自己身上濃重的體味。在這些人們眼中他是什麼樣子呢？他按下紅色按鈕。調光器的光線開始變暗，非常緩慢，彷彿霍華要讓他的聽眾感受些許浪漫。他的目光穿過人群，發現負責操控此一特殊效果的人，接著他發現了琪琪，在第六排，非常靠

12 The Loneliness of the Long-distance runner，出自英國作家艾倫．西利托（Alan Sillitore, 1928-2010）的短篇小說。

近右側的地方，正抬起頭饒富興味地看著他身後的圖像，在漸漸暗下的空間中整齊的輪廓開始清晰顯現。她辮子上紮著鮮紅色的絲帶，肩膀裸露，隱約可見。

霍華又按了一次紅色按鈕。一幅圖片出現。他等了一分鐘，然後又按下一張。另一幅圖片。他繼續按著。人物陸續出現：天使、布商理事、商人、外科醫生和學生、作家、農民、國王，還有藝術家自己。還有藝術家自己。還有藝術家自己。來自波姆那的那個人開始讚賞地點頭。霍華按下紅色按鈕，他可以聽見傑克．法蘭區在對他的長子講話，用他那獨具特色的響亮的耳語：*你看，勞夫，這順序是有意義的*。霍華按下紅色按鈕。什麼也沒發生。他已經來到圖片順序的終點。他往外望，發現琪琪正低頭微笑。其餘的聽眾都對著後頭的牆面微微皺眉。霍華轉過頭來，看著他身後的圖片。

「《入浴的韓德瑞克》（*Hendrickje Bathing*），一六五四年。」霍華聲音沙啞，接著陷入沉默。

牆上，一個漂亮、身著白色樸素工作罩衫的荷蘭女人正涉在深及小腿的水中嬉戲。霍華的聽眾看看她，然後看看霍華，又看看那個女人，等待講解。那女人臉轉開，羞怯地看向水面。她似乎正考慮是否要往更深處涉水而去。水面暗黑、反光——警告入浴者無法確定底下潛伏著什麼。霍華看著琪琪。在她臉上有他的生活。琪琪突然抬眼看著霍華——他認為並非刻薄。霍華一言不發。又一分鐘沉默地過去。聽眾開始困窘地低聲嘀咕。霍華將牆上的圖片放得更大，按照史密斯教他的操作方法。那女人的肉體布滿了牆面。他又一次向外看著聽眾，但眼中只有琪琪。他對她微笑。她也微笑，她把臉轉開，但依舊掛著微笑。霍華回頭看著牆上的女人，林布蘭的情人，韓德瑞克。儘管她的雙手有些不精確的模糊，顏料堆疊在顏料上，用畫筆攪亂了，但是她肌膚其餘的部位熟練地描繪出那些豐富多樣性——白堊般的白，生動的粉紅，肌膚底下靜脈的藍色，以及永遠顯現出人類特色的黃，預示著即將到來的事物。

作者註記

感謝Saja音樂公司以及Sony／ATV音樂出版有限公司允許我引用吐派克．夏庫爾（Tupac Shakur）的歌曲《我四處閒晃》（*I Get Around*）。感謝費伯－費伯公司允許我摘錄〈帝國〉（Imperial）和〈在阿爾斯特的最後一個星期六〉（The Last Saturday in Ulster）這兩首詩，並且全文引用〈論美〉（On Beauty）這首詩。這三首詩皆出自尼克．雷德（Nick Laird）的詩集《致錯誤》（*To a Fault*）。感謝尼克本人同意讓最後這首詩成為克萊兒的詩作。感謝我的兄弟達克．布朗（Doc Brown）對卡爾．湯瑪斯想像的歌詞的協助。

這本小說當中提到一些林布蘭的真實畫作，大多數乃公開展出。（克萊兒提及的一六三三年的《造船師簡．里吉克森和他的妻子葛麗葉特．簡斯》真實不虛。想觀賞的話，你得去問女王。）導致蒙提和霍華引發紛爭的兩幅肖像畫是掛在海牙莫瑞泰斯皇家美術館（Mauritshuis）的一六二九年的《穿戴花邊飾領的自畫像》和掛在慕尼黑舊皮那克提美術館（Alte Pinakothek）的一六二九年的《自畫像》。這兩幅畫作和作者暗示的並不相同。霍華在學期第一堂課所使用的是海牙莫瑞泰斯皇家美術館的一六三二年的《尼可拉斯．杜勒普醫生的解剖課》。凱蒂．阿姆斯壯檢視的畫作是柏林畫廊（Gemäldegalerie）美術館的一六五八年的《雅各與天使摔角》；另一幅蝕刻畫則是阿姆斯特丹林布蘭博物館（museum het Rembrandthuis）的一六三一年的《土墩上的女人》。凝視霍華的是阿姆斯特丹國立博物館（Rijksmuseum）的一六六二年的《布商同業公會理事》。作者粗略的說明是參考西蒙・薛瑪（Simon Schama）對於《布商理事》詳盡的詮釋學歷史說明得來的。霍華對於倫敦國家畫廊（National Gallery）的一六五四年的《入浴的韓德瑞克》完全無話可說。

卡琳那幅讓・伊波利特（Jean Hyppolite）的畫作也是真實存在，海地的藝術中心（Centre d'Art）可以見到這幅畫。琪琪想像自己行走其中的那幅畫是愛德華・霍普（Edward Hopper）作於一九一四年的《緬因州的道路》，現今陳列於紐約惠特尼美國藝術博物館（Whitney Museum of American Art）。霍華認為卡爾看起來像布魯塞爾皇家美術博物館（Musees Royaux des Beaux-Arts）裡魯本斯一六一七年的作品《非洲頭像研究》（*Study of African Heads*）。我不同意他的看法。

致謝

謹對本書的首批讀者深表謝忱，他們是Nick Laird，Jessica Frazier，Tamara Barnet-Herrin，Michal Shavit，David O'Rourke，Yvonne Baily-Smith以及Lee Klein。他們的鼓勵、批評及高見誠乃一大動力。感謝Harvey和Yvonne的支持，感謝舍弟Doc Brown和Luc Skyz，他們提供諸多依我的年紀已經老到無緣得識的寶貴意見。感謝我以前的學生Jacob Kramer提供關於大學生活和東岸事物的筆記。感謝India Knight和Elisabeth Merriman的法語協助。感謝Cassandra King和Alex Adamson協助處理超文學（extra-literary）的素材。

感謝Beatric Monti在Santa Maddelena多做停留，提供我極佳的協助。感謝我的英國和美國編輯，Simon Prosser和Anne Godoff，少了他們這本書將更為冗長拙劣。感謝Donna Poppy，不可多得、最聰慧的文字編輯。感謝企鵝出版社的Juliette Mitchell代表我處理許多困難的工作。若是沒有經紀人Georgia Garrett，我根本無力完成工作。謝謝你，George，你真愛惹人注目。

感謝Simon Schama無與倫比的著作《林布蘭之眼》（*Rembrandt's Eyes*），這本書幫助我首度打開眼界、正確地觀賞繪畫。感謝Elaine Scarry傑出動人的文章〈論美與篤行正義〉（On Beauty and Being Just），我挪借這篇文章以為書名、第三部的標題，以及發想許許多多的靈感。由第一行即可明顯看出本書深受我個人對E. M. Forster之熱愛的啟發，我所有的小說都從他那兒獲益良多。這次我想以此書做為報答，向他致敬。

最重要的是，感謝我的先生，我偷取他的詩作讓我的文筆更形豐美。Nick深知「時間關乎你如何用來發揮你的愛」，這正是本書獻給他的原因，一如我的人生。

國家圖書館出版品預行編目(CIP)資料

論美/莎娣・史密斯(Zadie Smith)著；郭品潔譯.
-- 二版. -- 臺北市：大塊文化出版股份有限公司,
2021.12
面；　公分. -- (to ; 74A)
譯自：On beauty
ISBN 978-986-0777-49-9 (平裝)

873.57　　110015113

LOCUS

LOCUS

LOCUS

LOCUS